Potential
Life Station:

ROYALTY.

『빅 도어 프라이즈』를
향한 찬사

이 책을 우리의 삶을 이루는 모든 것, 사랑, 운명, 우연, 질투, 슬픔, 농담, 욕망, 그리고 음악이 가득 담긴 아름다운 상자라고 생각해보자. 저자는 우리에게 이 모든 것을 준다. 그리고 우리는 페이지가 한 장 한 장 넘어갈수록 마치 알아갈 가치가 있는 모든 것에 대해 조금 더 알 것만 같은 기분을 갖게 된다.

_대니얼 월리스(『빅 피쉬』, 『Extraordinary Adventures』 저자)

한 부부가 중년의 위기에 부딪치는 이야기와 한 소년이 청년으로 성장하는 이야기가 이 유머러스하면서도 희망에 찬 소설 속에서 교차한다. 저자는 인간의 마음속 가장 어두운 곳까지 내려가기를 두려워하지 않지만 이 진실성은 아름다운 낙관주의로 균형을 이루고 있다.

_조실린 잭슨(『Never Have I Ever』 저자)

유머와 감동, 문학적 신랄함을 지닌 가족 서스펜스 드라마. 월시는 당신의 책장에서 살아야 할 작가임을 또 한번 입증해내고 있다.

_《북리포터》

작가는 이 쾌활하고도 감동적인 이야기를 통해 환상의 경계를 오간다…… 기발한 전제를 초월하여 인간 마음의 미스터리에 대한 깊은 통찰을 제공하는 작품이다.

_《퍼블리셔스 위클리》

코로나 팬데믹이 일어나기 훨씬 전에 이 감동적인 소설을 썼다는 것이 믿기지 않는다. 감사와 은총의 마음을 당연하게 여겨서는 안 되며, 우리의 삶이란 건 언제라도 한순간에 뒤집힐 수 있다는 섬뜩한 예고를 담고 있다.

《북리스트》

매력적인 캐릭터와 그들의 꿈으로 가득 찬, 기이하고도 잘 쓰인 작은 마을 이야기.

_《커커스 리뷰》

이 책의 인물들은 익숙하면서도 알쏭달쏭하다 ─내가 나 자신이 좀 더 용감하고 당돌했더라면 어떤 삶을 살았을까 하는 내용으로 책을 쓰기 시작했을 때 내 이웃들에게 느꼈던 것처럼 말이다. 월시의 소설은 현실을 완전히 잊고 흠뻑 몰입하기 좋으니만큼 휴가철에 읽기 이상적인 책이면서도, 자유의지와 결정론에 대한 뛰어난 고찰이다.

_메리 밀러(『Biloxi』, 『Always Happy Hour』 저자)

현실을 살아가는 사람들의 평범하지만 힘들게 얻은 기쁨을 다시금 환기시킨다. M. O. 월시의 두 번째 장편인 이 소설은 유쾌하고 밝은 미국 남부의 정서 안에 깊이 있고 진지한 주제를 내포하고 있다.

_《북페이지》

일부분은 미스터리, 나머지는 마법 같다. 소설 제목에 있는 '큰 상Big Prize'을 받는 사람은 바로 독자들이다. 따뜻하면서도 별난 이 페이지터너는 마지막 순간까지 독자의 궁금증을 이어가는 남부문학의 위대한 전통을 잇는다. 저자는 인물들을 통해 우리가 자신에 대해 새로운 것들을 발견하기에 너무 늦은 때는 없다는 것을 알려준다.

_스티븐 로울리(『The Editor』, 『Lily and the Octopus』 저자)

THE BIG DOOR PRIZE

by M. O. Walsh

THE BIG DOOR PRIZE

빅 도어 프라이즈

M. O. WALSH

2$

SAMPLE
HERE

Potential
Life Station:

ROYALTY.

M. O. 월시 지음
송섬별 옮김

잠가
정신

차례

내 운명이 알려준 결과인 나의 가족에게
그리고
아직도 노래하는 존 프린의 심장에게

어떠한 역경이 있더라도, 그대.
우리는 어마어마한 선물이라고.

—존 프린,
⟨우리도 모르는 사이에 In Spite of Ourselves⟩

일러두기

1. 본문 내 각주는 내용의 이해를 돕기 위해 모두 번역자가 넣은 것이다.
2. 원서의 이탤릭체는 볼드체로 표기했다.

질문:

어느 날, 그러니까 과학이라든지 신이라든지, 당신이 믿는 무언가가 정해준 시간에 해가 뜨는 어느 날, 일찍 일어난 새들이 평소와 마찬가지로 먹이를 찾아 돌아다니는 어느 날, 당신의 인생이 송두리째 뒤바뀌게 되리란 사실을 당신은 어떻게 알 수 있을까?

어떻게 해야 알 수 있을까?

매일 동틀 녘마다 하는 산책이 이토록 기분 좋고 안전한데, 당신한테 또 다른 인생이 있다는, 어쩌면 당신 안에 이미 또 다른 가능성이 있다는 생각을 할 이유가 있을까? 도로는 잘 포장되어 있고, 인도는 갓 쓸어내 깨끗하며, 당신과 마찬가지로 이 길을 따라 걷는 사람들은 여태 꾸준히 걸어와 반질반질한 길을 다시금 밟는 데 만족하고 있는 지금.

굳이 그런 생각을 해볼 이유가 있을까?

무엇보다도, 여긴 고작 디어필드Deerfield다. 동네 이름마저도 사슴이 있다고, 그 사슴은 들판에 있다고 지을 만큼 단순한 동네다.

가게 입구에는 화분이 걸려 있고, 집집마다 낯익은 포치에 낯익은 집주인이 앉아 몸을 들썩이기 딱 좋은 흔들의자가 놓여 있다. 아마 예전에는 그들의 낯익은 부모들이 앉았을 흔들의자다. 그리고 오늘 아침같이 조용한 아침, 아무 일 없는, 평소와 똑같은 디어필드의 고요한 아침, 머리 위에서 들려오는 소리라고는 나뭇가지를 타는 다람쥐의 부스럭 소리가 전부인 아침. 어쩌면 당신 옆 낯익은 울타리엔 낯익은 개 한 마리가 서 있다가 지나가는 당신의 손에 주둥이를 문질러댈지도 모른다. 이만하면 안심하기 충분할 테지만, 이만하면 오늘 하루도 오래전 시작되어 무사히 흘러온 나날들 중 하나라고 믿기 충분할 테지만, 오늘 아침 당신이 처음 듣는 말마저도 당신이 거의 매일 아침 듣는 그 말, 커피를 사러 식품점에 들어갔을 때 주인이 건네는 "좋은 아침입니다"일 테고, 당신은 "정말 그렇죠?"라고 대답할 테다.

그러니까 당신이 무슨 수로 알았겠는가?

어쩌면 그날 아침, 루이지애나 남부의 작은 마을 디어필드에서, 당신은 인생이 송두리째 바뀌리란 사실을 알게 되었을지도 모른다. 식품점에 새로 들어온 물건이 있었으니까. 계산대 옆에 자리 잡은 단순하게 생긴 기계다. 쇼핑몰이나 마을 박람회에 설치한 즉석사진 부스처럼 커튼이 달려 있고 그 안에 사람이 들어갈 수 있을 만큼 커다란 이 기계는, 과학적인 방식으로 DNA를 측정해 당신 인생의 가능성, 그리고 당신의 신체와 정신이 **할 수 있는** 일들을 알려준다고 한다. 동네 사람들 중엔 벌써 이 기계를 써본 사람들도 있다는데, 놀라운 결과가 나왔단다. 이웃 중 누군가는 테스트 결과를 보고 사업을 시작했다. 한 오래된 친구는 약을 완전히 끊기도 했다. 또 알던 사람 중 하나는 여태 감히 예약할 엄두도 못 냈던, 오랫동안 꿈꾸던 휴가를 보내러 아예 이 동네를 떠났단다. 이런 이야기를 듣고 당신도 호기심이 생긴다. 쉬우면서도 기적적인 효과를 보장하는 최신 식이요법처럼 그 누구라도 호기심이 생길 만한 일이다. 게다가 값은 고작 2달러다.

오늘, 당신의 주머니 속엔 정확히 2달러가 안전하게 들어 있다. 그리고 당신, 인생에 안전하게 틀어박힌 당신은 딱히 할 일이 없다. 그래서 당신은 커튼을 걷고 부스 안으로 들어간다. 돈을 넣는다. 화면에 불이 들어온다.

면봉을 집어 비닐 포장을 벗긴 뒤 볼 안쪽을 부드럽게 문지르라는 지시문이 화면에 뜨자 당신은 시키는 대로 한다. 어차피 보는 사람도 없는데 못 할 게 뭐야? 누가 신경 쓴다고? 지시문대로 면봉을 투입구에 넣은 당신은 화면에 뜨는 경고문을 보고 피식 웃음이 나는 걸 참지 못한다. 그저 재미 삼아 하는 게 전부인데, 1퍼센트의 오차범위가 있다는 경고, 그리고 제조사인 디엔에이믹스DNAMIX는 당신의 새로운 가능성이 유발할 수 있는 스트레스에 어떤 법적 책임도 없다는 경고문이 떠서다.

그런데도 당신은 테스트를 계속한다. 결과를 기다린다.

그런데 **왜?**

그것이 문제다.

아마 당신 같은 사람들, 우리 같은 사람들은 "최악이래 봤
자 별것 있겠어?" 하고 농을 던지지만.

혼자 있을 때, 솔직할 때는, "최선이란 대체 뭘까?" 하는 의
문을 품기 때문이겠지.

1장

허버드 부부
The Hubbards

더글러스 허버드는 39년하고 11개월을 조금 더 살고 나서야 드디어 더글러스 허버드로 살아가는 삶에 이골이 났다. 그래서 그는 지난주 금요일, 스스로에게 주는 마흔 살 생일 선물로 트롬본을 샀다. 오래전부터 가지고 싶었던 트롬본을 마침내 사고 나니 완전히 새로운 사람으로 거듭난 기분이 들었다. 신이 났다. 주말 내내 트롬본이 반질반질해질 때까지 닦고, 부부 침실의 전신 거울 앞에 서서 **디지 더글러스, 허비 허버드, 텔로니어스 더그**처럼 환상적인 이름들을 지어보기도 했다. 트롬본을 구입하고 며칠 동안, 실력 있는 재즈 연주자에게 딱 어울리는 별명들을 잔뜩 지어내면서도 마우스피스는 아예 입에 대보지도 않았다. 굳이? 새로운 사람이 된다는 상상만으로도 기분이 좋은 더글러스 같은 사람들은, 변하기 위해서 해야 하는 실제 일들은 그들이 애지중지하는 다른 여러 일들과 마찬가지로 쉽게 잊어버린다.

그런데 오늘 밤, 친구 집에서 처음으로 트롬본 레슨을 받으며 서투르게 악기를 불어대다가 돌아온 더글러스 허버드는 아내가 몇 달째 만들고 있는 나무 새집들을 한쪽으로 치워버린 다음 탁자 위에 트롬본 케이스를 올려놓았다.

"음. 확실해졌어. 난 트롬본 못 불어."

"바보 같은 소리 마." 아내는 그렇게 말하더니 갑자기 울음을 터뜨렸다.

별일이었다.

평소 셰릴린 허버드는 그녀가 부부의 **와인 타임**이라고 이름 붙인 이 시간이면 온화하고 활기가 넘쳤고, 더글러스는 언제나 아내를 보고 싶어 했다. 부부 모두가 행복하고 단순하기 그지없다고 자부해온 결혼 생활이 벌써 15년째인데도, 셰릴린은 여전히 머리가 붉은색이었고 남편 외의 다른 사람은 바라보지 않았으며, 부지런했고, 소탈하게 아름다웠으며, 더글러스가 처음 사랑에 빠진 모습 그대로 사랑과 격려를 아낌없이 주는 아내였다. 그런데 오늘 밤 셰릴린은 문간으로 나와 더글러스를 끌어안아 맞아주는 대신 소박한 부엌 저쪽 끝에 서서는 손목 안쪽으로 눈물을 찍어내고 있었다. 그러더니 잡지를 잔뜩 펼쳐놓은, 푸른색과 흰색으로 된 조리대에 풀썩 몸을 기댔다. 옆에서 물주전자가 조용히 끓고 있었다. 개수대 옆에는 뜯지도 않은 맥앤드치즈 상자가 놓여 있었다. 그날은 수요일이었으니까, 더글러스는 그 옆에서 낮은 불로 익고 있는 프라이팬 안에서 기름진 햄버거 패티 두 개가 자글자글

구워지고 있다는 걸 알고 있었다.

더글러스는 아무 말도 하지 않았다. 대신 팔에 걸치고 있던 재킷을 의자에 걸쳐둔 뒤 벽에 열쇠고리 삼아 박아놓은 못에 열쇠를 걸었다. 그다음에는 트롬본을 처음 산 날부터 쓰고 다니던 울 소재의 갈색 베레모를 벗은 다음에 벗어져가는 머리카락을 정돈했다. 아내는 최근에 계속 몸이 안 좋았다. 두통이 지독한 데다가 어지럼 발작까지 한두 번 겪었다. 이 문제를 진지하게 이야기해봐야겠다고 마음먹고 있던 참이었다. 집 안에서 눈에 띈 아스피린 통이 한두 개가 아니었던 데다가, 지난 며칠 동안은 코에 뿌리는 항히스타민제 스프레이를 들고 다니질 않나, 뜬금없는 시간에 낮잠을 자질 않나. 결혼 생활에 일어나는 이런 자잘한 변화는 더글러스처럼 사려 깊은 남편이라면 걱정할 만했다. 하지만 아마도 스트레스 탓일 테지.

지난 얼마간 셰릴린은 평소답지 않게 바빴다. 이번 주말에 열릴 디어필드 200주년 기념제에서 수공예로 만든 새집을 판매하겠다고 신청해둔 터라, 토요일과 일요일 이틀간 광장에 부스를 내게 된 덕분에 지난 몇 달간 두 사람의 집 안은 노동 착취의 현장을 방불케 했다. 기념제가 며칠 남지 않았기에 각기 다른 단계로 미완성인 조그만 집들이 100개쯤 눈에 띄었다. 이런 상황이니 누구라도 초조하겠지. 그러나 아내는 수공예를 좋아했으며 부스 신청도 자신이 원해서 한 것이기에 더글러스는 뭐라고 하지 않았다.

어쩌면 새집이 아닌 다른 일들 때문일는지도 몰랐다. 뜨거운 열기를 품은 남부의 봄이 다가오고 있어서인지도, 온전한 정신을 잃어가는 것 같은 고령의 장모를 챙기다 지쳐서인지도 몰랐다. 셰릴린은 요즘 매일같이 장모님을 찾아가 살피거나 함께 장을 보러 가는 형편이었다. 그 때문에 동네에서 하던 이런저런 단기 일자리도 그만두고 봉사활동도 줄였으니 더글러스 생각에는 그게 문제인가 싶기도 했다. 아내는 자신의 삶이 작아지고 뻔해졌다고 느끼는 건지도 모르겠다. 트롬본을 사기 전 더글러스도 마찬가지였으니, 누구라도 그런 상황에선 울적해질 수 있다는 걸 그도 알았다.

그러나 아내가 와인 타임에 우는 모습은 처음이었다. 과잉 반응 하지 않아야겠다는 생각이 들었다.

결혼 생활에 닥치는 예기치 못한 일을 해결하려면 시간이 필요하다는 걸 더글러스는 잘 알았다. 어쨌든 그는 좋은 남편에다가 친절한 사람이었고, 아내의 기분을 북돋아주기 전에 우선 무슨 일인지 알아야겠다는 생각이 들었다. 그래서 그는 일단 조리대 쪽으로 다가가 셰릴린이 잡지의 페이지 끄트머리를 접는 모습을 바라보면서 그녀의 조그만 주근깨투성이 코를 드나드는 숨소리에 귀를 기울였다. 그렇게 잠깐 기다리다가 그는 아내의 팔에 한 손을 가져다 댔다.

"왜 그래, 괜찮아?"

"휴대폰을 기름에 빠뜨렸어." 셰릴린은 그렇게 말하더니 또다시 흑흑 울기 시작했다.

"기름이라니?"

"올리브유 말이야. 한 컵 가득 든 올리브유. 우리 집에 남은

22

건 그만큼이 다였는데. 게다가 휴대폰을 꺼내다가 바닥에 떨어뜨리는 바람에 부서졌지 뭐야. 그러니까 박살이 났다고. 고칠 수 없을 것 같아."

"컵 말이야?" 더글러스가 물었다.

"아니야, 더글러스. 컵 말고."

셰릴린은 쌀을 담은 그릇 안에서 물기를 말리고 있는 휴대폰을 가리켰다. 볼썽사나운 조형물처럼 깨져 있었다.

"조리법을 찾고 있었어. 새로운 요리를 해보려고 하는데 손에서 미끄러져버렸어." 그러면서 그녀는 마치 그때의 감각을 되살리기라도 하듯 손바닥을 문질렀다.

"그래서 잡지를 찾아봤는데, 요리 종류가 **너무** 많은 거야, 더글러스." 그녀가 울음을 애써 참으려는 듯 잠시 말을 멈췄다가 다시 이었다. "한 번도 먹어본 적 없는 요리가 너무 많더라. 여보, 바바가누쉬[1]라는 거 들어봤어? 이건 타히니[2]로 만드는 거래. 집에 타히니가 있는 사람이 어디 있어, 더글러스? 타히니가 **뭔데**? 난 그게 궁금했어. 또 가지도 있어야 한대. 알고 보니까, 이 세상 어디선가는 가지로 만든 요리가 그렇게 **많더라고!** 우리는 왜 가지를 안 먹지, 더글러스? 왜 우리는 가지를 안 먹는 거야?"

1 　 오븐이나 불에 구운 가지를 여러 향신료와 함께 으깨고 올리브유를 섞어 만든 음식.

2 　 중동식 참깨 소스.

더글러스는 아내를 달래려 그녀의 팔을 어루만졌다.

"사실 딱히 생각해본 적이 없네." 그가 대답했다.

"그 뒤엔 비프 웰링턴이라는 걸 또 봤어." 셰릴린이 말했다. "당신은 비프 웰링턴이 뭔지 알아? 그래서 생각했지. 집에 간 고기가 있다고. 쇠고기가 있어. 또 냉장고에 로스트비프도 있고. 그런데 알고 보니 비프 웰링턴을 만들려면 **파테**가 있어야 한다는 거야. 더글러스, 존슨스식품점에 **파테** 코너가 있어? 월마트에 가면 **파테** 파는 곳이 있나?"

더글러스는 도대체 이게 다 무슨 소리인지 알 수가 없었고, 그래서 혹시 너무 일찍부터 와인을 마신 게 아니냐고 묻는 대신, 가벼운 농담으로 마음을 달래주는 대신, 양손을 그녀의 어깨로 가져갔다. 손에 닿는 아내의 몸은 마치 조깅을 막 끝냈거나 열이 있는 사람처럼 따끈했고, 늘 해주던 가벼운 어깨 마사지를 시작한 더글러스는 조리대 위에 스무 권쯤 되는 잡지가 펼쳐져 있고, 전부 조리법이 실린 페이지라는 사실을 알아차렸다. 몇 년 전 누군가가 선물 삼아 정기구독 신청을 해준 잡지였는데, 부엌에다 작은 선반까지 달아 잡지 자리를 마련해놓고도 읽은 적은 없었다. 눈앞에 잔뜩 펼쳐진 미식잡지의 페이지 전면에는 고기와 알록달록한 채소를 꽂은 꼬치구이를 찍은 고화질 사진이, 그리고 구석에는 석류 주스라든지 유기농 시리얼 광고가 실려 있었다. 아내는 어깨를 주물러주는 더글러스의 손길을 받으면서 잡지를 덮어 턱까지 닿는 높이로 쌓아올리더니 그 위에 몸을 기댔다.

더글러스는 일부러 소리를 내며 부엌에 감도는 냄새를 들이마셨다.

"난 수요일마다 먹는 버거가 더 좋은데. 가지가 왜 필요해?"

"알아." 셰릴린은 그렇게 대답한 뒤 몸을 돌려 남편을 마주보았다. "그런 문제가 아니야. 당신 때문도 아니고. 미안해. 내가 왜 그랬는지 나도 모르겠어. 휴대폰 망가뜨려서 미안해. 비싼 물건인데."

"걱정 마. 새로 사줄게. 그때까지는 깡통을 엮어 실 전화라도 만들어 쓰지 뭐."

"내가 왜 그랬는지 모르겠어." 셰릴린은 다시 한번 그렇게 말하더니 스토브 쪽으로 향했다. "그건 그렇고, 레슨은 어땠어? 하나도 빠뜨리지 말고 말해줘."

"정말 그래도 돼? 모든 게 당신 심기가 불편하다고 말하는 증거 같은걸. 증거물 1호, 비프 웰링턴 때문에 느끼는 불안감. 증거물 2호, 당신 얼굴에서 흘러내리는 눈물."

"놀리지 마." 셰릴린은 버거를 뒤집었다. "난 괜찮아. 정말이야. 당신 오늘 되게 신났겠다. 난생처음 받는 트롬본 레슨이었잖아. 어땠어?"

더글러스는 "알았어" 하면서 아내가 있는 스토브 쪽으로 다가가 허공에 그 장면을 그려내듯 한 팔을 움직였다. "상상해봐. 불알을 발로 걸어차인 코끼리 비명 소리를."

"무슨 소리야, 왜 그래, 제프리가 당신더러 그랬어?"

"아니. 제프리는 잘해줬어. 그 사람 문제가 아니야. 그냥 좀 위축되더라고. 그 친구는 악기를 열두 가지나 연주할 줄 알더

25

라니까? 천재야."

"당신도 천재인걸." 셰릴린이 말했다. "아무튼 이런 축축 처지는 이야긴 그만하고, 음악 좀 들려줘봐."

"당신이 원한다면 얼마든지 그래야지."

더글러스 허버드에 대해서 반드시 알아야 하는 사실 하나는 그가 어린 시절부터 휘파람에 뛰어난 재능이 있었다는 점이다. 정말이지 경탄할 만한 실력이었다. 더글러스 허버드는 휘파람으로 온갖 음정과 박자를 자유자재로 구사할 수 있었다. 숲속에서 우짖는 새에게도 밀리지 않을 정도로 말이다. 그는 자신 있게, 끊임없이 휘파람을 불어댔지만 그의 휘파람을 싫어하는 사람은 아무도 없었다. 심지어 역사 시간에 구부정하게 몸을 웅크린 채 책상 밑에서 문자메시지를 확인하는 고등학생들도. 울적한 교직원 회의에 들어와 앉아 있는 지친 동료들도. 식품점 사탕 코너를 난장판으로 휘젓고 다니려는 어린애들을 필사적으로 저지하는 성마른 부모들도 말이다. 무엇보다도 지난 20년간 그의 휘파람에 흠뻑 젖어 살아온 아내조차도 휘파람 소리에 짜증을 내지 않았다.

그렇기에 음악을 들려달라는 셰릴린의 말을 곧바로 알아들은 더글러스는 종일 그의 뇌리를 떠나지 않던 루이 프리마의 〈당신이 미소 지을 때*When You're Smiling*〉를 휘파람으로 불어주었다. 셰릴린은 말없이 맥앤드치즈 상자를 열고 스토브의 불을 조절하기 시작했고, 더글러스는 휘파람을 불며 식탁으로 다가가 케이스 안에서 트롬본을 꺼냈다. 작은 천으로 트롬본의 벨을 닦고 슬라이드를 끼웠다. 그는 비밀을 다루듯 조심스레 트롬본을 다루었다. 오랜 세월 동안 그에게 트롬본은 혼자만의 비밀이었으니까.

더글러스가 마침내 비밀을 털어놓은 것은 마흔 살 생일 전 날 밤이었다. 우선 그는 아내에게 슬프고도 엄청난 진실을 털 어놓았다. 인생의 벽에 부딪친 것 같다, 큰 변화가 필요한 시 기인 것 같다는 이야기였다. 두 사람이 이런 심각한 대화를 나누는 일은 좀처럼 없었기에, 셰릴린은 소파 옆자리에 앉아 남편의 말에 진지하게 귀를 기울였다. 더글러스가 자기 비하 와 수치심을 섞어 감정을 토로하는 내내 그녀는 한 번도 끼 어들지 않았다. 우리 결혼 생활이랑은 아무런 관계없는 일이 야, 하고 더글러스는 말했는데, 진심이었다. 하지만 지금의 더글러스는 거의 대머리가 되다시피 해서 얼마 없는 머리를 간신히 빗어 넘기고 다니는 신세였다. 뱃살은 통통했다. 특정 신발을 신으면 알 수 없는 통증이 가시지 않았다. 이제 와 생 각해보니 제대로 된 취미 하나 없이, 책장에 장식한 멋진 트 로피 하나 없이, 세상에 지워지지 않는 흔적 하나 남기지 못 한 채로 살아왔다. 이런 울적한 현실 하나하나가 그에게 마치 갓 신문에서 읽은 틀림없는 사실처럼 다가왔다. 뿐만 아니라 앞으로도 평생 하게 될 선생이라는 직업조차도 전만큼 보람 차지가 않다고 했다. 천재 제자를 키워낸 것도 아니고, 디어 필드 거리를 배회하는 위기의 청춘을 구제한 것도 아니고, 심 지어 학생들에게 D를 매긴 적도 없는 것 같다는 것이다.

즉, 중년의 위기에 처한 것이다.

이렇게 허심탄회하게 속마음을 털어놓고, 두 사람이 잠옷으로 갈아입고 잠자리에 든 뒤에야 더글러스는 실현이 가능한 해결책을 아내에게 전했다. 지금의 자신을 구제할 방법은 콧수염을 밀어버린 다음에 잘나가는 트롬본 연주자가 되는 것밖에 없다는 소리였다. 오래전부터 트롬본을 연주하고 싶었다고, 8학년 때 뉴올리언스로 수학여행을 떠났다가 버번 스트리트와 로열 스트리트가 만나는 길모퉁이에서 트롬본을 연주하는 남자를 보고 태어나서 처음으로 음악에 대한 사랑을 느낀 그 순간부터 꿈꿔온 일이라고 말이다. 그가 아직까지도 라이브건 레코드건, 재즈와 펑크의 거장들은 물론 교향곡에 이르기까지 음악에 끌리는 이유 역시도 트롬본 소리를 들을 때마다 언젠가 그 악기를 연주하는 자신의 모습을 상상하지 않을 수 없기 때문인 것 같다고 말이다. 어째서 자신과의 약속을 여태 지키지 않았던 걸까? 적어도 시도는 해봐도 되잖아? 한번 해보는 게 어떨까? 어쩌다가 이렇게 나이를 먹어버린 거지? 인생에서 모든 것이 행복하고 안정된 지금, 단 하나 후회되는 게 트롬본을 배워보지 못한 거라고, 더는 외면할 수 없다고 더글러스는 아내에게 말했다. 인생은 너무 짧아, 시간은 너무 소중해. 열망은 너무나 커. 다 말이 되는 이야기 같아. 그 말을 마지막으로 그는 적막한 어둠 속 아내의 옆자리로 파고들며, 아내가 아직 깨어 있는 건지, 어쩌면 내가 꿈속에 있는 건 아닌지, 생각하고 있는데 셰릴린이 입을 열더니 그렇다면 콧수염이 있는 상태에서 마지막으로 키스해달라고 했던 것이다. 그다음에는, 만약 트롬본을 부는 데 정말 도움이 되는 거라면 자신이 직접 콧수염을 깎아주겠다고 속삭였다.

그래서 그는 아내가 원하는 대로 해주었다. 그리고 그녀 역시 남편이 원하는 대로 해주었다.

둘의 결혼 생활은 그런 식이었으니까.

그러나 더글러스가 몰랐던 사실은, 부엌 식탁에 앉아 새로 산 트롬본을 닦고 있는 지금, 콧수염이 없는 그의 윗입술이 셰릴린에게는 마치 밀랍으로 만든 것마냥 낯설어 보인다는 것이었다. 면도날이 지나간 흔적이 남은 데다가, 트롬본 레슨을 받느라 힘을 준 윗입술이 감염이라도 된 것처럼 부어버린 모습에 셰릴린은 처음으로 남편이 낯설게 느껴졌다.

한 사람이 솔직해지면 상대방 역시 솔직해지고 싶어지는 법이다. 더글러스가 속마음을 털어놓은 뒤로 셰릴린 역시도 자신의 마음을 들여다보았다. **내가** 살고 있는 삶은 어떤 삶인 거지? 이런저런 일자리를 전전하고, 집안일을 하고, 일요일이면 십자말풀이를 하며 잡담을 나누느라 여태 미뤄왔던 꿈은 뭐였지? 그런데 살면서 이루지 못한 채 남아 있는 일들을 과연 꿈이라고 말해도 될까? 인생이 반이나 지나갈 때까지 자신에게 존재하는지도 몰랐던 그런 꿈이 숙명이 될 수도 있을까? **나의** 진정한 소명은 뭘까? 아이스크림 막대기로 새집 만들기? 코바늘로 크리스마스 양말 뜨기? 여권에 도장으로 쾅쾅 찍어놓은 대단한 나라라도 있나? 디어필드에서 평생을 보내게 되는 걸까? 이렇게 살겠다고 태어난 걸까? 어째서 더 큰일은 못 해? 더 대단한 일은? 나 역시 조만간 마흔이 되지 않나?

맞다, 셰릴린 역시 조만간 마흔이었다.

하지만 셰릴린은 이런 이야기를 털어놓는 대신 조용히 트롬본을 조립하고 있는 남편을 등지고 섰다. 행주에 손을 훔치고 개수대 위 부엌 창문 바깥을 내다보았다. 더글러스는 휘파람으로 재즈곡을 불다가 솔로 파트에서는 트롬본을 연주하는 흉내를 냈다. 슬라이드를 밀고 당기면서 고음이 등장할 때마다 눈썹을 바짝 치켜들었다.

그러더니 더글러스는 자리에서 일어나 셰릴린 앞에서 트롬본을 들고 포즈를 취했다. 악기를 산 뒤로 이미 여러 번 했던 일이었다. 그는 등을 곧게 펴고 준비 자세를 취한 뒤 아내를 향해 윙크했다. 전에는 이 모습을 보면 셰릴린은 웃음이 났지만, 오늘밤은 아니었다. "나 어때?" 더글러스는 그렇게 묻더니 마우스피스를 물고 볼에 바람을 넣었다.

"왕 앞에서 연주해도 되겠는데." 셰릴린이 대답했다.

"상상해봐, 셰어." 더글러스가 말했다. "조명을 끄겠습니다. 여기는 라디오 시티. 당신은 첫째 줄에 앉아 있는 거야. VIP석 말이야. 당신을 위해 무슨 곡을 연주해줄까? 제목만 대면 뭐든지 들려줄게."

"나 이런 거 잘 못 고르는 거 알잖아. 트롬본이 많이 나오는 곡이 좋겠지? 〈76 트롬본〉 같은 것?"

"행진곡을? 오늘 같은 밤에? 어림없지. 맨해튼 최고의 미녀인 내 아내한테는 로맨틱한 곡이 제격이야. 마음을 달래주는 곡 말이야." 그는 양어깨를 움직여 바로잡은 뒤 연주할 준비를 했다. 그러더니 은빛 마우스피스 위로 턱을 치켜들고는 낮게 떨리는 음으로 휘파람을 불기 시작했다.

"멋진걸, 이국적이야."

그 말을 남긴 뒤 셰릴린은 다시 스토브로 다가가 끓는 물을 내려다보았다. 조개껍질 모양의 파스타가 돌고래처럼 물 위에 떴다가 가라앉았다가 했다. 피어오른 김이 그녀의 얼굴을 뒤덮었다. 수증기로 감싸여 있는 동안 그녀의 마음속에서 얼마나 많은 세계가 나타났다가 사라졌을지 아무도 모를 것이다. 심지어 그녀조차도 다 셀 수 없을 정도로 많았다. 그래서 그녀는 냄비의 물을 버린 뒤 파스타에 우유, 버터, 치즈 가루를 뿌려 식탁에 차려냈다.

더글러스는 종이 냅킨을 무릎 위에 놓고는 포크를 집어 들어 햄버거 패티 가장자리의 회색 지방질을 살살 긁어내기 시작했다. 종잡을 수 없는 아내의 기분을 생각하며 케첩 병을 흔들던 그가 입을 열었다. "당신이 만드는 햄버거는 정말 맛있어."

"있지," 셰릴린이 입을 열었다. "식품점에 새로 들어온 기계 봤어?"

"뭐더라, 미래를 알려준다는 그 기계 말이야?"

"미래를 알려주는 게 아니야." 그녀는 그렇게 대답한 뒤 물잔 속 얼음을 쿡쿡 건드려댔다.

그 기계에 대해서는 더글러스도 알고 있었다. 존슨스식품점 안, 커다란 초록색 동전교환기 옆에 그런 기계가 들어왔다고는 들었지만, 직접 본 적은 없었다. 그래도 지난 두어 주 내내 그 기계를 써봤다는 사람들의 요상한 일화들을 들었던 터라 그런 쓸데없는 짓은 하지 않겠다고 마음을 먹은 참이었다. 일단은 역사 선생인 이상 그런 기계에 혹할 리가 없었다.

"DNA를 읽어주는 기계야." 셰릴린이 말했다. "사람이 가진 가능성을 알려준대. 그러니까 모든 것이 제대로 됐다면 우리가 뭐가 **될 수** 있었는지 말이야. 어떤 일을 할 수 있고, 또 무엇이 **될 수** 있었는지를. 무슨 말인지 알겠어?"

"학생 중 하나가 해봤나 보더라고. 일전에 찰리 테이트가 종잇조각을 하나 보여줬는데, 거기에 녀석이 핵물리학자가 될 거라고 적혀 있더라. 그러면서 이제 자기는 수업을 들을 필요가 없으니까 A만 달라는 거야. 웃기지 않아? 핵물리학자는 역사 따위 몰라도 된다는 생각 자체도 어처구니가 없지만, 찰리 테이트가 뭔가 중책을 맡는다는 것도 웃기지. 녀석의 부모라도 똑같은 소리를 했을걸. 일전에 그 녀석이 지우개를 먹는 것도 봤단 말이야. 아무튼, 이제 생각하니 기억나네."

"진짜 되는 걸까? 당신은 우리가 가진 가능성을 알 수 있는 방법이 있다고 생각해?"

더글러스는 햄버거 패티 한 조각을 케첩에 찍은 다음 씹어 먹으며 대답했다.

"없을 것 같은데. 일단 사람의 가능성이라는 게 돌에 새긴 것처럼 정해져 있는 게 아니잖아. 천성이냐 환경이냐 하는 문제도 있고. 늙은 개한테는 새로운 재주를 가르칠 수 없다는 말도 있잖아. 이런 논쟁이 수백 년간 있어왔는걸."

"요즘엔 DNA로 뭐든지 알아내잖아. 메건 데일리는 그 기계에서 사업가가 될 수 있다는 결과가 나와서 스노볼 노점을 시작한 거 알지? 결과지를 받자마자 바로 다음 날 일을 벌였대. 그런데 일주일 만에 대박이 났어. 벌써 사람들이 한 블록을 메울 정도로 줄을 선다니까?"

"잘됐네." 진심이었다.

"당신은 그게 바보짓이라고 생각해? 자기 가능성을 궁금해하는 게?"

아내는 하얀 블라우스의 리본이 접시 위에 닿을 정도로 테이블 위로 몸을 바짝 기울인 채 그를 빤히 쳐다보고 있었다.

"사람들은 이런저런 일들에 꽂히잖아. 그래도 나라면 비디오게임 같은 데 큰돈은 안 쓸 거야."

"그건 게임이 아니라고. 어째서 당신은 사사건건 깎아내리려고 하는 거야?"

그 말에 더글러스는 또다시 아내가 걱정됐다. 아무것도 깎아내릴 마음이 아니었는데 아내는 그렇게 느꼈다고 하니까. 함께 앉아 있음에도 이토록 서먹한 기분이 드는 게 낯선 나머지 더글러스는 포크와 나이프를 내려놓고 식탁 맞은편 아내를 바라보았다.

"미안해, 그런 뜻이 아니었어."

셰릴린은 두 손으로 머리를 감쌌다. 아내가 엄지와 검지로 쥐고 있는 포크의 날 하나하나마다 조개껍질 모양 파스타가 하나씩 꽂혀 있었는데, 지금까지 아내에게 이런 식사 습관이 있는 줄은 몰랐었다. 더글러스는 아내의 접시를 내려다보았다. 접시 가장자리로 치워놓은 파스타는 손도 대지 않은 채 남아 있는 햄버거 패티와 같은 높이로 꾹꾹 다져져 있었다.

"당신이 **날** 깎아내리는 건 아니겠지. 그냥, 내 말을 이해 못 하는 것 같아서 그래. 미안해. 오늘 내가 좀 피곤하네."

더글러스는 뭐라도 딱 알맞은 말을 해서 오늘 저녁의 분위기를 반전시키고 싶었지만, 떠오르는 말이 없었다. 그래서 그 대신 음식을 한 입 먹을 때마다 점점 더 맛있다는 듯이 일부러 쩝쩝 소리를 냈다. 아내가 더는 음식을 먹을 생각이 없는 게 확실해지자, 그는 테이블 건너편으로 손을 뻗어 아내와 자신의 접시를 바꾸었다. 햄버거 패티 한 모서리를 포크로 떼어 낸 뒤 그걸로 굳어가는 치즈를 긁어모았다.

"당신, 그거 알아? 오늘 요리 정말 최고야. 남자가 바라는 가장 완벽한 식사라고."

셰릴린은 빈 접시를 들고 일어났다. "차지키[3]가 있어야 했어. 탓지키라고 발음하는 건가?"

더글러스 역시 잘 몰랐지만 고개를 끄덕인 뒤 〈피터와 늑대〉 주제곡을 휘파람으로 불기 시작했다.

그날 밤, 더글러스는 소파에 앉아 야구 경기를 보았다. 셰릴린은 부엌을 나와 말 한마디 없이 서재로 쓰는 방에 들어갔다. 한 시간 뒤 더글러스가 가보니 아내는 책상에 앉아 왼손을 블라우스 안에 집어넣은 채로 큼직한 책을 읽고 있었다. 문을 여는 순간, 자기 젖꼭지를 부드럽게 잡아당기는 아내의

---

3   요구르트에 오이, 마늘, 올리브유, 향신료를 섞어 만든 그리스식 전통 소스.

모습이 보였다.

"셰어?"

셰릴린이 블라우스에서 손을 빼고 그를 올려다보았다. "뭐? 그냥 가려워서 좀 긁었어."

"여기서 뭐 해?"

"당신 컴퓨터가 하도 안 켜져서 책 좀 읽고 있었지."

"와서 야구 안 볼래? 5회인데 우리가 이기고 있거든."

"글쎄. 이제 누가 누군지도 잘 모르겠더라. 이름이 하도 헷갈려서."

"그럼 그냥 옆에 같이 앉아 있어. 책도 가져오든지. 당신 없으니까 쓸쓸해."

셰릴린이 읽고 있던 책은 『왕위 계승권으로 보는 세계사』였다. 교과과정이 바뀌기 전 더글러스가 9학년 수업에서 쓰던 교과서였다. 셰릴린은 읽던 부분에 연필을 끼워 표시한 뒤 소파로 따라왔다. 쿠션 위에 다리를 접고 앉아 허벅지 위에 베개를 올린 그녀가 텔레비전으로 흘깃 시선을 던졌다. 에스테니탄도 에스카르비오네스가 타석에 섰지만 타율은 .230에 그쳤다.

"내가 왜 헷갈린다고 했는지 알겠지?" 아나운서가 선수의 이름을 말했을 때 그녀가 말했다.

"세상은 넓디넓으니까." 더글러스는 그렇게 대답한 뒤 〈엘 카르네〉라는 오래된 투우 노래를 휘파람으로 불기 시작했다.

"말 되네." 셰릴린은 그렇게 대답한 뒤 다시 책을 펼쳤다.

더글러스는 아내가 책장을 넘기며 공작과 공작부인, 왕과 여왕 사진을 보는 모습을 지켜보았다.

"무슨 책이야?" 이미 알면서도 그렇게 묻자 아내는 책 속 한 단락을 가리켰다.

"세계 50대 부자 중 20퍼센트가 석유 재벌인 거 알고 있었어?"

"알았지. 적어도 한때는 그 말이 사실이었어."

"이 사람 좀 봐" 하면서 그녀가 책을 남편 쪽으로 돌려서 보여주었다. "이 사람 이름도 뭐라고 읽는지 모르겠네." 사진 속 남자는 보석 박힌 빨간 담요를 둘둘 감은 낙타 옆에 예복 차림으로 서 있었다. "왕자야. 그런 것 같아. 옛날 당신처럼 콧수염이 무성하네. 어느 나라 사람일까?"

"아마 사우디아라비아겠지. 그 동네엔 왕자가 있으니까."

그녀가 소파에서 내려가더니 오래전 더글러스가 벽에 걸어둔 세계지도 쪽으로 다가갔다. 그녀가 유리 액자를 손끝으로 훑다가 사우디아라비아를 찾아 손톱으로 톡톡 두드렸다. "여기 있네, 찾았어."

셰릴린은 소파로 돌아왔지만 아무 말도 하지 않았다. 남편이 잠들 때까지 커다란 책을 계속 읽었다. 늦은 밤이 되자 텔레비전을 끄고 남편을 깨웠다. 그를 침실로 데려가 함께 이불 속으로 들어가자마자 그녀가 익숙한 손길로 그의 몸을 만지기 시작했을 때, 더글러스는 그것이 섹스하자는 신호라는 걸 알았다. 결혼 생활을 15년 채운 뒤로 아내의 이런 요구가 부쩍 드물어진 터여서, 피곤했지만 기꺼이 응하기로 했다. 떠올려보니 크리스마스 이후로 몇 달간 두 사람이 사랑을 나눈

건 세 번이 다였는데, 그중 가장 최근은 학교기금마련 행사에서 취해서 돌아온 뒤 다른 곳도 아닌 거실 소파에서 즉흥적으로 벌인 일이었다. 이렇게 새로운 장소에서 그는 지난 20년간 그녀와 했던 똑같은 방식으로 일을 치렀다. 그는 벅차고 만족스러운 마음으로 아내의 몸 위로 무너져 내렸다.

지금 이 순간만큼은 인생이 그리 나쁘지 않게 느껴졌다.

그러나 오늘 밤에는 두 사람이 함께한 기나긴 나날 중 여태까지 단 한 번도 없었던 일, 더글러스를 당황하게 하는 어떤 일이 일어났다.

섹스가 끝나자마자 셰릴린이 그에게 한 번 더 하자고 했던 것이다.

"그런데, 이번에는 좀 더 세게 해줘." 그녀가 속삭였다.

2장

제이컵
Jacob

제이컵은 제 아버지의 얼굴을 닮았다. 아마도 그 사실엔 무슨 의미가 있겠지.

그리고 그 얼굴을 나눠 가진 또 한 사람, 쌍둥이 형제. 제이컵은 그 사실을 잊을 수 없었다.

하지만 사람들이 한 인간으로서의 **나**에 관해 달리 아는 게 뭐가 있었지? 열여섯 살이라는 것? 깡말랐다는 것? 존재감이 없다는 것? 리슈 형제 중 **나머지** 한 명, 언제나 그랬듯, 둘 중 못난 쪽이라는 것? 제이컵은 돋보이기 위해 어떤 일을 했지? 철자법 대회에서 우승한 것? 포켓몬 게임을 한다는 것? PSAT[4]를 잘 본 것? 수플레를 구울 줄 아는 것? 농구에는 젬

---

4   대학교 입학시험인 SAT의 예비고사.

병인 것? 상당한 이력이다. 그러면, 어떻게 해야 더 나은 사람이 될 수 있지? 앞으로 나갈 수 있지? 제이컵은 생각했다. 하고 싶은 일이 단 하나라도 있긴 한가? 형의 죽음 앞에서 느껴 마땅한 분노, 처음에 느꼈던 그 노여운 마음은 다 어디로 사라졌을까? 그런데 분자를 유리수로 바꾸는 방법이 뭐더라? 분자와 분모에 각각 $\sqrt{ax+b+2}$를 곱하는 거였나? 또 오늘은 목요일이었나? 점심 메뉴는 타코일까, 치킨너깃일까? 그런데, 그 애는 나를 얼마나 진지하게 생각하는 걸까? 그 애가 나든, 그 무엇에 대해서든, 진지하게 생각하는 일이 있기는 할까? 솔직해져도 될까? 그 애한테 나는 이 일에서 빠지고 싶다고 말해도 될까? 나한텐 어떤 선택지가 있는 걸까? 그런데 내 생각들의 주인인 내가 어쩌면 이렇게 나 자신에 대해 아무것도 모를 수 있을까?

제이컵이 이런 의문들을 채 곱씹기도 전에 등 뒤에서 두 남학생이 남자화장실로 저벅저벅 들어왔다. 화장실 거울을 통해 두 남학생의 얼굴을 확인하면서 어떤 두려움도 반가움도 느끼지 않은 그는 다시금 거울 속 자기 얼굴을 빤히 쳐다보기 시작했다. 화장실에 들어온 건 랜들 윌키와 브렛 분이었다. 디어필드 가톨릭 스쿨에서는 모두가 서로를 알고 지내기 때문에 제이컵 역시 두 사람을 알고는 있었다. 하지만 그들은 수학으로 따지자면 제이컵의 인생에서 양수도 음수도 아닌, 정수가 아닌 유리수에 속했다. 둘은 신입생이었고 제이컵은 3학년이었던 데다가, 둘은 자기들끼리의 대화에 몰두한 나머지 그가 여기 있다는 사실조차 알아차리지 못했다.

"실제로 부는 건 아니라고, 멍청한 자식. 블로우잡이라는 말은 그저 구문이라니까, 참 나." 랜들이 말했다.

"내 말은 개가 하는 일이 **그것뿐**이라고 해도 나한테서 멀찍이 떨어져서 해줬으면 좋겠다는 소리지." 브렛이었다.

저 녀석들도? 심지어 저 녀석들까지도? 제이컵은 생각했다.

제이컵은 턱에 앉은 딱지를 잡아 뜯은 다음 손을 씻었다. 디스펜서에서 길게 뜯어낸 갈색 종이 타월을 얼굴에 눌러 작은 핏자국을 닦아냈다. 두 남학생이 그를 스쳐 지나 소변기 앞으로 다가가 나란히 섰고 제이컵이 막 화장실을 나가려는 참이었다.

"안녕, 제이. 참. 선배는 똑똑하니까 이 멍청이한테 블로우잡이 뭔지 좀 알려줘요." 랜들이 말했다.

"그건 구문이 아니라 관용어야." 제이컵이 대답했다.

"어쨌든 제니의 제안을 거절한다면 브렛은 멍청한 관상어라는 거죠."

"그거야말로 대어겠네." 제이컵이 말했다.

"대어를 놓칠 순 없죠." 브렛이 말했다.

두 녀석이 웃음을 터뜨리더니 소변기 위로 서로 주먹을 맞부딪쳤고 제이컵은 책가방을 등에 둘러멨다. 나가려다가 화장실 문간에서 잠시 발걸음을 멈췄다. 문에 휘갈겨 쓰인 눈에 익은 낙서는 무시하고 다행히도 아직 아무 낙서도 없는 왼쪽 위만 쳐다보았다. 화장실을 나온 제이컵은 디어필드 가톨릭 스쿨 전교생 224명이 1교시 수업에 들어갈 준비를 하느라 사물함 문이 쾅 닫히는 소리며 운동화 바닥이 빠작거리는 소리로 생기 넘치는 부산한 복도로 향했다.

제이컵은 교실로 들어가서 몇 달 전 알파벳 순서로 정해진 두 번째 열 뒤쪽 자기 자리를 찾아갔다. 벽에 달린 스피커에서 잡음과 함께 피터 플린 신부님의 목소리가 흘러나왔다.

"범사에,"

그러자 디어필드 가톨릭 학교 전교생 224명이 대답했다.

"위대하신 하느님."

그러자 신부님이 다시 한번 "하느님은 위대하시다" 했고, 학생들은 "범사에" 하고 답했다.

이렇게 또 하루가 시작되었다.

제이컵은 책가방을 책상 위에 올려놓고 그 위에 고개를 묻었다. 요즈음엔 하루하루가 새로운 악몽으로 채워지는 것만 같았고 1교시가 제일 힘들었다. 선생님이나 과목이 문제인 건 아니었다. 제이컵은 역사 수업도, 허버드 선생님도 나름대로의 조용한 방식으로 좋아했으니까.

문제의 핵심은 창가 자리에 긴장한 채 앉아 있는, 어깨가 넓은 여학생이었다. 트리나 토드, 이제는 사람들이 제이컵의 절친한 친구, 어쩌면 그보다 묘한 사이라고 생각하는 애. 트리나는 쌍둥이 형의 전 여자친구, 그러니까 토비의 수없이 많은 전 여자친구 중 한 명이었으며, 토비가 죽은 날 밤 그와 함께 있었다. 하지만 그날 밤 차에 함께 타고 있지는 않았다. 토비가 죽은 뒤 트리나는 이상하고 불편한 방법들을 써가며 제이컵에게 들러붙기 시작했다. 전화를 걸고 문자를 보내와서 토비의 사고가 사실은 사고가 아니었다고 넌지시 암시했던 것이다. 트리나의 말로는 그건 사람들 잘못이란다. 토비의 친구들, 이 학교에 다니는 머저리들이 하나도 빠짐없이 모조리 다 잘못한 거라고 말이다. 그러면서도 그 주장을 뒷받침할 증거라고는 하나도 내놓지 않았다. 사람들은 그 일이 그저 고등학생이 파티에 갔다가 폭음을 하는 바람에 일어난 사고였다고, 토비가 음주운전을 한 게 잘못이라고 했다.

모두가 그렇게 말했지만 트리나만은 아니었다.

그런데도 제이컵은 밤마다 걸려오는 트리나의 전화에 귀를 기울였다. 그저 토비의 이름을 다시 듣고 싶어서, 자꾸만 말을 걸어오는 여자애의 말을 받아주는 것뿐이었지만 말이다. 그렇게 트리나와 통화할 때면 제이컵은 자신도 이 학교의 머저리 놈들이 지긋지긋하다고 토로했는데, 진심이었다. 토비가 사고로 죽은 지 몇 주가 지났지만 제이컵은 세상 모든 게 다 싫었다. 그런데 요즈음 트리나는 제이컵의 고백을 자신과 한편이 되었다는 뜻이라고 받아들인 모양이었다. 그 애는 계획을 세우고 있다고 했다. 자신이 알아서 준비하겠다고, 제이컵도 이 계획의 일부라고 말이다.

지난 2주 동안 두 사람은 학교에서는 아예 말조차 섞지 않았고, 대화는 주로 사물함 문에 달린 구멍 안으로 넣어놓은 쪽지로, 또는 문자메시지로, 아니면 학교가 끝난 뒤 저녁 먹기 전까지의 무더운 시간, 집에 가기 싫은 두 사람이 함께 서성거리던 디어필드의 숲속에서 이루어졌다. 제이컵은 트리나가 궁금했고, 그 애가 안타까운 동시에 두렵기도 했다. 마치 그가 모르는 수많은 진실을 알고 있다는 듯한 트리나의 표정 때문에 불안하고, 또 불편했다. 둘을 하나로 이어준 건 정말 우정일까, 아니면 의무감? 끌림일까, 상실감일까? 아니면 완전히 딴판인 그 무엇일까? 제이컵은 알 수 없었다. 제이컵에게 가장 중요한 건 요즈음 그의 머릿속을 온통 뒤덮고 있는 다른 의문이었으니까.

여기서 빠져나갈 방법이 있을까?

교실 문이 닫히는 소리가 들리자 제이컵은 역사 선생님인 허버드 선생님이 들어왔다고 생각하며 자세를 곧게 했다. 허버드 선생님은 예고도 없이 쪽지시험을 내곤 했다. 전날 수업에서 선생님은 대머리독수리의 불가피한 멸종이 미칠 정치적 영향처럼 우리가 손쓸 수 없는 것처럼 보이는 것들은 실제로는 우리가 통제할 수 있는 것들이고 이 때문에 우리가 국가적 상징물인지 계통학인지 아무튼 무슨무슨 체계를 바꾸게 된다는 둥 하는 소리를 20분이나 떠들었으니 아마도 오늘은 분명 쪽지시험이 있을 것 같았다.

그런데 문으로 들어온 건 허버드 선생님이 아니었다. 선생님이 수업에 3분이나 늦다니 뜻밖이었다. 교실에 들어온 것은 키는 160센티미터밖에 안 되는 주제에 몸무게는 130킬로그램이 넘는, 피부가 밀가루 반죽처럼 하얀 데다가 가슴이 불룩 튀어나온 러스티 보델이었다. 러스티는 지난주 내내 보여주던 공작새 같은 몸놀림으로 교실 안으로 터벅터벅 들어왔다. 교복인 하얀 폴로셔츠는 귓불에 닿을 정도로 옷깃을 바짝 세웠고, 남색 디키즈 반바지 허리춤으로는 정리하지 않은 셔츠 자락이 삐져나와 있었으며, 분홍색 선글라스까지 끼고 있었다. 형광 파란색 나이키 운동화에 발목 양말을 신은 그의 두 다리는 크림치즈 빛깔이었다. 주근깨가 가득한 굵은 팔은 굴곡은커녕 팔꿈치조차도 실종된 것 같았지만 그래도 그 팔이 러스티의 붉은 머리카락을 어처구니없는 유체역학적 모양새로 다듬는 데는 제 몫을 한 듯했다. 수퍼컷츠[5]에 비치된 잡지나 무슨 영화에서 보고 따라한 게 분명한 새로운 머리 모양이었는데, 실린더를 닮은 그 희한한 모양이 달팽이 집을 연상시켰다. 어쨌거나 괴상망측해 보인다는 데는 이견이 있을 수 없는 머리 모양이었다.

그럼에도 제이컵 역시 러스티를 인정할 수밖에 없었다. 여기, 불가능한 일을 해낸 한 고등학생이 있다. 러스티는 학기 중간에 완전히 새로운 모습으로 변신했다. 불과 2주 전만 해도 점심시간마다 학생식당에 혼자 앉아 누텔라를 손가락으로 퍼먹고 있던 그는 여전히 점심은 혼자 먹지만 값비싼 옷을 휘감고 다니고 눈에 띄게 자신만만해졌다. 그런데, 이 변신의 정체는 뭐지? 제이컵이 보기에 러스티의 변화는 정신적인 것이었다. 이 나이 또래, 답 없는 아이들은 어느 순간 지금의 모습으로는 단 하루도 더 살 수 없다는 결정을 내린다. 그렇게 새로운 패거리에 들어가거나, 새로운 운동에 도전하거나, 자기가 임시교사와 잤다는 소문을 지어내 퍼뜨린 다음 정말 자기가 변하기를 바라지만 그런 일은 결코 없다. 러스티의 변화

---

5 가격이 저렴한 체인 미용실의 이름.

에 어떤 이유가 있는지는 모르겠지만, 제이컵의 눈에도 그는 목숨을 걸고 다른 사람이 되려는 것처럼 보였다.

교실 앞쪽으로 걸어 들어온 러스티가 걸음을 멈추더니 선글라스를 벗었다.

"공지사항이 있다. 이 교실에 있는 모든 여자들이여, 내가 지금은 그 누구와도 진지하게 사귀고 있지 않다는 사실을 알리는 바다. 즉 공원에서의 긴 산책, 해 질 녘 카누 타기, 섹스 마라톤까지도 전부 가능하다는 소리지. 하지만 숙녀분들, 한 번에 한 사람씩만 부탁해."

교실 뒤쪽에 앉아 있던 누군가가 러스티를 향해 종이를 뭉쳐 집어던졌다. 맨 앞줄에 앉아 있던 베카 콜버트가 외쳤다. "어우, 러스티. 냄새 진짜 지독하다. 향수로 **목욕이라도** 한 거야?"

"베카, 이건 낙원에서 보내는 너의 미래 냄새야."

"토 나와." 베카가 대답했다.

그러자 러스티가 말했다. "농담 아니야. 향수 이름이 '낙원에서 보내는 너의 미래'라니까? 20달러나 주고 샀다고."

그때, 제이컵의 등 뒤에서 윙윙 소리가 들렸다. 왕풍뎅이나 살찐 모기가 내는 소리 같았는데, 한쪽으로 몸을 피하고 나서야 제이컵은 그게 책상 옆을 날아가는 컵 받침만 한 크기의 소형 드론이 내는 소리라는 걸 알았다. 교실 앞쪽을 향해 어설프게 날아가는 드론은 리모컨으로 조종하는 것이었고, 조그만 헬리콥터처럼 프로펠러가 달려 있었다. 뒤를 돌아보니 리모컨을 조작하고 있는 것은 제리 화이트하우스였다. 그의 책상 위에 드론이 들어 있던 책가방이 열린 채 놓여 있었다. 제리는 드론을 러스티 가까이로 보냈다가, 러스티가 쳐내려고 손을 뻗는 순간 물러나게 했다. 제리가 신나게 웃으며 머리 위에 드론이 맴돌게 조종하자 러스티 보렐은 예상대로 드론을 낚아채려 볼썽사납게 제자리에서 쿵쿵 뛰었다.

"킹콩이다!" 제리가 외치자 교실 전체가 왁자지껄해졌다.

제이컵도 그 말에 피식 웃기는 했지만, 그런 자신이 자랑스럽지는 않았다. 그러나 초등학생 시절부터 러스티를 놀리는 게 일상이 된 나머지 그런 일은 일종의 심리치료처럼 느껴졌다. 드론을 손으로 쳐내겠다며 제자리에서 펄쩍펄쩍 뛰느라 벌겋게 달아오른 뺨. 의자 위로 기어오를 때 셔츠 아래에서 비죽 비어져 나오는 뱃살. 아이들은 잔인한 유머를 거부하지 못했고, 이 순간을 놓치고 싶은 마음도 없었다. 반 아이들 중 절반이 휴대폰을 꺼내 이 장면을 촬영해 더 넓은 세상에 퍼뜨리기 시작했다. 결국 러스티의 운명은 이런 거였다.

그때 허버드 선생님이 교실에 들어오는 바람에 제이컵은 미소를 거뒀다. 그런데 선생님은 즉각 상황을 정리하는 대신 교사용 책상을 향해 성큼성큼 다가가서는 사첼 가방과 트롬본 케이스를 내려놓았다. 선생님은 지난주 내내 쓰고 다니던 괴상한 모자를 쓴 채로 영수증같이 생긴 종이 쪼가리 몇 장을 손에 들고 넘겨 보는 중이었다. "자리에 앉아, 러스티." 선생님이 고개조차 들지 않고 말했다.

"허버드 선생님, 전 차별당하고 있습니다." 러스티가 의자에서 내려서며 말했다.

선생님은 여전히 손에 든 영수증만 뒤적거렸다. "이번에는 또 왜?"

"제 동물적 매력 때문에 반 친구들이 통제력을 상실하고 말았습니다."

선생님이 종이를 접어서 주머니에 넣었다. 러스티를 바라보던 선생님의 눈길이 마침내 드론에 닿았다. "자리에 앉아라." 선생님은 다시 한번 러스티를 향해 그렇게 말한 뒤, 다른 학생들의 쭉 뻗은 다리 위를 넘어 자기 자리로 돌아가는 러스티 뒤를 따라가는 드론을 눈으로 좇았다. 러스티가 자리에 앉자 드론이 그의 머리 위로 크게 원을 그리며 날았다.

"저것 좀 봐, 거름 더미를 떠나지 않는 파리 같네." 누군가의 말이었다.

"이제 그만해라. 드론 조종하고 있는 사람 누구지?"

"저요." 제리는 아직도 손에 리모컨을 들고 있었다. "어제 선생님이 하신 말씀이 떠오르더라고요. 만약 대머리독수리가 멸종하면 이걸 새로운 국가적 상징물로 삼을 수 있을지도 모르잖아요."

말을 마친 제리가 드론을 천장 높이 솟구쳐 오르게 하더니 능숙한 솜씨로 교실을 몇 바퀴 빙글빙글 돌게 했다. 입으로 제트기 소음을 내더니 중간중간 미사일을 발사하는 것처럼 피웅 소리까지 냈다. "드론에다 성조기를 그린 다음에 지폐에 사진도 넣으면 되죠."

책상에 앉은 채 조그만 드론이 학생들의 머리 위로 돌진하는 모습, 이에 아이들이 환호하는 모습을 쳐다보던 허버드 선생님이 제이컵을 향해 눈길을 돌렸다. 최근 선생님에게 생긴 듯한 이 습관에 제이컵은 슬슬 짜증이 나기 시작한 차였다. 매 수업이 정점에 다다른 순간마다 자신과 눈을 맞추려 하는 습관. 선생님은 마치 자신이 던진 역사와 그 의미를 향한 수 사학적 질문들의 답을 오로지 제이컵만이 알고 있다는 듯 그 를 바라보았다. 도저히 참을 수가 없었다.

왜 선생님은 다른 애들은 모르는 무언가를 내가 알고 있다 고 생각하는 거지? 내가 역사 수업에서 언제나 A를 받는다 는 뻔하고 또 지긋지긋한 이유 때문일까? 정말 그런 악의 없 는 이유가 전부일까? 아니면 다른 이유가 있는 걸까? 형 때 문에? 엄마 때문에? 아빠 때문에? 제이컵의 마음에 단단하게 둘러쳐진 벽 때문에? 아무튼 두 달 전부터 허버드 선생님이 자꾸만 자신과의 연결고리를 찾으려는 것 같아 제이컵은 울 고 싶었고, 그래서 부끄러웠고, 그래서 성이 났다.

결국 그는 평소와 마찬가지로 선생님의 눈길을 피했다. 다 른 아이들이 소란을 떨어대는 동안 그는 책상만 내려다보았 다. 아이들은 드론을 향해 클립을 던지고 교실 곳곳으로 종이 비행기를 날리다가 급기야는 제리의 선창에 맞추어 〈우리는 저 미지의 창공 너머로 나아가네〉[6]를 목청껏 불러대기 시작 했다. 합창단이 200주년 기념제를 위해 연습하고 있는 곡이 었다. 합창단 공연은 내일 저녁, 올가을 주 우승결정전에 출

6　미국 공군의 공식 군가.

전하게 된 풋볼팀 시상식과 더불어 기념제의 막을 올릴 예정이었다. 제이컵이 그 사실을 알고 있는 건 개막식 행사에 갈 생각이 추호라도 있어서가 아니었다. 얼마 전 트리나에게서 토비의 죽음에 책임이 있는 머저리들이 하나도 빠짐없이 개막식에 참석할 거라는 이야기를 들은 덕분이었다. 모두 "무방비 상태로" 그곳에 모일 거라고 했다. 반 아이들이 드럼 치듯 책상을 두들기고 양손에 쥔 연필로 노트북컴퓨터를 번갈아 연타하며 잊지 못할 추억을 쌓는 가운데 제이컵은 고개를 설레설레 저어 그 생각을 떨쳐버렸다. 한참 뒤 고개를 들었을 때, 그는 실수로 트리나를 쳐다보고 말았다. 새로운 절친이자 죽은 형의 전 여자친구, 수수께끼 같은 슬픔의 동반자, 자신을 괴롭히는 골칫거리인 트리나가 그를 빤히 쳐다보고 있었다. 웃음기도 열정도 모두 씻겨나간 듯 텅 빈, 말간 회색 눈을 한 그 애가 소란한 교실 속에서 입 모양으로 뭐라고 말하고 있었다. 제이컵은 **뭐라고?**라는 의미로, **무슨 말인지 모르겠어**라는 의미로 인상을 찌푸려 보였다.

하지만 그는 트리나가 무슨 말을 하는지 알고 있었다. 그 애는 이 말을 자꾸만 되풀이하고 있었다.

하나도 빠짐없이 모조리 다.

3장

더글러스
Douglas

점심을 먹은 뒤 더글러스는 잠시 쉬었다.

1교시만 빼면 별일 없는 하루였다. 드론도, 군가도, 동물적 매력의 과시도 더 이상 없었다. 그럼에도 오늘 더글러스는 수업에 집중할 수 없었다. 정신이 딴 데 있는 것 같았다. 수업 중에 생각의 흐름을 놓치는 바람에 학생들이 등 뒤에서 기분 나쁘게 그를 비웃었고, 쪽지시험 내는 것도 깜박 잊었다. 쉽게 동요하는 성격은 선생으로서는 부적절한 자질이라는 것을 그는 알았다. 그럼에도 오늘은 동요를 가라앉히기가 쉽지 않았다. 오늘 오전의 더글러스는 학생들을 위해 과거를 새로이 발명하는 대신 요 얼마간 있었던 자신의 역사를 다시금 상상하고 있었는데, 그 역사에 대서특필된 사건은 바로 어젯밤, 셰릴린이 요구한 두 번째 섹스에 실패했던 경험이었다. 당연히, 아내를 실망시키지 않고 싶었기에 노력했지만, 30분 사이에 두 번째로 아내의 다리 사이에 자리 잡은 그의 몸은 가련하게도 정신에 패배하고 말았던 것이다.

대체 왜 그랬을까?

더 거친 섹스를 요구한 셰릴린이 평소답지 않았지만 더글러스는 이기적인 사람이 아니었다. 비록 디어필드에 살면서 이를 증명할 기회는 거의 없으나 그는 자신이 전반적으로 꽤나 열린 마음을 지니고 있다고 생각했으며, 셰릴린이 성적으로 원하는 건 무엇이든 기꺼이 줄 마음이 있었다. 어쨌거나 셰릴린이 그런 요구를 하는 대상은 **그**였고, 그게 중요했다. 그럼에도 지난밤에는 아내가 성적인 요구를 했던 대상이 **그**였다는 사실이 문제였다. 두 번째로 아내를 내려다보았을 때, 평소에는 정수리를 가리도록 빗어 넘겼던 길고 성긴 머리카락이 눈앞으로 흘러내린 순간, 그는 문득 머리가 벗어지고 있다는 사실이 신경 쓰였다. 지금 이런 자세를 취하고 있는 내가 혹시 절박한 출장 세일즈맨처럼 우스꽝스러운 꼬락서니는 아닐까? 그 생각을 지우고 쾌락에 집중하기 위해 언제나 그의 성욕에 불을 붙이는 셰릴린의 신체 부위를 내려다보려고 하는 순간, 이번에는 또 자신의 신체, 그러니까 털이 숭숭 난 튀어나온 배라든지, 중년이 되어 살짝 처진 가슴이 눈에 들어오는 바람에 집중이 되지 않았고, 따라서 또 기가 꺾이고 말았다. 그렇기에 더글러스는 자신이 셰릴린의 바람대로 한 번 더, 더 세게 해줄 수 있는 그런 남자가 맞는가 하는 의문을 지울 수가 없었다. 이제는 울적한 생각까지 들었다. 내가 여태까지 했던 것과 **조금이라도** 다른 무언가를 할 수 있을까? 만약 아니라면, 나는 대체 뭐란 말인가? 나이 마흔에 자기가 누군지도 모르는 그런 남자의 곁에 있고 싶은 사람이 과연 있을까? 이런 걱정을 하는 것 자체가 섹시한 것과는 거리가 멀다는 걸 더글러스도 알았다. 그럼에도 그는 더 이상 셰릴린에게 해줄 수 있는 것이 없다는 사실이 마침내 확실해질 때까지 자기 연민의 굴레에서 빠져나오지 못했다.

더글러스는 변명하듯 몸을 굴려 침대로 내려와서는 셰릴린에게 손으로 쾌락을 선사하려 서툴게 몇 번 시도했다. 의도는 좋았지만 결국 둘 다 어색해지기만 했고, 아내는 이불을 가슴 위로 끌어올려 덮었다.

"괜찮아, 여보. 내가 왜 그런 말을 했는지 모르겠네."

"좀 더 기다릴걸 그랬어." 더글러스의 대답이었다. "그러니까, 당신이 준비가 안 된 줄 알았으면 좀 더 기다렸다가 할걸 그랬어."

"쉿, 그냥 돌아누워봐. 안아줄게." 셰릴린이 등 뒤에서 더글러스의 몸에 자신의 몸을 밀착하자, 그는 이불 속 두 몸이 뿜어내는 열기와 끈끈한 땀이 참을 수 없이 답답하게 느껴졌다. 이불 밖으로 발을 차내고, 베고 있던 베개도 두들겨서 부풀렸다.

"그게 말이야, 생물학적으로 남자는 연속으로 두 번 할 수 없게 돼 있어."

"알아." 셰릴린이 그의 귀 위에 난 잔머리를 손가락으로 살살 쓸어주며 그를 달랬다. "그냥 좋아서 그랬어. 칭찬으로 받아들여."

"호르몬 수준이 급격히 감소해서 그런 거야. 흥미가 떨어진 게 아니라고. 알지? 과학적으로 그래."

"우리 다른 얘기 하자." 셰릴린이 말했다.

더글러스가 눈을 감자 셰릴린은 그의 목에서부터 등까지 손끝으로 쓸어내린 다음 그의 어깨에 알 수 없는 형상들을 그려대기 시작했다.

"음, 퀴즈 하나 낼게. 준비됐어?"

더글러스는 한숨을 쉬었다. "준비됐어."

"있잖아, 책 속에 나오는 그런 아랍 왕들한테는 하렘이라는 게 있었다는 거 알고 있었어? 그리고 하렘에 있는 여성들은 전부 공주라든지 일종의 왕족이었다는 사실 말이야."

"알지. 물론 하렘을 그렇게만 정의한다면 좀 문제가 있지만."

"궁금한 게 있는데, 하렘에 들어가는 여자들은 어떻게 뽑는 걸까?"

"그런데 말이야," 더글러스가 입을 열었다. "아까 물을 좀 마셨더라면."

"아, 세상에. 당신 잘했다니까. 이제 자자."

대화를 끝낸 두 사람은 두 개의 물음표처럼 함께 몸을 구부리고 누워서 서로의 숨소리에 박자를 맞춰갔고, 더글러스는 방 저쪽 욕실에 켜둔 야간 등을 바라보며 동굴에서 홀로 꺼져가는 촛불 같다고 생각했다. 잠시 후 셰릴린이 숨을 크게 한번 들이쉬더니 "정말 사랑해, 더글러스" 한 다음 몸을 식히려는 듯 돌아누워버렸다.

더글러스는 그 말에 대답하는 대신 잠을 자는 척 숨소리를 낮추었다. 몇 분 뒤, 옆에서 침대가 살짝 흔들리는 기척이 느껴지고, 아내가 충족되지 않은 욕망을 채우는 조용한 소리가 들려왔는데도, 그날 밤, 이유는 알 수 없었지만, 그는 어쩐지 끼어들 자격이 없다는 생각이 들어 계속 자는 척했다.

하지만 그건 어제의 문제였다.

더글러스에게는 또 다른 난관들이 생겼으니까.

첫째, 오늘 아침 출근을 하려는데 차에 시동이 걸리지 않았다. 샤워를 하고 옷을 입을 때까지도 셰릴린은 베개 무더기에 파묻혀 잠든 상태였는데, 퇴근한 뒤 레슨에 가져갈 트롬본을 챙겨 뒷좌석에 실으려던 더글러스는 뒷좌석 문이 살짝 열려 있다는 사실을 알아차렸다. 디어필드에서 범죄란 정말이지 드문 일이었으므로, 그는 범죄 가능성은 의심조차 하지 않은 채 전날 밤 문을 제대로 닫지 않은 거라고, 점점 더 불어나는 사소한 실수 목록에 한 가지가 더해진 것이라고 생각했다. 그는 셰릴린을 깨워 그 이야기를 하는 대신 아내의 차 키를 챙겨 그녀의 스바루를 몰고 출근했다.

학교로 출근하는 길지 않은 시간 동안 아내의 차 에어컨에서 희미한 담배 냄새가 풍겼다. 처음 만났던 시절엔 두 사람 모두 술이 한두 잔 들어가고 나면 치기에 이끌려 담배 한 갑을 사는 정도로 사교적인 흡연을 즐겼으나, 둘은 결혼식 날부터 담배를 완전히 끊기로 합의했었다. 그는 셰릴린이 때때로 이 협정을 어긴다는 사실을 알고 있었고, 사실 가끔 아내에게 은은하게 묻은 담배 냄새를 맡을 때면 마음이 편안했다. 잠깐이지만 연애 시절이 떠오르면서 아내 역시도 대중없고 불완전한 존재라는 사실, 혼자만의 작고 비밀스러운 사생활이 있어야 완성되는 존재라는 사실을 상기하게 되기 때문이었다. 더글러스 역시도 자기 이름이 적힌 반짝거리는 명패가 붙은 미끈한 금빛 트롬본이라는 형태로 가지고 다니는 사생활 말이다. 그러니 아내를 비난할 자격은 없었다. 라디오 볼륨을 낮추고 담배 냄새를 들이마시며 그는 결혼 생활에서 있었던 온갖 좋은 일들을 떠올렸고, 코플랜드가 작곡한 그리 잘 알려지지 않은 곡을 휘파람으로 불며 차를 몰았다.

담배 냄새가 사그라지자 더글러스는 에어컨을 끄고는 요즘 아내가 무슨 담배를 피우는지, 늘 피우던 가느다란 벤슨앤드헤지스 담배를 숨겨놓았는지 살펴볼 생각으로 대시보드에 달린 수납공간을 열었지만, 담배는 그곳에 없었다. 그 대신 영수증같이 생긴 종이가 몇 장 있었다. 파란색 종이가 깔끔하게 겹쳐진 채 반으로 접혀 있어 쓰레기 같지는 않았다. 더글러스는 호기심이 생겼다. 학교 주차장으로 진입한 다음 종이 뭉치를 꺼내보았다. 주유소 영수증처럼 미끈거리는 재질의 종이였다. 그는 차를 세운 후 종이를 펼쳐보았다. 안타깝게도 이미 더글러스가 본 적 있는 종이였다. 자라서 플루토늄 과학자가 될 거라고 뻐겨대던 학생이 보여주었던 것이다.

맨 첫 장, 종이 윗부분에 다빈치가 그린 인체를 연상시키는, 팔다리를 사방으로 뻗고 있는 남자의 윤곽선이 그려져 있었다. 남자의 가슴팍에는 짙은 남색으로 DNA를 뜻하는 이중나선 형태가 그려져 있었다. 그 아래 **디엔에이믹스**라는 글자가 적혀 있었다.

다음으로 눈에 들어온 것은 아내의 결혼 전 이름인 셰릴린 메이 풀러였다. 그 순간 퍼즐은 풀렸다. 식품점에 새로 들어온 희한한 기계를 아내가 벌써 사용해보았을 거라는 생각을 어째서 해보지 않았는지, 왜 전날 밤 아내에게 물어보지 않았는지, 그런 의문들이 꼬리에 꼬리를 물면서 그 순간부터 그는 자꾸만 자기의 행동을 다시금 되짚어보게 됐다.

아내의 이름 밑에는 깨알 같은 글씨로 눈동자 색, 머리카락 색, 가능한 키 같은 항목들의 수치가 나열되어 있었다. 전날 밤 셰릴린이 강조했던 가능성이라는 단어를 보는 순간 더글러스의 머릿속에서 그 밤에 있었던 모든 일이 생생하게 되살아났다. 아내의 포크, 포크로 잘라놓은 파스타, 소파 위에 다리를 접고 앉은 아내의 허벅지에 보조개처럼 옴폭 들어가던 부분, 첫 번째 섹스가 끝난 뒤 그녀가 발목으로 그를 당겨 안던 것.

아내의 가능한 신장은 167센티미터라고 나와 있었는데 실제 키와 얼추 비슷한 것 같았다. 가능한 자녀의 수는 12명이라고 적혀 있었다. 말도 안 되는 데다가 모욕적이기까지 한 숫자였다. 특히 결혼 초기부터 몇 년이나 시도했지만 결국 아이를 갖지 못한 두 사람에게는 말이다. 그때 또 다른 항목이 눈에 들어왔다. 가능한 신분이라는 항목이었다.

굵은 글자로 이렇게 적혀 있었다. **왕족.**

더글러스는 고개를 설레설레 저었다. 셰릴린이 이따위 기계에 돈을 집어넣었다는 사실 자체가 불편하게 느껴졌다. 그녀답지 않은 일이기도 하거니와, 예상치 못한 일들 대다수가 그렇듯 기분 좋을 일인지 울적할 일인지 알 수 없었다. 첫 장을 넘겨 다음 장을 보았지만 내용은 완전히 같았다. 그다음 장, 그다음 장도, 총 열 장의 결과지 모두 똑같았다. 왕족, 왕족, 왕족. 마지막에 있는 종이들 중 한 장에는 **서퍼**라고 적혀 있었지만, 윗부분에 이름조차 쓰여 있지 않은 이 종이는 아내의 결과지가 아닌 게 분명했다. 그럼에도 그는 이 종이에 나온 숫자들이 셰릴린의 결과지와 일치하지 않는다는 걸 굳이 확인했다. 어째서 아내는 이런 기계에 연연한 걸까? 어떤 결과를 얻고 싶었던 거지? 원리조차 알 수 없는 이런 기계에서? 말도 안 되는 짓이었다. 서퍼라고 적힌 결과지를 다시 한번 보니 누군가 버린 것처럼 지저분했다. 아마 더글러스 역시도 바다에나 뛰어들라고 적힌 종이를 받았다면 버렸을 것이다. 그래도 그는 결과지를 전부 잘 접어서 주머니에 집어넣었다. 그다음에는 학교 건물로 들어가 느릿느릿 복도를 걸어 교실로 들어갔고, 러스티 보델이 드론을 쫓는 모습을 보게 되던 것이다.

지금 그는 점심을 먹고 다시 교실로 돌아와 졸음을 쫓을 커피를 마시며 결과지를 다시 한번 넘겨보는 중이었다. 셰릴린에게 전화를 걸어 이 일에 대해 대화를 나누고, 어젯밤 이후로 생긴 것만 같은 둘 사이의 작은 틈을 메워야지, 유머를 섞어 다가가야지. 아내의 불안은 금세 해결될 테니까. 이제와 생각하니 어젯밤 자신이 품은 가능성을 사진 속에서 찾아보려고 역사책을 열심히 들여다보던 셰릴린이 귀엽다는 생각도 들었다. 외국 음식 조리법에 몰두하던 것도 사랑스러웠다. 앞으로 두 사람이 웃으며 추억할 일이 될 테지. 결혼이라는 감자 무더기에 더해진 조그만 감자 한 알에 불과할 것이다. 그는 전날 밤의 일은 아까 생각했던 것보다 더 사소한 일이리라는 생각이 들었다. 그렇게 더글러스는 태어나서 처음으로 꿈이 가지는 의미를 대단찮은 것으로 치부했다.

휴대폰을 꺼냈다가, 아내의 휴대폰이 고장 난 게 떠올라 집으로 전화를 걸었다. 평소보다 신호음이 길게 울린 끝에야 셰릴린이 전화를 받았다.

"당신 차에 시동이 안 걸려." 그녀가 말했다.

더글러스는 미소를 지었다. 전날 밤 있었던 일이 별게 아니라 정말 다행이라는 말을 하고 싶었다. 당신만 원한다면 지금 당장이라도 연속으로 두 번 할 수 있다고도 말하고 싶었다. 그는 씩 웃으며 입을 열었다. "알아. 내가 당신 차를 타고 나왔어. 미안해. 지각할 것 같았거든."

"뭐가 그렇게 웃겨?"

마치 그가 끼어들기라도 했다는 듯 날이 선 셰릴린의 목소리에 더글러스는 미소를 거뒀다.

"아, 아니야. 안 웃겨. 별일 없지?"

"음." 셰릴린이 한숨을 쉬었다. "엄마한테 다녀오려고 했는데, 안 가야겠어. 그래도 장은 봐야 해. 당신이 가게 좀 들렀다 올래?"

"당연하지, 당신을 위해서라면 뭐든 하지." 그렇게 대답한 뒤 더글러스는 사첼 가방에서 펜과 종이를 꺼냈다.

"좋아." 셰릴린이 뭔가를 뒤적이는 소리가 들렸다. "받아 적어. 가지 네 개, 피타 빵, 레몬즙 한 병. 운전석 문에 쿠폰이 있을 거야. 확실한 건 아니고. 음, 타히니도 필요해. 못 찾겠으면 물어봐. 마늘 두 쪽. 소금이랑 파는 있어. 그래도 올리브유는 좀 더 사 와. 올리브유가 아주 많이 필요한 것 같아서 말이야."

아내가 부르는 목록을 받아 적던 더글러스는 그녀가 품목을 하나씩 말할 때마다 가슴이 철렁했고, 메모한 품목마다 옆에 물음표를 그려 넣었다. 두 사람의 기나긴 결혼 생활 동안, 이런 물건들을 사 오라는 부탁을 들은 적이 있었나? 없었다. 그러나 인생에 예상치 못한 항목들이 더해지는 게 뭐 그리 큰일일까? 결국 그게 재즈의 본질 아닌가? 무대에 서고 싶다면 약간의 즉흥 연주는 감수해야 한다. 그런데도 어쩐지 시무룩한 기분이 들었다. **가지**라는 글자에는 밑줄을 그었다.

"몸은 좀 어때? 머리 아픈 건 괜찮아? 컨디션이 좀 안 좋아 보이는데."

"괜찮아. 뉴스 보고 있었거든. 원래 뉴스를 보다 보면 세상이 끔찍하게 느껴지잖아."

"스테이크 같은 것도 좀 살까?"

"아니. 이걸로도 한 끼는 충분한걸. 가지가 메인 요리야."

더글러스는 트롬본 레슨을 네 시에 마치고 가게에 들렀다가 다섯 시 반에서 여섯 시 사이에 집에 도착할 거라고 말했다.

"좋아."

"사랑해." 그가 말했다.

"그래, 나도."

더글러스는 전화를 끊은 뒤 책상에 올려놓았다. 휘파람으로 블루스를 불기도 전, 뒤에서 웬 남자 목소리가 들려왔다.

"나도 사랑해, 자기."

고개를 들자 일명 디어필드 공식 사진사인 듀스 뉴먼이 교실 문간에 서 있었다.

듀스는 존재감이 큰 남자였다. 키는 180센티미터가 채 안 되었지만 몸통이 굵직했고 나무둥치와 마찬가지로 시간이 갈수록 점점 더 커지기만 하는 것 같았다. 두툼하게 생긴 얼굴, 귀 뒤로 쓸어 넘긴 촌스러운 머리 모양, 목에 걸고 있는 전문가 장비 같은 묵직한 카메라 두 개가 시야를 완전히 가리는 바람에 복도 바깥이 보이지 않았다. 더글러스와 듀스는 오래전 중학교 동창이었다. 듀스 뉴먼의 본명은 브루스로, 한때 주 대표팀에서 등번호 2번을 단 미들라인배커로 활약했다.

지금은 더글러스와 마찬가지로 마흔인 듀스는 디어필드에서 사뭇 전설적인 인물 취급을 받고 있었다. 졸업 학년 때 무릎이 작살난 바람에, 대부분의 지역 운동선수들이 그러듯이 젊은 날의 유명세를 최대한 짜내며 여생을 보내기로 한 것이다. 이 방면에 있어 듀스는 성공했다고 볼 수 있었다.

브루스 뉴먼의 인생 역전은 작은 마을 사람들의 구미에 잘 맞았다. 자동차정비공인 아버지 밑에서 태어나 방 두 개짜리 조그만 집에서 어린 시절을 보낸 그는, 비싼 훈련 같은 것은 꿈도 못 꾸고 학교 뒤뜰에 놓인 낡아서 녹이 슬어가는 태클링 슬레드[7]를 붙들고 연습해야 했지만 그럼에도 엄청난 재능을 갖고 있었고, 디어필드 사람들은 이를 **축복받은** 재능이라

불렀다. 한때 그의 앞에는 디어필드를 벗어나 부와 명성을 비롯해 누구나 꿈꾸는 것들이 가득한 더 큰 세상으로 나갈 수 있는 탄탄대로가 펼쳐져 있었는데도, 대도시에서 온 어떤 녀석에게서 크랙백블록 반칙을 당하는 바람에 무릎을 못 쓰게 됐다. 그야말로 디어필드의 삶을 축약한 것이라 할 수 있다.

그러나 더글러스는 듀스를 그리 안타깝게 생각하지 않았다. 그에겐 나름의 야망이 있었고, 지금은 동네 마스코트 같은 것이 되어서 결국 어느 정도 유명세를 누리고 있었으니 말이다. 부상을 당한 뒤 듀스는 터치라인에 목발을 짚고 서서 팬들의 호응을 유도했고 볼에 치어리더들의 입맞춤을 받았다. 심지어 고등학교를 졸업한 뒤에도 코치들이 호의의 표시로 그를 경기에 초대했는데, 지루했던 듀스는 경기장에 카메라를 들고 갔다. 바닥에 엎드린 채 선수들의 움직임을 포착해 내고 기대에 찬 관중석의 부모들을 자연스럽게 담아낸 이 사진들이 지역 신문《디어필드 버글》에 실린 순간 앞으로 20년간 브루스의 인생은 어느 정도 정해진 셈이었다.

그런데 지금 왜 듀스가 학교에 있는 것인지, 어째서 자기 교실 문간에 서서 자신을 쳐다보고 있는 것인지 더글러스는 전혀 알 수 없었다.

"웬일이야, 브루스?"

"나야말로 묻고 싶다. 셰릴린 같은 여자랑 결혼했으면서 당

---

7   미식축구 선수들이 혼자 블로킹 기술을 연습할 수 있게 만든 장비.

나귀 거시기 같은 표정을 하고 앉아 있는 이유가 뭔지."

"표현 한번 끝내주네."

"셰릴린이랑 통화한 건 맞지? 설마 내가 들어선 안 되는 걸 엿들은 건 아니겠지? 말 잘 듣는 여학생이랑 재미 보고 있다 든지?"

더글러스는 자리에서 일어나 브루스 쪽으로 다가가 악수를 건넸다. 이런 식의 무신경하지만 악의 없는 농담은 두 사람 사이에서 흔히 주고받는 것이었기에 마음에 담아둘 만한 건 아니었다.

"내가 고작 그런 사람으로 보여? 이렇게 만나니 반갑네."

솔직히 말하면, 더글러스는 지금 이 순간 그 누구와도 만나고 싶지 않았다. 그리고 더글러스가 만나고 싶지 않은 사람들 중에서도 브루스 뉴먼은 꽤 높은 순위를 차지했다. 두 사람은 대놓고 사이가 나쁜 건 아니었지만 고등학교 시절부터 조금 미묘한 사이였는데, 브루스가 오래전부터, 그리고 더글러스가 생각하기에는 아직까지도, 셰릴린을 짝사랑해서였다. 물론, 셰릴린이 브루스에게 눈길조차 주지 않고 더글러스와 사랑에 빠져 결혼에 골인한 이상 그 문제는 실질적으로 오래전 해결된 셈이었다. 그러나 이유를 막론하고 한번 품은 마음을 영영 거두지 않는 남자들도 있다. 그래서 브루스가 셰릴린의 안부를 묻는다거나, 장을 보거나 마을 광장에서 열린 무슨 행사에서 셰릴린을 우연히 마주했을 때 그녀의 손등에 입을 맞춘다거나, 셰릴린과 결혼한 더글러스가 얼마나 운이 좋은지를 지치지도 않고 상기시킬 때마다, 두 남자가 나누던 가벼운 잡담에는 어쩔 수 없이 팽팽한 긴장감이 덧씌워졌다.

"이런, 젠장. 콧수염은 어떻게 한 거야? 얼굴이 돌고래 거시기처럼 됐잖아." 듀스가 말했다.

"동물 생식기 비유가 인상적일 정도로 풍부한데."

"무슨 뜻이건 간에 고맙군."

"그런데 학교에는 어쩐 일이야?"

"200주년 기념제의 열기 때문이지 뭐. 이틀 안에 촬영을 마쳐야 하는데, 빌어먹을 자식들이 예약을 자꾸 어기잖아. 할 수 있는 조치를 다 취했는데도 방법이 없어서 결국 학교까지 쫓아온 거지."

200주년 기념제. 그럴 줄 알았다. 더글러스의 눈에는 이 동네에서 일어나는 일은 전부 그놈의 200주년 기념제 탓인 것 같았다. 이번 주말, 디어필드 주민들의 눈에는 어마어마한 규모로 보일 축제가 열린다. 시장이나 시의회 의원들의 눈에는 이 축제가 전국 뉴스를 장식하고 동네에 활기를 불어넣을, 나아가 관광객의 돈으로 지역 경제를 부흥시킬 행사로 보이겠지만, 더글러스 생각에 그건 망상에 가까웠다. 그래도 지난 1년간, 이 축제는 동네 전체의 숙제 같은 것이었다. 학교 밴드는 새로운 곡을 연습하기 시작했고, 현수막을 수백 개씩 인쇄했고, 셰릴린은 미친 듯이 새집을 만들어댔으니까. 심지어 법원 건물은 고압 세척을 한 뒤 페인트칠도 새로 했다. 이번 축제에서 브루스 뉴먼이 중책을 맡은 것은 그가 직접 구상한 프로젝트 때문이었다. 마을 사람들 하나하나의 얼굴을 담은 작은 사진을 모아서 컴퓨터 그래픽으로 처리해 숨겨진 큰 그림을 보여주는, 높이 3미터, 폭 1.5미터에 달하는 기념비적인 모자이크 작품을 제작하겠다고 시장 행크 리슈에게 약속했던 것이다. 축제에서는 그 외에도 장기자랑, 행진, 검보 요리대회, 불꽃놀이가 펼쳐질 예정이었지만, 주요 볼거리는 1만 2천 명에 달하는 디어필드 사람들의 얼굴이 담긴 듀스의 모자이크 작품이 될 예정이었다. 그러고 보니 개막식이 바로 내일, 학교 체육관에서 열린다는 사실을 더글러스는 기억해냈다. 참석할 생각은 없었다. 이번 주 금요일에 그가 바라는 건 평소와 다름없이 아내와 함께하는 저녁 식사가 전부였다.

"사실은 말이지," 브루스가 입을 열었다. "네 사진도 아직 못 찍었잖아? 움직임을 포착할 수 있게 책상 위에 올라가서 폴짝 뛰어볼래? 거기다가 〈깊은 상념에 빠진 교사〉라는 제목을 붙이자고."

"글쎄, 지금은 좀 별론데."

듀스는 카메라 하나를 꺼내 렌즈를 이리저리 매만지기 시작했다. "자, 어서. 입술을 쭉 내밀고 네 주특기인 휘파람을 불어보라고. 그 뚱뚱보 남자가 부른 〈왓 어 원더풀 월드〉를 휘파람으로 불고 있는 사진을 찍어줄 테니까."

더글러스가 책상 위로 손을 뻗어 베레모를 움켜쥔 뒤 이미 식어가고 있는 커피잔을 집어 들었다. "루이 암스트롱 말이야? 미국의 천재?"

"그 문구도 제목으로 딱이겠군. 자, 책상 옆에 서봐. 그 예술가 모자까지 잘 나오게 담아볼게. 그러고는 〈더글러스 허버드, 망중한을 보내는 교수〉라는 제목을 붙이는 거지."

함정에 빠졌다는 사실을 깨달은 더글러스는 반항을 포기하고 창가로 다가가 선 뒤, 베레모를 쓰고 커피잔을 든 채 최대한 생각에 잠긴 것 같은 포즈를 취했다. "난 교수도 아닌걸." 그렇게 말하는 순간, 더글러스는 자신이 이루지 못한 또한 가지 일을 떠올렸다. 박사학위도 없다. 눈부신 경력도 없다. 그렇다고 잠들어 있는 열정이 있는 것도 아니고. 거기까지 생각하니 또 셰릴린이 떠올랐다.

"브루스," 더글러스가 입을 열었다. "궁금한 게 있어. 식품점에 들어왔다는 그 새로운 기계 얘기 들었어?"

"당연하지. 진짜 신기하던데."

"뭐, 너도 그런 걸 믿는단 말이야?"

"아니. 사람들이 그딴 데 돈을 쓴다는 사실이 신기한 거지."

"그러면 너는 안 해봤겠네."

"할 필요가 없지. 지금도 완벽한데, 뭣 하러 들쑤셔봐? 너랑 마찬가지야. 너라도 안 하지 않겠어? 네가 어떤 사람인진 너도 잘 알잖아. 넌 오래전부터 똑같았어. 세상에서 제일 운 좋은 남자."

"글쎄, 나도 지금의 나와는 다른 무언가가 될 수도 있었잖아."

"그거야 내 알 바 아니지." 그러더니 브루스가 카메라 렌즈를 들이댔다. "이제 웃어봐. 환하고 느끼하게 아주 오래 웃어보라고."

더글러스는 골반을 창틀에 기댄 채로 억지 미소를 지었다. 그러나 듀스가 셔터를 누르기도 전, 야구공 하나가 유리창을 깨뜨리고 날아 들어왔다. 공이 더글러스의 손에 맞는 바람에 커피잔이 박살나며 그가 입고 있던 재킷에 커피를 온통 흩뿌렸다.

"정통으로 맞췄군." 더글러스가 말했다.

팀 네버스라는 남학생이 창가로 헐레벌떡 달려오더니 공이 일으킨 참상을 살펴보았다. 유리창에 뚫린 구멍을 통해 교실 안을 들여다보던 팀이 외쳤다. "우와, 구속이 얼마쯤 됐을까요?"

듀스가 바닥에서 공을 집어 들어 손안에서 두어 번 튀겼다. "80대 후반은 거뜬하겠던걸. 꽤나 괜찮은 변화구였어."

더글러스는 재킷 소매로 커피를 훔쳐냈다. "네버스, 교장실로 가거라. 가서 교장선생님한테 관리실에 연락해달라고 해."

"죄송해요, 허버드 선생님. 제가 투수가 된다는 걸 어제 알게 됐거든요. 메이저리그 선수가 된대요! 정말 대단하죠? 지금까지는 제가 야구를 좋아하는지도 몰랐는데."

듀스가 손에 든 공을 뒤집으며 물었다. "투수라고? 디엔에이믹스가 그러든?"

"맞아요."

듀스는 팀에게 다시 야구공을 던져주었다. "나쁘지 않군."

"방금 시킨 일이나 하거라. 그리고 유리창 물어줄 걱정이나 하는 게 좋겠다." 더글러스가 말했다.

"문제없어요. 전 백만장자가 될 테니까." 팀은 그렇게 대답하더니 달려가버렸다.

돌아서서 듀스를 보자, 그는 이미 카메라를 들고 씩 웃으면서 커피 얼룩으로 범벅이 되어 비참한 꼬락서니를 한 더글러스의 시무룩한 모습을 신나게 찍어대고 있었다.

"여러분, 세상에서 제일 운 좋은 남자, 더글러스 허버드를 소개합니다." 듀스의 말이었다.

4장

셰릴린
Cherilyn

영국. 룩셈부르크. 리히텐슈타인. 모나코. 모로코. 카타르!

이렇게 많은 왕족들을 찾아봤는데, 아직 정오도 안 된 시간이라니.

이렇게 많은 이야기가 있다니.

하나만 예를 들어보자. 용왕이라 불리던 부탄의 왕 지그메 케사르 남기엘 왕추크는 제트순 페마라는 평민 출신 여자를 왕비로 삼았다. 그렇게, 그녀는 짠! 하고 왕족이 되었다. 결혼식에서는 알록달록한 스카프에 끈으로 여미는 분홍색 겉옷으로 차려입었다. 왕은 머리를 뒤로 질끈 묶었고 왕비는 왕관을 썼다. 셰릴린이 어제까지는 몰랐던 이야기다.

인터넷도 쓸모가 있다고 셰릴린은 생각했다. 평소에 그녀는 페이스북을 확인하고, 인스타그램에서 친구들의 아기 사진이나 음식 사진을 구경하고, 수공예 아이디어를 찾느라 핀

터레스트를 돌아다니며 인터넷 서핑에 상당한 시간을 썼지만, 전부 그녀의 스마트폰이라는 작은 격리 공간에서 일어나는 것들이었다. 때때로 뉴스 코너로 넘어가 햄턴스라든지 마서스비니어드 같은 곳의 바닷가 별장에서 어떤 사건이 발생하는 바람에 어느 유명인이 다른 유명인에게 화가 났다는 식의 루머와 가십이 담긴 헤드라인을 읽을 때도 있었지만, 그런 걸 '온라인' 생활이라고 생각지는 않았다. 셰릴린은 소위 말하는 '인터넷 인간'이 아니었다. 사실 그 반대에 가까웠다.

셰릴린은 휴대폰**으로** 사람들과 대화를 나눌 수 있다는 사실이 좋았던 것이지, 대화에서 벗어날 수 있어서 좋아한 게 아니었다. 집에 혼자 있을 때 친구들과 나누는 문자메시지, 더글러스가 점심시간에 걸어오는 전화. 그런 게 휴대폰의 순기능이었다. 만약 휴대폰과 진짜 사람 중 하나를 꼭 선택해야 한다면 그녀는 당연히 후자를 택할 터였고, 누군가가 휴대폰을 어떻게 생각하느냐고 묻는다면 그녀는 그건 현대사회가 맞닥뜨린 큰 문제라고 대답할 것이다. 사람들을 서로에게서 단절시키니까. 셰릴린과 더글러스는 저녁 식사를 할 때 식탁에 휴대폰을 올려놓는 일이 없었다. 지니와 테드 부부의 집에서 식사를 할 때, 식탁에 어떤 화제가 등장하는 족족 휴대폰을 꺼내 남들의 말이 틀렸다고 입증하려 드는 테드와는 달랐다. 한번은 식사 자리에서 셰릴린이 마요네즈는 섞었을 때 화학구조가 바뀌는 유일한 식품이라는 말을 한 적이 있었다. 그러자 테드는 그녀를 모자란 사람 취급하면서 그 말이 틀렸다는 걸 증명하겠다며 식탁에 앉은 채로 5분이나 휴대폰으로 검색을 했었다. 세상에는 사소한 일을 물고 늘어지는 사람이 있다. 가끔 틀릴 수도, 기억이 잘못될 수도 있지만, 휴대폰 따위는 집어넣고 그냥 넘어가도 되잖아. 중요한 건 그거라고 셰릴린은 생각했다.

어쩌면 이런 꽉 막힌 생각은 나이를 먹은 조짐인지도 모르겠다. 물론 어떻게 보나 늙었다고 말할 수는 없는 나이인데도, 셰릴린은 뭘 그렇게 보는지 휴대폰 화면을 엄지손가락으로 넘겨대며 좀비처럼 디어필드 광장을 돌아다니는 청소년들을 벌써부터 걱정했다. 한번은 교복을 입고 무리 지어 돌아다니는 고등학교 여학생들을 봤는데, 그 애들은 같이 걸으면서도 각자의 휴대폰 속 각기 다른 것들을 보며 웃고 있었다. 그 아이들은 셰릴린과 많아야 스무 살 터울이었고, 또 그녀 역시 고등학생 시절이 바로 어제 일처럼 생생한데도, 이 아이들과 자기 사이에는 아무런 공통점도 없다는 생각이 들었다. 또, 헤드셋을 끼고 모르는 사람들과 이야기를 나누면서 상대방을 쏘아 죽이는 그런 게임에 중독되어 서른 시간 연속으로 하는 사람들도 있지 않나? 기사에서 본 이야긴데, 일본에서는 이틀간 밥 먹는 것도 잊고 게임에 매달리다가 커피숍에서 쓰러져 죽은 사람들도 있다고 했다. 쉴 새 없이 트위터를 하는 사람, 남들이 트위터에 쓴 말을 보고 화를 내는 사람들도 있다. 대체 왜들 그러는 걸까? 어째서 알지도 못하는 사람들이 실제 입으로 한 것도 아닌 말 때문에 화를 내지? 셰릴린으로서는 도저히 알 수 없는 일이었다. 그런 사람들이야말로 "온라인"에서 살아가는 사람들이겠지. 그녀는 그 부류에 속하지 않았다.

오히려 셰릴린은 휴대폰이 있기에 디어필드라는 지역과 현실에 한층 더 뿌리내릴 수 있다고 생각했다. 페이스북 친구들도, 인스타그램 친구들도 죄다 동네 친구들이었다. 이메일로 받는 것은 광고와 고지서가 전부였고, 때로 프링글스 통에 머리가 낀 포섬[8] 같은 웃긴 사진이라도 받으면 더글러스에게 전달해주는 것이 다였다. 물론, 그녀는 자신의 인터넷 세상이 디어필드를 빼닮은 건 자신이 의도적으로 구성한 결과물이라는 사실을 알았지만, 그럼에도 하늘도, 사랑도, 바람도 없는 인터넷 세상을 실제 세상보다 좋아하게 될 일은 없을 터였다.

그런데 오늘은 휴대폰이 없다는 사실이 이렇게 허전할 수가 없었다. 한낮에 목욕가운 차림으로 더글러스의 낡은 컴퓨터 앞에 앉아 있자니 기분이 이상했다. 오늘 아침, 미시시피강 한가운데 자리한 섬, 그 섬에 단 한 그루 있는 나무에서 무화과를 따먹는 꿈을 꾸다가 달아오른 얼굴로 숨을 거칠게 몰아쉬며 깨어난 순간부터 기분은 이미 이상했지만 말이다.

잠에서 깼을 땐 입안에 들척지근한 맛이 감돌고 있었다. 시간을 확인하기 위해 휴대폰을 향해 손을 뻗었다가 짚이는 것이 아무것도 없자 공황 비슷한 감정이 치밀었다. 금이 간 채 쌀이 담긴 그릇 안에 놓여 있는 휴대폰을 보자 꿈인지 현실인지 헷갈리기도 했다. 서랍장 위 시계를 보니 아홉 시 반이

---

8   영어권에서 주머니쥐목에 속하는 유대류의 총칭.

라는 말도 안 되는 시각이었다. 이렇게 늦잠을 잔 게 얼마 만이람? 더글러스는 벌써 출근한 걸까? 출근하기 전 더글러스에게 잘 다녀오라는 입맞춤을 빠뜨린 건 또 얼마 만일까?

그 순간 전날 밤의 기억이 밀려왔다. 내가 왜 그랬지? 연속으로 두 번 해달라고 하다니. 불쌍한 더글러스. 남편은 분명 실패를 만회하려고 애쓰겠지. 섬세한 사람이니 아침마다 팔굽혀펴기를 시작하거나 새 운동화를 살지도 모른다. 무슨 바람이 불어서 그런 말을 했던 걸까? 아마 역사책에서 읽었던 왕족 여인들의 로맨스가 머릿속에서 춤을 추고 있어서였는지도. 콧수염을 밀어 매끈해진 남편의 인중이 목에 닿던 기분. 어쩌면 숭배받는 기분을 느끼고 싶어서였는지도 모르겠다. 아니면 단순히 여태까지 그녀가 원했고 또 매번 얻을 수 있었던 짜릿하면서도 안정적인 섹스의 기쁨에 취해서였는지도. 지난 몇 년간 더글러스와의 잠자리 빈도가 줄었다는 건 인정할 수밖에 없다. 내가 더글러스에게 한 번 더 요구하다니, 신기하네. 남편과의 관계는 만족스러웠고, 언제나처럼 그를 만족시키는 일은 우편함에 편지를 집어넣는 것만큼이나 쉬웠다. 어쩌면 나한테는 도전이 필요한 걸까? 알 수 없었다.

늦잠을 잤는데도 셰릴린은 곧장 침대를 박차고 나오지 않았다. 자리에 그대로 누운 채 머리부터 발끝까지 머릿속으로 몸 상태를 되짚어봤다. 더글러스는 모르지만 그녀가 매일 반복하는 습관이었다. 오늘의 몸 상태는 어떻지? 지난주 내내 두 발에 느껴지던 쥐가 난 것 같은 경련이 가셔서 아무렇지 않았고, 두 다리도 멀쩡한 것 같았다. 그러니까 걱정스러운 증상들은 다 사라진 모양이었다. 묘하게 얼얼하고 감각이 없는 손, 전신에 느껴지는 피로감, 오늘은 이런 증상들도 다 사라지려나? 걱정할 건 없다. 두려워할 건 없어. 다행인 거겠지?

마침내 자리에서 일어난 셰릴린은 커피를 한 주전자 내린 다음 텔레비전을 켰고, 담배를 한 대 피울 생각으로 가운 차림으로 바깥에 나갔다가 담배를 숨겨두었던 자기 차가 사라졌다는 사실을 알았다. 더글러스의 차에 시동을 걸어보았지만 걸리지 않자, 문득 고립된 것만 같은 기분에 사로잡히고 말았다. 그러니까 그 기분을 이렇게 표현한단 말이지? 고립된 기분이라고? 내가 언제부터 이렇게 드라마틱한 사람이 됐지? 이러지 말자, 셰릴린. 사실 오늘 딱히 해야 할 일이 있는 것도 아니었다. 때때로 동물병원 접수원 자리라든지, 교회에서 여는 중고품 장터에서 계산하는 일을 도맡아달라든지, 누군가를 대신해 일해달라는 부탁을 받기는 했지만 지금은 그런 일들도 다 그만둔 뒤였다. 장을 보러 가기는 해야 했고, 엄마 집에 들러서 안부 확인도 해야 했지만, 엄마 집은 걸어서도 금방이었다. 하지만, 세상에, 어쩌면 문제는 예기치 못한 일이라고는 없는 이 생활 자체인지도 모르겠다. 물론 만들다 만 새집들을 마무리해야 하긴 했지만 세상에 그만큼 지루한 일이 또 있을까? 애초에 왜 새집을 만들기로 했담?

습한 차고 안에 맨발로 선 셰릴린의 머릿속에 갑자기 이런 생각이 또렷하게 떠올랐다.

이 동네엔 내가 하고 싶은 일이라곤 단 하나도 없구나.

그래서 그녀는 전날 밤처럼 더글러스의 컴퓨터를 찾았다. 정보를 모아야 하니까, 자세히 알아보고 싶었으니까.

그러나 셰릴린이 그 무엇보다 바라는 건 몸 상태가 호전되는 거였다. 막 일어났을 땐 괜찮은 것 같았지만, 또다시 저릿해져오는 오른손의 감각을 더는 무시하기 어려웠다. 아마도 나이가 들어서일 거라고, 아니면 계절성 알레르기일 거라고 짐작하고 있는 원인 불명의 자잘한 증상들 중 하나였다. 그러나 편두통, 현기증, 그 외에도 뚜렷이 성가신 증상들이 찾아오는 바람에 걱정이 됐다. 심지어 지금은 목이 쑤시는 느낌도 조금 들었다. 잠을 잘못 자서 신경이 눌린 걸까? 이부프로펜을 먹으면 괜찮을 거야. 아니면 알레르기약. 엑세드린. 왜 자꾸 뭔가를 빠뜨린 것만 같은 기분이 들지? 약을 먹어야겠다는 생각을 안 하는 기분이 어떤 거더라? 그런 기분이 기억나긴 하나?

아니, 기억나지 않았다.

그녀는 자리에 앉아 구닥다리 데스크톱 컴퓨터가 힘겹게 구동되는 소리에 귀를 기울였다. 어젯밤에도 컴퓨터는 마우스를 움직일 때마다 자리에서 몸을 일으키는 노인처럼 신음을 뱉어냈다. 하드드라이브의 불빛 몇 개가 발치에서 깜박이더니 컴퓨터가 금속을 물어뜯는 것 같은 소리를 토해내기 시작했다.

컴퓨터가 켜지자 셰릴린은 먼저 구글에서 디엔에이믹스를 검색했다. 이 기계에 대해 알아보고, 테스트를 해본 다른 사람들과 대화를 나누면서 남들은 어떻게 생각하는지 알고 싶었지만, 아무런 검색 결과도 나오지 않았다. DNAMIX.com 이라는 웹사이트가 있기는 했으나 클릭해보니 "사이트 공사 중"이라고 적힌 썰렁한 페이지로 연결되었다.

누구에게 이야기하면 좋을까? 그녀는 아직까지 테스트 결과를 그 누구에게도 말한 적 없고, 친구들에게서 들은 애매한 말들 외에는 딱히 이 기계에 대해 들은 바도 없었다. 크리스틴 윌리스가 **소믈리에가 뭔지 알아?**라는 문자메시지를 보냈고, 브루스 뉴먼이 **안녕, 혹시 디엔에이믹스 해봤어? 해봤다면 뭐라고 나왔는지 알려줘!**라는 좀 더 직설적인 메시지를 보내온 게 전부였다. 느닷없이 브루스에게서 메시지가 온 게 이상하긴 했지만 그는 늘 그런 식이었다. 그의 존재를 잊으려는 찰나 별안간 옆에 나타나 있는 사람. 귀찮을 법도 했지만, 그녀는 외로운 브루스가 안타까웠다. 하지만 당연히 더글러스에게는 브루스가 연락했다고 전하지 않았다. 관심은 없어도 때때로 머릿속에 떠오르는 그 남자, 듀스 뉴먼을 남편이 어떻게 생각하는지 알고 있었으니까.

또 전날 밤 휴대폰을 떨어뜨린 진짜 이유는, 잠깐이지만 오른손에 감각이 없어졌기 때문이라는 사실도 남편에게는 말하지 않았다.

우선 '왕족'이라고 검색한 뒤 결과를 모두 살펴보았다. 궁전 사진, 가계도, 추정 재산, 아름다운 의복들. 그렇게 몇 시간을 보낸 끝에 그녀는 자신도 모르게 웹페이지 하나를 빤히 들여다보며 전날 밤 느꼈던 온갖 감정들이 다시금 스멀스멀 찾아오는 것을 느꼈다. 일종의 열기. 일종의 욕망. 우연히 오만의 알사이드 왕족 사진을 보게 된 순간, 토끼 굴로 빨려드는 것만 같은 묘한 기분을 느꼈던 것이다. 위키피디아 페이지에 실려 있는, 은빛 턱수염을 기르고 금빛과 푸른색인 장식 터번을 쓴 매혹적인 남자 사진을 그녀는 한참이나 들여다보았다. 남자는 술탄인 듯했는데 이 사진을 보고 있자니 **술탄**이라는 단어에서 어쩐지 에로틱한 울림이 느껴지는 듯했다. 물론 지금까지 셰릴린이 본 술탄이라고는 디즈니 버전 〈알라딘〉에 등장한 게 전부였고 그 영화 속 술탄에게는 에로틱한 면이라고는 눈을 씻고 보아도 없었지만 말이다.

다른 사진들도 클릭했다. 술탄이 부시 영부인에게 도자기 단지를 건네는 사진, 순금으로 된 것 같은 의자에 앉아 있는 사진. 그러다 태어나서 본 사람 중 가장 우아하게 생긴 한 여자의 사진이 등장하는 바람에 그녀는 숨이 턱 막혔다.

아름다운 잠자리 모양 금 장신구가 한쪽에 꽂힌 검은 후드를 머리에 쓴 백인, 적어도 셰릴린의 눈에는 백인처럼 보이는 여자를 클로즈업으로 찍은 사진이었다. 녹색 눈, 모랫빛 머리카락, 입술과 콧대의 부드러운 곡선. **어쩜, 이럴 수가**, 하고 셰릴린은 생각했다. 아름다우면서도 영국 왕실 여자들처럼 답답해 보이지 않는 느긋한 표정을 한 여자였다. 그러나 셰릴린에게 일종의 에너지, 일종의 아드레날린을 불어넣은 건 그 여자가 자신과 아주 많이 닮았다는 사실이었다.

사진을 클릭하니 「오만 공주처럼 사는 법」이라는 페이지가 나왔다. 적힌 내용을 다 읽은 뒤에도 오만 공주가 하는 일이 정확히 무엇인지 알 수 없는 건 마찬가지였지만 그래도 셰릴린이 가장 알고 싶은 건 그녀의 이름이었다. 그래야 그 사람이 정말 살아 숨 쉬는 진짜인지 알 수 있을 테니까. 그리고 당연히, 그 사람은 진짜였다. 오만의 공주 이름은 수전이었다. 공주의 뺨에 자리한 섬세한 주근깨며 머리카락에 은은히 감도는 딸기 빛을 보자 기쁨이 차올랐다. 마치 지금까지 존재하는지도 몰랐던 자매를 만난 기분이었다. 당연히 사실이 아니었지만, 그래도 꼭 그런 기분이었다.

자매 같다. 그 생각을 하는 순간 셰릴린은 가슴이 화끈 달아오르며 문득 이 집 안에 자기가 혼자, 완전히 혼자 있다는 사실, 손을 뻗어 문자메시지를 보낼 휴대폰도 없고, 질문을 던질 그 누구도 없다는 것을 깨달았다. 혼자만의 생각으로 머릿속이 가득한 채 홀로 있는 사람이라면 누구나 그렇듯 셰릴린은 혹시 자신이 미쳐가고 있는 게 아닌가 하는 생각이 들었다. 어째서 중요한 사람, 왕족이 되고 싶다는 생각에 이렇게 몰두하게 된 걸까? 요즈음 점점 더 제정신을 잃어가는 엄마를 떠올리자 더욱 불안해졌다. 말도 안 되는 일이란 건 알았고, 이런 기계는 있을 수 없다는 더글러스의 말이 맞는지도 모르겠다고 생각하면서도, 전날 오전 내내 셰릴린은 침실 거울 앞에 서서 가지고 있는 몇 벌 안 되는 근사한 드레스들을 입어보며 시간을 보냈다. 안 입은 지 몇 년이나 되어서 지퍼도 끝까지 올라가지 않는 드레스들을 말이다. 게다가 어째서 엘튼 존이 다이애나 공주에게 헌정하기 위해 만든 〈캔들 인 더 월드〉 리메이크 버전이 실린 오래된 CD까지 발굴한 거람? 그저 심심해서일까? 아니면 정말 정신이 이상해지고 있는 걸까? 둘 다 있을 수 있는 일이었다.

사람들이 길가에서든 주유소에서든 잡담을 주고받는, 모두가 모두의 사정을 훤히 아는 디어필드에서 대화 상대를 찾는 건 어렵지 않은 일이었다. 그러나 그건 지금 셰릴린이 필요로 하는 대화와는 정반대인 것 같았다. 그녀는 익명으로 하고 싶은 이야기를 세상 어딘가의 누군가와 나누고 싶었다. 아무런 비난도 받지 않고 대화를 나눌 수 있는 곳. 괜찮은 생각 같았다.

그래서 셰릴린은 검색 창에 '낯선 사람과의 대화'라고 입력했다.

오메글이라는 사이트가 맨 처음으로 나타났기에 클릭했다. 성인 채팅과 일반 채팅 중에 선택하라기에, 아이가 아니라 성인과 대화하고 싶었던 그녀는 성인 채팅을 클릭했다. 글자 입력창 옆에 작은 비디오 스크린 두 개가 나타났는데 '확인'을 누르자 스크린 중 하나에 자기 얼굴이 뜨는 바람에 깜짝 놀랐다. 모니터 위쪽을 보니 낡디낡은 웹캠에 초록불이 들어와 있었다. 그녀와 더글러스가 이 웹캠을 써본 건 스카이프가 세상을 바꿀 거라는 말을 들었던 먼 옛날 딱 한 번뿐이었던 것 같다. 그래서 둘은 웹캠을 사서 프랑스에 살고 있는 옛 대학 동창과 스카이프 채팅을 했는데, 재미있기는 했지만 그건 이미 오래전, 페이스타임이 등장하기 전의 일이었고, 그 뒤로 웹캠의 존재는 쭉 잊고 있었다.

그녀의 얼굴 위 또 하나의 스크린에 "낯선 사람과 연결 중"이라는 문구가 떠 있다가 갑자기 육십 대로 보이는 한 남자의 얼굴이 나타났다. 화면이 선명해지자 남자가 웃통을 벗고 베이비오일 통을 손에 들고 있는 게 보였다. 남자가 이렇게 입력했다. **노예가 되고 싶어?** 셰릴린은 오만상을 쓰면서 얼른 '다음'을 클릭했다.

부활절 토끼 가면을 쓴 사람, 알 수 없는 파이프 하나를 서로 나눠 피우는 세 명의 십 대 남자애들이 차례차례 등장했지만, 셰릴린은 자신이 내내 스크린 속 자기 모습만을 응시하고 있다는 사실을 깨달았다. 카메라에 비친 자기 모습을 보고 있자니 기분이 이상했다. 포니테일로 묶은 머리, 초록 눈동자, 주근깨투성이 코, 작은 스크린에 비친, 가운 차림의 상반신. 꽤 볼 만했다. 그녀가 자신을 열심히 감상하는 사이에 위쪽 스크린에 사람들이 나타났다 사라지기를 반복했다. 자기 모습이 꽤나 마음에 든다고 생각하는 도중 부엌에서 전화기가 울렸다.

일어나서 거실을 가로질러 부엌으로 가던 그녀는 잠시 걸음을 멈추고 텔레비전을 바라보았다. 24시간 뉴스 채널이 나오고 있었다. 어디인지 모를 먼지투성이 지역에서 폭파된 벽돌집들을 비추는 자료화면 위로 "경찰은 피해자 전원이 '무사하다'고 발표"라는 헤드라인이 지나가고 있었다. 발신자를 확인하니 더글러스였다. 왠지 방해받은 것만 같은 기분에 해야 할 집안일과 현실, 그리고 남편이 묻지도 않고 자기 차를 가져갔다는 사실이 떠올라서 짜증이 났다. 그녀는 수화기를 집어 들고 대뜸 "당신 차에 시동이 안 걸려" 하고 말했다.

무사카[9]라는 음식을 만들 때 필요한 재료를 사 오라고 부탁한 뒤, 셰릴린은 컴퓨터를 꺼야겠다고 생각하며 서재로 돌아갔다. 그런데 화면 속 비디오 스크린에 한 남자가 앉아 있었다.

지역은 요르단, 피부색이 어둡고, 얼굴에는 수염 자국이 짙었다. 남자의 나이는 스물다섯 언저리로 보였고, 빨간색 축구 저지 차림으로 책상 앞에 앉아 있는 것 같았다. 배경에는 그녀가 알아볼 수 없는 깃발이 걸려 있었다. 셰릴린의 얼굴이 스크린에 나타나자 남자는 미소를 지으면서 손을 흔들었다. 그녀의 눈에 보기에도 몹시 잘생긴 얼굴을 가진 남자였다.

남자가 몸을 앞으로 기울이며 뭐라고 입력하자 채팅창에 아랍어가 한 줄 나타났다. 셰릴린의 눈에는 꼭 예술 작품 같은 글자였다. 그녀가 무심결에 미소를 지었는지, 남자도 마주 웃더니 **영어?**라고 입력했다.

그녀는 **그래,** 라고 입력했다.

남자가 다시 입력했다. **영어 잘 못해. 하지만 당신 진짜 아름다워.**

셰릴린은 남자가 입력한 내용을 한 번 더 읽어본 다음 책상에서 일어나 서재 창가로 향했다. 몸속에 차오르는 것만 같은 이 감정은 뭘까? 그녀는 햇빛 속, 빼곡한 잔디로 덮여 햇살 속에서 푸르게 빛을 뿜어내는 뒷마당을 내다보았다. 낡아가는 나무 울타리에 검은 떡갈나무 그림자가 손 모양으로 드리워져 있는 게 보였다. 마당 한가운데 작은 테이블 위에는 어제 말리려고 내다 놓은, 아이스크림 막대기를 접착제로 붙여 만든 새장들이 놓여 있었다. 그리고 지난 크리스마스에 두

---

9   그리스, 이집트, 터키 등에서 먹는 전통 채소 요리.

사람이 구입한, 나란히 앉아 와인을 들이켜며 해 지는 모습을 보곤 하던 정원 의자 위에는 통통한 다람쥐 한 마리가 마치 세계 최고의 발견이라도 했다는 양 조그만 앞발로 도토리 하나를 쥐고는 뱅글뱅글 돌리고 있었다. 셰릴린은 잠시 다람쥐를 바라보다 손을 뻗어 블라인드를 내렸다. 그다음에는 가운 앞섶을 살짝 느슨하게 풀어헤치며 컴퓨터로 다가가 다시 자리에 앉았다.

남자가 여전히 그 자리에 있는 것을 보고 그녀는 미소를 지었다. 남자도 마주 웃었다.

내가 아름다워? 그녀가 입력하자 남자는 고개를 끄덕였다.

그녀는 포니테일로 묶었던 머리를 풀었다.

그다음에는 오만의 수잔 공주처럼 눈이 덮이도록 머리채를 흐트러뜨렸다.

좋아, 그녀가 입력했다. **그럼 말해봐. 나를 또 어떻게 생각해?**

5장

일그러진 시간
A Crooked Piece of Time

숲속에서 두 사람의 입술이 맞닿았다.

세 시를 알리는 종이 울린 지 고작 1분, 어쩌면 2분이 지났을 때, 떡갈나무 뒤에서 트리나가 불쑥 튀어나오더니 제이컵의 목 뒤를 움켜쥐고는 거친 혀를 그의 잇새로 함부로 집어넣은 것뿐이니 키스라는 이름을 붙이기는 어렵겠지. 하지만 제이컵은 이 행동에 이름을 붙일 생각은 없었다. 입술에 남은 담배 맛, 폐 안에 남은 그 애의 숨결이 짜릿한 동시에 불편해서, 인간 행동 책에서 읽었던 대로 트라우마 상황에서 때로 그렇듯 눈앞이 캄캄해진 탓이었다. 다시 눈앞이 보일 무렵 트리나는 이미 그를 밀쳐내고 엄지손가락으로 휴대폰 화면을 넘겨대는 중이었다. 제이컵은 주먹으로 입가를 훔쳤다.

"무슨 짓이야?"

"네가 꽁무니 뺄까 봐."

트리나는 그렇게 대답하더니 휴대폰을 반대로 돌려 방금 찍은 사진을 보여주었다. 두 사람이 한 쌍의 구애하는 어린 새처럼 혀를 맞대고 있는 모습을 찍은 셀카였다. 키스가 충격적이었던 나머지 그는 사진이 찍히는 줄도 모르고 있었다. 두 사람이 키스를 한 것이 처음일뿐더러 제이컵에게는 첫 키스였으니까.

　"어우." 트리나는 다시 휴대폰을 쳐다보며 말했다. "커플의 첫 키스. 인스타그램에 올려야겠다. 이젠 무슨 일이 있든 간에 너도 공범이야."

　"공범이라고?"

　트리나가 화면을 두 번 두드리더니 "됐다" 했다. 그러더니 그 애는 바닥에 무릎을 꿇고 앉아 25센트짜리 동전만 한 붉은 돌멩이 하나를 집어 들었다. 돌멩이를 습지로 집어던지려는 건지, 아니면 그걸로 그의 머리를 후려치려는 건지 제이컵은 알 수 없었지만, 트리나는 돌멩이를 걱정돌멩이[10]처럼 엄지손가락으로 몇 번 만지작거리더니 입에 넣었다.

　트리나가 돌멩이를 입에 넣는 걸 본 건 두 번째였다. 맨 처음은 두 달 전, 토비의 관을 땅에 묻을 때였다. 트리나는 뒤쪽에서 입을 다물고 서 있었다. 그러다가 사람들이 관을 향해 작별인사를 건네기 시작할 때, 관을 닫아 구덩이 속으로 내리기 전에, 제이컵은 그 애가 몸을 숙여 땅에 떨어져 있던 돌 하

10　　휴대하며 마음을 안정시키기 위해 손으로 만지는 작은 조약돌.

나를 집어 들어 손에 꼭 쥐는 모습을 보았다. 그다음에는 토비의 관을 향해 다가가서 남들처럼 줄을 서서 기다리다가 자기 차례가 되었을 때 천천히 자기 입안에 돌을 집어넣었다. 제이컵으로서는 전혀 이해할 수 없는 행동이었다. 그러나 이제 와서 생각하니 그것은 두 사람 사이에 일어난 모든 일의 시작이었다. 트리나가 처음으로 제이컵을 향해 다가온 것이 그때였으니까. 토비와 트리나가 사귀었다고 말할 수 있는 건지는 잘 모르겠지만 오래 사귄 건 아니었다. 트리나가 디어필드 가톨릭 스쿨로 전학 온 지는 몇 달밖에 되지 않았고, 지금까지는 제이컵의 존재조차도 몰랐던 것 같았다. 그런데 그날 트리나는 제이컵의 손을 잡더니 쪽지 하나를 건넸다. 나중에 확인해보니 트리나의 전화번호가 적혀 있었다. 쪽지를 건네면서 트리나는 눈물이나 후회라기보다는 정체를 알 수 없는 확신이 담긴 눈으로 그를 바라보더니 그저 이렇게 말했다. "끝난 게 아니야."

그리고 그때, 제이컵은 토비의 삶이 끝난 게 아니기를 얼마나 간절히 바랐는지 모른다.

장례식에서 제이컵이 선명하게 기억하는 유일한 장면이 트리나였다. 그날 그의 무의식은 흐려지려고 안간힘을 쓰고 있었으니까. 그리고 오늘, 트리나는 그날과 똑같이 눈을 감고 코로 깊은 숨을 쉬면서 입안의 돌멩이를 사탕처럼 한쪽 볼로 옮겼다. 제이컵은 그 애를 빤히 바라봤다.

"별거 아니네." 그가 말했다.

"가자. 좀 있으면 머저리들이 올 테니까."

트리나가 시내로 향하는 길을 따라 걷기 시작하자 제이컵은 학교가 끝난 지 얼마 되지도 않았는데 그사이에 그 애가 벌써 교복 매무새를 멋대로 흐트러뜨렸다는 사실을 알아차렸다. 점퍼스커트 상의 부분은 끌어내려 벨트처럼 허리께에 늘어뜨리고 그 위로 셔츠 아랫단을 끄집어내 덮은 데다가 양말까지 느슨하고 헐렁하게 내려 신었다. 학교에서는 뒤로 묶고 있던 새까만 머리카락은 등을 덮도록 풀어 늘어뜨렸다. 굵은 머리카락은 한참이나 감지 않은 것처럼 떡이 진 탓에 움직일 때 흔들리지도 않았다.

하교 후 제이컵의 옷차림에서 달라진 점이라고는 주차장까지 오는 길에 야구 모자를 단단히 눌러쓴 게 전부였다. 일본 회사에서 주문한 아끼는 모자였는데, 검은색 스냅백 앞면에 제이컵이 제일 좋아하는 포켓몬인 라티오스가 멋들어지게 그려져 있었다. 라티오스는 그가 정말 좋아하는 사이코키네시스 능력을 보유하고 있는 유선형 몸체의 비행 속성 포켓몬이었다. 특히 진화한 EX형이 되면 파괴력도 커지지만 라티오스의 공격 중 다수에 동전 던지기가 필요하기에 운도 따라야 한다. 라티오스로 이기려면 결단력과 운 둘 다 필요했고, 그런 면에서 제이컵은 라티오스의 공격이 그 어떤 공격보다 진짜 같다고 생각했다. 또, 어지간한 열여섯 살 남학생이라면 사람들 앞에서 포켓몬 옷 같은 것은 죽어도 입지 않겠지만— 디어필드에 사는 남자들은 보통 루이지애나주립대학교나 뉴올리언스세인츠팀 로고가 적힌 옷, 아니면 당장이라도 풋볼 경기가 벌어지거나 낚시 여행이라도 떠나게 될 것처럼 솔트라이프나 PGF[11]라고 적힌 카모 무늬 티셔츠를 입었다. 제이컵의 모자에 그려진 라티오스는 어린이용 배낭에 그려진 피카츄와는 차원이 다른 추상적이고 고급스러운 그림이었기에 대부분은 알아보지도 못했다.

제이컵은 포켓몬이 좋았다. 그런 자신이 부끄럽지도 않았다. 또, 이제 막 포켓몬에 발을 들인 것도 아니었다. 실제로 존재하지도 않는 몬스터를 찾으며 돌아다니는 한심한 스마트폰 앱 따위엔 관심도 없었다. 제이컵이 좋아하는 것은 바로 포켓몬 카드 게임이었다. 놀랄 만큼 체계적이고, 극도로 복잡하면서도 명료한, 포켓몬의 정수 말이다. 그는 총천연색 체스 게임이라 해도 좋을 이 카드 게임을 좋아하는 데다가 잘하기까지 했기에 포켓몬 대전이 유행하던 시절에는 지역 대회마다 나가 압승을 거두었을 뿐 아니라 지난해엔 뉴올리언스 지역 토너먼트에도 나갔다. 아빠는 여태 수많은 야구며 풋볼 토너먼트에 참가하는 토비를 데려다주었던 걸 고려하면 제이컵 역시 포켓몬 토너먼트에 내보내는 게 공평한 것 같다고 했다. 그래서, 누구나 생각에 잠기기 마련인 고요한 순간이면 제이컵은 어쩌면 자신이 포켓몬 게임을 잘한다는 사실에는 **어떤** 의미가 있는 게 아닐까 생각했다. 어쩌면 내가 아무 쓸모없는 존재는 아닌 건지도 몰라. 그래서 제이컵은 그 모자를 쓸 때마다 무슨 보호를 받는 기분이 들었다. 조금 더 키가 커진 것

---

11   둘 다 아웃도어 브랜드의 이름.

같은 동시에 남들 눈에는 덜 띄는 것 같은 기분이 들었는데, 이는 모자가 한 남자에게 해줄 수 있는 최고의 일이라 해도 될 것이다.

한참 앞서가던 트리나가 책가방을 몸 앞으로 돌려 메더니 휴대폰을 가방 안에 집어넣었다. 그 애는 수없이 연습한 것만 같은 연속 동작으로 입안에 넣었던 돌을 빼내어 주머니에 넣은 다음 담배 한 개비를 꺼내 불을 붙였다. 그 애가 머리 위 나뭇가지들로 연기를 토해냈고, 제이컵은 그것이 앞으로 한 시간 동안 이 길을 자욱하게 뒤덮을 담배 연기와 수증기의 시작일 뿐이리라는 걸 알았다.

두 사람이 지금 걷고 있는 길은 디어필드 가톨릭 스쿨에서 마을 광장까지 이어지는 크레인 레인[12]이라는 오솔길이었다. 들리는 말에 따르면 오래전 한 아이가 이 길과 나란히 흐르는 바이유[13] 아이비스의 얕은 물속에 빨간 왜가리 한 마리가 서 있는 걸 본 뒤로 그런 이름이 붙었다고 한다. 디어필드 가톨릭 스쿨이 생기기도 수십 년 전, 이 이야기를 신문에서 읽은 조류 애호가들이 찾아와 디어필드를 온통 들쑤시고 간 뒤 크레인 레인이라는 길이 만들어졌다. 물론 세상에 빨간 왜가리는 존재하지 않는 데다가 그 뒤로도 목격된 적이 없었지만,

---

12   Crane Lane, 왜가리 길.
13   Bayou, 미국 남부의 특징적인 지형으로, 넓고 평탄한 저지대에 물이 찬 습지.

사람들은 신문에 난 것이라면 뭐든 믿는 경향이 있다.

요즈음 크레인 레인은 미성년자들이 남의 눈을 피해 담배를 피우거나 씹는 곳이 되었는데, 뿐만 아니라 하굣길 이성 교제에도 좋은 곳이라는 사실을 제이컵은 최근에 알게 됐다. 떡갈나무며 사이프러스 나무뿌리가 종횡무진 지나가는 이 길은 사계절 내내 나뭇잎과 이끼가 머리 위를 뒤덮고 있다. 주말이면 오솔길은 물가에 앉아 소풍을 즐기거나 낚싯줄을 던져 도미나 메기를 잡고, 반대편 강둑에 드러누운 악어 가족을 구경하는 부부나 가족들의 차지가 된다. 매일 오전 여덟 시부터 오후 세 시까지 오솔길은 평온하다. 제이컵은 평온을 누리고 싶었다. 평온이 어렵다면 최소한 고독이라도 말이다.

수업이 끝난 뒤 제이컵은 아무도, 특히 트리나를 마주치지 않고 학교를 빠져나오려 무진 애를 썼다. 하교를 알리는 벨이 울리자마자 건물 밖으로 나와서는 고개를 푹 숙인 채, 다른 남학생들이 공을 던져대거나 여자친구를 안아 올려 트럭 짐받이에 태우는 오글거리는 장면을 연출하는 주차장을 지나왔다. 토비가 죽은 뒤부터 제이컵은 오후 세 시에 하교 벨과 함께 학교가 떠들썩해질 때마다 모욕감을 느끼곤 했다. 처음에는 다들 제이컵 옆에 있는 것만으로도 슬픈 걸 넘어 숙연한듯 굴던 태도들은 채 한 달이 지나지 않아 간데없이 사라졌다. 다른 학생들이 금세 괜찮아진 건 자기 때문일까, 아니면 형 때문일까? 장례식에서 했던 토비가 그립다는 말은 진심일까? 트리나의 주장대로라면 단 한 가지에 불과한 게 절대 아니라는 그 사고 때문에, 그들의 삶은 영원히 달라진 걸까, 아니면 이번에도 트리나의 주장대로 녀석들은 모두 인간쓰레기에 불과한 걸까? 제이컵의 생각을 군이 말하자면 학교 아이들이 다시금 쾌활함을 되찾은 건 더 이상 자기 앞에서 특정한 방식으로 행동하지 않아도 된다고 생각해서일 테고, 그 이유는 토비가 죽기 전부터 그들에겐 제이컵이라는 존재가 안중에도 없었기 때문일 것이다.

오로지 한 사람, 제이컵의 존재를 줄곧 의식해온 사람은 트리나였던 것 같다. 도대체 그 애가 어떻게 자기보다 먼저 숲에 도착한 것인지 알 수 없었다. 함께 걸어야 할지, 아니면 머저리들이 도착할 때까지 그 자리에 있는 게 나을지 알 수 없어서, 제이컵은 제자리에 선 채 트리나가 도대체 입안에 돌멩이를 집어넣는 이유는 무엇일까 생각했다.

"저 통나무 보여?"

20미터는 거뜬히 앞서가 있던 트리나가 그를 향해 외치더니 물가에 쓰러져 있는 속이 텅 빈 떡갈나무 둥치를 향해 손짓했다.

"기억해. 접선 장소는 여기야."

트리나는 손에 든 담배로 통나무를 가리키고 있었고 제이컵은 그곳까지 내키지 않는 걸음으로 다가갔다.

"접선 장소라니 무슨 소리야?"

"때가 되면 알게 될 거야. 머지않았어."

트리나는 다시 책가방을 몸 앞으로 돌려 멘 다음 열었다. "담배 줄까? 맛은 지독하지만."

"너 광고 쪽 일 해도 되겠다. 재능이 있네."

"그러려고."

"도대체 담배는 어디서 산 건데?"

"산 게 아니야. 어젯밤에 잠깐 정찰하다가 어느 차에서 훔친 거야." 트리나는 가방에서 기다랗고 얄팍한 벤슨앤드헤지스 담뱃갑을 꺼냈다. "단종된 줄 알았는데 아직도 나오더라."

"난 담배 안 피워. 그래도 네가 경멸하는 담배를 권해줘서 고맙네."

"별거 아냐." 그러더니 트리나는 제이컵과 눈을 마주쳤다. "진심이야."

등 뒤, 길이 굽어지는 곳에서 벌써 다른 아이들의 목소리가 들렸다. 웃으면서 몸싸움을 해대는 것 같은 소리, 누군가는 휴대폰으로 음악까지 틀어놓고 있었다. 고등학교라는 세계에서 똑같은 외톨이 신세인 제이컵과 트리나가 이대로 가만히 서 있으면, 아이들의 흐름 역시 강물이 커다란 바위를 지나치듯 그대로 그들을 통과할지도 모른다는 생각이 들었다. 제이컵은 길 한가운데 그대로 서서 누군가가 자신의 존재를 알아차릴지, 아니면 자신에게는 움직여 피해 갈 가치도 없는 사람이라는 듯 그대로 부딪쳐 넘어뜨려버릴지 확인해보고 싶은 생각이 내심 들었다. 요즈음 그의 마음속은 깜깜했고, 그 사실을 스스로도 잘 알았다. 하지만 때때로는 깜깜한 곳에 있다가 커튼을 내리고 테이프로 고정한 뒤, 깜깜한 곳이 더 깜깜해질 수 있을지 확인하고 싶을 때가 있다. 그래서 제이컵은 그 자리에 가만히 서 있기로 했다.

"무단침입에 대해 어떻게 생각해?" 트리나가 물었다.

제이컵은 방금 들은 질문을 곱씹어본 다음 미소를 지었다.

"특정한 맥락에서 보자면 침입도 재미있는 것 같은데."

"우와." 트리나가 그의 손목을 잡았다. "너 진짜 순진하다."

그러더니 트리나는 그를 끌고 광장을 향해 걸음을 재촉했다.

"물자를 손에 넣는 길을 터야 해. 너도 알겠지만, 우리 둘 다 아직 열일곱 살이 안 됐으니 부모님 동의 없이 물건을 사긴 꽤 까다롭잖아. 그런데 우리한테 필요한 걸 사람들이 그저 집에다가 아무렇게나 내버려두고 있는 경우가 많거든."

두 사람이 대화를 나누는 사이에 남학생 네 명이 모퉁이를 돌아 나타났다. 그들은 안장에서 엉덩이를 치켜든 채 빠른 속도로 자전거를 달리고 있었는데, 두 사람을 지나치는 순간 척 헤이델이 팔을 뻗어 제이컵의 모자를 낚아챘다. 너무 갑작스러운 일이라 제이컵은 아무 말도 못하고 상체를 구부리며 양손을 귓가에 가져다 댔을 뿐이다.

"모자 근사한데, 찐따 새끼." 제이컵이 뭐라고 반응하기도 전에 이미 자전거로 저만치 가버린 척이 외쳤다. 다시 상체를 일으켰을 때, 심장이 쿵쿵 뛰면서 수치심인지 노여움인지, 아니면 십 대 청소년이 이미 갖고 있는 수많은 분노 중 하나인지 모를 감정 때문에 아드레날린이 솟구쳤다. 그 바람에 그는 양손 주먹을 꽉 움켜쥐었다. 할 수만 있었다면 그 자리에서 라티오스로 진화한 다음 지면을 박차고 뛰어올라 척에게 사이킥 블라스트를 날려버리고 싶었다. 녀석을 가루로 만들어버리고 싶었다. 하지만 그럴 수 없었다.

그래서 그는 아무것도 하지 않았다.

트리나가 담배를 바닥에 버리더니 그의 턱을 붙잡았다.

"있잖아, 이 일에서 빠지고 싶어질 때마다 척 헤이델을 떠올려. 방금 네 모자를 낚아채 간 새끼, 걔가 그날 밤 네 형이랑 같이 있었어. 그거 알아? 걔가 토비한테 술을 먹이고 있었어. **억지로** 마시게 했다고. 저런 개자식들, 늘 그러잖아."

트리나는 그렇게 말한 뒤 제이컵을 한참 빤히 바라보았다.

"누군가는 책임을 져야지."

제이컵은 땅바닥에 침을 뱉었다. 얼굴에 불이 붙은 것 같고, 귀가 새빨갛게 달아오르고, 머리가 욱신거렸다. 당연히 제이컵도 카드 게임이나 RPG 게임, 또는 영화에 등장하는 그런 종류의 정의 구현이라는 환상을 품고 있었다. 척 같은 자식들이 마땅히 당해야 하는 정의 구현에 대해 그 역시 때때로 생각했지만, 트리나를 흡족하게 해주고 싶지 않아 그 말을 입 밖에 내지는 않았다. 하지만 그렇다고 해서 토비가 죽은 날 밤 이야기를 듣고 싶은 것도 아니었다. 그 이야기를 들을 때마다 수도 없는 이유로 화가 났다. 그날 밤 내가 토비 옆에 없어서. 그날 밤 진짜 어떤 일이 일어난 건지 아직도 몰라서. 트리나를 제외한 모두가 그날 밤 토비에게 있었던 일에 관해 똑같은 이야기를 했다. 그 이야기의 틀을 만드는 건 제이컵이 **이미** 아는, 떼려야 뗄 수 없는 두 가지 요소였다. 음주운전, 그리고 즉사. 그렇다면 그 밖에 대체 무슨 일이 있었기에 트리나는 모두에게 이렇게 화가 난 걸까? 모두를 탓하게 된 걸까? 다시금 노여움이 치밀어 올라서 그는 마음을 가라앉히려 두 손바닥을 마주 비볐다.

"새로운 질문." 트리나가 입을 열었다. "루이지애나에서 일어나는 차량 무단침입 사건의 동기 중 90퍼센트를 차지하는 게 뭔지 알아?"

"대체 뭔 소리를 하는 거야?"

"우리가 범죄의 온상에서 살고 있다는 내 가설을 증명하려는 간단한 질문일 뿐이야. 그냥 예, 아니오로 대답해. 루이지애나에서 일어나는 차량 무단침입 사건의 동기 중 90퍼센트를 차지하는 게 뭔지 아냐고?"

"몰라. 그런데 내 알 바야?"

"총 때문이야. 남의 차를 뒤져서 총을 찾는 거지. 고로, 우리는 범죄의 온상에 살아가는 거야."

"고로, 나는 집에 가야겠다."

"잠깐만. 또 하나 물어볼 게 있어. 네 아빠, 시장 맞지? 우리 동네라면 못 가는 곳이 없지 않아? 궁금한 게 있는데, 혹시 네 아빠한테 우리 학교 설계도도 있어?"

"몰라. 대체 그게 왜 중요해?"

트리나가 속마음을 알 수 없는 표정으로 그를 바라보는 바람에 제이컵은 그 애가 자신에게 고함을 지를 심산인 건지 또 한번 키스할 생각인 건지 알 수 없었다. 자기가 둘 중 어느 쪽을 원하는 건지도 알 수 없었다. 하지만 트리나는 그저 이렇게만 말했다.

"은신처, 제이. 우리한텐 은신처가 필요해."

트리나의 말이 맞는다고 제이컵은 생각했다. 나한테 필요한 건 바로 은신처야. 트리나로부터, 이 동네로부터, 내 삶으로부터 몸을 숨길 곳. 하지만 그 애의 말에 맞장구를 치고 싶은 마음은 추호도 없었다.

"너한테 필요한 건 현실 감각이야."

"왜 그렇게 생각해, 제이컵?" 트리나가 그를 노려보았다. "내가 경솔하다 생각해?"

"난 너에 대해 아무 생각도 없는데."

"잘됐네. 그쪽이 나아."

제이컵은 대답 없이 다시 오솔길을 따라 걸음을 옮겼다. 트리나도 그를 따라왔다. 그렇게 두 사람은 길 끝, 마을 광장에 다다랐다. 두 사람이 도착한 세계 속에서 사람들은 상점을 들락거리고 트럭에 주유를 하고 유아차를 밀며 이리저리 돌아다니고 있었다. 남자들이 〈애니스 치킨 앤드 비스킷〉 옆에 비계를 세워놓고 벽돌로 된 가게 외벽을 고압 세척 하고 있었다. 거리 저쪽 끝에서는 또 다른 남자들 한 무리가 야외 관람석을 설치하는 중이었다. 온 동네가 200주년 기념제에 들떠 낯선 생기가 넘쳤지만, 제이컵은 그 어떤 열정도 느낄 수 없었다. 그러나 습지 옆 길게 자란 풀무더기 속에 놓여 있는 자신의 모자가 눈에 띄었다. 척이 물속에 던져버리려다 실패한 모양이었다. 그는 다가가서 모자를 주워 들었다.

"척한테 복수 안 해? 그 새끼들이 멋대로 굴게 내버려두고 싶어? 토비가 살아 있었어도 걔들이 과연 너한테 그럴 수 있었을까?"

또, 토비 이야기다. 마치 제이컵보다 자기가 형을 더 잘 안다는 투다. 더는 참을 수가 없었다. 그는 들고 있던 모자로 허벽지를 내려치며 평소에 아무에게도 내보이지 않는 분노를 쏟아냈다.

"똑똑히 들어. 넌 우리 형에 대해 아무것도 몰라. 잠깐, 너우리 형이랑 잤냐? 축하해, 트리나. 토비랑 잔 여자애들이 한둘이 아니거든. 그러니까 형이랑 특별한 사이라도 되는 것처럼 구는 건 그만둬줄래? 또, 형을 그렇게 좋아했으면, 어째서넌 그날 같이 차에 안 탔던 건데? 파티에는 같이 갔잖아? 어째서 취한 형이 운전대를 잡게 내버려둔 거야? 왜 형 옆에 있어주지 않았던 거냐고!"

트리나가 그를 올려다보더니 고개를 한쪽으로 갸웃했다.

"무슨 소리야? 나도 같이 죽었어야 한단 소리야?"

그 말에 제이컵은 시선을 바닥으로 떨어뜨렸다.

"그런 뜻이 아니잖아."

"어쩌면 나도 죽은 건지도 몰라. 내가 유령일지도 모르지."

"있잖아. 난 이제 사람들이 다들 내가 모르는 걸 알고 있다는 식으로 구는 게 지긋지긋해. 토비랑 나는 형제였잖아. 형을 제일 잘 아는 건 나야. 그래서 난 이제 네 말이 다 헛소리로 들려. 네가 그날 밤 무슨 일이 있었던 거라 생각하건, 무슨복수를 꾸미고 있건, 그놈들한테 달려들건, 때려눕히건, 나는빼줘. 전부 바보짓이야. 전화 걸어서 미안해. 통화하며 즐거워했던 것도 미안해. 그런데 이젠 그만할래. 내가 모르는 뭔가를 알고 있는 거면 대놓고 이야길 해주든지, 아니면 나 좀제발 가만히 놔둬주라."

이렇게 말하고 나면 마음이 편해질 줄 알았는데, 그 대신 광장 쪽에서 경적 소리가 들렸다. 고개를 들자 파란색 토요타 픽업트럭 한 대가 길가에 정차하는 중이었다. 트리나는 픽업트럭은 안중에도 없이 이쪽으로 다가왔다. 방금 한 말이 그 애한테 상처를 입혔기를, 그래서 두 사람 사이가 이대로 끝이기를 바랐지만, 그 애는 아무렇지도 않은 표정이었다. 트리나가 그의 얼굴에 자기 얼굴을 바짝 들이대더니 입을 열었다.

"너는 모르지만 **나는** 아는 게 뭔지 알고 싶어?"

대답하기도 전에 트리나는 고개를 들고는 마치 그를 숨 막히게 하려는 것처럼 입안에 혀를 깊숙이 집어넣으며 또 한번 키스했다. 그러더니 입술을 떼고 말했다.

"얼굴만 닮은 게 아니라 맛도 똑같네, 제이컵."

그러더니 트리나가 그의 가슴을 세게 밀치며 말을 이었다.

"그런데 나한테 문제는 그거야."

그 말을 남긴 뒤 그 애는 돌아서서 걸어가버렸다.

고개를 들자 파란색 토요타의 차창 너머로 교목 신부 피트 신부님이 트리나의 이름을 부르는 모습이 보였다. 창피해진 제이컵은 신부님께 고개를 끄덕여 아는 척을 했고, 트리나는 작별 인사도 없이 트럭에 올라탔다.

제이컵이 몇 블록을 더 걸어 집으로 돌아와 마주한 건 디어필드 시장인 그의 아버지가 텔레비전을 향해 올가미를 던지는 광경이었다.

6장

나란히 나란히
Level on the Level

세 시에 하교 벨이 울렸을 때 더글러스 허버드는 그날 아침보다 훨씬 늙어버린 기분이었다. 물론 이론상 여덟 시간만큼의 나이가 든 게 사실이었지만, 꼭 몇 년은 지나버린 것 같았다. 어쩌면 수십 년, 그것도 아주 힘겨운 수십 년이 지나간 것 같기도 했다. 마치 〈제일하우스 록〉 시절 엘비스로 출근했다가 라스베이거스 시절의 엘비스가 되어 퇴근하는 기분이었다. 이런 기분을 느끼는 건 더글러스 혼자만이 아니었다. 이 시간쯤이 되면 미국 전역의 교사들이 등딱지 밑에서 고개를 내미는 늙은 거북처럼 우중충한 학교 건물을 나선다. 노트와 바인더로 눈부신 햇살을 가리고, 주머니에서 묵직한 열쇠 꾸러미를 쩔그렁거리면서, 아직도 해가 떠 있다는 사실이, 어째서 하루가 이토록 길 수가 있는지 혼란스럽다는 표정을 단체로 짓는 것이다. 그런 혼란 때문에 교사들은 주차장에서 제일 좋아하는 여행용 컵이라든지 네오프렌 소재의 물병을 떨어뜨리고 그것들이 차 밑으로 굴러가는 모습을 보면서 자신들이 가진 것 중 제일 비싼 이 물건들을 주우려면 학생들 앞에서 네발로 기어야 한다는 사실을 알아차린다. 오늘 하루 존엄성을 잃는 일은 이걸로 끝이려나? 그럴 리가. 그러나 그들, 이 교사들이 분명히 아는 것은 아스팔트를 짚은 손바닥이 아프다는 것, 오래 서 있었던 탓에 허리가 쑤신다는 것, 하도 말을 많이 해서 목이 쉬었다는 것, 그리고 나이에 비해 훨씬 늙은 기분이 든다는 것이었다. 더글러스가 생각하기에 이 모든 것은 교사들이 실제로 나이에 비해 늙었기 때문이다.

그걸 설명할 수 있는 나름의 가설도 있었다.

주로 고등학교 교사들이 경험하는 이 고속 노화 현상은 이성적인 어른이 사춘기 청소년의 세계를 헤쳐나갈 때 발생하는 시공간 왜곡의 산물에 불과하다. 이 현상은 성가시고, 무식하고, 끔찍하기 짝이 없는 십 대들이 유발한 두통 때문이라기보다는, 학생들의 활동을 위해 50분씩 잘라놓은 하루가 교사의 입장에서는 끝이 없이 이어지기 때문이다.

더글러스의 하루를 예로 들어보자. 두 개의 다른 학년(1학년과 3학년)을 상대로 미국사 4교시, 아너스 세계사(대학 진학을 희망하는 4학년) 1교시, 시끌시끌한 학생식당에서의 점심식사, 그다음에 휴식 시간이 있지만 별안간 사우디아라비아에서 태어날걸 하고 생각하기 시작한 아내와 통화를 하고, 명예의 전당에 오를 미래의 투수가 유리창을 깨는 가운데 아내를 노리는 연적에게 사진을 찍혔으니 휴식을 했다고 볼 수는 없다. 그다음에는 3교시에 걸쳐 세계사, 시민윤리, 그리고 루이지애나 역사 수업이 각각 이어졌고, 그동안 내내 윌슨이라는 이름의 관리인이 제대로 된 도구도 없이 합판을 깎아 부서진 창문틀에 끼워 넣으려 용을 쓰는 모습을 멍하니 쳐다보는 학생들에게 뭐라도 가르쳐보려 애써야 했다. 이 모든 일은 전부 같은 건물, 대부분 같은 교실 안에서 일어났고, 50분 단위로 똑같은 장면이 반복됐다. 그러니까 여러 면에서 이건 반복되는 하루에 갇혀버린 것과 다름없었다.

결국 더글러스가 느끼기에 정신적인 면에서는 수업 1교시 안에 하루 전체가 들어 있는 것과 다름없었으므로, 고등학교 교사는 오전 여덟 시부터 오후 세 시 사이에만도 여드레를 살아가는 것이나 마찬가지였다. 물론 이는 출근하기 전 교사들 각자가 다양한 가족, 자녀, 아침 식사 메뉴와 마주하며 보내는 시간, 그리고 퇴근 후에 맞게 될 똑같은 가족, 저녁 식사, 청구서와 마주하며 보내는 시간을 계산에 넣지 않았을 때다. 그러므로 수학자라면 고등학교 교사는 사실상 평일 하루에 총 열흘을 사는 것이며, 즉 대부분의 인류가 주 5일을 일하는 동안 50일을 살아가는 것이라고 추정할 수 있으리라. 주말 이틀이 남들과 똑같이 흘러가고, 한 학기가 일반적으로 4개월이라는 점을 계산에 넣으면 봄 학기와 가을 학기가 각각 800일에 달하니, 매 학기가 2년이라고 볼 수 있을 것이고, 이는 곧 고등학교 교사로 살아가는 1년은 4년에 해당한다는 의미가 된다. 그렇기에 신입생으로 입학한 학생은 졸업할 때가 되면 자신이 네 살을 먹는 사이에 좋아했던 선생님은 16년이 늙어버린 모습을 종종 목격하게 된다. 또, 그 선생님이 만약 여름 계절학기에도 끌려간다면 흙으로 돌아가고도 남으리라.

더글러스가 알던 가장 낙관적인 교사들, 배턴루지나 뉴올리언스의 대학을 갓 졸업한 뒤 새로운 강의 계획과 교육학, 디어필드의 교육을 21세기로 이끌어줄 혁신적인 아이디어로 무장하고 부임한 초임 교사들마저도 1년을 넘기지 못하고 자기 조부모의 얼굴을 닮아가는 이유가 바로 이 때문이다. 예를 들면, 새로 부임한 사회 교사인 벳시 밀러는 몇 년 전까지만 해도 통통 튀는 픽시 컷에 최신 유행 선글라스를 끼고 사뭇 매력적인 외모를 자랑했지만 이제는 매일같이 헐렁한 꽃무늬 원피스 차림에 단단히 틀어 올린 칙칙한 머리 모양으로 출근한다. 예술학 석사학위까지 따고 온 젊은 영어교사 맷 클라크는 처음 부임했을 때는 주름 잡힌 카키색 면바지에 산뜻한 멜빵을 하고는 학교 안뜰에 서서 우렁찬 목소리로 휘트먼의 시를 낭송하며 〈죽은 시인의 사회〉를 찍더니 이번 학기엔 구두를 짝짝이로 신고 출근한 것만 해도 벌써 두 번째였다. 불쌍한 맷은 자기가 신발을 바꿔 신고 온 것도 몰랐는데 그것을 가지고 학생들이 얼마나 놀려댔는지 모른다. 학생들 잘못이라 하긴 어렵다. 늙은이를 괴롭히는 것만큼 쉬운 일도 없으니까.

수업이 끝난 뒤 레슨을 받으러 갈 작정으로 커다란 트롬본 케이스와 함께 학교를 나서는 더글러스의 눈앞에 팻 교장 선생이 등장했다. 예기치 못한 일은 아니었다. 하교 시간마다 팻 교장은 매와 같은 눈으로 주차장을 살피며 눈앞에서 흡연, 음주, 주먹다짐, 더 최악인 경우 인류의 번식 행위가 벌어지지는 않는지 감시한다는 사실을 누구나 잘 알고 있었던 것이다. 팻 교장은 강인하고도 둥근 공을 닮은 몸매를 지닌 여성으로, 셔츠 아랫단을 하이웨이스트 바지춤에 집어넣어 입는 통에 가슴이 어디서 끝나고 배가 어디서 시작하는지 분간하기 어려웠으며, 커다란 돋보기안경까지 쓰고 있어서 마치 실제로 어디에 있건 교내에서 일어나는 무슨 일이나 다 볼 수 있는 것 같은 인상을 주었다.

"허버드? 자네야?"

"그럼요." 더글러스가 대답했다.

팻이 더글러스를 잠시 살펴보더니 미간을 찌푸렸다. "콧수염이 없어서 못 알아봤어. 도대체 언제 이런 짓을 벌인 거야?"

"지난주에요. 그 뒤로 교직원 회의에도 두 번이나 갔는데요. 오늘 점심시간에는 깨진 창문 때문에 저와 이야기도 나누셨잖습니까. 고작 두 시간 전에요."

"그렇군. 사실 바로 그 이야기를 하려고 했어."

"네버스는 메이저리그 계약금을 받으면 유리창값을 꼭 물어주겠다고 하더군요."

"그 이야기 말고." 팻이 말했다. "유리창 이야기가 끝난 뒤에, 자네가 지금까지 디어필드에서 해온 업적을 떠올려봤지. 자네가 우리 학교에서 **딥냅**한 세월을 보내면서 **코카푸**한 동료들과도 잘 지내고 심지어 **드리빈** 학생들마저도 우러러보는 선생이었다는 사실 말야."

팻 교장은 특이한 말버릇을 지닌 사람이었다. 가톨릭 스쿨에 교장으로 재직하며 자기가 만든 욕설 금지 교칙을 30년간 지키며 살다 보니, 팻 자신이 아니라 다른 사람이 썼다면 도저히 처벌을 피할 수 없을 욕설에 가까운 새로운 단어들을 창조하게 된 것이다. 팻이 대단한 건 양식 있는 루이지애나 사람들이 아이들 앞에서 쓰는 **젠장**이라든지 **빌어먹을** 같은 단어에 안주하지 않고 통통 튀면서도 두운이 척척 맞는 새로운 욕설들을 만들어냈다는 점이었는데, 더글러스로서는 존경스럽기까지 했다. 팻과 대화를 하다 보면 언제 어디서건 **플립플램**이라든지 **고브노브**는 물론 **디킹호크** 같은 의미를 알 수 없는 욕설들이 튀어나오곤 했다. 이런 팻의 성격이 가장 빛을 발하는 것은 교직원 회의에서였는데, 다른 교사를 꾸짖는 그녀의 말을 듣고 있자면 재즈 클럽에 앉아 전성기의 에타 제임스가 마이크에 대고 쏟아내는 스캣에 귀를 기울일 때 이런 기분일까 싶었다. 물론 팻의 이런 유별난 말버릇을 다들 좋아하는 건 아니었다. 디어필드 가톨릭 스쿨 학부모라면 제아무리 순진해빠진 이라 한들 교장이 자기 자식을 **똥멍청이**라고 부르고 싶은 깊은 충동과 싸우고 있다는 걸 금세 알아차리기 때문이었다. 만약 팻이 창조한 단어들이 그것이 의미하는 실제 욕설로 바뀐다면 교장선생은 금세 디어필드에서 그 누구보다도 상스러운 말을 일삼는 사람이 되고 말 터였다.

"그러고 보니," 더글러스가 손목시계로 시간을 확인하며 대답했다. "저 역시 이곳에서 기나긴 시간을 보냈다는 생각을 요즘 들어 하는 중이었습니다."

"**불리브릭**은 집어치우라고. 진심으로 하는 말이야. 자네가 이룬 업적은 나름대로 **플립플로핀**하다 이거지."

이어지는 팻 교장의 말에 더글러스는 불편해졌다. 그는 일터에서 학생에게서건 동료에게서건 칭찬받는 데 익숙지 않았다. 아니, 사실 늘 한결같은 사려 깊은 태도로 일종의 예술의 경지에 가까운 정성을 쏟아 그를 칭찬해주는 셰릴린이 아니고서야 그 누구에게서 받는 칭찬에도 익숙지 않았다. 디너파티에 참석하거나 기념일을 챙기기 위해 함께 외출할 때마다 아내는 그에게 정말 잘생겼다고 해주었고, 그럴 때면 이상하게도 더글러스 역시 아내의 말을 믿게 됐다. 뿐만 아니라 아내는 그가 일터에서는 받지 못하는 칭찬을 집에서 해주는 역할까지 도맡고 있었다.

아내의 이런 칭찬 습관은 지난 5년간 일취월장한 나머지 봄 학기가 끝날 때마다 부엌 식탁에서 그를 위한 작은 축하 행사를 열어주는 데 이르렀다. 그가 예쁘다고 했던 푸른 블라우스에 긴 흰색 스커트로 잘 차려입은 채로, 그가 제일 좋아하는 바질 헤이든 버번을 한 잔 따라주었다. 한 병에 34달러나 하는 이 술은 두 사람의 살림에는 크나큰 사치였다. 그 뒤에 셰릴린은 더글러스만을 위한 시상식을 진행하기 시작했다. 아내가 들고 온 상자 안에는 감사할 줄 모르는 동료며 학생들의 이름으로 그녀가 직접 하나하나 써 내린 감사 편지들이 들어 있었다. 언젠가 아내에게 말해주었던, 한 학기 동안 더글러스가 한 사소한 행동들에 감사한다는 내용이었다. 아내는 더글러스의 불만 섞인 말들 속에 등장하는 학생들의 이름을 모르는 경우가 많았으므로, 쪽지에는 "중간고사를 빼먹었지만 다정하고 섬세한 허버드 선생님 덕분에 대체 시험을 볼 수 있었던 남학생 드림"이라든지 "감기라는 핑계를 댔지만 사실은 음주운전으로 법정에 서는 바람에 허버드 선생이 대체 수업을 해주었던 지리교사 드림" 같은 말들이 적혀 있었다. 시상식은 언제나 셰릴린이 직접 만든 트로피를 수여하는 것으로 끝났다. 받침대에는 "올해의 교사상"이라고 적힌 황금 사과 모양 트로피였다. 아내는 이 트로피를 두 사람이 함께 쓰는 서재 벽난로 위에 올려두었다.

그런 밤이면 더글러스와 셰릴린은 운 좋은 부부들이 으레 그러는 대로, 쪽지에 담긴 그녀의 신선하고도 능청맞은 유머 감각 때문에, 매년 줄이겠다고 다짐하지만 일터에서 자꾸만 발휘되는 그의 만만함 때문에, 또 매일 아침 집을 나서는 순간부터 그가 만나는 거의 모든 사람들이 가진 어처구니없는 우둔함 때문에 함께 웃음을 터뜨리곤 했다. 하지만 더글러스가 이 작은 시상식을 좋아하는 가장 큰 이유는 바로 이 쪽지들은 똑같은 하루가 끝도 없이 반복되는 것만 같은 한 학기동안 자신이 한 모든 말을 아내가 귀 기울여 들어주었다는 증거이기 때문이었다. 쉽지 않은 일이었으리라. 본인마저도 잊어버린 그 모든 사소한 일화들을 아내는 어떻게 다 기억하는 걸까? 여태 한 말을 빠짐없이 기억하나? 아니면 더 고맙게도, 1년 내내 크리스마스 선물을 조금씩 사놓는 부모처럼, 자신이 그런 불평을 늘어놓은 바로 그날 밤 혼자 잠자리에서 일어나 쪽지를 쓰면서 그를 위한 작은 선물들을 준비해둔 건지도 몰랐다. 만약 그렇다면 아내의 사랑은 단 하루도 쉬는 법이 없었으리라. 다른 사람의 말에 빠짐없이 귀를 기울이는 게 얼마나 힘든 일인가를 증명하기라도 하듯, 더글러스는 아내를 잠시 떠올리는 사이 눈앞의 팻 교장이 하고 있는 말을 놓쳐버렸음을 깨달았다. 교장은 더글러스로서는 알 길이 없는 어떤 주장에 대한 결론을 내리는 참이었다.

"그래서 마음을 굳힌 거지. 나를 대신하기에 자네보다 나은 **퍼지팝**이 있겠느냐고 말이야."

"죄송합니다. 교장선생님을 대신하다니요? 뭘 말입니까?"

"정신 좀 차려, 허버드. 내 말 안 듣고 있었어? 이건 공식적인 발언이야. 난 은퇴하기로 했어. 더는 교장이라는 자리에 어울리지 않거든. 글쎄, **플레이크**하게 말하자면 여긴 더는 내 무대가 아니라고 할까?"

그러더니 팻 교장은 바지인지 셔츠인지 모를 곳의 주머니에 손을 집어넣어 푸른 종이를 꺼냈다. 더글러스는 그 종이를 보자마자 디엔에이믹스 결과지인 걸 알아봤다.

"그래요, 이 기계가 문제라니까요. 헤디 프랭클린이 오늘 저한테 오더니 자기가 사무라이가 될 운명이라고 하더군요. 그러더니 한 시간 내내 종이접기만 했습니다. 참고로 그 녀석, 종이접기 하는 법을 **까맣게** 모르더군요. 그 기계도 이제부터 교칙으로 금지하는 게 좋을까요? 혹시 그러실 생각이라면 저도 찬성입니다. 회의도 생략하지요. 가정통신문 출력도 돕겠습니다. 출력해서 접는 건 헤디한테 하라고 하면 딱 좋겠군요."

팻 교장은 학생들 사이에 유행하는 게 생기자마자 독단적으로 금지하는 것으로 악명이 높았다. 아이들이 뭔가 함께 즐길 거리를 찾아내자마자 그녀는 곧장 그 물건을 **"앞으로 금지함"**이라고 적힌 현란한 분홍색 가정통신문에 적어 집으로 들려 보냈다. 몇 년 전에는 실리 퍼티[14], 그다음에는 수제 슬라임, 피젯 스피너, 심지어 루빅스 큐브까지 그 명단에 올랐다. 제아무리 교구로 쓰인다 한들 학생들이 좋아하면 팻 교장은 그 물건을 즉시 학교에서 퇴출시키곤 했다.

"이제 교칙 같은 건 알 바 아니야. 내가 하려던 말이 그거라니까. 자, 두 눈으로 똑똑히 봐."

팻이 내민 푸른 종이를 받아 든 더글러스는 종이에 적힌 말도 안 되는 내용을 볼 마음의 준비를 했다. 종이에는 셰릴린의 것과 마찬가지로 온갖 자잘한 숫자들과 진실인지 거짓인지 알 수 없는 정보들이 적혀 있었지만, 셰릴린과는 달리 팻 교장은 아이를 낳을 수 없다고 적혀 있었다. 그리고 결과지 맨 밑, 가능한 신분란에는 이렇게 적혀 있었다. **목수.**

"대교구에는 2주 뒤에 사임하기로 통보했어. 노래 가사처럼, 나만을 위한 집을 지으러 시골로 가기로 했어. 나를 대신해 교장 자리에 앉을 사람으로는 자네가 딱이라 생각했지."

"농담이시죠? 팻, 이건 그냥 종이 쪼가리잖아요 자판기에

---

[14]   액체와 고체의 성질을 동시에 가진, 신축성이 뛰어난 플라스틱으로 아이들 장난감으로 흔히 사용됨.

서 나온 거라고요."

"이건 그냥 종이 쪼가리가 아니야. **바로 그** 종이 쪼가리지. 읽는 순간 기차에 치이는 기분이었다고."

더글러스는 트롬본을 내려놓았다. 혹시 지금 환각이라도 보는 게 아닌지, 어디서 깜짝 카메라라도 찍고 있는 건 아닌지 주차장을 둘러보았다. 베레모를 벗은 뒤 정수리에 밴 땀을 훔쳤다.

"질문 하나만 하겠습니다, 팻. 목공이라는 어마어마한 세계에 대해 아시는 바가 하나라도 있기는 해요?"

팻이 가슴 주머니인지 바지 주머니인지 모를 곳에 손을 집어넣더니 안전 고글을 하나 꺼내 그게 무슨 증거라도 된다는 듯 허공에 휘둘러댔다.

"어제 로커리 에이스[15]에 가서 산 거야. 그러니까, 난 안전이 중요하다는 걸 알아. 내가 아는 건 일단 그거. 또, 우리 할아버지가 목수였다는 것, 또 하느님 아들도 목수였다는 것도 알지. 목공이라는 것이 못과 망치로 하는 일이라는 것도 알고, 또, 다른 누구도 **모르는** 것도 하나 알아. 내가 이 종이를 보는 순간, 머릿속에서 집 하나가 뚝딱 지어졌다는 사실이야. 그 집의 구석구석이 다 보였어. 나무 바닥, 성당처럼 둥근 지붕, 기분 좋게 박아 넣을 수 있을 볼트와 너트. 꼭 처음부터 내 머릿속에 존재했는데도 여태 내가 들여다보지 않았던 것

---

15   철물점 체인.

처럼, 그 집이 나타난 거야. 허버드, 이 말을 꼭 해야겠어. 톱밥이며 흙으로 범벅이 된 채로 그 집 안에 서 있는 내 모습을 상상한 순간 난 완전히 다른 사람으로 변해버렸어. 자네가 태어나서 한 번도 본 적 없는, 화끈한 **맘마좀마**가 되어버린 거야. 심지어 오늘도 난 완전히 새로운 기분이야. 자네가 날 알아본 게 신기할 지경일 정도로."

"저기요." 더글러스가 입을 열었다.

"필 리드가 요즘에 또 교사 휴게실 커피에다가 뭘 타놓는다는 소문이 돌던데, 혹시 오늘 휴게실 다녀오신 적 있습니까?"

팻은 그 말에 대답하는 대신 4학년 학생들 한 무리가 각자 픽업트럭에 올라타 주차장을 쌩하니 벗어나는 모습을 바라보았다. 내일 방과 후 남는 벌을 주겠다고 명단에 이름을 적어넣는 기미조차 없어서 더글러스는 낙심했다.

"사직서에다가 후임자는 내가 직접 뽑겠다고 썼네. 내일 대교구에 자네 이름을 전할 거야."

"저기, 생각해주신 건 감사합니다만 제가 당분간 무슨 책임을 맡을 상황은 아니어서요." 더글러스가 그렇게 말하며 트롬본 케이스를 발로 툭 건드렸다. "저야말로 직업을 바꿀까 고민하고 있는 와중이어서 말입니다."

"웃기는 소리 하지 말게나. 자네는 천생 선생이 되려고 태어난 거야, 허버드. 게다가 선생 노릇도 잘하지. 그건 누가 봐도 안다고. 어떤 사람들은 척 봐도 보인단 말이야."

당연히 더글러스는 교장이 자기를 잘못 본 거라고 말하고 싶었다. 재킷에 단추 달린 셔츠를 입고 살아가는 지금 이 삶이야말로 가짜라고, 진정한 자기 모습은 이 동네가 담기에는 너무 뜨겁게 달아오른 재능을 품고 있는 예술가라고 말이다. 다만 아직까지 그 삶을 추구하지 않았을 뿐이다. 하지만 더글러스는 그 말을 하는 대신 이렇게 물었다.

"피트 신부님은요? 이런 위기 상황에서는 신부님이야말로 적임자 아니겠습니까?"

어떤 답이 돌아올지는 안 들어도 뻔했다. 아니, 피트 플린은 이 일에 걸맞지 않아, 라고 할 게 분명했다. 하지만 더글러스가 하필 피트 신부의 이름을 입에 올린 건, 주차장에 서 있던 찌그러져 고물이 다 된 파란 토요타 픽업트럭을 향해 다가가는 신부의 모습이 막 눈에 띄었기 때문이었다.

"그런 소리 마, 플린 신부라면 애들한테 산 채로 잡아먹히고 말 거야. 그러다 보면 정오쯤에는 위스키를 들이켜고 있겠지. 하느님의 사람들은 교장 노릇을 하기엔 너무 연약하다고."

팻이 더글러스의 손에서 결과지를 빼앗아 가더니 도로 접어서 주머니 안에 넣은 뒤 말을 이었다.

"당장 받아들이기는 힘들겠지. 이해해. 셰릴린이랑 이야기 해봐. 급여도 올라간다고 꼭 말하고. 물론 솔직히 그렇게까지 많이 올라가는 건 아니겠지만, 내일 다시 논의하자고."

그 말을 남긴 뒤 그녀는 더글러스의 어깨를 몇 번 툭툭 친 다음 다시 학교 건물로 향했다.

"잠깐만요. 한 가지 여쭤볼 게 있어요, 팻 교장선생님, 선생님 같은 진정한 목수라면 당연히 아시겠죠. 다림줄 쓰는 방법이 정확히 뭡니까?"

더글러스 역시도 답을 모르는 질문이었으니 이 질문은 그저 상대를 괴롭히고 싶은 못난 충동에서 한 말이었다. 하지만 그런 유의 일을 하는 남자들이 다림줄 운운하는 걸 귀동냥으로 들은 적이 여러 번 있었다. 쩨쩨한 일이긴 해도 자신과 마찬가지로 그 질문의 답을 모를 팻을 부끄럽게 만들고 싶었다.

팻이 현관문을 열더니 돌아서서 그를 바라보았다. 안전 고글을 머리 위로 뒤집어쓰더니 줄을 쭉 늘여서 안경 위에 겹쳐 썼다. 마치 당장 스노클링을 하러 가는 사람처럼 보였다.

"솔직히 말하면, 난 몰라. 그래도 앞으로 알아갈 거야. 먼저 다림이 뭔지 알아내고 그다음에는 줄을 구할 거야, 그다음에는 말이야, 더글러스, 내 본연의 모습을 찾고 행복해질 거라고."

더글러스가 바닥으로 눈길을 떨구었다.

"멋진 대답이네요. 축하드립니다."

"거짓말하지 마. 생각할 게 많겠지. 그래도, 허버드, 우리 목수들이 자주 하는 말들 중 이런 게 있어. 하느님이 문을 닫는다면 그냥 창문을 만들어버리면 된다고 말이야. 어쩌면 이번 기회가 자네한테 창문이 되어줄 수도 있지 않겠어?"

"그럴 수도 있겠네요. 아니면 그대로 귀가하셔서 머리에 렌치라도 한 대 맞으면 현실로 돌아오실지도 모르겠고요."

"현실이라고!" 팻은 허리까지 구부려가며 웃음을 터뜨렸다. "방금 그 말 좀 웃겼어."

7장

피트 신부
Father Pete

하느님의 사람들은 교사와 마찬가지로 하루에도 며칠을 산다.

우리가 감히 그런 말을 할 수 있을까?

먼저 피트 신부에 대해 말하자면, 다른 사람의 상황에 대해 추측한다는 것은, 그 사람이 곁에서 볼 때 아무리 뻔해 보인다 해도, 하느님의 심장으로부터 스스로를 의도적으로 차단해버리는 일이다. 물론 그저 정중한 대화를 나누는 중이라면 피트 신부는 **하느님**이라는 단어를 입에 올리지 않을 것이고, 당연히 **예수**, 또는 **그리스도**라는 말도 하지 않을 것이다. 미사 중일 때를 제외하면 신의 이름이 등장하는 순간 학생들의 눈은 게슴츠레해질 것이며, 가톨릭 신자들은 주일이 아닌 이상 설교를 듣고 싶어 하지 않는 편이기에 교구 신자들 중 일부는 같은 표정을 지을 것임을 알기 때문이다. 그렇기에 천국과 지상의 창조주인 전능하신 하느님, 그리고 우리의 죄를 사하려 십자가에 매달려 죽고 묻힌 독생자 예수님의 이름을 입에 올리는 대신, 피트 신부는 무게와 죄책감을 사뭇 덜어낸, "추측(assume)이란 너와 나를 바보로 만들 수 있는(make an ASS out of U and ME) 것"이라는 표현을 쓰곤 했다.

금요일에 렌튼 생선튀김 가게에 모인 부모나 학교 장터의 바비큐 노점에서 일하는 남자들이라면 그 표현을 썩 재미있어하겠지만, 아이들 앞에서는 같은 표현을 쓸 수 없었다. 엉덩이(ass)라는 단어가 등장하는 순간 아이들의 집중력이 완전히 사라지는 바람에 나머지 대화는 고양이에게 수학을 가르치는 것만큼 무용해질 테니까. 그러면, 학생들이 상대에 대해 추측할 때 뭐라고 **말하면** 좋을까? 유리로 된 집에 사는 이들은 돌을 던지면 안 된다? 타인이 나에게 해주길 바라는 대로 타인을 대해야 한다? 내게 자녀가 있었더라면 뭐라고 가르쳤을까? 그런데 왜 또 이런 생각을 하는 걸까? 아마 오늘 밤에도 그는 기도를 해야 할 터였다. 알지도 못하는 아이에게 조언을 하는 것에 관한 아주 긴 기도를 말이다. 그런데, 안 될 건 뭐지? 처음도 아닌데 말이다.

아무튼, 사람들에게 피트 신부님이라 불리는 피터 플린은 매일 이틀을 살았다. 매일 아침 침대 발치에서 하는 팔굽혀펴기 50개와 웃통을 벗고 거울을 보며 하는 이두근 운동 40개로 단련되어 어깨가 떡 벌어졌으며, 가슴털은 서서히 세어가는 쉰 살의 남성인 피트 신부는 3년 전 자신의 잘못이 아닌 일로 배턴루지 외곽 리빙스턴 교구에서 이곳으로 재발령받은 터라 디어필드에서 보낸 시간은 아직 짧았다. 그는 스스로 의리 있는 친구이자, 여성과 남성, 낚시와 스포츠와 하느님을 존중하는, 대놓고 성직자 서약을 깨뜨린 적 없는 좋은 신부라고 여겼다. 그에게는 그저 약간의 생각, 약간의 후회, 약간의 옹어리가 있을 뿐이었고, 그건 일반적인 일이었다. 그리고 성직자의 일과와 규율을 지키며 나이를 먹은 사람이라면 자신이 사는 날짜의 수를 정확히 알게 마련이다.

따라서, 둥그런 공이 굴러가는 것 같은 특이한 움직임으로 본관으로 돌아가는 교장선생에게 손을 흔들어 작별인사를 보내고, 아직 대화는 별로 나누어본 적 없지만 내심 호감을 가진 더글러스 허버드 선생을 향해 고개를 까딱해 보이며 트럭을 향해 다가가던 그때, 피트는 이미 두 번째 하루를 기다리고 있었다.

그가 손꼽아 기다리는 두 번째 하루는 특별한 일이 없다면 언제나 오후 다섯 시에 시작되고, 그때까지는 한 시간 반이 남아 있었다. 해야 할 다른 일이 있는 게 아닌 이상 피트는 그 시간이 되어야 마침내 혼자 집에 있을 수 있게 된다. 부엌 개수대 근처에 걸어놓은 바구니에서 라임을 한 알 꺼낸 뒤, 장식품으로도 쓸 수 있지만 보통은 식기건조대에 놓여 있는 루이지애나 지도 모양 나무 도마에 올리는 것도 그 시각이다. 그다음에는 서랍에서 칼을 꺼내 라임을 가로로 반으로 자른 다음, 뒤집어 놓고 다시 반으로 자르고, 또 한번 반으로 자르기를 반복해 똑같이 생긴 여덟 개의 삼각형 조각으로 나눈다. 시내에 있는 엘솜브레로 멕시코 식당에서 하는 것처럼 세로로 자른 초승달 모양 라임 조각이 아니라 피라미드를 닮은 땅딸막한 삼각형 라임 조각이다. 다른 많은 의식들과 마찬가지로 라임을 정밀하게 자르는 것 역시 피트에게는 중요했다. 그다음에는 찬장 안에 보관해둔, 옆면에 세인트루이스 대성당의 실루엣이 뿌옇게 새겨진 투명한 잔 두 개를 향해 손을 뻗는다. 얄팍하면서도 튼튼한 이 고급 잔들은 신학교를 졸업할 때 한 교수로부터 받은 선물로, 손 글씨로 "깨끗이 보관해, 피트"라고만 적힌 쪽지와 함께 받은 것이다.

피트도 그럴 생각이었다. 이 두 개의 잔은 피트가 가장 아끼는 물건이었다.

그래서 그는 다섯 시가 되면 5년 전 처음 선물 받았을 때와 똑같이 투명한 이 잔을 꺼내 햇빛 속에 들었다가 도마 옆에 내려놓는다. 그다음에는 냉장고로 가서 그날 아침 탄산수제조기로 직접 만들어 병에 담아둔 차가운 탄산수를 꺼낸다. 월마트 디어필드 지점에서 탄산수제조기를 사는 모습을 누군가에게 들켜 소문이 퍼지지 않도록 온라인에서 산 것이다. 물론 표면상 이 기계로는 루트비어나 콜라를 비롯한 다른 음료수도 만들 수 있지만, 여기는 루이지애나이기에 성인이 탄산수를 어디에 쓰는지는 모르는 사람이 없다. 아무튼 그는 탄산수 병을 꺼낸 다음 냉동고 문에 보관해두었던 750밀리리터의 소비에스키 보드카 병을 얼른 꺼내 겨드랑이에 끼고 얼음통에서 각얼음을 한 줌 집어 부엌으로 돌아온다. 거의 신성한 소리처럼 들리는 쨍그랑 소리를 내며 얼음을 잔에 넣고, 라임즙을 짜 넣고, 성당 1층만 잠길 만큼 소비에스키 보드카를 따른

다음 그 위에 기포로 가득한 신선한 탄산수를 따르면 탄산이 터지는 소리가 텅 빈 부엌을 빗소리처럼 채운다.

피트 신부가 로만칼라를 벗고 잔을 입가로 가져가는 이 시간이면 부엌 창으로 새어드는 햇살이 잔의 밑면을 비추어 얼음의 각 면과 이를 둘러싼 거품에 라임의 특별한 초록빛을 드리운다. 빛을 뿜어내는 것 같은 술잔을 바라보면서, 그는 9년 전 사별한 아내 애나를 떠올리며 매일 같은 시간에 하는 그 말을 한다. "당신께 또 하루 가까이." 말을 마친 그가 잔을 입에 대면 탄산이 코와 윗입술에 탁탁 부딪치는 기분 좋은 감각이 느껴진다. 그렇게 그는 첫 한 모금, 두 번째 하루에서는 단 한 번뿐인 그 한 모금을 들이켜면서, 자신은 꽤나 잘 살고 있다고, 최선을 다해 인간과 하나님과 애나를 섬기고 있다고 생각한다. 왜냐하면 오늘도 단념하지 않고, 그들에게 약속한 대로 오후 다섯 시까지 버텨냈으니까.

그러나 오늘 피트는 이 두 번째 하루를 보내기 전 주류상점에 가야 했다. 물론 이 순간을 보내지 못하는 저녁도 무척 많기 때문에 하루쯤 건너뛴다고 해도 아무 일 없겠지만, 그래도 이 순간을 원했다. 또 그는 일을 하는 성인이었고 그날은 학교에서 캐비지볼[16] 코치를 하지 않는 날, 사제관에서 열리는 행사에 참석할 필요도 없는 날이었으니 원하는 대로 하고 싶었다. 그래서 그는 주차장에 세워두었던 트럭을 몰고 아이리스 레인으

---

16   소프트볼의 일종.

로 진입한 다음, 광장을 지나쳐 61번 고속도로를 타고 옆 교구에 있는 클레시스 주류판매상에 다녀오기로 했다.

루이지애나의 후한 주법은 금전등록기가 있는 곳이라면 어디서든 술을 팔 수 있도록 했기 때문에 그렇게 멀리 갈 필요는 없었다. 주유소, 편의점, 존슨식품점, 월마트, 심지어 맥주와 와인 정도는 디어필드 약국에서도 팔고 있었다. 하지만 사제복 차림이었던 그는 집에 가서 옷을 갈아입고 나오고 싶지는 않았고, 또, 어쩌면 클레시스 주류판매상까지 운전하는 동안 몇 가지 일을 생각할 시간도 있을 것 같았다.

그가 생각해야 하는 일 중 하나는 일이라기보다는 사람, 지금 그의 눈앞 길가에 서 있는 그 사람이었다. 조카인 트리나, 한동안 힘겨운 나날을 보내다 비극적으로 자취를 감추고 만 여동생의 딸이었다. 또, 그는 트리나가 지난가을 디어필드 가톨릭 스쿨로 전학 온 뒤로 잘 적응하지 못하고 있다는 사실도 알았다. 조카가 벌이는 반항적인 행동들 때문에 팻 교장과 네 번 넘게 면담을 했던 탓이었다. 그때마다 피트는 트리나의 편을 들었다. 약물중독자인 그 애 어머니는 행방이 묘연하다고, 게다가 그 애 아버지 역시 쓸모없는 인간이라고, 또 교장 선생님도 아시겠지만 성경 말씀에 있듯 그대들 약하고 허약한, 도움이 필요한 이들은 우리에게 오라고 하지 않았느냐고 말이다. 아니, 성경 말씀이 아니라 자유의 여신상을 소재로 한 시에 나오는 거였나?

아무튼, 애초에 트리나가 공립학교 수업을 계속 빼먹는다는 사실을 알고 당장 디어필드 가톨릭 스쿨로 전학시킨 사람이 피트였다. 가족 할인으로 수업료를 깎고 그 수업료를 내준 것도 피트였다. 그렇기에 조카의 행동에 어느 정도 자신의 책임이 있다고 생각했다. 또, 솔직히 말하면 별종인 조카가 걱정이 됐다. 그 애는 삼촌인 자신은 물론 아무와도 대화를 나누지 않는 것 같았는데 지난 몇 달간 특히 그랬다. 하지만 지난 몇 달은 리슈 씨 아들의 죽음 때문에 동네 사람들 모두 슬픔에 잠겨 있었다. 하느님이 때 이르게 목숨을 거둬가는 일은 비극이다. 피트는 조카가 죽은 소년과 사귀는 사이였다는 소문을 들었고, 학교 남자화장실에 조카를 헐뜯는 낙서가 쓰인 것을 보았으며, 방과 후 직접 그 낙서를 지워 없애기도 했지만, 아무리 애를 써도 조카로부터 명쾌한 대답을 들을 수는 없었다.

그렇기에 조카가 죽은 제 형과 덩치는 달라도 얼굴은 똑닮은, 리슈 씨의 나머지 한 아들과 함께 길가에 서 있는 장면은 마치 몇 달 전에도 똑같이 일어날 수 있었을 장면처럼 보여서 이상했다. 이젠 나머지 한 녀석이랑 사귀는 건가? 물론 **추측**이라는 단어가 가진 해악을 잘 아는 피트는 추측 같은 건 하고 싶지 않았다. 그렇기에 그는 길가에 차를 세우고는 짤막하게 경적을 울린 뒤 조카를 향해 "어이, 낯선 사람, 태워줄까?" 외쳤다.

트리나는 동네에서 61번 고속도로를 지나 몇 킬로미터 떨어진 외곽에 제 아버지인 래니 토드와 함께 살았다. 래니는 아무리 신부의 시각으로 본들 하느님의 흔적이라고는 단 하나도 찾기 어려운 남자였다. 피트의 여동생 어맨다를 비롯한 수많은 이들의 삶에 남은 오점인 그는 부모로부터 물려받은 교구 변두리 땅뙈기에 있는 허름한 랜치하우스[17]에 살았다. 하느님의 뜻인지, 피트가 오늘 주류판매상으로 가는 길에 지나치게 될 집이었다. 어쩌면 아마 하늘에 계신 그분이 다시금 뜻을 펼치기 시작한 건지도 모르겠다.

리슈 씨의 두 아들 중 살아 있는 쪽인 제이컵이라는 소년은 경적 소리에 고개를 들고 정중하게 고개를 꾸벅 숙였지만 트리나는 이쪽을 완전히 무시하고는 오히려 그가 보는 앞에서 고개를 들어 제이컵이라는 소년에게 입을 맞추었다. 마치 음식 하나를 둘이 나눠 먹는 것처럼 진하게 혀를 섞는 키스였다. 트리나는 키스가 끝나자 소년의 가슴을 거세게 쿡 찔렀다. 이쪽에서 보기에는 그리 사랑이 담긴 몸짓 같진 않았다.

"카트리나." 피트가 차 안에서 목소리를 높여 외쳤다. "그 친구 숨 좀 쉬게 놔두자. 와서 삼촌한테 인사 좀 하렴."

트리나는 책가방을 어깨에 걸치더니 피트와 눈을 맞추지도 않고 트럭을 향해 다가왔다. 소년은 발을 질질 끌며 가던 길을 가기 시작했고, 트리나는 피트의 예상처럼 열린 창 안쪽으로 고개를 들이미는 대신 문을 열고 조수석에 탔다.

"삼촌이 제일 좋아하는 책에 나오는 가상의 장소보다 더 뜨거운 날씨네요. 그래서 타고 가려고요." 트리나가 말했다.

17　　지붕의 경사가 완만하고 주로 기다란 직사각형이나 L, U자형으로 이루어진 단층 주택 양식.

"나도 만나서 반갑구나. 그런데 어쩌다가 걸어가고 있었니? 네 아빠가 데리러 안 오니?"

"평소에는 태우러 와요." 트리나가 대답했다. "뭐, 굉장히 즐거운 경험이죠. 하지만 애석하게도 오늘 아침에 아빠 차가 안 보이더라고요. 제 가설은 아빠가 약값을 마련하려고 팔았는데 그 사실을 잊어버렸다는 거예요. 그런 가설을 세운 이유는 아빠가 차를 파는 장면을 제가 봤는데 그 사실을 아빠가 기억 못 해서고요. 아무튼 아빠랑 말싸움해봤자 아무 소용 없어요."

피트는 도로로 접어들면서 속도를 늦춰준 뒤차를 향해 고맙다는 표시로 손을 흔들어 보인 다음 고속도로를 향했다.

"필요한 게 있다면 언제든 말하렴. 알지? 네 아빠랑 같이 지내기 힘들다는 건 안다. 언제나 내가 여기 있다."

"아, 하지만 피트 삼촌은 구원할 영혼이 한둘이 아니잖아요. 괜찮아요. 또, 이 똥구덩이 같은 학교에 보내준 것만으로도 충분히 감사하고 있어요."

피트는 늘 트리나의 뛰어난 점을 찾으려 애썼다. 그렇게 찾은 뛰어난 점 중 하나는 자신과 상대방 사이의 거리를 결코 좁히지 않는다는 점이었다. 여동생이 가출하는 바람에 조카의 안부를 챙기기 시작한 이래, 또 디어필드 가톨릭 스쿨로 전학시킨 이래, 조카는 쭉 그에게 대놓고 공격적으로 굴었다. 피트가 보기에는 조카가 어릴 때부터 여동생이 자기 악담을 한 탓인 것 같았다. 피트의 눈에 세상에 악한 이들은 극소수였다. 그러므로 여동생 어맨다 역시 악한 사람은 아니었지만,

그렇다고 해서 선한 사람인 것도 아니었다. 피트보다 열 살 어린 어맨다는 피트가 애나와 사별한 뒤 종교에 귀의한 것을 두고 이기적으로 흥청망청 즐기는 자신을 나무라는 일이자 형제지간의 경쟁에서 일방적으로 자신을 짓밟은 일로 받아들였고, 마치 오빠가 죄를 벗은 대신 자신이 두 배로 죄를 짓겠다는 듯 살았다. 피트가 여동생을 그리워하고 걱정하는 것은 사실이지만 그렇다고 두 사람이 친했다고 한다면 거짓말일 것이다. 어쩌면 조카에게 이렇게 관심을 갖게 된 것 역시 일종의 잃어버린 가족애를 찾기 위함이 아닐까 싶었다.

보안관까지 대동하고 래니 집을 찾아가 루이지애나의 무단결석법을 설명한 뒤, 학비는 본인이 알아서 할 테니 래니는 아무것도 하지 않아도 된다고 설득해 사립학교로의 전학 수속을 밟고 나서, 피트는 조카를 데리고 주로 청소년을 대상으로 한 아울렛을 찾아 교복을 사 입혔다. 그날 트리나는 널따란 어깨에 돋은 뾰루지며 겨드랑이에 난 검은 털을 다 드러내는 등판 없는 검은 탱크톱을 입은 채 가게 안의 모든 물건을 대놓고 비웃었다. 마침내 팻 교장으로부터 받은 목록에 있는 옷가지를 전부 찾아 떠안겼더니, 트리나는 체크무늬 점퍼스커트와 블라우스, 무릎까지 오는 양말로 갈아입은 다음, 흰색과 검은색이 섞인 메리제인 구두의 발등 스트랩을 채우지도 않고 탈의실을 나와서는 이렇게 말했다. "여자들이 천국에 가면 하느님이 이런 옷을 입히는 거예요? 무슨 페티시라도 있는 모양이죠?"

계산원이 피트를 올려다보았고, 그는 말없이 신용카드만 내밀었다. 그리고 트리나를 돌아보며 "트럭에서 기다리마" 했다. 트럭에 올라타자마자는 늘 하던 대로 조카를 위해 기도했다.

오늘도 트리나는 교복 차림이었지만 학교를 벗어나자마자 제멋대로 풀어헤친 모양이었다. 트리나는 오솔길을 걷느라 더러워진 메리제인 구두를 신은 발을 대시보드에 올렸다.

"그럼 차가 없는데 오늘 아침 등교는 어떻게 한 거니?" 피트가 물었다.

"테사가 데려다줬어요."

"테사가 누군데?"

"요즘 아빠랑 같이 사는 매춘부요."

"트리나, 사람을 그렇게 부르면 안 돼."

"하지만 마리아 막달레나도 매춘부였잖아요?" 트리나는 흥미롭다는 표정을 열심히 꾸며냈다. "그렇게 따지면 제 말은 엄청난 칭찬 아니에요? 그러니까, 테사도 자라서 예수님이 제일 아끼는 매춘부가 될지도 모르죠."

"거기까지 하거라." 피터가 말했다. "그런데 너랑 제이컵은 무슨 사이냐? 너희들, 길에서 DNA를 교환하기에는 아직 좀 어리지 않니? 이젠 저 친구랑 사귀는 거냐?"

"사귀다뇨? 전 아무하고도 **사귀지** 않아요, 피트 삼촌. 그것도 남자랑은 절대로요. 전 요즘 말로 다자연애주의자거든요. 남자, 여자, 그 사이에 있는 온갖 섞인 거. 이성애자, 게이, 레즈비언, 트랜스젠더까지 하느님의 모든 가능성이 저한테는 열려 있다고요. 혹시 불편하세요? 피트 삼촌, 전 지옥에 가는 걸까요? 제가 다른 사람들을 좋아한다고 해서 하느님이 저를 미워하게 될까요?"

"알았다. 난 그냥 대화를 하려고 한 것뿐이야."

두 사람은 잠시 침묵했지만 트리나가 다시 입을 열었다.

"참고로, 전 임신중단을 할까 생각 중이에요. 그다음에는 가족계획협회에 기부를 하고, 부업으로는 포르노도 찍으려고 요."

"개인의 선택은 개인의 몫이지." 피트가 그렇게 말하더니 씩 웃었다. "하지만 그렇다면 네가 내 트럭에 온통 성병을 옮겨놓기 전에 어서 집까지 데려다줘야겠다."

"한 방 먹었네요." 그 말과 함께 트리나는 트럭에 탄 뒤 처음으로 미소를 지었다. "방금 한 말 때문에 묵주기도로 참회라도 하셔야 하는 거 아니에요?"

피터는 손을 뻗어 백미러에 걸어놓은 묵주를 어루만졌다. "이미 하고 있다."

주유소를 지나쳐 뻥 뚫린 길로 나왔더니 어깨 너머로 필리스 버넌으로 보이는 사람이 자전거 페달을 밟고 있는 모습이 보였다. 디어필드에서는 낚시, 사냥, 사륜구동, 심지어 아마추어 양궁에 이르기까지 다양한 야외 활동이 벌어지지만, 그래도 보편적으로 여섯 살에서 열일곱 살 사이의 아이들, 또는 나이가 너무 많아 주정부에 운전면허를 반납한 지 오래인 겟웰 술집 단골손님이 아니면 자전거를 타는 모습을 보기는 어려웠다. 즉, 디어필드는 남들 앞에서 운동하는 사람들이 많은 그런 동네는 아니었다. 그런 일을 하기에는 빌어먹게 더운 동네였다. 필리스가 눈에 띈 건 이런 사회적, 지리적 요인들 때문이기도 했지만 피트의 눈에 들어온 것은 그녀가 입고 있는 의상이었다.

62세 필리스 버넌, 지난 20년간 히어로맨 꽃집을 운영했고, 의자 두 개를 차지하는 전설적인 엉덩이를 가진 그녀가 네온 핑크색에 옆면을 따라 검은색 사선 무늬가 새겨진 전신 타이츠를 입고 공공수영장에 수영하러 가는 사람이나 입을 법한 끈 없는 신발을 신은 채 시속 3킬로미터 정도의 속도로 자전거를 달리고 있었다.

피트는 차창을 내리고 트럭의 속도를 늦췄다. 그는 필리스를 무척 좋아했다. 필리스는 신실한 가톨릭 교인으로, 그가 보기에는 치료하지 않고 방치한 식이장애에 30년 전 남편과 사별하며 시작된 지극히 인간적인 슬픔이 결합된 증세를 앓는 사람이었다. 피트 신부와의 고해성사에서 필리스는 식이 문제를 여러 번이나 고백하면서 자기 집 쓰레기통 안에서 발견한 깜짝 놀랄 만큼 많은 빈 아이스크림 통의 개수를 상세히 이야기했기에, 그는 그녀를 안타깝게 생각하고 있었다.

옆으로 다가가보니 필리스가 타고 있는 건 평범한 자전거가 아니었다. 반짝거리는 새것으로 앞뒤에 자체 서스펜션 시스템이 달려 있었다. 프레임에 게리 피셔라는 이름이 새겨져 있었는데 피트는 게리 피셔가 누구인지 몰랐고, 또 지금까지 본 자전거 중에서 제일 재미있게 생긴 만큼 아마도 비싼 자전거일 거라는 생각이 들었다.

"잠시 인사만 전하자." 그는 트리나에게 그렇게 말한 뒤 차를 멈추지 않은 채 차창 밖으로 고개를 내밀었다.

"정말 기대되네요." 트리나가 말했다.

"이봐요, 젊은 아가씨." 피터가 외쳤다. "필리스 버넌이라는 늙은 아줌마를 찾는데, 혹시 못 보셨소?"

필리스가 고개를 돌렸지만 미소를 짓지는 않았고 놀랍게도 페달을 밟던 발 역시 멈추지 않았다. 타오르는 태양보다도 더, 무르익은 비트보다도 더 시뻘겋게 달아오른 필리스의 얼굴이 터질 것만 같아서, 피트는 문득 그녀가 길 위에서 심장 발작이라도 일으키지 않을까 겁이 났다. 하지만 필리스는 멈추지 않았다. 걸어서도 따라잡을 속도였으니 차에서 내려 다가갈까 싶었지만 그냥 차를 슬슬 몰아 그녀를 따라갔다.

"어떡해." 차창 밖을 보던 트리나가 속삭였다. "저분 죽는 거 아니에요? 근데 만약 죽으면 저 옷 제가 가져도 돼요? 옛날부터 열기구를 만들고 싶었거든요."

피터가 트리나를 향해 엄한 눈길을 던졌다. "못되게 굴지 마라."

자세히 보니, 필리스 버넌이 대답하지 못했던 것은 그녀가 전신 타이츠 등에 매달린 파우치처럼 보이는 것에 연결된 튜브를 입에 물고 있어서였다. 물을 마시는 모양이었는데, 한눈에도 목이 말라 보였으니 다행이었다. "괜찮으십니까, 필리스 씨?" 다시 한번 묻자 이번에는 필리스도 피트가 좀 더 선명하게 보이는지 엄지를 들어 보였다. 손가락이 뚫린 장갑을 끼고 있었던 덕에 가능한 일이었다. 필리스는 입에 물고 있던 튜브를 뱉더니 숨을 헉헉 몰아쉬었다. 그러면서 헬멧 옆면을 톡톡 두드렸는데, 헬멧에 두른 나일론 끈 아래에 파란 종이 한 장이 접힌 채 끼워진 게 보였다.

"괜찮고말고요, 신부님." 필리스가 헐떡이며 대답했다. "지금은 대화 못 해요. 해야 할 일이 많아서요."

그러더니 필리스는 다시 정면을 보며 힘겹게 페달을 밟았다. 트리나를 돌아보자 그 애는 이미 창 밖 풍경에서 관심을 거두고 휴대폰에 뭐라고 입력하고 있었다. 필리스의 숨소리가 너무 커서 마치 차에 함께 타고 있는 것 같았기에 피트는 "그럼 다행이네요. 주일에 봅시다" 하고는 액셀을 밟아 차도로 돌아갔다.

"뭐라고 적혀 있을까요?" 트리나가 물었다.

"무슨 말이냐?"

"결과지요. 아까 손가락으로 가리켰잖아요. 거기 뭐라고 적혀 있을까요?"

피트도 결과지에 대해 알았지만 그걸 어떻게 이해해야 할지 몰랐다. 지난주 고해성사에서 저 푸른색 종이 이야기를 꺼낸 사람이 둘이나 있었다. 아마 세상을 바라보는 새로운 방식인 것 같았지만 아직은 그에 대해 생각해볼 겨를이 없었다.

"소형 비행선이라는 데 걸게요. 아니면, 증기 롤러."

"저게 새로 나온 게임인 거지? 뭐, 점치는 거 같은 거 말이다."

"그렇게 생각하는 사람들도 있죠. 과학이라고 생각하는 사람들도 있고요. 그러니까, 뭐, 예를 들어 기도 같은 것보다는 더 확실하달까."

집에 가까워지자 트리나는 분주해졌다. 몸을 구부리고 배낭의 지퍼를 열더니 담뱃갑을 꺼냈다. 창문을 내리더니 피트에게 묻지도 않고 한 개비 꺼내 불을 붙였다. 피트가 보기에는 부적절하기 그지없는 일이었다. 그러나 아이의 물 흐르는 듯한 동작, 풀어진 표정이 순식간에 긴장을 덧입는 모습에 놀란 피트는 담배를 끄라고 말하는 대신 방향지시등을 켠 뒤 고속도로를 벗어나 자갈이 깔린 진입로로 접어들었다.

"너는 어떠냐, 조 캐멀[18]? 너도 저 결과지를 받아봤니?"

"아뇨, 하지만 제 결과지에 뭐라고 나올진 알아요." 트리나는 배낭을 무릎 위에 올린 다음 트럭 창밖으로 연기를 뿜었다. "아마 '수술용 메스'라고 나올걸요."

피트가 진입로에 차를 세우자마자 트리나는 트럭에서 뛰어내렸다.

"들어오라는 말은 안 할게요. 우리 아빠가 삼촌 혐오하는 거 아시잖아요."

"알겠다." 피트가 대답했다. "나도 네 아빠 열받게 하기는 싫구나. 그저 너를 집에 안전하게 데려다줬으면 됐지."

트리나는 트럭 문을 닫고 돌아서서 그를 마주보았다. "안전하다고요? 그렇게 보이세요?"

아이가 돌아서서 집을 향해 몇 발짝 걸어가는데 피트가 그를 불렀다.

"카트리나. 물어보려고 했었다. 최근 엄마한테 소식 들은

18　　캐멀 담배 광고에 쓰였던 캐릭터.

거 없니? 아무것도 없어?"

그러자 아이는 가느다란 담배를 쭉 빨아들이더니 자갈 위에 밟아 껐다. "없어요, 피트 삼촌. 삼촌은요? 하느님한테서 소식 들은 거 없어요?"

"들었다고 믿는다. 길가에 서 있던 널 본 그 순간 말이지."

트리나는 아무런 감정도 실리지 않은 표정으로 그를 빤히 바라보았다. 기분 좋은 말을 해주었는데도 텅 빈 회색 눈을 하고 있어서 피트는 조금 섬뜩했다. 이 아이의 머릿속에서는 무슨 일이 벌어지고 있는 걸까?

트리나가 작별 인사도 없이 포치를 올라가 집 안으로 들어가는 모습을 지켜보면서 피트는 그 애가 사는 집을 생각했다. 구조적으로 나쁜 집은 아니었다. 알루미늄을 외장재로 쓴 벽돌집으로, 견고한 평판 위에 지은 집이었다. 아마 1940년대쯤 처음 지어졌을 때는 토드 가문의 자부심이었으리라. 저택도 아니고 루이지애나 전역에서 흔히 보이는 치장벽토를 바른 아카디아나 양식의 큰 집도 아닌, 침실 세 개에 욕실 두 개짜리 널찍한 집이었다. 원한다면 닭을 치거나 그늘을 드리울 나무를 심을 땅도 충분했다. 포치 앞에 화단을 만들기도 쉬울 것이다. 그러면 분위기가 조금 밝아질 텐데. 30년 동안 방치해 녹이 슨 트랙터를 마당에서 치워버려도 될 것이다. 공간이 좀 더 생길 것이다. 또 래니가 쇠사슬로 묶어 기르는 기묘한 라플란더 핏불 잡종견의 개집으로 쓰고 있는 캠핑카 뚜껑도 내다 버리면 더 좋겠지만, 전체적으로는 좋은 집이었다. 그저 조금의 관심, 그리고 아마도 약간의 기도가 필요할 뿐이다. 피트가 트럭 안에 앉아 이런 생각들을 하도 오래 하는 바람에 결국은 필리스 씨의 산악자전거가 삐걱삐걱 달려오는 소리가 등 뒤까지 따라왔다. 그런데 다른 사람의 집 진입로에 앉아 그 집을 위한 기도를 하기에는 너무 긴 시간을 보낸 모양이다. 백미러를 통해 필리스가 느리디느린 속도로 다가오는 것을 확인하고 다시 눈을 돌렸더니 래니 토드가 이쪽으로 다가오고 있었던 것이다. 웃통을 벗고 있는 것까지는 예상했지만, 산탄총을 짊어지고 있을 줄은 예상치 못했다.

무슨 일이건 다섯 시 전에는 다 끝이 났으면, 하고 피트는 기도했다.

8장

오 나의 별들
Oh My Stars

하, 기록을 깼다.

그러니까 지난 20년 동안의 기록 말이다. 물론 고등학교 때 셰릴린의 어머니가 집을 비웠던 어느 주말도 상당했지만, 그땐 쾌락을 느끼는 법을 안 지 얼마 안 됐던 시절이었다. 몇 살 때더라, 열다섯 살? 열여섯 살? 어쨌든, 그 나이엔 자연스러운 일이었다. 또, 패트릭 스웨이지와 데미 무어가 사랑을 나누는 영화를 열 번은 봤고 (도자기 물레가 그렇게 짜릿할 줄이야!) 그러면서 그녀가 혼자만의 즐거움을 누린 것은 두 자릿수를 넘었을 것이다. 하지만 그 뒤에는? 아마도 격주로 한 번 정도, 화장실에서 급하게, 그리고 더글러스가 출근한 뒤에는 샤워를 하면서 좀 더 나른하게. 하지만 하루에 세 번이라고? 그것도 **정오부터** 세 번? 게다가 어젯밤 더글러스가 자고 있을 때 했던 한 번까지?

대체 내가 어떻게 된 거지?

물론 다른 남자를 생각한 적은 전에도 있었다. 하지만 그건 성적으로 건강한 대부분의 어른들이 성적으로 건강한 다른 어른들을 생각함직한 그런 일반적인 방식이었다. 셰릴린의 상상 속 남자들은 피부색도, 근육의 탄력도, 태도도 다양했고, 그녀에게 익숙한 것과는 다른 턱선이나 손 모양을 가진 남자들이었다. 상상 속 젊은 남자의 등에는 V자 모양 근육이 잡혀 있는데, 얼굴 없는 몸뚱이, 아니면 몸뚱이 없는 얼굴, 그리고 그날의 기분에 따라서는 익숙한 정수리에 주근깨가 있는 벗어지기 시작한 머리 대신에, (그래, 인정하기 싫지만 때로는 사실이라고 인정해야 한다) 길고 풍성한 머리숱을 상상하기도 한다. 어떤 때는 타투, 딱 벌어진 가슴이나 어깨 위를 지나가는 색색의 타투가 있기도 하지만 어떤 디자인인지 어떤 메시지가 담겼는지는 알 수 없었는데 그녀가 생각하는 상대는 진짜 사람이 아니었기 때문이다. 그들은 그저 떠다니는 상상 속 사랑의 유람선에 지나지 않았다. 그들은 수없이 많은 시나리오와 무대 속에 존재하기에 이 모든 과정은 흐릿하게 진행되었고, **특정한** 어떤 남자, 남편이 아닌 다른 남자를 콕 집어 생각한 것이 아니기에 아무런 죄책감도 불러일으키지 않았던 데다가, 어차피 그녀가 이런 일을 다른 사람들에게 공공연히 말하고 다니는 것도 아니었다. 그러니까 상관없는 것 아닌가? 전부 셰릴린이 혼자 생각한 것들이었다. 또, 그녀의 명예를 위해 덧붙이자면, 이런 상상들을 하고 있다 보면 결국 생각은 거의 매번 더글러스와의 즐거운 추억으로 돌아왔다.

어차피 이런 환상을 실제처럼 **느끼려면**, 목표 지점까지 나아가려면, 결국 진짜 자기 모습을 상상할 수밖에 없다. 환상 속의 자신이 아니라 신체적으로도 정서적으로 진짜 그녀의 것인 육체가 진짜 쾌락을 나눌 만큼 편안한 기분이 될 수 있는 상대방은 오로지 더글러스뿐이었다.

오늘 첫 번째 절정을 느낄 때도 마찬가지였다. 종종 떠올리곤 하던, 이십 대 중반이던 신혼 시절 대학 친구들과 어울려 틱포강에서 튜브를 타던 장면을 떠올렸다. 더글러스와 셰릴린은 너무나 젊고 행복한 신혼부부였고, 남자들은 다들 웃통을 벗어젖힌 채 웃으며 다이빙을 하느라 물을 튀겨댔으며, 무엇보다도 셰릴린은 비키니를 입고 있었다. 그래, 그런 시절이 있었다. 그녀는 서른다섯 살 생일까지는 아무런 거리낌 없이 비키니를 입었다. 더글러스가 찍은, 생일날 뒷마당에서 함께 일광욕을 하던 사진을 보기 전까지. 이건 아니야. 그 뒤로는 원피스 수영복만 입었다. 누구에게나 그런 시기가 오는 법 아닌가? 그래도 크게 신경 쓰이는 일은 아니었다. 하지만 틱포강에서의 그때, 어느 순간 강굽이에 둘만 남았을 때 더글러스와 그녀는 튜브를 꼭 붙들고 물속에서 서로의 다리를 얽었다. 어떻게 그런 일을 할 수 있었을까? 그게 물리적으로 가능한 일이었나? 키스를 하다가 먼저 물속에서 더글러스의 수영복을 끌어내린 것은 셰릴린이었다. 그저 장난스럽게 그를 시험한 것뿐 더 이상 진도를 나갈 생각은 없었는데도, 그때 자신의 비키니 하의를 옆으로 젖히는 그의 손길이 얼마나 짜릿했던가가 생생했다. 충동적으로 일을 치르던 그때, 친구들이 튜브를 타고 강굽이를 향해 내려오는 소리를 들으면서도, 한 번 시작한 이상 도저히 멈출 수 없다는 듯 계속했던 것, 그렇게 하나가 된 채 함께 물 위를 흘러갔던 것, 세찬 물줄기의 낯선 감촉, 온통 뒤섞이던 열기와 마찰과 머리 위에서 내리쬐던 태양, 뺨이며 쇄골이 볕에 익어가던 기억 속 두 사람은 내내 서로의 눈을 똑바로 마주한 채로 웃으며 그 일을 즐겼다. 그녀가 아랫입술을 깨문 건 그때가 처음이었는데, 그녀는 더글러스가 아직까지도 그 모습을 좋아한다는 걸 안다. 두 사람의 비밀을 아무도 모르지만 남편은 때때로 그런 이야기를 하니까. 그래, 맞다. 그녀는 그 기억을 종종 떠올린다.

그러나 정말 솔직해지자면, 그녀가 때때로 다른 순간, 다른 남자들을 떠올리는 때도 있다. 구체적인 숫자를 대자면 더글러스와 사귀기 전에 만난 세 명의 남자였다. 셋 정도면 그럭저럭 괜찮은 숫자인 데다, 기억이란 자연스러운 것 아닌가. 그리고 아주 가끔 듀스와 있었던 일을 떠올리기도 하지만 사실 그 일에는 아무 의미도 없다. 그럼에도 그는 때때로 듀스와의 일을 생각한다. 성경을 기준으로 삼더라도 도저히 무분별하다고 할 수 없는 무해한 일일 뿐이지만, 그래도 가끔 떠오르기는 했다. 그러나 오늘은 아니었다. 아니, 오늘은 그보다는 다른 궁금한 일들이 있었다.

예를 들면 컴퓨터 속 남자와의 대화가 그랬다. 호기심을 도저히 참을 수가 없었다. 두 사람의 채팅은 고작 몇 분 이어졌을 뿐이다. 무슨 얘기를 했더라? 남자는 그녀가 아름답다고 했다. 가운이 잘 어울린다고 칭찬했다. 그다음에는 방 안이 덥다고, 축구를 하고 와서 땀이 난다고, 혹시 상의를 벗어도 되겠느냐고 물었다.

그리고 그녀는 이렇게 입력했다. **허락할게.**

그래, 그러니까, 누군가가 정말로 이 상황을 열심히 뜯어본다면 셰릴린이 하필 이 특정한 다른 남자와 대화를 나눈 날에 지금까지의 기록을 깼다는 사실이 참으로 묘한 우연이라는 생각이 들기는 할 것이다. 하지만 그렇다고 해서 그 남자가 정말 **아는** 사람인 것도 아니지 않나. 셰릴린의 상상 속 사랑의 유람선들과 비교해도 딱히 더 진짜라 보기도 어렵다. 그럼에도 무슨 일인가가 일어났다. 그래, 맞다. 무언가가 그녀에게 발동을 걸었다. 내가 여태 남편을 배신한 적이 있나? 내가 원래 이런 사람이었나? 아니, 당연히 아니다.

하지만 화면 속 남자가 자리에서 일어나는 순간 셰릴린은 무언가를 느꼈다. 남자는 의자에 도로 앉더니 엄지손가락을 티셔츠 목 부분에 건 다음 머리 너머로 벗어냈다. 남자의 몸에 새겨진 지도가 볼만했다. 쇄골 아래 굴곡 없이 이어진 근육, 단단한 흉근과 어깨. 가슴에 난 검은 털, 근육이 가득한 배. 그리고 이 선명한 복근이 마치 두 줄기 강인 양, 분명 또 다른 탐구할 거리가 숨겨져 있을 반바지 속으로 흘러가는 모양새. 남자는 슈퍼모델 같은 몸매는 아니었고, 인위적인 태닝에 제모까지 한 헬스 중독자도 아니었다. 그래서 더 마음에 들었다. 그는 그저 셰릴린의 눈앞에 선 한 남자였다. 그는 한동안 그 자리에 서서 그녀에게 자신의 몸을 보고 평가할 만한 시간을 주었다. 그래서 그녀는 그렇게 했다.

남자의 몸을 유심히 보고 있자니 달리는 남자들의 모습이 떠올랐다. 이 남자뿐 아니라 모든 남자들, 성인 남자들이 동네 고등학생들처럼 축구장을 달리는 모습이 떠올랐다. 축구를 하는 성인 남자를 본 적 있었나? 전혀 없다. 현실에서 성인 남자가 달리는 모습을 본 적 있었나? 그녀는 생각에 잠겼다. 텔레비전에서 본 것 말고, 풋볼 유니폼을 입은 남자들 말고, 실제 남자들이 눈앞에서 달리는 모습을 본 적이 있었나? 그녀를 달려 지나친 남자가 있었나? 남자의 움직임 때문에 들썩이는 공기를 느껴본 적 있었나? 지나치는 남자의 체취를 맡은 적 있었나? 그녀가 기억하는 한, 한 번도 없었다.

디어필드의 남자들은 보트를 타고 총을 쐈다. 사냥을 하고 술을 마시고 잔디깎이의 전선을 거칠게 잡아당기는 그들은 분명 충분히 남자답기는 하지만, 달리지는 않았다. 축구를 하지도 않았다. 그래서 그녀는 달리는 남자의 모습은 지금 눈앞, 화면 속에 있는 탄탄한 몸매의 땀투성이 남자 같으리라 생각했다. 솔직히 말하면 그녀 역시 상상 속 남자들이 오로지 자신만을 위해 상의를 벗고 맨몸을 드러내는 상상을 해보았다. 남자가 다시 책상 앞에 앉아 그녀가 시키는 무슨 일이건 하겠다는 기세로 미소를 짓자 그녀의 심장이 평소와는 다르게 뛰었고, 그녀는 몸을 앞으로 기울여 마우스를 잡은 뒤 '다음'을 클릭했다.

곧바로 누구에게 들킬세라 재빨리 창을 닫고 모니터를 끄자 검은 화면 속에 비친 자신의 모습만 그녀를 빤히 바라보고 있었다. 다시 봐도 그리 나쁘지 않았다. 얼굴로 손을 가져가 손가락으로 쇄골까지 쓸어보았다. 가운을 내려다보았다. 그녀가 가진 옷 중 가장 편한 옷이었다. 목깃에 펠트를 댄 얇은 푸른색의 가운은 바닥에 끌리는 밑단의 풀이 약간 빠졌고 허리에는 색이 안 맞는 플란넬 소재의 끈이 달려 있었다. 섹시한 것과는 도대체가 거리가 멀었다. 아침마다 유니폼처럼 천 번쯤 입은 가운이었다. 그런데 오늘만큼은 이 가운이 다르게 느껴졌다. 다시 한번 모니터에 비친 자신의 모습을 들여다보았다. 이봐, 안녕, 그렇게 생각하며 손가락 하나를 가운 안에 집어넣고 손톱 윗면으로 자신의 살갗을 간질여본 그녀는 살며시 가운을 옆으로 젖혔다. 몸의 절반이 드러났다. 안녕. 그래, 몸을 반쯤 볼 수 있다.

그다음에 그녀는 서재 의자에 앉은 채로 가벼운 즐거움을 누렸다. 그때 부엌에서 전화벨이 울렸다. 아마 휴대폰으로 아무리 전화를 걸어도 받지 않아 당황했을, 어쩌면 스토브 끄는 걸 잊고 집에 불을 냈을지도 모를 엄마가 건 전화라고 생각했기에 일어나서 굳이 발신자 번호도 확인하지 않고 전화를 받았다. 그런데 전화를 건 사람은 엄마도, 심지어 더글러스도 아닌 그날 오후 트롬본 레슨 일정을 확인하려 더글러스를 찾는 제프리 말로였다. 그와 잠시 대화를 나누고는 더글러스에게 잘해주셔서 감사하다고, 그이가 트롬본을 배우기 시작해 들떠 있다고 전한 뒤 그녀는 다시 침실로 돌아갔다. 그곳에서 계획에 없이 침대에 누운 채로 또 한번 즐거움을 누렸다. 마지막으로 샤워를 하면서 한 번 더 했다. 세 번 다 기분이 나쁘지 않았다. 죄책감은 없었다. 역겹지도 않았다. 걱정이 들지도 않았다. 조금도.

그런데 지금 그녀는 집을 나서는 중이다.

벌써 오후 세 시 삼십 분인데, 평소에는 정오면 엄마 집에 도착했다. 나오기 전 시작 화면이 나타날 때까지 눈에 보이는 작은 ×를 모조리 눌러 인터넷 창을 전부 끄는 걸 잊지 않았다. 그러다가 마치 온종일 솔리테어를 했던 척 카드게임 화면을 열어놓으면 되겠다는 아이디어를 떠올렸다. 그다음엔 문단속은 생략하고 집을 나선 뒤 엄마 집을 향해 걸었다. 전날 밤 남겨둔 버거와 맥앤드치즈를 담은 밀폐용기를 장바구니에 담아 가져가면서, 엄마의 늦은 점심, 또는 요리할 정신이 아니라면 오늘 저녁거리가 될 거라고 생각했다.

거리가 끝나는 곳에 다다르자 스테이시 피터가 자기 집 정원에서 잡초를 뽑는 모습이 보였다. 스테이시가 셰릴린에게 손을 흔들어 보인 뒤 메이컴 스트리트에서는 철쭉이 벌써 피기 시작했는데 자기 집 철쭉은 통 피지 않는다며 불평을 늘어놓기 시작했다. 남편이 너무 늦게 가지를 친 건 아닐까, 그러니까 댄은 살면서 뭘 제때 해본 적이 없다고, 그런데 철쭉 없이 올봄을 어떻게 버티느냐고. 상상이 돼요?

셰릴린은 자신이 **네,** 상상이 된다고 대답했는지, **아니요,** 상상이 안 된다고 대답했는지 잘 기억나지 않았다. 뭐라고 대답했건 달라질 것은 없었던 데다가, 한낮의 열기가 또다시 생경할 정도로 정신 사납고 성가시게 느껴지기 시작했기 때문이다.

기억 속, 튜브를 타고 햇볕에 피부와 얼굴을 그을리며 강을 둥둥 떠내려 오던 젊은 아가씨와는 딴판으로, 요즈음 그녀에게 루이지애나의 더위는 적처럼 느껴졌다. 더우면 현기증이 나고 진이 빠지고 정신이 없었다. 어쩌면 아직 컴퓨터 속 남자와 있었던 그 일을 정리하느라 머릿속이 복잡한 건지도 모르겠다. 그러니까, 그냥 정신이 사나운 거겠지? 어차피 잘못한 건 없잖아? 난 그런 짓 안 하잖아. 그런데, 잘못한 게 없다면 어째서 솔리테어를 했던 척 게임 화면을 열어놓은 걸까? 침묵도 거짓말이라 할 수 있다면, 난 거짓말을 한 걸까? 그러면 난 침묵을 가장해 남편을 속인 걸까? 생각만 해도 싫었다.

그래서 앞으로는 그 오메글이라는 곳에는 들어가지 **말아야**겠다는 다짐을 했다. 이제 와 생각하니 낯선 사람이 그녀의 집을 들여다보는 것도, 그녀가 낯선 사람의 집을 들여다보는 것도 부적절한 일 같아서였다. 그러니까, 깨끗이 손을 털어야겠다. 이건 지난 일이다. 누구에게나 과거는 있다. 이젠 털어버려야겠다.

하지만 철쭉을 피우는 세포가 뿌리에서 가지 끝으로 이동해야 한다느니, 그 세포가 매일 재생되어야 한다느니 하는 스테이시의 말은 잘 이해되지 않았다. 단어 자체가 도저히 이해가 되지 않는 게 순전한 신체적인 문제 탓이라는 사실을 부정해선 안 될 것 같았다. 문득 그녀는 이웃이 말하는 입만 멍하니 쳐다보고 있는 자신이 이상해 보이지 않을까 생각했지만, 스테이시는 전혀 눈치채지 못한 듯했다. 그리고 마침내 스테이시로부터 벗어나 다시 길을 걸어가기 시작했을 때는 엄마 집까지 남은 거리가 고작 1.5킬로미터 정도, 10분만 걸으면 충분하다는 걸 알면서도 꼭 모래주머니라도 매달고 있는 것처럼 두 다리가 무겁게 느껴져서 목적지까지 도저히 갈 수 없을 것만 같았다.

그래도 스테이시 말대로였다. 온 동네에 꽃이 피어나기 시작했다. 어쩌면 그게 원인일지도 몰랐다. 알레르기 말이다. 오늘 아침 클래리틴을 먹었나? 비강 스프레이는 뿌렸나? 환절기에는 몸이 안 좋아질 수도 있다. 그건 누구나 안다. 심지어 신문에서도 꽃가루 문제를 떠들어댄다. 일주일만 더 지켜보아야겠다. 그 뒤에도 몸 상태가 나아지지 않으면 그레인저 박사를 찾아가는 게 좋겠다.

아니면 그냥 부쩍 몸이 안 좋아졌다고, 두통이 전부가 아니라 걱정되는 다른 증상들도 있다고 남편에게 솔직히 털어놓는 건 어떨까. 휴대폰을 떨어뜨린 진짜 이유를 말하는 건 어떨까. 그리고 그러다 보면 오늘 컴퓨터를 하다가 왕실에 대한 흥미로운 사실들을 여러 가지 알게 됐고 당신도 그런 데 가보고 싶지 않느냐고 물어보게 될 수도 있지 않을까?

"허버드 부인?"

어쩌면 남편에게 이렇게 말할 수도 있을 것이다. 그건 그렇고, 난 여왕이 될 운명이었어, 아니면 공주. 그러니까 왕족 말이야. 증거도 있어. 재밌지 않아?

"여기 좀 봐요, 셰릴린."

어쩌면 남편과 함께 그 기계를 찾아가볼 수도 있겠다. 남편의 결과지에도 무언가 대단한 사람이 될 운명이라 적혀 있어서, 둘이 같이 이곳을 떠나 함께 위대해질 수 있을지도 모르겠다. 안 될 게 뭐 있어?

"한 번 갑니다, 두 번 갑니다." 남자의 목소리였다.

셰릴린은 걸음을 멈췄다. 누구지? 고개를 돌리자 검은색 링컨 타운카가 도로 경계석을 따라 서행하고 있었다. 차창을 내린 운전석의 남자는 웃고 있었다. 그가 누구인지는 한눈에 알 수 있었다.

동네에서 모르는 사람이 없는 팁시 로드리그였다.

"아, 안녕하세요, 팁시. 오늘은 얼마나 나와 계셨어요?"

"네 집 정도 다녀왔습니다." 팁시가 대답했다. "태워드릴까요?"

"그냥 엄마 집에 가는 길인걸요."

"어딘지 잘 알죠. 에어컨도 빵빵하게 틀어놨으니 올라타십쇼."

팁시 로드리그의 생김새에는 눈에 띄는 다른 특징들도 있었지만 일단 치아 몇 개가 빠지고 없었다. 팁시처럼 살면서 미심쩍은 선택들을 줄곧 해온 오십 대 남자들에게는 드문 일도 아니었지만, 안타깝게도 그가 잃은 치아는 앞니 두 개였다. 이는 팁시가 무슨 주제로 말을 하건—야구, 연비, 해양생물, 기후변화—신뢰성을 떨어뜨리는 효과를 냈다. 그럼에도 팁시 로드리그는 디어필드에서 자기가 저지른 잘못을 속죄하고 있는 좋은 사람이었기에, 그가 링컨 차에 타서는 앞니 없는 미소를 지으며 태워주겠다고 할 때 거절하는 이가 별로 없었다.

"솔직히 바깥이 **정말** 덥긴 해요."

셰릴린이 말하자 팁시는 몸을 뻗어 조수석 문을 열었다.
"자, 그럼 어서 타시죠."

무엇보다도 팁시는 이 동네 제일가는 한량이었다.

디어필드에 단 하나뿐인 택시기사인 그는 일종의 독과점 비슷한 걸 누리고 있었다. 그러나 공짜 택시였기에 아무도 이의를 제기하지는 않았다. 팁시는 영리를 위해 택시를 모는 것이 아니었다. 그저 밤이고 낮이고 차를 몰고 동네를 돌아다니며 사람들을 공짜로 태워주는 게 다였다. 몇 년 전, 월마트에서 일하다 낙상 사고를 겪고 보상금으로 큰돈을 받은 뒤 팁시는 돈이 아쉽지 않은 사람이 되었지만, 사람들은 그가 약물이며 술에 손을 대다가 급기야 2년 전에는 음주운전으로 토니의 도넛 가게를 정면으로 들이받는 지경까지 가게 만든 게 그 골반 부상과 보상금이라고들 했다. 사고로 팁시는 앞니를 잃게 됐지만, 그가 사고를 낸 시각인 토요일 오전 여덟 시는 평상시라면 도넛 가게에 아이들이 바글거리는 시간이라는 걸 모르는 이는 없었다. 마침 가게 보수공사를 하느라 그날 하루 도넛 가게가 휴업한 게 아니었다면 무슨 비극이 일어났을지는 불 보듯 뻔했다. 그렇다. 누구나 상상할 수 있었다.

팁시 역시도 아슬아슬하게 피했던 그 비극을 생생하게 상상할 수 있었던 나머지 《디어필드 버글》에 편지를 써 다시는 음주운전을 하지 않겠다고 공식으로 선언하기에 이르렀다. 또, 그 사고를 영영 잊지 않도록 의치를 해 넣지도 않을 거라고 했다.

하지만 몇 주 뒤, 도저히 자력으로 술을 끊을 수 없다는 사실을 깨달은 팁시는 그렇다면 항상 운전을 하기로 결심했다. 술을 마시지 않으려면 그 방법밖에 없었다. 그는 교회에 가는 부부를 태워주고, 겟웰 술집에서 비틀거리며 나오는 옛 친구들을 집까지 실어다 주고, 아내들을 친정으로 데려다주기까지 했다. 이렇게 팁시는 자기가 한 맹세를 꿋꿋이 지켜갔으며, 자신이 일으킬 뻔했던 비극을 어떤 식으로건 보상하려 애쓰는 그의 노력을 높이 산 디어필드 사람들은 기꺼이 그의 차에 올랐다.

셰릴린도 언제나 흥미진진한 소문을 들려주는 팁시를 좋아했다. 그는 디어필드의 살아 있는 뉴스 코너라고 불러 마땅한 사람이었다.

차에 오른 셰릴린이 문을 닫았다. "잘 지내셨어요, 팁시?"

"바빠서 눈이 돌아갈 지경이죠. 그러니까 허버드 부인, 200주년 기념제라느니 뭐니 해서 동네 전체가 어찌나 부산한지요."

"그래요?" 셰릴린은 그렇게 대답한 뒤 가죽 시트에 고개를 기댔다. 조수석 창문이 자동으로 닫히자 차 안을 가득 메운 에어컨의 찬 공기가 천국 같았다. 라디오에서는 지역 방송국 토크쇼가 나오고 있었다. 올봄엔 무지개송어가 풍년이라는 소식이었다.

"그럼, 새 소식 좀 알려주세요." 얼마 안 있어 차에서 내릴 테니 몸 상태가 안 좋다는 얘기는 하지 않고 잡담이나 나누면서 평소처럼 팁시가 대화를 주도하게 할 셈이었다. 눈을 깜박이고 두 손을 내려다보며 정신을 집중하려 애썼다. 엄지손가락으로 오른손 바닥을 문지르기도 했다. 또 경련이 시작된 걸까?

"국내 소식, 지역 소식, 동네 소식 중 뭘로 할까요? 정치? 유명인? 범죄? 범위를 좀 좁혀보시죠."

"음, 제 기분이 나빠질 만한 소식은 빼고요. 아시다시피 동네 사람들이랑은 다 알고 지내는 사이니까요."

"혹시 너무 춥습니까?" 팁시가 그렇게 물은 뒤 에어컨을 조작했다. 팁시의 차는 디어필드에서 가장 고급으로, 검은 가죽시트에다가 세밀한 온도조절장치까지 설치되어 있었는데, 팁시 말대로라면 네 구역으로 나뉘어 있어서 각 탑승자의 선호도에 맞춰 구역마다 별개로 온도조절을 할 수 있다고 했다. 사용할 일은 없지만 시트에 열선도 깔려 있으며 유리창에는 선팅까지 되어 있는 차였다. 자기 차도, 지난 2년간 이뤄낸 일들도 자랑스러웠던 팁시는 "구버 우버"라고 적힌 범퍼 스티커를 주문해 후면 유리에 붙이기까지 했다.

좋아할 수밖에 없는 사람이었다.

"유명인 소식부터 시작할까요?" 셰릴린이 말했다.

"좋습니다. 듣자 하니 브리트니 스피어스가 컴백을 한답니다."

"정말이에요? 잘됐다."

"재능이 넘치는 사람이에요. 켄트우드 촌구석 출신인데 말입니다. 앞으로 속옷만 함부로 내리지 않으면 다 잘될 겁니다. 자꾸만 브리트니를 응원하게 되더란 말이죠."

"저도 그래요. 그럼, 정치 소식은요?"

"좋아요. 200주년 기념제를 앞두고 내일 시의회에서 최종 회의가 열린다는 사실 알고 계셨습니까?" 팁시는 비밀이라도 누설하듯 목소리를 낮추었다. "또 하나, 떠도는 소문으로는 듀스가 행크를 밀어내고 시장 자리를 노린다던데요. 행크가 왜, 개인적인 아픔 때문에 더는 시장 일을 못 할 거라고 말할 거라고 하네요."

"하나도 안 새로운 소식인걸요." 셰릴린이 대답했다. "브루스는 열일곱 살 때부터 디어필드 시장직을 노려왔다고요. 그러니까 별일 없을 거예요. 뿐만 아니라 모두가 행크를 좋아하잖아요. 아들한테 비극적인 사고가 일어나긴 했지만, 조금의 시간, 또 기도가 필요할 뿐 곧 괜찮아질 거예요. 그래도 동네 소식을 계속 들어볼게요. 또 다른 소식은요?"

"음, 앨리스 의상실이 대박 난 것 알고 계십니까? 그러니까, **대박**이 터졌다니까요. 요즘엔 매일같이 거기로 사람들을 실어 나른답니다. 사람들이 소방관 옷, 경찰관 옷, 옛날식 너풀너풀한 드레스를 사겠다고 거길 가요. 가게 안에 발 디딜 데도 없다고 합니다."

"정말이에요?"

셰릴린은 앨리스와 잘 아는 사이였다. 예전에 공예를 같이 했고, 생선 축제에서 부스를 함께 낸 적도 있었던 데다가, 앨리스로부터 심지어, 그게 언제지? 아마 10년 전 의상실을 차릴 테니 동업을 하자는 제안까지도 들었다. 그런데, 내가 왜 거절했더라? 더글러스도 응원해줬는데, 왜 안 했지?

"의상실이 잘되는 이유가 뭘까요, 팁시? 모두들 200주년 기념제를 준비하는 거예요? 근사한 파티라도 열리나요?"

"아닙니다, 아마 이것 때문이겠죠."

팁시가 상체를 뻗어 대시보드의 버튼을 눌렀다. 이 차를 이루는 모든 부품에 전동장치가 붙어 있고 윤활제가 듬뿍 묻어 있기라도 한 것처럼 소리도 없이 수납공간이 열리는 모습을 보자니 별일 아닌데도 아름다웠다. 팁시가 그 안에서 영수증처럼 생긴 파란 종이 뭉치를 꺼내는 순간 셰릴린은 몸이 차게 식는 느낌이었다.

"아, 저도 들어본 적 있어요."

하지만 그 순간 셰릴린의 머릿속에 정말로 떠오른 생각은, **내 건 어디 뒀더라?** 세상에, 더글러스가 몰고 간 차 안에 들어 있어. 더글러스가 몰고 간 차 안에 있다고.

"앨리스 말로는 가게를 찾아오는 사람 중 대부분은 이것 때문에 왔다고 합디다. 그러니까 운명 지어진 신분에 걸맞은 옷을 사려는 거지요. 말 그대로 성공하기 위한 옷을 차려입는다고나 할까?"

"뭐라고요? 동네 사람들이 이 기계를 믿는 거예요? 미친 짓이라고 생각하는 게 아니고요?"

"그럴 리가요, 다들 믿는답니다." 팁시가 대답했다. "당연히 믿어야죠. 셰릴린, 이건 단순하고 명백한 과학이라고요."

팁시는 종이 한 장을 집어 셰릴린에게 내밀었다. 결과지에는 이렇게 적혀 있었다.

저스틴 폴 로드리그. 의미 없는 숫자들. 그리고, 가능한 신분: **운전수**.

셰릴린은 울고 싶었다.

"앨리스더러 난 고급스러운 옷을 새로 살 필요가 없으니 운이 좋다고 말했답니다. 이미 하고 있는 일이 제 운명이라니 운이 좋을밖에요. 하지만 허버드 부인, 어쩌면 운이랑은 관련 없는 일인지도 모르겠어요. 저 위에 계시는 그분이 마련해두신 괴짜 같은 계획인지도 모르지요."

"그럼, 팁시의 결과지는 맞는다는 거네요. 그런 뜻으로 하시는 말씀이에요?" 셰릴린은 종이를 팁시에게 돌려주며 물었다. "이런 결과들 중에 맞는 것도 있다는 거예요?"

"가져가세요. 뒷면에 제 전화번호를 적어놨습니다. 이제부터는 이걸 명함 삼아 쓸 생각이거든요. 혹시라도 누가 술을 끊은 증거를 내놓으라고 할지도 모르니까요. 이게 바로 그 증겁니다. 똑똑히 나와 있죠. 그러니까 절 믿으시라고요."

팁시는 차를 세우고 주차 기어를 넣었다. 고개를 들자 벌써 엄마 집 앞에 도착해 있었다. 셰릴린은 회색 지붕이 달린 오렌지색 벽돌집을 빤히 쳐다보았다. 녹슨 방충문을, 진입로에 서 있는 올즈모빌을 쳐다보았다.

"기다리는 분이 계시는 것 같습니다만." 팁시가 그렇게 말하고서야 그녀는 차고의 열린 문 앞에 서서 이쪽을 보고 있는 엄마를 보았다. 어깨에 반짝이가 달린 조깅복 상하의 세트를 입은 엄마는 멀찍이서 머리 모양만 보아도 오늘 컨디션이 나쁜 게 분명했다.

"고마워요, 팁시." 셰릴린은 그렇게 말한 뒤 팁시에게서 받은 파란 종이를 반으로 접었다. 엄청난 증거야, 대단한 순간이다.

"오늘 팁시의 차에 타서 정말, 정말 다행이에요."

"제 말이 그 말입니다."

"그럼 브리트니 스피어스 컴백 소식은 앞으로 계속 알려주기예요."

"알았습니다. 참, 들리는 말로는 브리트니 스피어스가 켄트우드에 새로 식당을 개업한다던데요."

"진짜예요?"

"그래요. 식당 이름이 〈힛 미 베이비 위드 섬 프라이스〉라고 하네요."

셰릴린이 그를 뚫어져라 바라보자 팁시는 미소를 지었다.

"농담입니다, 셰릴린. 사실 좀 연습했어요."

"재밌었어요." 그녀는 그렇게 말한 뒤 문을 닫았다.

진입로를 걸어가면서 그녀는 마치 기분 좋게 대화를 시작하기 위해 선물을 내놓는 것처럼 장바구니를 엄마 앞에 들어 보였다.

"음식 가져왔어요."

엄마는 이제 막 침대에서 일어난 것처럼 보였지만 물론 그럴 리는 없었다. 그러나 엄마가 그토록 아끼다 못해 아침마다 거울 앞에서 한 시간씩 매만져대는 머리카락은 소파에서 자다 일어난 것처럼 납작 눌린 채 헝클어져 있었다.

"왜 이렇게 연락이 안 돼?" 엄마가 말했다.

"죄송해요. 차에 시동이 안 걸려서 집에서 꼼짝도 못 하고 있었어요."

"기다리다 죽는 줄 알았다. 전화를 얼마나 했는지 몰라."

"휴대폰이 부서졌어요." 셰릴린이 대답했다. "왜요? 괜찮으세요?"

"아니, 당연히 안 괜찮지."

"무슨 일이에요?"

"내 딸이 문제다. 내 딸이 다락방에 갇혀서 못 나오고 있어."

"아, 엄마."

다음 순간 셰릴린의 가슴속에 온갖 감정들이 밀려왔다.

두려움. 아픔. 걱정.

그것들이 전부 그녀에게로 돌아오고 있는 걸까?

그래, 그랬다.

그리고 두 여자, 엄마와 그녀의 하나뿐인 딸은 문 하나를 사이에 두고 제각각의 혼란에 사로잡힌 채로 얼마나 오래 이렇게 서 있을 수 있을까? 두 사람 사이에 도사린 걱정들은 다 무엇일까? 전부 같은 것일까? 다 다른 것일까? 두 사람은 어디를 향하고 있는 걸까? 모든 딸은 제 어머니를 닮을 운명이고 어머니는 제 딸을 닮을 운명인 걸까? 그리고 만약 그렇다면, 지금 이 순간 삶이 두 사람 사이에서 부산하게 웅성거리고 있다는 건, 두 사람 각자에게 무언가 엄청난 일이 일어나기 직전이라는 건 사실일까? 두 사람도 느낄 수 있을까? 지금 그들에게 일어나려는 일.

미래.

미래가 웅성거리는 걸 느낄 수 있었을까?

9장

날랜 손재주
Slide of Hand

제프리 말로가 사는 아파트 단지에 제시간에 도착한 더글
러스는 건물 옆 초록색 쓰레기통 근처에 차를 세운 채 앞 유
리창 너머를 멍하게 응시했다. 조금 전 팻 교장과 나눈 대화
를 머릿속에서 지워버리려 각고의 노력을 기울인 뒤였다. 셰
릴린에게 전화를 걸어서, 교장이 안전 고글을 하나 샀다는 이
유로 자기가 디어필드 가톨릭 스쿨 교장 자리를 물려받게 된
이 말도 안 되는 사태를 이야기하고 싶었지만 아내는 전화를
받지 않았다. 아마도 장모님 댁까지 걸어갔을 테지만, 아내에
겐 휴대폰이 없고, 또 사랑하기는 하지만 제정신을 점점 놓아
가는 장모님과 대화를 나눌 에너지는 없었으므로 난장판이
된 상황을 아내에게 털어놓는 건 오늘 밤으로 미루기로 했다.
그게 더 나을 터였다.

다 떠나서 둘은 할 이야기가 많다. 팻이 갑자기 교장을

그만두기로 한 이야기를 하려면 우선 그 어처구니없는 디엔에이믹스라는 기계 이야기부터 해야 한다. 아내가 사 오라고 시킨 수상할 정도로 많은 가지와 올리브유 요리를 먹는 동안 그 기계를 화제로 삼는다면 당연히 아내의 테스트 결과 이야기가 나올 텐데, 아내는 그가 결과지를 봤다는 사실을 모르고 있을 터였다. 아내가 이야기를 꺼냈을 때 뭐라고 해야 하지? 무슨 반응을 **보여야** 하나? 어쩌면 아내와 결혼한 뒤 처음으로 하나도 마음에 안 드는 무언가가 마음에 드는 척해야 할지도 모른다는, 진짜 자신이 아닌 다른 사람을 흉내 내야 할지도 모른다는 걱정이 들었다. 그것도 조그만 종이 쪼가리 하나 때문에. 하지만 이건 가지라든가 아마추어 목수 문제로 끝날 일은 아니었다. 셰릴린과 팻뿐만 아니라 메이저리그 투수가 되겠다던 녀석, 종이접기에 심취한 녀석, 나아가 학생과 동료들 전부, 어쩌면 온 동네 사람들이 백일몽에 사로잡힌 채 서성거리고 있는 건지도 모른다. 어쩌면 좋지? 이성을 가진 인간답게 결과지, 특히 셰릴린의 결과지가 허튼소리임을 밝히는 동시에 아내에게 창피를 주지 않을 방법이 뭐가 있담? 어떻게 해야 셰릴린이 평소와 같은 모습으로 돌아올까? 어떻게 해야 난 평소의 모습에서 벗어날 수 있을까?

목요일에 생각하기에는 너무 벅찬 것들이었다.

하지만 일단 중요한 것은 레슨이었다.

시닉 웻랜즈는 디어필드에 있는 하나뿐인 아파트 단지였다. 10년 전 아파트가 지어지며 뜨거운 논쟁이 벌어졌는데, 디어필드의 수호자들은 이 아파트를 비롯한 다가구 주택은 결국 마약굴이나 매음굴이 될 거라고 믿었기 때문이다. 말도 안 되지만 납득할 만한 생각이었다. 변화란 어려운 것이다, 특히 남부에서는. 더글러스는 이해할 수 있었다. 디어필드 역사상 모든 주민들은 고속도로변이나 시내 길가에 조용히 자리한, 널찍한 마당을 끼고 있으며 양철이나 기와로 된 지붕을 인, 차 두 대가 들어가는 차고로 이어지는 2차선으로 된 자갈길 또는 길 가운데를 따라 잡초가 무성한, 굴 껍질을 깔아놓은 진입로가 있는 수수한 랜치하우스 양식의 집에서 가족들과 함께 완벽하게 만족스러운 생활을 해왔다. 그러니 굳이 낯선 사람의 위층에 살고 싶은 사람이 어디 있겠느냐고 생각했던 것이다.

아파트가 생긴다는 사실은 대중교통이 생겨날 때와 마찬가지로 디어필드의 윗세대가 가진 남부 사람들의 자유라는 뿌리 깊은 관념을 괴롭혔지만, 더글러스의 예상대로 결국 아파트는 지어졌고 그 집에는 매춘부나 마약중독자가 아니라 정원 가꾸기를 귀찮아하는 보통 사람들이 살게 되었다.

아파트 건물은 주중이면 들리는 소리라고는 잔디깎이의 낮은 소음이나 제초기 소리, 가끔 찾아오는 UPS 트럭 소리 외에는 잠잠한 동네의 나머지 부분과 마찬가지로 조용했다. 이런 소리들은 디어필드의 평범하고 무해한 소음 생태계의 일부를 차지했다. 겟웰 술집, 토요일에 열리는 루이지애나주립대학교 풋볼 경기, 아니면 독립기념일마다 80년대 음악의 커버 밴드가 공연을 벌이는 스트레이트 핀 볼링장을 예외로 둔다면 디어필드는 대체로 거의 고통스러울 만치 고요했다.

그렇기에 디어필드 역사상 일어났던 대부분의 우려할 만한 일들과 마찬가지로, 아파트 역시 막상 생기고 나니 전혀 우려할 일이 아니었다. 마약굴도, 스트립 클럽도, 세상의 끝도 아니었다.

시닉 웻랜즈 아파트의 벽돌로 된 외관 역시 특색이 없었다. 2층 높이의 이 아파트에는 총 12가구가 살고 있었으며 집집마다 짙은 회색 문이 달려 있었다. 2층에는 녹이 슨 가드레일이 있고, 창마다 방충망이 달려 있었다. 보기 좋은 건물이라 하긴 어려웠다. 그러나 이곳의 매력은 바로 아파트 집집마다 달린 뒤편 발코니에서 보는 전망이었다. 아파트 단지는 바이유 아이비스의 최남단, 물이 차면 왜가리나 저어새 같은 섭금류 새들이 모여든다는 분수령과 나란한 곳에 위치해 있었다. 건기에 수면이 낮아지면 이 지대는 흰색과 분홍색 꽃들로 뒤덮이기에, 이곳은 자리를 잡고 앉아 와인을 한잔하거나 기타나 색소폰을 부드럽게 연주하고, 모기를 쫓는 시트로넬라 초를 켜놓은 채 꺽다리 새들이 자분자분 걸어가는 모습을 지켜볼 수 있는 최고의 장소라고들 했다.

그래서 더글러스는 심호흡을 하고 시동을 끈 다음 아내의 차에서 내렸다. 뒷좌석에 두었던 트롬본 케이스를 꺼내자 오늘 하루가 너무나도 힘겨운 나머지 다른 일정이었더라면 취소했으리라는 생각이 들었다. 그러나 새로 태어난 마흔 살의 더글러스는 결코 트롬본 레슨을 취소할 생각이 없었다. 벌써부터 연습을 쉴 핑계를 댄다는 것이 트롬본 연주자로서의 미래에 어떤 의미를 가지는가, 예술을 향한 그의 헌신에 있어 어떤 형이상학적 의의를 지니는가를 떠나서, 아무리 생각할 거리가 많다 한들 트롬본 레슨을 받고 싶었기 때문이기도 했다. 잘 배워서 더 잘하고 싶었다. 진심이었다. 하지만 더글러스가 수업을 취소하지 않은 진짜 이유는 제프리 말로와 친해질 수 있는 기회를 놓치고 싶지 않아서였다.

작가 지망생들이 언젠가 자신의 작품이 고등학교 2학년 수업 시간에 다루어지고 교사들이 이 작품이 문학사에 미친 영향을 짚어내느라 열을 올리는 상상을 하는 것처럼, 아니면 철학자들이 소크라테스에서 플라톤을 거쳐 제이지jay-z로 이어지는 사상의 진화를 열거하고 싶어 하는 것처럼, 심지어 운동선수들마저도 상대 팀 쿼터백을 격파하거나 40야드를 전속력으로 질주한 뒤 하느님께 감사하듯이, 더글러스 역시 언젠가 자신 역시 더듬어볼 수 있는 계보의 일부가 되는 상상을 하곤 했다. 자신이 역사 시간에 사용하는 교과서 어느 한편에 자신의 이야기가 실리고, 팬이 만든 위키피디아 페이지 속에 자신이 걸어온 길이 펼쳐지는 상상을 했다. 간략한 인물 정보란에는 "음악적 영향: 마일스 데이비스와 제프리 말로"라고 쓰이리라. 인터뷰를 한다면 시간을 들여 자신이 아는 모든 것을 알려준 스승인 루이지애나의 무명 뮤지션 제프리 말로에게 감사를 전하리라. 만약 그에 대해 책 한 권 분량의 전기, 그러니까 퓰리처상을 받아도 좋을 만큼 그의 인생을 속속들이 탐구한 책이 쓰인다면 저자는 그 책에 이런 말을 쓸 것이다. "이러니저러니 해도, 결국 더글러스 허버드의 우상은 제프리 말로였다."

그 말은 사실이리라.

더글러스의 눈에 제프리 말로는 지구상에서 가장 쿨한 남자였다. 195센티미터의 훤칠하고 우아한 키, 긴 손가락, 희끗희끗해져 가는 짧은 머리, 그리고 정교하게 다듬은 염소수염을 가진 그는 더글러스가 꿈꾸는 이상 그 자체였다. 뉴올리언스의 뮤지션 집안 출신인 제프리는 어떤 악기든 마치 자신을 위해 만들어지기라도 한 것처럼 능숙하게 연주했다. 지난해 제프리가 이곳으로 이사를 온 뒤, 디어필드 가톨릭 스쿨에서 했던 여러 강연에서 더글러스가 직접 본 장면들이었다. 제프리는 개인 레슨을 하는 건 물론 이런저런 학교 행사에 와서 솔로 연주를 하기도 했다. 보통 사람들은 제프리가 눈에 띄는 건 디어필드 같은 동네에서는 이렇게 재능 있는 사람이 드물다는 단순한 이유 때문이라 여기겠지만, 더글러스는 훨씬 더 심오한 이유가 있다고 생각했다. 그가 제프리를 우러러보는 가장 큰 이유는 그의 세련된 자신감, 납작한 중절모에서부터 야구모자, 페도라에 이르기까지 온갖 종류의 모자를 쓰고, 그날의 기분에 어울리는 어떤 옷으로건 차려입은 채로 동네를 돌아다니며 사람들과 이야기를 나누는 느긋하고도 자신 있는 태도 때문이었다. 1~2주간 뉴올리언스 순회공연을 떠났다가도 고등학교 풋볼 경기에 나타나서는 방금 전까지 더글러스가 상상할 수 있는 가장 근사한 일을 하고 온 사람이 아닌 것처럼 태연히도 신문을 읽는 모습 때문이었다. 또, 물론, 그가 애초에 디어필드로 이사를 왔다는 사실 자체가 더글러스의 경탄을 불러일으키는 일이었다.

학교에서 처음 대화를 나누었던 날, 제프리가 혼자서 다섯 가지나 되는(색소폰, 코로넷, 클라리넷, 오보에, 바이올린까지!) 다양한 악기를 연주하며 성가와 찬송가 메들리 공연을 한 뒤에, 더글러스는 이런 재능을 가지신 분이 무슨 연유로 제대로 된 나이트클럽도 하나 없는 동네로 온 것인지 물었다. 제프리의 답은 평생 공연을 해왔고 스튜디오 세션이나 가끔 하는 투어로 돈도 충분히 벌어놓았으니 이제는 은퇴를 하거나 적어도 원하는 대로 살아도 될 것 같다는 생각이 들어서라는 것이었다. "나한텐 많은 게 필요하지 않답니다. 악기값도 전부 지불했겠다, 남은 건 나, 그리고 나의 숨이 전부죠. 나와 나의 손 말입니다." 이 말에 담긴 정서는 매력적이고 사랑스러운 동시에 더글러스에게는 혼란스럽기도 했다. 지구상의 수많은 사람들이 그렇듯, 더글러스 역시도 뉴올리언스야말로 모든 관악기의 중심지라고 생각했기 때문이다. "음악계가 그립지 않으십니까?" 더글러스가 물었다. "그러니까, 디어필드에서는 아무 일도 일어나지 않거든요." 그러자 제프리는 그 무엇도 증명할 필요가 없는 사람만이 지을 수 있는 친절하고 부드러운 미소를 띠고는 이렇게 대답했다. "난 원한다면 어디서든 소음을 찾을 수 있으니까요. 내가 찾는 건 꼭 필요한 순간의 고요함입니다."

그 순간 더글러스는 어마어마하면서도 악의는 없는 질투심을 느꼈다. 마치 끝없는 브리핑과 영혼 없는 대화로 이루어진 삶을 사는 변호사들이 휴가가 끝나면 캠퍼스 안을 느긋하게 돌아다니는 대학교수들의 행복한 삶을 질투하는 것처럼,

아니면 주말에도 에세이를 채점하고 불결하기 짝이 없는 학과 내 정치 싸움을 견뎌야 하는 대학교수들이 돈을 잔뜩 쌓아놓고 휴가를 맞아 크루즈 여행을 떠나는 변호사들의 행복한 삶을 질투하는 것처럼. 즉, 사람들은 제대로 알지도 못하면서 생각하고, 이해하지 못하며 생각한다. 그리고 그 모든 것이 자연스러운 것이다.

그래서 제프리가 더글러스에게 연주할 수 있는 악기가 있는지 물어보았을 때, 그는 예전부터 트롬본을 좋아했지만 실제로 연주해본 적은 없다고 솔직하게 말했다. 그러자 제프리가 말했다. "트롬본을 배우고 싶으시다면 알려드리죠. 다른 무언가를 배우는 것과 다를 바 없습니다. 끝없는 연습과 좌절로 이루어진 여정이지만, 마음을 활짝 열면 기쁨을 얻을 수 있지요."

"솔직히 말씀드리면, 휘파람을 약간 불 줄 알지만, 그건 악기로 안 치겠죠?" 더글러스가 물었다.

"모든 게 다 악기입니다. 한번 불어보시지요."

그렇게 더글러스는 그 자리, 학생식당에서 태어나 처음으로 긴장감에 사로잡힌 채 입술을 내밀고는 찰리 파커가 1949년 발매한 《마스터 테이크스》 전집에 수록된 곡 〈서머타임〉의 색소폰 파트를 휘파람으로 불었다. 내내 말없이 서 있던 제프리는 휘파람이 끝나자 그의 어깨에 한 손을 얹었다. 마치 이 곡의 어느 부분에선가 두 사람이 오래된 친구가 된 것 같은 얼굴이었다.

"이 동네에서는 아무 일도 일어나지 않는다고 하셨죠? 틀렸습니다. **당신이라는** 사건이 일어나고 있잖아요, 친구. 정말 근사했어요."

칭찬을 들은 더글러스는 더없이 기쁘면서도 부끄러웠다. 심장이 낯설게 뛰기 시작했다. "찰리 파커의 곡입니다. 집에 레코드가 있거든요. 그러니까 바이닐로요."

"아니죠." 그러더니 제프리가 더글러스의 가슴을 손으로 눌렀다. "레코드는 바로 여기 있는 겁니다."

그 단순한 몸짓 덕분에 더글러스는 이 남자, 적어도 이 남자라는 개념과 일종의 사랑에 빠지게 되었고, 이로부터 1년 가까이 지난 지금에서야 마침내 제프리의 제안을 받아들여 트롬본을 배우게 됐다. 트롬본을 옆구리에 끼고 철제 계단을 올라 2층으로 갔더니 제프리가 자기 집 앞 복도에 서 있었다. 턱시도를 입고 실크해트를 쓴 예기치 못한 옷차림으로 말이다. 그 모습이 꼭 옛날 잡지에서 오려낸 사람처럼 잘생기고, 흥미진진하고, 날카로워 보였다.

"우와, 굉장히 근사한데요."

그 말에 제프리는 씩 웃었다. "그렇지요." 더글러스를 지나쳐 주차장까지 울려 퍼질 만큼 쩌렁쩌렁한 목소리였다. "날 자세히 보라고요." 그러더니 그는 두 손을 내밀어 손바닥에 아무것도 없다는 걸 보여주었다. "자, 이제 질문해보겠습니다. 우리는 과연 자신의 눈을 믿어도 될까요?"

그 말과 함께 제프리는 발밑으로 무언가를 던졌다. 그것이 바닥에 떨어지자마자 불꽃을 튀기며 터지더니 푸른 연기를 뭉게뭉게 내뿜는 바람에 더글러스는 한 발 물러서서 입을 가렸다. 손을 휘휘 저어 연기를 밀어내고 다시 눈을 떠보니 제프리는 온데간데없었다.

"아하, 깜짝 놀랐네요."

물론 제프리는 그저 자기 집 문 안으로 들어갔을 뿐이리라. 하지만 문 열리는 소리가 나지 않기는 했다. 또, 급히 안으로 뛰어들었다면 바람을 일으켜 연기가 흩날렸을 텐데 이런 모습 또한 보지 못했기에, 더글러스는 대충 박수를 보내듯 허벅지 옆면을 두들겼다. "나쁘지 않았어요." 그렇게 말한 뒤 그는 제프리의 집을 향해 다가갔다.

문을 열자 제프리는 카키색 면바지에 검은색 질전Zildjian 드럼 로고가 새겨진 티셔츠 차림으로 팔걸이의자에 앉아 잡지를 읽고 있었다. 마치 이상한 일이라고는 하나도 없었다는 양 태연하게도 말이다.

"이봐요, 헙스. 내가 당신 휘파람 솜씨, 그리고 역사에 대한 폭넓은 지식 말고도 존경하는 점 하나는 언제나 시간을 잘 지킨다는 점입니다. 딱 맞춰 도착했군요. 재즈라는 게임에서는 드문 일이고요." 그러더니 그가 의자에서 일어나 이쪽으로 다가왔다. "우리 같은 사람들은 8분의 6박자로 살아간다는 말이 있습니다. 즉 여섯 시에 오라면 여덟 시에 나타난다, 그런 뜻이죠. 하지만 좋군요. 잘 오셨습니다."

더글러스는 제프리를 빤히 쳐다보았다. 그러더니 "좋아요" 하면서 제프리가 입고 있는 옷을 향해 손짓했다. "대단하십니다." 분명 제프리가 턱시도를 벗어 구석에 치워놓았을 텐데, 아무리 두리번거려도 보이지 않았다. "당혹스럽기도 하고요."

더글러스가 알기로 제프리 말로는 마술 트릭 같은 것과는 거리가 먼 사람이었다. 하지만 그와 악수를 나누며 작은 집 안을 둘러보는 사이, 불길한 기시감이 밀려오기 시작했다. 커피테이블 위에 빨간 고무공 하나와 작은 컵 세 개가 놓여 있었다. 어젯밤에는 분명 우유 상자들 속에 꽉꽉 담긴 재즈 레코드가 있었던 소파 위에는 낡은 상자들이 놓여 있었고, 그 안에는 오래된 마술 도구들, 마술 책 한 질, 그리고 끝이 하얀 색인 작은 플라스틱 마술지팡이가 들어 있었다.

"이게 다 뭡니까?" 더글러스가 물었다.

"잠깐, 움직이지 마십시오."

제프리는 마치 더글러스의 어깨 위에 거미나 날벌레가 날아와 앉기라도 한 것처럼 그 자리를 빤히 쳐다보더니 그의 귀 뒤로 손을 뻗었다. 다시 거두어들인 그의 손에는 마치 아까부터 그 자리에 내내 놓여 있었던 것만 같은 파란 종이가 한 장 쥐어져 있었다.

"아이고, 세상에." 더글러스가 중얼거렸다.

"오늘 하루는 정말 특별했답니다. 악기는 내려놓고 부엌에 가서 마실 것 한잔 따라 와요. 지금부터 이야기를 들려드리죠."

당연히 그 이야기는 전날 밤 첫 트롬본 레슨이 끝난 뒤 제프리가 존슨스식품점에 다녀온 이야기였다. "이거 본 적 있어요? 정말로 기적 같은 일 아닙니까? 뜬눈으로 밤을 지새웠다고요. 잠을 안 자도 멀쩡할 것 같은 기분이었어요."

더글러스는 부엌으로 터덜터덜 걸어가 아이스티를 따랐다.

또 다른 누군가가 상상 속 자아를 쏟아내 보이면서 기꺼운 반응을 얻고 싶어 한다는 사실 때문에 분노와 총체적 우울감 사이를 이리저리 오가는 비참한 기분이 들었다.

"마술사라니!" 그러면서 제프리는 커피테이블 위에 있던 카드 뭉치를 집어 들었다. 카드를 손가락으로 능숙하게 교차시켜가며 섞었다. "정말 놀라운 일이었습니다. 그 기계가 나한테 다른 것도 아니고 바로 **이런** 결과를 내놓다니요. 그러니까, **이걸** 보는 순간 할 말이 없어지더라고요. 농산물 코너 한복판에서 울음을 터뜨리고 말았답니다. 그건 그렇고, 식품점 계산대에 요즘엔 티슈까지 갖다 놓는 것 알고 계셨습니까? 주인 말로는 테스트 결과를 보고 우는 사람들이 많아서 그랬답니다. 사람들이 기쁨의 눈물을 흘린다더군요. 기쁨의 눈물이랍니다, 친구! 그러니 좋은 눈물인 거죠. 뭐, 대부분은 그렇겠지요."

더글러스는 대답하지 않고 아이스티를 단숨에 들이켠 뒤 또 한 잔 따랐다. 주전자를 다시 조리대 위에 놓고 거실로 돌아가자 기다란 붉은 스카프를 손바닥 위에 놓고 슬슬 당기고 있던 제프리가 소파에 앉으라는 손짓을 했다.

"중요한 건, 이 상자들 보여요? 이 마술 책들은 전부 어릴 때부터 간직했던 겁니다."

제프리가 몸을 숙여 책 한 권을 뽑아 그에게 건넸다. 모자에서 토끼를 끄집어내는 마술사가 표지에 그려진 책에서 다락방이나 사물함을 연상시키는 오래된 도서관 특유의 냄새가 풍겼다. 마텔사에서 1974년에 만든 책이었다.

"**산타**한테서 받은 선물이었습니다. 그만큼 오래됐죠. 가족들은 내가 색소폰과 피아노 연습만 하기를 바랐고 나 역시 음악에 푹 빠지긴 했지만 어릴 때 꿈은 마술사였답니다.

"그랬습니까." 더글러스는 그렇게 말하고는 의자에 푹 주저앉았다.

"그런데 어제, 재미 삼아 그 DNA 기계에 들어가봤죠. 고작 2달러밖에 안 하더라고요. 장난삼아 한번 해본 겁니다." 제프리가 두 손 사이로 스카프를 당기더니 둥글게 말아 휙 하고 흔들었다. 스카프가 눈앞에서 사라졌다. 그는 더글러스에게 좀 더 몸을 바짝 가져가더니 속삭이는 것처럼 목소리를 낮추어 말을 이었다. "하지만 결과가 나오는 순간 **이 기계가 어떻게 그걸 알았지?**라는 생각이 들었습니다. 왜, 그 옛날 보온병 농담 있잖습니까. 기억나요?" 그는 무표정으로 앉아 있는 더글러스를 향해 물었다.

"모르겠는데요."

"이런 이야기랍니다. 한 아이가 과학자에게 물어요. '세상에서 제일 위대한 발명품이 뭔가요?' 그러자 과학자가 대답했죠. '보온병이란다. 안에 든 걸 겨울에는 뜨겁게 유지해주고, 여름에는 차갑게 유지해주거든.' 그러자 아이는 '우와' 하더니 잠시 생각에 잠겼답니다. 그러더니 다시 손을 들고 이렇게 말했습니다. '그렇지만 선생님. **보온병이 어떻게 그걸 알아요?**'"

"그게 끝입니까?" 더글러스가 물었다.

"그렇습니다. 고전적인 농담이죠. 아무튼 나도 그 아이와 똑같은 생각을 했다고요. 헙스. 도대체 이 기계가 그걸 어떻게 알았을까요?"

더글러스는 상자를 소파 밑에 내려놓고 심호흡을 한 다음 양 손바닥으로 눈 위를 눌렀다. 선생 모드가 가동되는 게 느껴졌다. 하지만 그건 더글러스의 성격 중에서도 가장 별로이고 또 볼품없는 면들로 이루어져 있었기에 실수라는 걸 그역시 알았다. 선생 모드란, 걷잡을 수 없이 우울하거나 진력이 난다는 이유만으로 상대방의 주장을 뭉개버리는 모드다. 심지어 상대가 아이일 때라도 마찬가지였다. 평소 그는 자신의 이런 면을 다른 어른들 앞에선 결코 드러내지 않으려 하지만 오늘은 자제력을 발휘하기 어려울지도 모른다는 생각이 들었다.

"제프리, 산통 깨고 싶은 건 아니지만, 마술사란 어린애들의 전형적인 장래 희망 아닙니까?"

"무슨 뜻이지요?"

"그러니까, 어린애들을 상대로 그 직업에 대해서 실제로 알건 모르건 미래의 꿈을 이야기해보라는 설문조사를 벌이면 아마 '마술사'는, 이를테면, 글쎄요, '스파이더맨', '경찰관', '소방관' 바로 다음 순위쯤은 차지하지 않겠느냐고요."

제프리는 미소를 지었다. "이 오만한 말은 기꺼이 못 들은 척해드리고 좀 더 설득력 있는 일화 하나를 들려드리죠."

"오만하게 굴려는 게 아니라"하고 더글러스가 입을 열었지만 제프리는 마치 방금 나눈 대화 전체를 없애버리려는 듯 손을 획 저으며 말을 이었다.

"내가 살면서 이사를 몇 번이나 했는지 아십니까? 좁아터진 아파트에서 또 다른 아파트로 옮겨 다녔고, 그때마다 몸담은 밴드 멤버들과 한 방에 다섯 명씩 모여 자면서 살았습니다. **드럼 치는 친구들이랑** 한집에 살았단 말입니다, '친구. 드러머 말입니다! 말도 못하게 고생했죠. 아무튼 하고 싶은 말은 이겁니다. 이사할 때마다 가지고 갈 힘이 없어서 스탠드며 악보, 앰프는 물론 값비싸기 짝이 없는 온갖 물건들을 그냥 두고 갔습니다. 그런데 이 마술 도구들은 늘 챙겼지요. 내 말은 바로 그겁니다. 이유는 몰라도 쭉 간직했어요. 한평생 이것들을 중요하게 여겼습니다. 그런데 자, 이런 결과가 나왔네요. 마침내 모든 게 하나로 맞춰진 거죠."

"그건 그저 과거에 대한 향수일 뿐입니다." 더글러스가 말했다. "저도 어릴 때 삼촌이 준 1988 톱스 야구카드 풀세트를 아직도 갖고 있지만 아무 의미도 없어요."

"의미 없을 수도 있죠. 있을 수도 있고요."

"하지만 제프리. 지금 쉰 살쯤 되시지 않았습니까? 제프리는 세계적인 뮤지션이잖아요. 천재라고요. 이 정도면 이룰 만한 건 다 이룬 것 아닙니까?"

"말씀 잘 들었습니다." 제프리가 말했다. "또, 칭찬도 감사하고요. 하지만 난 마술도 정말 잘해요, 헙스. 아주 자연스럽다는 생각이 든다고요. 그리고 이제 와 생각하니, 어쩌면 음악 **역시** 일종의 마술인 것 같기도 합니다. 어쩌면 그래서 음악을 하게 된 걸지도 모릅니다. 어쩌면 그래서 음악을 하면서 행복했던 건지도 모른다고요. 알지도 못하는 사이에, 내내 나의 진정한 소명과 가까운 곳에 있었으니까."

더글러스도 이 말에는 더는 반박할 수 없었다. 음악은 일종의 마술이다. 아무리 선생 모드라 해도 그 점만은 부정할 수 없었다. 그 역시 오래된 레코드를 틀고, 눈을 감은 채로 그가 영영 알 수 없을, 하지만 연주가 이어지는 동안만큼은 영혼의 형제자매들인 것만 같은 낯선 뮤지션들의 관악기 소리에 몸을 내맡기며 디어필드를 벗어날 때면 늘 그런 기분을 느꼈으니까. 그 사실을 자각하며 맞은편에 앉은 제프리의 반짝이는 두 눈을 보자니 셰릴린이 떠올랐다. 제프리처럼, 팻처럼, 아마 다른 모든 사람들처럼 이 테스트 결과를 진지하게 받아들였던 셰릴린. 그 모든 얼굴들이 함께 떠오른 순간 더글러스는 문득 낯설면서도 흔치 않은 감정을 느꼈다.

어쩌면 내가 틀린 걸지도 몰라.

받아들이기 쉬운 일은 아니었다. 인류 역사상 수많은 천재들이 틀리고 싶지 않아 고집을 부리다가 파멸하고 말았다. 정치인들. 부모들. 남편들. 남성들. 고집불통이라는 말이 생겨나기도 전에 스스로 낸 구멍이 뻥뻥 뚫린 배에 올랐던 사람들. 그리고 여기, 더글러스가 있다. 어쩌면 그 기계에 대한 내 생각이 틀린 건 아닐까? 어쩌면 수많은 일들에 대한 내 생각이 틀린 걸지도 모른다. 아내에게서 느껴지는 불편한 거리감은 어쩌면 아내와 아내의 디엔에이믹스 결과지 때문이 아니라 나 때문인지도 모른다. 내가 고집을 부려서, 내 마음이 닫혀 있어서, 내가 늘 뻣해서인지도 모른다. 말도 안 되는 것 같을지 몰라도, 어떤 사람들이 받은 결과지가 터무니없어 보여도, 어쩌면 이 테스트에 과학적인 요소가 존재할는지도 모른다. 어쩌면 DNA 속에는 오래전부터 어떤 심오한 진실이 담겨 있었지만, 여태까지 알려지지 않았던 탓에 생각해본 적 없는 건지도 모른다.

그렇게 생각하자 더글러스는 지난밤 나누었던 셰릴린과의 대화를 떠올렸다. 아내가 품은 신비로운 갈망을 고작 버거가 맛있다는 칭찬 정도로 덮어버리려 했던 일을 떠올리자 가슴을 예리하게 파고드는 어마어마한 죄책감이 찾아왔다. 아내가 식탁 위로 몸을 기울이고 세상에 존재하는 무수한 가능성들에 대한 대화를 시도했을 때 그는 제대로 귀를 기울이지조차 않았었다.

사실, 그것이야말로 **진정한** 사랑의 대화가 아니었을까? 가능성에 관한 대화. 어쩌면 일어날지도 모르는 일들에 대한 이야기. 익숙해서건, 뻔해서건, 단순하고도 평범한 가능성 앞에서 마음을 굳게 닫는 것이야말로 결혼 생활을 진정으로 위협하는 일은 아니었을까? 더글러스는 아내가 품은 가능성을 돌로 된 벽처럼 틀어막는 남편이 되고 싶지 않았고, 여태까지 자신은 그런 남편이 아니라고 믿었다. 그래서 그 순간, 그는 문득 아내의 곁에 있고 싶다는 충동을 느꼈다. 아내에게 미안하다고 말하고, 대화를 하고 싶었다. 아니, 가슴에 품기 시작한 꿈에 관해 이야기하는 아내의 말에 **귀를 기울이고 싶었다.** 지난밤 자신이 트롬본을 들고 아내 앞에 섰던 것, 그에게 완벽했던 하루에 어울리는 곡으로 〈76 트롬본〉을 연주해달라고 아내가 다정하게 청했던 것을 생각하니 아이디어가 떠올랐다. 그는 자리에서 일어난 뒤 문 쪽에 내려놓았던 악기를 집어 들고 테이블로 가져왔다.

"제프리, 곡을 연주하는 법을 알려주시겠습니까?"

제프리가 몸을 숙여 더글러스의 트롬본 케이스에 한 손을 얹고 눈을 감은 채 입속말로 뭐라고 중얼거렸다. 그러더니 "물론입니다" 하며 고개를 들었다. "하지만 그 전에 더글러스가 먼저 배워야 할 게 있어요." 그는 다시 등받이에 기대 앉아 다리를 꼬고는 염소수염을 매만졌다. "**마음을 다하는** 법을 배워야 합니다. **마음을 여는** 법을 말입니다." 그가 "열어보시죠" 하며 트롬본 케이스를 고갯짓으로 가리켰다.

더글러스는 잠금장치를 열고 케이스 뚜껑을 열었다.

케이스 속, 스트랩 아래에 아까만 해도 없었던 트럼프 카드 두 장이 뒤집힌 채 끼워져 있었다. 그 순간 더글러스는 엄청난 충격을 받았다. 팔에는 닭살이 돋고 목 뒤가 서늘해졌다.

"좋아요, 어떻게 이렇게 하신 겁니까?" 더글러스가 물었다.

"질문이 틀렸습니다. 카드를 뒤집어보시죠."

카드를 뒤집자 첫 번째 카드는 7이었다. 두 번째 카드는 6이었다.

둘 모두 하트였다.

"**당신이** 어떻게 이렇게 한 건지를 질문해야 마땅하겠지요." 제프리가 말했다.

목장의 집
Home on the Range

집에 도착했을 때 제이컵은 땀범벅이었다. 달려온 것도 아닌데 말이다. 오후 네 시는 빌어먹게 더웠다. 내려쬐는 해가 아니라 길바닥에서 솟아오르는 열기가 문제였다. 도망칠 곳이 없었다. 아무리 그늘을 찾아다닌들, 양산을 쓴들, 얼굴에 부채질을 한들 소용없었다. 온도와 습도가 모두 섭씨 35도를 넘어가면 사우나 안을 걷는 것과 마찬가지다. 심지어 눈알까지도 땀을 흘리는 것 같다. 그럴 때면 디어필드 같은 곳에 어째서 사람이 사는 건지 궁금하다.

때로는 제이컵도 궁금했다.

제이컵이 학교에서 배운바, 사회학자들 주장으로는 사람은 자기가 나고 자란 환경이 특이하다는 걸 잘 알아차리지 못한단다. 날씨, 언어, 태도 같은 것들. 다른 곳이 어떤지 모르니 당연하다. 지역 억양이 심한 사람들이 고향을 떠나고 나서야

166

자신의 말씨가 특이하다는 사실을 아는 것도 이 때문이다. 메인주의 사람들은 루이지애나 사람들이 바닷가재를 잘 먹지 않는 걸 모르고, 루이지애나 사람들은 메인주에선 가재가 안 잡힌다는 걸 모르는 것도 그래서다. 그러나 제이컵은 태어나서부터 줄곧 디어필드에서만 살았는데도 이곳의 더위에 도저히 적응할 수 없었다. 다른 아이들은 모레파 호수에서 수상스키를 타고 베레 호수에서 낚시를 할 수 있는 여름을 손꼽아 기다렸지만 그는 여름이 다가올수록 겁이 났다.

여름에는 등에 땀띠가 났다. 땀띠 때문에 웃옷을 벗기 싫었고, 당연히 이 때문에 발진은 더 심해졌다. 그러므로 셔츠 대 맨몸으로 나뉘어 경기를 하면 제이컵은 늘 셔츠 팀에 들어가거나 아예 끼지 않았다. 물론 토비는 언제나 맨몸 팀이었다. 여드름이 무성한 제이컵의 얼굴 역시 기름기로 번들거릴 뿐 햇빛에 보기 좋게 그을리는 법이 없었다. 목둘레는 옷깃이 닿는 위치대로 빙 둘러 따끔거렸고, 뼈밖에 없는 엉덩이는 반바지 옷감이 스친 자리마다 피부가 까지는 데다가, 겨드랑이에 무엇을 뿌려도 진한 체취가 가시지 않았다. 루이지애나에는 더위야말로 사람의 본성을 드러낸다는 말이 있는데, 제이컵은 그 말이 맞는다고 생각했다. 문제는 자신의 진정한 모습이 그의 마음에 들지 않을 때가 많다는 점이었다.

그래서 제이컵은 오솔길 초입에서 트리나와 헤어진 뒤로 아무와도 대화를 하지 않았다. 대신 이어폰을 끼고 고개를 푹 숙인 채 스스로의 인생을 점점 더 익숙하게 저주하면서 미리 만들어둔 플레이리스트를 큰 볼륨으로 들으며 걸었다. 음악을 들어도 전혀 즐겁지가 않았다. 아까 트리나와 있었던 그 일을 생각하느라 지금 듣는 노래가 그저 헤비한 음악이라는 것 말고는 어떤 곡인지도 알 수 없었다. 그 순간 띵 소리를 내며 트리나가 보낸 문자메시지가 도착했다.

아직도 너의/그의/너희들 모두의 맛이 느껴져.

제이컵은 답장하지 않았다.

대체 무슨 대답을 할 수 있단 말인가? 그 애가 그에게, 또 세상에게 품은 의도가 뭘까 생각하면 막막해 겁이 났다. 장례식이 끝나고 고작 며칠 뒤 그가 처음 트리나에게 전화를 건 그날 밤, 그 애가 토비를 죽게 만든 건 머저리들이라는 힌트를 흘리기 시작한 이후로 그는 그 애를 거의 이해할 수가 없었다. 사람들 사이에 이루어지는 아주 기본적인 상호작용에서부터 막혀버렸다. 트리나는 처음 디어필드 가톨릭 스쿨로 전학 왔을 때부터 예민하고 어두운 아이였는데, 그 반대에 가까운 토비와 사귀었다. 토비는 인기 많은 운동선수였고, 껄껄 웃으며 등짝을 때려대는 남학생들이나 서로 친하지도 않은데도 토비의 감촉이라도 느껴보고 싶다는 듯 그의 튼튼한 어깨를 그러쥐는 여자애들한테 둘러싸여 지냈다.

오늘이 오기까지 제이컵의 그 무엇이라도 느껴보려는 사람은 아무도 없었다. 그런데 그 처음이 트리나라니? 아까 했던 키스는 무슨 의미였을까? 그 애는 왜 내가 형과 닮은 게 "문제"라는 걸까? 형한테 끌렸으니 이제 나한테도 끌린다는 걸까? 그렇게 생각하자 좀 실망스러웠다. 하지만 그런 애가 애초에 왜 토비 같은 남자한테 관심을 보였지? 토비는 사람들의 관심이라면 충분히 받고도 남았다. 그러니까, 어째서 나한테 먼저 관심을 갖지 않은 거지? 토비한테는 있고 쌍둥이 동생한테는 없는 그 보이지 않는 자석이 대체 뭘까? 또, 어째서 그날 밤 트리나는 토비의 차에 타고 있지 않았던 걸까? 제이컵에게는 그 모든 게 수수께끼였다.

지난 두 달 동안 토비의 죽음에 애매모호한 복수를 꾸미고 있는 트리나의 이야기를 들으며 그 애한테 그토록 집중하는 동안, 제이컵이 이 모든 어둡고 근사한 시나리오에 귀 기울이며 현실을 외면할 수 있었던 것은 맞다. 하지만 이제는 질려 버렸다. 제이컵은 트리나와의 관계를 완전히 끊어버릴 생각이었다. 문자메시지도 무시할 것이다. 그 애가 자꾸 따라다닌다면 선생님들께 이야기할 것이다. 위원회에 넘길 것이다.

왜? 그 애는 미쳤거나 제정신이 아니니까. 분명 그랬다.

어쩌다가 그 애한테 휘말린 거지? 그저 타이밍 때문일 거야.

토비가 죽고 난 뒤 제정신이 아니던 제이컵에게 트리나는 이 죽음의 배후에 토비의 친구들이 있을 거라는 암시를 처음으로 줬다. 그 친구들이 토비에게 진짜 남자인지를 증명하라는 핑계로 독한 술을 연이어 들이켜게 만들고, 세상의 온갖 멍청한 것 중에서도 가장 멍청한 빌어먹을 학교 야구팀에 대한 소속감을 증명하라며 맥주를 끝없이 마시게 만든 거라는 생각이 들었을 때 제이컵은 너무 화가 나서 이성이 살짝 무너졌다. 평소답지 않은 행동을 했다. 자신의 단단한 벽을 발로 차서 구멍을 냈다. 그래서 그는 트리나한테 자기도 그 머저리들을 모조리 혐오한다고, 그놈들이 대신 차를 몰고 도로로 나섰어야 한다고 말했던 것이다. 그는 상실감을 짊어진 여느 사람들과 마찬가지로 슬픔과 분노라는 두 개의 차디찬 극 사이에 사로잡혀 있었다. 게다가 **정말** 큰 상실감이었다. 토비는 형이었다. 쌍둥이였다. 친구였다. 경쟁자였다. 뒷배였다. 자긍심이었다. 천적이었다. 여러 의미에서 토비는 제이컵 자신이나 마찬가지였다. 그 모든 것을 한날한시에 잃고 말았다.

제이컵이 그런 감정을 느끼는 건 정당했고, 분노 속을 떠도는 여느 사람들과 마찬가지로 복수심을 쏟아낼 상대 역시 많았다. 반감을 품음으로써 하느님한테 복수할 수도 있었다. 행동을 취함으로써 토비의 친구들에게 복수할 수도 있었다. 이 빌어먹을 동네 전체에 복수할 수도 있었다. 그러나 그즈음의 제이컵은 제정신이 아니었고, 트리나는 자기 생각을 그에게 주입했다. 트리나가 처음에 "끝난 게 아니야" 했을 때, 그는 그 말이 토비에 대한 두 사람의 이야기가 끝나지 않았다는 뜻으로 받아들였고, 그 말을 형을 떠나보내지 않을 이기적인 수단으로 이용했다. 이제 생각하니 그랬던 거다.

하지만 몇 주가 지나고 분노도 무뎌지자 여태까지 트리나와 나눈 대화들 때문에 기분이 나아지기는커녕 더 최악으로 치닫게 됐다는 사실을 깨닫게 됐다. 제이컵은 마침내 원래의 자기 자신으로 돌아왔다. 상황을 더 분명하게 파악할 수 있었다.

트리나는 정신적으로 건강한 상태가 아니었다. 이건 분명한 사실이었다.

첫 번째 근거. 트리나에게 가까이 다가갈수록 그 애가 더 멀게 느껴졌다. 여태껏 가까워지려 애썼던 다른 여자애들과의 사이에서 느낀 감정과는 딴판이었다. 다른 여자애들은 이해하기 쉬웠다. 제이컵은 그 애들을 좋아했고, 그 애들은 그를 좋아하지 않았다. 세상에서 제일 쉬운 수학이었다. 그러니 트리나가 점점 더 멀게 느껴지는 이유는 그 애가 특별히 수줍어서, 아니면 무심해서가 아니라, 그 애가 텅 비어 있어서가 아닐까. 하지만 솔직히 말하면 아까 했던 키스, 그리고 지난 몇 주 동안 그 애가 제이컵에게 이상하게 관심을 가졌던 건 또 다른 이야기인 것 같았다. 결국은 이것도 토비 때문일지 몰랐다. 트리나를 통해 형에게 가까이 머무르거나, 심지어 형에게서 무언가를 빼앗아 오려는 뒤틀린 심리 때문일까? 아니면, 그저 트리나는 여자고 제이컵은 남자라는 일반적 특성 때문일 수도 있었다. 제이컵이 트리나에 대해 품는 감정은 그나이 또래 여느 여자애들을 향한 것과 다를 바 없이 기분 좋고, 궁금하고, 자연스러운 것일 수도 있었다. 그러면 안 돼? 왜 남들과는 달라야 해? 또래 아이들이 다들 하다시피 하는 일을 하면서 죄책감을 느낄 필요가 있나? 느낄 필요 없다. 안느낄 거다.

하지만 트리나 옆에 있으면 골치 아픈 일이 생기리라는 건 분명했다.

그러니까 간단해. 트리나와 절교하면 된다. 무시하면 된다. 물러서면 된다. 그 애가 원하는 걸 주지 않을 것이다.

그것이 제이컵의 계획이었다.

옥스보 스트리트 모퉁이를 돌아서는 순간 제이컵은 자기 집 차고 문이 열려 있는 모습, 처음 보는 트럭이 진입로에 서 있는 모습을 보았다. 측면에 갈색 줄무늬가 있는 낡은 흰색 포드 픽업트럭으로, 평상형 트레일러가 연결되어 있었다.

무슨 일인지 모르겠지만 좋은 일은 아닐 거라는 감이 왔다. 한심하기 짝이 없는 디엔에이믹스라는 기계로 테스트를 해본 뒤부터 아빠는 제정신이 아니었다. 어처구니없는 결과를 받고 들뜬 아빠는 차마 눈 뜨고 보기 힘들 지경이었지만, 그래도 요즘 같은 시기에 아빠를 탓할 수는 없었다.

아빠는 아직 예순도 되지 않았는데, 오래전 부모를 잃은 건 물론이고 지금은 아내와 자식까지 잃은 남자였다. 이제 아빠에게 남은 건 제이컵이 전부였다. 아빠에게 남은 건 거울이 전부였다. 한 사람이 감당할 수 있는 아픔은 얼마만큼일까? 제이컵의 인생도 고단한 건 마찬가지였지만 아무리 그래도 형제를 잃은 것과 자식을 잃은 건 달랐다. 그 두 가지는 등식이 성립하지 않는다.

제이컵은 트레일러 쪽으로 다가가 찬찬히 그 안을 들여다보았다. 안에 커다란 널빤지 무더기가 누가 집어던져놓기라도 한 것처럼 아무렇게나 쌓여 있었다. 그는 라티오스 모자를 벗고 땀을 훔쳤다. 대부분 남자화장실 벽에 대어놓는 것과 비슷한, 이미 한번 사용해 마구 긁힌 흔적이 있는 단순한 목재 패널이었다. 그 옆에는 경첩에서 떼어낸 스윙도어 한 쌍, 그리고 한 줄로 놓인 각목이 있었다. 맨 밑에는 떡갈나무 아니면 삼나무인 것 같은, 붉은 래커 칠이 된 기다란 고급 목재가 하나 있었다.

앞마당에 큼직한 플라스틱 통들이 피라미드 모양으로 쌓

여 있었다. 제이컵은 그 통들을 알아보았다. 아빠가 마침내 토비의 물건들을 정리하겠다는 마음을 먹었을 때 함께 월마트에 가서 사 온 것들이었다. 그러나 어느 오후, 토비의 옷가지몇 벌과 야구 글러브를 집어넣자마자 아빠는 말이 없어졌다.고개를 들어 보니 아빠는 사고가 있었던 그날 밤 경찰이 전해준 초록색 지퍼 백을 만지작거리고 있었다. 토비가 갖고 있던잡다한 소지품과 주머니 속 물건들이 들어 있었다. 아빠는 토비의 책상 위에 있던 지퍼 백을 열지 않고 그저 더 읽을지 말지 망설여지는 책처럼 엎어놓더니 "아들아, 난 쉬어야겠구나"라는 말만 남기고 방으로 들어가버렸다. 그날 밤 늦게, 아빠가결국 채우지 못한 이 통들을 차고로 옮기는 소리가 들렸다.그 뒤에는 토비의 방문이 영원히 닫히는 소리가 들렸다.

하지만 지금은 그때와는 완전히 다른 소리였다. 책장이 부서지면서 유리가 박살 나는 소리 같은 게 들리는 바람에 제이컵은 이어폰을 빼고 차고로 가보았다. 눈앞에 나타난 것은복장을 완벽하게 갖춘 아빠가 머리 위에서 올가미를 빙글빙글 돌리고 있는 모습이었다. 아빠 뒤로 푸른색 꽃병이 콘크리트 바닥 위로 산산조각 부서져 나뒹구는 모습이 보였다.

"실수였다."

그렇게 말하더니 아빠가 올가미를 창고 저쪽으로 휙 던졌다. 올가미는 벽에 한번 부딪히더니 나무 의자 위에 놓인 토비의 낡은 텔레비전 위로 스르륵 떨어졌다.

아빠는 "이야!" 하더니 올가미를 단단히 조였다. "지금까지한 시도 중에 이번이 최고인데."

제이컵은 아빠를 쳐다보았다.

행크 리슈는 아들들과 비슷한 체형을 지녔다. 탄탄하고 힘센 어깨는 토비를 연상시켰지만 아무리 먹어도 살이 찌지 않는다는 건 제이컵과 마찬가지였다. 늘 골반이 앞으로 튀어나올 정도로 등을 꼿꼿이 편 자세였다. 행크 리슈는 믿음직하게 생긴 사람이었고, 실제로 믿을 만한 사람이었다. 사실 온 세상에서 제이컵이 아빠만큼 믿는 사람은 없었다. 오늘 아빠는 지난 며칠과 마찬가지로 물 빠진 청바지에 카우보이 부츠 차림이었다. 입고 있는 진주 단추가 달린 서부 스타일 셔츠는 얼마 전 아빠가 온라인으로 주문한 20벌 세트 중 하나였고, 그 위에 가죽조끼를 걸치고 있었다. 머리에는 거대한 카우보이 모자를 쓰고 있었는데 심지어 아빠는 모자한테 '필'이라는 이름까지 붙여주었다.

"오늘 출근은 하신 거예요?" 제이컵이 물었다.

"잘 있었나, 파드너[19]?" 아빠는 그렇게 대답했다.

제이컵은 눈을 굴렸다. 수도 없이 반복한 일이라 이제 숨 쉬는 것만큼 자연스러운 동작이었다. 아빠는 밧줄을 느슨하게 풀어 텔레비전에서 벗겨내 골반 앞으로 홱 당겨 가져왔다. 올가미 던지는 연습을 하고 있었던 게 분명했다. 심지어 총집 같이 생긴 것도 몸에 차고 있었다.

"최소한 장은 봐 오신 거죠?"

---

[19]   카우보이들이 서로를 부르는 호칭.

"식량이야 공수해뒀지." 아빠가 말했다.

"아빠, 지금 아빠가 하는 행동은 건강하지 않아요."

그 말에 아빠는 밧줄에 매듭을 짓던 동작을 멈추고는 아들을 바라보았다. 두 사람이 서로를 바라보던 그 순간, 그들은 그 어떤 대화라도 시작할 수 있었으리라. 줄곧 미뤄뒀던 토비 이야기. 제이컵의 기억에 없는 엄마 이야기. 아버지와 아들을 둘러싼 온갖 불행 이야기. 그러나 어떤 대화도 시작되지 않았다. 두 사람 사이에 대화를 위한 공간이 자리하고 있다는 걸 느끼면서도 제이컵은 그 기회를 없애버렸다.

"저 트럭은 누구 거예요?"

"내 거다. 원래 타던 포러너와 바꿔 왔지. 정말 근사한 차 아니냐?"

30년은 된 것 같은 트럭이었다. 후드에는 녹이 슬고, 운전실에는 총 걸이대가 있으며, 안테나는 휘어져 있었다. 휠 캡은 더러웠다. 아빠는 흠잡을 데 없는 가족용 차를 고물 차와 바꾼 거다.

"세상에서 제일 허접한 핫휠 같은데요." 제이컵이 말했다.

즉, 수집가들은 흥미를 가질지도 모르고, 잘 고치면 값비싼 골동품 취급도 받을지 모르겠지만 실제로 타고 다닐 수는 없는 차라는 뜻이었다. 이 차는 사람들이 스타일 때문이 아니라 일에 쓰려고 픽업트럭을 선택하던 옛 시대의 잔재였다. 제이컵이 생각하기에 새로 태어난 아빠가 이 트럭을 택한 이유도 그 때문인 것 같았다. 모순적인 건, 아빠가 원래 차를 이 트럭과 바꿔서 새로운 자신, 제이컵이 사랑하던 모습이 아닌 다른 모습을 자랑하려고 동네를 돌아다닌 이유가 고작 스타일 때문이었다는 것이다. 제이컵은 아들이 아빠 때문에 정말 화가 날 수 있는 이유 중 하나 때문에 화가 났다. 아빠가 애처로워 보였던 것이다.

그가 아빠를 바라보며 입을 열었다.

"마지막으로 한 번만 말할게요. 아빤 카우보이가 아니에요. 여긴 목장이 아니고요. 이제 좀 벗어나세요."

"글쎄다. 지금이야 네 말이 맞겠지만 세상에 이런 말이 있단다. '황소의 궁둥이는 머리가 아니지만 잘라서 그 자리에 얹어놓으면 된다.'"

"아뇨. 그런 말은 없어요. 세상에 그런 말을 한 사람은 단 한 명도 없었어요."

"그런데 지금 한 명 생겼네. 그게 중요한 거야." 아빠가 대꾸했다.

"전 들어갈래요." 제이컵은 그렇게 말한 뒤 문을 향해 다가갔다. "그런데 아빠, 그 밧줄로 곧 목을 매고 싶어지실 것 같은데요. 손님이 오셨거든요."

행크가 창밖을 내다보니 듀스 뉴먼이 연석 근처에 트럭을 세우고 있었다. 방금 출고된 것처럼 반들거리는 거대한 신상 포드 F-250이었다. 그러나 듀스는 천성을 못 버렸는지 새 차의 가치를 떨어뜨릴 만한 조치를 벌써 몇 가지 해둔 뒤였다. 지붕에는 기다란 무전 안테나를 달고 뒤 유리창에는 **"날기만 하면 죽인다"**[20]라고 적힌 범퍼 스티커를 붙인 데다 트레이너 꽁무니에 달아둔 고무 불알 한 쌍은 듀스가 차에서 내릴 때

볼썽사납게 덜렁거렸다.

행크는 제이컵을 향해 돌아서서 모자를 살짝 들었다 놓았다. "황공하옵니다, 아드님."

제이컵은 집 안으로 들어가 문을 닫았다.

테이블 위에 가방을 내려놓고 부엌으로 향했다. 해야 할 숙제가 있었다. 수학 조금, 역사 과목 예습. 하지만 나중에 해도 될 터였다. 그는 저녁 식사를 차릴 생각뿐이었다. 냉장고로 다가가서 문을 열자 익숙한 난장판이 보였다. 지난주와 마찬가지로 단 네 가지 기본적인 식료품이 전부였다. 1갤런들이 우유. 6개들이 론스타 맥주. 소시지 한 봉지. 티본스테이크 두 덩이.

냉장고 문을 닫고 식료품 창고를 열었지만 역시 달라진 게 없었다. 돼지고기가 든 콩 통조림 20개 정도가 한 줄로 늘어서 있었다. 쌀 한 봉지. 구이용 감자 몇 개. 오트밀 몇 상자. 쇠고기 육포. 바닥에는 텍사스 스타일 바비큐 소스가 한 병 있었다. 카우보이에게는 천국일 테지만, 제이컵에게는 새로운 지옥이었다. 먹을 만한 저녁을 차리려면 솜씨를 부려야 할 터였다.

개수대로 다가가 손을 씻는데 진입로를 어기적어기적 걸어 들어오는 듀스 뉴먼이 창 너머로 보였다. 어깨에는 기다란 정원용 호스를 걸치고 손에는 아마도 카메라, 그리고 프로

---

20 사냥꾼들이 즐겨 쓰는, 특히 합법적인 사냥 기간 동안 눈앞에 보이는 모든 새를 사냥하겠다는 문구.

젝터로 보이는 기계를 들고 있었다. 제이컵은 듀스가 이 동네 최고의 꼴통이라고 생각했다. 어딜 가도 있어서 거슬리는 존재였다. 듀스는 고등학교 행사마다 모조리 참석했고, 온갖 식당은 물론 가는 곳마다 나타나는 걸로도 모자라 일주일에 최소 두 번씩 찾아와 아빠가 뭔가를 제대로 못하고 있다며 불평했다. 전반적으로 듀스는 소름 끼치는 사람이었으며 제이컵의 아빠에게 부당한 불평을 늘어놓았다. 작은 동네의 시장에게 요구되는 일들은 주민 회의, 로터리 클럽 디너파티, 하수 및 식수 위원회 회의며 리본 커팅식, 일요일마다 가는 교회까지 끝이 없었고, 아빠는 그 모든 걸 소화해보려 애썼다.

그런데 듀스는 토비의 죽음을 틈타 시장 자리를 강탈하려는 것 같았다. 어떤 면에서는 듀스의 논리도 이해가 됐다. 동네가 시장을 가장 필요로 하는 시점에 아빠는 의무를 내려놓은 셈이니까. 200주년 기념제 따위 제이컵은 아무 관심도 없었지만 아빠에게는 무척이나 큰 부담이었으리라. 집에서도 전화벨이 끊임없이 울렸고 평소와는 다른 사람들이 전화를 걸어왔다. 간식 판매대나 물건 판매점 설치 허가를 받겠다는 사람들, 기금을 늘리려고 로비를 해대는 사람들, 예상 수익을 어디에 쓸지가 궁금한 사람들, 동네 소음에 대한 민원까지. 한번은 폴리에스테르 풍선이 좋을지 플라스틱 풍선이 좋을지를 놓고 한 시간이나 통화하는 걸 엿들은 적도 있었다. 이런 일과에 시달리며 제정신을 유지할 수 있는 사람이 과연 있을까? 요즘 그와 아빠 사이에 공통점이 있다면 둘 다 무언가가 끝나기만을 간절한 마음으로 기다리고 또 빌고 있다는 사실일 거라고 제이컵은 생각했다.

부엌 창밖을 보니 듀스가 정원 호스를 틀고 있었다. 아빠가 트럭을 향해 붙잡고 있는 호스에서 물이 쏟아져 나오자 유리에서 물안개가 피어올랐다. 그러나 아빠가 꼭 결투를 하는 것처럼 노즐을 이리저리 돌려대는 바람에 듀스는 눈에 띄게 짜증이 난 상태였다.

"그냥 그 빌어먹을 호스를 꽉 붙잡고 있으라니까요!" 듀스가 외치더니 그가 프로젝터를 조작했다. "이거 좀 봐요, 행크."

제이컵은 다시 스토브 쪽으로 갔다. 다른 어디보다도 이 부엌이야말로 제이컵만의 작은 영토였다. 그는 열네 살 때부터 이 집의 실질적인 요리 담당이었다. 그 사실이 싫지 않았다. 아빠도 그럭저럭 식사를 차려낼 줄은 알았지만, 아무런 흥미 없이 시판 맥앤드치즈를 전자레인지에 돌려 특별 메뉴라도 되는 듯 내놓는 식이었다. 토비는 불만이 없었다. 고등학교 운동선수에게 필요한 건 엄청난 양의 칼로리가 전부였다. 토비에게 음식이란 칼로리를 실은 운송수단에 불과했기에 눈앞에 있는 거라면 가리지 않고 먹어치웠다. 그러나 제이컵에게 필요한 건 그 무엇이라도 좋으니 무언가가 주는 기쁨이었다. 그가 기쁨을 발견한 장소가 바로 스토브 위였던 것이다.

콩 통조림을 하나 따서 냄비에 쏟았다. 그다음에는 바비큐 소스를 조금 넣고 향미를 더할 수 있도록 칠리 파우더를 살짝 뿌렸다. 지난 주말에 버섯을 사둔 게 떠올라 냉장고 서랍에서 꺼내 썰었다. 프라이팬에 버섯, 버터와 우스터소스를 넣은 다음 체더치즈 한 덩어리를 주사위 모양으로 썰어 올리고 익어가는 모양을 바라보았다. 이름은 없는, 직접 개발한 이 요리가 그는 마음에 들었다.

　불을 약불로 낮추었을 때 차고 문이 열렸다 닫히는 소리가 들리더니 듀스 뉴먼이 집 안으로 들어왔다. 호스에서 나온 물로 셔츠가 푹 젖어 있는 그는 마치 제집인 양 편안하게 부엌 식탁 앞에 앉았다.

　"아들, 이젠 공식적으로 결정된 모양이다. 네 아버지 완전히 정신이 나갔어."

　제이컵은 대답 없이 프라이팬 위의 버섯을 이쑤시개로 찍어 입에 넣었다. 맛이 썩 괜찮았다.

　"뭐 하나 물어보자. 디즈니 월드에 한 번이라도 가본 적 있니?"

　그 말에 제이컵은 버섯을 씹으면서 듀스를 쳐다보다가 고개를 저었다.

　"우리 동네는 이게 문제다. 그 누구도, 아무 데도 안 가봤다는 거. 그런데 난 디즈니 월드에 가봤단 말이지. 요즘 디즈니 월드는 온통 물이며 빛을 뿌려서 화려하기 그지없어. 물과 빛 말이다. 네 아버지도 그걸 알아야 해. 우리도 혁신을 해야지. 제기랄, 우리만 뒤처지면 안 된다고! 나 혼자선 할 수 없는 일이다. 할 일이 너무 많이 남아 내일 합창단 공연도 못 보게 생겼는데, 난 돈을 내고라도 그 공연이 꼭 보고 싶단 말이야. 토요일까지 모든 게 완성된다는 확신이 필요하다고. 고작 이틀 남았는데 네 아버지는 아무 생각이 없더라."

　듀스가 몸을 숙여 이쑤시개로 버섯을 하나 찍어 입에 넣고 씹다가 외쳤다.

"빌어먹을, 제이크! 엄청 맛있잖아? 가정 수업이라도 들은 거냐?"

제이컵은 프라이팬 뚜껑을 덮어 듀스의 손이 닿지 않는 곳으로 치웠다.

"그거 아세요? 여성참정권이 생긴 뒤로 그런 수업은 없어졌어요."

듀스가 씹던 것을 멈추고 제이컵을 쳐다보더니 말했다.

"**너야말로** 그거 아냐? 똑똑한 거랑 재수 없는 건 달라. 가슴속에 잘 새겨둬라."

익숙한 열기가 스멀스멀 번지는 게 느껴졌다. 목이 찌릿했다. 분노가 부글부글 끓었다. 바로 조금 전, 척 헤이델에게 모자를 빼앗겼을 때 느낀 감정이었다. 토비가 죽었을 때 느꼈던 감정, 트리나와 처음 대화했을 때 느꼈던 감정, 그리고 그가 누그러뜨리고 싶었던 감정.

"뉴먼 씨, 저한테 무슨 볼일 있으세요?"

듀스가 자리에서 일어나더니 젖은 셔츠에 두 손을 문질러 닦았다. "첫째, 할 일부터 해야지. 사진 좀 찍자." 그가 휴대폰을 꺼내 제이컵을 향해 들이댔지만 그는 미소를 짓지 않았다. 듀스가 찰칵 소리를 내며 사진을 찍었다.

"둘째, 네가 날 좀 도와줘야겠다. 네 아버지랑 얘기 좀 잘해서 제정신을 되찾게 해주렴. 카우보이 놀음이라니. 원래 고집불통이더니 더 심해졌어. 만약 내일까지 제정신이 안 돌아온다면 네 아빠를 주민 회의에서 심판할 거라 전해다오. 준비할 날이 하루밖에 안 남았어. 지금이 아니면 안 된다고. 할 거면 제대로 하고, 그게 안 되면 아예 손을 뗄 때야."

듀스가 아빠를 이딴 식으로 입에 올린 순간, 제이컵은 지금이 부엌에서 이 성인에게 일종의 상해를 입히고 싶은 충동을 억누르기 힘들었다. 물론 정말로 덤빈다면 목이 졸려버리겠지. 듀스가 나보다 50킬로그램은 더 나갈 테니까. 뿐만 아니라, 듀스 때문에 화가 난 게 맞긴 할까? 사고력을 갖춘 인간이 바보를 상대로 진심으로 분노할 수 있긴 한 걸까? 아니면, 내가 화가 난 건, 지난 몇 달간 오그라든 내 세계가 구속복처럼 답답하게 느껴져서일까? 어느 방향으로 돌아서도 느껴지는건 절망감뿐이었다. 아빠. 토비. 트리나. 듀스. 한 사람의 세계가 어떻게 이렇게 좁아터질 수가 있지? 세계를 넓히려면 어떻게 해야 하나? 세계를 터뜨려버리려면 어떻게 해야 하지?

"기분 나쁘게 만들려는 건 아닌데요, 지금은 저희 집 건의함이 꽉 찼거든요. 그러니까 불평은 딴 데 가서 해주세요."

그러자 듀스가 조리대 위에 몸을 기대더니 제이컵의 눈을 빤히 들여다보았다.

"네가 어른들한테 이따위 말버릇을 쓰는 걸 네 아빠도 아냐? 너도 디엔에이믹스 검사나 한번 해보는 게 좋겠다. 예의 좀 갖추라고 적혀 있을지도 모르니까."

"저희 아빠는 제 말버릇 다 아는데요."

"모를걸. 또 네가 학교에서 누구랑 죽이 맞아 돌아다니는지도 모를 거다. 난 다 알지. 네 형이 그 트리나라는 여자애를 차에 태워준 것만으로도 충분히 최악 아니냐? 네 형이 그날 밤 그 애랑 같이 있었던 걸로도 모자라냐고. 그런데 이젠 너까지 그 여자애 꽁무니를 따라다녀? 네 아빠가 그 기억을 다시 떠올리고 싶겠니?"

자기 집 부엌에서, 남 일을 추측하길 좋아하는 이 남자의 입에서 별안간 트리나 이야기가 나왔다는 사실에 제이컵은 심장이 철렁했다.

"아저씨는 저에 대해 아무것도 모르잖아요."

그러자 듀스가 다시 휴대폰을 꺼내 엄지손가락으로 화면을 두드리더니 그의 눈앞에 들이댔다.

"과연 내가 모를까?"

숲속에서 트리나가 찍은 두 사람 사진이 인스타그램에 올라와 있었다.

"난 네 생각보다 훨씬 더 많은 걸 알고 있다. 그건 엄연한 사실이야. 너희 조무래기들은 트위터에 올린 이야기가 다 비밀이라 생각하지만 오히려 그 반대지. 너희들은 역대 최대로 뻔히 들여다보이는 세대야. 너희들한텐 비밀도 없지. 생각해보면 슬프기도 하구나. 아무튼, 네 아버지더러 내일까지 정신 차리라고 전해라. 알았냐? 마지막 기회야. 친구로서 하는 말이라고."

듀스는 부엌에서 나가 다시 차고로 향했다. 제이컵의 심장은 전속력으로 달리기를 한 것처럼 쿵쿵 뛰고 있었다. 빈 통조림 캔을 개수대에 집어던졌다. 깡통이 금속에 부딪치며 걸쭉한 국물을 벽에 흩뿌렸다. 이걸 닦을 생각을 하니 더 짜증이 났다. 숙제를 하러 가려고 가방을 집어들었지만, 방에 들어가자마자 침대 위에 집어던져버렸다.

다시 부엌으로 돌아가 창밖을 보니 듀스의 트럭이 집을 떠나고 있었다. 아빠가 듀스의 트럭 꽁무니에 달린 고무 불알에다 올가미 던지는 연습을 한 건지 트럭이 움직이자 밧줄도 뱀처럼 슬슬 따라갔다. 아빠가 손에 든 카우보이모자로 자기 허벅지를 때려가며 신나게 웃자 듀스가 차창 밖으로 손을 뻗어 중지를 세웠다. 저 사람들이 내 삶을 책임지는 어른들이라니, 하는 생각이 든 제이컵은 복도를 달려서 자기 방을 지나쳐 아빠 서재로 향했다. 평소처럼 닫혀 있던 문을 열었다. 서재 안은 난장판이었지만 그는 이 안에 무엇이 있는지 잘 알았다. 서재는 시청 출장소나 다름없었다. 벽 선반에 건축허가서며 세법 책, 인근 마을들의 기념 열쇠며 나무 명판들이 즐비했다. 지루하기 짝이 없는 물건들투성이다. 그러나 제이컵은 이 안에 디어필드 가톨릭 스쿨 설계도가 있다는 사실을 알고 있었다. 예전에 본 적이 있었으니까.

선반을 뒤졌더니 설계도면이 나왔다. 도면을 들고 테이블로 다가가자 아빠의 총이 보였다. 말도 안 되는 이유로 말도 안 되는 사람에게서 받아온 이 총은 일종의 기념 권총으로 지난 몇 년간 벽에 걸린 유리 진열장 속에 구식 탄환 한 발과 함께 자리하고 있었다. 이 방에 있는 수백 가지의 무의미한 물건들과 마찬가지였다. 제이컵은 총을 한쪽으로 치운 뒤 둘둘 말려 있던 설계도면을 펼쳤다. 허락 없이 서재에 들어온 것, 또다시 트리나에게 항복하는 건 자기답지 않은 행동이라는 걸 제이컵은 알았다. 그러나 때로 자신으로부터 벗어날 수 있는 방법은 자기답지 않게 구는 것뿐이기에, 그는 주머니에서 휴대폰을 꺼내 사진을 재빨리 몇 장 찍고 나서 설계도를 제자리에 돌려놓았다.

일을 마친 그는 여전히 눈앞의 모든 것에 화가 난 채로 집 밖으로 나가려 차고를 통과했다. 아빠가 망치로 나무 패널을 벽에 박고 있었다.

"여, 아들아. 궁금한 게 하나 있다. 어디 가면 자동피아노를 구할 수 있을까?"

그 말에 제이컵은 아빠를 노려보다가 대답 없이 바깥으로 달려 나갔다.

휴대폰을 다시 들여다보다가, 사진을 첨부해 문자메시지를 보냈다.

이게 그렇게 갖고 싶어? 그럼 받아.

전송 버튼을 거칠게 눌렀다.

곧바로 트리나로부터 눈이 하트 모양인 얼굴 이모티콘이 왔다.

11장

이런 일이 내게 일어나는 건 싫어
I Hate It When That Happens to Me

더글러스는 아내의 스바루 아웃백을 몰고 온 남자가 부릴 수 있는 최대한의 허세를 부리며 시닉 웻랜즈 아파트 단지 주차장을 벗어났다. 온몸에 아드레날린이 넘쳤고, 두 눈으로 마술을 목격한 사람답게 흠뻑 취해 있었다. 셰릴린을 향한, 심지어 이 세상을 향한 사랑이 끓어넘쳤다. 더글러스는 새로운 걸 배울 때마다 이런 기분이 들었다. 애초에 그렇기 때문에 선생이 된 것이리라. 새로운 지식을 얻으면 정신이 상쾌하고 확장된 기분이 들었다. 마치 생생한 현장에 존재하는 느낌이었다. 한 시간의 레슨 동안 배운 것은 〈76 트롬본〉을 어설프게 따라 하는 법이 다였고, 사실 더글러스 역시 자신의 실력이 형편없다는 걸 알았다. 그럼에도 그는 입술을 쭉 내밀고 열심히 불었다. 슬라이드를 밀고 당기고, 볼에 바람을 넣어가며 벌집을 들쑤셔놓은 것처럼 종잡을 수 없는 소음으로 집 안을 가득 채웠다. 언젠가는 잘할 수 있겠지. 가치 있는 모든 일이 늘 그렇듯 시간이 좀 걸리겠지만 결국은 잘하게 될 것이다.

서서히 저녁이 찾아오는 지금 그는 차창을 내리고 뉴올리언스의 재즈 라디오 방송을 큰 소리로 들으며 디어필드 광장으로 돌아왔다. 베레모를 벗고 힘없는 머리카락을 바람에 나부끼고 있자니 너그럽고 현명한 기분이 들었고, 스스로가 올바른 길을 가고 있다는 확신이 들었다. 만약 디어필드에 거지가 있었다면 그 순간 더글러스는 그에게 돈을 주었으리라. 많은 돈, 어쩌면 가진 돈 **전부를** 주면서 절대 꿈을 포기하지 말라고 했을 것이다. 어린아이를 만났다면 머리를 헝클어뜨린 뒤 주머니에서 사탕 하나를 꺼내주면서 평생의 행복을 얻는 비밀을 이야기해주었으리라. 그래, 만약 교실에 있었더라면, 비록 **일하는** 중일지라도 지금 느끼는 이 에너지는 전설이 될 강의를 끌어냈겠지. 학생들의 정신을 사로잡고, 미래를 바꾸고, 상을 타게 만들 강의를 하겠지. 더글러스는 그런 기분을 느끼고 있었다.

셰릴린과 그가 서로를 더 잘 이해하게 될 거라는 확신 역시 어느 때보다도 강해졌다. 그는 재즈 뮤지션이 될 것이다. 두 사람의 결혼 생활에 활기를 더할 것이다. 오늘 밤에 말해야겠다. 당신이 다른 누군가, 왕족이라든지 중요한 사람이 되고 싶다는 생각을 하게 된 건 당신이 무언가 부족해서가 아니라고, 당신은 이미 내 삶에서 그 누구보다 중요한 사람이라고 말할 것이다. 당신이 새로운 걸 원하게 된 건 당신이 아니라 내가 고인물 같은 삶을 살아서라고 말할 것이다. 내가 익숙한 오래된 노래를 휘파람으로 불어서, 똑같이 오래된 교실로 터벅터벅 출근해서라고. 그의 재미없는 삶은 전염되고 옮아갔다. 이제야 알게 됐다.

그러니 이제 그 재미없는 삶을 고쳐보자.

그는 존슨스식품점 주차장에 진입한 뒤 장 볼 목록을 찾으려 조수석으로 손을 뻗었다. 사첼 백을 열자 귀엽고 이국적인 아내의 요구사항 옆에 그가 온통 물음표와 밑줄을 그어놓은 노트패드가 나왔다. 주차할 자리를 찾듯 목록을 훑어보았다. **좋아**, 그렇게 생각하며 노트패드에서 목록을 뜯어냈다. **빌어먹을 가지를 먹는 거야. 온 세상 가지를 몽땅 먹어버리자고, 내 사랑. 내 트롬본에 타히니를 바르고, 입안에 마늘을 넣으면 돼. 이제 제대로 된 삶을 살아보자고, 어때? 가까이 와. 날 받아들여. 이제부터 두 번 연달아 거뜬한 조라고 불러줘.**

보통의 목요일 밤보다 더 붐비는 주차장 안쪽에 빈자리가 있어 차를 세웠다. 문을 닫고 양 주머니에 손을 찔러 넣은 다음 방금 월급이라도 오른 사람처럼 휘파람을 불며 가게를 향했다. 카트 가득 꽃을 싣고 가게에서 나오는 클레어 샌더슨을 향해 베레모를 살짝 들여 보였다. 가스통 옆 출입구를 비로 쓸고 있는 데이브 오스틴에게도 인사를 건넸다.

"아름다운 저녁이 오고 있네요."

"돼지처럼 땀이 뻘뻘 나는데요." 데이브가 말했다.

"돼지는 땀 안 흘려요, 친구." 더글러스는 걸음을 늦추지 않고 걸어가며 응수했다. "땀샘이 없거든요. 우리의 언어가 가진 멋지고도 별난 점이 그거지요. 돼지처럼 땀이 난다. 개와 고양이처럼 비가 온다. 사람들은 참 재밌죠!"

그래, 자기가 생각해도 오늘 좀 들떠 있는 것 같았다.

존슨스식품점 문이 열리자 더글러스는 자기 집처럼 당당한 걸음으로 환하게 불이 켜진 시원한 가게 안으로 들어갔다. 장바구니를 찾아 들고 농산물 코너에 갔더니 무더기로 쌓인 가지가 보였다. 장보기 목록을 확인했다. 몇 개를 사 오라고 했었지? 네 개? 뭐, 그럼, 여덟 개를 사 가야겠다. 아끼지 말자. 더글러스는 가지를 바구니 안에 담고 레몬을 가지러 갔다. 레몬을 허공에 던졌다 받았다 하는 내내 그는 스티비 원더의 곡을 휘파람으로 불고 있었다.

심지어 외국 식품 코너에 갔더니 스리라차 소스와 간장 옆에 놓여 있는 타히니도 금세 눈에 들어왔다. 장보기가 이렇게 쉬운 날이 있었나? 그다음으로는 와인, 그와 셰릴린이 생일이나 결혼기념일에만 사는 비싼 20달러짜리 와인을 한 병 집어 계산대로 다가갔다. 하지만 지갑을 꺼내려던 그 순간 더글러스는 이상한 점을 눈치챘다. 주차장에 차가 그렇게 많았는데 가게 안은 사람도 없고 조용하다는 생각이 들었던 것이다. 계산대 쪽을 보았더니 열린 계산대는 하나뿐이고 줄을 서 있는 손님도 없었다.

계산대를 향하는 길, 감자칩과 육포가 높이 쌓여 있는 곳을 지나고 난 뒤에야 다른 사람들이 다 어디로 갔는지 알 수 있었다. 저쪽, 고객 서비스 코너에 20명쯤이 줄을 서 있었다. 어른들부터 청소년까지 나이대가 다양한 사람들, 심지어 여태

한 번도 본 적 없는 낯선 사람들까지도 뒤섞인 채 아무 말 없이 한데 모여 서 있었던 것이다. 대부분은 휴대폰을 만지작거리고 있었고 손톱 아래를 쑤시는 사람들도 있었다.

더글러스는 컨베이어벨트 위에 가지를 올려놓은 뒤 계산원에게 "안녕, 실라" 하고 말을 걸었다. 실라는 몇 년 전에 가르친 학생으로 쾌활한 성격이기에 만날 때마다 반가웠다. 특히 기억나는 것은 남부연합군 동상이 철거되기 이전에 실라가 그것들이 철거되어야 한다고 주장하는 과제물을 써 와서 A를 주었던 일이다. 모래 속에서 보석을 발견한 것 같은 이런 글은 더글러스의 기억에 오래 남곤 했다. 지금은 임신 중인, 건강해 보이는 실라가 그가 가져온 가지를 저울 위에 조심스레 쌓았다.

"오늘 메뉴는 뭐예요, 허버드 선생님? 가지 튀김? 타프나드[21]? 가지가 아기한테 좋다던데요."

더글러스는 고객 서비스 코너를 향해 손짓했다. "저기서 백달러짜리 지폐라도 나눠주는 거야? 사람들이 잔뜩 모여 있는데."

실라는 미소를 지었지만 그녀가 채 입을 열기도 전에 남자의 고함 소리가 들려왔다. 줄을 서 있는 사람들에 가려 보이지 않았던 탓에 그 남자가 죽어가는 건지 환호하는 건지 알수 없었다. 다음 순간, 커다란 기계에 달린 커튼을 열고 문제

---

21   남부 프랑스에서 흔히 먹는, 올리브를 주재료로 한 스프레드.

의 남자가 나타났다.

"사실이 아니야, **이게 진짜일 리 없어!**"

변호사나 보험판매원처럼 옷을 잘 차려입은, 더글러스가 처음 보는 오십 대 남자였다. 기계에서 나온 남자가 줄에 서 있는 사람들을 마주 보며 한 팔을 번쩍 들고 파란 종이를 허공에 흔들어대면서 누구에게랄 것도 없이 외쳤다. "이게 말이 돼?"

그러더니 남자가 넥타이를 풀어서 쓰레기통에 던져버렸다. "오늘부터 넥타이는 필요 없어." 바닥에 주저앉더니 로퍼도 벗어던졌다. "이 신발도 필요 없어." 그 말을 남긴 뒤 남자는 정장 재킷을 벗어 어깨에 턱 걸치고는 씩 웃으며 가게를 나섰다. 나가는 길에 신발은 문가에 있는 구세군 기부품 통에 던져버렸다.

더글러스는 남자가 들어가 있었던 상자를 돌아보았다. 당연히 저게 DNA 기계겠군. 저걸 잊고 있었다니.

줄을 선 사람들이 앞으로 느릿느릿 이동하더니 한 여자가 커튼을 열고 상자 안으로 들어갔다. 이제 보니 디엔에이믹스라고 똑똑히 적혀 있었다. 멀리서 보긴 했지만 상상한 것만큼 근사한 기계가 아니었다. 합판이나 파티클보드로 만든 듯 보이는, 심지어 모서리를 사포질로 다듬지도 않은 물건이었다. '디엔에이믹스'라는 로고 역시 더글러스가 가르치는 학생 중에서도 가장 손재주 없는 친구가 만든 것처럼 엉성한 스텐실로 새겨져 있었다. 그래도 그는 냉소하지 않으려 애썼다. 좋은 밤을 보내야 한다는 목표가 있으니까.

그는 다시 실라를 돌아보며 물었다.

"그런데, 저 난리는 대체 뭐니?"

"34달러예요, 허버드 선생님." 실라가 커다란 종이 쇼핑백을 내밀었다.

"예, 잘 알겠습니다." 더글러스는 그렇게 말하며 현금카드를 내밀었다. "넌 저 기계를 어떻게 생각하니? 벌써 해봤니?"

"아뇨, 선생님. 전 제가 뭐가 될지 이미 알거든요." 실라는 손으로 배를 문지르다가 토닥토닥 두드렸다. "두 달 뒤면 전 아마 피곤한 사람이 될 거예요. 그거 말고 알아야 할 게 뭐가 있겠어요?"

"지혜의 말 같구나. 인상적이다."

"또, 저런 물건에 2달러를 쓰기도 싫어요. 저축하는 중이거든요."

"그것도 현명한 말 같다. 뭐 하나 빠지는 게 없구나."

실라는 미소를 짓더니 학교에서 더글러스에게 칭찬을 받았던 그 시절처럼 볼을 붉혔다. "감사해요. 선생님 수업이 그립네요. 그러니까 학창 시절 말이에요. 이젠 일이니 뭐니 바빠져서 그때처럼 책을 읽을 시간이 없어요."

"다행히도 책 읽기는 자전거 타는 거랑 비슷하단다. 언제든 다시 시작할 수 있지."

더글러스는 계산대를 벗어나 절대 저 줄에 서지 않겠다고 마음먹은 채로 문을 향했다. 트롬본 레슨도 받고, 올바른 길을 가고 있다는 확신도 얻은 오늘은 그럴 필요가 없을 것 같았다. 또, 어서 셰릴린에게로 돌아가고 싶었다. 아내에게 전해야 할 사랑이 있었으니까.

그런데 나가는 길에 학교 최고 우등생 중 하나인 제이컵 리슈가 줄에 끼어 서 있는 것이 눈에 들어왔다. 손에는 장바구니를 들고, 검은 모자를 깊숙이 눌러 쓰고 있었다. 더글러스는 그 애가 요즈음 점점 더 어두워지고 있다는 사실을 알고 있었다. 고스족처럼 검은 옷을 입고 다닌다는 뜻이 아니라, 퉁명스럽고, 회피적이고, 분노한 것처럼 보인다는 뜻이다. 하지만 그렇다고 누가 저 애를 탓할 수 있을까? 게다가 앞으로 계속 저럴 거라는 보장도 없다.

고등학교 선생인 이상, 그는 온갖 불만을 드러내고 자신의 미래라는 영화의 주연인 양 유치하게 구는 그 나이 또래 청소년들, 특히 고등학교 2~3학년생들의 살아 있는 증인이었다. 그런데 제이컵이 출연하는 영화는 뭘까? 제이컵은 천재 소년처럼 깡마른 체구였다. 게임에 미친 사람이나 외톨이처럼 포켓몬 모자를 쓰고 다녔다. 외톨이. 형이 죽은 뒤 그 애의 모습을 설명할 수 있는 말이 그것인지도 모르겠다.

저 아이의 형, 토비.

더글러스 기억에 토비는 제이컵처럼 영리한 학생은 아니었지만, 또 가위 하나도 믿고 맡겨선 안 될 운동부 친구들과 어울려 다니기는 했지만, 분명 매력 있고 괜찮은 녀석이었다. 토비의 죽음은 비극이었다. 당연히 그랬다. 제이컵이 어두워진 이유는 그 때문이겠지. 시장의 아들로 살아가는 것도 쉽지는 않았으리라. 게다가 저 녀석 주변을 맴도는 트리나라는 여학생. 그 애는 가위로 무엇을 해야 하는지 **정확히** 알 만한 그런 애라는 느낌이 들었다.

"제이컵." 더글러스가 말을 걸며 다가갔다. "좀 어떠냐?"

제이컵은 선두에 가까운 자리에 서 있었다. 선생님의 눈에 띄어 부끄러운 모양이었다. 그는 마치 여기가 어딘지 기억이 안 난다는 듯 두리번거리다가 귀에 꽂고 있던 이어폰을 빼고 대답했다. "아, 허버드 선생님. 내일 예습 아직 다 못 끝냈어요, 혹시 그걸 물어보시려는 거라면요."

더글러스는 미소를 띤 채 "괜찮아. 넌 항상 최고잖니" 한 뒤, 제이컵 뒤에 서 있는 여자에게 예의 바르게 고개를 까딱하고는 말을 이었다. "그래, 이 기계에 들어갈 셈이냐?"

"아뇨." 더글러스가 대답했다. "그냥 줄 서기를 좋아하는 것뿐이에요."

"아이쿠, 한 방 먹었구나."

제이컵이 변해버린 건 뭐 때문일까?

"죄송해요. 벌써 한 시간째 줄을 서 있거든요. 집에 가야 하는데."

"아이코야, 그렇게 오래 걸리니?"

제이컵이 대답하기도 전에 커튼이 열리는 소리가 들리더니 방금 들어갔던 여자가 다시 걸어 나왔다. 안에서 울고 있었던 게 분명한 그 여자는 마치 고해성사를 마치고 나온 사람처럼 말없이 성호만 그어대며 가게 밖으로 나갔다.

"오래 안 걸려요. 그냥 방아쇠를 당길 용기가 없어서 자꾸 줄 맨 끝으로 돌아간 거예요." 제이컵이 말했다.

"그럴 수 있지. 하지만 난 이 기계를 못 믿겠구나. 테스트 결과가 어떻게 나오면 좋겠니?"

"전혀 모르겠어요. 그게 제 문제인 것 같아요."

또 다른 사람이 기계 안으로 들어가고 나니 제이컵이 바로 다음 차례였다.

"저 기계가 뭐라고 하건 간에 너무 걱정 안 하는 게 좋겠다. 그래봤자 합판으로 만든 기계 아니냐."

"분명 베타테스트 용도일 거예요. 처음엔 다 그렇잖아요. 제 말은, 최초의 비행기는 종이비행기였잖아요? 최초의 자동차는 말馬이었고요."

제이컵을 바라보고 있자니 더글러스는 익숙한 안타까움을 느꼈다. 수업 시간에 이 녀석이 예리하고 세상일에 통달한 것만 같으면서도 아련하게 들리는 대답을 할 때마다 느꼈던 기분이었다. 고등학생들이야 누구나 불평불만을 늘어놓는 법이지만, 어떤 학생들은 나이에 비해 애늙은이 같고, 그의 생각보다도 더 큰 내면세계를 지니고 있다. 만약 아들이 있다면 이런 기분이겠지. 아들이 있다면, 제이컵 같은 정신을 가진 아이라면 좋겠다. 그런 생각을 하면 할수록 더글러스는 점점 더 이 소년의 삶, 제이컵과 토비를 낳자마자 세상을 떠났다는 어머니, 고통 속에서 혼자 아이들을 키워냈으면서도 여태 동네를 위해 크게 헌신하고 있는 아버지에 관해 깊이 생각하게 됐다. 아마 제이컵을 볼 때마다 느끼는 이 감정은 연민이리라. 또 존중이리라.

두 사람 앞에서 또다시 커튼이 열리더니 여자가 파란 종이를 들고 나와 외쳤다.

"5년만 일찍 나오지, 5년 전엔 왜 이런 기계가 없었던 거야?"

오른 다리 무릎 아래가 의족인 그녀가 그 말을 남기고 절뚝이는 걸음으로 가게를 나서는 모습을 더글러스는 지켜보았다.

"이제 네 차례구나." 더글러스가 말했다.

"아뇨." 제이컵이 들고 있던 2달러를 더글러스의 손에 쥐여주었다. "선생님이 저 대신 하세요. 내일 봬요." 그러더니 녀석은 줄 끝으로 돌아가서 서는 대신 아예 가게를 나가버렸다.

더글러스가 손에 2달러를 쥐고 멍하니 서 있자 다음 차례인 여자가 그의 말을 기다리듯 눈썹을 치켜들며 이쪽을 바라보았다. 이제 보니, 줄을 서 있는 사람들이 전부 그를 쳐다보는 중이었다.

누군가가 말했다. "이봐요, 빠질 거면 어서 빠져요."

다음 차례 여자가 더글러스를 쿡쿡 앞으로 밀었다. "걱정 말고 들어가요, 기계가 무는 것도 아닌데."

더글러스는 "아, 전 딱히 생각이 없는데" 했지만 사람들이 "전 차에다가 애 둘을 놔두고 왔다고요. 빨리빨리 합시다, 알았죠?" 하는 바람에 결국 압박에 굴복이라도 하듯 기계 안으로 들어와 커튼을 닫았다.

기계 안을 둘러보았다.

자, 어디 보자.

기계는 꼭 어린아이가 만든 물건 같았다. 눈앞에 있는 디스플레이 화면은 그저 단순하게 생긴 컴퓨터 모니터를 합판에다가 붙여놓은 것에 지나지 않았고, 그 밑에는 합판에다 구멍을 몇 개 파놓았다. 구멍 하나는 오락실 게임기나 현금인출기에 있는 것처럼 돈을 넣는 구멍인 것 같았고, 나머지 하나는 결과지가 출력되는 곳인 듯했다. 옆에 있는 또 다른 구멍에는 "샘플을 이곳에 넣으세요"라고 적혀 있었다.

눈앞에 있는 온갖 시각적 증거들에도 불구하고 더는 참을 수가 없어진 그는 결국 껄껄 웃고 말았다. 이 기계의 신뢰성에는 크나큰 문제가 있었다. 그러니 그가 할 일은 간단했다. 나도 테스트를 해봤다고 사람들에게 말할 목적으로만 돈을 넣고 결과를 받아보자는 것이다. 결과지는 읽어보지도 않을 것이다. 셰릴린과의 대화가 어떤 식으로 흘러가느냐에 따라, 아내에게 자기도 테스트를 해봤다는 증거를 보여주면서, 기계가 뱉어낸 바보 같은 결과를 보면서 함께 웃을 수도 있겠다. 아니, 어쩌면, 더글러스가 이미 확신하고 있는 **트롬본 연주자. 재즈 마스터. 탁월한 뮤지션**이라는 결과를 보면서 아내와 함께 기뻐한다면 더 좋겠지.

구멍 안에 2달러를 넣자 화면에 불이 들어왔다. **디엔에이믹스에 오신 것을 환영합니다**라는 글자가 나타났다. **먼저 볼 안쪽을 면봉으로 훑어주세요.** 고개를 숙이니 바구니에 면봉이 한 무더기 놓여 있었다. 어처구니가 없군, 하고 생각하면서도 시키는 대로 비닐을 벗기고 면봉으로 볼 안쪽을 훑었다. 글자가 적힌 구멍 안에 면봉을 집어넣었지만 면봉은 그저 바닥으로 뚝 떨어지는 것 같았다.

결과지가 준비되었습니다. 화면에 글자가 나타났다. **감사합니다. 결과에는 1퍼센트의 오차범위가 있다는 걸 잊지 마세요. 디엔에이믹스는 당신의 가능성이 유발할 스트레스에 그 어떠**

한 법적 책임도 없습니다. 좋은 하루 되세요.

더글러스는 구멍 안에서 밀려 나온 종이를 쳐다보았다. 종이를 뜯어낸 다음에 읽어보지도 않고 주머니에 넣었다. 돌아서서 기계에서 나오니 줄을 서 있던 사람들이 그가 들려줄 좋은 소식에 대한 기대로 부푼 얼굴로 이쪽을 바라보는 바람에, 무슨 대답이라도 해야 할 것 같은 느낌이 들었다. 그래서 그는 장바구니를 들어 보였다.

"행운을 빌어주세요, 여러분. 전 가지 먹으러 갑니다."

그 말을 남기고 가게를 나섰는데, 차에 도착하기도 전에 더글러스의 굳은 결심이 흔들리기 시작했다. 결과지에 담겨 있을 가능성이 마치 소문이 퍼지듯 스멀스멀 다가오는 느낌을 더는 무시할 수 없었다. 주머니 속 이 작은 종이에 뭐라고 적혀 있을까? 저도 모르게 손가락으로 종이를 만지작거리고 있다는 사실을 알아차린 그는 문득 톨킨의 책에 나오는 절대반지가 떠올랐다. 하지만 그 순간 그의 선생 모드가 발동해 그건 전부 판타지에 불과하다고 알려주었다.

차에 올라 장바구니는 바닥에 내려놓고 얼른 결과지를 접은 다음 셰릴린이 자기 결과지를 숨겨두었던 대시보드 수납 공간에 집어넣었다. "얼토당토않은 일이야." 그러면서 후진기어를 넣었다.

그런데 도저히 브레이크에서 발이 떨어지지 않았다.

"판때기랑 면봉으로 만든 기계였다고." 그는 기어를 주차로 바꾸며 중얼거렸다.

다시 움직였다. 다시 차를 세웠다.

더글러스의 마음이 이성과 싸우는 5분 동안 그의 손과 발도 서로 반대로 움직이는 통에 차는 출발과 정지를 반복했다. 역사 선생과 말싸움을 해서 이기는 건 꽤나 어렵다. 그래서 그는 결국 자기가 학생들에게 종종 하는 그 말에 굴복하기로 했다. "모르는 건 부끄러운 일이 아니다. 알 기회가 생겼는데 무지를 택하는 것이야말로 부끄러운 일이지." 사실 이 말은 그가 지어낸 것이었지만, 수업 중 토론에서 2주 정도는 잘 통했다. 논리적인 말이었다. 또 꽤나 열정 넘치는 말이기도 했고. 그래서 더글러스는 손을 뻗어 결과지를 집었다.

무작위적인, 말도 안 되는 결과가 적혀 있을 거라고 예상하기로 했다. 만약 종이에 **쿼터백**이나 **야자수**, 심지어 **삼각형의 빗변**이 되라고 적혀 있다면 모든 게 깔끔하게 정리될 것이다. 왕족이라는 절벽 꼭대기에 올라가 있는 아내를 좋은 말로 설득해 내려오게 할 것이고, 그러면 다 끝날 것이다. 당신은 처음부터 내겐 여왕이었다고 진심을 담아 말하면 마법이 일어날 수도 있었다.

그는 종이를 펼쳐서 결과를 읽어 내려갔다.

더글러스 앨런 허버드. 맞다, 이건 사실이었다.

길게 나열된 숫자들. 눈 색은 갈색. 머리색도 갈색. 가능한 신장은 188센티미터.

그는 종이를 내려놓았다. 등을 곧게 펴고 백미러를 쳐다보았다.

"188센티미터?" 그의 키는 기껏해야 178센티미터였다.

다시 종이를 들고 읽어 내려갔다. 가능한 체중은 88킬로그램. 가능한 자녀 수 없음, 그리고 맨 밑에, "가능한 신분"이라는 항목이 보였다. 그런데 다른 결과지와는 다르게 굵은 글자로 적힌 단어는 두 개뿐이었다.

휘파람 부는 사람. 교사.

그는 두 글자를 한참 노려보았다.

휘파람 부는 사람. 교사.

예상치 못한 결과였다.

그리고, 지독하리만치 구체적이었다.

조금도 마음에 들지 않았다.

주먹다짐에 끼어들기 직전인 것처럼 가슴이 죄어오는 가운데 그는 꿈쩍도 하지 않고 가만히 있었다. 주머니에 있던 휴대폰이 울리지만 않았더라면 그 자리에 그대로 얼마나 앉아 있었을지 모를 노릇이었다. 휴대폰 벨 소리에 그는 차 안에 있었던 누군가가 갑자기 사라지기라도 한 듯 멍하니 주변을 둘러보았다. 휴대폰을 확인하는 대신 손안의 종이를 구겨버리고 **"제발"** 중얼거리며 기어를 넣었다.

주차장을 나오면서, 과속방지턱에서도 속도를 늦추지 않았다. 온몸이 홧홧 달아오르는 게 느껴졌다. 귀가 화끈하고, 목 뒤가 찌릿하고, 흥분감도, 유머도 아닌, 막막할 만큼 압도적인 공포감이 그를 사로잡았다.

어떻게 이럴 수가 있지? **휘파람 부는 사람? 교사?** 농담일 거다. 애초부터 전부 말도 안 되는 짓이었다. 하지만 셰릴린과 제프리는? 어째서 그들은 현재 모습과는 다른 결과를 받은 걸까? DNA 따위가 다 뭐야? 어떻게 **휘파람 부는 사람** 같은 선택지가 존재하지? 그렇다면 **엄지손가락 비트는 사람도** 있는 거야? 미친 거다. 어쩌면 이 기계가 사회보장번호와 급여 및 세금신고서를 입수한 건지도 모르겠다는 생각이 들었다. 요즘 세상엔 사생활이라는 게 없으니까. 그걸 누가 몰라. 해커들은 무슨 정보건 알아낸다. 그러니 교사라고 적혀 있다는 건 이해가 된다. 하지만 왜 **트롬본 연주자**는 없어? **뮤지션**은 왜 없지? 왜 **예술가**가 아닌 거야?

더글러스는 이 모든 게 끝장나는 헛소리라고 확신했다.

이 기계는 한 사람의 가능성과도, 꿈과도 무관해. 이따위 출력물이 무슨 의미가 있어? 뭐, 어쩌라는 거야? 만약 조금이라도 믿을 만하다고 치자, 그럼 그 의미가 무엇이란 말인가? 난 이미 내가 품은 최고의 가능성을 실현했다는 거? 이건 아니야. 그러면서 더글러스는 정지신호를 보고도 그냥 차를 몰았다. 그러면 모든 일이 완벽하게 일어났다 한들, 난 오늘의 이 모습과 똑같다는 뜻, 그저 키만 조금 더 컸을 거라는 소리야? 그렇게 생각하니 열이 받았다. 억울해서 토할 것 같았다. 모욕적일 만치 얄팍했다. 젠장, 이건 민주주의 정신에도 어긋나는 거 아니야? 최악인 건 이 결과를 본 순간 아내와의 거리가 더 멀어진 기분이었다는 거다. 번쩍이는 트롬본을 제외하고 그가 삶에서 원하는 것은 며칠 전처럼 아내와 안전하고도 편안한 사이로 돌아가는 게 전부였다. 아내의 결과지를 보기 전처럼, 아내의 몸 상태가 나빠지기 전처럼. 아내가 그가 줄 수 없는 것들을 요구하기 전처럼. 더글러스는 모든 걸 되돌리고 싶었으나, 자신의 결과지를 보고 나니 다시금 아내와 가까워질 가능성은 상상보다도 더 요원하게 느껴졌다. 동네로 들어왔지만 그대로 차를 몰고 집을 지나쳤다. 한 블록을 더 갔다가 돌아와서는 또 한번 집을 지나쳤다. 오늘은 살면서 처음으로 아내를 차마 마주할 수 없을 만큼 수치스러웠다.

차를 세우고 휴대폰을 꺼냈다. 마지막으로 걸려 온 전화는 장모님 댁 전화였으나 음성메시지는 확인하지 않았다. 분명 셰릴린이 남긴 메시지일 텐데, 지금 아내에게 무슨 말을 한단 말인가? 고작 이게 내 최선이라고? 나와 함께 이 진창을 헤쳐나간다면, 당신이 살게 될 삶도 이게 최선이라고? 여태 준 것들 말고 더 줄 수 있는 건 단 하나도 없다고? 아니, 그렇게 말할 수는 없었다. 절대로 안 된다. 그래서 그는 아내에게 전화하는 대신 여태까지 한 번도 해본 적 없는 일을 했다. 아무도 받지 않을 줄 알면서도 집으로 전화를 걸어 자동응답기에 대고 거짓말을 한 것이다.

12장

난 산책 중이야, 그냥 지나가는 거야
I'm Taking a Walk, I'm Just Getting By

마을로 걸어서 돌아가는 길이 나쁘기만 한 건 아니었다.

트럭이 있었다면 더 나았을까? 그럴지도. 출근복인 풀 먹인 검은 셔츠와 바지가 편하지는 않았다. 그러나 뉴올리언스의 가톨릭 웨어하우스에서 특별히 주문한 검은 운동화는 괜찮았다. 푹신한 밑창. 넓은 발볼. 튼튼한 끈. 그래도 덥다는 사실을 부정할 수는 없다. 덥지만 않으면 좋았으련만. 하지만 래니가 산탄총을 어깨에 걸친 채 피트가 앉은 운전석에 몸을 기대고는 "그런데요, 피트, 그쪽 대장은 이런 상황에서 어떻게 했겠습니까?" 물었을 때, 피트는 래니 말에도 일리가 있다 생각했다. 실은 그 말을 듣는 순간 신학대학 시절의 소중한 기억 하나가 떠올랐다. 베풂의 의미가 무엇이며 그것이 지식과는 무슨 관련이 있는지를 놓고 교수들을 들들 볶아댔던 날이었다.

강의실에서 피트는 다음과 같은 가설을 이야기했다.

　빨간불에 걸려 정차해 있는데 두 남자가 길 양쪽에, 그러니까 한 명은 왼쪽, 다른 한 명은 오른쪽에 서 있었다고 가정해보자. 왼쪽 남자가 1달러만 달라고 한다. 이때 그 남자는 당신이 성당, 아마 고해성사실에서 만난 적 있는 아는 사람이고, 그가 약쟁이지만 그 생활을 청산하려 애쓰는 중임을 **안다**고 치자. 그를 의지하는 가족, 자식 등등이 있을 것이다. 또, 당신은 오른쪽 남자가 **마약거래상**이라는 사실을 알고 있다. 추측하지 않고 이 사실을 어떻게 알았느냐고? 뭐, 한손에 대놓고 마약 봉지를 들고 흔들면서 길 건너편에서 왼쪽 남자를 향해 단돈 1달러에 팔겠다고 고함을 지르고 있다고 치자. 왼편의 약쟁이 남자가 당신에게 청한 것과 정확히 같은 액수라는 것은 어쩌면 우연이 아닐지 모른다. **게다가** 왼쪽 남자가 구걸을 하고 있던 자리인 작은 골판지상자건 정원 의자건 그곳에 주사기와 주삿바늘이 놓여 있는 것까지 뻔히 보인다고 치자. 자, 이 남자한테 필요한 돈은 1달러 이상이라는 것을 당신은 안다. 제대로 된 식사와 샤워가 필요할 테니, 당신은 남자에게 그렇게 제안한다. 심지어 당신 집으로 데려가겠다고까지 하지만, 남자는 모두 거절하고 자신에게는 이 천운의 기회가 지나가기 전 바로 지금 단 1달러가 필요하다고 한다.

　피트는 말을 이었다. 우리는 베풂이란 맹목적이어야 한다는 사실을 안다. 모두가 안다. 하지만 이와 같은 상황에서 우리는 **맹목적일** 수 없으며, 또 이 남자에게 1달러를 주면 그에게 분명 자신을 망가뜨릴 수 있는 힘이 생길 것임을 당신은 안다(잊지 말라, 추측이 아니라 실제로 아는 것이다).

"그러니까 제가 이 가설적 상황에서 궁금한 것은, 그래도 이 남자에게 돈을 줄 의무가 있느냐는 것입니다. 1달러가 그대로 그 남자의 팔에 주사가 되어 꽂히리라는 명명백백한 증거가 있어도 그것이 베풂이 될 수 있습니까? 이는 고의적 무지가 아닐까요? 아니면, 일종의 악의가 될 수도 있지 않겠습니까?"

교수는 선한 사람들이 으레 그러하듯 이 질문이 물리적 공간 속에서 적절한 중요성을 얻을 수 있도록, 그래서 생각이 느린 학생들 역시 따라잡을 수 있도록, 잠시 뜸을 들인 뒤 차분하게 입을 열었다.

"플린 군, 예수님이라면 이런 상황에서 어떻게 했을지 묻는 건가?"

"그런 것 같습니다." 피트가 대답했다.

그러자 교수는 이렇게 대답했다.

"글쎄, 예수님이라면 자네가 그 빨간불 앞에 멈출 때까지 어떻게 아직도 남에게 내어줄 1달러가 남아 있는가를 궁금해하실 것 같네."

그 답변은 피트의 마음속 무언가를 해방시켜주었다. 머릿속이 동요하고, 가슴은 벅차올랐다. 그 순수함. 그 대담한 단순성 때문이었다.

이런 답이 있을 수 있다는 걸 어째서 생각지 못했던 걸까?

예전부터 신학대학에서 피트는 사제라는 직업을 다른 학생보다 더 현실적이고 실제적인 관점으로 바라보았기에, 그가 교수와 이런 식의 문답을 주고받는 일은 드물지 않았다. 다른 학생들은 신학대학에서 영적인 깨우침을 얻거나 나아가 믿음을 학문적으로 확인받기를 바랄지도 모르지만 피트는 신앙을 실제 삶에 적용하는 방법을 탐구한다는 점이 남들과는 달랐다. 그에게는 사제가 되어 이루고 싶은 목표가 분명히 있었으니까. 다시 만나야 할 사람들이 있었으니까. 피트에게 사제직은 철학적인 추구 같은 게 아니었다. 그렇기에 신학대학에서도, 커피숍에 모여 앉은 어린 동기들과도 수십 번씩 이런 지적 훈련을 반복해왔음에도, 그 순간 들은 답변은 그에게 여태 단 한 번도 느끼지 못한 충격을 주었다. 눈앞 화이트보드 위에, 하느님이 더욱 선명하고 구체적인 모습으로 영사되는 것만 같았다.

"전적인 베풂." 피트가 대답했다. "전적인 베풂 말이군요."

"필요해지기 이전에 베푸는 것이지." 교수는 그렇게 말한 뒤 다음 주제로 넘어갔다.

피트는 그날 수업이 끝나기 전까지 아무 말도 하지 않았다.

이런 기억들은 래니의 집을 떠나 마을까지 걸어가는 걸음을 편하게 해주고, 피트가 스스로에 대해, 사람들 전반에 대해 때때로 갖는 의심 역시 누그러뜨려주었다. 전적인 베풂이란 아직 피트에게 가장 어려운 과제였기에, 생각하는 것만으로도 전율이 일었다. 그러고 보면, 이는 피트가 신부라는 직업이 꽤나 근사하다 느끼는 또 다른 이유이기도 했다. 약한 자들은 이런 일을 할 수 없었다. 그러나 그가 무엇보다 경탄을 금치 못하는 건 이 특정한 일화가 펼쳐진 방식 자체였다.

문제가 무엇인지 (베풀어야 하는가, 베풀지 말아야 하는가) 알고 있다고 **생각하는** 순간, 한가로이 다가오신 예수님이 모든 것을 찢어 열어버린다는 (어째서 아직까지 베풀지 않았느냐?) 부분이 정말 마음에 들었다. 이런 베풂을 아주 많이 실천하신 예수님 역시 꽤나 근사한 분이라고 피트는 생각했다. 하지만 또 한편으로는, 이 이야기가 피트 개인이 품은 신앙에 딱 맞아떨어지기 때문에 안심되는 것이기도 했다. 이 이야기는 **나는 옳고 너는 틀렸다** 식의 독단이 아니라, **당신보다 먼저** 그리고 **때가 오기 전 먼저**라는 물질적 의미와 **언제나 네가** 그리고 **언제나 지금**이라는 형이상학적 의미가 공존한다는 전인적인 이해를 담은 사고였다. 우리의 육체는 사그라지더라도 의식 속에서는 영원하며, 오늘 우리가 내리는 결정은 기존에 우리가 내린 결정, 그리고 우리를 정의하는 미래에 우리가 **내릴** 결정의 연장선인 동시에 이로부터 발생한 기회이다. 그렇기에 세상의 삶이 모두 끝난 다음 하느님의 상 속에 그려지는 우리 존재는 그토록 무한하리라.

그래, 정말 그렇다! 피트는 이런 생각이 참 마음에 들었다.

그건 꼭 증거처럼 느껴졌다.

그래서 그는 이런 기분 좋은 기억을 떠올릴 수 있도록 걷게 된 것이 다행이라 생각했고, 래니가 자기 차가 없어졌으니 하루 이틀쯤 트럭을 빌려주겠느냐고 했을 때 토를 달지 않은 것 역시 다행이라 생각했다. 래니가 자기를 대놓고 이용하고 있건 말건 상관없었다. 그저 지갑과 집 열쇠를 챙기고 필요한 학교신문이나 서류가 있는지 운전실 안을 한번 살펴본 다음 차에서 내렸을 뿐이다. 다른 사람에게 트럭이 필요한데 피트에게 트럭이 있어야 할 이유가 무엇이겠는가?

"서두를 필요는 없어." 그가 래니에게 말했다. "차를 돌려받을 수 있을 때 전화나 한 통 주게."

"그럼 일주일로 합시다. 처리해야 할 일이 꽤나 있거든요."

래니의 말에 피트는 "좋아" 했고, 이 상황이 흐뭇했다.

래니가 협박을 한 것도 아니지 않은가. 총은 그저 래니의 부속물이라도 되듯이 그저 그 자리에 있었을 뿐이었고, 피트가 총 이야기를 꺼냈을 때 그는 자기가 아직도 총을 들고 있다는 사실을 까맣게 몰랐다는 듯한 표정을 지었다. "불미스러운" 사태에 대비해 가지고 있는 총이지만 보통은 뒷마당에서 다람쥐를 잡는 데만 쓸 뿐이라며, 2월부터 여태까지 "그 쬐끄만 망할 놈들을 65마리나 터뜨렸다"고, 심지어 마당의 똑같은 장소에서였다고 했다.

"65마리라고? 대단하군."

"전부 그 빌어먹을 같은 나무에서 말이죠." 래니는 그렇게 말하더니 피터 너머, 마치 지평선을 내다보듯 먼 곳을 바라보다가 다시 입을 열었다. "참 나, 다람쥐 세상의 부동산 업자라도 된 기분이요."

래니는 취해 있었다. 피트는 알 수 있었다. 드러난 맨가슴이 창백하고 미끈거렸다. 한참이나 눈꺼풀을 못살게 굴기라도 한 것처럼 눈빛도 이상했다. 약을 먹은 게 아닐까? 디어필드의 고해성사실을 찾는 이들 중에는 약물 문제를 겪는 이들이 많았다. 하지만 트리나가 자기가 **안전해** 보이느냐고 묻던 것을 떠올리면, 문제는 그게 다가 아닌지도 몰라 걱정이 됐다. 래니의 차가 없어진 것도 생전 처음 듣는 여자가 래니와 같이 산다는 것도, 골치 아픈 일이 벌어지고 있다는 신호였다.

그러나 지금 이 시점에 래니의 생활 방식을 지적해보았자 별수 없으리라는 사실 역시 알 수 있었다. 그래서 피트는 그저 단순한 질문들을 던졌다.

"트리나는 좀 어때?"

그 질문에 래니는 이렇게 대답했다. "신부님이 더 잘 아시면서."

"애 엄마한테서 연락은?"

그 질문에는 이런 대답이 돌아왔다. "마지막으로 소식 들었을 땐 나체즈에서 웬 난쟁이랑 살고 있던데요."

"나체즈에서 난쟁이랑 산다니?"

피트가 묻자 래니는 이렇게 되물었다. "트럭에 기름은 있습니까?"

"그럴걸." 그 대답을 마지막으로 대화는 끝이었다. 래니는 트럭에 올라 시동을 걸더니 진입로를 10여 미터 남짓 올라갔다. 그다음에는 차를 세우고 내려 아무 말 없이 집 안으로 들어갈 뿐이었다. 피트는 그 자리에서 한참을 기다렸지만 캠핑카 뚜껑 아래서 래니의 개가 튀어나와 으르렁대기 시작했다.

"알았다, 알았어. 난 가마."

고속도로로 나오자마자 사람들이 피트를 알아보았다. 차를 세우고 태워주겠다고 제안하는 이들도 있었지만 그는 정중하게 거절했다. 어쩌면 걷고 싶어서 걷는 것처럼 보이고 싶을 수도 있고, 세세하게 생각하고 싶지 않아서인지도 몰랐다. 어쨌든 피트는 스스로가 흐뭇했다. 굉장히 흐뭇했다. 그래서 클레시스 주류판매상에서 소비에스키 보드카를 사 오지 않은 게 후회가 됐다. 지금 술이 있다면 참 좋았을 텐데. 말하자면 자기 스스로를 위한 작은 베풂, 피트 신부를 향한 소소한 경의의 표시가 될 텐데.

오후 여섯 시, 해가 저물고 있었다. 트럭으로는 10분이면 갔을 거리를 한 시간 반 동안 걸었지만, 그 사실이 유감스럽기는커녕 트럭의 존재에 감사하는 마음이 들었다. 기적 같은 기계들. 공학이란 엄청나다. 축복이 따로 없다! 그렇다. 피트는 오늘 하루, 범사에 감사하는 마음이 들었다. 그렇기에 길 모퉁이의 겟웰 술집이 눈에 들어온 순간에도 감사하는 마음이 들었다.

피트의 집은 마을 반대편, 20분은 더 걸어야 하는 곳에 있었다. 집으로 서둘러 갈 필요도 없고, 메이플라이는 마당에 내놓고 물을 넉넉히 준비해놓았으니까, 겟웰 술집에 잠시 들러도 좋겠다는 생각이 들었다. 그래서 피트는 로만칼라를 풀어 바지 주머니에 넣고 검은 셔츠 단추를 위에서부터 두 개 푼 다음 술집으로 들어갔다.

13장

그대 이름을 딴 술을 만들어야 해
They Ought to Name a Drink After You

겟웰 술집은 붐비는 날이 거의 없지만 이곳에 몸을 숨기러 오는 사람은 아무도 없다. 이곳에 오면 예전 학생이나 사장이나 친구를 만날 것이고, 자리에 머물러서 잠시 대화를 나누어야 한다는 것, 안 그러면 무례해 보인다는 사실을 아니까. 하지만 그렇다고 겟웰이 "남들에게 모습을 드러내고자" 하는 사람들이 찾을 만한 곳이냐면 그것도 아니다. 나무 패널로 된 심장을 가진 이곳은 당신이 원하는 어떤 곳이라도 될 수 있는 공간, 각자가 바라는 어떤 식으로건 술을 마셔도 그 누구도 뭐라고 하지 않는 곳이다. 겟웰 술집은 마치 이곳을 찾는 사람들을 **느끼기라도** 하듯이, 온 동네의 맥박을 감지하고 분위기에 맞추어 환경을 적응시키는 것만 같은 곳이다.

한 예로, 겨울이면 바 위에 걸린 먼지 낀 크리스마스 전구들은 축제 분위기를 자아내지만 여름엔 기발해 보인다. 입구에 걸려 있는 로니라는 이름의 사슴 머리 박제 뿔에 걸린 마디그라 구슬 목걸이는 장엄한 분위기를 자아내고자 신경 써서 걸어놓은 것처럼 보일 때도 있으나 보는 사람이 즉흥적인 기분일 때는 그냥 대강 걸어놓은 것 같을 때도 있다. 죽은 동물의 뿔에 걸린 마디그라 구슬 목걸이는 어떤 눈으로 보고 싶건 간에 그렇게 보인다. 이곳은 오로지 극소수의 술집만이 가질 수 있는 마술적 분위기를 가진 공간이다.

피트 신부가 처음 이곳에 발을 들일 때 알아차린 것은 실내장식이 아닌 온도였다. 에어컨 바람이 그를 완전히 에워싼 바람에 감사할 게 하나 더 늘었다. 그는 바에 앉아 종이 냅킨을 한 뭉치 집어 이마의 땀을 찍어냈다. 셔츠 앞섶을 당겨 가슴의 열을 빠져나가게 했다. 그렇게 한동안 몸을 식히는 내내 그는 아무도 쳐다보지 않고 아무 말도 하지 않으면서 몸을 식히는 데만 집중했다.

사람과의 상호작용을 할 준비가 되었다는 생각이 들어 고개를 들자 바 주인 콜리 토머스가 눈에 들어왔다. 그녀는 바 뒤의 스툴에 앉아 무릎에 신문을 올려놓은 채로 십자말풀이를 하는 중이었다. 콜리는 피트와 비교하면 젊은, 아마 서른다섯쯤 되는 여성으로, 이 동네에서 제일 흥미로운 타투 몇 개를 지니고 있었다. 피트는 그녀를 잘 몰랐지만 그녀를 좋아했고, 지난해 몇 번의 장례식에서 대화를 나눈 적 있었으며, 동네의 다른 사람들과 마찬가지로 식품점에서 그녀와 마주친 적도 있었다. 그러나 의미 있는 대화를 나눈 것은 단 한 번이었는데, 콜리의 어깨에 천사 날개 모양으로 펼쳐진 타투를 보고 이렇게 물었을 때다.

"대천사 가브리엘입니까? 콜리 씨가 하느님을 믿는 줄은 몰랐는데요."

그때 콜리는 이렇게 대답했다. "전 성경을 읽었답니다, 신부님. 그래서 제가 교회에 안 가는 거예요."

피트는 그녀의 솔직함을 높이 샀다. 독실한 체하는 위선자들을 마주치는 일들이 많으니 그럴 수밖에. 콜리는 피트가 바에 앉은 것을 의식하고 있었던 것 같은데, 그가 고개를 드는 순간 콜리는 마치 그녀가 가진 바텐더로서의 기량이 너무나 예민한 나머지 누군가가 술을 주문하려는 걸 눈으로 보지도 않고 몸으로 감지할 수 있기라도 한 듯 무게중심을 살짝 옆으로 이동시켰다. 콜리는 십자말풀이의 정답을 하나 더 적어넣더니 자리에서 일어섰다. 십자말풀이를 금전등록기 옆에 두고 펜은 그 위에 올려둔 다음 안경을 머리 위로 올렸다.

"어머, 의외네요. 뭘 드릴까요, 신부님?"

"안녕하세요, 콜리 씨. 잔 있습니까? 그러니까 플라스틱 컵 같은 거 말고 진짜 술잔 말입니다."

그 말에 콜리가 미소를 지었다. "잠시만 기다려보시죠." 그러더니 콜리는 바 밑으로 손을 뻗어 칵테일 잔 두 개를 꺼내 왔다. "잔만 있는 게 아니라 다양하게 갖춰놨답니다." 그러면서 강조하듯 잔을 하나씩 차례로 들어 보였다. "음, 말하자면 긴 잔도 있고 짧은 잔도 있죠."

"대단하군요. 고맙습니다. 자, 그럼 그 사실을 알았으니, 혹시 짧은 잔에 얼음이랑 탄산수를 좀 넣어주실 수 있을까요?

그런데 신선한 걸로 부탁드립니다. 거품이 많은 걸로요."

"할 수 있죠." 콜리가 대답했다.

"좋습니다. 그리고 그 안에다가 라임즙도 짜줄 수 있을까요? 맨 위에다 말입니다. 큰 조각 말고 작은 조각이면 됩니다."

"그것도 할 수 있죠. 일단 전 칵테일 기술을 훈련한 사람이라고요."

"완벽하군요." 피트는 그렇게 대답한 뒤 상체를 당겨 앉아바 뒤쪽을 들여다보았다.

눈에 익은 술병들이 아주 많았다. 타카와 스미노프가 주를 이뤘으나 그건 안 된다. 선택지가 저런 게 다라면 차라리 집에 돌아가는 게 나았다. 어차피 필사적으로 술을 마셔야 하는 것도 아니고 가볍게 한잔하고 싶은 게 다였다. 즐길 수 없다면 굳이 여기서 한잔할 필요가 없지. 그때, 피트가 꽤 괜찮다고 생각하는 금색 뚜껑을 가진 술병이 눈에 띄었다. 좋아하는 소비에스키는 아니지만 저 정도면 될 것 같았다. 그래서 콜리가 소다 건을 집으려는 순간 피트는 이렇게 말했다.

"한 가지만 더 부탁해도 될까요, 콜리 씨. 그 안에 보드카도 조금만 부어주시겠습니까?"

콜리가 그를 쳐다보았다.

"그것 때문에 그쪽 대장이랑 문제 생기는 건 아니죠? 아시겠지만 저 벌써 투 스트라이크라서요."

"그럴 리가요. 이 정도면 페어볼입니다. 어쩌면 홈런일 수도 있고요."

콜리가 술을 준비해 그의 앞에 놓아주자 피트는 잔을 들고 크리스마스 전구 불빛에 비추어 보았다. 나쁘지 않았다. 거품이 발랄하게 위로 보글보글 솟아오르면서 잔 테두리 너머로 뿌리는 자잘한 물방울을 보다가 빛 속에서 잔을 빙글 돌렸다.

"당신께 또 하루 가까이." 그는 그렇게 말하고 한 모금 마셨다. 바라던 대로 입술과 코에 튀는 탄산 방울이, 혀와 목구멍을 지나며 온몸을 차갑게 식히는 차가운 술이 느껴졌다. 꿀꺽 삼키는 순간 목에 느껴지는 타는 듯한 감각도, 라임의 가벼운 향취도 완벽했다. 그가 직접 만든 술과 똑같다, 오, 세상에, 그러니까 이곳에 들르길 잘한 것이다. 그는 눈을 감았다. **트리나. 트럭. 래니.** 이런 것들은 내일 생각하기로 했다. 그는 잔을 내려놓고 길게 숨을 토해냈다.

"그 정도로 좋아요? 저도 한잔 만들어 마셔야겠네요."

콜리의 말에 피트는 미소를 지었다.

"그냥 오늘 좀 오래 걸어서 그럽니다. 은유가 아니라 정말로요."

그는 지갑에 손을 뻗어 10달러짜리 한 장을 꺼냈다. 시내에서 술을 마시는 적이 잘 없고, 마신다 해도 자신이 돈을 내는 적은 없어서 술값이 얼마인지 도통 알 수 없었다. 닷츠 다이너에 가면 늘상 누군가가 그의 팬케이크값을 대신 내주었는데, 피트는 그래도 괜찮았다. 혹시나 하는 생각에 5달러짜리 한 장을 더 꺼내려고 고개를 숙이는 순간 바에 앉은 낯익은 사람이 눈에 들어왔다.

베레모를 쓰고 홀로 앉아 있는 더글러스 허버드였다.

피트는 일 때문에 더글러스를 알았고, 학교 행사에서 대화도 몇 번 나눈 적은 있었지만, 그 이상 아는 것은 없었다. 그래도 피트는 그를 좋아했다. 아마 더글러스가 전반적으로 선량한 기질을 가진 데다가 한때는 보기 좋게 무성한 콧수염을 기르고 있었기 때문일지도 모르지만, 어쩌면 학교 교직원들이 돌아가며 고해성사를 하러 오는 매달 셋째 주 금요일마다 더글러스를 만난 경험 때문일 수도 있었다. 그때마다 피트가 느낀 감상은 매번 똑같았다.

"용서해주십시오, 신부님, 제가 죄를 지었습니다." 더글러스는 교과서처럼 이렇게 시작했다.

하지만 이렇게 시작한 말 뒤에는 더글러스처럼 점잖은 남자가 아니면 개의치도 않을 사소한 잘못들이 이어졌다. 예를 들면, "저는 아내가 벽장 속 제 자리에 제 옷을 두는 걸 좋아하는 걸 알고 있습니다. 그런데도 지난주엔 서두르다가 벽장 안에 티셔츠를 집어던졌고, 그 티셔츠가 아내의 옷 위에 떨어지는 걸 보면서도 아무것도 하지 않았습니다. 신부님, 나중에 정리하기로 마음먹었지만 잊어버렸습니다. 아내는 별말 하지 않았지만 저는 아내가 개인 공간을 중요하게 여긴다는 사실을 알고 있습니다. 사과해야 마땅했습니다."

따라서 피트는 더글러스가 고해성사를 하러 올 때마다 내내 미소를 짓고 있었고, 그런 시간들 때문에 알게 모르게 그에게 호감을 쌓아온 모양이었다. 당연히 고해성사실에서 매번 일어나는 일은 아니다. 그런데 피트 같은 사람이 어째서 더글러스 같은 사람들을 좋아하는 걸까? 그건 생각해볼 문제다. 피트 생각에는 누군가가 눈에 띄게 흔치 않은 자질을 갖고 있어서 그 근본적인 요소가 존경심을 불러일으킬 때 그런 감정이 생기는 것 같았다. 더글러스가 숨김없이 드러내는 한 여자를 향한 엄청나면서도 연약한 사랑은 보기에 흡족할 뿐 아니라 고해성사실에서는 보기 드문 것이었다. 어쩌면 그래서인지도 모르겠다.

하지만 오늘, 더글러스가 술을 마시는 데 집중하고 있는 모습에 피트는 사뭇 놀랐다. 더글러스는 술을 들이켤 때가 아니면 고개조차 들지 않았다. 손에 무언가를 쥐고 만지작거리며 계속 내려다보고 있었다. 지갑에 들어가는 크기의 사진 같기도, 포스트잇 쪽지 같기도, 신용카드 같기도 했지만 정확히 알아볼 순 없었다. 하지만 더글러스 앞에 빈 마티니 잔이 두 개 놓여 있으며 그중 하나엔 아직 올리브가 하나 남아 있다는 건 알아볼 수 있었다.

피트는 바 안을 둘러보았다. 조용했다. 부스 좌석 두어 개와 다트 판이 있는 안쪽에서 말소리가 들려왔지만 대화 내용은 들리지 않았다. 그래서 그는 술을 한 모금 더 마셨다. 콜리가 다시 십자말풀이에 집중하기 시작하자, 피트는 친근하게 말을 붙여볼 생각으로 더글러스 쪽으로 다가갔다. 그러고 보니, 그날 오후 더글러스와 팻 교장을 봤다. 팻이 은퇴한다고 했던 것도 기억났다.

"교장선생님이 바뀔지도 모른다던데요?"

그 말에 더글러스가 고개를 들었다. 그의 눈이 초점을 잡느라 잠깐 흔들렸지만, 곧 그는 손을 뻗어 피트와 악수했다.

"들었습니다. 말씀이 나와서 말인데, 두 번째 마티니를 마시게 된 사유가 그건지도 모르겠습니다."

"그러면 첫 잔의 사유는 뭡니까?"

더글러스는 손에 들고 있던 무언가를 접어서 주머니에 넣은 뒤 마티니 잔을 집어 들었다.

"인간의 조건The Human Condition 때문이죠."

"잘 알겠습니다." 피트는 그렇게 대답한 뒤 자기 잔을 들었다. "그럼 또 하나를 기념해볼까요? 에어컨디션The Air Condition을 위하여."

"할렐루야." 더글러스도 거들었다. "아멘."

그렇게 두 사람은 나란히 앉았고, 더글러스는 외로이 남은 올리브 하나를 마저 먹었다.

그때 술집 문이 열렸고, 문밖에서 의외의 보랏빛이 스며들었다. 지평선 너머로 채 사라지지 않은 햇빛이 남아 있었던 모양이다. 겟웰 술집 안에 있으면 시간을 잊기 쉬웠다. 그런데 문을 열고 들어온 남자를 더글러스도, 피트도 순간 알아보지 못했다. 그는 마치 다른 시대에서 온 사람 같았다. 카우보이 의상에다 챙이 널따란 모자까지 쓴 남자가 콘크리트 바닥에 부츠 굽을 딱딱 울리며 바를 향해 어정어정 걸어왔다. 누가 봐도 자연스럽지 못한, 손 안 대고 가려운 데를 긁으려는 것처럼 다리를 요상하게 벌린 걸음걸이였다. 남자가 바 한쪽 끝으로 다가오더니 벨트 구멍에 엄지손가락을 걸고는 술집 안을 쭉 둘러보았다. 콜리가 손님을 맞이하려 자리에서 일어서자, 남자는 카우보이모자를 살짝 들어 보였다.

"시장님이 오셨네요." 콜리가 말했다.

"오늘 밤엔 그냥 행크라고 부르십시오. 퇴근했으니까요."

"그거 좋네요."

문이 닫히자 다시 술집 안이 컴컴해졌다. 더글러스도, 피트도, 이제야 그 남자가 디어필드 시장 행크 리슈라는 걸 알아볼 수 있었다. 피트가 이쪽으로 오라고 손을 흔들자 행크가 다가왔다.

"행크, 축제 분위기로 차려입으셨군요."

행크가 피트에게 악수를 건네며 "신부님" 하고 말했다.

"오늘 밤엔 그냥 피트라고 부르십시오. 하지만 솔직히 말하면 우리 중에서 모자를 안 쓴 게 저밖에 없어서 좀 신경 쓰입니다."

세 사람은 서로의 옷차림을 살펴보았다. 그 말대로였다. 카우보이모자를 쓴 행크, 베레모를 쓴 더글러스, 그리고 그 사이에 앉아 있는 피트. 이렇게 나란히 앉아 있자니, 이 셋은 역사상 어느 장소, 어느 시대에나 존재할 수 있는 무궁무진한 가능성을 품은 조합처럼 보였다. 지금까지 디어필드에 이렇게 대단한 가능성이 존재하는 줄 누가 알았겠는가?

"더그 허버드 아시지요?" 피트가 행크에게 물었다. "역사 선생님이십니다. 듣자 하니 이 동네에서 소문이 자자한 천재라더군요."

몸을 뻗어 행크에게 악수를 건네는 더글러스는 취한 게 확실했고, 또 예기치 못하게 사람들을 많이 만나 약간 기운이 빠진 모습이었다.

"더글러스 허버드, 잘 알지요. 두말하면 잔소리 아닙니까."

"참, 이 동네에선 서로가 서로를 모르는 사람이 없다는 사실을 자꾸 깜박하는군요." 피트가 대답했다.

그러자 더글러스는 무슨 심오한 이야기라도 하는 말투로 응수했다. "아니면 서로를 안다고들 **생각하는** 건지도 모르고 말입니다."

행크가 주머니에서 동전을 하나 꺼내더니 그걸로 바 위를 툭툭 두드렸다.

"다들 뭘 마시고들 계십니까? 추천 좀 해주시죠."

"일단 전 알코올을 추천하겠습니다." 더글러스가 말했다.

스툴에 앉아 있던 콜리가 고개조차 들지 않고 "동의합니다" 했다.

"허버드," 행크가 입을 열었다. "역사 선생님 맞으시죠? 물어볼 게 하나 있습니다. 역사적 고증에 따르면 카우보이에게 어울리는 술이 뭡니까?"

질문을 듣자마자 더글러스는 다시금 선생 모드에 불이 들어오는 게 느껴졌다. 다른 누구도 아닌 시장마저도, 더글러스가 남몰래 한 시간째 곱씹고 있는 터무니없는 DNA 기계의 어리석은 희생자란 말인가? 그래서 저런 이상한 말투를 쓰는 건가? 우스꽝스러운 모자도 그래서 쓴 거고?

"그런 건 왜 물으시죠, 행크? 혹시 카우보이가 될 운명이라는 말도 안 되는 계시라도 갑자기 받은 건가요?"

"아아아니." 행크가 대답했지만, 그 말투만으로 상황은 분명해졌다.

"그냥 흥미가 생겨서요. 역사적 호기심이라고 해두죠."

"음, 뭐라고 대답할지 잘 모르겠습니다. **카우보이**라는 단어가 실제로는 역사적인 근원이 없거든요. 그러니까 행크, 카우보이는 어떤 시대에 속한 게 아니라 다만 직업이잖아요."

"맞습니다." 피트는 콜리의 주목을 끌 심산으로 잔을 흔들어 얼음을 짤그랑거렸다.

"제 말뜻 아시잖습니까. **진짜** 카우보이 말입니다. 서부개척 시대, 〈더 브레이브〉, 〈황야의 무법자〉, 〈분노의 질주〉 같은 거."

"콜리 씨, 아까 그 탄산수 한 잔 더 마실 수 있겠습니까?" 피트가 말했다.

"아까 만든 것처럼 만들어드려요?"

"그렇게 해주십시오." 피트는 그렇게 말한 뒤 10달러짜리 지폐를 한 장 더 꺼내 바 위에 올려놓았다.

"탄산수 치고는 너무 비싼 거 아닙니까?" 행크가 물었다.

"필요해지기 전에 베풀어야지요." 피트가 대답했다.

더글러스가 입을 열었다. "음, 〈황야의 무법자〉 배경은 1860년대입니다."

"그래요?" 행크가 말했다.

"남북전쟁이 배경이니까요. 그게 영화 내용의 중심 아닙니까. 그걸 잊어버리기도 힘들 텐데."

"우리의 조국이 반으로 찢어져서 싸우다니, 정말 지독한 비극입니다."

"아멘." 피트는 빈 잔을 들어 올리며 말했다. "다신 그런 일이 없기를."

"자, 그럼 카우보이님한테는 뭘 드릴까요?" 콜리는 피트 몫의 잔을 바에 내려놓은 뒤 미소를 지었다. "밀주라든가 선인장즙이라든가 저질 위스키 같은 건 떨어졌으니 제외하고요."

"위스키, 위스키로 하세요." 더글러스가 옆에서 거들었다.

"좋습니다. 내 말들에게는 위스키, 내 부하들을 위해서는 물로 하겠습니다."

그러면서 행크는 세 잔을 주문한다는 의미로 세 손가락을 들어보였다. 위스키 세 잔이 눈앞에 놓이자 이유는 알 수 없었지만 피트도 더글러스도 반박하지 않았고, 그렇게 세 사람의 밤이 시작되었다.

셋은 마음에 품은 진짜 생각들을 제외한 온갖 이야기를 주고받고, 콜리가 가게 안쪽을 차지하고 앉은 다른 손님들에게 술을 가져다주러 가는 모습을 지켜보고, 몇 마디 농담을 나누며 몇 시간을 유쾌하게 보냈다. 더글러스도 고민을 잠시 잊고 평소의 선량한 모습을 되찾아 웃고 떠들었다.

결국 세 사람은 위스키를 각자 세 잔씩 마시고 술집에 준비된 감자칩을 종류별로 해치웠으며, 누가 어느 술을 사기로 한 건지도 잊어버리고 말았다. 피트는 자신이 위스키를 얼마나 좋아하는지 여태 잊고 있었다. 감사한 마음으로 마시는 위스키는 정말 맛이 좋았다. 우리를 둘러싼 이 세상을 감사히 받아들이지 않으면 삶에 무슨 의미가 있을까? 하지만 내일 아침 눈을 뜨면 지독한 숙취에 시달리리란 것 역시 알고 있었던 피트는 내일 해가 뜨기 전 마쳐야 할 속죄의 행동들을 스스로에게 남몰래 처방했다. 팔굽혀펴기 20개 추가, 할 수 있다면 조깅도 할 것. 성모송 독송 세 번.

행크 역시 흥이 났는지 중언부언 농담을 늘어놓았는데, 요약하자면 다음과 같은 거였다.

"말 한 마리가 술집에 들어오자 바텐더가 말하길, '얼굴을 왜 그렇게 축 늘어뜨리고 있어요?'"

이 말에 피트는 이렇게 대답했다.

"혹시 그 말이 남성미가 넘치고 늠름합니까? 체중을 줄이려면 등 털을 밀면 되겠네요. 그걸로 부족하면, 씹고 있던 말코손바닥사슴을 내려놓는 게 좋겠고요."

이 말에 더글러스는 이렇게 대답했다.

"제가 얼마 전에 어휘력을 늘려보겠다고 유의어 사전을 샀는데 말입니다, 딱히 도움이 안 됐습니다. 그러니까 그냥 형편없는 정도가 아니라, 완전 형편없기까지 하더라고요."

그 순간 세 사람은 설명할 수 없는 이유로 신나게 웃음을 터뜨렸다. 농담 자체가 재미있어서가 아니라, 그들을 괴롭게 만드는 200주년 기념제도, 조카도, 아내도, 아들도, 재즈도 잠시간 잊을 수 있는 이 순간이 소중해서였다.

"저도 농담 하나 생각났습니다." 피트가 입을 열었다. "신부 한 명, 시장 한 명, 역사 선생 한 명이 술집으로 들어갑니다. 신부가 주위를 둘러보더니 이렇게 말하는 겁니다. '어이, 우리 얘기 들어봤나?'"

그 한마디로 유쾌함은 절정에 달했다. 셋은 서로 몸을 부딪치고 절친한 친구마냥 어깨를 두들기며 껄껄 웃었다. 어쩌면 지금 이 순간만큼은 세 사람은 누구보다 친한 친구인지도 몰랐다. 피트의 입에서 나온 이 한마디가 그들의 기억 속에 이 밤을 영원히 새겨 넣을지도. 먼 훗날 그 언제라도 셋이 모이면 이 순간을 기억하게 될 테고, 그 바탕 위에서 그들의 인생 이야기엔 새로운 장면이 더해지고, 비슷한 우정의 장면들이 수없이 샘솟으리라. 그들은 기분이 좋았다. 좋은 정도가 아니었다. 그때, 뒤에서 한 남자의 목소리가 들렸다.

"이게 누구야, 남자 셋이서 삼각관계라도 벌이는 중입니까?"

고개를 들자 듀스 뉴먼이 모두 생전 처음 보는 남자와 함께 이쪽으로 다가오고 있었다. 아마 콜리가 아까부터 술을 들고 들어가던 술집 안쪽에 앉아 있던 일행이 이들이었나 보다. 두 사람 역시 그날 밤의 분위기에 취해 꽤나 흥이 나 보였다.

웃고 있던 듀스는 피트 신부를 알아보는 순간 표정을 굳혔다. "죄송합니다, 신부님. 기분 나쁘게 할 의도는 없었습니다."

피트는 잔을 들고는 그에게 눈을 찡긋했다. "듀스, 그대의 죄를 사합니다."

재치 있는 농담이었지만, 듀스가 등장하자마자 세 사람의 에너지는 소리 없이 사그라지고 말았다. 그들은 몰랐지만 사실 그날 밤 세 사람이 품었던 또 한 가지 공통점은 다들 듀스 뉴먼을 싫어한다는 사실이었다. 더글러스한테는 한평생 듀스를 싫어할 만한 이유가 충분했고, 특히 그가 자꾸만 혀를 놀려 셰릴린을 농락한다는 점이 그랬으며, 오늘 아침 바보 같은 자기 모습을 사진으로 찍었던 그가 이곳에 있다는 사실만으로도 화가 날 정도였다. 한편 행크는 듀스가 시도 때도 없이 찾아와서 요구를 늘어놓고 호시탐탐 시장 자리를 노리는 걸 참을 수가 없었다. 또, 누군가를 싫어한다는 사실을 고백할 일이 없는 피트조차도, 매주 고해성사를 받는 입장이다 보니 존경할 수 없는 사람들이 생겼다. 듀스가 싫어진 건 그가 흉악한 죄를 고백해서가 아니라 고해성사를 틈타 칭찬을 받으려고 해서였다. 그는 매번 자기가 착한 일을 했다느니, 타인을 위해 무슨 애를 썼다는 식의 이야기를 했다. 관심을 받고 싶은 듀스의 욕구에 비견할 만한 건 더글러스가 품은 아내의 사랑밖에는 없어 보일 지경이었다.

그럼에도 행크는 듀스에게 악수를 건넸다. "요즘 자주 뵙습니다?"

"그러고 보니, 시장님 지금 바쁘셔야 하는 것 아닙니까? 내일 회의 준비를 하셔야죠."

행크는 듀스를 노려보더니 술잔을 들어 드라마틱한 동작으로 위스키를 한 입에 꿀꺽 들이켰다.

"같이 오신 분은 누구십니까, 듀스?" 피트가 물었다.

"아, 이 사람은 여러분이 모르는 사람입니다. 저와 같은 사업가죠. 기회를 노리는 사람이고요."

그 말을 듣자 더글러스는 뒷목이 화끈 달아올랐다. "뭔 소린지 모르겠네. 그 사람 이름이 뭐냐고, 브루스. 너에 대해 물어본 게 아니잖아."

"전 잭이라고 합니다." 듀스 옆에 있던 남자가 그렇게 대답하더니 모두에게 고개를 까딱해 보였다. "전 옥스퍼드 출신입니다. 미시시피 관광위원회에서 일하지요. 듀스가 200주년 기념제를 위해 한다는 프로젝트 이야기를 들었습니다. 모자이크 아이디어가 근사하더군요. 게다가 물과 빛을 이용한다니!"

"제가 말했죠, 행크?" 듀스가 거들었다.

"그 소방 호스 건 승인한 적 없습니다." 행크가 말했다.

바에 있던 콜리가 말했다. "혹시나 해서 하는 말인데 이 공간에서 '호티 토디'라는 말을 입 밖에 내는 사람이 있으면 바로 추방이에요."

"잘 알겠습니다." 잭이 그렇게 말하더니 바를 향해 잔을 들어 보였다.

"소방 호스라니?" 더글러스가 말했다.

"잠깐만, 여러분, 그런데 무슨 일로 모인 겁니까? 허버드, 셰릴린 없이 외출한 건 처음 보는군. 게다가 평일이잖아. 설마 천국에 무슨 문제라도 생긴 건 아니겠지?"

"셰릴린은 집에 있고, 우리 집엔 아무 문제 없어. 과한 걱정 고맙게 받겠어."

"아름다운 여성을 그렇게 홀로 집에 두면 안 되는 법이야. 내 친구 윅이…… 다들 윅 아십니까? 얼마 전에 윅이 야간 근무를 시작했는데, 아내가 그만 미쳐버렸답니다." 그러더니 듀스가 세 사람을 향해 상체를 바짝 기울이더니 목소리를 낮췄다. "그러니까, **섹스**에 미쳐버렸다니까요. 거기 털을 밀어버리고 이것저것 새로운 시도를 했답니다. 제 말은 침대에서 그랬다고요. 처음엔 윅도 좋아했죠. 그런데 알고 보니 윅이 야간 근무를 나갈 때마다 아내가 다른 남자랑 뒹굴었다지 뭡니까. 아내가 새로 찾은 인생의 기쁨에서 윅은 그저 부수적인 혜택을 입고 있었던 거죠."

듀스가 쓰레기 같은 남자라는 걸 피트도 알았다. 윅은 고해성사실에서 진짜 사연을 털어놓은 적이 있었다. 아내의 부정으로 가슴이 갈가리 찢어져버린 윅이 털어놓은 진짜 이유는 야간 근무가 아니라 수년간 고통을 안겼던 발기부전이었다. 때문에 아내가 한눈을 팔게 될지 모른다고 오래전부터 걱정해왔기에, 이 일은 한 남자가 짊어지고 살아가던 악몽이 마침내 실제로 일어나버렸다는 사건이지, 술집에서 주워섬길 우스운 일화가 아니었다. 신부로 살다 보면 이런 뼈아픈 사실들을 알게 된다.

"듀스." 피트가 입을 열었다. "이 자리에 없는 사람의 곤란한 이야기를 하는 게 과연 적절한 행동일지 저는 잘 모르겠습니다."

"잘 알겠습니다, 신부님. 사과드립니다. 그저, 사람이 갑자기 안 하던 짓을 하면 유심히 관찰해봐야 한다는 뜻이었습니다."

그 말과 함께, 순간 모두 행크를 쳐다보았다. 갑자기 박차가 달린 카우보이 부츠를 신고 나타나다니?

"조언 고맙군요." 행크가 말했다.

"그런데 말입니다." 잭이라는 남자가 입을 열었다. "혹시 DNA 기계 해본 분 있습니까? 아까 듀스가 식품점에 데려가

227

보여주더군요. 흥미진진해 보이던데요."

더글러스는 잔에 있던 위스키를 쭉 들이켠 다음 말했다. "'흥미진진'이라는 게 어처구니없고 부질없고 가능성도 없고 멍청하다는 뜻이라면 그렇지요."

"허버드 말은 무시하십쇼." 듀스는 말했다. "저 친구한텐 그런 게 필요 없거든요. 자기가 어떤 사람인지 똑똑히 알아요. 세상에서 제일 운 좋은 남자, 그렇잖아? 그건 변하지 않는 사실이지."

"잠깐만." 더글러스가 입을 열었지만 피트가 그의 어깨에 손을 얹고 저지시켰다.

"큰 그림 속에서 바라보면 우리 모두 상당히 운이 좋은 것 같습니다만." 피트는 그렇게 말한 뒤 행크를 보았는데, 그 순간에서야 운이 좋다는 말은 행크에게는 해당이 안 된다는 사실을 깨달았다. 그가 아내와 아들을 잃고 큰 고통을 겪었음을 피트도 알았다. 그래서 그는 방금 한 말을 수습했다. "그러니까, 정말 큰 그림에서 보면 그렇다는 소립니다. 적어도 지하실에 갇혀서 사이코 삼촌한테 고문을 당하는 건 아니지 않습니까."

"그건 그렇죠." 행크가 말했다.

"우리가 이라크나 쿠웨이트 같은 데 사는 것도 아니니까요. 하수가 흘러 다니는 강에 들어가서 쌀을 퍼먹으며 사는 것도 아니고."

듀스의 말에 더글러스가 "맙소사, 듀스. 무슨 그런 무식한 소릴 해" 했다.

"아무튼," 피트가 끼어들었다. "제 말은, 저한텐 여덟 시간 뒤 출근해야 하는 직장이 있으니 운이 좋단 뜻이었습니다. 이젠 가봐야겠군요."

"저희도 떠날 겁니다." 듀스가 말했다. "할 일이 많거든요. 허버드, 나 같은 무식한 사람들한테는 온 세상에 기회가 넘친다는 거 알아둬. 즉, 시간이 별로 없지. 내일 회의에서 봅시다, 행크."

술집을 나서는 두 남자를 향해 행크는 모자를 까딱 들어 보였고, 듀스는 잭의 어깨를 팔로 두른 채로 마시던 맥주병을 문간의 쓰레기통에 집어던지더니 술집을 떠났다.

"신부님만 옆에 없었더라면 한 소리 했을 겁니다." 더글러스가 말했다.

그러자 바 뒤에 서 있던 콜리가 말했다. "신부님도 옆에 있을뿐더러, 이제 퇴근하고 싶은 여성도 옆에 있죠. 문 닫을 시간이에요, 아저씨들." 그러더니 콜리는 야릇하게 생긴 술잔 세 개를 바 위에 놓았다. "팁시한테 연락해서 태워달라고 했어요. 나가기 전에 한잔씩 해요."

듀스가 떠나고 나자 세 사람은 방금 불쾌해진 기분을 털어버리고 이제는 먼 옛날처럼 느껴지는 좋았던 시간을 되살려보려 애를 썼다.

"자, 내 충성스러운 말들이여. 뭘 원해요? 원한다면 한 잔씩 더."

그들은 미소를 띤 채 잔을 향해 손을 뻗었고, 더글러스가 물었다. "콜리, 이건 무슨 술이지요?"

"'세 명의 동방박사'라는 술이죠. 너무 깊이 생각하진 마세요."

그렇게 셋은 또 한번 술잔을 부딪친 뒤 단숨에 들이켰다. 성공 정도는 저마다 달랐다. 행크가 겨우 술을 삼키고 고개를 저으며 기침을 살짝 한 뒤 입을 열었다.

"아까부터 묻고 싶은 게 있었는데, 혹시 어디 가면 자동피아노를 구할 수 있는지 아십니까?"

그때 술집 문이 활짝 열리더니 팁시 로드리그가 들어왔다.

"신사 여러분, 여러분의 마차가 기다리고 있습니다."

세 남자는 비틀거리며 술집을 나와 팁시의 타운카에 올라탔다. 더글러스가 다시 차에서 내린 뒤 세워두었던 셰릴린의 아웃백에서 트롬본과 식료품 봉투를 집어 왔다. "죄송합니다" 하면서 그가 뒷좌석에 타고 양팔로 짐을 끌어안았다.

"여러분, 브리트니 스피어스가 새로운 식당을 연다는 소문 들으셨습니까?"

팁시의 말에 행크가 말했다.

"어이, 우리 얘기 들어봤나?"

그 말에 세 남자는 다시 미소를 지었다. 듀스가 등장하고 격앙되었던 기분이 가라앉고 다시금 평안해졌다. 피트가 입을 열었다.

"더글러스, 휘파람을 잘 분다는 소문이 사실입니까? 학교에 그런 소문이 돌던데요."

"**사실**이냐고요?" 팁시가 끼어들었다. "이분이 휘파람 부는 걸 한 번도 못 들어보셨습니까? 이런, 세상에. 마치 천국에서 노래하는 새 같답니다."

"한번 불어보라고요, 파드너." 행크가 부추겼다. "먼지투성이 오솔길을 가는 길에 벗 삼을 음악 한번 들려주시죠."

더글러스는 평소 남들에게 휘파람 솜씨를 뽐내는 걸 좋아하는 편이 아니었지만, 거절을 하고 들을 잔소리를 감당하느니 차라리 휘파람을 부는 게 나을 것 같았다. 그래서 그는 등받이에 몸을 기대고 트롬본 케이스를 가슴에 꼭 끌어안은 뒤 여기 있는 모두가 다 아는 〈석양의 무법자〉 주제곡 도입부를 휘파람으로 불었다. 그런데 더글러스는 거기서 멈추지 않았다. 그는 아예 엔니오 모리코네가 작곡한 주제곡 전체를 불면서 다양한 기교를 부려 트릴과 베이스 소리까지 재현했다. 듣고 있던 사람들은 아무도 끼어들지 않았다.

그 대신 그들은 조용히 자신들 앞에 놓인 당장의 미래를 생각했다. 더글러스는 셰릴린이 지금 무엇을 하고 있을지, 이미 잠이 들었을지, 늦게 귀가한 핑계는 뭐라고 대야 할지, 재앙 같은 디엔에이믹스 검사 결과를 어떻게 말해야 할지 생각했다. 말해야 하려나? 한다면, 어떻게?

행크는 두 아들, 몸을 잃어버린 아들과 마음을 잃어버린 아들을 생각했고, 어떻게 고쳐야 할지 생각했다. 매년 점점 더 엉망이 되어가는 삶을 고치기 위해 손을 더럽혀야 할 것 같았다. 할 수 있을 거야, 할 수 있겠지? 해야 했다.

한편 피트는 창밖을 내다보며 더글러스의 휘파람, 그의 엄청난 재능이 아주 아름답다는 생각 말고는 딱히 별생각을 않고 있었다. 그렇게 감사한 마음을 품으며 영영 행복한 순간 속에 머무르고 싶었지만, 그때, 창밖으로 지나치는 집들 중한 곳에서 사람을 닮은 형체 하나가 창문으로 기어 나오는 모습이 보였다. 밤도둑같은 몸짓이었다. 피트가 좋아하는 데살로니가전서의 한 구절, "주님의 날은 밤도둑처럼 온다"에 나오는 것처럼. 피트는 차 안의 다른 사람들에게 아무 말도 하지 않았다. 물론, 당연히 말해야 했다.

그럼에도 피트는 침묵했다. 그 사람이 트리나였기 때문이다.

14장

한밤중 들리는 의문의 소리
Things That Go Bomp in the Night

정말로 셰릴린은 코끼리 꿈을 꾸고 있었던 걸까?

그녀는 그렇게 믿었다. 꿈의 캔버스는 끝없는 모래의 길 위였다. 디어필드가 아니었다. 길에 깔린 것은 자갈이 아니고, 굴 껍질도 아니고, 흙도 아닌, 거대한 피라미드를 닮은, 탤컴 파우더처럼 부드러운 촉감의 고운 모래였다. 그녀는 한 번도 가본 적 없고 이름을 알 수 없는 곳에 있었다. 이름도, 목적도 없는 곳. 그녀는 붉은 실크와 금실로 된 기다란 드레스를 입고 홀로 서 있었다. 나풀거리는 드레스는 바람에 날린다기보다는 바람 **그 자체**인 양 나부꼈다. 아무것도 보이지 않는 그곳에 그녀는 한참이나 서 있었던 것 같다. 그것은 분명 그녀였다. 펄펄 날리는 붉은 스카프 사이로, 그 여자의 이마에 붙은 보석 아래로 보이는 건 분명 그녀 자신의 눈이었다. 아침마다 거울 속에 보이는 초록색 눈이 아니라, 모래에서 생명력

233

을 끌어낼 정도로, 꿈을 꾸는 몸속에서 그녀의 의식을 끌어낼 정도로 강렬한 초록색 눈, 그래서 셰릴린은 마치 자신이 그녀를 바라보는 게 아니라 그녀의 몸속에 깃들어 있는 것 같은 느낌이 들었다. 그녀는 이 꿈의 바깥에 있는 동시에 안에 있었고, 감독인 동시에 배우였다.

그 순간, 뒤에서 캐러밴caravan 행렬이 다가오면서 천둥 같은 소리가 울려 퍼졌다. 땅이 흔들리고, 발목에 달린 방울이 쟁강쟁강 울렸고, 푸른 담요와 다이아몬드로 등을 장식한 코끼리가 두 줄로 나란히 서서 그녀를 지나쳤다. 코끼리의 얼굴은 군복 같은 가리개로 덮여 있었다. 손을 뻗어 두꺼운 가죽을 손가락으로 부드럽게 쓸어보자, 코끼리들은 그녀의 손길에 기분이 좋다는 듯 튼튼한 코를 들어 올려 뿌우 하고 울었다. 정말 이상하고도 재미있는 소리 아닌가! 꿈속의 셰릴린은 여전히 차분하고 잔잔한 기분이었다. 코끼리의 노래는 그녀를 위한 것들이니까. 처음 듣는 음악 같았다. 위로 굽어진 엄니는 검劍 같았고, 행진하는 울림은 지진 같았다. 코끼리들이 내는 뿌우 소리가 점점 더 커졌다. 마치 그녀의 위엄을 온 세상에 소개하는 것처럼, 코끼리들은 그녀의 삶이라는 미지의 공간에 앞으로 일어나게 될 일들을 예언하듯 멀리멀리 행진해갔다. 코끼리가 끝도 없이 코로 울음소리를 뿜었다. 아니, 아니야.

나팔 소리였다.

더글러스가 집에 왔다는 뜻이었다.

셰릴린은 눈을 떠 시계를 보았다. 자정이 넘은 시각, 이제 막 깊은 잠에 든 터였다. 왜 이렇게 오랫동안 깨어 있었지? 더글러스가 걱정되어서라는 말은 일부분은 진실이지만 (평일인데 밖에서 술을 마시느라 늦다니?) 깨어 있었던 이유가 정말 그래서였나?

그때 거실에서 또다시 소리가 들려왔다. 별안간 크게 울려 퍼지는 트롬본 소리. 하나의 음, 그다음에는 두서없이 또 다른 음이 울리더니, 트롬본을 불던 더글러스의 숨이 모자랐던 듯 서투르고 기운 빠진 음으로 끝이 났다. 셰릴린은 침대 위에 일어나 앉았다. 고르지 않은 발소리가 발을 질질 끌며 다가오는 소리가 낯설었다. 그러더니, 쿵, 소리.

더글러스가 "으억" 하고 내는 소리가 들렸다.

셰릴린은 남편을 향해 달려가야겠다는 생각은 들지 않았다.

한밤중에 집 안에서 트롬본을 분다면, 더글러스는 아마 엄마 표현을 빌리자면 "꽐라가 된" 상태일 테고, 아마 균형을 잃고 넘어진 것뿐이리라. 남편이 이 정도로 술에 취하는 날은 잘 없었다. 저녁을 먹기 전에 위스키를 조금 마시거나 소파에 앉아 둘이서 와인 한 병을 나눠 마시는 정도였다. 지난 20년간 두 사람은 서로의 술버릇에 대해 이야기를 한 적이 한 번도 없었다. 그럴 필요가 없었으니까. 얼마나 큰 호사였던가. 더글러스는 살면서 어떤 상황이 닥치건 선을 넘는 법이 없었다. 남편과 함께할 때 편안한 건 그 때문이었다. 또, 두 사람모두 한때는 고삐 풀린 청춘을 보냈으니, 남편을 재단할 자격이 과연 있을까? 애초에 그녀 역시 아직 담배를 끊지 못했다. 완벽하지 않은 건 마찬가지였다. 그렇기에 셰릴린은 보통의 배우자들만큼 남편을 걱정하지 않았다.

더글러스는 취하면 더 유쾌해졌기에, 그녀는 술을 마시면 잔인해지거나 울적해지는 남편을 가진 친구들을 안타까워했다. 어떻게 그렇게 살지? 셰릴린과 더글러스는 파티를 즐길 때도 적당한 선을 지켰다. 덕분에 디어필드에서 술을 무한으로 제공하는 파티라도 열리면 두 사람은 죄책감 없이 돈을 낸 만큼 즐길 수 있었다. 또, 술에 취한 남편의 모습을 좋아하기까지 했다. 더글러스는 술에 취한다 해도 그저 평소보다 조금 더 과장된 행동을 하는 게 전부였다. 젊은 여자들에게 이런 충고를 해줘야 할지도 모르겠다. 결혼할 남자가 생긴다면 그 사람의 술 취한 모습까지 좋아할 수 있을지 꼭 확인하렴. 이 사실을 잘 모르는 커플도 있지만, 사실 결혼을 한다는 건 단 한 남자가 아니라 수많은 남자와 결혼하는 것과 똑같아.

하지만 더글러스는 어느 정도 취한 뒤에도 사람 좋고 친절했을 뿐 아니라 어쩐지 더 젊어 보이기까지 했다. 즉, 그는 술에 취하면 주변 사람들에게 진심 어린 관심을 보이는 사람이었다. 모르는 사람들에게 말을 걸기도 하고, 오래된 친구에게 전화해 현명하고도 힘이 되는 말들을 전했다. 그가 때로 선생처럼 군다는 걸 셰릴린도 인정했지만 술에 취했을 때는 선생이 아니라 함께 배워나가는 동료 같은 열정을 보였다. 그런 그의 모습은 그녀에게도 전염되었다. 꼭 세상의 새로운 측면을 발견한 그의 놀라움을 함께 나누는 기분이었다. 그 누구와 나눈들 근사한 일일 것이다. 또, 다른 동네로 함께 외출했을 때 술집에 주크박스나 밴드가 있다면 그는 그녀와 함께 춤을 추면서 휘파람을 불었고, 휴식을 취하려 테이블에 돌아가 앉았을 때는 꼭 보이지 않는 악기를 연주하는 척 난리를 피우곤 했다. 그저 잠깐 동안, 그저 아내를 놀리기 위해서, 그저 자신이 아직도 사람들 앞에서 우스꽝스럽게 보이지 않는 트롬본을 연주할 수 있는 그런 남자라는 사실을 상기시켜주기 위해서, 결혼한 지 오래된 지금도 여전히 그녀를 부끄럽게 할 수 있다는 사실을 알려주기 위해서 하는 일이었다. 그러다가 셰릴린이 그를 쳐다보면서 마치 이렇게 오랜 세월을 함께하고도 그의 장난이 아직도 부끄러운 척 미소를 지으면 그만두었다. 남편의 그런 면이 좋았던 셰릴린이 테이블 위 그의 손을 잡으면, 그 역시 반드시 그녀의 손을 마주 쥐어왔다. 음악의 박자에 정확히 맞추어 잡은 손에 힘을 주었다.

그러나 거실에서 더는 아무런 소리가 나지 않자 셰릴린은 혹시라도 더글러스가 다쳤을지 모른다는 생각에 가운을 걸치고 침실을 나섰다. 거실 불을 켜자 카펫 위에 엎드린 더글러스가 보였다. 트롬본은 발치를 굴러다니고 있었고, 커피테이블 위에 놓였던 바구니도 그가 떨어뜨린 건지 바닥에 엎어져 있었다. 얼굴을 셰릴린 쪽으로 향하고 있던 더글러스는 갑자기 거실이 밝아지자 눈을 뜨더니 고개는 움직이지 않고 눈으로만 그녀를 올려다보며 미소를 지었다.

"아, 안녕."

"안녕." 셰릴린이 대답했다.

"발을 헛디딘 것 같아."

"정말이야?"

다가가 그의 옆에 무릎을 꿇고 앉아보니 더글러스의 이마, 오른쪽 눈 위쪽에 벌써 조그만 혹이 생겨 벌겋게 변하고 있었다. 심각하게 다치지는 않았지만 멍이 들 것이다. 남편을 잠시 바라보고 있자니 여태 그녀의 잠을 방해하던 온갖 고통이 잠시간 전부 사라졌다. 다정한 더글러스, 그리고 목요일 밤에 예상치 못해 흠뻑 취해 집으로 돌아온 그의 미소. 왜일까? 트롬본 레슨이 그렇게 즐거웠나? 이게 더글러스가 느끼는 작은 행복일까? 그런 생각에 기분이 좋아진 그녀는 남편의 등을 토닥였다.

"깨울 생각은 아니었어." 더글러스가 말했다.

"트롬본까지 불었으면서."

"그랬던 것 같아."

"얼음 좀 가져다줄게."

"아, 그럼 정말 좋지."

부엌으로 가니 더글러스가 벗어던진 신발은 식료품 창고 옆에, 양말은 전화기 옆에 나뒹굴고 벨트는 스토브 위에 올라가 있었다. 조리대 위에는 뚜껑 열린 쿠키 상자가 있었다. 그 옆에는 존슨스식품점 쇼핑백이 있었다. 안을 들여다보았다. 가지. 올리브오일. 레몬, 타히니. 와인 한 병. 여기엔 중요한 의미가 있었다. 더글러스가 의지할 수 있는 사람이라는.

그녀는 다시 거실로 돌아와 그의 옆에 무릎을 꿇었다. 얼음팩을 이마에 얹어주자 그가 눈을 떴다.

"음, 정말 재밌는 느낌이 드네."

"오늘 즐거웠어?" 셰릴린이 물었다.

"응."

셰릴린은 남편을 바라보며 미소를 지었다. 그는 마치 바닥에 분필로 그려놓은 사람처럼 널브러져서는, 공포에 질려 도망치다가 바닥에 엎어지기라도 한 사람처럼 머리 위로 두 팔을 쭉 뻗고 있었다. 머리에서 굴러떨어진 게 분명한 베레모는 한 발짝 옆에 굴러다니고 있었다.

"당신 마비되거나 뭐 그런 건 아니지?" 셰릴린이 물었다.

그러자 더글러스는 "확인해볼게" 하면서 검지를 꿈지럭거렸다. 잠시 후, 그는 발꿈치를 들었다. "그냥 좀 졸린 거 같아."

셰릴린은 부드럽게 그의 등을 쓰다듬어주었다.

"침대로 갈래, 아니면 그냥 이 자리에 엎드려 있을래?"

"있잖아, 여보, 난 여기가 좋은 것 같아. 고마워, 그런데 당신은 좀 어때?"

더글러스의 말에 셰릴린은 다시 미소를 지은 뒤 남편의 뺨을 톡 건드렸다.

"난 괜찮아. 집에 와서 다행이다."

그녀는 그렇게 대답한 뒤 소파에 놓여 있던 담요를 걷어와 남편의 몸에 덮어주었다. 여기서 잠든다고 별일이 일어나지 않을 테니 설득하지 않고 이대로 두는 게 나았다.

그녀는 일어서서 바구니를 테이블 위에 다시 올려두었다. 그다음에는 남편을 내려다보며 장난스럽게 손가락을 까딱거렸다.

"젊은 친구, 이제 록앤롤은 금지야. 내 말 알아들었어?"

"텐포, 굿 버디[22]." 더글러스는 그렇게 대답하더니 눈을 감았다.

셰릴린은 거실 불을 끄고 다시 침실로 돌아왔다.

그 뒤로 그녀는 잠들 수가 없었다. 처음에는 남편이 오늘 보인 의외의 행동을 곱씹었다. 자정이 넘은 시간에 트롬본을 분다고? 벨트는 풀어서 스토브 위에 올려놓고? 게다가 텐포, 굿 버디라고 말하다니? 모두 유쾌한 생각이었다. 그러나 그 생각이 끝나자, 그날 저녁 있었던 일을 되짚어 생각하는 수밖에 없었다.

엄마 집에서 몇 시간을 보냈고, 청소를 조금 한 뒤, 더글러스에게 저녁 식사에 쓸 와인도 사 오라고 전화를 걸었지만 답이 없었다. 엄마는 셰릴린이 다락방에 갇힌 것 같다고 농담했다. 그저 셰릴린을 더 힘들게 하려고 한 말일 뿐이었다. 그런데 엄마의 눈빛이 낯설었다. 마치 두 편의 다른 영화를 동시에 보면서 둘 중 어느 영화에 집중해야 할지 고민하는 것처럼. 셰릴린은 늘 하는 대답대로 괜찮다고 했지만, 솔직히 말하면 이번에는 정말 괜찮은 건지 알 수 없었다. 생각만 해도 기가 빨렸다. 엄마 집 거실에 있는 낡아빠진 리클라이너 두 대에 나란히 앉아 별말 없이 텔레비전을 보는 동안, 그녀는 컴퓨터를 통해 만난 남자와 대화를 나눈 일 때문에 죄책

22 　경찰들의 무전 언어로 'OK'라는 뜻. 경찰 드라마 등에 나와 유명해진 표현이다.

감을 느꼈다. 따지자면 별것도 아니었다고, 분명 매일같이 수많은 사람들이 하고 있을 그런 일을 한 것도 아니라고, 또 법적으로도 사실상으로도 바람을 피운 것이 아니라고, 이 세상 어떤 판사라도 기소할 수 없는 일이라고 얼마든지 합리화할 수 있었다. 그럼에도 그 일을 생각하니 자꾸만 가슴이 욱신거렸다.

그래서 셰릴린은 엄마 집 벽장에서 초 몇 개를 꺼내 가기로 했다. 엄마 몫의 수프를 데워놓은 뒤, 음식을 담아 왔던 쇼핑백에 초를 담아 집으로 가져왔다. 초를 켜고 더글러스와 저녁 시간을 보내기로 마음먹었다. 새로운 요리를 할 것이고, 남편이 재료를 써는 걸 도와줄지도 모르고, 촛불을 밝힌 채 와인을 마시며 트롬본 레슨이 어땠는지 이야기를 나눌 것이다. 남편이 원한다면 함께 야구 경기를 볼 것이다. 침대에서 함께 책을 읽을 것이다. 어쩌면 침대에서 심지어 다른 일들도 할 수 있을 것이고, 이번에는 한 번 더, 라고 말하지 않으리라. 그저 지금은 왠지 모르게 잃어버린 것만 같은 이 멋진 평범한 일상에 흠뻑 빠지면서 오늘 아침 일은 싹 씻어내고 싶었다. 기회가 있으면 디엔에이믹스 테스트 결과 이야기를 해줄 수 있을지도 모른다. 팁시가 받은 결과에 대해서도 말할 수 있을지도. 어쩌면 모든 게 다 그 결과지 때문인지도 모르겠다.

그러나 집에 오자 자동응답기에는 제프리와 술을 한잔하러 간다는 메시지가 남아 있었다. 그래서 그녀는 새집을 만들었고, 저녁을 간단히 차려 먹었고, 오래지 않아 또다시 현기증이 찾아왔다. 즐겁진 않았다. 토할 것 같은 이 끔찍한 기분이 점점 더 익숙해졌다. 이런 갑작스런 증상 때문에 지난 몇 주간 운전 중에 운전대를 실수로 꺾을 뻔했다. 팔다리가 땅으로 끌려 내려가는 것처럼 무거웠다. 이런 느낌이 찾아올 때면 다른 느낌들은 묻혀버렸다. 그녀는 식탁에 몸을 지탱하고는 현기증이 가실 때까지 심호흡을 했다. 그다음에는 엑세드린을 한 알 먹고 물을 한 잔 따라 컴퓨터 앞에 앉았다. 커서를 검색창에 두고 "WebMD"라고 입력했다.

WebMD는 그녀가 핸드메이드 및 빈티지 물품을 판매하는 사이트를 제외하면 유일하게 접속하는 사이트였지만, 자신의 증상을 검색하려 방문한 적은 한 번도 없었다. 보통은 엄마 걱정으로 들어가곤 했다. 그럴 때면 더글러스가 함께였다. 둘은 엄마에게 세상에 밝혀진 온갖 질병 진단을 내렸다. 사실 검색창에 "건망증", "변덕", "여성"이라고 입력하기만 하면 모욕적일 만큼 쉬운 일이었다. 더글러스는 이 사이트 때문에 건강염려증이 생길 수 있다고 경고했다.

"알잖아, 이 사이트는 어차피 모르고 넘어갈 수 없는 것들을 알려주는 곳이라고."

그래서 셰릴린은 이 사이트가 알려준 엄마의 병명에 대해서는 크게 관심을 두지 않았다. 선택지가 너무 많았으니까. 알츠하이머, 혈전, 갱년기, 임신, 탈수, 정상적인 노화. 원한다면 누구나 병자가 될 수 있다.

그러나 이번에 셰릴린이 이 페이지에 접속한 건 자신이 앓는 증상 때문이었다. "현기증", "편두통", "저림", "경련" 같은 증상들을 입력하자 무시무시한 병명들이 잔뜩 등장하는 바람에, 다음 날 그레인저 박사님에게 진료 예약을 잡아야겠다고 생각했다. 이 정도면 충분했다. 그러나 방금 확인한 병명들 때문에 침대에 누워서도 마음이 편치 않았다. 『왕위 계승권으로 본 세계사』를 읽다가 곯아떨어졌고, 그러다 코끼리 소리에 잠을 깼다.

아침이 오고 새소리가 들려오는 시간, 더글러스가 깨끗이 샤워를 하고 출근 복장을 갖춰 입은 채 침대 옆에 서 있었다. 남편에게서 좋은 냄새가 났다. 매일 아침 정확히 이 시간이면 풍기는, 비누와 향수가 만든 남성적 체취. 숱이 줄어가는 머리카락은 깔끔하게 빗어 넘겼고, 어제 다친 오른쪽 눈 밑에는 커다란 보라색 멍이 들어 있었다.

"아프겠다." 셰릴린이 말했다.

"나랑 몸싸움 벌인 상대를 당신이 봤어야 해. 바구니였지."

"컨디션이 안 좋아 보이는데."

"보이는 것만큼이라도 속이 편해지면 좋겠다."

"안타깝네."

"눈이 멀어버린 줄 알았지 뭐야. 안구가 고장 난 줄 알았어. 옛날에는 도대체 어떻게 그렇게 술을 퍼마실 수 있었지?"

"우린 젊었잖아, 다음 날엔 수업에 빠졌고."

"당신은 아직 젊어. 마흔 살이 될 때까지 기다려보라고. 그때부터가 진짜 엉망이니까."

"꼭 그때까지 살아볼게." 셰릴린이 대답했다.

더글러스는 서랍장으로 가더니 베레모를 집어 들었다. 셰릴린은 침대에서 몸을 움직여 그를 쳐다보았다. 남편은 거울을 보며 모자를 썼다. 저 표정은 뭐지? 그는 거울 속 자기 모습을 아주 심각한 얼굴로 바라보고 있었다. 남들에게 저렇게 보이고 싶은 걸까? 누구한테 잘 보이려는 거지? 나도 거울을 볼 때 저러나? 남편은 서랍장 위에 놓인 그릇 안에서 선글라스를 꺼내 쓰더니 거울을 향해 말했다.

"여러분, 오늘은 숙취에 대해 이야기해보도록 하지요."

셰릴린은 옆으로 몸을 굴려 누운 다음 다리 사이에 베개를 끼웠다.

"셰어, 어젯밤 일은 미안해. 가지 사 오길 기다렸었지? 내가 왜 그랬는지 모르겠어."

"괜찮아. 스파게티 먹었어. 그냥 당신이랑 시간 보내고 싶었던 거야. 이야기도 좀 하고. 우리 요즘 별로 대화를 안 한 거 같지 않아?"

"대화는 매일 하잖아. 지난주에 난 내 속내까지 다 털어 보여줬는걸." 그는 거울을 열심히 들여다보았다. "바로 그래서 내 윗입술이 이렇게 어색해 보이는 거지. 아직도 적응이 안 돼."

"그러게, 왜 대화를 안 했다는 생각이 드는지 모르겠어. 그냥 우리가 해야 할 이야기가 있는 것처럼 느껴져. 왠지 멀어진 기분이 들어서."

"다 내 잘못이야. 그래도 무슨 말인지 알겠어. 대화해야지. 미안해. 집에 일찍 왔어야 하는데."

이 대답이 왜 기분 나쁜 거지?

남편에게 곧장 짜증이 솟았지만 이유를 알 수 없었다. 다정한 남편이 잘못한 것도 없으면서 자기 탓으로 돌리고 있다는 것도 알았다. 그런데, 어쩌면 바로 이게 문제인지도 모르겠다. **내가** 문제라고 생각하면 왜 안 돼? **내가** 변하고, 멀어지고, 잘못을 한 걸로 하면 왜 안 돼? 나도 잘못할 권리가 있잖아?

"오늘 밤에 대화하자." 더글러스가 말했다. "가지를 몽땅 먹어치우면서 못 다한 대화를 다 하자. 그래도 출근해봐야겠어."

"그래." 셰릴린이 대답했다.

더글러스가 침대 위로 몸을 숙여 그녀의 이마에 입을 맞췄다. 그다음에는 그게 숙취에 시달리는 사람에게는 너무 무리한 동작이었다는 듯 끙 소리를 내더니 사랑한다고 말했다. 남편이 집을 나선 뒤, 셰릴린은 침대에 누운 채 천장만 쳐다보았다. 몸 상태를 점검했다. 발, 괜찮아. 손, 괜찮아. 머리, 괜찮아.

오래지 않아 더글러스가 다시 침실로 달려 들어왔다. 숨을 몰아쉬고 있었다.

"문제가 생겼어. 차를 놓고 왔네."

그리고 그 순간, 마치 그 말에 대답이라도 하듯이 초인종이 울렸다.

15장

아침에 일어나 개처럼 일하고
Up in the morning, Work Like a Dog

피트는 잠자리에 들 수 없었다.

차창 너머로 트리나를 본 순간부터 그는 입을 다물어버렸다. 피트의 집까지 가는 길에 팁시가 나머지 둘을 차례차례 길에 떨구어줄 때마다 그저 작별 인사만 건넸을 뿐이다. 마침내 피트를 내려준 팁시는 내일 아침 다시 와서 학교까지 태워주겠다고 했다. 피트는 고맙다고 말한 뒤 고개를 푹 숙인 채 집으로 비틀비틀 걸었다. 세탁실에 신발을 벗어던진 다음 곧장 메이플라이가 방충문에 코를 바짝 대고 기다리고 있는 뒤쪽 포치로 향했다. 베이지색과 흰색이 섞인 잡종견인 메이플라이는 애나와 사별한 뒤 친구에게 받은 선물이었다. 블랙마우스커와 래브라도의 잡종이라고 했는데, 이제는 노견이었고, 그리 똑똑하지는 않지만 좋은 개였다. 아무튼 똑똑하지 않다는 건 마당에서 키우는 개에게는 썩 좋은 자질이었다.

또, 피트는 개의 단순한 본성이 좋았다. 메이플라이는 밥과 물을 주고 때로 물고 올 공만 던져주면 더는 원하는 게 없었다. 이 정도는 피트가 해줄 수 있는 일이었고, 그래서 메이플라이는 피트를 사랑했다. 개를 키우는 행위가 주는 멋진, 또 이기적인 위안이 그것이다.

피트는 방충문을 살며시 열고 개가 안으로 들어올 수 없도록 몸을 옆으로 해서 나갔다. 그다음에는 메이플라이가 빙빙 돌고 꼬리를 붕붕 흔들고 몸을 쓰다듬으려는 피트의 손을 흠뻑 핥아대며 에너지를 발산하는 모습을 "그래, 그래" 하면서 지켜보았다. "얌전히 있으렴." 메이플라이가 그리 똑똑하지 않다는 말은 바로 이런 의미다. 개가 그를 그리워한 건 분명하다. 쓰다듬어주길 바라는 것도 분명하다. 그러나 같이 산 지 몇 년이 된 지금도 개는 흥분을 감추지 못하고 물고기처럼 펄떡여댔고, 그 바람에 손이 닿지 않아 도저히 쓰다듬을 수가 없었다. "진정해." 피트는 혀를 쯧쯧 찼다. "아빠 왔다."

개의 옆구리를 힘주어 쓰다듬어준 뒤, 포치에 놓인 하나뿐인 정원 의자에 털썩 주저앉아 마당을 내다보았다. 포치 조명이 흐릿해 시커먼 잔디, 울타리 쪽에 자리 잡은 떡갈나무 윤곽, 그리고 자신의 무릎에 고개를 묻은 메이플라이밖에 보이지 않았다. 심호흡을 했다. 개구리가 개굴개굴 울어대고, 포치 조명 속에서는 날벌레들이 몸부림쳤다. 반가운 장면이었다. 귀 뒤를 한참 긁어주었더니 만족한 개는 다시 좋아하는 낡은 테니스공을 찾아 달려 나갔다. 이미 오래전 털이 다 벗겨져버리고 갈색이 된 흉측한 공이었다. 좀 더 좋은 것으로 바꿔주고 싶어서 삑삑 소리까지 나는 10달러짜리 장난감을 사주기도 했지만, 그때마다 개는 얼마 지나지 않아 도륙을 내듯 장난감을 갈기갈기 찢어 삑삑 소리를 내는 장치를 빼버렸다. 비싼 장난감일수록 망가지는 속도도 빠른 것 같았다. 필연적으로 그랬다. 집에 돌아올 때마다 메이플라이의 발치에는 추락한 비행기의 잔해 같은 이 낡디낡은 고무공이 굴러다니고 있고, 피트는 그럴 때마다 "이것 봐라, 이래서 우린 좋은 물건을 못 가지는 거야"라고 말했다.

메이플라이가 공을 물고 어둠 속에서 돌아와 피트 옆에 테니스공을 내려놓았다. 개를 바라보았다. 귀를 옆으로 젖힌 채 얼어붙은 듯 꼬리를 쭉 뻗고 있었다. "우리, 그 애를 어떡하면 좋겠니?" 피트의 물음에 개는 아무 대답이 없었다. 피트는 허리를 숙여 공을 집으려다가 하마터면 의자에서 고꾸라질 뻔했다. 다시 몸을 추슬러 앉고 힘주어 공을 던졌지만 너무 높이 던지는 바람에 공이 포치 조명에 맞고 말았다. 전구가 폭죽처럼 터지더니 비처럼 우수수 흩어지며 빛을 뿌렸다.

"유리 밟지 않게 조심하렴." 피트는 그 말을 남긴 뒤 의자에 앉은 채 잠들어버렸다.

몸이 이슬로 뒤덮여 잠에서 깼을 때 메이플라이는 여전히 눈앞에 있었다. 개가 밤새 움직이긴 한 걸까? 알 수 없었다. 깨진 전구 조각을 쓸어내고 샤워를 한 뒤 옷을 입고 있자니 어젯밤 그 집을 몰래 빠져나오던 트리나의 모습이 다시금 후회처럼 떠올랐다. 아침 기도를 한 다음 어제 마음먹은 참회를 했다. 팔굽혀펴기 20개 추가, 이두근 운동 30개 추가. 그러나 익숙하면서도 이겨낼 수는 없는 두통이 몰려와 조깅까지는 할 수 없었다. 부엌으로 가서 핫소스와 마요네즈를 넣고 달걀프라이 샌드위치를 만든 다음 전화기를 들었다. 트리나가 등교하기 전 래니 집에 전화해서 그 애와 대화를 해볼 생각이었다. 트리나의 휴대폰 번호를 모르는 게 속상했다. 하지만 등교 전에 연락이 닿으면 피트의 사무실로 불러 얘기할 시간이 있을 터였다. 변명할 기회를 줄 수 있을 터였다.

전화를 받은 건 래니였다.

"스팸 전화겠지." 래니가 말했다.

"좋은 아침이네, 래니. 난 피트야."

"제기랄. 벌써 일주일이 지난 겁니까?"

"트럭 때문에 전화한 건 아니야. 트리나 있나?"

"학교에 벌써 데려다주고 왔죠. 그게 아니면 뭣 하러 이렇게 일찍 일어났겠습니까?"

"웬만한 사람들은 이 시간에 일어나. 해 뜬 지가 언젠데."

"말이 나왔으니 말인데, 차 앞부분이 뒤틀린 거 알죠? 타이어 정렬도 다 틀어져 있는데, 뭐 움푹 파인 데라도 빠졌나 보죠? 그쪽이 과속했나 봅니다. 헤드라이트도 안 켜고요."

피트는 시계를 보았다. 트럭을 빌려 간 뒤 그 짧은 시간 안에 벌써 망가뜨린 모양이다. 그러나 더 놀라운 건 그가 한 말이었다.

"학교 가기엔 아직 이른데? 아침 종이 여덟 시에야 울리는걸." 아직 일곱 시 반이었다.

"무슨 숙제가 있다던데요. 어젯밤부터 일찍 가야 한다고 얼마나 날 들들 볶아대던지."

"그럼 학교 가서 찾아보겠네." 피트가 말했다.

"만나거든 나한테 10달러 빚진 거라고 전해주쇼."

피트는 전화를 끊고 로만칼라를 착용했다. 우유를 한 잔 마시고, 메이플라이를 마당으로 데리고 나가 사료와 물을 챙겨주었다. 다시 집 안으로 들어오자 팁시 로드리그가 문을 두드리는 소리가 들렸다. 약속한 시간에 딱 맞춰 도착했군. 문을 열고 팁시와 악수를 나누었다.

"이러다가 익숙해져버리겠습니다." 피트가 말했다.

"아무렴요." 팁시가 말했다.

팁시의 타운카는 3킬로미터를 더 달려 더글러스 허버드의 집으로 향했다. 피트는 낮 시간에 더글러스의 집을 본 적이 없었다. 보았더라도 그 사람 집인 줄 몰랐겠지. 더글러스가 사는 집은 동네의 다른 집들과 엇비슷하게 생긴 단층 랜치하우스였다. 갈색 벽돌, 작은 포치와 마당. 집 앞에는 철쭉이 보기 좋게 한 줄로 피어 있고, 화단에는 뿌리덮개가 덮여 있었으며, 차양에는 새집 같은 게 여남은 개쯤 걸려 있었다. 피트는 집 마당을 보면 그 집에 사는 사람을 알 수 있다고 생각했다. 더글러스와 셰릴린이 주말이면 마당에서 함께 잡초를 뽑고, 이만큼 관심을 기울인 멋진 마당을 가꾸는 데 필요한 온갖 잡일을 하는 모습이 머릿속에 그려졌다. 햇볕가리개 모자를 쓴 셰릴린, 전자동 잔디깎이를 미는 더글러스. 그런데 왜 상상 속에 등장한 잔디깎이가 전자동인 거지? 모르겠다. 어쩐지 더글러스라면 이 동네에 사는 어떤 사람들은 관심 없는 환경이라거나 해안, 인권 같은 큰 그림을 생각하는 진보적인 사람일 것 같아 그런가 보다. 팀워크를 이루어 결혼 생활을 해나가는 두 사람을 상상하자 어쩐지 피트는 허버드 부부가 더 좋아졌다.

피트가 차에서 기다리는 동안 팁시가 계단을 올라가 초인종을 눌렀다. 집 밖으로 나온 더글러스는 상태가 안 좋아 보였다. 베레모를 머리에 푹 눌러쓰고, 주유소에서 산 싸구려처럼 보이는 선글라스를 끼고 있었다. 사첼 백은 어깨에 메는 대신 한 손에 들고, 나머지 한 손에는 예기치 못하게 떠맡은 짐처럼 트롬본 케이스를 들고 있었다. 구부정한 자세로 차를 향해 다가오는 더글러스는 멀리서 보니 낯빛이 초록색에 가까울 정도로 창백했다. 그 모습에 피트는 미소를 지었다. 마치 좀비 버전의 더글러스가 더글러스의 옷을 입고 출근하는 것 같았다.

더글러스가 뒷좌석으로 들어와 앉자 피트가 몸을 돌려 그에게 악수를 건넸다.

"피트 플린입니다. 지난밤, 제 악한 쌍둥이 에롤 플린을 만나보셨지요? 혹시 그 녀석이 무슨 추태나 허세를 부렸다면 대신 사과드립니다."

"눈이 멀어버린 것 같아요." 더글러스가 말했다. "진심이에요. 이렇게 심한 숙취는 수십 년 만입니다."

"실제로 눈이 먼 것 같아 보이기까지 합니다만." 그러면서 피트는 더글러스가 낀 선글라스를 가리켰다.

더글러스는 선글라스를 벗어 눈에 든 멍을 보여주었다.

"'세 명의 동방박사' 치고는 이름만큼 현명하지가 않았어요."

"어이쿠, 어쩌다 이렇게 된 겁니까?"

"학생들한테는 너희들 작문 숙제를 읽다가 이렇게 된 거라고 하려고요. 그런데 사실은 어제 걷는 법이 기억이 안 나더라고요."

팁시가 운전석에 앉아 백미러를 조정하더니 두 사람 모두에게 미소를 지어 보였다.

"걱정 놓으십시오, 여러분. 더글러스 씨는 어제 차를 놔둔 곳까지 데려다드리겠습니다. 피트 신부님은 목사관까지 모셔다 드릴 거고요. 행크는 벌써 태워다 주고 온 참이랍니다. 수업 종이 울리기 전 여러분 모두 있어야 할 곳에 데려다 드릴 겁니다.

"천천히 하세요. 진심으로 하는 말입니다." 더글러스는 그렇게 말하더니 팁시가 차를 몰아가는 내내 창밖만 보았다.

평소 같은 날이었다면, 지금쯤 자기 집 진입로에서 후진해 나오면서 파자마 바지 차림으로 자기 집 정원에 물을 주는 댄 피트르에게 손을 흔들고 있었을 것이다. 자기 집 앞 포치에 앉아 신문을 읽는 빌 켈리에게 경적을 울렸을 것이다. 세 마리 품종견을 산책시키는 타니샤 서머스에게는 고개를 까딱해 보였을 것이다. 그런데 오늘은 더글러스의 이 익숙한 세 사람이 보이지 않았다. 대신 자기 집 차고 위쪽에 농구 골대를 달고 있는 저스틴 애시보가 보였다. 양동이 안에 골프공을 넣고 있는 린 프리처드가 보였다. 사과로 저글링을 하는 레미에스티브가 나무 등치에 사슬톱으로 조심조심 돼지인지 소인지를 닮은 부조를 새기는 모습이 보였다. 다음 거리로 가자, 휠체어에 앉은 윌리 에니스가 건초 꾸러미를 겨냥해 화살을 쏘고 있었다. '매물'이라는 간판을 세운 집이 이 근처만 해도 세 집 늘었다. 그러니까, 오늘은 평소 같은 날이 아니었다.

"셰릴린 씨는 오늘 좀 어떠십니까?" 팁시가 물었다.

"아마 숙취 없는 하루를 즐기고 있겠지요." 더글러스가 대답했다.

"그런데," 피트가 몸을 돌려 더글러스를 바라보았다. "혹시 제 조카 트리나가 선생님 수업을 듣습니까?"

더글러스가 끙 소리를 냈다. "예. 1교시죠. 그건 그렇고 트리나는 요즘 좀 어떻게 지낸답니까? 통 생각을 읽을 수 없어서요."

"이 동네가 싫답니다. 물론 그 애는 세상 모든 걸 싫어하니, 도통 무슨 생각인지 알 수 없죠. 아시겠지만 트리나가 지금 상황을 받아들이기 힘들어해서요."

"아버지랑 같이 사는 것 말이지요? 저쪽 61번 도로 언저리에 있는 집에서?"

"그렇습니다. 그것도 분명 문제죠. 전 혹시라도 래니가 무슨 험한 일에 엮인 게 아닌가 걱정이 됩니다."

"제가 듣기로도 그런 일이 있는 것 같습니다. 정말 안타깝네요. 그 친구, 노래 솜씨가 기가 막힌데."

그 말에 피트가 반문했다. "누가요, 래니가요?"

"예, 래니랑 학교 동창이거든요. 우리 다 합창단에 들어갔습니다. 솔로 파트는 언제나 래니 차지였죠. 다른 녀석들은 흉내조차 낼 수 없는 가성을 낼 줄 알았습니다. 그런데 고등학생이 됐을 무렵 래니는 합창단 생활에 진력이 난 건지 정반대 방향으로 가더군요. 제 기억엔 잠시 '부서진 시계'던가 뭔가 하는 록밴드에 몸을 담았던 것 같고요. 못 만난 지 오래된 사이기는 한데, 그래도 그 친구, 어린 시절엔 그 목소리로 학부모 여럿 울렸답니다."

"몰랐습니다. 래니와 그리 친하지 않아서요. 제 여동생의 남편이긴 해도 통 가까워지지는 않더라고요."

"그 또한 안타깝습니다." 더글러스는 그렇게 말하더니 좌석에 등을 기댔다. 마치 숙취가 이렇게 심한 상황에서는 대화를 하는 것조차도 힘들다는 듯 한숨을 내쉬었다. "그래도, 신부님께서 그 애, 그러니까 트리나를 돕고 있다는 게 다행한 일입니다. 학교 교사들 모두 그렇게 생각해요. 신부님이라서가 아니라, 정말 좋은 분이세요."

"저 역시 그렇게 생각합니다요." 팁시도 거들었다.

"때때로 그저 제가 누가 괴로워하는 걸 못 보는 것 같기도 합니다."

피트의 말에 더글러스가 말했다.

"그건 그렇고, 트리나가 숙제를 해 오게 해주신다면 제 인생도 도와주시는 겁니다. 그 애한테 F학점을 주기가 무섭습니다. 그 녀석, 하도 무서운 표정을 지어서요. 아, 기분 나쁘게 하려고 한 말은 아니었습니다."

"괜찮습니다. 저도 그 표정이 어떤 건지 아니까요. 그런데,

오늘 제가 잠시 교실에 들러도 되겠습니까? 트리나한테 할 말이 있어서요."

"저야 반가운 일이지요." 더글러스는 눈을 감았다. "제가 수업 중에 토할 때 피해 보는 학생이 하나 줄어드는 셈이니까요."

그때 팁시가 입을 열었다.

"그러고 보니, 어제 그분을 태워다 드렸습니다. 어머님 댁까지 데려다드렸죠."

"누구 말입니까?" 더글러스가 물었다.

"더글러스 씨 아내분이요. 더운 날씨에 고생스레 걸어가고 계시기에 얼른 타시라고 했죠. 참 멋진 숙녀분이셨습니다. 몸은 괜찮으시지요? 어제 더위를 먹은 것 같으시던데요."

"예. 아, 제 말은 아내가 멋진 숙녀라는 소립니다. 그리고, 아내는 괜찮습니다. 도와주셔서 고맙습니다."

"언제든 말씀만 하시지요."

입 밖에 내어 말하지는 않았지만, 팁시한테 그 말을 듣고 더글러스는 기분이 좋지 않았다.

셰릴린도 어제 이 차에 탔다는 사실을 모르고 있었다. 기분이 이상했다. 미친 게 아닌 이상 질투하거나 화가 날 일이 전혀 아닌데도, 문득 자신이 모르는 아내의 삶의 조각들이 궁금해졌다. 셰릴린이 어제 이 차의 어느 자리에 앉았을까? 조수석? 뒷좌석? 물론, 그에게 아내 없이 보내는 시간이 있듯이 아내에게도 그가 없는 시간이 있다. 더글러스가 없는 하루의 절반, 그는 아내의 시간이 예술과 우정으로 채워져 있을 거라고 상상했었다. 공예품을 만들고, 동네에 다양한 일들을 하러 가거나, 친구와 전화 통화로 수다를 떨거나, 장모님을 돌볼 거라고. 그런데 이제 와 생각하니 그는 여태 자신이 없는 동안 아내의 **몸이** 어디에 존재하는지 안다고 생각했었고, 늘 제한된 공간들만을 생각했었다. 부엌 식탁, 아내의 아웃백 안, 식품점, 장모님의 퀴퀴한 집 같은, 그가 아는 장소. 셰릴린이 자기 없이 이 미끈하고 에어컨 빵빵한 차 안에 타고 있었다는 데 생각이 미치자, 이상하게도 그 역시 지난주에 아내 없이 갔던 제프리의 집 이야기를 해주어야겠다는 생각이 들었다. 그곳이 어떻게 생겼는지 묘사해주고 싶었다. 아내를 그곳에 데려가고 싶었다.

"저기 좀 보십시오." 팁시가 말했다. "저 턱시도 입은 친구 저드 채니입니까?"

창밖을 보니 정말로 몸통 둘레가 맥주통만 한 지게차 기사 저드 채니가 턱시도 차림으로 자기 집 마당을 돌아다니고 있었다. 긴 수염을 다듬고 머리까지 자른 모양이었다. 그가 몸을 숙여 화분에서 꽃 한 송이를 따서는 옷깃에 달았다.

그 모습을 보자마자 더글러스는 토할 것 같았다.

저드 채니는 또 무슨 말도 안 되는 테스트 결과를 받은 걸까? 석유 재벌? 국제 스파이? 저드 채니한테는 어떤 새로운 미래가 생긴 걸까? 그런데 디엔에이믹스는 왜 나한테는 새로운 내 모습을 보여주지 않은 거야? 더글러스는 억울해서 화가 났다. 대체 그 어떤 가능성 때문에 저 친구는 오전 여덟 시도 안 된 시간에 턱시도까지 차려입었지? 그게 뭔지는 모르겠지만, 더글러스는 속으로 저드가 망해버리기를 빌었고, 다음 순간 질투와 비관투성이로 변해버린 자신이 싫었다. 비참한 기분으로 자신과 셰릴린의 테스트 결과를 생각했고, 이 이야기를 아내한테 어떻게 꺼낼지 생각했다. 간밤에 생각해둔 품위 있는 대화 말고, 논리적인 반박을 해야겠다. 그는 자신의 테스트 결과를 말하지 **않을** 수 있는 방법들을 생각했다. 다시 말하면, 그는 거짓말을 할 방법을 생각했다. 그러면서 셰릴린에게 할 말을 머릿속으로 연습했다. **셰어, 그렇게 극단적으로 생각하지 않아도 위대하고 고귀한 신분처럼 사고하며 살아갈 수 있잖아?**라든지, **재미있는 상상을 하고 꿈을 꾸는 거야 좋지만, 그게 진실인 건 아니야. 세상에 "진실"이라는 건 얼마 없으니까, 왜냐하면 이런 결과지들은 정확한 게 아니니까.** 이건 그저 존슨스식품점에 들어온 신기한 장난감에 지나지 않는다. **만약 이게 진짜라면 뉴스에 나오지 않았겠어? 당연히 디어필드 말고 다른 곳에도 있겠지. 뉴욕. 로스앤젤레스. 온 세상 사람들이 떠들어댔을 거라고.** 그러니까, **그저 기분 좋은 기억으로 간직하고 원래의 삶으로 돌아가자고, 셰릴린, 그렇게 생각하지 않아? 우리가 다른 무언가가 될 수 있었다고 생각했던 시절이 있었다고 추억하며 웃으면 되잖아.** 삶을 그런 방식으로 바라보는 건 애초부터 우리가 원한 게 아니지 않나? 기계가 우리의 운명을 알려주다니. 우리의 인생이 이미 정해진 거라니, 한꺼번에 정해진 거라니. 말도 안 되지 않나? 실망스럽지 않나? 차마 상상하기도 싫지 않나? **난 있는 그대로의 당신을 사랑해.** 그렇게 말할 것이다. **고작 종이 쪼가리 하나 때문에, 우리가 인연이 아니라고 생각할 수는 없**

어. 그따위 종이에 적힌 말이 알 게 뭐야!

잠깐 열을 내며 생각한 덕에 마음이 정리됐다. 그는 오늘 밤 그 기계를 열렬히 비난한 뒤 잊어버릴 것이다.

겟웰 술집에 도착한 팁시가 셰릴린의 아웃백 옆에 차를 세웠고, 더글러스는 사첼 백과 트롬본을 챙겨 내린 뒤 팁시에게 고맙다고 말했다. 길 건너 주유소를 보자 초대형 타이어가 달린 얼토당토않게 생긴 트럭에 기름을 넣고 있는 듀스가 보였다. 이런 똥 같은 날 아침부터 듀스를 마주하다니, 기분이 나빴다. 그래도 평소처럼 차분히 굴 생각이었다. 할 말은 머릿속에 다 준비해놓았다. 디엔에이믹스라는 그 물건의 정체를 까발리고, 박살내버릴 것이다.

그때, 팁시가 차창을 내리더니 손을 내밀었다.

손에 파란 종이가 들려 있었다.

"허버드 씨, 떠나기 전 제 명함 한 장 챙겨 가시죠."

16장

전시회장에 내 그림을 걸고
My Picture in a Picture Show

팔로워가 12명, 그중에서 "좋아요"를 누른 건 단 한 명뿐이라고?

이만큼 관심을 못 받기도 쉽지 않다. 그러나 제이컵이 놀란건 팔로워 수가 적다는 사실이 아니었다. 트리나의 팔로워 수가 극히 적다는 건 이해할 수 있었다. 그 애는 원래 잔인한 애고, 자기 SNS에 사람들을 허락하지 않는 거야말로 가장 쉽게 잔인해질 수 있는 방법이니까. 어차피 초대받지 못할 테니 시도조차 안 하는 게 좋다. 그런데 심지어 12명 중 "좋아요"를 누른 사람이 딱 한 명뿐이라니? 웬만한 사람들은 스크롤을 내리다가 텅 빈 하트 모양을 발견하면 단순히 채우고 싶다는 마음이 들어 버릇처럼 클릭한다. 하지만 제이컵 역시 트리나가 가진 12명의 팔로워 중 하나였고, 이 사진을 보면서 물론 "좋아요"라는 생각은 전혀 들지 않았다. 특히, 키스하는 순간 레몬이라도 씹은 듯 눈을 찌푸린 자신의 얼굴이 겁을 내는 것 같아서 싫었다. 제이컵의 뒤통수를 감싼 트리나의 손을 보면 그녀가 그를 억지로 끌어당긴 거라는 사실을 알 수 있다. 누가 봐도 뻔했다. 트리나가 혀로 그를 지배하고 있는 모습은 인터넷의 별종들한테는 섹시해 보일지 몰라도 자신의 눈엔 전혀 섹시해 보이지 않았다. 더 기분 나쁜 건, 이 사진에 유일하게 "좋아요"를 누른 주인공이 바로 듀스 뉴먼이었다는 사실이었다.

도대체 12명밖에 안 되는 팔로워 중에 그 사람의 팔로우를 수락한 이유가 뭐람? 그런 생각만 해도 속이 뒤틀렸다. 몇 달 전, 듀스는 제이컵의 인스타그램에도 팔로우 신청을 했다. 프로젝트에 쓸 사진을 모으느라 웬만한 디어필드 사람들은 전부 팔로우했으니까. 하지만 서른 살 미만의 디어필드 사람 중 듀스의 팔로우 신청을 받아준 사람은 아무도 없었을 거라고 제이컵은 믿었다. 그건 말도 안 되는 일이잖아.

제이컵은 앱을 닫고 주머니에 휴대폰을 집어넣었다.

그는 지금 남자화장실 거울 앞에 서서 매일 1교시 시작 전 의식처럼 하는 얼굴 확인을 하고 있었다. 물을 틀고 손을 씻는데 뒤쪽 화장실 칸 안에서 물 내리는 소리가 들리더니, 러스티 보델이 걸쇠를 열고 칸 안에서 나왔다. 그가 디키즈 바지를 추슬러 올리고 옷깃을 세우더니 제이컵의 옆 세면대에 섰다. 그다음에는 하키 퍽만 한 무언가를 거울 밑 선반에다가 툭 내려놓았다. 처음에 제이컵은 그게 그리즐리나 스콜 같은 담배 깡통인 줄 알았지만, 자세히 보니 담배가 아니라 '킬러

엣지 셰이핑 왁스'라는 헤어 제품 용기였다. 새로운 헤어스타일을 위한 액세서리인 모양이었다. 러스티는 세면대에서 손을 씻은 뒤 주머니에서 향수병을 꺼내 손목에 몇 방울 똑똑 떨어뜨리고는 반죽이라도 하듯 양 손목을 비벼댔다.

"이봐, 내 말 잘 들어." 러스티가 손목에 묻은 향수를 귀 뒤에 톡톡 두들겨 바르면서 입을 열었다. "이번 주말이 사업하기 딱 좋을 거야. 다른 동네에서 **핫걸**들이 엄청나게 몰려올 테니까. 무슨 말인지 알지?"

제이컵은 러스티를 쳐다보았다. 둘은 평생 알고 지낸 사이였으나, 7학년 때 같이 포켓몬 배틀을 한 뒤로는 제대로 대화를 나눈 적이 한 번도 없었다. 그날, 러스티는 새로 산 기성품 덱으로 배틀에 임했지만 결과는 제이컵의 압승이었다. 그것도 제이컵이 구성한 가장 약한 덱인, 물속성과 풀속성 포켓몬으로만 이루어진 덱으로 말이다. 심지어 EX 포켓몬이 하나도 없는 덱이었다. 그래도 제이컵은 이긴 게 뿌듯하지가 않았다. 웬만한 애들과 마찬가지도 러스티 역시 그의 맞수가 아니었으니까. 아무튼 새로 산 새하얀 운동화를 신고 머리를 매만지고 있는 러스티는 완전히 정신이 나간 것 같았다.

"러스티, 사실 무슨 소린지 하나도 못 알아듣겠어." 제이컵이 말했다.

러스티는 거울을 보면서 눈썹을 씰룩거리더니 이에 낀 것이 없는지 확인했다.

"여자 말이야. **핫걸**들. 오늘 밤 200주년 기념제가 시작되잖아. 전국의 새우잡이들이 다들 딸을 데리고 찾아올 거라고.

그런데 제이, 새우잡이 딸들이 늪에 가서 뭘 하겠어? 걔들은 새우 같은 거엔 관심 없지. 그저 빌어먹을 늪을 나와서 아빠 몰래 남자 만날 생각뿐이라고. 자, 그럼 이번 주말, 그 여자들을 기다리고 있는 사람이 과연 누굴까?"

제이컵은 일부러 무슨 소린지 모르는 척 되물었다.

"누군데?"

그러자 러스티가 엄지로 자기 가슴을 가리켰다.

"바로 이 친구지."

"러스티, 내가 진지한 질문 하나 해도 될까? 너 뭐 잘못 먹었냐?"

"그럴 리가, 난 그저 꿈을 실현하고 있을 뿐이라고."

"너 〈로그 원: 스타워즈 스토리〉 첫 상영 티켓 못 구했을 때 울었잖아. 또 치즈볼 한 통을 혼자 다 먹으면서 〈파이어플라이〉 팬픽 쓰는 모습도 봤어. 미안하지만, 세상에 네 접근을 허락하는 인간 여자가 있을까?"

그러자 러스티가 고개를 돌려 그를 바라보았다.

"날 네 잣대로 재단하지 말아줄래?"

그가 주머니에 손을 넣어서 파란 종이를 꺼냈다.

"이거나 읽어보고 질질 짜시지."

제이컵은 종이를 읽어보았다.

러스티 보델.

가능한 체중: 181킬로그램.

가능한 신분: **연인**.

"어, 이게 말이 된다고 생각해?"

"웃고 싶으면 실컷 웃어. 그렇다고 과학을 부정할 수는 없잖아. 뿐만 아니라," 러스티는 목소리를 낮추더니 **실제로 근거가 있다고**" 하면서 살짝 눈을 찡긋했다. "그러니까 나, 밑에 달린 게 거의 당나귀급이거든. 마르지 않는 샘물이라고나 할까."

"끔찍한 장면을 상상하게 해줘서 고맙네. 근데, 솔직히 근거 없는 건 여기 쓰인 네 이름이야. 러스티 보델? 빨간 머리인 네 본명이 러스티라고? 부모님이 네가 빨간 머리가 될 걸 예언하고 러스티라고 이름을 지었다? 우연 치고 너무 신기하네."

"러스티는 내 **본명**은 아니지. 그래도 이 기계는 다 알아. 우리의 사고를 이미 뛰어넘었단 말이야." 그는 다시 거울을 보더니 뒷주머니에서 빗을 하나 꺼내 들었다. "그거 알아, 제이? 난 너처럼 똑똑한 녀석은 오픈 마인드일 줄 알았어. 너도 테스트해보면 이해할걸."

"뭐, 어떤 결과가 나오겠어, 러스티? 내가 포르노 스타라도 되려나?"

"젠장, 그거야 나도 모르지. 그리고 어차피 너도 모르잖아. 그게 중요하지. 뭐든 간에, 평범한 고등학생보다는 낫지 않겠어? 그럼 부탁이니 저 헤어 왁스 좀 건네줄래?"

제이컵은 씩 웃으며 깡통을 건네주었다.

"그럼 섹스 신기록 응원할게. 행운을 빈다."

"응원은 필요 없어. DNA에 입력되어 있거든. 별들에 쓰여 있다고. 마치 천국에 '러스티는 섹스를 하게 된다'고 적힌 거대한 현수막이 걸려 있는 셈이라니까. 그게 바로 정의야."

화장실을 나서려고 몸을 돌리던 제이컵은 화장실 문 위쪽 오른편을 본 순간 걸음을 멈췄다. 가슴이 쿵 내려앉더니 목이 화끈 달아올랐다. 어제는 비어 있던 그 자리에 숫자 세 개가 적혀 있었다. 트리나는 때가 오면 그때를 확인하라고 했었다. 못 본 척할 수 없는 숫자였다.

687.

보자마자 무슨 의미인지 알 수 있었다. 제이컵의 사물함 비밀번호였다.

화장실을 나와 복도를 걸어갔다. 휴대폰을 확인하니 아직 수업 시작까지는 5분이 남아 있었다. 사물함이 있는 곳으로 가서 자기 사물함을 꼼꼼히 살펴보았다. 숫자 조합식 자물쇠가 달려 있고 매일 이루어지는 사물함 검사를 위한 마스터키 구멍이 뚫린, 다른 사물함들과 똑같이 생긴 베이지색 금속 사물함이었다. 디어필드는 학생들에게 투명 책가방을 메거나 방탄 연필을 쓰게 만드는 곳이 아니었다. 오히려 위험한 상황이 오면 모든 교사들을 AK 소총이나 유탄발사기 같은 시대에 뒤떨어진 장비로 무장시킬 만한 그런 곳이었다. 그렇기에 팻 교장선생님은 매일같이 바짝 경계하는 눈으로 복도를 돌아다니면서 무작위로 사물함을 열었다가 닫곤 했다. 영리한 사람들이라면 누구나 그렇듯, 학생들은 비밀은 휴대폰에, 대마초와 전자담배는 신발 속에 숨겼다.

다른 사물함과 다르게 생긴 단 하나의 사물함은 제이컵의 사물함 바로 밑에 있었다. 토비가 예전에 쓰던 이 사물함을 학교 측에서 그를 위한 기념비처럼 탈바꿈시켜두었던 것이다. 아이들은 사물함에 카드며 십자가, 리본을 잔뜩 붙여놓았다. 마치 고속도로에서 지나치는, 그저 "누군가 이곳에서 죽었다"는 사실을 알리기 위해서만 존재하는 표지 같았다. 토비의 장례식을 마치고 학교로 돌아온 첫날, 제이컵은 이 사물함을 본 순간 무너져 내릴 뻔했다. 사물함 앞에서 그를 기다리던 트리나를 처음 만난 날이었다. 트리나는 그를 한번 보고, 토비의 사물함을 한번 보더니 이렇게 말했다.

"이건 전부 잘못됐어, 제이컵. 다들 알아야 돼. 우리가 그 사람들한테 알려줘야 해."

슬픔에 휩싸여 있던 탓에 무슨 대답을 해야 할지 몰랐던 제이컵은 그대로 학교 건물 밖으로 나서버렸다. 마치 그가 다시 나올 걸 예상했다는 듯, 아빠는 여전히 주차장에 차를 대놓은 채 기다리고 있었다. "내일 다시 도전해보자, 친구. 학교가 어디 가는 것도 아니잖아."

매일 생각하던 대로, 토비의 사물함에 붙은 장식들을 전부 떼어버리는 상상을 했다. 매일같이 형이 죽었다는 사실을 상기하지 않아도 되도록. 그러나 그는 그러는 대신 트리나가 혹시 쪽지 같은 것이라도 넣어두었나 하고 구멍을 통해 사물함 안을 들여다보았다. 아무것도 보이지 않았다. 자물쇠 비밀번호를 맞추고 사물함을 열자, 안에는 결코 제이컵의 것이 아닌 게 분명한 파란색 더플백이 들어 있었다.

주위를 둘러본 뒤 조심스레 더플백을 집어 들었다. 분명 트리나가 넣어놓은 것이겠지만, 무슨 수로 넣었지? 그 애한테

내가 사물함 비밀번호를 알려준 적이 있었나? 아니, 그런 적 없었다. 가방이 텅 빈 듯 가벼워서 정말 안심됐다. 하지만 난 뭘 예상했던 거지? 총? 그 애 말이 진심은 아니었을 거다. 하지만 어제 그 애가 총 이야기를 할 때 난 왜 말리지 않았지? 왜 난 그 애한테 학교 설계도를 준 거지? 무슨 생각이었던 거야? 난 **뭘 하는** 놈이었나? 왜 매번 실수하지? 제이컵은 더플백을 꺼내 지퍼를 열었다. 손을 넣어보았지만 아무것도 없었다. 그래도 너무 심하다는 생각이 들었던 제이컵은 더플백을 다시 사물함 안에 던져 넣고 문을 쾅 닫은 다음 자물쇠를 잠갔다.

곧 1교시 수업이 있는 건물로 향했다. 교실 안에서 자신을 빤히 바라보고 있는 트리나를 마주하게 될 것이라 예상했지만 그가 본 건 책상에 앉아 발을 쓰레기통 위에 얹어놓은 허버드 선생님이었다. 선생님은 선글라스를 쓰고 있었는데 잠든 것 같았다.

"좋은 아침이에요." 제이컵이 인사를 건넸지만 허버드 선생님은 꼼짝도 않고 "그래?" 하고 대답할 뿐이었다.

제이컵은 비어 있는 트리나의 책상 옆을 지나쳐 자기 자리로 향했다. 그 애가 교실에 없는 게 찜찜했다. 그 애는 평소에도 지각을 자주 했지만, 왠지 오늘은 아예 오지 않을 것 같았다. 어쩌면 영영 돌아오지 않을지도 몰라. 그럼 어떤 기분이 들까? 그는 자리에 앉아 교과서를 꺼냈다.

잠시 후 허버드 선생님이 일어나 앉았다.

"여러분, 오늘은 운명에 대해서 이야기해보도록 하자. 또,

요즘 도는 말도 안 되는 개소리에 대해서도 이야기해볼 거야. 그다음에는 운명과 개소리를 어떻게 구별하는가에 대한 논리적인 결론을 내려보도록 하지."

제이컵은 교실을 둘러보았다. 다른 아이들은 손으로 입을 가리고 웃거나 당황한 표정을 지었다. 허버드 선생님이 그런 상스러운 말을 쓰는 건 처음 들었다. 아니, 디어필드 가톨릭 스쿨의 그 어떤 선생님이라도 마찬가지였다. 대체 이런 상황을 어떻게 이해하면 좋지? 요즘 제이컵은 주변의 어른들을 도저히 이해할 수가 없었다. 아빠, 듀스, 그런데 이제는 허버드 선생님마저도 어른답지 않은 이상한 행동을 했다. 지난밤 제이컵은 아빠가 자정이 넘어서야 〈난 리오그란데에서 온 늙은 카우보이라네〉라는 노래를 고래고래 부르면서 비틀비틀 귀가한 뒤 식품저장고와 거실을 뒤지는 소리를 들었다. 복도에 울리던 부츠 발소리, 문이 열리고 닫히는 소리. 그러다 갑자기 유리 깨지는 소리가 들렸다. 아빠가 만취한 게 틀림없었다. 그래서 오늘 아침 제이컵은 학교에 오기 전 아빠 얼굴도 보지 않았다.

"괜찮으세요, 허버드 선생님?" 베카가 물었다. "오늘 평소랑 좀 다르세요."

허버드 선생님이 자리에서 일어서더니 선글라스를 벗었다. 눈에 무시무시한 검은 멍이 들어 있었다.

"질문해줘서 고맙구나, 베카. 왜냐하면, 오늘은 평소랑 다른 **기분이** 들어서 말이다. 그런데 우리 모두 변한 거 아니냐? 자, 저기 카사노바가 된 러스티를 봐라. 또 색인카드를 접어

백조를 만들겠다고 애를 쓰는 헤디도 보려무나. 헤디, 그게 백조냐? 그래, 어느 부분이 목인지 확실히 알겠다! 네 인생의 진정한 소명을 실현하다니, 축하한다! 요즘 너희들 다 평소와는 다른 행동을 하지? 내 말이 틀렸나? 자, 다들 대답해봐라. 오늘 나 말고도 평소랑 다른 **기분이** 드는 사람이 누구지?"

학생들 두엇이 손을 들었다.

제이컵의 주머니 속 휴대폰이 진동했다.

"오늘의 주제는 바로 그거다." 허버드 선생님이 말했다. "이 교실에서 평소랑 다른 기분이 드는 사람들은 모두 디엔에이 믹스 기계에서 나온 결과지를 꺼내라. 실험을 해보자. 자, 그 기계로 테스트를 해본 사람들은 모두 꺼내봐라."

몇몇 아이들이 주머니와 책가방을 뒤지기 시작했다. 허버드 선생님이 왜 변한 건지, 눈은 왜 그렇게 되었는지 물어볼 엄두가 안 나는 듯했다. 제이컵은 휴대폰을 꺼냈다. 트리나에게서 문자메시지로 동영상이 하나 와 있었다.

휴대폰을 무음으로 바꾼 뒤 재생 버튼을 눌렀다. 그 순간 가슴이 쿵 내려앉았다.

동영상 속에는 조금 전 사물함에 서 있던 제이컵 자신의 모습이 담겨 있었다. 영상 속, 더플백을 꺼내 그 안을 뒤지는 모습. 복도를 이리저리 둘러보는 자기 모습을 보니 소름이 돋았다. 보안 카메라 영상일까? 어딘가 카메라를 숨겨두었던 걸까? 천장 환기구 안에서 찍은 것 같았다. 무슨 수로 찍은 거야? 천장을 올려다보았다.

이런 씨발, 트리나가 환기구에 들어간 건가?

동영상 아래에 메시지가 나타났다.

인스타그램감이지? 어때?

다시 휴대폰을 주머니에 넣었다. 땀방울이 옆구리를 따라 주르륵 흘러내리는 게 느껴졌다. 잠깐이지만, 자기가 트리나에 대해 아는 것들이 모조리 거짓일지도 모른다는 소름 끼치는 생각이 들었다. 트리나가 두 사람 사이의 유대감을 강화하려는 게 아니라, 이용하려는 것 같다는 생각이었다. 하지만, 목적이 뭐지? 심장이 쿵쿵 뛰어대는 바람에 제이컵은 마음을 가라앉히기 위해 논리적으로 생각하려고, 심호흡을 하려고, 당장 눈앞에 있는 일에 집중하려고 애썼다.

허버드 선생님이 한 학생의 손에서 파란 종이를 낚아채더니 햇빛에 비추고 있었다.

"자, 지금부터 한번 살펴볼까?" 선생님이 말했다.

17장

부엌에 파리가 있어, 붕붕 소리가 들리네
There's Flies in the Kitchen, I Can Hear Them A-Buzzin'

눈에 창문을 스치는 그림자가 보였다.

셰릴린은 부엌 개수대에 몸을 기댄 채 조리대 모서리를 붙든 두 손을 내려다보면서 커피메이커가 내는 익숙한 꾸르륵 소리를 들으며 멍때리는 중이었다. 손에 난 핏줄과 주름, 기미를, 결혼반지 주위로 살이 붙은 손가락을 한참 쳐다보았다. 엄마의 손을 닮아가고 있다고, 할머니의 손으로 변해가고 있다는 데 생각이 미치는 순간, 어느 날 손을 내려다보다가 잠깐, 전혀 내 손처럼 생기지 않았는걸, 하게 되면 얼마나 이상할까 싶었다. 그때 마치 갑작스레 일식이라도 일어난 듯 부엌 안이 어두워졌다. 트럭이 눈앞에 나타나기도 전 트럭 소리부터 들렸다. 진입로로 트럭이 들어와 서는 소리에 가슴이 철렁했다.

창밖을 내다보니 브루스 뉴먼이 트럭에서 내리고 있었다.

순간적으로 공황이 밀려왔다. 대체 우리 집에서 뭐 하는 거야? 이 시간에 우리 집에 찾아올 사람이 누가 있어? 물론 낮시간엔 이런저런 사람들이 집을 찾아오곤 했다. 친구들이 잡담을 나누려 들르기도 하고, 자기 집 개나 아이를 보았냐고 물으러 오는 이웃도 있었으며, 우체부가 와서 문 아래로 편지봉투를 밀어 넣기도 했다. 그러나 지금은 고작 오전 아홉 시였다. 셰릴린은 아직 가운 차림이었다. 심지어 브라도 입지 않은 채였다.

가운 앞섶을 여미고 브라를 찾으러 세탁실로 갔지만 브라는 눈에 띄지 않았다. 그녀는 자기도 모르게 코트걸이 옆 거울을 보며 외모를 점검했다. 자동 반응이었다. 손으로 얼굴을 눌러보고, 콧잔등을 찡그리고, 뒤통수의 머리카락을 쓸어내렸다. 거울에 비친 모습은 실망스러웠다. 그러나 거울을 보고 실망하는 자신이 더 실망스러웠다. 브루스 뉴먼에게 예쁘게 보이는 게 뭐가 중요해? 하지만 묘하게도, 상대가 브루스 뉴먼이라는 점에서 이는 중요한 문제였다.

이 동네를 떠도는 공공연한 비밀들 중에서도 듀스가 셰릴린을 짝사랑한다는 사실을 모르는 사람은 아무도 없었다. 셰릴린 자신도 잘 알았다. 심지어 듣기로는 듀스의 마음을 빼앗아 간 셰릴린을 질투하는 여자들도 꽤나 많다고 했다. 듀스는 나름대로 여자들에게 인기가 많은 모양이었다. 세상일에 밝고 야심만만했으며 연장이나 컴퓨터, 카메라 같은 걸 잘 다루는 데다가 집안의 이런저런 수리도 썩 잘할 것 같았다. 매력적인 외모는 아니지만 어떤 여자들이 선호하는 튼실한 몸통을 갖고 있었다. 셰릴린의 눈에 듀스는 재빠르지 못한 흑곰 같았는데, 이 역시 누군가는 좋아할 만한 점이겠지. 듀스보다 더 별로인 남자를 만나 정착한 여자도 한둘이 아니니 말이다. 아무튼 듀스가 자기를 짝사랑하는 이상, 그녀는 내심 그에게는 언제나 최고의 모습을 보일 의무가 있다는 기분을 느꼈다. 자신을 숭배하는 학생을 향한 지도교수의 감정과 마찬가지로 상대를 실망시켜서는 안 될 것 같다고 오래전부터 느꼈는데, 그렇게 느낀다는 사실이 자랑스럽지는 않았다. 경박하며 겉과 속이 다른 사람이 된 기분이 들어서였다. 그러나, 차마 인정할 수는 없었지만, 그 사실 때문에 권력을 지닌 기분이 들기도 했다. 그녀는 브루스의 눈길을 즐겼다. 누구라도 그러지 않을까? 매력적인 사람으로 보이면 기분 좋잖아? 원하지 않는 상대라 할지라도 누군가가 자신을 원하는 건 기분 좋은 일이다.

그래서 그녀는 남편과 함께 브루스 역시 올지도 모르는 파티나 사교 모임에 갈 때면 거울 앞에서도, 옷을 고를 때도 좀 더 시간을 들였다. 어찌 보면 성가신 일이었다. 화장하지 않은 민낯으로 레깅스 위에 쇼핑백을 뒤집어쓰고 다닌다 해도 더글러스의 사랑은 변함없을 터였다. 그 사실을 분명히 알았다. 남편은 흔들리는 법이 없었다. 하지만, 아무리 쩨쩨한 일이라 해도, 브루스가 있는 자리에서 그녀는 언제나 최고의 모습이고 싶었다. 그런데 지금은 그런 모습이 아니었다.

얼른 침실로 가서 옷을 갈아입고 싶었지만 모퉁이를 돌기도 전에 이미 듀스가 뒷문 쪽 차고 안에 서 있는 모습이 보였다. 다른 건 그렇다손 치더라도, 듀스는 몸에 맞지도 않는 병병한 정장을 입은 채로 유리에 비친 자기 모습을 들여다보고 있었다. 그녀가 다가온 걸 눈치챈 듀스는 미소를 지었다.

셰릴린은 가운 앞섶을 여미고 문간으로 나섰다. 오른손으로는 가운의 가슴 부분을 누른 채 왼손으로 문을 열었다.

"브루스, 길이라도 잃었어? 지금 아침 아홉 시야."

"난 길 잃는 법 없는 거 알면서."

그 말에 그녀는 고개를 설레설레 저으며 당황한 표정을 꾸며냈다. 듀스가 이 집에 볼일이 있을 리는 없었다.

"그럼 무슨 일이야? 누가 죽기라도 했어?" 그러면서 그녀는 듀스가 입은 정장을 고갯짓으로 가리켰다.

듀스가 자기 몸을 내려다보더니 마치 길이를 늘이기라도 하려는 듯 소매를 잡아당겼다.

"아니, 그냥 오늘 중요한 회의가 많아서. 최고의 모습을 보여야 하잖아. 어때?"

"설마 그 회의가 우리 집 차고에서 있는 건 아니지?"

"당연히 아니지."

"그럼 나한테 볼일이 뭐야?"

"아." 듀스가 한 걸음 물러나더니 손으로 가슴을 움켜쥐며 심장에 화살을 맞은 시늉을 하며 웃었다.

"그런 말 하지 마, 내 마음 알면서."

"브루스, 내 말뜻 알잖아. 대체 우리 집에서 뭐 하는 거야?"

"너 보러 온 거 아닐 수도 있지, 똑똑이 아가씨. 더글러스를 만나러 온 걸지도 모르잖아? 더글러스 집에 있어?"

"아니, 출근했지. 평일이잖아."

그 말에 듀스는 더글러스의 차에 눈길을 던졌다.

"대체 어떻게 갔대? 그 친구 차는 여기 있고 네 차는 겟웰 술집 앞에 있는데."

"더글러스 차는 배터리가 나갔어. 설명하자면 길어. 그런데 정말 더글러스 만나러 온 거야?"

"어젯밤에 그 친구를 만났거든. 진탕 마셔대는 것 같던데."

"성인이잖아. 제프리 씨랑 한잔하러 간 것뿐인걸."

그 말에 듀스가 되물었다. "제프리? 더글러스가 그렇게 말했어?"

셰릴린이 얼굴을 찌푸렸다. 그 표정으로 속내가 드러나고 말았으리라. 남편이 지난밤 무얼 했건 브루스 뉴먼이 상관할 바 아니다. 하지만 남편이 나한테 거짓말을 했다고? 왜? 너무나 의외인 일이어서, 남편의 거짓말을 들어본 게 언제더라 되짚어 생각해야 할 지경이었다. 그건 주로 악몽 속에서였다. 남편이 비밀을 숨기거나, 그녀한테서 관심을 거두거나, 다른 누구를 사랑하는 악몽. 더글러스의 사랑을 잃은, 그녀가 상상하는 최악의 인생이 나오는 악몽.

"아무튼 더글러스는 집에 없어."

"아쉽군. 네 차를 세워둔 곳까지 태워다 줄 생각이었거든. 가는 길에 이야기도 좀 하고 말이야. 아무튼 더글러스가 없다니 내가 태워줄까?"

"기사도 정신이 투철한 건지, 굉장히 부적절한 건지 모르겠네. 아무튼 거절할게." 그러면서 그녀가 더글러스의 10년 된 파란색 혼다 어코드를 가리켰다.

"그런데 저 차 시동 좀 걸어줄 수 있어?"

"셰릴린 메이 풀러, 설마 내가 너희 집 차고 안에서 내 주특기를 선보이길 바라는 거야?"

그 말에 셰릴린은 한숨을 쉬었다. "해줄 거야, 말 거야?"

"해줄게. 옆에서 구경할래?"

"아니, 난 옷 좀 입을게. 차 고쳐주면 커피는 한잔 대접할게."

"좋아."

셰릴린은 문을 닫고 다시 침실로 갔다. 그런데, 디엔에이믹스 테스트를 해본 뒤로 쭉 그랬듯, 이번에도 그녀의 마음이 예상치 못한 방향을 향했다. 어쩌면 난 왕족이 될 **운명**이었는지도 몰라. 어쩌면 남들의 갈망의 대상이 될 **운명**이었는지도. 지금 이 순간에도 우리 집을 찾아온 누군가가 내 명을 받들고 있잖아? 자, 여왕이라면 이럴 때 어떻게 하려나? 얼마만한 권력을 행사해야 할까? 듀스는 내 부탁을 어디까지 들어줄까?

침실에 들어와 거울 앞에 섰다. 오만의 수잔 공주처럼 머리를 쓸어 넘긴 다음 가운을 바닥에 스르륵 떨어뜨렸다. 자신의 몸, 살아 있는 몸을 바라보았다. 나쁘지 않았다. 등에, 드러난 가슴과 허벅지에 서늘한 에어컨 바람이 느껴졌지만 몸속은 불이 활활 타는 것처럼 뜨거워 벽에 등을 기댔다. 피부에 차가운 벽이 닿자 손바닥을 벽에 댔다. 손가락을 펼쳤다. 그다음에는 고개를 한쪽으로 돌리고 마음의 준비를 하듯 눈을 꼭 감았다. 그런데 무슨 준비? 무엇을 위해?

브라와 티셔츠, 반바지를 입으면서 일부러 차려입지 않으려고 신경 썼다. 이건 예고도 없이 나타난 브루스에 대한 벌이다. 그에게 좋은 일은 하나도 해주지 말아야지. 부엌으로 돌아간 그녀는 걸음을 멈추고 창문 전체를 꽉 채울 만큼 커다란 듀스의 트럭을 보았다. 차고 안에서 차 두 대의 엔진이 동시에 돌아가는 소리가 참 묘했다. 만약 브루스 뉴먼과 결혼했더라면 난 이런 집에 살게 됐을까? 최소한, 차고 안에 번쩍번쩍 빛나는 대형 트럭이 있는 집이었으려나?

때때로 상상하는 것처럼, 그 옛날 브루스의 구애를 받아들였다면 지금 그녀의 삶은 이런 모습일까? 그가 체육관 복도에서 다가와 자기 집 열쇠를 건네던 그날 밤, 그가 바보 같을 정도로 열의에 들떠 곧 울음을 터뜨릴 것 같은 표정으로 이렇게 말했던 밤.

"언제라도 상관없어. 진심이야. 지금도 좋지만, 50년 뒤, 우리가 뼈랑 가죽만 남았을 때라도, 네 마음이 바뀌면 언제든 나한테 와. 이건 너한테 줄게, 가져. 난 늘 이 집에서 기다릴 테니까."

그때 그녀는 이렇게 대답했다. "아, 브루스."

"너만 있으면 우리 집은 성이 될 거야."

잠깐, 솔직해지자. 마지막 대사는 그때 그가 실제로 한 말인지, 아니면 요즘 자꾸 왕족에 관한 생각에 몰두하던 셰릴린의 머릿속에서 덧붙인 건지 모르겠다. 그래도 그녀는 아직 듀스의 집 열쇠를 가지고 있었다. 다시 들여다보는 일이 거의 없는 다른 물건들과 함께 서랍 깊숙한 곳에 넣어둔 상자 안에 있었다. 고등학생 때 하고 다니던 팔찌. 오래전 죽은 친구 제니퍼 사진이 담긴 펜던트. 더글러스와 데이트 삼아 보고 왔던, 그러면서 앞으로 예술에 더 힘쓰겠노라고 혼자 다짐한 계기가 되었던 〈레미제라블〉 티켓을 찢고 남은 조각. 더글러스가 작은 비밀 금고를 벽장 안에 간직하는 것처럼 그녀에게도 작은 보물 상자가 있었다. 두 사람은 그저 서로의 배우자일 뿐 아니라 인간이었으니까. 인간이라면 누구나 비밀스런 물건들이 있으니까.

부엌으로 돌아가자 듀스가 문을 열고 들어와 이마의 땀을 훔쳤다.

"대체 무슨 남자가 트렁크에 점퍼 케이블도 안 마련해두는 거지? 아무리 찾아도 없어서 내 걸 썼어."

"들어와서 앉아. 크림이나 설탕 넣을까?"

"둘 다 필요 없어. 난 오나튀렐[23]로 마셔."

듀스가 정장 재킷을 벗어 탈탈 털어서 의자에 걸쳤다.

"더글러스 그 친구 말이야. 펑크 난 타이어 때우는 법은 안 대? 차고 안에 연장이라곤 하나도 없던데."

"미국자동차협회가 있으니까 괜찮아."

"고작 타이어가 펑크 난 걸 거기에 맡겨? 나라 꼴 잘 돌아간다."

---

23   au naturel, '자연 그대로'라는 의미의 프랑스어.

셰릴린은 커피를 한 잔 따라 듀스에게 가져다주며 말했다.

"내가 골랐어. 더 안전한 기분이 들거든."

"뭐, 훌륭한 국내 회사인 건 사실이지. 고마워." 듀스는 커피를 받아들었다.

셰릴린은 다시 돌아가 자기가 마실 커피를 따랐다. 식탁에 앉은 듀스는 전날 밤 그녀가 만들던 새집 하나를 집어 들어 햇빛에 비춰 보기 시작했다.

"이야, 이걸 다 직접 만든 거야?"

"미안. 거슬리면 한쪽으로 치워놔."

"이거 정말 **작품**인데? 이렇게 만들기까지 끝없는 노력을 했겠어."

셰릴린은 식탁 맞은편에 앉아 새집을 관찰하는 듀스를 바라보았다. 공예품을 만드느라 노력을 해온 건 사실이었다. 물론 혁신적인 무엇을 만든 건 아니지만, 최근에는 아이스크림 막대를 깎고 물에 축여서 다양한 모양으로 구부리는 기법을 사용하기 시작하며 새로운 가능성들이 열렸다. 듀스가 들고 있는 새집 외벽을 타고 올라가는 한 쌍의 작은 나선형 계단은 그녀의 자부심이었다. 정말 시간이 많이 걸렸다. 이 집에는 창문 삼아 각기 다른 모양의 구멍도 세 개 뚫려 있었다. 일종의 셰어하우스를 의도한 거였다.

"새를 위한 **저택**이네. 이런 집에 살려면 보통 새는 아니어야겠는데? 의사 새가 살려나? 변호사 새?"

"그만 좀 놀려."

"농담 아니야. 정말 대단해."

셰릴린은 듀스를 바라보았다. "고마워. 200주년 기념제에 내놓으려고 만든 거야."

"분명 10분 안에 매진될걸. 자, 그럼 새 소식 없어? 최근엔 어떻게 지냈어?"

"딱히 없어. 주로 엄마를 돌봤어. 엄마 정신이 멀쩡하지 않은 거 같아 걱정이야. 집 밖으로 잘 나오시지도 않아."

"안타까운 소식이네. 난 우리 엄마가 치매에 걸려도 잘 모를 것 같아. 평생 제정신이 아니셨거든."

"넌? 요즘 바쁘다면서?"

듀스는 새집을 무슨 부서지기 쉬운 물건이라도 되듯이 살며시 내려놓고는 입을 열었다.

"상상도 못 할걸, 셰릴린. 모든 게 변할 거란 예감이 들어."

셰릴린은 식탁 위 다른 새집을 집어 들어 문에 잔가지로 엮어 매달아놓은 리스 모양 장식을 매만졌다.

"뭐, 변화는 좋은 거잖아?"

"그렇지?" 듀스가 손바닥으로 식탁을 탁 쳤다. "내가 널 좋아하는 게 바로 그래서야. 이 동네 사람들은 변화를 싫어하잖아. 진흙탕에라도 빠진 것처럼 꼼짝도 할 줄 몰라."

"변화라는 말이 나와서 말인데," 셰릴린이 말을 꺼냈다. "디엔에이믹스 테스트 해봤냐는 문자메시지, 왜 보낸 거야? 넌 혹시 해봤어?"

듀스가 미소를 지었다. "온 동네 사람들이 그 기계 때문에 야단이지?"

"다들 떠들어대더라. 이상한 이야기도 들리던걸. 주디스 프리먼이 불교에 귀의한다던데, 진짜야? 전에 누가 그러기에 농담인 줄 알고 웃어넘겼는데, 지금 생각해보니 주디스도 그 테스트를 해봤나 봐. 그러니까, 좀 특이한 결과가 나오는 사람들도 있더라고."

"제이미 마이즈가 마당에 수영장을 파고 있다는 소문도 있어. 테스트 결과가 올림픽 수영선수라고 나왔대."

"그 뚱뚱한 사람? 물에 들어가자마자 가라앉을 텐데?"

"내 말이. 그래도 소파에만 누워 있다가 몸을 일으킨 게 어디야. 아무리 말도 안 되는 가능성이라 한들, 사람들이 새로운 가능성에 눈뜨기 시작한 건 좋은 일이니까."

"넌?" 셰릴린이 양손으로 컵을 감싸 쥐며 물었다.

"넌 뭐라고 나왔어? 브루스 뉴먼의 미래에 기다리는 가능성이 뭐래?"

"질문을 거꾸로 뒤집어볼게. **네 생각에** 내 결과가 뭐일 것 같아? 내가 뭐라고 답하면 나에 대한 감정이 달라지겠어?"

셰릴린은 다시 한숨을 쉬었다. "안 해봤구나."

"안 해봤다곤 안 했어." 듀스는 그렇게 말하더니 양 손바닥으로 식탁을 짚은 채 상체를 그녀 쪽으로 기울였다. "우리 협상하자. 내 결과지 보여줄게, 너도 보여주는 거야."

셰릴린은 미소를 지었다.

"미안. 안 해봤어. 해보고 싶은지 확신이 안 서네."

"그거 알아? 너 정말 거짓말에 소질 없어."

"그럼, 브루스 **네 생각에는** 내 결과가 뭘 것 같아? 날 그렇게 잘 안다면 대답해봐."

듀스가 의자에 등을 기대더니 입으로 긴 숨을 내쉬었다.

"와, 가능성이 정말 많은데? 부랑자, 방랑자, 무정한 미녀."

"아니, 농담 아니라니까. 한번 맞춰봐."

그러자 듀스는 그녀를 빤히 마주보았다. 그가 그녀의 얼굴을, 목을, 심지어 식탁 위 커피잔을 감싸고 있는 손가락까지 살살이 눈여겨보는 게 느껴졌다.

"뭔가 중요한 존재일 것 같아. 아주 특별한 사람."

심장이 또다시 두근거렸지만, 그는 듀스가 그 사실을 눈치채지 못하게 가만히 그를 쳐다보았을 뿐이다. 마주친 두 눈이 어쩐지 눈싸움을 하는 것처럼 느껴졌다.

"틀렸어." 그녀가 말했다.

"흠, 적어도 뭐라고 안 쓰여 있는지는 확실히 알지." 듀스가 손을 뻗어 셰릴린의 손등에 얹었다. "그저 **더글러스 허버드의 아내**라고 적혀 있을 리는 절대 없어."

셰릴린이 상체를 뒤로 물렸다. 이제는 가운을 입고 있는 게 아닌데도 절로 가운을 여미는 손짓이 나왔다.

"저기, 브루스. 이제 일어나줬으면 해."

그러나 듀스는 꼼짝도 하지 않았다.

"집 안이 쥐 죽은 듯 조용하네, 셰릴린."

그러자 셰릴린의 눈에는 눈물이 차올랐다. 하지만 오늘은 안 울 거야. 그것도 브루스 앞에서는 절대로.

"진심이야. 나 할 일 있어."

그 말에 듀스는 마침내 자리에서 일어났다.

"나도야. 할 일이 많아. 알겠지만 난 항상 바빠. 시장님과 중요한 회의도 있고, 모자이크 작품 마무리도 해야 하고. 할 일이 엄청나게 많다고."

그가 정장 재킷을 집어 들어 어깨에 걸치는 순간, 문득 그에게 가지 말라고 해볼까 하는 말도 안 되는 생각이 들었다. 그러고 보니 디엔에이믹스 기계에 대해 대화를 나눈 상대는 브루스뿐이었다. 어쩌면 브루스는 그녀가 받은 결과지 이야기를 했을 때 미친 소리라고 말하지 않을 유일한 사람일지도 몰랐다. 그리고 그가 테스트 결과를 추측하면서 그녀를 바라보면 그 눈빛. 꼭 알고 있는 것만 같았다. 그 말을 믿어줄 것 같았다. 말도 안 돼, 미친 생각이야. 하지만 그녀는 브루스가 떠나지 않았으면 했다.

일어서서 그를 배웅하는 내내 재킷 뒤춤을 부여잡고 가지 말라고 하고 싶은 것을 애써 참았다. 커피를 한잔 더 하고 가라고, 그저 조금만 더 이런 기분으로 있을 수 있게 해달라고 말이다. 또다시 꿈속에 나왔던 고운 모래로 된 세계로 돌아온 것 같아서였다. 누군가가 나를 그런 눈으로 바라봐준다면, 이 상상을 누군가와 나눌 수 있다면, 그럼 이런 몽상도 다 잊을 수 있을 것 같았다. 하지만 난 정말 그 몽상을 잊고 싶은 걸까? 만약 그렇다면, 어째서 듀스를 좇아 바깥으로 나온 거지?

듀스가 트럭 문을 열고 올라탔다.

"브루스." 셰릴린이 트럭 문을 붙잡고 입을 열었다. "그 모자이크 말이야. 내 사진 아직 필요해?"

그러자 그가 그녀를 한참이나 바라보다가 입을 열었다.

"응. 그런데 지금은 좋은 카메라를 안 챙겨 왔어. 오늘, 이

따가 찍을까?"

"좋아." 그녀가 대답했다. "하지만 우리 집에서는 안 돼."

18장

바보들의 대행진
The Caravan of Fools

조지 커스터 장군. 베네딕트 아널드. 마이클 두카키스. 버펄로 빌스.[24]

역사상 수많은 남성들이 완패를 경험했으니, 이런 기분을 느껴본 건 더글러스 혼자가 아닌 셈이다. 1교시가 반이나 남았는데 학생들의 디엔에이믹스 결과지가 그저 과대망상에 불

---

[24]　넷 모두 미국 역사상 실패의 아이콘을 가리킨다.

　　조지 커스터: 남북전쟁에서 활약하다 아메리카 원주민과의 전쟁에서 전사한. 미국 확장주의를 비판하기 위해 거론되는 인물.

　　베네딕트 아널드: 미국 독립전쟁에 참전한 군인으로 배신의 대명사.

　　마이클 두카키스: 매사추세츠 주지사를 역임했고 1988년 민주당 대선 후보로 출마했으나 부시의 네거티브 캠페인으로 패배한 인물.

　　버펄로 빌스: 슈퍼볼 4연속 진출 후 4연속 패배라는 전무후무한 기록을 남긴 풋볼 팀.

과하다는 걸 밝히려는 계획은 이미 실패로 돌아간 뒤였다. 그는 재킷을 벗고 셔츠 바람으로 책상 사이 통로를 왔다 갔다 하는 중이었다. 논리적으로 디엔에이믹스를 비판해보았자 과반수 학생들은 무시할 뿐이었고, 그는 단 한 명이라도 자기 말에 동의하는 학생을 찾고 싶어 미칠 지경이었다. 아마 교실 밖에서 보면 열정적으로 수업을 하는 모습으로 보일 터였다. 그는 둘째 줄에 앉은 한 남학생 손에서 파란 종이를 낚아채 쳐들었다.

"인형조종사? 자, 여기 완벽한 예시가 나왔군. 조지프 웜스, 솔직하게 대답해주길 바란다. 지금은 21세기야. 인형극에 조금이라도 관심이 있나?"

조지프는 교실 안의 다른 학생들과 마찬가지로 초조해 보였다. 눈가가 시커멓게 멍든 허버드 선생님이 상스러운 말을 해대면서 십자군전쟁 비슷한 걸 벌이는 와중이었으니 말이다. 조지프가 더듬더듬 입을 열었다.

"음, 어린 시절에 엘모를 좋아했어요."

그러자 학생들이 모두 자지러지게 웃었다. 엘모의 목소리를 흉내 내며 "안녕, 여러분, 난 엘모야. 난 고추가 없지" 하는 녀석도 있었다.

"헛소리. 세상에 엘모를 안 좋아하는 사람이 어디 있냐? 바보 같은 소리 집어치워라. 난 너희들이 갓 태어나 엄마 품에 안겨 있을 때부터 봐온 사람이란 말이다. 내 말은 **이것**, 그러니까 인형조종사라는 건 그저 무작위로 추천된 직업일 뿐이라는 소리다. 알겠냐? 내가 늘 말했잖니, 역사는 승자들의 것이야. 전부 관점의 문제라고."

"그럴 수도 있겠지만요, 이 결과가 나온 뒤로 왠지 인형을 가지고 놀게 됐어요." 조지프가 그렇게 말하더니 책가방에 손을 넣어 장갑만 한 크기의 인형을 꺼냈다. 긴 갈색 머리에 큰 파란 눈을 가지고 체스판 무늬 옷을 입은, 실제 사람과는 하나도 닮지 않은 인형이었다. 조지프가 인형 안에 손을 집어넣으며 말했다. "근데 인형극이란 적어도 치마 속에 손을 집어넣을 수 있는 기회는 만들어주잖아요, 허버드 선생님. 사실 여기까지가 제가 나가본 최대한의 진도예요."

더글러스가 조지프를 쳐다보았다.

"인형 안에 손을 집어넣는 건 운명이라고 볼 수 없다. 그 징그러운 건 집어넣고 상담이나 받으러 가도록 해라. 그다음은 누구지?"

한 사람만 빼고 모두가 교실 안을 둘러보는 더글러스의 눈길을 피했다. 제니 클라렛, 착한 애였다. 그가 손을 뻗어 제니의 결과지를 낚아채더니 소리 내어 읽었다.

"'희망찬'이라고? 맙소사, 제니. 심지어 네 결과는 명사도 아니잖아, 이건 형용사라고! 자라서 형용사가 된다니 그게 말이 되는 소리냐?"

제니 클라렛은 발리볼팀 소속 선수였다. 올 A학점의 우등생이자 크리스천 운동선수 장학생이기도 했다. 지난해에는 제니가 주말마다 르완다 아동들을 위해 통조림을 모으는 활동을 한다는 기사가 교지에 실리기도 했다. 그가 알기로는 청년여름캠프에서 상담사로 활동하기도 한다고 했다. 그때, 제니가 여태 더글러스가 본 것 중 가장 환한 미소를 지으며 그를 올려다보았다. 치열이 완벽하게 가지런했다.

"전 그저 최선을 다할 생각이에요."

"이런, 젠장. 그거야 당연히 그래야지!"

그때 샤이나라는 여학생이 입을 열었다.

"허버드 선생님, 왜 이렇게 화를 내시는지 잘 모르겠어요. 그러니까, 다 잘된다잖아요? 그럼 행복해하면 안 돼요?"

그러자 더글러스는 마치 모욕이라도 당한 듯 샤이나를 쳐다보았다. 그는 선생 모드를 이제 적대적인 수준을 뛰어넘어 일종의 무기처럼 휘두르며 말했다.

"**다 잘된다**고? 생각해봐라, 인류 역사상 **다 잘된** 게 대체 뭐가 있었지?"

"음, 전 제빵사가 될 거래요. 그런데 전 태어나서 요리를 해본 적이 한 번도 없었거든요." 그러더니 샤이나가 책가방에서 쿠키가 가득 든 지퍼백을 꺼냈다. "그런데 아빠의 페퍼민트 쿠키 레시피에 몇 가지 재료를 추가해서 이런 걸 만들어봤어요."

샤이나가 쿠키를 하나 꺼내 내밀었다. "한번 드셔보세요. 아빠 말로는 할머니 쿠키보다 더 맛있대요."

"안 먹으련다." 더글러스가 대답했다.

"드셔보시라니까요." 샤이나의 말에 다른 아이들도 동조하더니 순식간에 모두가 "먹어라, 먹어라, 먹어라" 하고 구호를 외치기 시작했다.

더글러스는 온몸에 식은땀이 났다.

"빌어먹을 쿠키 따위 안 먹겠다고 했지!"

뒤를 돌아보자, 손에 드릴을 든 팻 교장이 교실 문 앞에 서 있었다. 교장선생님이 언제부터 여기 계셨지?

팻 교장이 입을 열었다. "여러분, 오늘 수업은 여기까지다."

그 말을 듣자마자 학생들은 우당탕 책을 집어넣고 휴대폰을 꺼내더니 교실 밖으로 나가기 시작했다. 한 학생이 이렇게 말했다.

"있잖아요, 허버드 선생님. 전 선생님 편이에요. 테스트 결과는 중요하지 않은 것 같아요. 그저 우리가 어떻게 해석하는지가 중요한 거죠. 무작위적인 알고리즘이 결과를 뱉어내는 걸 수도 있고, 안면 인식 소프트웨어 같은 것일 수도 있잖아요."

그 학생이 주머니에서 파란 종이를 꺼냈다.

"제 결과지엔 접착제라고 적혀 있었어요."

더글러스는 결과지를 쳐다보았다.

"네 부모님이 아주 자랑스러워하시겠구나. 알려줘서 고맙다."

학생들이 말없이 은근슬쩍 뒤늦은 숙제를 제출하는 것을 받아 들면서 더글러스는 말을 이었다.

"그래, 여러분. 오늘 깜깜한 심연을 들여다볼 기회를 줘서 고맙구나. 월요일 수업에서는 텔레비전 영매사, 타로 카드, 점치는 막대기에 대한 쪽지 시험을 볼 거다. 예습은 할 필요 없다."

그는 그 말을 남기고 책상 뒤로 돌아가 의자에 앉았다. 학생들이 휴대폰을 조작하면서 교실을 떠나는 동안, 이제는 집에 가고 싶다는 생각만 했다. 눈을 뜨기도 힘든 숙취 속에서 1교시 수업을 한 것만으로도 충분히 힘들었다. 이제 그만해 도 되지 않나? 머릿속에선 하루라는 시간이 흘렀고, 한 시간 내내 화를 냈는데, 하루는 이제 막 시작이었다. 게다가 욕설 금지 교칙을 위반하는 모습을 팻 교장에게 들켰으니 한 소리 들을 각오도 해야 했다. 맨 마지막으로 교실을 나가는 학생 들을 향해 팻 교장이 들고 있던 드릴을 회전시키며 장난스런 시늉을 하는 가운데, 제이컵 리슈가 더글러스에게 다가왔다.

제이컵은 얼굴이 창백하고 초조해 보였다. 그런데, 어딘가 평소와는 달랐다. 턱이 달라 보이는 건가? 아니면 미간을 찌 푸리고 있어서? 그러고 보니, 전날 밤 술친구였던 행크와 그 의 아들인 제이컵이 꼭 닮았다는 생각이 들었다. 행크를 닮은 아들이라니 당연히 좋은 녀석이겠지.

"전 그냥 제가 한 게 아니라고 말씀드리고 싶어요."

"안다, 제이컵. 그래서 너를 호명하지 않은 거야. 사실 네가 준 2달러가 모든 것의 시작이었지."

"아니에요, 그 이야기가 아니라고요."

"잠깐만, 제이컵." 팻 교장이 말하더니 드릴을 몇 번 더 회 전시켰다. "허버드 선생님과 나눌 말이 좀 있구나."

더글러스는 제이컵을 쳐다보았다. "난 망한 것 같구나. 나 중에 이야기할까? 점심 먹고 교실에 있을 거다. 문은 언제나 열려 있지. 사실 그건 바로 여기 계시는 존경하는 교장선생님 께서 만드신 규칙이지."

"맞아. 팻 하월 교장 대 졸음을 참지 못하는 교사들의 대결에서 내가 이겼거든." 팻이 말했다.

"그냥, 그걸 말씀드리고 싶었어요."

제이컵이 그 말을 남기고 교실을 나가자 팻이 더글러스의 책상 앞에 다가와 섰다.

"흠." 팻이 더글러스의 눈을 가리켰다. "보아하니 셰릴린이 그 소식에 기뻐 날뛰진 않았던 모양이네."

"아, 그 이야기 다 끝난 거 아니었습니까?"

"수작 부리지 말게, 허버드. 오늘 허버드 선생 이름을 적어서 제출했으니까."

"하지만 셰릴린에게 아예 말하지도 않았는걸요. 거절할 궁리를 하고 있었는데."

"뭘 그리 고민하나. 30년간 사람들을 관찰해온 내가 봐도 자네는 안전한 선택인걸. 칭찬으로 받아들이도록 해. 그런데 사실 이 이야기를 하려고 온 건 아니야."

"욕을 했으니 벌금함에 벌금 넣겠습니다. 그걸로 좋은 망치 하나 사세요."

"오늘 트리나 토드가 수업에 들어왔나?"

더글러스는 고개를 저었다. "안 왔습니다."

"저기, 해럴드가 오늘 아침 트리나가 길쭉한 파란 더플백 같은 걸 들고 학교에 오는 모습을 봤다더라고. 나야 별일 아닌 걸로 호들갑 떠는 성격이 아니지만 해럴드는 또 다르잖아? 해럴드 말이 코드 레드라든가 뭐 그런 수칙대로라면 우리가 그 더플백을 찾아내야 한다더라고."

"뭐, 트리나가 전형적인 총기난사범 유형은 아니잖아요?

제 말은, 걘 고환이 없으니까."

"그거야 그렇겠지만, 그 애한테 우리가 모르는 사연도 있는 것 같아. 토비가 죽은 날 밤 그 애한테 무슨 일이 있었다는 소문이 있더라고. 왜, 그 사건 전에 트리나와 다른 남학생들 사이에 무슨 일이 벌어졌다던데."

"그러면 피트 목사님한테 말씀드려야 하지 않을까요? 아니면, 그 애 아버지한테라도?"

"말해야지. 하지만 쉽진 않을 거야. 알겠지만 하느님의 아들이란 유약하잖나. 내가 여태 봐온 바대로라면 그래. 아무튼 내가 이런 **브리카브릭**을 다 이야기해주는 건, 다음 주부터 이런 일들은 내 문제가 아니라 자네 문제가 될 거라서야. 사실 난 이런 대화 자체를 하고 싶지가 않아. 솔직히 말하면 아이들이 옛날 내 시절과 비교해서 그렇게 대단히 달라진 건 아니야. 그저 그 애들이 보고 자라는 역할 모델들이 달라진 거지. 변한 건 어른들이야."

"반박의 여지가 없진 않네요." 더글러스가 대답했다. "그런데, 하시려는 말이 정확히 뭡니까?"

"그냥 교과서적인 말들이야. 수상한 게 눈에 띄면 유심히 보라는 소리. 그건 그렇고, 이번 주말엔 학교가 표적이 될 가능성이 높다는군. 일단 해럴드 생각은 그렇대. 오늘 밤 개막식 합창 공연을 보느라 다들 학교에 모일 테니까. 그래도 뭐, 해럴드는 원래 음모론을 좋아하긴 하지. 따지고 보면 이번 주말에야말로 그 어느 때보다도 많은 경찰 인력이 우리 동네에 집중될 테니 설마 불법행위 같은 게 일어나겠어?"

"있잖습니까. 이야기를 들으면 들을수록 교장이 되고 싶은 생각이 점점 없어지는데요."

"당연히 그렇겠지."

"딴소리이긴 한데, 여쭤볼 게 있습니다. 혹시 제가 교장이 되면 교과과정에 손을 댈 수도 있습니까?"

"당연하지. 물론 한계는 있지만 말이야. 우리가 가톨릭 학교라는 걸 잊지 마."

"만약 재즈학 과목을 만들고 싶다면요? 아니면 가끔 재즈의 역사 수업을 하는 건요? 그런 것도 할 수 있을까요?"

"그거야 상사랑 논의하면 되지. 참고로 상사는 자네야."

팻이 드릴을 돌리더니 내가 뭐랬어, 하듯 눈썹을 으쓱했다.

"어때, 허버드? 하느님이 자네한테 문을 열어주신 것 같지 않아? 그럼, 난 지금부터 깨진 유리창을 고치러 가보겠어."

그 말을 남기고 팻은 깨진 유리창 쪽으로 가서 윌슨이 끼워놓은 합판을 치웠다. 가슴 주머니인지 바지 주머니에서 나사 네 개를 꺼내 창틀에 나란히 줄지어 내려놓았다.

그때 누군가가 교실 문을 두드렸다. 피트 신부였다.

팻이 피트에게 물었다.

"신부님? 오늘 고해성사가 있는 날 아닙니까?"

"맞습니다. 전 지금 트리나를 찾고 있습니다."

팻은 다시 창문을 향했다. 안전 고글을 쓰고, 창틀에 요란하게 드릴질을 시작했다.

"그럼," 팻이 고함을 질렀다. "우리 다 같은 신세인 셈이군요."

19장

결코 유행에 뒤떨어질 일 없을 거야, 언제나 당신에게 잘 어울릴 거야
Never Will Go Out of Fashion, Always Will Look Good on You

아마도 처음으로, 집 안에 있는 그 어떤 옷도 탐탁지 않게 느껴졌다.

셰릴린은 옷장에 있는 옷을 거의 다 꺼내 침대 위에 펼쳐 놓았다. 드레스며 고급 블라우스를 입어보면서 더글러스가 특히 좋아하는 옷들은 전부 제외했다. 남편이 좋아하는 옷을 입고 듀스를 만나는 건 남편에게 상처를 주는 행동처럼 느껴지기 때문이기도 했지만, 그녀는 오늘 평소의 자기와는 다른 모습을 보이고 싶었다. 깊은 인상을 주고 싶었다. 지금까지 보여준 그 어느 때보다도 더 깊은 인상 말이다. 온 동네에 전시될 사진에 담길 모습이라면, 영원히 남을 모습이라면, 최고의 모습이고 싶었다. 그리고 어쩌면 역설적이게도 지금까지 자신의 최고 모습을 본 사람은 아무도 없는 것 같다는 기분이 들었다. 여태 그녀는 지나치리만큼 안주해왔던 것이다.

언제나 지나치게 디어필드 사람 같았다. 셰릴린은 오늘 찍을 멋진 사진은 자신의 커밍아웃 파티 같은 거라고, 자기 입으로 말하지 않더라도 진정한 자신이 누구인지 알려주게 될 거라고, 어쩌면 남편 또한 알게 될 거라는 생각이 들었다.

벌써 열 시가 지난 시각이었다. 오늘이 평소와 다른 점은 하나 더 있었다. 컨디션이 나쁘지 않았다. 구역질도 나지 않고, 머리도 아프지 않고, 경련이 느껴지지도 않았다. 1마일을 달리라면 달릴 수도 있을 것 같았다. 어쩌면 그녀에게 필요했던 건 그런 작은 모험이 아니었을까? 필요한 건 그게 전부가 아니었을까? 샤워를 하고 티셔츠와 청바지를 입은 뒤 더글러스의 차에 탔다. 내 차가 있었으면 담배를 한 대 피울 수 있었을 텐데. 또 디엔에이믹스 결과지를 한 번 더 읽으면서 거기 쓰인 말을 한 번 더 되새기고, 정말로 그렇게 쓰여 있었다고, 내가 미친 게 아니라고 생각할 수도 있었을 텐데.

진입로를 빠져나오자마자 그녀는 거리의 활기에 압도되었다. 저스틴 애시보가 농구공을 골대에 던져 넣고 있었다! 게다가 저쪽엔 낸 셰퍼드도 보였다. 진입로에서 테니스를 치는 사람이 세상에 어디 있지? **내 작은 백성들과 그들이 보여주는 참신함이 정말 자랑스럽다**고 그녀는 생각했다. **정말 자랑스러워!** 창문을 내리고 외치고 싶은 충동마저 들었다. **여러분, 새로운 날이 열렸습니다! 즐겁게 뛰노세요! 움직이세요! 인생을 즐기라고요! 맙소사, 나 미쳐가고 있나 봐.**

동네를 벗어날 무렵 나무둥치에 사슬톱으로 부조 같은 것을 새기고 있는 벤 실즈를 마주쳤다. 새긴 모양은 셰틀랜드

망아지 같기도 하고, 배가 통통한 돼지 같기도 했다. 기가 막히는 일이라는 생각이 들었다. 그다음에는 우회전을 해 앨리스 의상가게로 향했다. 팁시가 했던 말이 진짜인지 확인할 겸, 입을 만한 옷이 있는지도 살펴볼 겸 가보기로 했다. 그런데 그곳까지 가는 길이 어쩌나 부산스럽던지! 인부들이 "디어필드에 오신 것을 환영합니다!! 200년간의 평화와 고요!!"라고 적힌 현수막을 걸고 있었다. 토니의 도넛 가게 앞에 순찰차들이 둥그렇게 서 있고, 경찰들이 그 옆에 서서 농담을 주고받는 모습도 보였다. 경찰 중 한 사람은 마치 눈에 보이지 않는 거대한 공을 들고 있는 것처럼 두 팔을 뻗고 있어서 셰릴린은 미소가 절로 나왔다. 마을 광장을 지나칠 때는 나무로 만든 관람석이, 망치로 크레인 레인을 표시하는 표지판을 설치하고 있는 사람들이 보였는데, 그 순간 그녀는 꼭 몇 년 만에 처음 마을에 나온 기분이 들었다. 물론, 사실이 아니었지만 말이다.

마지막으로 외출한 게 언제였지? 엄마 집에 간 걸 제외하면? 존슨스식품점에 가서 디엔에이믹스 테스트를 했던 그날이었다. 이제 와 생각하니 그날은 운명의 날이었던 것 같다. 어쩌면 이 동네가 변한 게 아니라 그녀가 변한 건지도 모르겠다. 그 생각이 더는 무시할 수 없을 정도로 강해졌다.

"맙소사." 그녀는 그렇게 중얼거리며 앨리스 의상가게 옆 잔디밭으로 차를 몰았다. 주차장이 �꽉 차 있는 데다가 풀밭 위까지 차가 3중으로 주차되어 있었다. 그러니까, 날개 돋친 듯 장사가 된다는 팁시의 말은 사실이었나 보다. 다 맞는 말

이었다. 앨리스한테도 잘된 일이었다. 사실 가게 자체는 볼품
없었다. 굳이 따지자면 이 가게는 금속으로 만든 커다란 창고
에 불과했고 타이어 가게였던 시절의 푸른 조명을 그대로 쓰
고 있었다. 하지만 오늘은 옷걸이 몇 개를 내다 놓은 가게 바
깥에 손님들이 미친 듯이 땀을 흘리면서 옷을 고르고 있었다.
셰릴린은 차에서 내려 손차양을 만들어 햇빛을 가린 채 잔디
위 주차된 차 사이로 걸어갔다.

한 남자가 갑자기 앞길을 막아서더니 손바닥을 내밀며 외
쳤다.

"멈춰라, 지구인이여!"

남자가 얼굴 부분에 금빛 광택이 도는 우주복 헬멧을 쓰는
바람에 얼굴을 알아볼 수 없었다. 남자가 버튼을 누르자 얼굴
가리개 부분이 열렸다. 교회에서 안면이 있는 박제사 멜 비처
였다.

"제가 맞춰볼게요, 멜. 우주비행사군요!"

"그렇게 될 겁니다." 멜이 대답했다. "오늘 아침 헌츠빌에서
열리는 우주 캠프에 신청했어요. 열네 살이라고 거짓말을 하
긴 했지만 가서 설명하면 될 겁니다."

"무한한 공간 저 너머로." 셰릴린이 말했다.

"최후의 개척지를 향해!" 그도 거들었다.

셰릴린은 미소를 지어 보인 뒤 그를 지나쳐 옷걸이들을 바
라보았다. 남부군 장교 의상, 연합군 군복, 할렘 글로브트로
터스[25] 유니폼 같은 옷들이었다. 저건 혹시 추바카 의상이야?
옷걸이 밑에서 쪼르르 나오던 어린아이 두 명이 셰릴린에게

부딪쳤다. 여자아이가 죄송해요, 하더니 "아직 끝난 거 아니라고, 루크!"라고 외치며 남자아이를 좇아 달려갔다. 여자아이 손에 청진기가 들려 있었다.

아는 사람 몇몇에게 고갯짓으로 인사를 건네자 모두 미소 띤 얼굴로 답해주었다. 덕분에 이곳은 지구상에서 가장 행복한 공간인 것만 같았다. 가게 안 분위기도 비슷했다. 다양한 의상이 줄지어 걸려 있고, 액세서리 진열장도 있었고, 계산대에는 처음 보는 여자가 셋이나 일하고 있었다.

그때 통로 사이에서 친구 앨리스가 나타났다.

"어머, 드디어 모습을 드러냈구나, 셰릴린 허버드!" 그러더니 셰릴린을 꼭 끌어안았다. "진짜 반갑다."

앨리스는 셰릴린이 아는 사람 중 누구보다 에너지가 넘쳤다. 남들보다 목소리가 2옥타브는 높아서 무슨 말을 하든 극도로 신나게 들렸다. 그녀는 모르는 사람이 듣는다면 비꼬는 거라고 오해할 정도였다. 하지만 앨리스는 늘 진심이었다.

"앨리스, 여기 정말 멋지다."

"그렇지! 잭슨에 있는 중고품 상점 두 곳, 뉴올리언스에 있는 한 곳에서 물건을 몽땅 사들였어. 가게에 있는 걸 다 보내주더라. 그런데 금방 다 팔려나가."

"엄청난걸?"

"와줘서 너무 좋다. 너 기다리고 있었어."

25　　미국의 곡예 농구단.

"정말?"

"며칠 전에 메리언한테 말했거든. 기다려보라고, 셰릴린 허버드가 곧 찾아올 거라고 말이야."

그러더니 앨리스는 계산대에 서 있는 여자 중 한 명을 불렀다.

"메리언, 이쪽이 셰릴린이야. 전에 말했지? 셰릴린 허버드가 환상적인 테스트 결과지를 들고 찾아올 거라고 말이야."

입에 옷핀 세 개를 물고 있던 메리언은 옷핀을 꺼낸 뒤 대답했다. "맞아요, 그랬어요."

"자, 그럼 털어놔봐. 네 결과는 뭐래?" 앨리스가 물었다.

"그냥 구경하러 온 것뿐이야."

"말도 안 되는 소리. 뭐라고 적혀 있었어? 테스트 결과 말이야. 제발 의상 및 공예품 전문점 공동 운영자라고 나왔으면 좋겠다. 이 가게 애초에 네 아이디어였잖아. 난 아직 기억하고 있다고. 왜 네가 나랑 같이 사업에 뛰어들지 않았는지 모르겠어."

"우리 두 사람이 같이 낸 아이디어였지."

"아무튼 제안은 아직 유효해. 5대 5야. 네 공예품이랑 내 의상을 같이 팔아보자고. 재능이 있는 건 너잖아. 난 그냥 다른 사람들한테서 쓰레기 사들여서 파는 게 다고."

"고마워. 맞는 말은 아니지만 그래도 고마워."

"어쨌든, 결과가 **뭔데**? 어떤 옷을 찾아줄까?"

셰릴린은 주위를 둘러보다 입을 열었다.

"음…… 그러니까, 이국적인 옷 같은 거 있어? 이색적인 거."

"세상에, 설마 게이샤는 아니지? 그럴 리는 절대 없다고 장담할 수 있어. 남자들이 널 따라다녔지 네가 남자들을 따라다닌 적은 한 번도 없잖아."

얼굴이 달아올랐다. 계산대의 여자들이 자신을 쳐다보는 눈빛이 달라진 것 같았고, 남들 앞에서 자신을 이렇게 이야기해준 앨리스가 고마웠다. 그녀는 미소를 지었다.

"도통 무슨 소린지 모르겠네."

"메리언." 앨리스가 말했다. "셰릴린이 얼마나 미인인지 보이지? 이 끝내주는 초록 눈을 봐. 게다가 이 빨간 머리도 자연산이라고! 한번 보라니까? 셰릴린은 아름답고 친절할 뿐 아니라 콧수염이 복슬복슬한 다정한 남편도 있어. 그 사람, 정말 좋은 남자야. 그뿐이겠어? 셰릴린은 재능도 엄청나다고. 그런데 셰릴린, 이번 200주년 기념제에는 뭘 가져올 거야? 예전처럼 펜? 오늘 같은 날이면 계산대 옆에 놔두기만 해도 100개는 팔릴걸."

"새집을 만들었어. 그것뿐이야."

"어머, 그럼 진짜 제대로 끝내주는 새집이겠다."

"사실은 내가 생각하던 옷이 있긴 하거든. 몸을 타고 흐르는 드레스랑, 머리에 쓰는 스카프 같은 거." 셰릴린이 말했다.

"알았다! 지니구나? 그럼 말이 되지. 내가 널 평생 지켜봤지만 네가 꿈꾸던 소원들은 다 이루어졌잖아."

"글쎄, 잘 모르겠는데. 아직도 이루지 못한 소망이 너무 많은 기분인걸."

"뭐, 잘된 거지." 그러면서 앨리스가 그녀의 어깨에 손을 올렸다. "아직 우린 한창때잖아?"

"그렇지. 따지자면 네 말이 맞지."

앨리스가 셰릴린의 손을 잡고 계산대 쪽으로 데려가더니 말했다.

"메리언, 셰릴린한테 우리 가게에서 제일가는 사리 좀 보여 줄래? 나는 가서 로리 씨한테 스틸레토힐 재고가 없다고 전해야 하거든. 그분 표정으로 예상하자면 이 소식을 전했을 때 반응이 별로 좋진 않겠지만 말이야."

메리언은 "이리 오세요" 하더니 셰릴린을 통로로 안내했다.

"찾으시는 옷은 안쪽에 있어요. 머리를 완전히 감싸는 헤드드레스를 원하시나요; 아니면 스카프 같은 형태를 원하시나요?"

"바람에 하늘하늘 날리는 거면 좋겠는데요."

"음, 그럼 다이애나 공주랑 재스민 공주 중 어떤 쪽을 원하실까요?"

"재스민이라, 그게 누구더라?"

"디즈니 〈알라딘〉에 나오는 공주요."

"아, 세상에." 셰릴린이 말했다. "혹시 제가 그렇다고 대답하면 너무 이상할까요?"

"지난 2주 동안 이 가게에서 본 것들에 비하면 별것도 아니에요."

메리언이 가게 맨 안쪽에 쌓인 커다란 옷 더미 쪽으로 그녀를 데려갔다. 상상할 수 있는 거의 모든 색상의 옷들이 겹겹이 쌓여 있었다.

"골라보세요. 옷을 걸 시간이 없었네요. 저는 가서 스카프를 찾아볼게요."

"그래요, 고마워요."

셰릴린은 옷 더미를 보면서 이 속에 자신이 찾는 그것이 있을 것임을 확신했다. 몸을 숙이고 옷감을 손가락으로 쓸어보았다. 하늘하늘한 드레스를 하나씩 꺼내볼 때마다, 어서 다음 옷을 보고 싶어 안달이 날 정도로 짜릿했다. 다음 순간, 셰릴린은 그것을 찾았다.

일어서서 드레스를 가슴에 대보았다. 가벼운 소재로 된 빨간색 드레스는 바닥까지 늘어지는 길이로 가장자리가 금실로 장식되어 있었다. 온몸을 감싸는 서늘한 감촉이 벌써부터 느껴지는 것만 같았다.

메리언이 양손에 스카프를 가득 들고 오다가 외쳤다. "정말 근사하네요. 앨리스 말이 맞았어요. 정말 아름다우세요."

"사실 태어나서 이런 건 한 번도 안 입어봤어요." 셰릴린이 말했다.

"입어보시겠어요? 바로 뒤에 탈의실이 있거든요."

"그럴게요."

"자, 여기 스카프도 있어요." 메리언이 가져온 스카프를 이리저리 넘겨보다가 드레스에 어울리는 빨간색 스카프를 찾아 건넸다.

셰릴린은 옷과 스카프를 받아 들고 탈의실을 향했다.

"잠깐만요." 뒤에서 메리언이 그녀를 불렀다. "혹시 한 단계 더 도전해보실래요?"

"그래요." 셰릴린이 그렇게 대답하더니 돌아섰다. "그러고 싶네요."

메리언이 미소를 짓더니 입을 열었다.

"혹시 헤나라고 들어보셨나요?"

모두 다 모인 거나 다름없었지
Practically Everyone Was There

자. 이제 회의를 시작해볼까요?

와야 할 사람들은 다 온 겁니까?

이제 시작해도 될 것 같네요. 흠.

자, 이렇게 하는 겁니다.

이 정도 규모의 파티를 여는 건 일종의 **예술**이라고요, 행크. 알고 계시죠?

예, 알고 있습니다, 하고 대답한 뒤 행크는 관자놀이를 문질렀다. 기념제 준비를 1년 내내 한 것은 그 때문이다. 프랜신 브누아 말대로, 몇 사람 초대하고 기사 한두 개 내는 걸로는 부족하다. 또, 리오 블리치가 지적한 대로, 그저 핫도그 노점 몇 개 늘어놓고 할 만큼 했다고 생각할 일도 아니다. 2008년 폭망했던 리틀 리그를 기억하느냐고? 당연히 기억한다. 아무도 잊지 않는다. 리스테리아 감염증이었었나? 짐 베넷은 푸드 트럭을 추천했는데, 요즘 **진짜** 도시들에서는 정말 유행이란다. 간 고기가 아니라 돼지고기가 들어 있는, 밀가루 대신 옥수수로 된 토르티야를 쓴 진짜배기 멕시코식 타코, 진짜 **스트리트** 푸드를 살 수 있단다. 다른 곳도 아닌, 심지어 멕시코랑 가깝지도 않은, 노스캐롤라이나 샬럿의 푸드 트럭에서 말이다. 짐은 노스캐롤라이나에 다녀와봐서 알고 있단다. 그런데 주말까지 푸드 트럭을 구하기는 너무 늦은 건 아닐까? 베티 레츠는 동의한다는 의미로 푸드네트워크에서는 그 주제의 쇼프로그램도 방영하고 있다고 한다. 그녀는 기분이 꿀꿀할 때면 텔레비전 쇼를 몰아 보는데 요즘은 넷플릭스를 구독하고 있기 때문에 항상 다른 사람들에게서 재미있는 쇼 추천을 받고 있다고 한다. 그러자 켄트 윌리엄스는 타코 한 가지를 다루는 쇼프로그램이 존재한다는 사실이 우리의 문화가 얼마나 후진적인지를 말해준다고 했는데, 알고 보니 그 프로그램은 타코가 아니라 푸드 트럭을 다루는 거라고 했다. 레이철 앤이 시간을 확인하더니 그게 좋겠다고 했다. 그러자 짐이, 맞아요, 우리한테 필요한 건 푸드 트럭이에요, 그냥 타코가 아니라요. 왜냐하면 뉴올리언스나 잭슨 같은 다른 도시에서 온 젊은 친구들은 푸드 트럭 같은 것을 기대할 텐데 어린 애들 기준조차 못 맞춘다면 그게 무슨 낭패겠습니까? 행크 역시 같은 의문을 가졌지만 입 밖에 내지는 않았다.

보안도 철저해야 해요, 행크. 그건 맞는 말이었다.

요즘 사람들은 예의라고 없어서 종교 계열 학교에서조차 사악한 사이코패스들이 기관총을 들고 뛰어다닌다. 당연히 총기를 금지해야 한다는 소리는 아닙니다. 윌리 트루도를 자극하면 안 된다. 총을 포기하는 순간 이 나라는 헌법 따위 무시하는 폭군으로 들끓게 될 거란다. 그런데, 헤스터 에번스는 당신 말이 맞는다고, 그 얘기는 시작하지 말자고 한다. 또, 셀리아 스타너스가 말하길, 테러리스트한테 참수를 당하는 일도 있어요. 그러니까 다른 사람의 목을 치지 않는 좋은 사람들로 가득한 디어필드 같은 작은 동네에 사는 게 좋죠. 맞다. 이제 사람들은 비행기도 잘 안 타요, 그거 알고 있었어요? 네드 허철은 미국 안에서도 아름다운 볼거리가 잔뜩 있으니 앞으로 비행기는 안 타겠다고 한다. 미국에도 아직 가보지 못한 곳이 이렇게 많은데 다른 나라에 갈 이유가 뭐가 있을까요? 하지만 이쯤에서 행크는 벌써 베이츠 보안관이 다른 교구에서 추가 인원을 요청했다고, 또 노란 셔츠를 입고 담배를 피우면서 자리를 지키는 그런 보안 회사를 고용했다고, 그러니까 아무 일도 없을 거라고 주지시켜준다. 광장 전체에 보안요원이 있을 거고, 오늘 밤 공연에서 별일이 있을 리는 없지만 학교에도 경찰이 있을 거라고 한다. 그런데 필리스 버넌이 그거 끊은 거 알고 계셨어요? 뭘요? 담배요. 얼마나 가나 두고 보죠. 방금 누가 담배라고 그랬어요? 그 사람이 끊었다고요? 단번에 끊었다네요. 방금 누가 담배라고 그랬어요? 필리스가 완전히 달라졌어요. 멋진 자전거까지 샀더라고요. 뭐, 잘됐네요.

주인공이 될 이벤트도 필요하다.

200주년 기념제는 중요하고, 당연히 그것만으로도 자부심을 느낄 만하지만, 생일 파티를 하더라도 케이크가 있잖아요.

불꽃놀이를 할 겁니다. 맞아요. 행진도 할 겁니다. 맞습니다. 행진을 **반드시** 해야 합니다. 다른 데도 아니고 루이지애나잖아요. 하지만 왕과 왕비도 안 뽑았잖아요, 세라 센톨라가 묻는다. 하지만 수많은 사람들 중에서 단 두 사람을 주인공 삼는 게 옳은 일은 아닌 것 같은데요, 헤스터 에번스가 말한다. 아무튼 지금은 민주주의사회잖아요. 어떤 행진에는 유명 인사들을 초청한대요. 맞습니다. 하지만 우리한테 그럴 돈은 없습니다. 또, **그것**도 어쩐지 옳은 일이 아닌 것 같은데요, 하고 헤스터 에번스가 지적한다. 디어필드 출신도 아닌 사람들을 우리보다 우선시해야 하나요? 그 말도 맞습니다. 게다가 디어필드 출신 유명인이 있긴 한가요? 당연히 없죠. 그런데, 브리트니 스피어스가 새로 식당을 연다는 소식 들으셨습니까? 다들 그 이야기를 하더라고요. 라이브 밴드를 불러야겠습니다. 참, 학교 합창단 아이들이 오늘 밤 행사를 하니까 잊지 마세요. 모두가 참석하셨으면 좋겠습니다. 프로그램이 없다는 건 그렇게 중요한 문제가 아닙니다, 하고 행크가 말한다. 다들 잊으신 것 같은데, 주인공은 이미 **있잖아요?** 하고 듀스가 묻는다. 그러니까 1만 2천 장의 사진들을 모아 벽 하나 크기의 작품으로 만들기로 했잖아요. 그는 다른 사람들이 이 모자이크 작품의 의미를 제대로 이해한 게 맞는지 잘 모르겠다고 한다. 또, 물과 빛을 사용하면 정말 장관일 텐데, 그러려면 시장님이 아무리 내키지 않더라도 도움을 주셔야 한다고 주장한다. 그런데 요즘 시장님이 좀 넋이 나가 계신 것 같지 않습니까? 전화를 해도 안 받을 때가 많잖아요. 심지어 다른 주도 아닌 이번 주에 말입니다. 그런 것 같기도 하다며 행크는 인정하고 또 사과하지만, 자신은 지금은 넋이 나가 있는 게 아니라고 상기시킨다. 데비 해리스는 모자이크보다는 책이 좋다고, 그러니까 동네 사람 모두의 사진이 실린 졸업 앨범 같은 걸 만들면 어떠냐고 말한다. 프랭크 캐시디는 지금 말하는 건 신문이랑 똑같은 건데 지역신문은 이미 있지 않느냐고 한다. 하지만 데비는 고등학교 시절처럼 고급스러운 가죽 장정의 책이 좋겠다고 한다. 차라리 구슬 목걸이처럼 나눠줘서 다들 하나씩 나누어 받게 하지요. 행사는 바로 내일입니다, 하고 행크가 상기시켜주자 대부분 동의하고, 비록 입 밖에 내지는 않지만 이런 행사 때마다 데비가 내는 아이디어는 최악이라고 생각하므로, 아마 나중에 친구나 가족한테 회의 이야기를 할 때 이렇게 말할 것이다. "책을 내던지자는 거야. 말이 돼? 근데 데비가 그러자더라고요."

그래, 분명 어느 정도의 즉흥성은 필요하다.

매분 매초를 계획해둔다면 아무것도 재미없을 테니까. 지니 크리스프는 혹시 자기가 손금 보는 부스를 내어도 되느냐고, 그 이유는 얼마 전 자기가 손금을 읽는 사람이 될 것이라는 사실을 알았기 때문이라고 했다. 그래, 그러면 남들처럼 빌어먹을 등록 수수료를 내고 하고 싶은 대로 하라고, 테드 크리스프가 말한다. 대부분은 지니와 테드처럼 이미 이혼한 부부와 함께 회의 자리에 있는 게 참 힘들다고 생각한다. 이혼하는 사람들이 정말 많다. 조랑 바버라가 이혼한 이야기 들었어요? 도널드랑 리디아는요? 예, 하지만 다들 예상한 일 아닙니까? 그런데 어쩌면 파커 필드에 사슴이 나타날지도 모르잖아요, 하고 리비 존스가 말한다. 그러면 우리 동네 이름이 디어필드인 이유도 알려줄 수 있겠죠. 적어도 그렇게 바랄 수는 있잖아요, 그렇죠? 파커 필드는 만약의 경우를 대비해 개방해둘 겁니다, 하지만 계획에 넣지는 않을 겁니다, 하고 행크는 말한다. 아니 길더는 트럭에 사슴 몇 마리 싣고 오면 되는 것 아니냐고 한다. 인터넷에서 그런 걸 해주는 회사를 봤다고 한다. 잠깐 풀어놓죠. 사냥철에 사슴이 더 많아지는 걸 싫어할 사람이 어디 있겠습니까, 하고 그레그 버든이 말한다. 그건 그렇고 작년에 제가 잡아 온 12포인트 사슴[26] 보셨습니까? 대부분 사슴고기 소시지로 만들었지요. 떡심으로는 로스트를 만들었고요. 지니 크리스프는 **옛날에,** 그러니까 **누군가가** 명절이라든지 결혼 생활 같은 걸 중요하게 여기던 시절 크리스마스 장식을 하는 데 썼던 플라스틱 사슴 모형들이 잔뜩 있다고 하고, 그러자 테드는 200주년 기념제 한가운데에 그 빌어먹을 루돌프를 놓아두는 일은 없을 거라고 말하고, 사람들은 비록 자신들이 테드 말에 동의하는 일이 거의 없으며 테드와 지니가 이혼한 건 테드 탓이라고 생각하지만, 사슴 모형으로 장식하면 우리 동네가 근사해 보이지는 않을 거라고 대부분 입을 모은다. 그런데 혹시 그 플라스틱 사슴을 내다

26　뿔의 가지 개수를 세는, 사냥꾼이 사슴을 분류하는 방식. 12포인트 사슴이란 각 뿔에 가지가 여섯 개인 사슴을 뜻함.

버릴 생각이라면, 웬디 피터슨이 말한다. 우리 아이들이 정말 좋아할 텐데 나중에 문자메시지로 이야기 좀 나눌까요?

마무리 행사도 있어야 한다. 축제에는 끝이 있어야 하니까.

그저 하염없이 질질 끌 수는 없죠. 그런데 벤 실즈가 지난 한 주 내내 앞마당에서 사슬톱으로 부조만 만들고 있었단 거 아세요? 아, 그게 부조였습니까? 예, 그런데 정말 끔찍하게 생겼죠. 나무둥치에 스누피를 새겨 넣고 싶었다고 케이트 홀 든한테 말했다던데, 케이트가 보기에는 개보다는 레프러콘[27]을 닮았대요. 그리고 듀스 뉴먼 역시 생각한다. 끝이 있어야 한다고, 이 빌어먹을 동네에 자기 말에 귀를 기울이는 사람은 아무도 없다고, 지금 당장이라도 많은 것들을, 예를 들면 이 회의를 끝내버림으로써 다른 사람들이 다 틀렸다는 걸 증명하고 싶다고. 그리고 그는, 입 밖에 내지는 않지만, 가슴 주머니에 들어 있는 푸른 종이쪽지를 사람들에게 보여주고 모든 걸 끝내고 싶다는 유혹을 느낀다.

27　외투와 모자, 수염이 있는 아일랜드 민속에 등장하는 작은 요정.

21장

우리는 칠면조와 권총을 먹었지
We Ate Turkeys and Pistols

죄책감 앞에서 어떻게 해야 할까?

나누기를 하면 죄책감이 사라질까? 'x ÷ x = 정의'가 성립하나? 그게 트리나의 계산법일까? 만약 그렇다면, **하나도 빠짐없이 모조리 다**라는 말은 무슨 뜻이었을까? 아니면, 'y × ∞ = 정의'? 그런데, 도대체 누구를 위한 정의인가? 음주운전을 하다가 도로를 이탈한 토비? 형은 강제로 술을 마신 걸까? 선배들이 신고식을 시켰나? 얼마나 많은 운동부 학생들이 그런 일을 겪어야 했을까? 수도 없이 많다. 제이컵도 알았다. 그건 고등학교라는 곳에 수도 없이 존재하는 한심하기 짝이 없는 전통 중 하나니까. 그런데, 진짜 토비가 남들이 시키는 대로 하는 사람이었나? 자기 행동을 그 정도로 통제할 수 없었나? 만약 그렇다면 제이컵 역시 마찬가지라는 뜻일까? 남의 뜻에 따르는 기질은 DNA 속에 새겨져 있는 걸까? 동생인 제이컵은 늘 형의 똘마니 노릇을 했고, 형은 성적표가 C 학점으로 도배된 어느 선배 유격수의 똘마니 노릇을 했을 거다. 절망적인 일 아닌가? 그런데 왠지, 제이컵은 자신이 이젠 트리나한테도 그 애가 원하는 일은 뭐든 다 해주는 똘마니가 된 게 아닌가 싶었다. 그럼, 이게 바로 제이컵이라는 사람의 단 하나의 진실일까? 그는 영영 이런 사람으로 기억되는 걸까? 제이컵은 이런 사실 하나하나를 짜 맞추어 하나로 만들어보려고 애쓰는 중이었다. 아니, 어쩌면 낱낱이 떼어놓으려고 애쓰는 중인지도 모르고. 마치 지금 접시 위, 그레이비소스로 범벅된 토 나오는 매시드포테이토 덩어리를 해체하려고 애쓰는 것처럼 말이다.

학생식당 안이 붐비는데도 제이컵은 구석 테이블에 혼자 앉아 있었다. 척 헤이델을 비롯한 머저리들 무리가 식당 한가운데 자리를 차지하고 앉아 있었다. 농담을 주고받으면서 서로 밀쳐대는 모습이 마치 세상은 모르고 자기들만 아는 무슨 맥락에 따라 움직이는 것만 같았다. 녀석들은 소란스러웠고, 유니폼 상의 아래로 근육이 비쳐 보일 정도로 몸매가 탄탄한 데다가, 마치 미래에 닥칠 위협이라고는 탈수증세밖에 없다는 듯 큼직한 물병을 들고 다녔다. 녀석들은 마치 여러 게임을 동시에 하는 것처럼 움직였다. 무리 중 둘은 휴대폰을 보며 웃고 있고, 다른 둘은 식탁 위에서 야구공을 굴려댔다. 어마어마한 양의 칠면조 고기를 먹으면서 말이다.

어째서 녀석들을 보기만 해도 폐가 뜨겁게 달아오르는 느낌이 들까? 녀석들을 없애버리고, 모욕을 주고, 왕좌에서 몰아내버리고 싶어지는 이유는 뭘까? 어제 척에게 모자를 뺏겨서? 제이컵의 몸과 옷을 함부로 건드릴 권리라도 있다는 듯 주제넘게 굴어서? 어쩌면 그는 **정말** 보이지 않지만 무척이나 중요한 무언가를 잘못한 게 맞는지도 모른다. 어쩌면 저 자식들 모두 다 그런지도 모른다. 하나도 빠짐없이 모조리 다. 트리나의 말이 맞는지도. 녀석들한테, 자기들이 만지고, 움켜쥐고, 빼앗을 권리가 **없다고** 여기는 무언가가 있긴 있을까? 아니, 어쩌면 제이컵이 놈들에게 진저리를 내는 건, 이곳 학생 식당에서 저 자식들이 식탐을 부리는 모습 때문인지도 모르겠다. 배식원에게 부탁하지도 않고 2인분을 받아 오고, 파워바를 끝도 없이 먹어대고, 몇 갤런이나 되는 게토레이와 물을 들이켜는 것도 모자라 주말엔 술을 콸콸 마셔대기 때문인지도. 어쩌면 다른 사람들이 얻는 만큼으로는 자기들한테는 충분치 않다는 것처럼, 자기들은 더 많이 얻을 자격이 있다는 것처럼 빼앗아대는 그들에게 한 소리 하는 사람이 아무도 없다는 사실 때문일까? 그런데 그러는 이유가 뭘까? 키 크고 강하게 태어나서? 아니면 키 크고 강한 아버지한테서 태어나서? 저 녀석들은 너무 많은 걸 들이마신다. 음식, 공기. 그러면 놈들이 들이마신 건 나중에 어디로 다시 분출되는 걸까? 어떤 방식으로? 어떤 결과로?

어쩌면 놈들을 보는 것만으로도 토할 것 같고 혐오감이 드는 건, 만약 토비가 살아 있었더라면 저 자리에 함께 앉아 있었으리라는 사실 때문일까?

그뿐 아니라, 만약 제이컵도 저들의 자리에 앉는 그런 사람이 되기로 선택했더라면 토비는 아직 살아 있었을까? 만약 그가 풋볼과 야구를 즐기거나, 최소한 토비가 제일 좋아하는 장소인 체력단련실에 갈 때마다 느끼던 끔찍한 지루함을 무시했거나, 적어도 이겨냈더라면, 형은 아직 여기 있었을까? 그날 밤, 내가 형을 감시할 수 있지 않았을까? 형의 편이 되어줄 수 있지 않았을까? 집까지 태워 갈 수 있지 않았을까? 형한테 그 정도는 해줄 수 있지 않았을까? 그리 큰일도 아니지 않을까? 두 사람은 쌍둥이, 세상 그 누구보다 단단히 연결된, 생물학적으로는 거의 한 사람이나 마찬가지였으니까.

내가 형을 버린 걸까?

어쩌면 친척들에게서 자꾸만 똑같은 선물을 받는 일에, 같은 옷을 입은 사진을 남기는 일에 질린 제이컵이 먼저 형을 밀어낸 건 아닐까? 그리고 만약 정말 그렇다면, 그래서 모두가 좋아하는 토비, 친구와 여자친구와 사교 생활이라는 면에서는 아쉬울 게 없는 토비처럼 되지 않기를 제이컵이 **선택한** 거라면, 제이컵이 택한 이 인생은 대체 뭘까? 또, 오로지 자신만을 위한 삶을 선택한 나를 내가 믿어도 될까? 독립적인 사람과 외톨이를 어떻게 구분하지? 그 구분선을 긋는 사람은 누굴까?

머릿속이 대답 없는 질문들로 가득했다.

그러나 그 순간, 토비가 보고 싶다는 사실을 인정할 수밖에 없었다. 토비가 있었다면 트리나 문제에 관해서 안심할 수 있었을지도 모른다. 모든 걸 웃어넘기는 토비였으니, 이 모든 일을 웃어넘겼을지도 모른다. 그렇게 제이컵의 외로움이 덜어졌을지도 모른다. 그렇기에 토비와 이토록 다른데도, 토비의 친구들을 지독하게 경멸하는데도, 그는 형이 그리웠다. 때로 한가운데 테이블에 앉아서 자기를 보고 있는 형의 눈길이 느껴지곤 했었다. 그러다 잠시 눈이 마주치면 **안녕,**이라든지 **너 거기 있구나,**라는 의미의 말없는 눈빛을 주고받기도 했다. 그런데 이제 그를 쳐다보고 있는 사람은 스티븐 개릿뿐이었다. 어린 시절에는 둘 모두의 친구였지만, 자라면서 토비와 같은 부류가 되기로 선택했던 친구. 눈이 마주치면 그는 그저 **미안해,** 하듯이 입을 꾹 다물고 테이블만 내려다보았다. 제이컵이 다시 시선을 내리깔고 포크로 매시드포테이토를 꾹꾹 다지고 있는데 옆자리에 종이봉투가 놓이는 소리가 들렸다.

몇 없는 제이컵의 친구 중 하나이자, 거의 모든 음식에 알레르기가 있는 데니 캐드월더였다. 땅콩, 글루텐, 달걀. 목록이 끝도 없었다. 지난 몇 년간 데니는 학생식당에서 제이컵이 본 것만 해도 네 번 이상 알레르기 반응을 일으켰고, 결국 학생식당 음식은 포기하게 됐다. 이제는 김과 곰젤리만 먹고 사는 것 같은 데니가 제이컵 맞은편에 앉았다.

"물어볼 게 있어, 제이. 어제 포켓몬 한 시즌 전체를 스트리밍으로 보느라 밤을 샜는데, 궁금한 게 생겼어."

그 말을 듣자마자 제이컵은 남몰래 치를 떨었다. 데니를 좋아하는 건 맞지만, 데니가 제이컵과 친해지고 싶은 절박한 마음 때문에 그의 흥미에 맞추어 자기 정체성을 만들어갔다는 것도 알았다. 데니는 큰돈을 들여 포켓몬 박스 세트를 샀고 제이컵보다 더 많은 카드를 모았지만, 대부분은 트레이닝에 쓸 수 없는 복제품 카드였기에 별 볼일 없었다. 데니는 포켓몬 게임의 영혼을 몰랐고 앞으로도 모를 것이라는 사실이 제이컵을 불편하게 했다. 예를 들면, 일본의 회사에서 라티오스 모자를 샀다고 제이컵이 알려주자 데니는 바로 다음 주에 다른 몬스터도 아닌 하필이면 나옹이 그려진 모자를 쓰고 나타났다. 눈 뜨고 보기 힘든 모습이었다. 그러나 선택의 여지가 있는데도 나옹 같은 짜증 나는 포켓몬을 선택하다니 그건 한소리 하기보다는 동정해 마땅한 일이었기 때문에 제이컵은 적당히 친구의 비위를 맞추었다. 지금 같아선 무슨 대화를 해도 트리나 생각에서 벗어날 수 있을 테니 반가웠다.

"어느 시즌?"

"〈썬&문〉." 데니가 대답했다.

"그렇구나. 궁금한 게 뭐야?"

"피카츄가 이해가 안 돼. 대체 지우는 왜 피카츄를 데리고 다니는 거야? 배틀에서 매번 지기만 하는걸. 배틀이 시작되면 피카츄는 약해빠진 일렉트릭볼을 쏘고, 다른 포켓몬의 공격을 받아 헤롱거리면서 바닥에 쓰러지는 게 다잖아? '피카 피카' 하고 우는 건 귀엽지만 지우한테는 짐만 되는걸."

제이컵은 데니를 빤히 쳐다보았다.

"진지하게 묻는 거야?"

데니가 플라스틱 김 통을 열면서 "응, 걘 맨날 지잖아" 했다.

"스토리를 생각해봐, 데니. 지우는 어디서나 이방인이야. 우리 나이 또래 어린애라고. 피카츄는 지우가 믿을 수 있는 유일한 존재야. 그러니까 강하건 말건 상관없어. 지우는 도움

이 필요할 때마다 항상 피카츄를 찾을 테니까. 그래서 〈썬&
문〉 시즌 때 유명 플레이어들이 전부 피카츄를 넣어서 덱을
구성한 거라고. 상대방에게 데미지를 주기 위해서가 아니라,
중요한 순간에 충격을 흡수할 수 있도록 도와줄 친구가 필요
한 거야."

"너무 비논리적이지 않아?" 데니가 말했다.

"월마트에서 사 온 바삭한 김을 먹고 있는 사람한테 들을
말은 아닌데."

"아무튼 난 이제 이 짜증나는 노란 녀석한텐 질렸어." 그러
면서 데니가 책가방에서 포켓몬 카드 바인더를 꺼내 펼쳐놓
았다. 복제품 피카츄 카드가 두 페이지 가득 들어 있었다.

"갖고 싶으면 가져. 난 피카츄는 다 정리할 거야."

전부 가치가 없는 카드라는 걸 알고 싶었지만, 그중에 제
이컵이 좋아하는 카드가 한 장 눈에 띄었다. '잘못 분류된 카
드'라고 부르는 이런 카드는 미국에서 판매되는데도 영어가
아닌 일본어가 쓰여 있었다. 제이컵은 이런 카드들이 좋았다.
똑같은 그림이지만 완전히 다른 글자가 적혀 있다는, 번역이
라는 수수께끼가 흥미로워서였다. 그래서 제이컵은 플라스틱
슬리브 속에서 그 카드를 꺼냈다.

"너 줄게." 데니가 말했다.

"팻 교장선생님한테 들키면 다 압수당하는 건 알지?"

"당연하지. 그래서 들고 다니는 거야. 지금 교장선생님이
사물함 검사하고 계시거든. 애들이 그러는데, 복도를 걸으면
서 사물함 하나하나를 다 열어본대. 뭣 하러 그러는 건지 알

수가 없네."

"잠깐만, 교장선생님이 사물함 하나하나를 다 열어보고 계신다고?"

그러자 데니는 이에 낀 초록색 김을 쑤셔내면서 "애들이 그러던데" 했다.

제이컵은 접시를 집어 들고 책가방을 멘 뒤 "가봐야 돼" 하고 학생식당을 나왔다.

학생들 절반은 점심을 먹으러 갔고 절반은 수업을 듣는 중인 본관은 조용했다. 진땀을 흘리며 중앙 복도에 도착한 제이컵은 팻 교장선생님을 찾아 교실 창문마다 들여다보았지만 보이지 않았다. 사물함이 있는 복도에 접어들자 아무도 없었다. 이미 늦은 거면 어쩌지? 교장선생님이 벌써 내 사물함을 열어봤으면 어쩌지? 그런데, 딱히 뭐가 있는 것도 아니잖아? 텅 빈 더플백 정도? 그게 왜 걱정되지? 1교시부터 트리나에게 문자메시지를 보냈고, 복도를 돌아다니며 찾아봤지만 트리나는 학교에 없었다. 트리나가 더플백을 다시 챙겨갔을지도 몰라. 이젠 사물함에 없을지도 몰라.

그럼에도 제이컵은 달리다시피 사물함을 향했다. 서둘러 자물쇠를 맞추고 사물함을 열자 더플백은 여전히 그 자리에 있었다. 제이컵은 더플백을 집어 책가방 안에 쑤셔 넣었다. 자기가 왜 그러는지 도저히 알 수 없었다. 그는 생각했다. **이 일에서 날 지워버릴 수 있을 거야. 내 흔적을 없앨 수 있을 거야. 문자메시지는 다 지우고, 쪽지도 다 파쇄해버리면 되지. 이 더플백은 습지에 던져버리면 돼. 그러면 다 끝나는 거야.**

사물함 문을 닫고 책가방 지퍼를 잠그는 순간 모퉁이를 돌아 다가오는 팻 교장선생님이 보였다.

"리슈 군, 학생식당에 있을 줄 알았는데?"

"맞아요. 아, 그러니까, 갔다 왔어요. 오늘은 배가 별로 안 고프더라고요."

"아하, 오늘은 칠면조 나오는 날이었지? 널 탓할 수는 없겠구나. 나도 이러다가 추수감사절 전에 질려버리는 게 아닐까 싶다."

"예, 선생님."

"너 괜찮니? 땀을 흘리는 거 같은데."

"몸이 좀 안 좋아서요."

교장선생님이 토비의 사물함을 내려다보았다. 두 사람 다 엉성하게 꾸며진 토비의 기념비를 한참 바라보았다. 잠시 후, 교장선생님이 제이컵의 어깨에 한 손을 올렸다.

"있잖니, 이제 와 생각하니 사물함을 이렇게 꾸미기 전에 너한테 먼저 양해를 구했어야 한다는 생각이 드는구나. 모두의 마음을 한곳에 모은 건 좋았지만, 아무도 너한테 물어보지 않았어. 학교로 돌아왔을 때 화려한 축제라도 되듯이 사물함을 꾸며놓은 걸 보고 네 마음이 더 힘들지 않았을지 걱정되는구나."

교장선생님을 올려다보면서, 제이컵은 허버드 선생님이 수업 중 자기를 특별하게 취급할 때와 정확히 똑같은 기분이 들었다. 선생님들은 무언가를 찾으려는 눈빛으로 그를 바라보곤 했다. 다들 나한테 뭘 원하는 거지? 나한테서 찾으려는 그게 대체 뭘까? 진실? 무엇에 대한 진실? 애초에 내가 알 수 있는 진실이 있긴 해? 왜 다들 난 알 거라고 생각하는 거야?

"괜찮아요." 제이컵은 그렇게 대답한 뒤 다시 사물함을 바라보았다. "어차피 매일 형 생각이 나거든요."

"그렇겠지." 교장 선생님이 그의 팔을 토닥였다. "그건 그렇고, 아버지는 요즘 어떠시니?"

"괜찮아요. 바쁘세요."

"그렇겠구나. 그런데, 혹시 오늘 수상한 것 못 봤니? 파란색 더플백을 찾는 중이거든."

"못 봤는데요." 그렇게 대답하면서 제이컵은 책가방을 사물함에 짓눌렀다.

"혹시 트리나는 봤니? 두 사람, 친하지? 트리나한테서 무슨 연락 못 받았니?"

"오늘은 못 만났어요."

"그래, 알겠다. 몸이 좀 나아졌으면 좋겠구나. 200주년 기념제가 곧인데 아프면 안 되지."

"괜찮을 거예요." 제이컵은 그렇게 대답하고는 교장선생님이 열쇠를 쩔그렁거리면서 복도를 걸어가 사라질 때까지 내내 그 자리에 서 있었다.

교장선생님이 파란 더플백 이야기를 해서만이 아니라, 토비의 사물함 이야기를 했다는 데 그는 놀랐다. 교장선생님 말이 맞았다. 왜 아무도 내 기분은 물어보지 않았지? 내 기분이 어떨지 생각이나 했을까? 형의 사물함에 붙어 있던 카드를 내려다보던 그는 문득 끔찍한 사실을 알아차렸다. 제이컵과 토비는 항상 똑같은 비밀번호를 썼다. 사물함이든, 휴대폰이든. 두 사람이 태어난 해와 달을 나타내는 네 자리 숫자가 비밀번호였다.

그래서 트리나도 내 사물함을 열 수 있었던 걸까? 그는 아무도 없는 복도를 둘러보았다. 몸을 숙여 토비의 사물함 비밀번호를 맞췄다. 빗장을 들어 올리자 사물함 문이 열렸다.

사물함 안에는 봉투가 하나 들어 있었고, 그 위에 돌멩이 하나가 놓여 있었다.

불길했다.

제이컵은 무릎을 꿇고 혹시 보이지 않는 덫이나 레이저 부비트랩이라도 있는 것처럼 눈으로만 봉투를 관찰했다. 당연히 말도 안 되는 생각이었지만, 동영상 속 자신의 모습을 보았을 때의 충격이 아직 생생했기에 눈앞에 보이는 모든 게 의심스러웠다. 조심스레 사물함 속에 손을 뻗어 작은 돌멩이와 봉투를 챙겨 주머니에 집어넣었다.

서둘러 화장실로 가서 칸 안에 들어간 뒤 문을 잠갔다. 돌멩이를 꺼내 엄지로 쓸어보았다. 얇고 납작한, 베이지색 자갈 같은 돌멩이에는 색 있는 줄무늬가 가느다란 핏줄처럼 돋아 있었다. 물수제비를 뜰 때 쓰는 돌처럼 타원형이었다. 돌멩이는 다시 주머니에 집어넣고 봉투를 꺼냈다.

봉투 역시도 별다른 특징 없는, 평범한 흰색 민무늬였다. 풀로 붙이는 날개 부분은 봉하지 않은 채 안으로 접혀 들어가 있었다. 손가락으로 날개 부분을 열고 안을 들여다보았다. 손을 넣자 파란 종이가 한 장 끌려 나왔다. 디엔에이믹스 결과지처럼 생겼지만 아니었다. 이미 결과지를 여러 번 실제로 본 적도 있고, 오늘 아침엔 러스티의 결과지를 직접 만져보기까지 했다. 이 종이는 재질도 다른 데다가 집에서 만든 것 같았다. 공작용 종이처럼 두꺼운 종이를 뒤집어보니 인쇄된 것이 아니라 손으로 쓴 글씨가 적혀 있었다. 작고 단정한 대문자로 이렇게 적혀 있었다.

제이컵 리슈
가능한 신분
토비 리슈

22장

당신이 우리를 용서하면
우리 역시 당신을 용서하리다
You Forgive Us and We'll Forgive You

그러니까, 벌에 대한 글을 읽었거든요, 신부님. 휴대폰 기
지국이라든지 위성 같은 것 때문에 벌들이 죽어가고 있다는
데 우리는 꽃가루를 나르는 벌들이 없으면 살아갈 수가 없대
요. 그러니까 제 말은, 꿀 때문만은 아니라는 겁니다. 물론 꿀
도 중요하긴 하지만요. 어쨌든, 저희 집 포치를 리모델링하고
있어요. 사실 집 전체를 업그레이드해야 할 판이지만 일단 포
치부터 시작하려고요. 그렇게 포치에 있는 기둥을 부쉈는데,
신부님, 거기 벌집이 있었습니다. 도저히 못 믿으실 거예요.
텔레비전에 나오는 것보다 더 크더라고요. 그런데 제 아내가
벌 알레르기가 있거든요. 아내는 일하러 나갔고 저는 아내가
돌아와서 이 벌집을 보지 않기를 바랐습니다. 또 무슨 강짜를
놓을지 모르니까요. 그러다 보면 우린 처제 집에 얹혀사는 신
세가 되어버릴 겁니다. 또, 그 벌집이 우리가 까맣게 모르는

사이에 얼마나 오래 그 자리에 있었는지도 알 수 없었습니다. 그런데 보고 있자니 저절로 넋을 놓게 되었습니다, 신부님. 그러니까 벌들이 서로를 타고 기어 다니는 모습을 가만히 쳐 다보고 있었던 겁니다. 아주 오랫동안요. 그러면서 제가 읽었 던 글을 생각했어요. 이 모든 게, 모조리 다, 어쩌면 아름다운 것 같기도 했거든요. 우리가 모두 서로 연결되어 있다는 사실 이요. 이 조그만 벌들이 우리 식탁에 오를 음식을 만들어주어 서 저랑 제 가족들을 먹고 살게 해준다는 거, 하지만 그뿐만 이 아니라 이 녀석들이 그런 일을 하려면 또 꽃 같은 다른 조 그만 것들에 의존해야 한다는 것도요. 세상에는 그 어떤 것도 낭비되지 않게 만들어진 원대한 계획이 있다는 생각이 들었 습니다. 그런데 그러면서도 아내가 떠올랐어요. 제가 포치를 새로 만들어놓겠다고 장담했던 것, 제가 혼자서도 할 수 있으 니 저라면 받을 액수보다 세 배 높은 품삯을 부르는 일꾼을 고용할 필요 없다고 했던 것도요. 그래서, 제가 하고 싶은 말 은, 신부님, 제가 녀석들에게 살충제를 뿌렸습니다. 제가 다 죽여버렸습니다. 그 뒤로 마음이 계속 무겁습니다. 정말 많은 벌들을 죽여버렸습니다, 신부님. 살충제를 뿌리자 녀석들은 우수수 떨어지기 시작하더군요.

용서해주세요, 신부님. 그런데 사실 고백할 죄가 별로 없어 요. 전 고작 열다섯 살이고 차도 없고 낮에는 주로 학교에 있 고 밤에는 숙제를 하고 주말에도 밖에 잘 안 나가서 그렇게 대단한 죄를 지을 기회가 없거든요. 어쨌든, 테스트 결과지에 저도 목회자가 될 거라고 적혀 있었어요. 저는 별생각이 없었지만 부모님은 좋아하시더라고요. 저야 뭐, 뻔하다는 생각이 들었어요. 당연히 제 미래는 그렇겠죠. 전 영영 첫 경험도 못 해볼 거예요. 어쨌든 부모님이 신부님께 목회자가 되려면 어떻게 해야 하는지 여쭤보래요. 특별한 학교에 가야 하나요? 연봉은 어느 정도 받으세요? 건강보험도 제공되나요?

저기, 신부님, 사실 쉽게 꺼낼 수 있는 이야기는 아니지만, 저는 여러 웹사이트를 들락거립니다. **성인** 웹사이트요. 거긴 온갖 것들이 다 있어요. 미국에서 찍은 것, 유럽에서 찍은 것, 멕시코에서 찍은 것. 그중에서도 프라하에서 만든 게 정말 많고요. 그러니까 이제는 제가 프라하에 직접 가서 구석구석 돌아다녀본 기분까지 듭니다. 그런데 저는 유부남입니다. 그래서 저는 동네 여자들이랑 실제 만남을 하는 그런 웹사이트는 절대 안 들어갑니다. 성욕에 들뜬 섹시한 유부녀들이랑 엮이는 일은 애초에 하질 않아요. 그러니까, 저도 선을 지키거든요. 그냥 제가 모르는 사람이 나오는 영상만 보는 겁니다. 전부 합법적인 거고요. 전 나쁜 짓은 안 합니다. 그러니까 불법적인 부분은 없단 말이죠. 그런데 지금 드리려는 말씀은 제가 그런 웹사이트에 **엄청 자주** 들어간다는 이야기입니다. 그러니까 원한다면 휴대폰으로도 들어갈 수 있거든요. 솔직히 제가 구체적으로 그런 다양한 웹사이트를 방문한 횟수까지는 말씀드릴 수 없지만 아마 숫자를 들으면 놀라실 겁니다. 때로는 일을 하다가도 들어갑니다. 아니면 아내가 자고 있을 때 부엌에 가서 보기도 합니다. 그러니까 아내 없이 집에 있는 모든 순간 본다고 생각하시면 됩니다. 그리고 전 이게 큰 그림에서 보면 잘된 일이라고 생각합니다. 필요한 순간 위로가 될 무언가가 있으니까 아내한테서 한눈팔지 않을 수 있었던 겁니다. 왜냐하면 제가 원할 때 제 아내는 좀처럼 응해주지 않거든요. 화는 안 납니다. 저라도 저랑 잠자리를 하기 싫을 테니까요. 그런데 문제는 제가 마흔여덟 살이라는 것, 그리고 한동안 이런 웹사이트를 들락거렸더니 이제는 흥미로운 영상을 하나도 빼놓지 않고 다 봤다는 생각이 듭니다. 이제는 목적 없이 사이트를 돌아다녀봐도 제가 클릭하지 않은 영상들이 하나도 없어요. 이제 안 본 게 더 이상 없습니다. 똑같은 신체 부위들이 끝없이 위아래로 오르락내리락하는 것뿐인데, 어쩐지 그걸 보고 있으면 겁이 납니다. 신부님, 절 이해하실 수 있으십니까? 그래서 저는 '이제는 어떡하지?' 하고 생각하게 된 것 같습니다.

용서해주세요, 신부님, 그런데 어디까지 말씀드려야 할지 잘 모르겠어요. 그러니까, 몇 달 전 저희 팀에 무슨 일이 있었는데 아무도 그 이야기를 안 해요. 제가 끔찍한 일을 눈으로 봤어요. 어떻게 보면 저도 엮여 있기도 한 일인데, 아마 그 정도까지 가지는 않을 것 같아요. 걔들은, 그러니까, 우리는, 이제 와서 생각하면 그땐 짐승 같았어요. 처음에는 그냥 장난이었지만, 그래도 그 여자애는, 모르겠어요. 사실 생각할 때마다 괴로워요. 그런데 그날 밤 그 친구가 죽는 바람에 다들 그 사건 때문에 앞서의 일은 잊어버렸어요. 그런데 자꾸만 생각이 나요. 그리고 그 여자애가 우리한테 어떻게든 복수할지도 모른다는 걱정이 들어요. 아니요. 아니요. 지금 신고하거나 뭐 그런 건 아니에요. 전 여기가 안전한 공간이라고 생각했어요. 아니요, 더 자세히 말씀드릴 수는 없어요. 그러니까, 제 생각에는, 법적 문제가 될 것 같거든요. 그래서 더 이상은 말씀드릴 수 없는 거예요. 저희가 맹세를 했거든요. 그래도 제가 부탁드리고 싶은 건, 신부님, 용서받고 싶어요. 제가 무슨 짓을 저지르고 말았어요. 그게 진짜 있었던 일일까요?

용서해주세요, 신부님, 저는 거짓말이라는 죄를 지었습니다. 지난번 고해성사 이후로 남자친구와 잠자리를 하며 오르가즘을 느낀 척한 게 최소한 열네 번은 더 있었어요. 하지만 지난번 고해성사는 한참 전이었으니 그 횟수가 많은 건지, 아니면 보통인지 잘 모르겠어요.

용서해주세요, 신부님, 제가 며칠 전에 디엔에이믹스 검사를 했어요. 뭐라고 쓰여 있었는지 아세요? 죄송해요, 울고 싶지는 않았는데. 그래도 뭐라고 쓰여 있었는지 아세요? 발레리나래요, 신부님. 발레리나라고요! 이제야 겨우 잊었는데. 죄송해요. 제가 어린 시절부터 고등학교 내내 얼마나 열심히 노력하고 또 훈련을 받았는지 신부님은 모르실 거예요. 부모님이 들인 돈도 엄청났어요. 이 결과지를 받자마자 기억이, 죄송해요. 그만 울게요. 약속할게요. 그런데 기억이 난 거예요. 전 아이를 낳을 생각이 전혀 없었어요. 저흰 너무 어리고 또 어리석었어요. 이렇게 살 생각은 정말 아니었는데. 죄송해요, 신부님. 그런데 이렇게 오랜 세월이 지났잖아요? 정말 오랜 세월이 지났어요. 제 배로 낳은 아이들인데. 기억이 나버렸어요. 전 애초부터 이 아이들을 원하지 않았어요.

용서해주세요, 신부님. 새치기를 했습니다. 서둘러야 했거든요. 그건 그렇고 팻 교장선생님이 은퇴하신다는 소문을 들었는데 사실인가요? 그럼 신부님이 설득해서 못 그만두게 **하셔야지요.** 다른 때도 아니고 학기 중이잖아요. 조만간 애들이 대입예비고사도 봐야 하고, 지역 플레이오프전도 있고, 입찰식 경매 행사도 열릴 테고, 프롬 파티도 있잖아요. 또, 디어필드 가톨릭 스쿨 어머니회 회원으로서, 여기서 어머니회가 자원봉사로 운영되고 있다는 점을 강조하고 싶은데요, 저희는 더 이상의 업무는 감당 못해요. 이번 200주년 기념제 때문에 이미 과로사할 지경이라고요. 그러니까 제발 신부님께서 팻 교장선생님한테 진정 좀 하시라고 말씀해주세요. 학기말까지 기다려주실 수는 있잖아요. 감사합니다. 참, 제 신용카드 빚이 3만 3천 달러가 됐다는 사실도 말씀드려야 할 것 같아요. 아니요, 아니요, 남편은 아직 몰라요.

용서해주세요, 신부님, 숙취가 미친 듯이 심합니다. 더 문제인 건 간밤에 저랑 같이 만취한 일행 중에 한 신부님이 계셨다는 점입니다. 가톨릭 교회에서는 술에 대해서는 너그럽게 생각한다고 익히 들었습니다만 아무리 그래도 간밤에 그 신부님이 들이켠 술이 얼마나 되는지 눈으로 보셨어야 합니다. 그러니까, **와우.** 그런 건 신학교에서 가르치는 걸까요? 저와 시장님이랑 상대가 안 되더라고요. 맞습니다. 그 신부님이 우리 동네 시장님을 타락시키고 있다니까요. 그래도 그 신부님의 유머 감각은 인정합니다. 또, 괜찮은 사람인 것 같아서, 간밤엔 좋은 시간을 보냈죠. 그래도 말입니다, 아마 그 신부님은, 뭐 신부님께서도 아시는 분일 텐데, 술에 취해서 집까지 남의 차를 얻어 타고 가야 했습니다. 생각해보니까 평소 타고 다니시던 트럭도 안 몰고 오셨더라고요. 혹시 우리가 트럭까지 마셔버렸나? 잘 모르겠군요. 아무튼 신부님, 이제 와 생각해보니 팁시가 저를 내려주었을 때 제가 그분께 다음 날 학교까지 태워드린다 제안하지 않았던 게 예의가 아니었던 것 같습니다. 일단 우리는 같은 곳으로 출근하니까요. 그런데 그땐 숙취가 너무 심한 데다가 제정신이 아닌 상태라 거기까지는 생각이 미치지도 않았습니다. 예의 없는 행동이었고, 사과드리고 싶습니다. 그런데 아무튼 지금은 세 시 십오 분입니다, 신부님. 퇴근 시간이지요. 그래서 여쭤보고 싶은 게 있는데, 혹시 제 차로 데려다드릴까요?

23장

양보가 이어지고, 이어지고, 또 이어졌다네
The Yield Went Around,
and Around, and Around

고해성사를 마친 뒤 두 남자는 계획을 세웠다.

더글러스가 네 시에 트롬본 레슨을 받으러 제프리의 아파트로 가는 길에 피트를 태워 간다. 거기서 피트는 더글러스의 차, 물론 정확히 말하면 셰릴린의 차를 몰고 래니의 집으로 가서 오늘 학교에 모습을 드러내지 않은 트리나의 안부를 확인한다. 피트는 더글러스에게 한 시간 내로 돌아올 테니 걱정 말라고 했다. 그냥 해야 하는 일이라고.

"때로 갑자기 불길한 느낌이 들 때가 있지 않습니까?" 피트가 더글러스에게 물었다. "그런 생각에 주위를 둘러보면 사방에 불길한 느낌이 기하급수적으로 불어나기라도 한 것처럼 가득할 때가 있죠."

"7교시 시민윤리 시간에 교실로 들어갈 때마다 그런 느낌이 들죠."

"사실, 온종일 고해성사실에 앉아 있다가 나오니 왠지 저도 뭔가 고백해야 할 것 같은 기분이 듭니다. 어젯밤 술집에서 나와 팁시의 차로 귀가할 때 말입니다. 더글러스가 휘파람을 불었을 때, 참, 그건 그렇고 휘파람 소리는 정말 아름다웠습니다. 그때 트리나가 남의 집에서 나오는 모습을 본 것 같습니다. 창문을 통해 기어 나오고 있는 모습을 봤어요."

"트리나한테 남자친구라도 생겼다는 말씀이십니까?"

"아니요, 그런 느낌이 아니었습니다. 트리나가 그 집에서 도둑질이라도 하고 나온 게 아닌가 하는 걱정이 드는 거죠."

"이런." 더글러스는 그렇게 말하며 브레이크를 밟았다. 두 사람은 광장 바깥에 있는 사거리 신호에 도착했는데, 도로의 차들이 꼼짝도 하지 않았다. 디어필드에 차가 이렇게 많은 건 처음이었다. 배달 트럭, 텐트 폴대와 접이식 의자를 실은 픽업트럭. 운전석에 앉아 있던 그 순간, 더글러스는 자신이 어서 이 모든 난리법석이 다 끝나기만을 바라고 있음을 알아차렸다. 그는 오른편에 있는 차에게 먼저 가라는 시늉을 했는데, 오른편 차에 타고 있는 사람은 다시 자기 오른쪽 차에 양보 신호를 보냈고, 그러자 그 차에 탄 사람은 다시 이쪽에 양보했다. 그건 평소의 디어필드에서 예의를 차리려 하는 행동이라기보다는 사거리에 몰린 차들이 더는 갈 곳이 없어서였다. 디어필드가 완전히 꽉 차버린 것 같았다.

"일단 트리나를 만나야겠어요. 대화를 나누고 싶을 뿐입니다." 피트가 말했다.

"확실하십니까? 혹시 경찰에서 다뤄야 할 문제라거나, 적어도 래니한테 상의할 문제가 아닐까요?"

"압니다. 그래도 그 녀석한테 먼저 해명할 기회를 주고 싶습니다. 트리나한테는 제 편을 들어줄 사람이 거의 없거든요, 애 아버지도 마찬가지고요. 래니는 온통 자기 생각뿐인 사람이라."

드디어 신호가 바뀌었지만 사거리를 건너자마자 다시 빨간불에 차를 세워야 했다. "아이고, 하느님." 절로 그런 소리가 나왔지만, 자신이 신부 앞에서 아무 생각 없이 십계명을 어겼다는 사실을 깨닫고 곧장 후회했다.

피트는 아무 말도 하지 않았는데, 그 이유는 금방 알 수 있었다. 조수석에 앉은 그는 창밖을 내다보며 울음을 참고 있었던 것이다. 더글러스도 느낄 수 있었다. 차 안에는 아까와는 사뭇 다른, 어두운 자기장 같은 에너지가 감돌았다. 피트는 마침내 헛기침을 해 목을 고르더니 약간 목멘 소리로 입을 열었다. "모르겠습니다. 그러니까, 화장실에 다른 녀석들이 트리나에 대해 갈겨써놓은 낙서를 보니 제 마음에 상처가 남더군요." 그러더니 피트는 손가락으로 눈시울을 눌렀다.

더글러스는 교통체증에서 벗어나려고 우회전을 해 주차장을 가로질렀다. 피트를 한번 보고 다시 도로로 시선을 돌렸다. "이해합니다." 하지만 그 말은 피트가 울고 있다는 사실을 이해한다는 의미다. 한 남자가 울고 있을 때, 다른 남자가 할 일은 그저 그를 방해하거나 섣불리 조언을 건네지 않고 열린 공간을 만들어놓는 것뿐이다. 남자가 다른 남자의 눈물을 보는 일은 번개가 땅에 내려치는 광경을 보는 것만큼이나 드물고, 그럴 땐 그 어떤 말도 필요 없다.

"죄송합니다." 피트가 그렇게 말하더니 코로 짧게 숨을 내쉬었다. "고해성사가 부담이 큽니다. 늘 그렇죠. 특히 아이들의 고해성사 말입니다. 분명 아이의 목소리였는데, 그다음 주에는 무슨 일이 있었던 건지 어른이 되어 나타나요. 그런 변화는 순식간에 일어나고, **목소리만 들어도** 알 수 있습니다. 그럴 때면 슬프지요. 우리도 한때 그렇게 아이와 어른 사이의 시간을 지나왔지 않습니까? 그런데 아이들의 목소리에서 그런 감정이 느껴집니다. 후회의 감정일 겁니다. 아이들은 뭔가 후회할 짓을 저지르고, 그러다가 다 끝나버립니다. 쾅. 그러더니 갑자기 우리 같은 어른이 되어버리는 거죠."

더글러스는 아무 말 없이 운전을 했다. 두 사람이 깨닫지 못하는 사이에 그들은 해결할 수 없는 엄청난 문제들을 맞닥뜨린 사람들이 하는 그 일을 시작하고 있었다. 바로 문제를 해결하려 드는 것 말이다. 내가 그 아이들의 부모였다면 어떤 행동을 했을까? 어떻게 해결했을까? 엄격하게 굴 수도, 솔직하게 대응할 수도 있을 테고, 좀 더 이해하려고, 좀 더 용서하려고 노력할 수도 있을 것이다. 어떤 방법을 택하든, 그 방법이 통할 수도 있고, 아닐 수도 있다. 그것이 선한 의도가 가진 곤란한 점이다.

"때로는 제 직업이 선생이라는 게 도움이 될 거라 생각하기도 합니다." 더글러스가 입을 열었다. "애들이랑 많은 시간을 보내니까요. 그러니까 애들을 이해하는 데 도움이 되어야 마땅하죠. 그런데 오히려 반대라는 생각이 들거든요."

피트는 코로 숨을 깊이 들이쉬더니 마치 화제를 바꾸려는 듯 자세를 꼿꼿하게 했다.

"두 분은 아이를 가질 생각이 없으셨습니까? 더글러스와 셰릴린 말입니다."

"아니요, 갖고 싶었죠. 몇 년간 애를 써봤습니다. 온갖 검사도 받아봤고요. 병원에서 말하길 제 정자들은 잘 움직이고 있고 아내한테도 아무 문제가 없다더군요. 그런데 그렇게 시간이 가다 보니까 아이를 갖겠다는 노력을 하면서 평생을 보내든지, 아니면 포기하든지 둘 중 하나를 선택해야 하는 순간이 오더라고요."

"어떤 것들은 포기하기가 쉽지 않죠." 피트가 말했다.

"맞습니다. 병원에 다니던 시절 다른 부부들도 봤습니다. 그 시절 저희처럼 젊은 부부들이 빡빡한 일정을 맞추어 온갖 주사를 맞곤 하던데, 그들의 눈빛에 담긴 두려움을 보니 그렇게는 해결할 수 없다는 걸 알겠더군요. 그 사람들이, '도대체 난 왜 하필 이 사람과 결혼한 거지?' 생각하고 있는 게 빤히 보였어요. 분명 셰릴린은 좋은 엄마가 될 겁니다. 세상에서 제일 다정한 사람이니까요. 하지만 저는 이루어지지 않을 수도 있는 꿈을 계획하며 인생을 흘려보내는 그런 부부가 되고 싶지 않았습니다. 우리가 하고 있는 결혼 생활이 아니라 우리가 갖지 못한 아기에 대해서만 주야장천 생각하며 사는 사람들 말입니다."

"그거 아십니까? 하느님을 웃길 수 있는 방법은 세상에 단 하나뿐이라고 하지요."

"그게 뭡니까?" 더글러스가 물었다.

"계획을 세우는 겁니다." 피트가 대답했다.

그 말을 듣고 더글러스는 빙그레 미소를 지었지만, 다음 순간 오늘 아침 세웠던 계획에 생각이 미쳤다. 셰릴린을 앉혀놓고, 아내가 새롭게 발견한 욕망을 앗아 가기로 했었지. 그게 정말 내가 원하는 일일까? 그럼 난 정말 나쁜 놈이 아닌가? 그런 전략을 구사한다면 남편은 물론 친구라고도 하기 어렵다. 어쩌면 트리나처럼 일종의 도둑이 되는 건 아닐까? 그는 윌로 스트리트로 접어들어 제프리의 아파트를 향했다.

"신부님은요? 아마 신부님께는 허용되지 않은 일이니 원하시지도 않았을 것 같습니다만."

피트가 더글러스를 쳐다보았다.

"허용되지 않은 일이라니, 성관계를 말씀하시는 겁니까?"

"전 '결혼'이라고 말하려던 참이었는데요."

"사실 전 결혼한 적이 있습니다. 오래전이죠. 신학교에 들어가기 전이었습니다."

"제게 말씀하신 적 있는 일은 아니지요?"

피트는 미소를 지었다. "글쎄요, 제가 떠들고 다닐 만한 일은 아니니까요."

더글러스는 한때 결혼한 적 있는 남자가 신부가 될 이유가 뭐가 있을까 생각해보았는데, 떠오르는 가능성 중에 좋아 보이는 것은 하나도 없었다. 신부는 이혼할 수 없을 테니 그렇다면 가능성은 하나뿐이었다.

"죄송합니다. 몰랐어요."

"솔직히 말씀드리자면, 그런 일이 있었기 때문에 사제라는 직업을 갖게 된 겁니다."

"혹시 우리 사이에 작은 스크린을 하나 올릴까요? 그러면 좀 더 편안하실까요?"

"아닙니다." 피트가 대답했다. "괜찮습니다. 사실 우리는 아내가 임신했다고 생각했습니다. 다른 사람들에게는 잘 하지 않는 말이지만, 우리 역시 아이가 갖고 싶었거든요. 그리고 아이가 생긴 줄 알았지요. 아내의 체중도 늘었고, 우린 들떠 있었습니다. 그런데 알고 보니 아내 몸속에 생긴 건 아기가 아니더군요. 그 뒤로는 모든 게 너무도 빨리 진행됐습니다."

"오, 하느님." 더글러스가 내뱉었다.

피트가 그를 건너다보았다. "저도 그렇게 생각했습니다. 하느님을 찾거나, 아니면 영영 망가져버리거나 둘 중 하나였지요."

"아내분 성함을 여쭤봐도 되겠습니까?"

"애나." 피트는 그렇게 말하더니 시트에 등을 기댔다. "아내 이름은 애나였습니다."

"그렇군요." 더글러스가 말했다.

"애나." 피트가 한 번 더 말했다.

"애나."

그렇게 말하는 순간 더글러스는 순간적으로 피트에 대한 존경심이 차올랐다. 어째서인지 알 수 없었다. 피트의 신앙심 때문에? 솔직함 때문에? 더글러스로는 상상할 수도 없는 끔찍한 일을 겪은 뒤, 긍정적인 일을 하기로 선택했다는 사실 때문에? 셰릴린을 잃는다니, 그런 일이 일어나면 그는 어떻게 될까. 셰릴린과 디엔에이믹스에 대한 이야기를 나누지 않았다는 사실만으로도 벌써 만신창이가 된 기분인데 말이다. 두 사람은 여태 싸운 적조차 한 번도 없었다. 아내와의 사별을 피트는 어떻게 극복할 수 있었을까? 그렇게 생각하니 경외감이 느껴졌다.

제프리가 사는 아파트 단지에 도착할 때까지 둘은 말이 없었다.

"사실 신부님과 대화를 나눌수록 묻고 싶은 것들이 더 많아집니다. 물론 신앙에 관한 질문만은 아니고요, 그저 일상적인 사소한 궁금증 말입니다."

"언제든 좋습니다. 자, 해보세요."

"좋습니다." 그러더니 더글러스가 물었다. "첫 번째로, 그 로만칼라 아프지는 않습니까? 일종의 넥타이 같은 겁니까? 전 넥타이는 답답해서 도저히 못 견디거든요."

"아닙니다. 칼라를 달고 있다는 사실도 때때로 잊어버리는 걸요."

"그렇군요. 다음 질문, 미사를 그렇게 자주 보시는데, 갑자기 머릿속이 하얘지면서 지금 읽고 있는 구절이 어디인지 기억나지 않을 때는 없습니까?"

"없습니다. 성찬 예배잖습니까. 집중을 흐트러뜨리지 않는 게 중요하죠."

"그렇겠군요." 더글러스가 말했다. "그럼, 하느님에 대해서도 궁금합니다. 혹시 하느님이 신부님께 직접 말을 걸기도 하십니까? 왜, 하느님과의 특별한 연결 고리가 있는 그런 건가요?"

"그렇습니다. 하지만 하느님께서 더글러스에게 직접 말을 거실 때와 딱히 다르지는 않을 겁니다."

더글러스는 차를 세웠다.

"마지막 질문입니다. 저는 어릴 때부터 미사에서 신부님이 그 밀전병을 집어 드는 시간이 제일 좋았습니다."

피트는 웃었다. "예수님의 살을 말씀하시는 거겠죠?"

"예, 죄송합니다. 신부님이 예수님의 살을 집어 들고 종이 울리면 신부님은 이런 노래를 부르더군요. 시이이이인앙의 시이이이이인비여."

"맞습니다. 좋은 노래지요."

"예전 신부님은 그 노래를 피트 신부님과 다르게 부르셨어요. 그분의 노랫소리는 저음이었는데, 피트 신부님의 노래에는 좀 더 애수가 담겨 있다고 해야 하나, 저는 이쪽이 좋습니다. 사실 신부님의 노래가 좋습니다. 가끔 제가 혼자서 휘파람으로 부는 단순한 가락과 비슷하게 들려서요. 그러니까 제가 궁금한 건, 그 노래를 어떤 식으로 부르는지는 신부님 마음대로 정할 수 있는 겁니까? 말하자면, 노래 연습 같은 것도 합니까?"

피트는 다시금 미소를 지었다. "아마도요."

더글러스가 그를 바라보았다. "그럼 온 세상에 있는 수백 명의 신부님들이 거울 앞에 서서 노래 연습을 하고 있다는 소리군요. 마치 수많은 합창단 단원들이 각자 〈신앙의 신비〉

337

를 연습하는 것 같겠습니다."

"그렇게 생각하니 참 재미있네요. 한번 불러드릴까요?"

"예, 불러주십시오."

"같이 부릅시다."

피트는 조수석의 바이저를 끌어내려 거울을 열었다. "신나는데요?"

그래서 더글러스 역시 똑같이 했다. 운전석 바이저에 달린 거울로 자신을 바라보았다. 그렇게 두 사람은 시닉 웻랜드 아파트 단지 주차장에서 함께 목청껏 노래를 시작했다.

"시이이인앙의 시이이인비여."

24장

생생하게 기록할 거야, 속임수 같은 건 없어
We'll Record It Live, That's No Jive

더글러스가 계단을 반쯤 올라가기도 전에 음악이 들렸다.

〈인 더 무드〉 아니면 〈싱 싱 싱〉 같기도 했고, 어쩌면 카운트 베이시, 또는 마커스 밀러의 음악 같기도 했다. 퍼커션 소리가 꾸준하면서도 낮게 흐르고, 재즈풍 기타 리프에 관악기가 약한 열기를 유지하며 가세하고 있었다. 고작 몇 초 그 음악을 들은 것만으로도 더글러스는 오늘 하루가 완전히 달라질지도 모른다는 사실을 알았다. 그것이 음악의 힘이다.

그러나 이 음악은 레코드에서 나오는 것도, 심지어 라디오에서 나오는 것도 아니었다. 녹음된 것이라고 보기에는 흥미진진하고 생생했다. 손목시계를 확인하니 정시에 도착했다. 제프리에게 새 학생이 생긴 걸까? 지난밤에 떠올린 악몽 같은 시나리오, 제프리가 모자에서 토끼를 꺼내겠다며 라스베이거스로 떠나버리거나, 레슨을 받으러 왔더니 집이 텅 비어 있을지도 모른다는 두려움보다는 훨씬 나았다. 난간 아래를 내려다보니 피트가 셰릴린의 차를 몰고 주차장을 빠져나가는 모습이 보였다. 더글러스는 베레모를 고쳐 쓴 다음 문을 두드렸다.

음악은 멈추지 않았다. 다시 문을 두드렸다.

문손잡이에 손을 뻗기도 전에 문이 저절로 열렸다.

제프리는 방 한가운데 커피테이블 위에 서 있었다. 어제 보았던 실크해트에 티셔츠와 청바지 차림이었다. 그는 문이 열린 덕분에 더욱 생생하게 들려오는 리듬에 맞춰 잘게 스텝을 밟으며 춤을 추는 중이었다. 그러더니 마치 이 음악이라는 주머니 안에 쏙 들어가 있는 사람처럼 미소를 지은 뒤 모자를 벗어 손으로 빙글 돌렸다. **돌아온 걸 환영해요, 헙스**, 하듯 양팔을 벌리기까지 했다.

네 명의 뮤지션이 제프리를 둥글게 둘러싸고 있었다. 제프리가 테이블에서 휙 뛰어내리더니 더글러스에게 악수를 건넸다. 그러더니 연주를 멈추지 않는 뮤지션들을 향해 말했다. "내가 뭐랬어? 절대 지각하는 법이 없는 사람이라니까."

그러더니 더글러스가 모르는 사이에 어느새 손목에서 슬쩍 빼 간 손목시계를 증거라도 되듯 허공에 흔들어 보였다.

"아니, 어떻게 한 겁니까?"

"마술은 필요에서 탄생하는 법." 제프리는 그렇게 대답한 뒤 시계를 다시 더글러스에게 던져주었다. "들어와요, 친구."

더글러스는 안으로 들어와서 문을 닫고 트롬본 케이스를 바닥에 내려놓았다. 비트는 낮은 패턴으로 계속되었지만 뮤지선들은 아무 말도 하지 않았다.

"헙스, '마법의 빗자루'를 소개하지요. 제 옛 친구들입니다. 내일 200주년 기념제 중앙 무대에서 공연할 거예요. 제가 초대했죠."

더글러스는 멤버들 한 사람 한 사람에게 고개 숙여 인사했지만 그들은 연주를 멈추지 않았다. 4분의 3박자 낮은 비트였는데, 마치 연습한 곡을 합주한다기보다는 그저 같은 장소에서 각자의 악기 연습을 하고 있는 듯했다. 마치 다시 합주를 시작하라는 신호가 떨어지기를 기다리거나 바라는 것처럼 보였다.

"'마법의 빗자루'라고요? 애들 영화 제목 말입니까?

더글러스의 말에 드러머가 고개를 들었다. 아마 디어필드보다도 더 남부 지역 출신인 것 같은, 특유의 우렁우렁한 쇳소리 섞인 발음으로 그가 말했다. "원래 이름은 '나붐붐 아일랜드'였어요. 그때보단 발전한 건데."

더글러스는 방 안을 둘러보았다. 확실한 건, 어느 자비로운 생물체가 어제 그가 방문했던 작은 아파트를 천국으로 바꾸어놓았다는 사실이었다. 음악은 나지막한 소리로 계속되었고, 방금 말을 건 드러머는 자세히 보니 눈이 먼 사람 같았다. 그는 다리 사이에 스네어 드럼을 끼고 브러시로 연주하고 있었다. 그러더니 마치 귀에 들어간 물을 털어내려는 듯 머리를 한쪽으로 기울였는데, 분명 더글러스가 살면서 본 모습 중 가장 쿨한 동작이었다.

드러머 왼쪽에 서 있는 더블베이스 연주자는 키가 적어도

2미터는 될 것 같은 여성이었다. 깡마른 체크무늬 민소매 셔츠 아래로 보이는 팔은 공작새 문신으로 뒤덮여 있고, 가슴 주머니에 얼마 전 더글러스가 학생에게서 압수한 것과 비슷한, 고급스럽게 생긴 전자담배가 꽂혀 있었다. 그녀는 통통 튀는 비트를 연주하면서 마치 자기 손가락이 다음번에 어디로 향할지 궁금하다는 듯 응시하고 있었다.

맞은편 팔걸이의자에 앉아 있는, 적어도 예순 살은 된 것 같은 기타리스트는 낡디낡은 페도라를 쓰고 있었다. 더글러스는 곧장 그 모자가 부러워졌다. 기타리스트는 발밑, 커피포트만큼 작은 앰프에 연결된 큼지막한 할로우바디 그레치 기타의 넥 위에서 손을 위아래로 미끄러뜨렸다. 마치 현을 아예 건드리지도 않는 것 같은 가볍고도 우아한 손놀림이었다. 그가 고개를 들고는 더글러스를 향해 고개를 까딱해 보였다.

더글러스 오른쪽에는 기다란 검은 머리를 포니테일로 묶은 색소폰 연주자가 서 있었지만 그는 음악을 연주하지 않고 있었다. 그저 눈을 감은 채 색소폰의 진줏빛 버튼을 손으로 더듬고 있었다. 밸브에서 나는 가벼운 딸깍 소리를 듣자, 그가 머릿속으로 솔로 파트를 연주하고 있다는 사실을 알 수 있었다. 집중한 표정, 마우스피스를 물고 있지만 숨을 불어넣지는 않는 입술, 스스로가 놀랍다는 듯 치켜든 눈썹. 분명 머릿속으로는 무대를 박살 낼 기세로 연주하는 중이리라.

더글러스는 제프리를 다시 바라보았다. 한 번도 해보지 않은 중독성 마약을 하면 이런 기분일까? 전혀 예상치 못한 기쁨이었다.

"제가 올 자리가 아닌 겁니까?" 더글러스가 물었다.

"농담해요, 헙스? 당신을 위해 준비한 자립니다. 이 친구에게 당신 이야기를 해줬죠. 이제 트롬본 준비해서 즉흥 합주를 해보자고요."

음악 소리가 조금 더 커지고, 방 안의 긴장이 조금 더 팽팽해지는 가운데 더글러스는 초조한 손놀림으로 트롬본을 조립했다.

"자, 어제 배운 거 기억하시죠?" 제프리가 말했다.

"〈76 트롬본〉 말입니까?"

"제목 같은 건 상관없어요. 제가 어제 가르쳐드린 첫 음 기억나십니까? 아주 낮게, 입술을 오므리고, 배 속에서부터 힘차게 숨을 불어넣으세요."

더글러스는 트롬본을 어깨에 걸친 다음 숨을 불어넣었다. 음 이탈이 난 게 분명했지만, 그 누구도 그를 돌아보지 않고 하던 연주를 계속했다.

"이번에는 더 세게 불어보세요." 제프리가 테이블에 놓인 마술지팡이를 집어 들더니 그것으로 자기 배를 톡톡 쳤다. "숨이 여기서부터 나와야 하는 겁니다. 소심함 따위는 버려요. 여긴 교직원 회의가 아니니까."

더글러스는 크게 숨을 들이마신 다음 다시 한번 불었다. 이번에는 제대로 됐다.

"바로 이겁니다. 딱 이렇게만 하시면 됩니다. 아시겠지요?" 제프리가 양손에 잡은 지팡이를 빙글 돌렸다. "제가 이걸로 헙스를 가리키는 순간마다 불어요. 지금 바로 들어갑니다."

더글러스는 심호흡을 하고 트롬본을 입으로 가져갔다. 밴드가 연주하던 각자의 음악이 점점 합주가 되어가는 게 느껴졌다. 드러머는 천장을 올려다보았고, 제프리는 다시 발로 지휘라도 하는 것처럼 스텝을 밟기 시작했다. 더글러스가 리듬을 느낄 시간이라도 주듯 작게 원을 그리며 돌았다. 그 순간 그는 **정말** 리듬을 느낄 수 있었다. 리듬이 그에게 다가오고 있었다. 트롬본을 쥔 손에 힘을 주었다. 예상한 바로 그 순간 제프리가 이쪽으로 돌아서며 지팡이로 그를 가리켰고, 더글러스는 트롬본을 힘껏 불었다.

맙소사, 정말 근사한 소리가 났다.

제프리는 아무 말도 덧붙이지 않고, 더 이상 무언가를 가르쳐주지도 않는 채로 그저 음악에 몸을 맡겼다. 그가 지팡이로 더글러스를 가리키는 순간 벼르고 있던 더글러스는 빵 하고 악기를 불었다. 꾸준하고 믿음직한 저음을 내주기만 하면 되었다. 그의 트롬본이 나무등치가 되어주면 다른 악기들이 가지처럼 뻗어나갔다. 꼭 그가 이 음악을 통제하는 기분이었다. 리듬에 맞춰 이 음을 연주하기만 하면 영영 음악이 끝나지 않을 것만 같았다.

어느새 더글러스의 발뒤꿈치가 들썩이기 시작했고, 아파트의 리놀륨 바닥에 딱딱 부딪치는 정장 구두 굽 소리도 리듬에 가세했다. 빵. 한 번 더 불었다. 한번 자리를 잡고 나니 그 뒤로는 안정적으로 이어나갈 수 있었다. 제프리도 더 이상 그를 지팡이로 가리키지 않고 테이블에 펼쳐진 카드 위로 음악에 맞추어 손을 흔들어댈 뿐이었다. 빵, 그리고 탓탓. 빵, 탓탓. 그렇게 이 음악의 박자는 마치 소리가 아니라 사실인 것처럼 확고해졌다. 그때, 테이블 위 카드가 움직이기 시작했다. 고조되는 리듬 속에서 제프리가 춤을 추자 카드 덱의 맨 윗장이 마치 실을 묶어 끌어당기는 것처럼 허공으로 솟아올랐다. 제프리의 손 아래 둥둥 떠 있는 카드를 보면서 더글러스는 힘껏 트롬본을 불었다. 꼭 울음을 터뜨릴 것 같은 기분이었다.

제프리가 아래를 향해 손뼉을 짝 치자 카드는 다시 테이블 위로 떨어졌고, 그 순간 색소폰 연주자는 모두가 기다렸던 열정적인 솔로 연주에 돌입했다.

동료 관악기의 소리가 울려 퍼지는 순간 온몸에 넘쳐흐른 기쁨을 더글러스는 도저히 설명할 수가 없었다. 마치 오로지 뮤지션들만 느낄 수 있는 기쁨 같았다. 낯선 종소리 같은 색소폰 음조가 방 안을 가득 채우자 다른 연주자들은 모두 자기 악기를 바라보던 눈을 들어 여태 색소폰 주자가 꿈꾸던 바로 그 음악을 연주하는 모습을 지켜보았다.

제프리가 지팡이로 테이블을 톡 치더니 더글러스를 가리켰다.

"자, 이제 헙스 차례예요."

더글러스는 **안 돼요, 그건 무리라고요** 하듯 눈을 휘둥그레 뜨고 다시 저음을 불었다.

"그것 말고," 그러면서 제프리가 자기 입술을 가리켰다. "이걸로 불어봐요."

더글러스는 실망한 표정을 지으며 트롬본을 든 손을 늘어뜨렸다.

"휘파람을 불라고요?"

"이 친구들한테 당신 이야기를 했다니까요." 밴드의 연주가 이어지는 가운데 제프리가 말했다. "다들 휘파람을 듣고 싶어해요. 물론, 찰리 파커의 〈서머타임〉 말고, 당신만의 음악을 연주해봐요. 그저 음악에 몸을 맡기라고요."

제프리의 요구대로 하는 게 상상할 수 있는 그 무엇보다도 더 쉽다는 사실에 더글러스 자신마저도 놀랐다. 아파트 계단에 발을 디디며 이 음악을 처음 들은 순간부터, 이 집 안에 발을 들여놓은 순간부터, 그는 마음속으로 무수한 가능성을 가진 가락들이 떠돌고 있었다. 계이름을 알 수 없고 어디에서 나온 음악인지도 모르지만, 그의 마음속에는 음악이 있었다. 눈을 감고도 불 수 있었다. 그래서 그는 그렇게 했다.

눈을 감고, 색소폰을 불 때와 마찬가지로 자신의 존재감만을 간신히 드러낼 정도의 낮은 음을 정확한 박자로 불었다. 색소폰의 솔로 연주가 잦아들자 그는 다시 한번 방금 전의 음을 불었지만, 이번에는 문을 노크하는 것처럼 조금 더 높은 두 개의 음을 짧은 박자로 덧붙였다.

색소폰이 레드카펫을 깔아주듯 음계를 높이자 제프리가 더글러스의 손에서 트롬본을 가져갔다. 더글러스는 눈을 뜨고 미소를 지었다. 낮은 음을 한 번 더 분 다음 입술을 적셨다. 기타 연주자가 마치 앞으로 펼쳐진 음악의 방향을 지시하듯 손놀림을 빨리하는 모습, 제프리가 트롬본을 어깨에 걸치는 모습이 보였다. 제프리가 그를 향해 눈을 찡긋하더니 트롬본을 불 준비를 하고는 "가봅시다" 했다. 다음 순간, 두 사람은 동시에 연주를 시작했다.

더글러스는 높고도 구슬픈 소리로 색소폰이 펼쳐내는 꿈결 같은 음악에 가세했다. 다른 연주자들도 이에 맞추어 연주를 시작했고 제프리가 즉흥적인 기교를 부려 합주의 중심을 잡아주었다. 더글러스는 고음을 낼 때는 얼굴을 일그러뜨려가며 발가락으로 박자를 맞추었고 저음을 낼 때는 바리톤 색소폰만큼 낮은 음을 휘파람으로 불면서 입안에서 혀를 가늘게 떨었다. 드러머는 이쪽을 바라보지도 않으면서 "예!"하고 추임새를 넣었다.

휘파람 연주는 정해진 짜임새를 넘나들었다. 〈베이슨 스트리트 블루스〉, 〈스윙 타임〉을 조금씩 불다가 즉흥적인 멜로디로 마무리했고, 숨이 달릴 무렵이면 제프리가 얼른 트롬본으로 멜로디를 이어갔다.

그렇게 연주는 3분 더 이어졌고, 영원처럼 느껴지는 그 시간 동안 더글러스는 손가락을 튕겨 박자를 맞춰가며 다시금 합주의 중심이 되어 휘파람을 불었다. 온통 음악에 둘러싸인 채 그렇게 제자리에서 춤을 추고 있는데, 주머니에 있던 휴대폰이 울렸다.

더글러스가 휴대폰을 꺼내는 순간 마지막 림 숏[28]과 함께 음악이 끝났다.

"와우, 대단한데. 저 친구, 휘파람이 아주 제대로야." 베이

28　드럼 연주 주법의 하나.

스 연주자의 말이었다.

더글러스는 뮤지션들의 칭찬에 웃음을 지어 보였다. 전화는 장모님 댁에서 걸려 온 것이었다. 발신자를 확인하는 순간에도 기분이 좋았다. 이렇게 기분이 좋았던 게 얼마 만일까? 사랑에 빠지면 누구나 그렇듯, 이 행복한 감정을 셰릴린과 나누고 싶었다. 그는 휴대폰을 들고 "잠깐만요" 하고는 집 밖 복도로 나갔다.

집 안에서 베이시스트가 새로운 비트로 연주를 시작하는 소리에 더글러스는 씩 웃으며 휘파람으로 가락을 가볍게 따라 불면서 전화를 받았다.

"내 사랑스런 아가씨? 우리 아기 고양이? 나의 땅콩호박?"

"더글러스?" 셰릴린이었다.

"세상 반대쪽엔 별일 없지? 그 구닥다리 세계는 좀 어때?"

"말투가 왜 그래?"

"제프리 집이야. 뮤지션들이 와 있어. 같이 즉흥 합주를 했지. 정말 믿기지 않지?"

"제프리랑 같이? 글쎄, 그 말 믿으면 안 될 것 같은데."

더글러스는 아내의 말을 건성으로 듣고 넘겼다. 문밖으로 새어 나오는 베이스의 가락에 맞추어 휴대폰에 대고 휘파람을 불기 시작했다. 이 음악이 셰릴린의 귀에도 들렸으면 좋겠다. 이 즐거움을 함께 누렸으면 좋겠다.

"뭐 하는 거야?" 그녀가 물었다.

"휘파람 불지."

"음," 셰릴린이 말했다. "그만 불어줄래?"

그래서 더글러스는 아내의 말대로 했다.

그 짧은 말 한마디에 더럭 걱정이 들었다. 지금까지 아내가 휘파람을 불지 말라고 한 적이 한 번이라도 있었나?

"있잖아." 아내가 말했다. "우리 오늘 밤에 대화하기로 했잖아, 그런데 내가 좀 늦을 것 같아."

더글러스는 대답하지 않았다.

"엄마 집에 있어." 그녀가 말했다.

"알았어. 별일 없는 거야? 내가 갈까?"

"아니, 당신은 당신 시간 즐겨. 기다릴까 봐 한 말이야."

"저녁 먹을 때는 집에 올 건가? 오늘 이상하게 가지 요리가 당기는데."

"잘 모르겠어." 그녀가 말했다.

"진짜 별일 없는 거야? 목소리가 이상한데."

"뭐, **내가** 이상한 걸 수도 있지. 한번 잘 생각해봐."

"이해가 안 돼. 무슨 일이야?" 더글러스가 물었다.

"그냥, 기다리지 말라고. 집에 도착하면 뭐라도 데워줄게."

셰릴린이 전화를 끊자 더글러스는 휴대폰을 주머니에 집어넣었다. 무슨 일이 일어나고 있는지는 모르겠지만, 분명 좋은 일은 아니었다.

그러나 깊이 생각하기도 전, 고개를 숙이자 복도에 서 있는 꼬마 아이가 하나 보였다. 열 살쯤 된 여자아이가 푸른 종이를 내밀었다.

"전 1층에 사는데요, 엄마가 2층으로 올라가보래요."

종이에는 **스카우트**라고 적혀 있었다.

25장

창문은 닫혔지만 내 마음은 열려 있어
Got the Windows Rolled Up,
but My Mind's Rolled Down

셰릴린의 아웃백 성능이 상당하다는 걸 피트도 인정할 수밖에 없었다.

시닉 웻랜드 아파트 단지를 떠난 뒤, 시속 40킬로미터를 넘기지는 않았지만 급회전을 몇 번 틀었다. 음, 솔직히 말하면 급회전이 세 번, 위험천만하기 짝이 없는 순간이 한 번 있었다.

그 위험천만한 순간이란 아파트 단지 정문을 빠져나올 때 운전대를 빠르게 돌려 지그재그로 운전했던 것이다. 제프리의 집 앞을 떠나는 순간 지나가던 다람쥐를 칠 것 같아 왼쪽으로 운전대를 꺾었는데, 다음 순간 그 다람쥐를 좇는 개를 발견하고 또다시 황급히 오른쪽으로 꺾었다. 하느님의 피조물 중 그 무엇도 없애고 싶은 생각이 없는 건 마찬가지였지만 만약 개를 치게 된다면 너무 괴로울 것 같았다. 그래서 피트는 **예수님께 맡깁니다**라는 심정으로 눈을 꽉 감고 얼굴을 일그러뜨린 뒤, 이해할 수 없는 일이지만, 브레이크가 아니라 가속페달을 밟았다. 그 순간 차는 짐승처럼 앞으로 튀어나갔고, 타이어는 발톱이라도 달린 것처럼 도로에 미끄러지지도 않고 급회전을 소화해냈다. 눈을 뜬 피트는 성호를 그으며 빠르게 기도문을 읊조렸다. 차에 무엇이 부딪히는 소리도, 느낌도 없었다. 백미러로 뒤를 보니 다람쥐는 길 한편 철조망 울타리를 타고 소나무로 쪼르르 올라가고 있었고, 개는 울타리 앞에 선 채로 애초 도로로 나온 이유가 뭔지 잊어버리기라도 한 듯 뒷발로 귀를 긁어대고 있었다.

첫 번째 급커브를 한 건 그 뒤로 그리 긴 시간이 지나지 않은 뒤였다. 메이컴 스트리트가 붐비기에 지름길로 가려고 서둘러 좌회전을 했다. 운전대의 팽팽한 긴장을 느끼는 순간 이 차는 다른 방에서도 운전할 수 있을 만큼 말을 잘 듣고 민첩하다는 걸 알 수 있었다. 그러고 보면, 피트는 지난 20년간 자기 트럭 말고 다른 차를 몰아본 적이 없었다. 트럭 운전대는 느슨해서 방향을 바꾸려면 몇 바퀴나 획획 돌려야 하는 통에 운전을 한다기보다는 뱃사공이라도 된 것 같았다.

피트는 애나와 함께일 때부터 그 트럭을 몰았고, 애나가 떠난 뒤에도 쭉 그 트럭과 함께했다. 어쩌면 차를 바꾸지 않은 것은 애나 **때문인지도** 모르겠다. 더글러스에게 애나 이야기를 털어놓은 뒤부터 그녀 생각이 머리를 떠나지 않았다. 그녀를 떠올릴 수 있다는 사실이 기껍게 느껴졌다. 마지막으로 다른 사람에게 애나의 이름을 말한 게 언제더라? 너무 옛날이라, 더글러스에게 애나 이야기를 할 때 꼭 고해성사를 하는 기분이 들었다. 그런데 어째서 그런 이야기를 했더라?

생각해보면, 더글러스는 애나에 대해서도, 심지어는 피트의 과거에 대해서도 캐묻지 않았다. 그저 아이를 가지는 것에 관한 이야기를 꺼낸 게 다인데 문득 애나 이야기가 쏟아져 나왔던 거다. 애나뿐 아니라 애나와 함께한 삶, 아이를 가지는 삶, 피트가 종종 느끼는 대로, **응당 이루어졌어야 할 운명**에 관한 이야기였다. 하지만 피트는 억울한 마음은 그저 마음속에 담아두고 그 감정을 신앙심으로 바꾸었다. 피트가 지금의 피트가 되기 위해서 그 일은 **일어나야** 할 일이었다고, 언제나 그랬다고 생각하기로 했다. 또, 애나의 죽음으로, 피트는 다른 이들이 얼마나 운이 좋은지 상기시켜줄 수 있었다. 또, **그 자신** 역시도 한때 애나라는 사람을 알고, 그녀의 몸을 만지고, 실체 있는 인간의 사랑을 느끼며, 서로의 손을 어루만지고, 꼭 끌어안는 행운을 누렸다는 사실을 잊지 않으리라.

이 이야기를 더글러스와 나누어 다행이었다. 어쩐지 지난 24시간 사이에 새 친구가 생긴 것만 같았다. 신부라는 사람들은 동네에서 열리는 재미있는 파티에 단골로 초대받는 존재는 아니기에 이런 일은 흔치 않았다. 이제 와 생각하니 더글러스에게 다른 이야기도 할걸 그랬다. 그를 존경한다는 이야기. 그의 결혼 생활도, 고해성사에서 보여주는 솔직함도, 아내를 향한 사랑도 존경스럽다고 말이다. 어쩌면 그토록 분명한 애정을 품을 수 있는 걸까? 알 수는 없었어도 그저 더글러스가 존경스럽다고 말하고 싶었다. 사람들이 타인에게 그런 칭찬을 하지 않는 것, 피트 생각에는 그것이야말로 인간이 가진 가장 어리석은 습관이다.

두 번째 급회전은 다소 위험하긴 했지만 기발했다. 뒷골목을 통하면 교통체증을 피할 수 있다는 생각이 났다. 평소라면 피트는 이런 식으로 교통 수칙을 어기는 사람이 아니지만 말이다. 골목은 비포장도로인 데다가 애초에 차도로 만든 길도 아니었지만 시간이 빠듯했다. 한 시간 뒤에는 더글러스한테 차를 돌려주어야 하는데 래니 집까지는 보통 때도 편도 20분이 걸렸다.

아웃백은 개의치 않았다. 마치 이런 날이 오기를 바란 것처럼 나무뿌리와 잔디 위를 달리는 아웃백의 타이어는 피스톤처럼 위아래로 튀었지만 운전석에는 그 어떤 충격도 가해지지 않았다. 원한다면 한 방울도 흘리지 않고 커피도 마실 수 있을 것 같았다. 나중에 더글러스에게 정말 멋진 차였다고 전해주어야겠다는 생각이 들었다. 그렇게 뒷골목을 달리기 시작한 지 2분 만에 피트는 벌써 존슨스식품점 뒤 주차장으로 접어들고 있었다. 이대로 가게 앞쪽으로 돌아나가기만 하면 시내의 교통체증을 피해 래니 집이 있는 61번 도로로 나갈 수 있을 터였다.

그럼에도 세 번째 급커브는 피트조차 예상치 못한 순간에 찾아왔다. 그는 식품점 주차장에 차를 세웠다. 생각난 게 있어서였다.

시동을 끄고 차에서 내린 다음 뒷주머니를 더듬어 지갑을 챙겼는지 확인했다. 트리나에게 선물을 사다 주고 싶었다. 뇌물이 아니라, 잠시 앉아서 대화를 나누자고 부탁하기 전에 건

넬 화해의 선물이랄까. 아니, 대화를 나눈다기보다는 피트가 앉아서 그 애의 말에 귀를 기울이기 전이라고 해야 할 터였다.

가게를 향해 다가가는 피트에게 사람들이 고개를 꾸벅하며 알은체를 해왔다. 사람들이 너무 많아서 마치 떠밀려 안으로 들어가는 것 같은 기분이었다. 가게에 들어가 곧장 고객서비스 데스크를 향했다. 줄을 서서 기다리는 손님이 없어 곧바로 카운터에 서서 복권 재고를 채우고 있는 식품점 주인 칼 존슨에게로 갔다.

칼이 안경 너머로 피트를 쳐다보았다. 칼은 여든쯤 되는 노인이었지만 건강하고 친절했으며 아마 그가, 또는 이 가게가 무너지는 날까지 이곳에서 일할 것 같은 사람이었다.

"피트, 나쁜 소식을 전해주는 사람이 되어서 안타깝지만 그 늙은 친구는 고장이 났네."

피트는 미소를 지었다. "누구 말씀이시지요?"

칼은 고갯짓으로 옆쪽을 가리켰다. 커다란 디엔에이믹스 기계에는 "고장"이라는 표지판이 붙어 있었다.

"믿으실지 모르겠지만 제가 찾는 물건이 더 이상할 겁니다. 혹시 벤슨앤드헤지스 담배를 파십니까? 왜, 그 가느다란 거 말입니다."

칼이 안경을 벗더니 카운터에 상체를 기댔다.

"있지. 하지만 신부님이 담배 피우는 줄은 몰랐는데."

"제 건 아닙니다. 친구한테 사다 주려고요."

"꼬치꼬치 캐물을 생각은 없네." 칼은 그렇게 말하더니 돌아서서 담뱃갑을 꺼냈다. "내가 여기서 사 가는 물건을 가지고 손님들을 판단했더라면 옛적에 망해서 파리 날렸겠지." 그러면서 그가 카운터에 담배를 내려놓았다.

잘은 모르겠지만, 트리나가 트럭에서 꺼냈던 담배가 맞는 것 같아서 피트는 값을 치르려 지갑을 찾았다.

"또 한 가지, 담배를 끊으려는 사람들이 씹는 껌은 어떤 겁니까?"

"니코렛 말인가?"

"예, 그겁니다. 그 껌도 한 통 주시겠습니까?"

그러자 칼은 미소를 짓더니 왼쪽으로 몇 발짝 걸어가서 껌을 꺼냈다.

"신부님 친구분이 아주 혼란스러워하겠는걸."

피트는 지갑에서 20달러를 꺼냈다. "친구한테 선택지를 주려는 거죠."

칼이 계산을 하는 사이에 가게 안을 둘러보았다. 가게 안은 텅 비다시피 했다. 데이브 오스틴이 제품 재고를 채워 넣는 모습, 남자 하나가 들어와서 휴대폰으로 "고장" 표지판 사진을 찍은 뒤 다시 나가는 모습, 계산대 뒤에 앉은 임신한 여성이 부푼 배를 쓰다듬으며 책을 읽는 모습이 보였다.

"갑자기 사람이 없어졌네요. 어서 기계를 고쳐야 하겠는데요."

"난 상관없어." 칼의 대답이었다. "장사에 아무 도움이 안 되거든. 손님들은 웃거나 울고 난 다음에 아무것도 안 사고 가버린다니까. 이젠 인사도 안 해. 셸리 스와너나 듀스 뉴먼 같은 사람들이 하루도 빠짐없이 찾아와서 저 기계를 하고 가지. 예전에는 와서 잠시 이야기라도 나눴는데 말이야."

칼은 금전등록기에서 잔돈을 꺼낸 다음 지폐를 세더니 "이젠 안 그래" 하고는 피트를 바라보았다.

"가끔 사람들이 미래를 보고 싶어서 날 이용하는 기분도 들어. 왠지 싸구려 인간으로 전락한 기분도 들고 말이야."

"사실, 저 역시 때때로 사람들이 정확히 그 목적으로 절 이용하는 것 같은 기분이 듭니다."

"당연히 그렇겠지." 칼이 지폐를 세어 카운터에 놓고 "잔돈 가져가게" 한 뒤 담배와 껌을 종이봉투에 넣어 피트에게 건넸다. "선택지는 여기 있고."

피트는 종이봉투를 받아들고 잔돈은 주머니에 넣었다.

"비밀 하나 알려줄까?" 칼이 피트에게 몸을 바짝 가져오며 말했다. "사실 진짜 고장 난 건 아니야."

"아니라고요?"

"아까 기계를 막아놓으라는 전화가 왔거든. 내일 200주년 기념제 때문에 광장으로 옮긴다나. 그 친구들이 관광객들한테 제대로 돈을 뜯어내려는 모양이야."

"'그 친구들'이 누굽니까? 저 기계의 주인이 누구지요?"

"나도 몰라. 그냥 디엔에이믹스를 잘 아는 것처럼 말하기에 딱히 신경 안 썼지. 에이, 사실 어쩌다가 저 기계를 가게에 들이게 된 건지도 기억이 안 나. 내가 허락한 적은 없어. 아마 매니저가 허락한 것 같은데, 저 기계가 들어온 날 테스트를 해보고 아예 동네를 떠났지 뭔가. 그 뒤로 한 번도 못 만났어. 잘 지냈으면 좋겠는데. 애도 있고 그러니까."

피트는 기계를 한참 바라보았다.

"그럼, 지금도 작동한다는 거지요?"

그 말에 칼은 눈썹을 치켜올리더니 가게 안을 둘러보았다.

"혹시 들어가서 한번 해보고 싶으면 내가 잘 숨겨드리지."

"저 기계를 사용해보셨습니까?"

"에이, 그럴 리가. 나야 55년간 식료품 재고 채우면서 살았는데, 내가 할 줄 아는 거랑 못하는 게 뭔지 내가 제일 잘 알지."

피트는 손목시계를 보았다. 지름길을 택한 덕에 아직 시간이 있었다.

"테스트를 해본다고 해서 칼이 절 보는 눈이 달라질 리는 없으시겠지요? 금방 끝나는 거 맞습니까?"

"내가 잘 숨겨드린다니까, 신부님." 칼은 그러더니 고갯짓으로 어서 해보라는 시늉을 했다.

그 순간, 피트는 마치 자기 발이 자신의 것이 아닌 기분이 들었다. 꼭 이 기계 안으로 어쩔 도리 없이 끌려 들어가는 것만 같았다. 하지만 왜지? 여태까지는 이 기계에 대한 생각을 딱히 깊이 해본 적조차 없었다. 아마 오늘 꼭 새로 태어난 것 같은 느낌이 들어서, 다른 날과는 완전히 다른 것 같아서, 그래서 테스트를 해보고 싶어진 것 같다. 트리나를 돕고 싶은 욕구, 마음을 가득 메운 아내의 기억, 더글러스와의 우정. 어쩌면 그런 것들은 여태까지도 모두 피트 앞에 있었던 건지도 모르나, 디엔에이믹스 기계를 향해 다가가는 지금, 그것들이 한꺼번에 꽃봉오리처럼 움트는 것만 같아 기분이 아주 좋았다.

무엇보다도 테스트 결과가 무엇일지 그는 이미 알았다.

이 푸른 종이 위에서 다른 미래가 기다리고 있을지 모르지만, 피트는 그럴 리 없다고 생각했다. 아주 오랜만에 그는 지금의 자신에게 무척 만족했다. 그래서 그는 기계 안으로 들어가 지시에 따라 테스트를 했고, 결과지를 흘낏 본 것만으로도 자기 생각이 맞는다는 걸 확인했다. 오로지 아주 드문 인간들만 할 수 있는 신실한 방식으로 기도를 하며 하느님께 감사했다.

결과지를 주머니에 넣고 가게를 나와 주차장으로 돌아갔더니 트럭 한 대가 주차장 입구를 향해 후진하고 있었다. 지난밤 겟웰 술집에서 보았던 듀스의 일행, 잭인지 짐인지 하는 남자가 지나가는 차들을 향해 트럭을 피해 가라고 수신호를 보내더니 피트를 향해 손을 흔들었다.

두 사람은 서로의 이름을 기억하지 못하는 것이 분명한 태도로 목례를 나누었고, 피트는 다시 아웃백에 올라탔다. 지나가려면 움직이는 트럭을 추월해야 할 것 같았지만, 그건 잭인지 짐인지 하는 저 친구가 알아서 감당할 일이었다. 피트에게는 가야 할 장소, 어쩌면 구원해야 할 영혼이 있었기에 서둘러야 했다.

아웃백의 시동을 걸고 발로 힘껏 가속페달을 밟았다.

"좋아, 이 차의 능력을 한번 시험해보자고."

26장

작은 그림들엔 큰 귀가 달려 있지
Little Pictures Have Big Ears

학교 수업이 끝난 뒤 제이컵은 유령처럼 집을 향해 걸었다. 아무와도 말을 섞지 않고, 아무도 쳐다보지 않고, 아무 소리도 내지 않았다. 옥스보 스트리트로 접어들자 차고 안에서 각목에다 망치질을 하는 아빠가 보였지만 마주할 용기는 나지 않았다.

대체 무슨 말을 할 수 있을까? **큰일에 휘말리고 말았어요, 아빠.** 대체 무슨 고백을 해야 하는 걸까? **전 끔찍한 생각을 재미있어했어요, 아빠. 걷잡을 수 없어질 때까지 방치하고 말았어요.** 그 이유는 뭘까? **아빠, 토비가 죽은 뒤의 세상은 진짜 같지가 않아요. 너무 혼란스러웠어요. 너무 화가 났어요.** 제이컵의 문제는 뭘까? **아빠, 지금 우리가 살게 된 세상, 트리나가 있는 세상, 머저리들이 있는 세상, 의문점들이 있는 세상, 제가 있는 세상은요, 예전보다 더 최악인 것 같아요.** 그럼 해결

책은? **탈출하고 싶어요, 아빠. 다시 들어가고 싶어요. 혼자 있고 싶어요. 그런데 받아들여지고 싶어요.**

단순한 진실 안에는 너무 많은 진실이 담겨 있다.

그러면 아버지는 뭐라고 대답할까?

이피 카이 예이?[29]

그걸로는 안 된다.

그러나 제이컵은 거짓말을 잘 못했다. 아빠를 닮아 정직했다. 아마 다들 알 것이다. 그래서 제이컵은 공황 상태로 고개를 책상에 처박은 채, 심한 복통이라도 앓는 듯 두 팔로 배를 감싼 자세로 오후 수업을 버텼다는 것 말이다. 식은땀으로 범벅이 되었고, 초조했으며, 눈에 띄지 않는 것과는 정반대로 굴었다. 팻 교장선생님이 찾는 바로 그 물건이 자신의 책가방 안에 들어 있는데도, 그 물건을 건드리는 모습이 동영상에 찍혔는데도 말이다. 어쩔 수가 없었다. 상황을 해결할 수 있을 때까지 읽을 수 없는 포커페이스를 하고 아무렇지 않은 척하고 싶었지만 정말 토할 것 같았다.

토비가 되라는 트리나의 말은 도대체 무슨 뜻이었을까? 쪽지를 토비의 사물함 안에 넣어둔 건 제이컵이 발견하게 만들 계획이었을까, 아니었을까? 혹시 그가 트리나보다 한 수 앞선 걸까? 아니면 트리나가 꾸미는 일은 이게 끝이 아닌 걸까?

29　　카우보이가 쓰던 감탄사.

전혀 알 수 없었다.

교묘하고 꼼꼼한 손글씨로 써둔 결과지는 제이컵에게 희망적인 가능성을 남겨주려는 걸까, 아니면 일종의 협박일까? 긍정적인 생각을 시작하자 동영상에 찍힌 자신을 보았을 때 느낀 두려움은 흐릿해졌다. 어쩌면 처음부터 트리나가 나와 친구가 되려고 했던 게, 키스한 게, 날 믿은 게, 내가 토비처럼 될 수 있을지도 모른다는 **희망** 때문이었던 걸까? 그래서 토비와 내가 닮은 걸 "문제"라고 했던 걸까? 토비를 너무나 좋아한 나머지, 그저 얼굴이 닮았다는 이유만으로 나에게도 비슷한 감정을 품은 걸까? 만약에 그게 사실이라면, 나는 기껏해야 다른 사람의 대용품, 거울에 비친 그림자라는 걸까? 수학 용어로 표현하자면, 결합법칙의 희생자가 되어버린 걸까? 만약 그렇다면 그 애는 내가 형의 어떤 면을 따라하길 바라는 거지? 형처럼 무리를 지어 몰려다니라는 건 분명 아닐 테고, 형처럼 근육질 몸매가 되라는 뜻도 아닐 터였다. 아니, 내가 아무리 노력한다 한들 형을 흉내 낼 수 있기는 할까? 혹시 그 애는 우리 둘의 DNA가 유사하기에 결국 같은 사람인 거라고, 어느 날 내가 새까만 고치를 뚫고 나와 토비로 다시 태어날 수 있다고 믿는 건 아닐까?

만약 그렇다면 그 애는 어째서 자기 꿍꿍이에 나를 끌어들인 거지? 형의 죽음이 정말 친구들과 관련되어 있다면, 그 친구들이 형을 홀려 어둠 속으로 끌고 들어간 거라면…… 그래서일까? 그 머저리들이 토비한테 무슨 짓인가를 저지른 이상, 토비를 위해 정의를 실현하려면 토비 자신, 또는 토비와 가장 닮은 누군가가 복수해야 한다고 믿은 걸까? 토비, 그리고 토비 말고는 아무도 좋아하지 않았던 여자애. 그 애는 복수의 순간이 왔을 때 내가 빠져나가지 못하게 하려는 걸까?

하나도 빠짐없이 모조리 다. 그 애는 그렇게 말했다.

생각하면 생각할수록 점점 더 끔찍한 기분이 들었다. 하지만 아빠한테건 어느 누구한테건 이 일을 뭐라고 설명하면 좋지? 설명할 수 없었다.

제이컵은 길 가장자리만 따라 걸으면서 휴대폰을 열어 확인했지만 트리나에게서는 답이 오지 않았다. 자신이 보낸 메시지를 다시 보니 절박해 보여서 창피했다. 맨 처음에는 **무슨 장난질이야? 나 염탐해?**였다가 그다음에는 **ㅋㅋ 어떻게 찍은 거야?** 그러다가 **아무 데도 올리지 마. 농담 아니야. 일단 얘기 좀 해**, 결국에는 **너 어딘데?**

트리나의 행방을 전혀 알 수 없었다.

휴대폰을 주머니에 집어넣었다. 진입로에 서 있던 트레일러 안 목재들은 거의 남아 있지 않았다. 아빠가 무슨 프로젝트를 구상하는지는 여전히 알 수 없었다. 제이컵은 마치 낯선 방문객이라도 되듯 집을 반 바퀴 돌아 앞문으로 들어갔다. 집 안으로 들어갔을 때도 낯선 사람인 척하며 마음을 가라앉혔다. 평소처럼 부엌으로 가서 간식거리나 저녁 식사를 준비하지도, 텔레비전을 켜지도 않았다. 그 대신 복도를 걸어 자기 방을 지나쳐 곧바로 토비의 방으로 들어갔다.

아빠와 함께 형의 물건을 정리하려다가 포기한 그날 이후 토비의 방문은 굳게 닫혀 있었다. 문손잡이를 잡은 순간 이곳이 태어나서 한 번도 들어가본 적 없는 장소였으면 하는 말도 안 되는 생각이 들었다. 제이컵이 세상에게 바라는 것은 그런 거였다. 세상이 그토록 굳건하게도 무심하지 않다면, 무엇을 내어줄지 뻔하게 예측할 수 없다면, 그 물리법칙이 실망스럽지 않다면 좋겠다. 어째서 문을 열면 과거로 돌아가는 그런 세계는 없는 걸까? 어째서 문을 열었을 때 그와 토비가 두 마리 강아지처럼 몸싸움을 하느라 바닥에 흩어진 레고 조각들 위로 구르고 책꽂이에 꽂힌 책들을 떨어뜨리던 예전 기억이 펼쳐질 수는 없는 걸까? 그런 날이 분명 존재했는데, 한 번 더 존재하면 안 되는 걸까? 세상이란 다시 고쳐 쓸 수 없을 정도로 제한적이고 상상력 없는 곳일까? 그렇게 먼 옛날로 돌아가는 것이 너무 과한 요구라면 시간을 조금만 돌릴 수는 없을까? 예를 들면 딱 두 달 전, 토비가 죽은 그날 밤으로 말이다. 제이컵이 형에게 집에 있으라고 말할 기회, 그것도 안 된다면 적어도 작별 인사라도 할 수 있는 기회를 주면 안 될까? 어째서 우리는 지난 일을 편집한다는, 지금은 알게 된 그 일을 그때도 알 수 있는 단순한 사치조차도 누릴 수가 없는 걸까? 세상의 모든 가능성들이 새로이 생겨난다면 제이컵도 이 세상에 대처하고 또 헤쳐나갈 수 있을 텐데.

그러나 그가 발을 들여놓은 방은 그저 방일 뿐이었다.

마술 같은 건 일어나지 않았다.

옷 서랍은 축 늘어진 혀처럼 열려 있다. 정리하지 않은 침대 위에 신발들이 널브러져 있다. 벽에는 운동선수 포스터가 붙어 있고 책장 맨 위에 트로피들이 나란히 진열되어 있다.

전부 익숙한 풍경이었지만 제이컵은 왠지 침입자가 된 기분이 들었다. 책가방을 벗어 토비의 침대 모서리에 내려놓은 순간, 이 방 안의 공기가 집 안의 다른 어느 곳보다도 더 묵직하게 느껴진다는 사실을 알아차렸다. 마치 지난 몇 달간 변하지도, 걸러지지도 않고 누군가가 문을 열길 기다린 것처럼. 어쩌면 이 공기는 아주 오래된 것이라서, 미시적인 관점으로 보면 자신이 들이쉬는 공기 속에 형의 일부가 섞여 있는 것은 아닐까 하고 제이컵은 생각했다.

방 안을 둘러보았다. 트리나가 쓴 결과지에 담긴 말처럼, 이 방이 내 방일 수도 있었을까? 내가 이 사람이 될 수도 있었을까? 내가 아니라, 이 사람이 되는 쪽이 **나았을까?** 아직 살아 있는 사람이 내가 아니라 토비였다면 사람들은 더 행복했을까? 트리나, 당연히 그랬겠지. 토비의 친구들, 그랬을 거다. 하지만 아빠는? 그런 생각을 하자 참을 수가 없어서, 눈이 따끔거리고 목이 조여오기 시작했다. 코로 숨을 깊이 들이마셨다. 마지막으로 울었던 게 언제였더라? 형의 장례식 때? 잠들 수 없던 밤에? 그는 형의 침대 모서리를 손으로 움켜쥔 채 울음을 참으려 몸을 앞뒤로 움직였다. 꼭 뛰어내릴 준비를 하는 사람처럼.

그러나 그는 뛰어내리지 않았다.

그 대신 주먹으로 침대 시트를 꽉 움켜쥔 채로 한참이나 가만히 앉아 거친 숨을 몰아쉬었다. 주머니 속 휴대폰이 울렸다.

드디어 트리나한테서 연락이 왔네.

그렇게 생각하며 휴대폰을 꺼내 문자메시지를 확인했지만,

메시지를 보낸 건 데니였다.

야, 제이. 네 트위터에 올라온 거 뭐야? 괜찮아?

어째서 내 주변엔 얼간이들뿐인 걸까?

재빨리 엄지를 놀려 답장을 보냈다.

나 트위터 안 해.

정말이었다. 해보려고 한 적은 있었지만 트위터 사람들은 무식하거나 독선적이거나 둘 중 하나였고 중간이 없었다. 그래서 관심을 꺼버렸다. 1년 넘게 트위터 앱을 켜보지도 않은 스스로가 자랑스럽기까지 했다.

데니의 답장이 도착했다.

그럼 @j_richieu2는 누군데?

금시초문이었다. 트위터를 열어 검색해보자 고작 2주 전에 만들어진 @j_richieu2라는 계정이 진짜 있었다. 프로필 사진은 제이컵이 하나도 좋아하지 않는 불속성 포켓몬 어흥염이었고, 프로필 문구는 포켓몬의 슬로건인 **전부 다 잡고 말겠어!**였다. 누가 만든 랜덤봇 계정이 우연히 제이컵의 이름과 딱 맞아떨어진 게 아닐까? 솔직히 그 슬로건은 포켓몬 카드 게임이 아닌, 포켓몬 만화와 앱에서만 쓰는 것이었기에, 제이컵이 살면서 입에 담아본 적도 없는 말이었다. 이 계정을 제이컵으로 착각하는 사람은 그를 잘 모르는 게 분명했다. 그런데 이 계정의 팔로워는 100명 가까이 되었다. 여태 한 번도 제이컵이 도달해본 적 없는 숫자였다. 그런데 팔로우는 0이었다. 팔로워는 대부분 같은 학교 학생들이었고, 그중엔 프로필에 꼴불견인 나옹 사진을 걸어놓은 데니도 있었다. 이 계정에서 작성된 트윗이 여남은 개 있기에, 스크롤을 하며 내용을 확인하던 제이컵은 트리나가 보낸 동영상을 보았을 때처럼 마음이 쿵 내려앉았다.

사람들이 이 계정을 제이컵이라고 착각할 만도 했다.

매일 하나씩 올린 것 같은 트윗은 모두 똑같은 내용이었다. **명복을 빌어, 토비.**

댓글이 달린 트윗을 황급히 클릭했다. 맨 처음 트윗에 댓글이 제일 많았다. **명복을 빌어, 토비** 아래에 같은 학교 아이들이 기도하는 손 모양이나 십자가, 울고 있는 노란 얼굴 같은 의미 없는 이모티콘을 댓글로 달아놓았다. **영영 잊지 않을게,** 또는 **영원한 내 형제** 같은 댓글도 있었지만, 날이 갈수록 반응도 점점 줄어들어서, 결국 트위터의 여느 계정과 마찬가지로 아무도 안 듣는 허공에 대고 외치는 꼴이었다. 이런 댓글도 보였다. **술 마시고 운전했으면서 뭘 바라?, 다른 사람이 안 다친 것만으로 하느님께 감사해야지.** 그 밑에는 토비가 당연한 대가를 치렀다는 의미인지 마이크를 바닥에 떨어뜨리는 영상 이미지가 첨부된 댓글도 달려 있었다. 누가 단 건지 모르겠지만, 그 사람을 찾아내서 가족 앞에서 다 까발리고 싶은 충동이 들었다. 하지만 바로 이런 지독한 충동 때문에 트위터를 그만둔 것이기도 했다. 그는 계속 읽어나갔다.

스크롤을 움직이다 보니 변화가 보였다. 마지막 몇 개의 트윗은 다른 내용이었다. **3일 남았어, 즐겨.** 그다음 트윗은, **2일 남았어.** 날짜를 확인하니 디데이는 바로 오늘이었다. 그 순간 제이컵은 모든 일이 무사히 끝나지 않으리라는 사실을 깨달왔다.

오늘 아침에 올라온 트윗에는 사진이 첨부되어 있었다. 어디인지 알아볼 수 없는 바닥에 지퍼가 열린 푸른 더플백이 놓여 있었다. 그리고, 가방 안에 들어 있는 산탄총의 총신이 선명히 보였다.

트윗 내용은 다음과 같았다.

가자, 저 미지의 창공 너머로!

마지막 트윗에 달린 댓글은 데니가 단 것 하나뿐이었다. 포켓몬 주인공인 지우가 땀을 뻘뻘 흘리며 손톱을 물어뜯는 이미지와 함께 **너 약이라도 했냐?**라고 적혀 있는 게 다였다.

제이컵은 휴대폰을 꺼서 침대 위에 던져버렸다. 트리나는 대체 뭘 꾸미고 있는 거지? 날 가해자로 만들 생각인 모양인데, 왜? 제이컵은 트리나가 자신과 함께 계획을 세우고 있는 거라고 생각했었다. 하지만 그 계획이 대체 무엇인지 알 수 없었다. 트리나는 자신한테 그 어떤 동의도 구한 적 없었다. 다시 연락해볼까 하다가 다른 아이디어가 떠올랐다. 그는 책상 위, 경찰이 사고 당일 형이 가지고 있던 소지품을 담아 돌려주었던, 아빠가 잠시 바라보다가 곧장 자기 방으로 들어가버렸던 초록색 지퍼백을 쳐다보았다.

책상으로 다가가 지퍼백을 집어 들었다. 몇 개 남지 않은 껌 한 통, 용돈 조금, 콘돔 몇 개, 전자담배. 제일 중요한 것, 제이컵이 찾고 있던 토비의 휴대폰도 들어 있었다.

케이스만 다를 뿐 그의 것과 같은 모델인 형의 휴대폰을 꺼냈다. 제이컵의 휴대폰 케이스에는 포켓몬 몬스터볼이 그려져 있었지만, 토비의 케이스에는 야구공이 그려져 있었다. 같은 모양, 다른 현실. 책상에서 충전기를 찾아 연결했다. 휴대폰이 켜지더니 스크린에 경고등처럼 애플 로고가 나타났다. 그 순간 꼭 부모가 된 기분이 들었다.

화면이 켜지자 제이컵은 자기 것과 같은, 태어난 연도와 달로 이루어진 네 자리 숫자를 입력했다. 예상했던 대로 휴대폰의 잠금이 풀렸다. 화면에는 제이컵이 아는 온갖 SNS 앱이란 앱은 다 있었다. 스포츠팀의 앱, ESPN, 배경화면은 농구를 하는 토비 사진이었다. 사진을 한참 쳐다보았다. 마지막으로 형을 본 게 언제였더라? 사진 속 토비는 농구공을 던지는 중이었다. 허공에 뜬 공은 영영 골대에 들어가지 못할 터였다.

이 사람이 더는 세상에 존재하지 않는다는 게 어째서 가능한 걸까? 어째서 우리는 이렇게 부서지기 쉬운 물질로 이루어진 걸까? 온몸으로 자신 있게 세상을 밀치고 나아가던 토비 같은 사람이 피해자가 되었다는 사실이 믿기지가 않았다.

그래서 제이컵은 앨범 속에서 그 이유를 찾아보기로 했다.

토비의 사진첩에는 사진이 1000장쯤, 동영상이 100개쯤 있었다. 제이컵은 제일 먼저 시선을 사로잡는 사진을 열었다. 토비와 트리나가 함께 찍힌 사진이었는데, 그 모습을 보는 순간 이상한 질투심이 일었다. 잠깐이지만 사진 속 토비가 자신이라고 착각했기 때문이다. 사실 사람들 생각과는 달리, 쌍둥이는 상대의 사진을 보고 자신과 착각하는 경우가 그리 흔치 않다. 쌍둥이를 한 쌍이 아닌 별개의 개인으로 본다면 차이점이 많기 때문이다. 제이컵은 오른손잡이, 토비는 왼손잡이였다. 제이컵의 목에는 점이 있었고, 토비의 목에는 없었다. 선택이라는 것을 할 수 있게 된 나이부터 두 사람은 머리 모양도 다르게 하고 다녔다. 제이컵은 항상 왼쪽에서 오른쪽으로 머리를 단정히 빗어 넘겼지만 토비는 아무렇게나 방치하다가 몇 달에 한 번씩 빡빡 밀어버리고 다시 내버려두기 일쑤였다. 자전거를 탈 수 있는 나이가 되고부터 토비의 숱 많고 헝클어진 머리카락은 장차 파티를 즐기며 놀기 좋아하는 청소년으로 자랄 것 같은 인상을 주었다. 하지만 두 사람 사이의 가장 큰 차이점은 미소였다.

토비는 언제나 환하고 자신감 있게 웃었다. 반면 제이컵은 미소를 지을 때도 힘겹게 입꼬리를 살짝 올릴 뿐이었다.

그래서, 제이컵은 금세 사진에 나온 사람이 자신이 아니라는 걸 알 수 있었다. 하지만 사진 속 토비가 야구 모자를 쓰고 있었던 덕분에, 조명이 어두웠던 덕분에, 그는 잠깐이지만 조현병 환자나 술 취한 사람이 언제 찍혔는지 기억나지 않는 사진을 볼 때처럼, **어, 저거 나잖아. 그런데 저기가 대체 어디지?** 같은 혼란스러운 느낌을 받았다.

뿐만 아니라, 사진 속 나머지 한 사람인 트리나가 웃고 있는 모습 역시 그만큼 생경했다. 그 애가 웃는 모습을 본 적이 있었나? 없었다. 이 사진, 내가 사는 이 지구에서 찍은 게 맞기는 하지? 둘 다 술에 취해 눈이 촉촉해져 있었다. 토비가 팔을 뻗은 각도를 보니 토비가 찍은 사진 같았다. 형은 한 팔을 트리나의 목에 두른 채 카메라를 보고 있었고, 트리나는 오로지 형만 바라보고 있었다. 그 사실을 알아차리는 순간 제이컵의 마음 한구석이 무너져 내리는 것 같았다. 이 사진 속, 한 사람이 아니라 두 사람 모두가 더는 존재하지 않는 사람 같아서였다. 트리나는 사진 속에서도 까칠하고 음침해 보였다. 치어리더처럼 발랄한 모습은 아니었지만, 그래도 웃고 있는 얼굴을 보니 놀라웠다. 사진 속 그 애는 비뚤어진 것뿐 아니라 희망에 차 보였다. 여태 제이컵과 대화를 나누는 내내 트리나가 쭉 무언가 꿍꿍이를 품고 있었던 것과 마찬가지로, 이 사진 속 그 애 역시 무언가를 꾸미고 있었다. 차이점이라면, 이 사진 속 트리나가 이루고자 하는 것은 그 애가 제이컵을 통해 이루려 한 것과 정반대였으리라는 것이다. 이 사진을 찍었을 때 트리나는 토비를 좋아하고 있었다. 여자애가 남자애를 좋아하는 단순명료한 방식으로 말이다. 확연하기 이를 데 없는 그 사실 앞에서, 여태 두 사람이 왜 사귄 것인지 의문을 품은 스스로가 한심해졌다. 그 애가 좋아하는 사람이랑 사귀는 건 당연하잖아? 그건 그 애가 결정할 일이었다. 다른 누구도 간섭할 일이 아니었다.

현실을 깨닫는 순간 엄청난 죄책감이 밀려왔다. 트리나와 함께하는 상상, 이제 형이 아니라 자기 여자친구가 될 수도 있다는 생각, 입안으로 들어온 그 애의 혀, 그런 생각들이 독처럼 그를 휘감아왔다. 자신이 그 애를 대하는 방식이 이중적이었다는, 거의 포식자 같았다는, 마치 그에게 애초 주어진 적도 없는 것을 빼앗으려 했던 것 같다는 기분이 들었다.

하지만 토비의 사진을 들여다보면 볼수록 속이 울렁거렸다. 형이 트리나의 목을 팔로 너무 세게 감고 있는 것 같았다.

마치 그 애를 안고 있는 게 아니라 붙잡고 있는 것처럼, 그 애가 빠져나가려 해도 빠져나갈 수 없을 것처럼. 그 순간, 그 애가 토비에게서 벗어나고 싶었을지 아닌지가 중요한 게 아니었다. 토비의 미소는 너무 환하고, 눈은 너무 멍해서, 다른 사람들이 이 커플에 대해 했던 생각이 전부 틀렸고, 실상은 정반대였다는 생경한 깨달음이 별안간 찾아왔다. 예를 들면 듀스 뉴먼은 제이컵더러 트리나와 가까이 지내지 말라고 경고했었다. 학교의 다른 아이들도 트리나를 경멸했다. 그런데 이 사진을 보고 있자니 제이컵은 자신이 부모였다면 자기 딸에게 형을 조심하라고 했으리라는 느낌이 들었다.

불편한 기분이 들었다. 정말 그렇다면, 그리고 형과 내가 똑같다면, 제이컵 역시 그런 사람이 될 수 있다는 뜻일까?

이 사진이 찍힌 시점을 알고 있기에 불편한 기분은 한층 더 심해졌다. 사진을 찍은 날짜는 토비가 죽은 날이었지만, 제이컵이 이 사진 속 장소가 **어디인지** 안다는 게 더 중요했다. 두 사람 뒤에 "수영 중 사고는 본인의 책임입니다"라는 표지판이 붙은 가로등이 보였다. 이곳은 동네에서 25킬로미터 떨어진 곳, 교구 경계 바로 바깥에 있는 툽스랜딩이라는 곳으로 바이유 아이비스의 수위가 가장 낮은 지대였으며 오래전부터 현실을 벗어나고 싶은 청소년들이 쏘다니는 장소였다. 운동 경기나 학교 행사가 끝나면 고등학생들이 시끌벅적하게 뒤풀이를 벌이는 곳이자 모두가 최대한 바보처럼 행동하는 곳, 결국 경찰이 와서 미성년자 음주 경고장을 발부해야 해산하지만, 그 경고장에는 아무런 힘도 없기에 다음 주 주말에 또 똑같은 일이 일어나는 그런 곳이었다. 그날 토비가 그곳에 갔다는 사실을 제이컵은 이미 알고 있었다. 형의 사고는 디어필드와 툽스랜딩 사이 고속도로에서 일어났고, 경찰 말대로라면 과속으로 달리다가 운전대를 완전히 잘못 꺾어서 사람의 몸보다 훨씬 튼튼한 떡갈나무에 차를 들이받았기 때문이다.

장례식 이후의 나날 동안 트리나가 했던 말들을 떠올렸다.

그놈들이 무슨 짓을 했는지 넌 하나도 몰라.

끝난 게 아니야.

제이컵이 툽스랜딩에 가본 건 딱 한 번이었는데, 이제 와 생각하면 그때 그는 바보처럼 자기를 좋아하지도 않는 짝사랑하는 여자애를 만나러 갔다. 단순하기 그지없는 수학 공식을 확인하러 간 셈이었다. 그 여자애가 자신과 말을 섞는 것은 물론 가까이 서 있는 것조차도 원치 않는다는 사실을 깨달은 뒤, 그를 집까지 태워줄 친구가 그곳을 떠날 생각이 없었기에 제이컵은 혼자 보트 선착장까지 걸어갔다. 그곳에서 돌멩이를 집어 물수제비나 뜨면서 몇 시간이나 서 있었다. 보트 선착장에는 돌멩이가 아주 많았다.

제이컵은 토비의 사물함 속 봉투 위에 트리나가 올려놓았던 돌멩이를 꺼내 살펴보았다. 여태 만져본 그 어떤 사물보다도 더 오래된 것만 같은 돌멩이의 매끈한 회색 표면을 엄지로 쓸어보았다. 이 돌멩이도 그곳에서 가져온 것일 가능성이 충분히 있었다. 사진을 닫고 화면을 옆으로 넘겼더니 이번에는 동영상이 나왔다.

동영상의 작은 화살표를 누르는 순간 제이컵은 방금 한 행동을 후회했다. 화면이 시커멓고 깜깜해서 처음에는 무슨 장면인지 알 수 없었지만, 곧 토비가 플래시를 켜는 바람에 밝아졌다. 휴대폰 화면이 이리저리 흔들리더니 머리카락 같은 것을 비췄다. 트리나의 머리였다. 다음 순간, 방해를 받은 것 같은 표정으로 올려다보는 그 애의 얼굴이 화면에 등장했다.

"뭐 하는 거야?" 트리나가 웃으며 묻고 있었다. 이제는 그 애가 손에 쥐고 있는 것이 무엇인지 제이컵의 눈에도 보였다. 트리나의 무릎 아래서 돌멩이가 덜그럭거리는 소리가 들렸다.

"나 혼자 간직하고 싶어서 찍는 거야." 토비의 목소리는 낯선 유령 같았다. "하던 거 계속해."

트리나는 손을 멈추지 않았다. 그저 이렇게만 물었다.

"약속하는 거지?"

"당연하지, 너한테도 보내줄게."

트리나가 다시 하던 일을 계속하기 시작하는 모습을 보면서, 제이컵은 평생 그 어느 때보다도 더 지독하게 뱃속이 뒤틀리는 것을 느꼈다. 동영상을 닫아버리려는 순간 다른 목소리가 들렸다. 남자들 여럿이 웃으면서 두 사람 쪽으로 다가왔다. 그중 누군가가 말했다. "9번은 어딨어?" 토비의 등번호였다. 카메라는 남자들을 비추는 대신 하던 일을 멈추고 머리카락으로 얼굴을 가린 트리나를 계속 찍고 있었다.

"이제야 말이 통하네." 누군가가 말했고, 그다음에는 갑자기 시끄러운 목소리들이 한꺼번에 말을 쏟아내기 시작했고, 카메라가 초점을 잃었다. 소란이 일었다. 술 취한 남자들 여럿이 이 장면 속에 끼어들었다. 발아래 자갈이 미친 듯이 짓이겨지는 소리. 곧, 배경 어딘가에서 들려오는, 제발 이러지 말라고 비는 트리나의 목소리. 그때 또 다른 소리가 들렸다.

노크 소리였다.

고개를 들자 방문 앞에 아빠가 서 있었다.

제이컵은 동영상을 껐다. 집 안인데도 아빠는 땀투성이였는데, 그러고 보니 자신도 마찬가지였다. 아빠는 카우보이모자에 더러운 청바지, 카우보이 부츠 차림이었다.

"어이, 파드너, 언제 왔냐?"

제이컵은 헛기침을 했다. 뭐라 대답해야 할지 알 수 없었다. 동영상 속의 장면이 순식간에 범죄 현장으로 변해가고 있어 두려웠다. 그런데 마치 자기가 들킨 것 같은 기분이었다.

이 동영상을 아빠한테 보여주고 싶었다. 자기는 아무런 관련도 없는 일이라고 말하고 싶었다. 몇 달 만에 처음으로 토비의 방에 들어온 이유가 무엇인지 털어놓고 싶었다. 이 끔찍한 세상 속, 자신이 아는 거의 모든 사람에게 일어난 모든 일에 관해 말하고 싶었다. 그러나 제이컵이 입을 열기도 전 마치 아빠가 그의 마음을 읽기라도 한 듯 먼저 입을 열었다.

"이리 오렴, 보여줄 게 있구나."

27장

**오래된 깨진 병이 다이아몬드 반지로
보일 수도 있다니 우습지 않나요**
**Ain't It Funny How an Old Broken Bottle
Can Look Just Like a Diamond Ring**

이렇게 두 손의 그림이 완성되었다.

셰릴린은 자신의 두 손에서 눈을 뗄 수가 없었다. 메리언이 계산대에 자신을 앉힌 뒤 헤나 염료를 개기 시작한 순간부터, 피부를 누르는 펜의 압력이 느껴지기 시작한 그 순간부터, 마치 다른 세상에 온 기분이었다.

그녀는 입고 있던 티셔츠와 반바지는 쇼핑백 안에 담아 바닥에 두고 빨간 사리 차림으로 헤나를 그리는 메리언의 손에 두 손을 내맡겼다. 계산대 여자들이 잡담을 나누고 물건을 계산하는 사이 앨리스는 가게 안을 돌아다니며 옷가지를 찾으려 다녔다. 렉스 패터슨이 원하는 볼링셔츠, 에이미 글리크가 원하는 레오타드. 셰릴린 역시 메리언이 붙잡고 있지 않은 자유로운 한 손으로 도왔다. 거스름돈을 세고 이런저런 추천을 해서 최소 다섯 명의 손님들에게, 네, 내일 공예품을 팔 거예요, 네, 내일 200주년 기념제에 갈 거예요, 하고 대답해주었다. 그리고, 고마워요, 제가 정말 아름답나요? 네, 사실 새집을 팔 거예요. 아주 많이 준비했답니다.

"내 말 맞잖아, 우리 조합 되게 좋다고." 앨리스가 말했다.

"그럴지도." 셰릴린은 그렇게 대답하며 정말 그럴지도 모르겠다는 생각을 했다. 이 순간만큼은 모든 게 다 맞는 말 같았다.

메리언이 셰릴린의 오른손에 헤나 그리기를 끝낸 다음 등을 쭉 펴며 스트레칭을 하자, 그녀는 한 손을 불빛에 비추어 보았다. 한 손 가득, 반복적인 곡선 속에 작고 섬세한 원들이 흩뿌려져 최면을 유발하는 것 같지만 알아보기는 힘든 형상들을 이루고 있었다.

"이게 뭐예요? 그러니까, 마음에 들어요. 그런데 뭔지 모르겠어요." 피부를 뒤덮은 헤나는 불그레한 오렌지색이었다.

"아직 완성된 게 아니에요." 메리언이 그렇게 대답하더니 다시 자리에 앉아 왼손 작업을 시작했다. "곧 알게 될 거예요."

벽시계를 보자 늦겠다는 생각이 들었다. 그렇게 생각하는 순간 몇 가지 불편한 감정이 밀려왔다. 씻고 앨리스의 가게에 들렀다가 엄마 안부를 확인한 다음에 사진 촬영을 할 수 있도록 듀스에게 세 시에 만나자고 했었다. 얼마나 멋진 사진이 나올까? 새 드레스를 입고 듀스 앞에 나타날 생각을 하니 즐거웠다. 벌써 듀스의 표정을 상상할 수 있을 것만 같았다.

또, 더글러스는 네 시에 트롬본 레슨을 받고 집에 돌아올 테니 듀스와 두 시간을 보낼 수 있을 테고, 사진을 찍건 무엇을 하건 충분한 시간일 테니 더글러스에게는 들키지 않을 수 있을 것이다. 내일 더글러스가 모자이크 작품 속에서 자기 사진을 보았을 때 설명하면 되겠지. 밀린 대화는 그때 하면 될 것이다. 또, 죄책감을 느낄 이유가 뭐가 있어? 남편 역시도 어제 자신에게 무언가를 숨겼다는 사실을 셰릴린은 또다시 상기했다. 제프리와 술 한잔한다더니? 어처구니가 없다. 남편이 거짓말을 한 이상 나도 똑같이 앙갚음을 해줘야겠다. 게다가 이걸 거짓말이라고 할 수 있나? 아니, 그저 모든 걸 털어놓지 않는 것뿐이다. 그 점을 잊어서는 안 된다.

셰릴린은 듀스의 집에서 만나자고 제안했지만 듀스가 거절했다. 집이 카메라며 각종 장비로 엉망이라나. 그래서 두 사람은 타협했다. 셰릴린은 세 시, 엄마 집 앞에서 만나자고 했다. 도착하면 길에 차를 세우고 경적을 두어 번 울리라고 했다.

"여자를 만날 때 어머니 집 앞에서 경적을 울리다니 도저히 그런 일은 못 해. 세상이 아무리 바뀌어도 난 신사라고."

"그럼 그냥 기다리든지. 안으로 들어오진 마." 셰릴린이 말했다.

"그래, 그럼 기다릴게. 걱정 마."

하지만 이제는 도저히 세 시까지 엄마 집에 도착할 방법이 없었다. 이렇게 기분이 좋은 건 오랜만이어서 한편으로는 그래도 상관없다는 생각이 들기도 했다. 의상가게는 장사가 잘되고 있었고, 다들 새로운 자신에게 어울리는 옷을 찾아다니는 광경이 자극제라도 된 건지 셰릴린의 아픔도 씻은 듯이 사라졌다. 얼얼한 통증도, 쓰라린 통증도, 경련도 느껴지지 않았다. 느껴지는 거라고는 그녀의 손을 아래에서 받치고 있는 메리언의 손이 가진 부드러운 감촉, 손목을 물들이는 헤나 염료의 감촉뿐. 자기 자신으로부터 탈출한 휴가 같았다. 메리언이 숨을 고르고 휴대폰을 확인하거나 카운터 밑에 숨겨둔 작은 냉장고에서 맥주를 꺼내려고 손을 쉴 때마다 셰릴린은 고맙다고 말했는데, 누군가에게 고맙다는 말을 하는 기분이 꽤나 좋았다. 어쩌면 사람들이 가게를 차리는 건 고맙습니다, 고맙습니다, 하는 말을 끝없이 하고 싶어서인지도 모르겠다.

드디어 메리언의 작업이 끝나고 셰릴린이 자리에서 일어서자 계산대 여자들이 전부 그녀를 둘러쌌다. 구겨진 사리를 펴주고 머리에 쓴 스카프도 정돈해주었다. 왼손을 들어보니 결혼반지를 제외하면 오른손과 비슷한 모양이었다. 결혼반지는 분명 헤나의 패턴을 망가뜨리고 있었다.

"죄송해요, 정말 예쁜데, 아직도 이게 뭔지 모르겠어요. 그림 같은 거예요?"

"중요한 건 그거죠." 그러면서 메리언이 셰릴린의 양 손바닥을 살짝 만졌다.

"하나로 모아야 알 수 있는 그림이랍니다."

그녀는 셰릴린의 두 손을 잡고 나란히 놓았다. 그제야 알 수 있었다. 꽃이었다. 양손에 꽃봉오리와 하늘거리는 잎사귀가 반반 나뉘어 그려져 있었고 연한 오렌지빛 덩굴이 손목에서 팔꿈치까지 타고 올라가는 디자인이었다.

"연꽃이에요. 힌두 여성들이 결혼식 날 그리는 헤나랍니다.

다산과 건강 등등 다복한 삶을 뜻하는 여러 가지 좋은 의미가 담겨 있어요."

"힌두라고요?" 계산대에 있던 여자들 중 하나가 그렇게 말하더니 성호를 그었다. "주일 전에 지워져야 할 텐데요."

그러자 앨리스가 끼어들었다. "메리언, 정말 멋져. 메리언한테 이런 세속적인 재주가 있는 줄 처음 알았네. 가게에 헤나 부스라도 작게 차리는 게 좋을지도 모르겠어. 이런 재능을 선반에 물건이나 정리하면서 썩힐 순 없지."

"레몬즙으로 문지르면 금방 지워져요. 방금 검색해봤거든요. 이것도 아마 세속적인 일이겠죠?"

그러더니 메리언이 휴대폰 화면을 들어 모두에게 보여주었다.

화면 속에는 양손을 나란히 맞댄 여자들의 사진들이 아주 많았다. 전부, 셰릴린의 손과 비슷했다. 오만의 수잔 공주를 보았을 때 느낀 것처럼, 이 여성들을 향한 기분 좋은 유대감이 밀려와 눈을 감자 메리언이 헤나가 잘 마르도록 그녀의 손목에 후후 입김을 불어주었다.

"원하신다면 손바닥에도 그려드릴 수 있어요. 딴짓하는 동안에도 시급을 받을 수 있다면요."

"나야 좋지." 앨리스가 말했다. "우리 모두 조금씩 딴짓하면서 살아야 하는 법이야."

아까 성호를 긋던 여자가 중얼거렸다. "제 귀에는 삐딱한 말같이 들리는데요."

"그거야 내가 그 말을 하는 동안에 네 생각을 했으니까." 앨리스가 받아쳤다.

셰릴린은 미소를 지으며 다시 한번 시계를 보았다. 벌써 세시 사십오 분이었다.

"사실, 저 이제 가봐야 해요."

그 말을 남긴 뒤 그녀는 손을 뻗어 쇼핑백을 챙긴 다음 메리언과 앨리스를 포옹하며 고마움을 표시했다. 고개를 들자 계산대 앞에 줄을 서서 참을성 있게 기다리던 사람들이 전부 그녀를 쳐다보고 있었다. 셰릴린은 사리를 정돈해 콘크리트 바닥에 끌리지 않게 걷어 든 다음 살며시 계산대 너머로 돌아 나갔다. 줄 서 있던 사람들이 양쪽으로 길을 열어주자 그녀는 미소를 띤 채 고맙다고 말하며 걸어 나갔고, 여자들 몇몇은 손을 뻗어 실크처럼 부드러운 사리를 만져보기도 했다.

"셰릴린." 앨리스가 부르는 소리에 셰릴린은 고개를 돌렸다.

"그 착한 남자 너무 놀라게 하지 마. 아직 마음의 준비가 안 됐을 거 아냐."

앨리스가 웃으며 하는 말에 셰릴린의 볼이 붉어졌다.

"그래, 그렇겠지?"

하지만 그녀는 지금 둘 중 어느 남자를 생각할까? 그런 이상한 의문이 들었다.

뜨거운 바깥으로 나가자 바깥에 있던 사람들도 그녀를 위해 길을 비켜주었다. 잔디밭으로 와서 한참이나 차를 찾던 뒤에야 그녀는 오늘 몰고 온 게 자신의 차가 아니라는 걸 떠올렸다.

그리고 심지어 엄마 집을 향해 운전을 하는 동안에도, 말도 안 되게 막히는 도로에서 멈춰 설 때마다 그녀는 더글러스 차의 운전대에 양손을 나란히 올려놓고 바라보았다. 차가 밀려도 상관없었다. 늦는 게 걱정되지 않았다. 솔직히 말하면 내심 다행인 것 같기도 했다. 듀스 뉴먼에 대해 그녀가 확실히 아는 것 중 하나는 그는 그녀가 아무리 늦더라도 꼼짝 않고 그 자리에서 기다릴 사람이라는 점이었다. 평생 그녀를 기다렸으니 한 시간 더 기다린들 별문제겠는가? 또, 이 드레스를 입고, 금빛 가장자리 장식이 오후의 햇살을 받아 차 안에 자그마한 프리즘 같은 빛을 던지는 지금 그녀는 마치 다른 사람을 기다리게 할 가치가 있는 사람이 된 기분이 들었다.

그러나 엄마 집이 있는 거리로 접어들어 엄마 집 진입로에 서 있는 듀스 뉴먼의 트럭을 보자마자 그런 기분은 사라지고 말았다. 차가 너무나 당당하게 그 자리에 서 있었던 나머지 곧바로 공황감이 밀려왔다. 다른 사람들이 봤으면 어쩌지? 뭐라고 변명하면 좋을까? 하지만 그녀는 두려움을 억지로 떨쳐버렸다. 오늘은 느끼고 싶지 않은 감정이었으니까. 설명할 기회는 있을 것이다, 나중에. 그래도 그 생각만으로도 다시 뱃속이 뒤틀리는 기분이 들었다.

초대형 타이어에다가 꽁무니에는 바보같이 생긴 장신구까지 달려 있는 듀스의 트럭 옆에 차를 세운 뒤 노크도 없이 집 안으로 들어갔다. 부엌에 다다르는 순간, 엄마가 듀스와 함께 식탁에 앉아 있는 모습이 보였다. 엄마가 옷을 다 챙겨 입은 채 제정신인 모습을 보자 엄청나게 안심이 됐다. 오늘 엄마는 기분이 좋구나, 즉 셰릴린이 이곳에 오래 있을 필요가 없다는 뜻이었다.

그녀가 다가오는 모습을 본 듀스가 자리에서 일어나며 "와우"하더니 절을 하는 시늉을 했다. "여왕 폐하께서 도착하셨군요."

셰릴린은 절로 미소가 나와 똑같이 드레스 자락을 잡고 우아하게 절을 했다. 하지만 집 안에 들어가지 말라고 했는데도 듀스가 자신의 명령을 따르지 않았다는 사실이 당혹스러웠던 그녀는 지나치게 꾸짖는 투는 아닌 목소리로 "분명 바깥에서 기다려달라고 했었는데" 했다.

"셰릴린." 엄마가 여전히 그녀를 마주보지 않은 채로 말했다. "내 집 부엌에 있는 이 남자는 누구냐?"

"아, 왜 이러세요, 풀러 부인. 저랑 30분이나 말씀 나누셨으면서."

"브루스 뉴먼이에요, 엄마." 셰릴린은 다가가 엄마의 이마에 입을 맞췄다. "제 고등학교 동창, 아시잖아요? 지금은 사진사가 됐어요. 내일 전시할 프로젝트 때문에 제 사진을 찍으러 온 거예요."

"기억하시죠? 그래서 제가 아까 어머님 사진을 찍어드렸잖습니까. 온 동네 사람들 사진을 다 모아 벽화를 만들 겁니다."

"아무튼, 이 남자 여기서 당장 내보내."

엄마의 말에 셰릴린은 듀스를 쳐다본 뒤 미소를 지었다. "엄마, 왜 심술을 부리세요." 그러더니 그녀는 엄마에게 다가가 사리를 양옆으로 활짝 펼쳤다. "최소한 제 옷을 보고 하실 말씀은 없으세요?"

"**너야말로** 예술작품이야." 듀스가 말했다.

"제 손도 한번 보세요." 셰릴린이 엄마의 눈앞에 두 손을 내밀었다.

엄마는 딸의 손을 보더니 고개를 들어 그녀의 얼굴을 보았다.

"이게 뭐냐, 벌써 핼러윈이냐?"

셰릴린은 한숨을 쉬고는 냉장고로 다가갔다. 계획은 별것 없었다. 냉동식품을 데워 어머니의 식사를 챙긴 다음 떠나는 거였다.

"어머님께 내일 광장에 나와 디엔에이믹스 기계를 체험해 보시라고 말씀드리는 중이었어. 기분 전환이 될지도 모르잖아." 듀스가 말했다.

셰릴린은 솔즈베리 스테이크를 꺼내 포장을 뜯으며 되물었다. "광장이라고? 존슨스식품점이 아니고?"

"아냐, 듣자 하니 내일 200주년 기념제를 맞아 기계를 광장으로 옮긴대. 관광객들도 해볼 수 있게. 인기가 엄청날 것 같아."

"그건 몰랐네." 셰릴린은 스테이크 용기의 비닐을 뜯어 전자레인지에 집어넣었다.

"어머님께 원하는 무엇이든 될 수 있다면 어떤 사람이 되고 싶으신지 여쭤보고 있었어."

"그래서 수천 번이나 대답했지." 엄마가 입을 열었다. "난 진 풀러 부인이라고."

셰릴린은 전자레인지를 닫았다. "아니잖아요, 엄마. 아빠가 살아 계실 땐 진 풀러 부인이었죠. 그건 그냥 이름이잖아요.

그 기계는 어떤 사람이 될 수 있는지, 되어야 하는지를 알려주는 거라고요."

엄마가 식탁에서 일어나더니 잔을 개수대로 가져갔다.

"얘야, 난 늙은 거지, 멍청한 게 아니다."

"전 엄마가 핵심을 놓치고 있다고 생각하는 거예요." 셰릴린은 시간을 입력하려고 전자레인지 표시 창을 쳐다보았다. 벌써 네 시 십오 분이었다.

더글러스에게 전화를 해야 했다. 다른 방법이 없었다.

"잠시 실례할게요." 그녀는 벽에 붙은 전화기를 집어 들었다. 수화기를 들고는 기다란 코드를 늘여서 세탁실로 들어갔다. 부모님이 주무시는 늦은 밤 더글러스와 목소리를 낮춰 통화를 하던 그 시절에 썼던 이 전화기는 아직도 신기하리만치 멀쩡했다. 그리고 지금 그녀는 또다시 그에게 전화를 걸고 있다.

더글러스의 휴대폰 번호를 누른 뒤 손을 둥글게 말아 수화기를 감쌌다. 배경에서 듀스가 엄마한테 자꾸만 더 나은 운명을 골라보라고 부추기는 소리가 들리지 않게 빨리 통화를 마쳐야 할 것 같았다.

음악 소리로 시끌시끌한 곳에서 전화를 받은 남편의 목소리에 셰릴린은 놀랐다. 전화기 반대편의 남편은 행복한 것 같았는데, 예상 밖이었다. 애칭으로 그녀를 부르는 남편이 미소를 짓고 있으리란 게 느껴져서 덩달아 행복해지려는 마음을 억눌러야 했다.

그럴 만한 이유는 충분했다.

제프리와 술을 마신다고 거짓말한 남편에게 화가 났다는

사실을 떠올려야 했다. 부엌에 있는 듀스를 바라보면서, 지금은 설명을 할 때가 아니라는 사실을 기억해야 했다. 지금은 그녀 자신, 진정한 자신만을 위한 시간이었다. 이게 진짜 내 모습이라는 사실을 스스로에게 상기시켜야 할 시간.

그래서 셰릴린은 남편에게 휘파람은 그만 불고 집중하라고 했다. 전할 말이 있었으니까. 남편이 예상하는 시간에 그녀는 집에 없을 거라고. 그래, 오늘 자신은 그가 예상할 수 없는 행동을 할 테고, 그는 그저 받아들이는 수밖에 없을 거라고. 통화를 마친 셰릴린은 부엌으로 와 전화를 끊었다. 전자레인지 시작 버튼을 누른 다음 듀스를 바라보았다.

"가자."

그러자 듀스가 식탁 위에 놓인 열쇠를 집어 들며 "그래" 하고는 엄마를 향해 쓰지도 않은 모자를 살짝 들어 올리는 시늉을 하더니 말했다. "풀러 부인, 만나 뵈어 영광이었습니다. 앞으로 더 많은 모습을 볼 수 있었으면 합니다."

"그전에 내 눈이 멀어버리면 좋겠구먼." 엄마가 응수했다.

셰릴린은 엄마에게 식사는 전자레인지에 있다고 알려드린 다음 듀스에게 문을 열어주었다.

트럭으로 향하는 듀스를 따라가는데, 부엌에서 엄마가 말하는 소리가 들렸다.

"셰릴린, 그 남자는 더글러스가 아냐."

그 말에 셰릴린은 돌아보며 한숨을 쉬었다.

"알아요, 엄마. 헷갈리셨구나, 괜찮아요."

하지만 엄마는 이쪽으로 다가와 셰릴린의 두 손을 덥석 쥐었다. 당황할 정도로 체온이 높은 두 손이 결혼반지가 손가락을 파고들 정도로 강한 힘으로 그녀의 손을 쥐어왔다.

"내가 하고 싶은 말은, 저 남자는 더글러스랑은 **전혀** 다르다는 소리다."

그런데 지금, 또다시 느껴지는 이 찌르르한 감각은 뭐지? 맞닿은 엄마의 손바닥과 그녀의 손바닥 사이에서 또다시 느껴지는 것 같지 않나? 그 감각을 느끼고 싶지 않았던 셰릴린은 엄마의 손을 밀어내고는 문밖으로 나갔다.

듀스의 트럭 앞에 도착해 뒤를 돌아보자 엄마는 아직도 그 자리에 서서 그녀를 바라보고 있었다. 부엌에서 전자레인지 조리가 끝났다는 신호음이 들리자, 엄마에게 전자레인지 안에 음식이 있다고 한 번 더 말씀드려야겠다는 생각이 들었다. 그러나 그러는 대신 그녀는 트럭 문을 연 다음 치맛자락을 들어 올리고 차 안에 올라탔다.

28장

좋은 날도 있고 나쁜 날도 있고
You're Up One Day and The Next You're Down

피트 신부는 새 친구의 스바루 아웃백을 빌려 탄 신부가 부릴 수 있는 최대한의 호기를 부리며 존슨스식품점 주차장을 빠져나왔다. 트리나를 만나러 가는 길, 에너지가 샘솟는 나머지 성스럽기까지 한 기분을 느꼈다. 어쩌면 누군가는 독선적이라고 부를지도 모른 그런 기분이어서, 하느님마저도 그의 들뜬 마음을 가라앉히려 드는 것 같았다.

왜 기분이 좋은 거냐? 트리나가 곤란한 상황에 빠진 게 분명한데 말이다, 하느님의 목소리가 말했다. 맞습니다, 그러나 제가 사태를 바로잡으러 가고 있는 중이잖습니까, 하고 피트는 대답했다. 무슨 일인지는 모르지만 기꺼이 도울 겁니다. 저도 한때 그 애 나이를 겪어봤잖아요? 얼마나 힘들겠습니까? 아시겠지만, 저 역시 괴로운 시절을 지나왔습니다. 그저 제 몫을 하고 싶어요. 돕고 싶습니다. 할 수 있습니다. **조심하**

려무나, 피트. 너는 그 아이가 무슨 생각을 하는지 모른다. 모든 걸 다 고칠 수 있을 거라 생각하지 말거라. 그런 건 자만처럼 느껴지는구나.

뭐, 아무튼 기분은 좋습니다, 하고 피트는 대답했다. 새 친구가 생긴 것 같습니다. 또, 지금 제 온 마음을 사로잡고 있는 애나 역시 제가 이 일을 하길 바란다는 걸 알아요. 제 말이 믿기지 않는다면 애나에게 물어보시면 될 겁니다. 또, 저는 잘 있다고 전해주세요. 사랑한다고도 전해주세요. 애나가 이곳에 있었다면, 트리나가 어떤 잘못을 했건 간에 분명 우리 집으로 데려오자고 했을 겁니다. 그래도 지금 저는 행복하고, 하고 싶은 말은 그뿐입니다. 제 결과지도, 더글러스도, 애나도, 트리나를 도울 기회도 모두 행복합니다. 변화가 생겨서 행복합니다. 그 정도는 누려도 되지 않습니까? 물론 제가 트리나가 아닌 제 자신을 위해 이런 일을 한다고 생각하실지도 모르겠습니다. 이 모든 게 스스로를 위한 일이라고도요. 하지만 그래도 조금은 행복합니다. 그 정도는 괜찮지요?

목소리는 잠시 조용해졌다. 마치 어딘가에 있을 애나가 잘 있는지 정말로 확인하고 있기라도 한 것처럼. **그래, 알았다. 피트를 위한 작은 행복 말이지. 즐길 수 있을 때 즐기거라.**

그래서 피트는 이루어야 할 사명이 있는 불량 신부라면 할 법한 방식으로 아이리스 레인의 갓길을 달리면서, 누가 봐도 불법이 분명한 방법으로 정체된 차들을 추월해 61번 도로에 접어들며 행복감을 만끽했다.

시속 120킬로미터가 넘는 속력으로 래니 집에 도착해 진입

388

로로 들어가려 방향지시등을 켜는 순간, 피트는 의문스러운 무언가를 보았다. 차보다는 보트처럼 움직이는 피트의 낡디 낡은 푸른색 토요타 픽업트럭이 래니의 집 진입로를 빠져나가고 있었던 것이다. 트럭은 자갈을 사방에 튀기면서 요란하게 갓길까지 후진하더니 다시 균형을 찾아 북쪽으로 달려 피트의 시야를 벗어났다. 자신의 차가 자신 없이 달리는 모습을 보니 이상한 기분이 들었지만, 래니 없이 트리나와 이야기할 수 있다는 사실이 안심되기도 했다. 그래서 피트는 낡은 트럭을 위해 짧은 기도를 올린 다음 오늘 하루에 또다시 좋은 운을 선사해주신 하느님께 감사했다.

그러나 안도감은 오래가지 않았다. 진입로로 들어갔더니 집 옆, 래니가 키우는 블루 라플란더 핏불 잡종견이 묶인 자리에서 3미터쯤 떨어진 곳에 처음 보는 차가 한 대 서 있었던 것이다. 개는 거의 제정신이 아닌 듯 다른 차원을 향해 짖어대고 있었다. 집 옆의 차는 번호판이 아예 붙어 있지 않은 문 두 개짜리 소형 쿠페였다. 막상 차에서 내려보니 쿠페 승용차엔 여전히 시동이 걸려 있었다. 래니가 집에 두고 간 사람이 누구인진 몰라도 오래 있진 않는다는 뜻일 테니 이 역시 안심할 일이었다. 피트는 이름이 올리였던 것 같은 래니의 개를 바라보며 혀를 몇 번 쯧쯧 찼다. 하지만 올리는 여전히 목줄에 묶인 채 몸을 바짝 치켜들고 피트에게 분노를 퍼붓기라도 하듯 짖고 으르렁거렸다.

"알잖아, 올리. 이래서 우리가 좋은 걸 못 가지는 거다."

그 말을 남긴 뒤 피트는 계단 두 개를 올라 래니 집 앞문 포치에 섰다. 문을 두드리려는데 현관문이 살짝 열려 있는 게 보였다. 늘 신사다운 행동을 하는 피트는 그럼에도 열린 문에 대고 노크를 한 뒤 집 안으로 들어가 "카트리나?" 하고 불렀다.

문지방을 넘는 순간 피트는 갑자기 자신이 입고 있는 옷을 의식하게 됐다. 아마 바깥에 있던 래니의 악마견이 덤비려 한 건 이 때문이었는지도 모르겠다. 피트는 아직도 일할 때 입는 옷차림이었다. 흰색 로만칼라와 잘 다린 바지는 경찰 제복에 달린 번쩍거리는 별이며 버클만큼이나 래니 집과 어울리지 않았다. 아무래도 트리나에게 권위적인 모습보다는 가족이나 친구처럼 보이는 게 좋다는 생각에 그는 로만칼라를 풀기로 했다.

그러나 그는 칼라를 채 풀기도 전에 집 안에서 풍기는 지독한 악취를 맡고 하마터면 쓰러질 뻔했다. 공기 중에 짙게 풍기는 악취는 대마초 냄새와 타는 플라스틱 냄새가 섞인 것 같았는데, 맡자마자 곧장 그것이 가톨릭 푸드뱅크 뒤에 모여 있는 남자들에게서 나던 것과 같은 냄새라는 걸 알 수 있었다. 살면서 몇 번 맡아본 적 없기에 맡는 순간 시간을 거슬러 그때로 돌아가게 하는 그런 특이한 냄새였다. 그래서 피트는 푸드뱅크에서 그 냄새를 맡은 그날과 마찬가지로 손으로 코를 막았다. 모퉁이를 돌아 거실로 가자 소파 위에 널브러져 있는 래니가 보였다.

"래니? 자네야?"

그러나 래니는 꿈짝도 하지 않았다.

당연히 약에 취해 곯아떨어진 거라고 생각하며 그에게로

다가갔지만, 그의 앞에 선 순간 피트는 래니가 누군가에게 흠씬 두들겨 맞았다는 사실을 알 수 있었다. 왼쪽 눈은 부어올라 떠지지 않았고, 코와 입에는 방금 흘린 것 같은 피가 흥건했다. 피트는 래니의 맥박을 확인한 뒤 그의 숨이 붙어 있다는 사실을 알고 래니의 이마에 대고 재빨리 성호를 그은 다음 그를 일으켰다. 그 순간, 바깥, 집 뒤쪽에서 들리는 소리에 그는 벌떡 일어섰다. 마당 어딘가에서 무언가가 쾅 부딪치는 소리가 났다. 헛간 문이 닫히는 소리 같았다. 거실을 둘러보았다. 대체 여기서 무슨 일이 벌어지고 있는 거지?

그러고 보니 거실 전체가 누가 뒤지고 간 것처럼 난장판이었다. 전등갓은 바닥에 떨어져 있고 책상 서랍은 열려 있으며, CD진열대도 쓰러지고 통이라는 통은 다 부서지고 열려 있었다. 피트는 자신이 강도 현장에 발을 들여놓았다는 사실을 깨달았다.

래니를 제자리에 다시 뉘어놓고 온힘을 다해 트리나의 이름을 읊조리며 집 안을 뒤졌다. "트리나, 여기 있니?" 방 하나하나를 확인하는 동안 아드레날린이 솟구쳐 식은땀이 났다. 식당 안에는 골동품 장식장이 하나 있었다. 아마도 떡갈나무로 만든 것 같은, 아마도 한때 래니의 부모 소유였을, 어쩌면 이 동네만큼이나 오래된 것일 수도 있는 그 장식장이 열린 채 텅텅 비어 있었다. 바닥에는 깨진 도자기 조각들이 흩어져 있었고 식탁 위에는 불투명한 소금 통과 후추 통 세트만 멀쩡한 모습으로 남겨져 있었다.

발길을 재촉해 복도를 걷던 그는 트리나의 방으로 추정되는 문 앞에 섰다. 문에 "출입금지: 침입자는 발견하는 즉시 사살"이라는 표지판이 못질되어 붙어 있었던 것이다. 그는 "트리나"하면서 문을 열었다.

방 안을 열자마자 그곳이 트리나의 방이 맞는다는 사실을 알 수 있었다. 십 대 여자아이가 살았다는 흔적이 남아 있어서가 아니라, 집 안의 다른 곳들과는 뚜렷이 대조되는 공간이어서였다. 침대는 군대처럼 각 잡혀 정리되어 있었고, 교복역시 옷장 안에 완벽하게 정리되어 있었다. 실제 인간이 사는 방보다는 방을 찍은 사진 같은 이 공간을 보는 순간, 이 방에 살던 사람은 영영 돌아오지 않을 작정이라는 사실을 깨닫고 공황감이 일었다. 누군가가 한때 이 방에 살았다는 흔적은 저쪽 벽에 붙은 책상 위, 열려 있는 노트북컴퓨터 하나가 전부였다. 다가가서 확인해보니 화면은 아직 켜져 있었고, 피트에게는 낯설지만 한쪽 구석에 작은 새 아이콘이 그려져 있는걸로 보아 트위터인 것 같은 SNS가 열려 있었다. #, @ 같은기호로 가득한 화면을 한참 쳐다보던 피트는 아무리 노력해도 자신은 이 화면 속 글을 해독할 수 없으리라는 사실을 알아차렸다.

그러나 화면이 켜져 있다는 것은 얼마 전까지 트리나가 이곳에 있었으리라는 것, 그리고 조금 전 피트의 트럭에 올라이곳을 떠난 사람이 트리나라는 의미였다. 만약 그렇다면 그건 그 애가 안전하다는 의미이기를 피트는 빌었다.

그때 먼지를 깨끗이 털어내기라도 한 것처럼 텅 빈 트리나의 책상 선반 맨 위에 돌무더기 두 개가 나란히 쌓여 있는 모습이 눈에 들어왔다. 왼쪽의 돌무더기는 아무리 잡아도 100개는 넘어 보이지만 크기는 기껏해야 25센트 동전만 한, 래니의 집 진입로에 깔린 자갈과 거의 비슷하게 생긴 작은 돌멩이들을 피라미드 모양으로 쌓은 것이었다. 이와는 대조적으로 오른쪽 돌무더기는 무더기라기보다는 걱정돌멩이처럼 납작하고 매끈하게 생긴 불그레한 돌멩이 딱 하나였다. 두 개의 무더기 아래 색인카드가 각각 하나씩 붙어 있기에 피트는 카드를 집어 들고 읽어보았다. 왼쪽, 100개의 돌멩이 무더기 쪽 카드에 적힌 단어는 단 하나, **예스**였다. 손으로 공들여 쓴 글씨라는 걸 알 수 있었다. 오른쪽, 붉은 돌멩이 하나 쪽 카드를 바라보았다. **노**라고만 적혀 있었다.

몸을 돌리는 순간, 등 뒤에 서 있던 적개심에 가득한 남자를 마주한 피트의 머릿속에 아주 잠깐이지만 어쩌면 하느님은 존재하지 않는 게 아닌가 하는 무시무시한 생각이 스쳐 지나갔다. 어쩌면 먼 옛날 이교도들의 말이 옳았던 걸까, 그래서 피트가 모르는 사이 바깥에 줄로 매인 채 침을 질질 흘리던 그 개가 인간의 모습으로 변한 다음 목줄을 풀고 계단을 뛰어올라 아까 바깥에서 해내지 못한 그 일을 마침내 하러 달려 들어온 게 아닐까.

그러나 피트에게는 개를 향해 그 어떤 질문도 던질 겨를이 없었다. 손에 권총을 든 그가 피트에게 달려와 머리를 후려친 덕분이었다.

바닥에 쓰러진 피트에게 쏟아지는 빛은 그가 간절히 보고 싶었던 천국의 빛이 아니라 그저 우리가 사는 세상의 온갖 복잡한 빛들 중 하나에 불과했다. 앞이 보이지 않을 정도로 밝은 하얀빛이었고, 그 빛을 보자 똑같이 새하얀 고통이 쏟아졌다. 방 안의 소리를 듣고 감각을 느낄 수도 있었지만 앞이 보이지도, 몸을 움직일 수도 없었다. 또, 오래지 않아 들려온 한 여자의 목소리 역시 천사의 목소리나 천상의 목소리와는 거리가 먼, 공황에 사로잡혀 숨을 헐떡이는 소리에 불과했다.

"이런 제기랄, 리키! 무슨 짓이야, 신부를 죽이면 어떡해!"

"닥쳐, 테사." 남자 목소리가 대답했다. "뭐 하는 사람인지 내가 알 게 뭐야."

"일단 주머니에 돈 있는지부터 뒤져봐."

주머니를 뒤지느라 자기 몸 위에 걸터앉은 남자의 무게가 느껴졌다. 피트의 허벅지 쪽을 더듬는 그의 손은 단단하고 아팠고, 살갗에 닿는 손톱이 짐승의 발톱처럼 날카로웠다.

"돈은 없네. 빌어먹을 신부들은 빈털터리라니까. 도대체 신부가 이 집에서 뭘 하는 거야?"

"음, 저 파란 건 뭐지?" 여자가 물었다. "신용카드야? 꺼내봐."

남자가 피트의 몸 옆 바닥에 떨어져 있던 무언가를 주워들었다. "신분증 같은데? 그저 '신부'라고만 적혀 있어. 그 망할 계집애는 어디로 간 거야? 네가 말한 산탄총은 어디 있고? 고작 두 명을 때려눕히려고 온 게 아니라고."

"여자애는 도망쳤어." 여자가 대답했다. "걘 놔둬. 어차피 아무 말 안 할 거야. 걘 어차피 래니도 싫어했어. 신부한테 휴대폰은 없어?"

"휴대폰 따위 훔치려고 온 게 아니라고."

"멍청아, 911에 전화해. 신부를 죽이면 지옥 간다고."

"안 죽었어. 그냥 가자."

그 말과 함께, 남자가 일어나 방을 떠나면서 피트의 몸을 짓누르던 엄청난 무게가 사라졌다. 피트는 몸을 굴리려 했지만 빛이 너무 밝아서 자기가 눈을 뜨고 있는 건지 감고 있는 건지도 알 수 없었고 어느 쪽으로 돌아누워야 할지도 알 수 없었다.

다음 순간, 아까보다는 좀 더 조심스럽게 움직이는, 부드러운 동물 같은 누군가가 옆으로 다가오는 게 느껴졌고, 곧 휴대폰의 숫자 세 개를 누르는 낮은 소리가 들려왔다.

"당신이 낄 곳이 아니었어요." 여자가 말했다. "당신 때문에 우리가 이런 짓을 하게 된 거라고요."

가슴 위에 휴대폰이 툭 떨어지는 감각이 느껴졌다. 전화기 저편에서 신호음이 울리는 소리, 그리고 여자가 남긴 마지막 한마디가 들렸다.

"이젠 행복하시겠죠."

29장

빗속의 안장
Saddle in the Rain

제이컵은 아빠의 부츠 발소리를 따라 복도를 걸었다. 토비의 휴대폰은 문 앞에 서 있는 아빠를 보자마자 전원을 꺼서 트럼프 카드처럼 책상 위에 엎어놓았다. 달리 할 수 있는 일이 뭐가 있었겠는가?

초조해서 식은땀이 흘렀고, 아직도 방금 동영상에서 본 장면이 머릿속을 사로잡고 있었다. 그래서 제이컵은 방에 들어가서 교복을 갈아입고 오겠다고 말했다. 그러면 잠깐이라도 계획을 세우고, 앞으로의 인생을 위한 어떤 결정을 내릴 틈이 생길 줄 알았지만, 아니었다. 옷을 갈아입는 내내 아빠가 부츠 신은 다리를 꼬고 열린 문간에 서서 기다렸던 것이다. 아빠는 건초 부스러기를 씹는 것 말고는 아무런 할 일이 없는 카우보이처럼 그를 빤히 쳐다보고 있었다. 교복 셔츠를 벗고 검은색 티셔츠로 갈아입었다. 교복 바지 대신 전날 입었던 청바지를 입었다. 주머니에 있던 물건들을 청바지 주머니로 옮기는 동안, 감히 입 밖에도 낼 수 없는 이 일을 아빠에게 어떻게 전해야 좋을지 생각했다.

동영상 속 역겨운 장면의 의미를 그는 곧장 알 수 있었다. 불행한 일이지만 이런 동영상은 그리 드문 것이 아니었다. 이런 부도덕한 동영상들은 학교 아이들, 아니 온 세상 아이들이 흔히 찍는 것이었다. 그는 같은 학교 커플들이 벌거벗은 채 뒹구는 모습을 관람석 아래쪽이나 차창 밖에서 몰래 찍은 화질 나쁜 동영상을 캡처한 사진들을 본 적도 있었다. 자기 성기 사진을 보냈다는 남학생, 헤어진 뒤 앙심을 품고 남자친구가 자위하는 스카이프 동영상을 퍼뜨려 평판을 망가뜨리겠다고 협박했다는 여학생 이야기도 들은 적 있었다. 이런 일들이 마치 이 세대를 떠받치는 기본적인 구조처럼 당연하게 받아들여진다는 걸 알면서도 때로 제이컵은 외톨이가 된 기분이었다. 제이컵은 SNS에 동영상이나 사진을 찍어 올리는 사람이 아니라 아예 자기 모습을 보고 싶지 않은 사람, SNS에 무언가를 올리는 것 자체를 싫어하는 사람이었다.

또래 아이들이 가지는, 화면에 비친 자기 모습을 보고 싶은 욕망은 중독을 넘어 스스로를 감염시키는 악성종양 같다고 제이컵은 생각했다. 셀카. 동영상. 인스타그램. 스냅챗. 다들 인생이라는 영화의 주인공처럼 굴면서 타인들이 그 영화를 보고 싶을 거라는 착각을 한다.

학교 복도에서, 학생식당에서, 커피숍에서 휴대폰을 쳐들고 얼굴 사진을 찍는 아이들을 마주칠 때마다 제이컵은 휴대폰이 아니라, 휴대폰을 쥔 손이 아니라, 화면에 비친 자기 모습을 보면서 바뀌는 그들의 표정을 바라보았다. 화면을 바라볼 때 그들은 얼굴을 완전히 바꾼다. **자, 환하게 웃어. 턱 들고. 눈 크게 떠. 기억해, 인생은 우리가 원하는 모습으로 이뤄지는 거야.** 그러나 사진 찍기가 끝나면 그들은 다시금 평소대로 부루퉁한 표정으로 돌아간다. 차마 눈 뜨고 보기 힘든 광경이었다. 아메리카 원주민들 말대로, 사진이 사람의 영혼을 빼앗아가는 걸까? 어쩌면 미소라는 것은 호흡과 마찬가지로 사는 동안 횟수가 정해져 있는 건지도 모르겠다. 그렇게 생각하면 셀카라는 이름은 딱 어울린다. 한 사람의 자아self를 인형처럼 치장한 뒤 등 뒤에 달린 태엽을 감아 세상에 내보내 거짓말을 하게 만드는 일이다.

그렇기에 아빠에게 동영상 이야기를 꺼내는 것 자체가 쉽지 않았다. **저기 아빠, 이거 좀 보세요,** 하고 단순하게 입을 열겠다는 가능성조차도 떠오르지 않았다. 그건 아빠가 토비와 그 친구들, 그리고 그들이 아마 트리나에게 저질렀을 행동을 보면 여느 부모와 마찬가지로 끔찍하게 괴로워할 걸 알고 있어서기도 했지만, 또한 이 동영상은 청소년의 세계에 존재하는 엄청난 죄를 폭로하고 있기 때문이기도 했다. 아빠는 아직 그 진실을 마주할 준비가 되어 있지 않았다. 이 동영상은 아빠에게 보여주기에는 너무 생생하고 또 어른스러운 것이다. 마치 지난 수년간 아빠와 아들의 역할이 바뀌기라도 한 듯, 이제는 제이컵이 받아들이기 힘든 진실을 아빠한테 설명해야 하는 때가 온 것 같았다. **저기, 아빠. 여기 등장한 게 아**

빠 아들인 건 맞지만, 이게 비정상적인 건 또 아니에요. 애들은 원래 이래요. 이해하시겠어요? 아빠는 이런 짓은 어딘가 다른 곳, 다른 동네의 불량학생들만 하는 거라고 생각했겠지만, 사실 이건 그저 금요일 밤에 일어나는 평범한 일일 뿐이라구요.

그래서 제이컵은 아무 말 없이 신발 끈을 묶고 라티오스 모자를 썼다.

"준비됐니?" 아빠가 물었다.

아빠 뒤를 따라 복도를 걷는 내내 제이컵은 자신이 정말로 이곳에 존재하는 게 맞는지 확인하려는 듯 두 손으로 벽을 쓸었다. 너무 많은 일들이 한꺼번에 밀어닥쳐오고 있는 가운데 큰 그림은 여전히 보이지 않았다. 그렇다면, 트리나는 피해자인 걸까? 동영상을 보기 전에는 알 수 없었던 그 애의 분노를 비로소 이해할 수 있었다. 하지만 그럼 그 트위터 계정은 뭐야? 토비의 사물함에 넣어두었던 결과지는? 그 애는 나한테 뭘 원하는 거지?

아빠는 제이컵을 데리고 부엌으로 가서는 카우보이모자를 벗어 얼굴에 부채질하더니 미소를 지었다.

"네가 전에 더 좋은 요리 재료가 있어야 한다고 했잖니. 그래서 이 아빠가 손 좀 써봤다."

아빠가 개수대 쪽으로 눈짓했다. 개수대 통 한쪽에 거대한 고깃덩어리가 비스듬히 세워져 있었다. 창턱에 닿을 정도로 커다란, 질기고 두꺼운 비닐에 싸인 고깃덩어리 표면에는 지도 위에 표시한 강줄기처럼 짙은 보라색 핏줄이 가득했다. 이런 고기는 여태 어느 식품점에서도 본 적이 없었다.

"대체 저게 뭐예요?"

"저건 바로 목초를 먹여 기른 A급 미국산 앵거스 소고기 옆구리 살이란다. 오늘 오토스 마켓에서 사 왔지. 굉장하지?"

"이걸로 뭘 어쩌라고요?"

"이거면 우리 둘이 한 달은 먹을 수 있을 거다. 소고기 해체하는 법에 대한 책도 아마존에서 주문했지. 스테이크, 갈비, 양지살처럼 소고기를 부위별로 나누고 보관하는 방법 말이다. 어차피 나도 소에 대해 공부해야 하니까, 그래서 너랑 내가 같이할 수 있는 일이 이게 아닐까 싶었지. 책은 내일 도착할 거야."

환각에라도 빠진 것 같은 기분이었다. 지금 부엌에 서 있는 이 남자는 대체 누구란 말인가? 그가 이 사람을 알기 전에 대체 어떤 삶을 살았기에 지금의 이 모습이 된 걸까? 이 남자의 안에는 어떤 역사가 깃들어 있는 거지? 다 떠나서, 우주는 대체 무슨 생각으로 이 사람을 나와 붙여준 걸까? 우리 둘을 짝지어주다니, 대체 무슨 논리란 말인가? 그 순간, 마치 처음으로 부모님을 한 인간으로 바라보게 된 아이처럼, 제이컵은 평생 품었던 의문들이 마침내 부모를 향해 물을 가치가 있는 단 하나의 질문으로 정리된 것만 같은 느낌을 받았다.

당신은 누구죠?

제이컵은 아빠를 바라보았다.

"아빠가 보여주고 싶었던 게 이거예요?"

"음." 아빠는 실망한 눈치였다. "그렇기도 하고, 아니기도 하지. 그러니까, 이건 시작에 불과해. 이리 와서 아빠가 한 다른 일도 봐주렴."

"제가 한번 맞춰볼게요. 트럭을 당나귀랑 바꾸셨죠?"

그 말에 아빠는 눈을 찡긋하더니 다시 카우보이모자를 썼다. "휘발유를 가득 채워보러 갈까." 그러더니 아빠는 차고로 향했다.

차고 계단을 내려가기 시작한 순간 음악 소리가 들렸다. 옛날 서부 술집에서나 흘러나올 법한 그 음악을 듣자마자 제이컵은 치를 떨며 생각했다. **세상에, 결국 자동피아노까지 구하셨구나.**

피아노는 보이지 않았지만, 차고는 지난번에 왔을 때와는 완전히 달라졌다. 벽에는 목재 패널이 붙어 있고, 차고 문 안쪽에는 각목으로 만든 소 울타리 같은 것이 서 있었다. 이제 차고로 들어가는 유일한 입구가 된 이 울타리 한가운데는 스윙도어까지 달려 있었다. 곳곳에 장식품이 놓여 있었는데 제이컵으로서는 대부분 무엇인지 알 수 없거나 어디서 구해 온 건지 상상조차 되지 않는 물건이었다. 낡아빠진 램프. 이제는 없는 버번이며 술을 광고하는 금속 광고판. 제시 제임스[30]사진이 실린, "사살하건 생포하건 상관없음"이라고 적힌 현상수배 포스터. 한쪽 벽에는 잠든 것처럼 몸을 돌돌 만 포섬 인형이 걸려 있었다. 차고 깊숙한 곳에는 길이가 2미터는 됨직한

---

30   미국 서부개척시대의 전설적인 무법자.

바가 설치되어 있었고, 상판은 어제 트레일러에 실려 있던 검은 래커 칠을 한 나무였다. 바 한쪽 끝에 두 개의 스툴이 마치 벌써 서로 대화를 주고받기 시작하듯 나란히 놓여 있었다. 아빠가 평생 이렇게 생산적인 행동을 한 적이 또 있었나?

제이컵을 향해 돌아서는 아빠의 부츠에 달린 방울이 짤랑 흔들렸다. 아버지는 마치 **어떠냐? 내가 보여줄 건 이게 다다,** 하듯이 양손을 들어올렸다. 마치 **잘 좀 봐주렴,** 하는 것 같았다.

"이걸 어제부터 다 하신 거예요?"

"그래, 물론 도움의 손길이 있었으면 더 좋았겠지만 말이다. 특히 저 바를 설치하는 게 힘들더라. 밑부분에 긁힌 자국을 좀 낸 것 같구나."

"오늘 중요한 회의 있다고 하지 않으셨어요?"

"있었지." 그러더니 아빠는 마치 차고 안을 처음 바라보는 것 같은 눈길로 공간 안을 둘러보았다. "회의에 갔었지만 사실은 몸만 가 있었다. 무슨 말인지 알겠지? 내 마음은 동네 반대편에 있었달까."

"알아요." 제이컵 역시 같은 마음이었기 때문이었다. 아빠에게 뭐라도 다정한 말을 해야 한다는 걸 알았다. 아빠는 인생에서 무엇 하나라도 바꾸고 싶은 마음이 간절하다는 걸 알았기에, 그저 살짝 머리를 토닥여주는 것만으로도 마음을 놓을 거라는 것도 알았다. 하지만 제이컵은 트리나 생각뿐이었다. 대체 꿍꿍이가 뭘까? 토비를 위한 복수인 줄 알았을 때도 무서웠는데, 그 애 자신을 위한 복수라면 얼마나 잔인할까? 난 왜 그 애를 멈추지 않았을까? 어째서 그 애를 가만히 두었던 걸까? 트리나와 함께할 수도 있을 거라고 상상했던 나날 내내 그 애가 제이컵의 머릿속에 불어넣은 암울한 환상들은 이제 그의 머릿속에 단단히 깃들어서 더는 환상이 아니라 그 자신의 죄의식 가득한 기억같이 느껴졌다. 트리나가 하려는 복수가 마치 제이컵 자신이 이미 저지른 일처럼 느껴졌다.

물론 그는 이런 말들은 입 밖에 내지 않았다. 그저 "대단해요, 아빠" 했을 뿐이다. "미친 것 같지만 그래도 대단해요."

아빠가 미간을 찌푸렸다.

"미친 것 같다니? 오히려 그 반대 아니냐? 그러니까, 아빠는 차고를 꾸미는 동안 얼마나 재미있었는지 몰라."

"죄송해요. 그래도 차고에서 보게 될 거라 예상할 만한 광경은 아니잖아요."

그 말에 아빠는 바로 그게 핵심이라는 듯한 표정을 했다.

"여기에 〈슬리피 포섬〉이라는 이름을 붙여볼까 한다. 〈슬리피 포섬 살룬〉 어떠냐?"

"좋아요. 그럼 뭐, 여기에 열차강도단이라도 오는 거예요? 아니면 노상강도단?"

"아니야. 이곳은 우리 둘만의 공간이야, 친구. 남자 대 남자로 우리 둘이서 대화할 수 있는 곳이지."

"남자 대 남자요?"

그게 대체 무슨 뜻이란 말인가?

"자, 여기 앉으려무나." 아빠는 스툴을 향해 다가갔다.

아빠 옆 스툴에 자리를 잡고 앉은 순간 바 위에 놓인 총이 눈에 들어왔다.

전날 디어필드 가톨릭 스쿨 설계도를 찾으러 서재에 들어 갔을 때 보았던 진열장 속 장식용 총이었다. 전날 밤 들었던 유리 깨지는 소리는 아마 아빠가 유리 진열장을 부수는 소리 였나 보다. 총 옆에는 진열장 안에 같이 들어 있던 듯한 탄환 한 개가 놓여 있었다.

아빠가 총을 휘두른다기보다는 총을 감정해보라는 것 같 은 몸짓으로 두 손으로 들었다.

"프랭크포드 아스널 카트리지를 사용해 1884년 제조된 콜 트 피스메이커 권총이란다. 보존 상태가 거의 완벽하지. 오늘 아침 맥기 총포상에 가져가서 기름칠을 해 왔다. 당연히 아직 도 쓸 만하지만 총알은 딱 한 발뿐이야. 여기 맞는 탄환이 이 젠 안 나오거든."

아빠가 제이컵에게 총을 내밀자 그는 고개를 저었다.

"만지기 싫어요." 이 말이 여태 그가 한 말 중 가장 정직한 말이었을 것이다. "총에 손대고 싶지 않아요."

"알았다." 아빠는 다시 총을 바에 내려놓았다. "이해한다. 그저 이 총이 우리 두 사람의 상징 같은 게 될 수 있을 거라 고 생각했을 뿐이야." 아빠가 턱을 살짝 틀어 제이컵의 눈을 바라보자 그도 아빠의 눈을 마주보았다.

"요즈음 네 생각을 참 많이 했다, 친구. 우리 둘에 대한 생 각 말이다."

토비의 방에서처럼 목구멍이 조여왔다. 마치 그의 몸이 아 직 어떤 감정도 바깥으로 내보내지 못했다고 경고하는 것 같 았다. 제이컵의 두려움도, 슬픔도, 여전히 그의 몸속에 도사리고 있으며, 그가 바깥으로 내보내주기 전까지는 그 자리에 그대로 있을 거라고.

"이 총을 오랫동안 그저 사무실 벽에 걸어놓기만 했지. 아직도 작동해, 여전히 제대로 기능하지. 그런데도 난 그저 벽에 걸어두고 당연한 것처럼 받아들였다. 그런데 요즘 너와 나 역시 그렇게 되어버린 것 같다는 생각이 들었어. 이젠 우리 둘뿐이잖니. 이 넓고 넓은 세상, 끝없는 들판에 남은 건 오로지 우리 둘뿐이야. 그런데 할 일이 참 많다. 소도 몰아야 하지, 담장도 고쳐야 하지. 그런데 비가 끊이지 않는다, 아들아. 무슨 말인지 알겠니? 지금 우리 둘에게 비가 쏟아지고 있어."

제이컵은 바닥만 내려다보았다. 톱밥 위에 찍힌 아빠의 부츠 발자국이 보였다. 잠깐이지만 정말로 빗소리가 들리는 것 같았다.

"그런데 나는 여태까지 세상에 나 혼자인 것처럼 군 것 같구나. 아빠도 안다. 요즘 너한테 제대로 된 아비 노릇을 못 해줬지. 그렇게 큰 힘이 되어주지 못했어. 네 형 일이 있고 난 뒤로, 마치 널 벽에다 가만히 걸어놓기만 한 것 같다는 생각이 들어. 미안하다, 아들아. 아빠 마음을 알아줬으면 좋겠다."

제이컵의 눈에 눈물이 차오르기 시작했다. 사과해야 할 사람은 아빠가 아니었기 때문에, 또, 요즈음 그가 저지른 온갖 지독한 일들 중에서도, 심지어 트리나와 나누었던 이야기들보다도 더 큰 잘못이 바로 **자기가** 아빠를 실망시킨 것, 아빠 옆에 있어주지 않았던 것이라는 생각이 들었다. 아빠, 이미 고통받을 대로 다 받은 이 남자에게 또 하나의 고통을 안겨

주어야 한다 생각하니 너무나 괴로웠다.

"요즈음의 우리는 이 총 같다는 생각이 들었다. 서로를 당연하게 생각하길 그만두고, 대화를 나누기 시작한다면 여전히 잘 지낼 수 있을 거라고 말이다. 예를 들면 토비 이야기라든지, 네 엄마 이야기 말이다."

"아빠," 제이컵이 입을 열었다. "할 말이 있어요."

그러나 아빠는 한 손을 들어 그의 말을 제지했다.

"나한테 조금만 더 시간을 주렴." 그러더니 아빠는 바에 놓인 탄환을 집어 손끝으로 빙글 굴렸다. "제이컵, 너와 대화를 나누지 않은 건, 사실 네가 두려워서였어."

제이컵이 고개를 들었다. 다른 모든 아이들과 마찬가지로, 부모를 겁에 질리게 할 만한 모습들을 평생 숨겨온 그를 혼란스럽게 하는 말이었다.

"두렵다뇨?"

"그래. 네 형은 늘 이해하기 쉬운 녀석이었어. 그러니까 단순한 놈이었지. 멍청한 건 아니지만 쉬웠다. 토비 같은 사람들은 살면서 1000명쯤 만나봤으니까, 그 녀석을 대하는 건 편했지. 그 점이 사랑스럽기도 했고 말이야. 하지만 **너는?** 잘 모르겠더구나. 넌 나한테 늘 수수께끼였어."

"전 수수께끼가 아닌데요."

그러자 아빠는 또다시 한 손을 들었다. "그리고 아마도 널 보면 네 엄마 생각이 나서 그랬던 것 같아."

그 말을 듣는 순간, 제이컵 안에 있는 기차역에서 감정을 잔뜩 실은 열차 한 대가 또다시 그의 몸을 떠나 더 큰 세상으로 나갈 준비를 했다. 엄마. 제이컵에게는 그저 사진 속 모습이자, 알 수 없고 닿을 수도 없는 DNA에 불과한 사람. 아빠와 마지막으로 엄마 이야기를 나눈 게 언제인지조차 기억나지 않았다.

"내 아들들이 제 엄마를 한 번도 만나지 못했다는 게 내 인생의 가장 큰 비극이야."

"아빠." 입을 열었지만 무슨 말을 해야 할지 알 수 없었다. 이 대화를 끝내고 싶은 동시에 영원히, 평생 동안 이어가고 싶기도 했다. 두 사람이 차고로 들어온 뒤로 시간이 얼마 흐르지 않았는데도 벌써 빛이 달라진 게 느껴졌다. 차고 문 너머 바깥을 보니 하늘이 보랏빛으로 물들어가고 있었다. 사진 수업에서 배운 적 있는 어떤 시간, 그러나 그 시간을 뭐라고 부르는지는 기억나지 않았다. 하지만 다시금 아버지의 얼굴을, 그 어느 때보다도 선명한 윤곽을 드러낸 그 얼굴을 보는 순간 제이컵은 모든 걸 이해할 수 있었다. 며칠이나 깎지 않은 수염 그루터기, 눈가와 입가의 주름, 바에 놓인 손등을 타고 흐르는 핏줄을 비추는 그 빛. 제이컵을 바라보고 있는 아빠는 마치 사진 속 남자 같았다.

"내가 그 이야기를 해준 적 있었니? 네 엄마가 한번은 모기를 구해준 적이 있었다."

이야기해준 적 있었다. 어린 시절 제이컵에게도, 토비에게도 해준 이야기였지만, 그건 아주 오래전의 일이었다. 제이컵도 토비도 존재하지 않던 시절, 부모님이 작은 셋집에서 살던 시절. 오래전과 마찬가지로 아빠는 엄마가 의자 위에 발끝으로 서면서 손에 닿지 않게 이리저리 도망치는 모기를 좇아 집 안을 돌아다니던 이야기를 했다. 아빠는 그날 엄마가 입고 있던 옷이 무엇인지도 기억난다고, 두 사람이 함께한 그 시절 엄마가 어떤 모습이었는지 선명히 기억난다고 했다. 그 순간 엄마가 얼마나 아름답고도 낯설게 보였는지도. 그리고 이 이야기의 주제는 늘 똑같았다.

"난 네 엄마가 모기를 죽이려는 줄 알았다. 그런데 네 엄마는 내내 모기를 살려주기 위해 좇아다녔던 거였어. 모기를 잡은 손바닥을 오므린 다음 방충망을 열고 밖으로 나갔지. 꼭 작은 새를 구해주는 것 같았어. 다른 것도 아니라 모기인데 말이다. 집 안으로 돌아온 네 엄마 표정을 보고 내가 얼마나 웃었는지 모른다. 네 엄마는 정말 그 누구와도 다른, 완벽한 사람이었어. 그때 네 엄마는 마치 이렇게 말하듯이 웃었어. 여보, 난 내가 하고 싶은 일을 할 거야. 그리고 당신은 그 점 때문에 날 사랑하게 될 거야. 난 세상 그 무엇도 그 순간 네 엄마를 사랑한 만큼 사랑한 적이 없다."

아빠는 모자를 벗어 둥근 부분을 잡고 바에 가볍게 탁탁 두드렸다.

"널 보면 왠지 네 엄마의 그런 면이 떠올라. 넌 이해하기 힘들겠지만, 그 일이 자꾸 떠오른다. 네 엄마랑 너는 같은 마음을 지녔어. 너랑 이야기하고 있으면 때때로 네 엄마랑 대화를 하는 기분이 있어서 두려웠다. 나는 둘 다 실망시키고 싶지 않았어."

밤처럼 어둑어둑한 죄책감이 밀려와 제이컵의 심장을 검

게 뒤덮었다. 지금 사과해야 할 사람은 아빠가 아니었다.

"아빠, 저도 할 말이 있어요."

아빠가 눈을 들더니 제이컵의 허벅지를 가볍게 탁 쳤다.

"이제 알겠지? 〈슬리피 포섬〉은 마법 같은 공간이란다. 안장을 내려놔라, 아들아. 아빠가 여기 있으니까."

"어떤 여자애가 있는데요, 토비가 사귀던 애예요. 트리나라는 애."

아빠는 마치 자신도 트리나를 안다는 듯 고개를 주억거리더니, 마치 지금부터 들을 이야기가 기분 좋은 이야기는 아니리란 걸 이미 예상하기라도 한 것처럼 코로 깊은 숨을 들이쉬었다.

어디서부터 이야기를 시작해야 하지? 전화통화? 더플백? 동영상? 트위터 계정? 산탄총? 하나같이 끔찍하기만 한 선택지들을 차례차례 밀어내는 사이에 차고에 흐르던 음악이 바뀌었다. 래그타임 피아노곡이 잦아들더니 말이 히힝 우는 소리가 반복되었다. 아빠가 팔을 뻗어 스피커에 연결된 휴대폰 케이블을 뽑았을 때에야 제이컵은 말 울음소리가 아빠의 휴대폰 벨소리였다는 사실을 깨달았다.

휴대폰 화면을 확인한 아빠가 얼굴을 찌푸렸다. "지옥에서 울리는 종소리군. 보안관 전화야. 받아야겠다."

아빠가 전화기에 대고 "보안관님, 무슨 일입니까?" 하는 소리를 듣고 제이컵은 스툴에서 일어섰다.

아빠가 다시 앉으라는 손짓을 했지만, 그는 아빠 말대로 하지 않았다. 온 동네가 전에 없이 생기가 넘치는 오늘 같은 밤에 보안관이 시장에게 전화를 걸 이유가 수천 가지는 있겠지만, 어쩐지 자기 때문에 걸려 온 거라는 끔찍한 예감이 들어서였다.

차고를 나서는데 아빠가 바 위에 걸린 낡은 시계를 확인하는 모습이 보였다.

"아니요, 아직 집입니다. 오늘 합창단 공연 있는 것 알지요. 다 잘될 거예요. 끝나기 전에 저도 도착할 겁니다."

제이컵은 계단을 올라 부엌으로 나가는 문을 향해 손을 뻗었다.

"아니요, 듀스는 아까 회의에서 본 뒤로 못 봤습니다. 전화가 계속 오긴 했는데, 나라의 녹을 먹는 사람이 감당할 수 있는 데도 한계는 있으니까요."

뒤를 돌아보자, 아빠는 마치 예상치 못한 말이라도 들은 것처럼 미간을 찌푸리고 있었다.

"제이컵은 지금 집에 저랑 같이 있습니다만."

그 말을 듣자마자 제이컵은 문을 열고 빠른 걸음으로 집 안을 통과했다. 이제 때가 왔다는 걸 알았다. 여태 존재하지 않기만을 바랐던 그의 모든 것이 마침내 그에게 대가를 치르게 할 터였다. 그는 모든 걸 숨기고 싶은 충동과 전부 보여주고 싶은 충동 사이에서 어쩔 줄 모르고 갈팡질팡하고 있었다. **이렇게 된 거예요.** 이렇게 말할 수도 있을 것이다. **제발 저한테서 이 짐을 가져가주세요. 어떻게 하면 이 모든 걸 하나로 이어 맞출 수 있을지 가르쳐주세요. 어쩌다 일이 이렇게 된 건지 하나도 모르겠어요.**

아빠가 문을 열고 부엌으로 나오는 소리가 들리자 그는 복도를 달려 토비의 방으로 향했다. 아빠의 목소리가 들렸다.

"더플백요? 모르겠는데요, 랜디. 당신도 당신 딸들이 가진 핸드백 하나하나를 다 아는 건 아니잖습니까?"

제이컵은 서둘러 토비의 휴대폰에서 충전기를 뽑은 뒤 주머니에 집어넣었다. 파란 더플백이 들어 있는 책가방을 내려다보다가 책가방도 집어 들었다. 침대에 던져둔 자기 휴대폰을 확인하자 그 사이에 메시지들이 와 있었다. 전부 트리나가 보낸 것들이었다.

속이 빈 통나무가 있는 데로 와. 첫 번째 메시지였다.

일곱 시 정각. 두 번째 메시지.

마지막 메시지 **누군가는 책임을 져야지……**.

아빠의 그림자가 복도로 다가오는 게 보였다. 아빠를 마주치지 않고 집 밖으로 나갈 길은 없었다. 그는 토비의 방 창문을 벌컥 열고 머리를 내민 뒤 창틀로 기어나갔다. 트리나를 만나야 해. 일단 트리나랑 대화를 해봐야 해.

"아니요." 아빠 목소리가 들렸다. "제가 트위터 안 하는 건 아시잖습니까. 대체 무슨 소립니까, 애를 여기 잡아두라니요?"

제이컵은 창틀을 잡고 몸에 앞뒤로 반동을 주었다. 다음 순간 아빠의 부츠 발소리, 부츠에 달린 등자가 쩔렁거리는 소리, 존재하지도 않는 빗소리가 들렸고, 제이컵은 이제야 막 이해하게 된, 자신이 만들어낸 앞으로의 삶을 향해 뛰어내렸다.

30장

기념품

Souvenirs

꿈에 대한 이런 이론이 있다.

잠에서 깨고 나면 다른 사람들에게 꿈 이야기를 하는 게 아주 어렵다. 정확히 전달하기는 더욱 어렵다고 한다. 꿈에는 일관적인 틀이 존재하지 않기 때문이다. 꿈은 마치 기반 없이 지은 마음속 집 같다.

달리 표현하면, 거대한 직소 퍼즐 위를 걷고 있다고 상상해 보라. 걸어가는 동안에는 눈앞에 놓인 그림, 서로 맞물린 형태들이 선명하게 보이기에 어디에 있는지 잘 알 수 있다. 그렇기에 꿈을 꾸고 있을 때는 꿈이 혼란스럽지 않다. 하지만 당신이 꿈을 지나치는 순간 퍼즐 조각들은 조용히 제자리를 벗어나 새로운 그림들이 그 자리를 차지한다. 꿈의 끝에 다다라 뒤돌아보면, 아까 지나온 그림들을 다시 떠올려보면, 기억 속의 그림은 이제 없다. 다음 날 아침 "우리가 우리 집 안에 있는 꿈을 꿨는데, 진짜 **우리** 집은 아니었어. **당신**도 같이 있었지만 **당신**처럼 생기지는 않았어. 그래도 그게 당신인 걸 난 **알겠더라고**. 이해가 안 되지? 그런데 **느껴지더라니까**."

보통 그쯤에서 상대는 당신의 이야기에 신경을 꺼버린다.

그러고도 남을 일 아닌가?

꿈은 오로지 우리만의 것이기에, 또 깨어 있는 동안에 우리들 역시 변하는 것처럼 꿈은 끊임없이 모습을 바꾸기에, 다른 이들과 나누기가 어렵다. 그건 우리의 기억력에 문제가 있어서가 아니라 햇빛이 비칠 때 눈을 가려주는 손처럼 우리의 마음 역시도 우리를 보존하고 또 보호하기 때문이다.

더글러스에게 오늘 하루는 마치 꿈만 같았다.

지난 두 시간 동안 있었던 모든 일, 제프리의 집에서 했던 모든 일이 그의 환상을 그대로 실현한 것만 같았다. 하지만 그 일은 꿈처럼 설명하기 어렵기는커녕 세상에서 가장 쉬운 일처럼 느껴졌다. 이 꿈의 아주 사소한 부분까지도 그는 낱낱이 설명할 수 있을 것만 같았다. 손에 들린 트롬본의 무게. 스네어 드럼에 반사되던 광채. 더블베이스 연주자의 손가락이 현을 퉁기던 소리. 그 모습, 그 소리, 그 냄새까지도 꿈이라면 불가능한 방식으로 더글러스 안에 생생히 남아 있었다.

그 뒤에 일어난 일들 역시 마찬가지였다. 피트와 전화 연락이 닿지 않았던 것. 집까지 태워주겠다는 밴드의 제안을 받아들인 것. 베레모를 눌러 쓰고 고개를 숙여 옆면에 높은음자리표와 함께 '마법의 빗자루'라는 밴드 이름이 스텐실로 새겨진 밴에 올라탄 것. 악기를 밴에 싣는 그들의 모습을 시닉 웻

413

랜즈 아파트 단지의 다른 주민들까지도 통로로 나와 지켜보던 것. 더글러스가 수없이 꿈꾸던 이미지들의 정점에 도달한 기분이었다. 그리고 그는 이 순간들이 상상 속 장면들과 흡사하다는 사실에 기뻐하고 싶은 생각이 간절했다. 셋째 줄 좌석 뒤에 난잡하게 쑤셔 박힌 전선이며 악기들. 찢어진 시트를 감출 요량으로 더덕더덕 붙여놓은 "드러머라면 리듬에 맞춰" 같은 말들이 적힌 나이트클럽의 범퍼스티커. 찌든 지 오래된 담배 냄새와 땀 냄새. 시동을 거는 순간 마치 여러 개의 엔진이 동시에 가동하는 것처럼 큰 소리를 내는 바람에 주차장을 뛰놀던 아이들이 장난스레 손으로 귀를 막던 것. 그리고 다음 순간, 뉴올리언스의 90.7 WWOZ 채널에 맞춰진 라디오에서 들려오는 진짜 음악. 미터스가 1974년경 발표한 곡이 그들을 기다렸다는 듯 〈헤이 포키 어웨이〉의 도입부 비트가 시작되는 순간. 그런데 정말 그 음악은 그들을 기다리고 있었던 건지도 모르겠다. 이 밴에 타고 있는 모든 사람들이 맡은 파트가 등장하는 곡이었기 때문이다. 곡을 여는 스네어 드럼의 리듬에 맞춰 드러머가 손바닥으로 허벅지를 두들겼다. 더글러스 옆자리에 앉아 있던 제프리는 투명 피아노를 치는 것처럼 손가락을 놀렸고, 더블베이스 연주자는 운전대 윗부분을 손으로 퉁겼다. 집으로 가는 방향을 안내해주는 더글러스의 목소리 말고는 그 누구도 아무 말도 하지 않았고, 그렇게 곡이 끝났을 땐 어느새 집에 도착해 있었다. 이 모든 세부적인 사실 하나하나를 더글러스는 모두 생생하게 묘사할 수 있었다.

그런데 그 속, 더글러스의 자리는 어디였을까?

그날 오후 일어난 예기치 못한 사건들 속에서 더글러스가 가장 설명하기 어려운 건, 그래서 가장 무서운 악몽처럼 느껴지는 건 셰릴린과 나누었던 대화였다. 그 대화가 머릿속을 떠나지 않았다.

셰릴린의 전화를 끊은 뒤 그는 다시 제프리의 집으로 돌아가 합주에 귀를 기울였지만 즉흥 합주에 끼어달라는 요청은 정중하게 고사했다. 연주는 굉장했고 더글러스도 최선을 다해 미소를 잃지 않았지만 한 시간이 지나도 피트가 돌아오지 않자 안달이 났다. 셰릴린의 목소리에서 아주 낯선 무언가가 느껴졌다. 밖으로 나와 피트에게 전화를 걸었지만 받지 않았다. 그래도 그건 걱정되지 않았다. 아무래도 신부님인 이상 휴대폰 사용이 능숙하지 못할지도 모르지. 휴대폰을 내려다보며 또다시 제프리의 집으로 돌아가자 제프리가 밴드를 향해 말했다.

"오늘은 여기까지 합시다, 여러분. 우리 휘파람 연주자한테 다음 공연이 있는 것 같으니까."

밴이 더글러스의 집 진입로로 접어들자 그는 차에서 내려서 고맙다고, 내일 중앙 무대에서 밴드가 공연하는 모습을 꼭 보러 가겠다고 말했다. 다음 순간 그는 이상함을 느꼈다.

그의 차가 보이지 않았다.

아내가 무슨 수로 차에 시동을 건 거지?

전화해서 물어볼까 하는 생각이 들었다. 전화를 걸어서 셰릴린에게 묻고 싶은 게 너무 많았다. 한편으로는 아내에게 혼자만의 시간을 주어야 할 것 같다는 생각이 들었다. 장모님 댁에서 뭘 하는지는 몰라도, 자신이 가겠다고 했을 때 아내는 거절했다. 그러니 존중해줘야 했다. 다른 사람의 부탁을 들어주는 것, 할 수 있잖아? 아무렴. 그 증거로 그는 피트에게 열쇠를 주어버린 바람에 집 뒷마당으로 가서 낚싯대를 의기양양하게 들고 있는 개구리 모양의 작은 콘크리트 조형물 아래 숨겨둔 여분 열쇠를 꺼내야 했다.

더글러스는 지금까지 수천 번은 했던 대로 집 뒷문으로 들어와서는 의자 등받이에 재킷을 걸자마자 침묵에 짓눌리는 기분이 들었다. 부엌을 둘러보았다. 평소라면 지금은 와인 타임, 아내가 그를 기다리고 있는 시간이어야 했다. 아니, 그를 기다리는 게 아니라 아내가 그와 함께 삶을 살아가는 시간이었다. 함께 저녁 시간을 보내기 위해 자신과 마찬가지로 하루 일과를 마무리하는 아내의 모습을 보는 시간. 하지만 오늘은 아내가 없었다.

그럼에도 부엌 곳곳에 아내의 흔적이 흩어져 있었다.

식탁 위를 내려다보았다. 새집 여섯 개가 작은 마을을 이루는 것처럼 보이도록 서로를 마주 보게 배치되어 있었는데, 이상하게도 그 장면이 감동적일 정도로 아름다워 보였다. 새집들의 기본 구조는 같았지만 셰릴린은 하나하나를 각기 특별하게 장식했다. 어떤 새집의 지붕은 전부 플라스틱 조화 꽃잎을 엮어 만들었는데, 2년 전 아내가 펜을 만들었을 때 쓰고 남은 재료들이었다. 또 다른 새집은 빵 봉지를 묶는 꼬임끈으로 엮은 하트 모양 리스가 문에 달려 있었다. 끈을 하나하나 엮고 구부린 것은 아내의 손길일 터였다. 아내가 이런 일을 한 것을 나는 왜 본 적이 없을까? 만약 봤다면, 이렇게 기발한 아이디어에 대해 왜 나는 한마디도 안 했을까? 문득 아내는 모든 것에서 재료를 찾는 사람이라는 생각이 들었다. 그가 들려주는 학교에서의 일화들, 팔리지 않은 펜. 그가 쓰레기통에 던져버리던 색색의 꼬임끈, 아내는 이런 재료들을 모아 그에게도, 새들에게도 더 나은 삶을 마련해주는 사람이었다. 타인에게 베푸는 것을 좋아하는 너그러운 아내에 대한 애정이 더글러스의 가슴에 차올랐다.

그 순간, 그의 눈에 다른 무언가가 들어왔다.

식탁 위 새집 옆에 커피잔이 두 개 놓여 있었다.

그는 그날 아침 커피를 마시지 않았다. 숙취가 너무 심했던 탓이다. 아내가 컵을 두 개나 쓰다니 평소 같지 않다는 생각이 들어서 컵 하나를 기울여 안을 들여다보았다. 바닥에 기름진 블랙커피 찌꺼기가 남아 있었다. 다른 한 개의 컵 바닥에 남은 황갈색 자국은 그와 셰릴린 둘 다 마시는 밀크커피의 익숙한 흔적이었다. 팁시의 차 안에서 느꼈던 것처럼 그가 없는 동안 아내의 삶은 수수께끼투성이라는 기분이 들었다. 오늘 누가 다녀갔나? 분명 장모님은 아닐 것이다. 그럴 예정이 있었더라면 아내는 아마 장모님이 살림살이에 대해 함부로 늘어놓는 잔소리를 피하려고 허리가 부러질 때까지 집 안을 쓸고 닦았을 테니까. 여자 친구가 다녀갔나? 이웃 사람?

더글러스가 만약 오늘 아침의 더글러스와 같은 사람이었더라면 이 커피잔을 보고 더 이상 의문을 품지는 않았을 것이다. 그러나 그는 오늘 아침과는 다른 사람이었다. 디엔에이믹스 테스트 때문도, 학생들 때문도, 밴드 때문도 아니었다. 이제 그가 아내로부터 휘파람을 불지 말아달라는 말을 들은 남자였기 때문이었다. 그리고 부부 사이에서 일어나는 의사소통이 대부분 그렇듯, 상황을 달라지게 하는 건 말의 내용보다는 말투였다. 전화 통화를 할 때 아내는 더글러스를 성가셔했다. 그는 아내의 커피잔을 개수대에서 헹궜지만, 블랙커피가 담겨 있던 컵은 나중에 아내와 이야기할 수 있도록 설거지하지 않고 그대로 조리대 위에 놓아두었다.

돌아서서 조리대에 몸을 기댔다. 셰릴린 말이 맞아. 두 사람에게는 해야 할 이야기가 있었다. 예를 들면 셰릴린의 디엔에이믹스 결과지. 그는 아내의 말에 귀를 기울이겠다고 다시 한번 다짐했다. 만약 전화 통화를 하는 아내의 말투가 달라진 게 테스트 결과 때문이었던 거라면, 그런 일이 다시는 일어나지 않게 무슨 일이든 할 수 있었다. 단지 귀를 기울이는 데 그치지 않고 응원도 해줄 생각이었다. 아내가 왕족이라는 말을 어떻게 해석하건, 어떤 변화를 이루고 싶어 하건, 무엇이든 지지해주고 싶었다. 오늘 밤 그는 아내에게 그 어떤 부정적인 말도 하지 않기로 다짐했다. 그가 원하는 건 아내가 행복해하는 모습이 전부였으니까.

그의 디엔에이믹스 테스트 결과도 말해줄 것이다. 더는 거짓말하고 싶지 않았다. 침묵하고 싶지도 않았다. 어젯밤 어디에 갔었는지도 솔직히 털어놓을 것이다. 끔찍한 진실을 숨김없이 털어놓을 것이다. 내가 전화에 대고 휘파람을 불었을 때 당신은 짜증스러워했지만, 사실 내가 가진 최고의 가능성이 바로 그 휘파람 부는 사람인 거라고. 실망해도 어쩔 수 없다고.

하지만 그 말을 이렇게 지저분한 부엌에서 할 수는 없었다.

그래서 더글러스는 아내가 없는 집 안에서 느끼는 공허함과 싸우기 위한 방편으로 이 집을 기대감으로 채우기를 택했다. 아내가 늘 자신을 집에서 맞아주었듯, 오늘은 그가 그녀를 맞아주기로 했다. 아내가 왕족이 되고 싶다면 그에 걸맞은 예우가 필요했다. 시계를 확인하니, 아내가 늦는다면 아직 한 시간 여유가 있을 것 같았다. 타월을 적셔 재빨리 조리대 위를 닦았다. 요리 잡지도 정리해 꽂았다. 식탁으로 가서 조심스런 손길로 새집을 모두 치운 뒤 식료품 창고에서 황갈색 테이블보를 꺼내 깔았다. 그다음에는 새집을 테이블 위에 아내가 원래 배열해두었던 그대로 다시 올려두었다. 새집들은 이제 어느 사막 위에 있는 교외의 작은 오아시스 같았다.

이번에는 침실로 가서 방 안 자신이 쓰는 공간을 정리한 다음 옷장을 열었다. 그가 가진 제일 좋은 옷, 결혼식이나 장례식에 갈 때 입는 옷이자 아내가 좋아하는 회색 투피스 정장을 꺼냈다. 언젠가 아내에게서 생일선물로 받았지만 입을 엄두를 내지 못했던 분홍 셔츠를 골라 옷장 문에 걸어두었다.

그다음에는 옷장 맨 위에 개어놓은 긴팔 티셔츠들 아래에 손을 넣어 조그만 금고를 꺼냈다. 금고 안에 든 물건들은 얼마 되지 않았다. 오래전 아내와 함께 보러 갔던 〈레미제라블〉 티켓을 찢고 남은 조각. 그때 더글러스는 앞으로 더 많은 시간을 예술에 할애하겠노라 다짐했지만 그 약속을 실천한 건 불과 지난주였다. 부모님이 돌아가시기 전에 보내주신 편지 몇 통, 그리고 맨 밑에는 납작한 동전이 두 개 있었다.

이 두 개의 동전은 원래는 그저 평범한 25센트짜리 동전이었다. 20년도 더 전, 첫 데이트를 했던 날 그와 셰릴린은 이 동전들을 기념주화 제조기에 넣었다. 그날 그는 셰릴린을 데리고 이곳에서 조금 떨어진 루이지애나주 플루커에서 열리는 축제에 데려갔다. 그곳에서 기념주화 제조기에 동전을 넣고 함께 손잡이를 돌렸다. 납작하게 눌린 동전에 "즐거움이 시작되는 곳!"이라는 문구가 압인으로 새겨졌다. 그는 동전을 주머니에 넣어 챙겨왔다. 그리고 그날 밤, 부모님과 함께 살던 집에서 셰릴린을 생각하며 목걸이를 만들 수 있게 동전 위쪽에 구멍을 하나씩 뚫었다. 원래는 다음번 데이트에 목걸이를 선물할 생각이었지만, 그녀와 급속도로 가까워진 바람에 그럴 필요가 없어졌다. 두 사람이 사귀기 시작한 뒤 더글러스는 목걸이 선물을 몇 년에 한 번씩 다음으로 미뤘고 그때마다 이 동전이 가진 힘이 점점 더 강해지는 것만 같았다. 동전의 강력한 힘은 새겨진 문구 때문이 아니라, 또 첫 데이트의 기념품이어서가 아니라, 그때가 두 사람의 몸이 처음으로 맞닿은 순간이기에 생긴 것이다. 혼자 돌리던 기계의 손잡이가 더는 움직이지 않아 어딘가에서 걸렸나 하고 그가 생각한 순간, 셰릴린이 그의 손에 자기 손을 올리며 미소를 지었다. 그리고 말했다. "너 정말 약골이네, 그럼 힘을 모아서 같이 해볼까?"

얼마 전 동전 목걸이 선물은 25주년 결혼기념일로 미루자는 계획을 세웠지만, 내심은 50주년까지 미뤄도 될 거라고 생각했었다. 그러나 바로 지금 더글러스의 마음은 분명해졌다. 오늘 밤 아내에게 동전 목걸이를 선물해야겠다.

동전 두 개를 정장 위에 올려놓고 욕실로 가서 샤워기를 틀었다. 옷을 벗고 거울 속 자신의 모습을 확인했다.

이 몸을 다른 몸으로 바꾸려면 어떤 대가를 치러야 할까? 다른 몸까지는 어렵다면 최소한 예전의 자기 몸, 셰릴린이 처음 홀딱 반했던 시절의 몸이라도 돌려받고 싶었다. 아내에겐 말한 적 없지만 그가 종종 떠올리는, 이제는 이름이 기억나지 않는 어느 강에서 그녀와 함께 튜브를 타고 떠내려 오던 그 시절의 몸이었으면 좋겠다. 그녀가 그의 얼굴을, 몸을, 바라보면서 마치 **당신의 모든 게 좋아**라고 말하듯 아랫입술을 깨물던 그 시절.

하지만 지금 거울 속에 보이는 몸은 가엾을 정도로 볼품이 없었다. 배梨 모양으로 옆으로 튀어나온 엉덩이는 턱살처럼 늘어져 있었다. 심지어 양 가슴도 한 쌍의 지친 눈 같았다. 배에는 퍼진 코를 닮은 모양으로 털이 나 있고, 그러고 보니 배꼽은 꼭 다문 입을 닮았다. 벗은 상체는 그를 마주 보는 또 하나의 얼굴 같았다. 언제부터 내 몸이 이렇게 된 거지? 양손으로 두툼한 뱃살을 붙잡고 출렁 흔들어보았다. 학생식당에서 밥을 너무 많이 먹었나? 수요일마다 나오는 버거를 얼마나 먹은 거야? 그는 아래를 내려다보면서 배꼽에게 대답해보라는 듯 양손으로 뱃살을 움켜쥐고는 목소리를 바꾸어 배꼽의 목소리를 흉내 냈다.

"음, 만나서 반가워."

젠장, 나 정말 볼품없어졌구나. 이런 몸에 매력을 느낄 여자

가 세상에 어디 있겠어?

그렇게 생각하며 더글러스는 다시 거울을 바라보다가 참지 못하고 껄껄 웃음을 터뜨렸다.

깜박 잊고 베레모를 그대로 쓰고 있었던 거다.

"일단 한번 해보자." 그는 베레모를 벗어 문손잡이에 걸어놓은 뒤 샤워기 아래로 들어갔다. 몸을 깨끗이 씻은 걸로 모자라 씻는 동안 간단한 맨손체조까지 했다. 그래, 마음먹은 일이라면 지금 당장 하는 게 제일 좋지. 비누를 아령처럼 쥐고 팔운동을 했다. 얼마 없는 머리를 헹구는 동안에는 벽을 붙잡고 종아리 강화 운동도 했다. 복근에 힘을 주는 순간, 부끄럽게도 며칠 전 셰릴린과 밤을 보낸 후유증이 아직도 얼얼하게 남아 있다는 사실에 얼굴이 화끈 달아올랐다.

샤워기를 끈 다음 수건으로 몸을 닦고 정장을 입고 향수까지 뿌렸다. 그다음에는 거실로 가서 조명을 낮췄다. 수집한 CD들을 넘겨보며 오늘 밤의 분위기를 완벽하게 해줄 음악으로 엘라 피츠제럴드의 앨범 〈엘라 포 러버스〉를 골랐지만, CD를 넣으려고 플레이어를 열어보니 안에 엘튼 존의 싱글앨범인 〈캔들 인 더 윈드 1997〉이 들어 있었다. 좋아, 하고 그는 생각했다. 셰릴린이 이 음악을 좋아한다면 이걸로 하자. 그러면서 그는 재생 버튼을 눌렀다.

부엌으로 걸어가며 오랜만에 듣는 엘튼 존의 노래에 맞춰 휘파람을 불었다. 좋은 와인잔 두 개를 꺼내 어제 사 온 와인병 옆에 두었다. 코르크 따개도 꺼내두었다. 그다음에는 아까 청소하다 찾은 장바구니에 들어 있던 초를 꺼내 온 집 안에 늘어놓았지만 불은 붙이지 않았다. 시계를 보았다. 바깥은 이미 깜깜했지만 너무 일찍 불을 밝히고 싶지 않았다. 그래서 그는 서랍에서 성냥갑 하나를 찾아 성냥 한 개를 꺼냈다. 시간을 정확히 계산하고 싶었던 그는 한 손에는 성냥을, 다른 한 손에는 성냥갑을 들고 부엌 창문 앞에 서서 아내가 차를 몰고 들어오기를 기다렸다.

그렇게 한참이나 서 있는데, 전화벨이 울렸다. 발신자는 브루스 뉴먼이었다.

31장

당신 안의 황금
You've Got Gold

이렇게 높은 곳에 앉아본 적이 있었던가?

트럭의 속도는 차치하고서라도, 셰릴린은 차체가 너무 높아서 셰릴린은 토할 것 같았다. 듀스의 트럭은 손만 뻗으면 지나가는 다른 차의 지붕을 모조리 두드릴 수 있을 것 같았다. 창밖으로 다른 차에 탄 운전자들의 무릎 위가 내려다보여서 꼭 관음증 환자라도 된 기분이었다. 트럭에 달린 타이어도 너무 커서 마음만 먹는다면 가드레일을 바퀴 사이에 두고 달릴 수도 있을 것 같았고, 그녀 역시 높은 차체가 강력한 효과를 발휘한다는 사실을 인정하지 않을 도리가 없었다.

지금 셰릴린이 타고 있는 차는 전체적으로 인상적인 기계였다. 크고 널찍한 대시보드는 은색 버튼과 푸른 불빛으로 가득했고, 새것 같은 검은 가죽 시트는 푹신했으며, 등 뒤에는 한 줄로 뒷좌석이 배열되어 있었다. 원하는 무슨 일이든 할 수 있을 정도로 공간이 널찍한 픽업트럭이었다. 이 차와 비교하면 그녀와 더글러스가 가진 것 중 제일 좋은 물건인 스바루 아웃백은 수수하고 촌스럽게 느껴졌다. 비싼 아웃백을 샀던 탓에 더글러스는 차를 바꾸는 걸 5년째 미루고 있었다. 그러나 그녀는 이런 생각은 오늘이 아닌 다른 시간과 장소를 위해 남겨놓자고 마음을 다잡았다. 오늘은 더글러스를 생각하는 날이 아니다. 오늘은 셰릴린 자신만을 위한 날이었다.

엄마 집에서 나온 뒤로 듀스는 그녀에게 한마디도 하지 않았다. 그답지 않은 일이었다. 셰릴린은 차체가 높은 탓에 이렇게 경우 없이 운전하는 차에 탄 자신의 모습, 어쩌면 듀스 옆에 앉아 있는 자신의 모습을 다른 운전자들이 볼 수 없다는 것만은 다행이라는 생각이 들었다. 그러나 차 안의 침묵이 점점 불편해지자 혹시 듀스가 초조해하는 게 아닐까 싶었다. 그는 셔츠 가슴 주머니를 여러 번 만지작거리고, 귀 뒤로 머리카락을 넘기고, 앉은 자세를 자꾸만 고쳤다. 무슨 말이라도 해야겠다는 생각이 들었다. 트럭이 근사하다고 칭찬하고 싶은 자연스러운 충동을 억눌러야 했다. 첫 데이트에 나온 십대 소녀처럼 보이면 안 돼. 왜냐면 이건 그런 게 아니었다.

그래서 셰릴린은 이렇게 말했다.

"어디로 가는 거야, 듀스? 서두르는 것 같은데."

"햇빛이 사라지기 전에 도착하려는 거야." 듀스가 대답했다. "일류 사진사들이 늘 하는 일이지. 일출과 일몰 시간만큼 세상의 진정한 아름다움을 포착하기 좋은 시간은 없거든."

"네가 포착하려는 게 진정한 아름다움이야?" 그렇게 물으며 셰릴린은 다리를 뒤덮은 드레스 자락을 매만졌다. "생각해 놓은 장소가 있어?"

"내가 어떤 사람인지 알잖아. 난 항상 앞일을 미리 계획해 두거든. 이제 얼마 안 남았어. 음악이라도 좀 들을래? 이 차엔 라디오 채널이 256개나 나와."

음악이라는 말에 곧바로 더글러스가 떠올라서 그녀는 다시 불편해졌다. 아까 전화 통화를 할 때 배경에서 들리던 이상한 음악 소리가 떠올랐고, 함께 차를 타고 갈 때면 더글러스는 뉴올리언스의 재즈 방송국을 제일 좋아하면서도 그녀가 재즈를 그리 좋아하지 않는단 사실을 알기에 늘 음악을 원하는 대로 고르게 해주던 것도. 집에 가면 더글러스는 언제나 레코드를 꺼내 둥글게 늘어놓은 채 책꽂이 맨 밑에 두는 레코드플레이어로 음악을 듣고 있었다. 또, 남편이 언제나 집 안에서 혼자만의 음악을 연주하던 것도 떠올랐다. 샤워를 할 때, 테이블에 앉을 때, 신발 끈을 맬 때도 휘파람을 불었다. 더글러스 안에는 얼마나 많은 음악이 들어 있을까? 그녀가 모르는, 한 번도 들어본 적 없는 음악들도 있겠지. 그러나 세상에 그녀보다 더글러스를 잘 아는 사람은 없었다. 지금은 그런 생각을 하고 싶지 않았다.

그래서 셰릴린은 "아니, 조용한 게 좋아" 하고 대답한 뒤 다시 트럭 안을 좀 더 구경했다.

듀스는 청소를 게을리한 모양이었다. 마치 공간을 만들려고 온갖 짐을 욱여넣은 듯 뒷좌석에 잡동사니가 가득했다. 알 수 없는 장비들이 잔뜩 든 상자들이 보였다. 모뎀, 프린터, 종이, 토너가 담긴 상자, 삼각대며 웹캠. 프로젝터, 정원 호스, 은행 현금 봉투며 영수증들. 사진사의 하루를 이루는 물건들은 참으로 많아 보였지만 그중에서 셰릴린의 눈을 가장 사로잡은 것, 이곳에 있는 물건 중 가장 어울리지 않았던 것은 신발 상자만 한 선물 상자였다. 금색 포장지로 싸고 은색 리본이 달려 있었다. 평소라면 뒷좌석에 있는 의외의 물건에 관해 질문했을 테지만 그녀는 혹시 그것이 자신을 위한 선물일까 봐 겁이 났다. 아니, 어쩌면 자신을 위한 선물이 아닐까 봐 겁이 난 걸까? 그래서 그녀는 다시 몸을 돌린 뒤 입을 열었다.

"쓰레기장이 따로 없네. 저런 거 보관할 공간 따로 없어?"

"못 믿겠지만 저 물건 중에 쓰레기는 하나도 없어. 그냥 따로따로 떨어져 있으니까 쓰레기처럼 보이는 거지. 예를 들면 네가 만든 새집 같은 거야. 어떤 사람들의 눈에는 그저 마당에 떨어진 잔가지, 서랍 속 접착제만 보이겠지만 네 눈에는 수많은 가능성으로 이루어진 한 세계가 보이잖아. 나도 마찬가지야." 그는 트럭을 옆길로 몰았다 "얼마 안 남았어."

셰릴린은 듀스의 목적지가 어딘지 알아차렸다. 동네 이쪽에 있는 장소라면 파커 필드뿐이었다. 사람들이 이따금 풀을 뜯으러 오는 사슴들을 구경하러 가는 곳. 이곳의 사슴들은 디어필드라는 마을 이름의 유래가 된 바로 그 사슴의 후손이라고들 하지만 셰릴린은 그 속설을 믿지 않았다. 사슴은 떠돌아다니며 사는 동물이다. 원래 그렇다. 그러니 만약 이 사슴들이 정말 200년 전 그 사슴의 후손이라 할지라도, 그건 그들이 이곳에 살아서도, 디어필드를 고향으로 여겨서도 아니라, 그저 그때그때 그들이 가고 싶은 곳을 향하는 길에 때때로 들르는 것이리라.

셰릴린이 파커 필드에 대해 아는 건 매년 생선 축제가 열리는 곳, 노동절 바비큐 축제가 열리는 곳, 그리고 어떤 남자들이 리모컨으로 조종하는 비행기를 날리러 오는 장소라는 것이다. 중요한 휴일이 아니면 딱히 찾는 이들이 없는 곳인데 그녀는 그 점이 좋았다. 사슴과 마찬가지로 다른 어딘가를 향하던 나비들이 꿀을 찾아 들르는 곳. 그러고 보면 세상 모든 것들은 디어필드에 잠시 들렀다 갈 뿐인데 자신은 어째서 이곳에 살고 있는 걸까 하는 생각이 들었다. 왜 나는 다른 어딘가로 가는 길이 아닌 걸까? 어쩌면 아닌 게 아닐지도.

듀스가 트럭의 속도를 늦추자 셰릴린은 바이저를 내려 자신의 모습을 확인했다. 사진 촬영을 위해 헤나를 그린 손이 낯선 누군가의 손 같았다. 시간이 지나며 헤나의 색은 더 짙어졌다. 다시 두 팔을 한데 모아 예쁜 그림을 확인했다. 그다음에는 머리에 쓴 스카프를 고쳐 매려 거울을 열었는데, 픽업트럭 짐받이에 실린 물건이 거울에 비치는 순간 그녀는 "맙소사" 하고 외쳤다.

"브루스 뉴먼, 짐받이에 실은 저거, 매트리스야? 혹시 이상한 생각 하고 있는 거면 나 지금 당장 이 차에서 뛰어내릴 거야. 진심이야."

듀스가 미소를 지었다. "우리 둘 중 엉큼한 생각을 하는 게 과연 누군지."

"난 아니야."

"진정해. 그냥 창고로 옮겨놓으려고 실어둔 거야. 지난 며칠 동안 친구가 우리 집에 와 있었는데 그 친구 아내가 내일 온다길래 마을 외곽의 호텔로 가게 됐거든." 그러더니 두 손가락을 들어 보였다. "스카우트의 의리지."

"나 너랑 평생을 알고 지냈는데, 너 보이스카우트도 한 적 없잖아."

그러자 듀스는 다시 한번 웃었다. "들켰네."

듀스는 도로를 벗어나 풀이 길게 자라 있는 파커 필드로 들어섰다. 성능이 좋은 트럭답게 조용히, 수월하게 들판 한가운데로 진입한 뒤 차를 세운 듀스가 대시보드에 달린 시계를 확인하더니 말했다.

"일몰 시간까지 20분 남았군. 타이밍이 딱 좋아. 사진 찍는 사람들은 이 시간을 골든아워라고 불러."

"고작 20분이라며 뭐가 '아워'라는 거야?"

"아마 그래서 특별한 거겠지. 이제 가자."

셰릴린이 문을 열었다. 밑에서 작은 계단이 불쑥 튀어나오는 것을 본 그녀는 드레스 자락을 살짝 들어 올리며 계단을 밟고 풀 속으로 내려섰다. 들판의 가장자리를 이루는 울창한 숲 너머, 해 지는 서쪽 하늘을 본 순간, 어째서 골든아워라는 이름이 붙은 건지 알 수 있었다. 숲 너머 하늘을 강렬한 빛깔로 물들인 석양이 마치 이 세상 같지 않은 장관을 연출했다. 듀스는 트럭 짐칸에서 무언가를 꺼내고 있었다.

"진담으로 하는 말인데, 너 그 매트리스 꺼내면 고함 질러서 보안관을 부를 거야."

그 말에 듀스가 그녀를 쳐다보더니 천천히 한 손으로는 삼각대, 다른 한 손으로는 우유 상자를 꺼냈고 마치 금속탐지기를 지날 때 지갑과 모자를 들어 보이는 것처럼 두 가지 물건을 머리 위로 번쩍 들었다.

"저쪽 가운데로 가봐. 우선 광각으로 몇 장 찍고 그다음에는 클로즈업해서 찍을 테니까."

셰릴린은 들판 한가운데로 걸어갔다. 텅 빈 들판을 휘도는 바람에 손으로 붙든 드레스 자락이 나풀거렸다. 허벅지와 종아리를 스치는 옷자락의 감촉이 부드러우면서도 짜릿했다.

카메라를 목에 걸고 그녀의 뒤로 다가온 듀스가 바닥에 우유 상자를 놓았다.

"여기 올라서봐. 상자가 풀에 가려서 안 보일 테니 사진에는 네가 둥둥 떠 있는 것처럼 나올 거야."

"멋진데."

"전부 계획이 있으니까 걱정 마." 듀스가 말했다.

셰릴린은 우유 상자를 밟고 올라가 균형을 잡고 섰다. 끝이 어디인지 알 수 없는 숲을 바라보았다. 숲 너머엔 무엇이 있을까? 평소와 나답지 않게 그저 저 숲으로 걸어 들어가버리면 나는 어디에 닿게 될까? 어느 마을? 어느 도시? 어느 주?

"좋아, 돌아서서 이쪽을 봐."

듀스의 말에 셰릴린은 드레스를 움켜쥔 다음 조심스럽게 돌아서서 족히 20미터는 떨어진 거리에 놓인 삼각대 쪽을 바라보았다. 듀스는 카메라에 눈을 댄 채로 각도를 조정하면서 손으로 이것저것 레버를 돌려 고정하고 있었다. "좋아." 벌써부터 셔터가 찰칵거렸다.

"미소라도 지을까? 어떻게 해야 할지 잘 모르겠어."

"그냥 자연스럽게 있으면 돼. 네 모습 그대로."

미소를 지어보려던 셰릴린은 지금 이 순간 미소가 전혀 자연스럽게 느껴지지 않는다는 사실을 알아차렸다. 아니다. 지금 그녀가 원하는 건 평소와는 다르게 누군가에게 진지하게 받아들여지는 것이다. 다른 누군가가 아니라도, 자기 자신에게라도. 때때로 그녀가 느끼곤 하는 그녀의 모습으로 보이고 싶었다. 이 세상에서 중요한 존재, 주요한 역할을 맞은 사람. 그래서 그녀는 여태 찍은 수천 장의 사진에서는 기꺼이 지었던 미소를 억지로 끌어내는 대신 눈을 감고 드레스 자락을 놓고는 팔을 양옆으로 펼쳤다. 꿈속 고운 모래의 감촉처럼 따스한 바람을 느끼고 싶었다. 바로 그때, 그 감각이 마치 그녀가 소환해내기라도 한 것처럼 찾아왔다. 산들바람이 부드럽게 치맛자락을 한쪽으로 날려 보냈다. 머리에 쓴 스카프가 얼굴을 감싸고 자연스레 찰랑였고, 그녀는 순수한 산소인 것만 같은 공기를 코로 들이마셨다. 그렇게 한참이나 서 있었다.

"세상에, 지금 그 자세 그대로 꼼짝도 하지 마." 듀스가 속삭이는 소리가 들렸다.

그래서 그녀는 모델이라도 된 것처럼 가만히 있었다. 하지만 동시에 그녀의 내면에서는 어마어마한 움직임이 일어나고 있었다. 가까워지는 캐러밴 행렬이 느껴졌다. 지난 몇 주간 품었던 온갖 희망과 꿈이 다가오고 있었다. 펼친 양팔에는 오로지 그녀만이 완전한 하나의 그림으로 만들 수 있는 조각 그림이 그려져 있었다. 잔가지가 발에 밟혀 부서지는 소리 같은 카메라 셔터 음이 연발했다. 그녀는 나직한 목소리로 입을 열었다.

"기분이 너무 좋아."

"쉿, 아무 말도 하지 마. 그대로 돌아서. 천천히 뒤돌아봐."

눈을 뜨자 듀스가 손가락으로 그녀의 뒤편을 가리키고 있었다. 살며시 돌아서는 순간, 보랏빛으로 변해가는 하늘을 배경으로 태어나서 본 것 중 가장 아름다운 광경이 눈에 들어왔다. 일렬로 선 나무 앞에 희미한 빛을 뿜는 것 같은 세 마리 사슴이 풀을 뜯고 있었던 것이다. 골든아워의 빛을 받은 연갈색 털이 섬세한 천처럼 빛났다. 셰릴린이 돌아서는 기척을 알아차린 사슴들은 고개를 들어 그녀를 쳐다보았다. 그녀를 바라보는 사슴들의 길쭉하고 조심스러운 얼굴, 굴곡진 몸뚱이. 사슴은 그녀를 겁내지 않았다. 그리고 그녀 역시 마찬가지였다. 셰릴린은 사슴을 향해 두 손을 뻗었다. 마치 이들이 현실을 벗어나 오로지 그녀만을 따르는 사슴이 되어 부드러운 두 손에서 먹이를 받아먹기라도 할 것처럼.

그때, 등 뒤에서 듀스의 트럭 문이 조용히 열렸다 닫히는 소리가 들렸다. 사슴들은 귀를 쫑긋하더니 등을 바짝 세우고는 끝을 알 수 없는 야생 속으로 달려 돌아가버렸다. 사라지는 사슴들을 보는 사이 셰릴린은 이미 자신을 둘러싸고 있는, 늘 그 자리에 있었지만 늘 알아차릴 수는 없는 가능성에 압도된 기분이었다. 참을성을 갖고 기다리기만 한다면, 그 어느 날 문득 숲속에서 모습을 드러낼지도 모르는 무수히도 많은 가능성.

그녀가 미소를 띤 채 돌아서자 듀스가 선물 상자를 들고 다가와 서 있었다.

"네게 주고 싶어." 듀스가 한쪽 무릎을 꿇은 채 고개를 숙이며 상자를 내밀었다. "네가 좋아할 것 같다는 예감이 들었어."

스스로도 놀랄 만큼 셰릴린은 아무 말도 하지 않았다. 그녀는 이곳이 아닌 다른 어딘가에 있는 것 같았고, 알 수는 없지만 멈출 수도 없는 감각으로 온몸이 가득 차 있어서 다시는 그 어떤 말도 하지 않았다. 저도 모르게 손을 뻗어 상자를 받아 들자 마치 텅 빈 상자만큼이나 가벼워 놀랐다. 그러나 리본을 푸는 순간 상자가 가볍다고 느낀 건 두 손에 감각이 없어졌기 때문이라는 사실을 깨달았다.

말없이 뚜껑을 열고 상자 속을 들여다보았다. 금으로 만든 작은 왕관이 들어 있었다.

그 순간 방금 전까지 느낀 온갖 좋은 기분들의 반작용이라도 되는 것처럼 불길한 기분이 소용돌이치기 시작했다.

"널 위해 준비했어." 듀스가 말했다.

작은 왕관은 커스텀 주얼리가 아닌, 테두리를 따라 새파란 색과 초록색 자잘한 유리가 박힌 순금 같았다. 왕관을 만지는 손에 아무런 감각이 느껴지지 않고 두 다리가 묵직해졌다. 보이지 않는 손이 등줄기를 더듬기라도 하듯 목 뒤까지 찌릿한 감각이 타고 올라왔다.

"이해가 안 돼." 진심이었다. 지금 자신의 몸속에 일어나는 일이 무엇인지도, 지난 몇 주간 자신의 머릿속을 장악한 그 생각을 듀스가 어떻게 정확히 알고 있는 건지도, 어째서 지금이 들판에 서 있는 건지, 다음 순간 무슨 일이 일어날지도 알수 없었다. 토기가 느껴지는 것 같아 상자를 든 손을 배 쪽으로 가져갔다.

"모두 널 위한 거야, 셰릴린. 지금까지 내가 한 모든 일이 말이야. 그 말을 전하고 싶었어. 앞으로 모든 게 달라질 수도 있어."

고개를 숙이자 듀스가 팔을 뻗어 한 손은 드레스 자락 아래 그녀의 종아리에 대고, 다른 한 손은 자기 셔츠 주머니에 집어넣는 모습이 보였다. "보여줄 게 있어." 그러나 그 순간, 셰릴린은 마치 심장이 더는 뛰지 않는 것 같다는, 무언가 엄청나게 잘못되어버린 것 같다는 기분에 사로잡혔다. 이 기분의 정체는 수치심일까?

몸을 숙여 한 손으로 듀스의 어깨를 짚으며 상자를 바닥에 떨어뜨렸다. "뭔가 잘못된 것 같아." 그 말을 남긴 뒤 셰릴린은 우유 상자 위에서 굴러떨어졌다.

듀스가 그녀를 붙들었다. "알아. 하지만 내가 있잖아. 우리가 함께 해결하면 돼."

무릎을 꿇은 채 그를 올려다보았다. 크게 열린, 공포에 질린 그녀의 눈은 마치 모든 게 이곳에 자신을 데려온 듀스 잘못이라는 듯 분노에 차 있었다. 의식이 점점 흐려지면서 마치 자신의 몸까지도 이 들판과 이 남자로부터 멀어지는 것 같았던 나머지, 머릿속에 떠오르는 단 한마디 말을 내뱉는 데도 어마어마한 노력이 필요했다.

"아니야, 이 멍청아." 그러면서 그녀는 손으로 바닥을 짚었다. "더글러스한테 전화해. 지금 당장 더글러스를 부르라고."

그 말을 남긴 뒤 셰릴린은 바닥에 쓰러졌다. 그리고 그녀의 의식 속 마지막으로 남은 것은 눈에 보이지 않는 모든 살아 있는 것들이 내는 나지막한 발소리였다.

32장

내 기억의 뒤편에 앉아 있는 그대와 나
You and Me, Sitting in the Back of My Memory

더글러스는 잡담을 나눌 기분이 아니었다. 그래서 팁시에게는 기본적인 사실만 알려주었다. 셰릴린이 병원에 있고, 그곳까지 자신을 태워다 줄 사람이 필요하다고 말이다.

"지금 바로 유턴해서 가겠습니다. 10분 뒤에 도착합니다." 팁시가 말했다.

그리고 그 10분 동안 더글러스는 질투심에 불타는 모든 남자들이 하는 일을 했다.

퇴화하기 시작한 것이다.

듀스의 목소리를 머릿속으로 되새기는 사이 혼란은 분노가 되었고, 분노한 더글러스는 꼴사나운 모습으로 변해갔다. 마른세수를 거듭하며 정장 차림으로 부엌 안을 성큼성큼 걸어 다니는 모습이 마약에 중독된 변호사를 연상시켰다. 생각해보니 그는 질투라는 걸 해본 경험이 없었다. 어쩌면 아주 오래전에 느껴보았어야 할 감정인지도 모르겠다. 질투라는 이상한 편집 증세가 그의 사고 회로를 뒤틀어버리는 바람에, 여태 더글러스가 생각해온 인생의 모든 좋은 요소들이 진로를 바꾸어 지금까지 존재하는지조차 몰랐던 심장 속 깜깜한 저장고 속으로 흘러 들어갔다.

통화하는 내내 그는 한 손에는 휴대폰을, 다른 한 손에는 불도 붙이지 않은 성냥개비를 든 채 얼뜨기처럼 서 있었다.

"병원이라고? 셰릴린은 괜찮아?"

"응." 듀스가 말했다. "일종의 발작을 일으킨 것 같아. 지금 의사들이 살펴보는 중이야. 셰릴린 몸이 안 좋은 거 알고 있었어? 난 전혀 몰랐어."

더글러스는 마치 전화기에 대고 혼잣말을 하는 것처럼 부엌 창문에 비친 자기 모습만 쳐다보았다.

"이해가 안 돼. 왜 그 소식을 전하는 게 너야, 브루스? 너도 지금 병원인 거야?"

"음," 듀스는 그렇게 말하더니 잠시 침묵했다.

"음, 이 아니라 말을 해봐."

"음, 셰릴린을 병원에 데려온 게 나야."

"셰릴린은 장모님 댁에 있었는걸. 두 시간 전에 통화했다고."

"그래, 그 말이 맞긴 해. 아까 우리가 어머님 댁에 잠시 있긴 했어. 그런데 그다음엔 파커 필드로 갔거든, 거기서, 아, 모르겠다. 그 모습을 네가 봤어야 해. 솔직히 난 무섭더라."

더글러스는 코가 유리에 맞닿을 때까지, 시야에 들어오는 게 자신의 두 눈밖에 없을 때까지 유리창에 바짝 얼굴을 붙였다.

"네가 셰릴린과 같이 있었다고? 셰릴린이 너랑 같이 있었단 말이야?"

"일단 우리 둘이 설명할 게 좀 있어." 듀스가 말했다.

"우리 둘이라고? 난 설명할 게 없는데."

"아니, 그러니까 나랑 셰릴린 말이야. 어쨌든 지금은 일단 여기로 와. 셰릴린이 널 찾고 있으니까."

듀스가 전화를 끊었지만 더글러스는 꿈짝도 하지 않았다. 그저 유리에 비친 자기 모습이 의아했다. 유리창 속에서 이쪽을 마주 보고 있는 저 바보는 누구지? 저 천치에 얼간이는 대체 누구냔 말이다. 최근 얼마간의 기억 속 수많은 장면들이 순식간에 독이 퍼지듯 머릿속에 펼쳐졌다. 듀스는 윅 바트의 아내가 바람을 피우느라 미쳐버렸다고 했지. 그때 녀석은 사람이 갑자기 변하면 조심해야 한다고 했다. 그런데 이 이야기를 셰릴린이 며칠 전 밤 사랑을 나눈 뒤 전에 없이 한 번 더 하자고 했던 것과 연결해보자니 불길했다. 어쩌면 셰릴린이 밖에서 딴짓을 하고 있고 나는 그 부수적인 혜택을 입으면서 살았던 것 아닐까? 말도 안 돼. 하지만 아까 했던 쌀쌀맞은 전화 통화. 그녀로부터 평생 처음으로 들은, 휘파람을 그만 불라는 말. 전부 의심스러웠다. 어쩌면 문제는 디엔에이믹스 결과지 같은 것이 아니었을지도 모른다. 더글러스가 감히 상상할 수조차 없었던, 더 큰일, 더 나쁜 일인지도 몰랐다. 한 사람의 삶이 품은 모든 두려움과 모든 악몽은 어째서 기회만 있으면 펼쳐지고 마는 걸까?

차를 돌려받으려고 피트 신부에게 전화를 걸었지만 답이 없었다. 그다음에는 셰릴린이 있을지도 모른다는 생각에, 전부 듀스의 쓰레기 같은 농담일지도 모른다는 생각에 장모님께도 전화를 걸었다. 장모님이 전화를 받자 더글러스는 인사도 없이 물었다.

"셰릴린이 거기 있습니까?" 더글러스의 목소리에 그의 절박한 심정이 묻어났던 모양이다. 장모님은 긴 한숨을 쉬었다.

"아이고, 내가 셰릴린한테 그러면 안 된다고 말했는데."

"셰릴린이 거기 있냐고요." 그는 다시 한번 물었다.

"없어, 더글러스. 둘은 한 시간 전에 떠났어. 혹시나 자네 기분이 나아질까 봐 하는 말인데, 난 내 딸이 바보 천치처럼 군다고 생각했어."

"셰릴린이 병원에 있다는데요, 알고 계셨습니까?"

"병원이라고?" 그러더니 장모님은 코웃음을 쳤다. "내 눈엔 아파 보이진 않던데."

더글러스는 전화를 끊고 팁시에게 연락한 뒤 남은 10분은 무엇을 집어던져 깨뜨리는 게 좋을까 하는 생각을 하며 보냈다. 커피잔을 내려다보자 그 안에 담긴 끔찍한 가능성이 선명하게 보였다. 이 커피잔을 창밖으로 집어던지면 어떻게 될까? 하지만 그는 그렇게 하는 대신 부엌 식탁으로 갔다. 집으로 돌아올 셰릴린을 위해 아까 작은 마을처럼 배치해두었던 새집들을 내려다보다가 하나를 집어 들었다. 새집을 양손으로 붙잡은 채, 이대로 으깨버리자고, 제 손으로 망가뜨리자고, 그리고 그 잔해를 그녀가 돌아올 때까지 바닥에 아무렇게나 내팽개쳐놓자고 생각했다. 아내가 만든 공예품을 엉망진창으로 망가뜨려버리자고 생각했지만, 나무 막대들 사이에 섬세하게 칠해진 접착제가 눈에 들어왔다. 마치 아주 작은 석공이 이 집의 모든 이음새에 흙손으로 펴 바른 것 같은 솜씨였다. 그는 새집을 다시 제자리에 내려놓았다.

그는 서재를 향했다. 하지만 뭘 찾으러 온 거지? 알 수 없었다. 이메일, 아니면 눈 뜨고 볼 수 없는 사진들. 책상을 향해 몸을 숙이고 마우스를 움직였지만 컴퓨터는 생각대로 움직여주지 않았고 그에게 참을성 같은 건 남아 있지 않았다.

침실로 가서 안을 둘러보았다. 침실이 이렇게 깨끗했던 게 언제였을까? 조금 전 그는 침실에서 자기가 사용하는 부분을 정리했었다. 아내를 기분 좋게 해주려고, 최고의 자기 모습을 보여주려고. 바보 같은 짓이었다. 그런데 아내가 사용하는 쪽은 왜 이렇게 깔끔한 거지? 아내도 나를 위해 정리한 걸까, 아니면 혹시 나한테 뭘 숨기려는 속셈이었나? 범죄 현장이라도 되듯 싹 치워버린 걸까? 그런 거야? 욕실로 들어가 서랍을 뒤지던 그의 눈에 조금 전 문손잡이에 걸어두었던 베레모가 들어왔다. 베레모를 집어 들고 자세히 보았다. 나는 얼마나 한심한 놈이었나? 내게 뭔가 특별한 운명이 있을 거라고, 아직 실현되지 않은 가능성이 있을 것이라고 생각하다니. 어떻게 감히 그런 건방진 꿈을 품었을까? 그를 위해 마련된 대단한 운명 같은 것은 없었다. 그저 그 결과지에 적힌 것, 그 이상이었다. 이제는 분명히 알 수 있었다.

나는 여왕을 사랑한 어릿광대였어.

그래서 그는 한 손으로 베레모를 구겨 욕실 쓰레기통에 던져버렸다.

방 안, 아내의 서랍장을 보다가 아내가 그곳에 숨겨놓는 상자가 떠올랐다. 개인적인 물품을 간직하는 자물쇠 달린 상자였다. 증거물이 담긴 상자. 그는 서랍을 열고 아내의 옷가지를 한참 뒤진 끝에 상자를 찾았다.

상자를 서랍장 위에 올려둔 뒤 걸쇠에 손가락을 댔다.

그런데 그 순간 마치 구원의 손길처럼 선생 모드가 발동되기 시작했다. 지금까지 그가 역사 수업에서 가르친 내용은 바로 역사는 마치 광증에 사로잡히기라도 한 것처럼 매번 되풀이된다는 것이었다. 더글러스는 아내와 함께하기 시작한 후로 단 한 번도 이 상자를 연 적 없었다. 그러므로 이 상자를 여는 순간 새로운 역사가 생겨날 것이다. 상자를 연다는 것은 그 역사가 반복되도록 허용하는 것, 아니, 반드시 반복되게 만드는 것이었다.

그러나 더글러스가 반복하고 싶은 역사는 오로지 그가 여태 알아왔던 역사가 전부였다. 아내가 그의 사생활을 지켜주듯, 그 역시 아내의 사생활을 지켜주는 것은 두 사람의 결혼을 지탱해준 주춧돌 중 하나였다. 두 사람 사이의 다른 암묵적인 합의와 마찬가지로 조용하지만 강력하게 작동하는 이 약속이야말로 더글러스와 셰릴린을 다른 부부와는 다르게 만들어주었다. 두 사람이 서로에게, 또는 친구들과 함께할 때 농담으로라도 **이혼**이라는 단어를 입에 담지 않는 것, 제삼자

앞에서 상대를 농담거리로 삼지 않는 것. 서로에게 다른 누군 가가 매력적이라는 말을 하지 않는 것, 상대의 가족이나 친구에 대해 나쁜 말을 하지 않는 것. 아무리 사소한 것이라도 상대를 일부러 상처 주는 말을 하지 않는 것. 그것은 두 사람이 서로에게 정직하지 않다는 뜻이 아니었다. 오히려 그것은 서로를 존중한다는 뜻, 서로에게 의지한다는 뜻이라고 더글러스는 느꼈다. 또, 그것은 두 사람이 완벽하다는 뜻이 아니었다. 그저 둘 중 한 사람이 인간이라면 으레 그렇듯 스스로가 작고 초라하게 느껴질 때면 그런 기분에서 빠져나오기 위해 단순하지만 남들이 잘 쓰지 않는 묘수를 쓴다는 뜻이었다. 그건 바로 상대를 자기처럼 초라한 모습으로 끌어내리는 대신, 다시 스스로를 일으킬 수 있도록 상대방에게 사랑을 달라고 하는 것이다.

그러나 지금 걸쇠에 손을 대고 있는 더글러스는 스스로를 초라하다 느끼지 않을 수 없었다. 만약 이 상자 안에 아내가 보여주고 싶지 않아 했던 무언가가 들어 있다면 분명 이유가 있을 터였다. 더글러스가 납작한 동전 두 개를 상자 안에 숨겨두는 이유가 있는 것과 마찬가지다. 그리고 두 사람의 역사가 아내가 그 누구보다도 다정한 사람이라는 증거로 넘쳐흐르는 이상, 그는 이 상자 속에 담긴 무언가로 인해 아내를 향한 사랑이 줄어들 가능성보다 커질 가능성이 훨씬 더 크다고 믿는 수밖에 없었다.

그래서 그는 상자를 다시 서랍 안에 넣어두고 현관을 나섰다. 팁시가 작은 사이렌 같은 헤드라이트를 빛내며 거리로 접어들고 있었다.

더글러스가 조수석에 앉아 정장 바지에 주먹 쥔 손마디를 꾹꾹 눌러대는 동안 팁시는 동네 뒤편을 가로질러 고속도로로 나갔다.

"시내로는 얼씬도 안 하렵니다. 동물원이 따로 없어요. 속도를 내면 좀 더 빨리 도착할 수 있을 텐데요."

"상관없어요. 그냥 갑시다." 더글러스가 말했다.

"사실 좀 전에 병원에 갔었답니다. 한 시간도 안 됐죠. 병원에서 아내분은 못 봤지만, 경찰 무전기로 피트 신부님 이야기를 들어서 안부라도 여쭤보러 갔다 왔어요."

"경찰 무전기요?"

"아이고, 그럼요." 팁시는 대시보드 아래 놓인 작은 상자를 가리켰다. "전 의용소방대에서 활동하고 있습니다. 벌써 2년 됐죠. 그 사이에 불은 한 번도 안 났고요. 심심하면 이 무전기로 동네 소식도 듣고 그런답니다. 사람들이 그런 소식 좋아하는 거 잘 아시잖아요. 이 동네 사람들이 무슨 짓을 하고 다니는지 알면 놀라 자빠지실 겁니다."

"팁시." 더글러스가 말했다. "제발 집중 좀 해주세요. 피트 신부님은 무슨 일로 병원에 계십니까?"

"그 소식 못 들었어요? 래니 집에 갔다가 강도를 마주쳤답니다. 이마에 엄청 큰 혹이 났죠. 래니도 병원에 있는데 제정신이 아니더라고요. 듣기로는 마약중독자 한 쌍이 저지른 일이라네요. 신부님과 이야기는 못 나눠봤습니다. 그냥 요렇게, 창밖에서 손만 흔들고 왔죠. 아무튼 온 동네 경찰들이 지금 그 강도들을 찾으러 다니고 있습니다."

"젠장, 오늘 하루는 왜 이런 일만 벌어지는 걸까요?"

팁시가 가속페달을 밟으며 말했다. "제가 잘 데려드리겠습니다. 걱정하시는 게 당연하지요. 아내분은 괜찮으실 겁니다. 제가 보기에, 온 동네 사람들한테 셰릴린 씨만큼 호감을 사는 분도 또 없습니다. 파리 한 마리도 못 죽이는 분인걸요. 사실 두 분 다 그렇죠. 사람들이 더글러스 씨도 얼마나 부러워한다고요. 아내분을 사랑하시는 게 누가 봐도 보이니까요."

더글러스는 팁시 쪽을 바라보았다. 팁시가 한 말 중 적어도 어떤 부분에는 동의할 수 있었다. 아내가 괜찮기를 바랐다. 하지만 이제는 괜찮다는 말이 대체 무슨 뜻인지조차 종잡을 수 없었다.

"괜찮으시면 그냥 조용히 운전만 해주시겠습니까? 어서 병원으로 갑시다."

"잘 알겠습니다." 팁시가 말했다.

팁시는 순식간에 병원에 도착해 더글러스를 주차장에 내려주었다. 병원 정문을 향해가던 더글러스는 장애인전용주차 구역에 서 있는 듀스의 트럭을 발견하고 안을 들여다보았다. 조수석에 작은 금빛 왕관이 놓여 있는 걸 보는 순간 속이 뒤집어지는 것 같았다. 깜깜해서 뒷좌석 안은 잘 보이지 않았지만 트럭 짐받이에 놓인 매트리스가 눈에 띄었다. 그는 트럭에 고개를 기대고 눈을 질끈 감았다. 이성적으로 생각하자, 모든 가능성을 열어둬야 해, 하고 그는 스스로에게 되뇌었다.

다시 발길을 돌려 병원 안 접수대로 갔다. 접수원은 옛날에 더글러스가 가르친 패멀라 워커라는 학생이었는데 지금은 거의 서른 살이 다 된 나이였다.

패멀라가 그를 올려다보더니 미소를 지었다. "어머, 허버드 선생님이시네요. 아내분은 복도 오른쪽 12호실에 계세요. 많이 놀라셨죠?"

걱정이 태산 같았던 더글러스는 도대체 패멀라의 말에 뭐라고 대답해야 할지 알 수 없었다. 고맙다고 대답해야 마땅했으나, 이유는 알 수 없지만 그는 이런 말을 하고 말았다. "네가 제출한, 장 라피트를 다룬 과제물이 기억나는구나."

그 말에 패멀라는 문득 더글러스보다 훨씬 어른스러워 보이는 미소를 짓더니 말했다. "아내분은 괜찮으실 거예요, 허버드 선생님. 지금 그레인저 박사님이 진찰하고 계세요. 12호실, 저쪽으로 가시면 돼요."

오른쪽으로 돌아 복도를 걸어가던 더글러스는 듀스 뉴먼이 의자에 앉아 휴대폰을 조작하고 있는 모습을 보았다. 그가 다가가자 듀스가 자리에서 일어섰지만 더글러스가 한 손을 들었다.

"한마디도 하지 마. 그 빌어먹을 입으로 단 한마디도 하지 말라고."

듀스가 항복한다는 듯 두 손바닥을 들어 보이자 더글러스는 노크도 없이 12호실 문을 열고 안으로 들어갔다.

당신 아들이 여기 있어요
Your Boy Is Here

제이컵은 운동에는 소질이 없었다. 그러나 지금 이 순간에
는 그런 척이라도 해야 했다.

기록이라도 세울 태세로 고요한 동네를 달렸다. 딱 한 번
멈춰 서서 이웃집 연장 창고 뒤에 몸을 숨기고 숨을 골랐다.
아빠가 트럭을 몰고 따라오는 게 아닐까 확인했지만, 아빠의
모습이 보이지 않기에 제이컵은 주머니의 휴대폰을 꺼내 화
면을 켰다. 여섯 시 삼십 분. 아직 서두르면 시간이 있었다.

일곱 시 정각이 되기 전 통나무가 있는 곳에 도착하고 싶
었다. 합창 공연이 시작되기 전, 모든 사람이 자리에 착석하
기 전, 그 무엇보다도 아직 오솔길을 걷는 사람들이 있을 시
간에. 이런 일과 상관없는 무작위적인 사람들, 그저 목격자들
말이다. **하나도 빠짐없이 모조리 다** 말고, 그 머저리들 말고,
그저 주머니에서 쩔그렁거리는 열쇠를 꺼내 자기 집 문을 열

고 들어가서는 사랑하는 사람과 함께 말없이 소파에 앉아 있는 사람들, 일터가 있고 반려동물이 있고 정신이 멀쩡한 보통 사람들. 이런 보통 사람들이 주변에 있을 때라면, 어쩌면 트리나를 설득할 수 있을지도 모른다. 이제 나도 **안다고**, 이해한다고.

답장을 보냈다.

가는 중.

트리나의 답을 기다리지 않고 다시 달리기 시작한 그의 머릿속에는 오로지 동영상 생각뿐이었다. 그날 밤 파티에 가는 토비의 차에 트리나가 함께 타고 있었던 모습을 상상하다가, 형이 사고를 내는 순간 트리나가 그 차에 타고 있지 않았던 이유가 무엇인지 깨닫고 토할 것 같았다. 전에는 트리나가 토비를 저버린 거라고, 혼자 운전해 집에 가게 만든 거라고 생각했다. 그러나 이젠 토비가 트리나를 내버려두고 떠났을 가능성이 생겼다. 형은 어떤 끔찍한 사건, 심지어 자신이 유발하거나 모른 척했을 수도 있는 사건의 목격자였음에도 트리나를 혼자 고통받게 내버려둔 것이다. 트리나가 상상했을 그날 밤의 파티와 실제 그날 밤 일어난 일 사이의 괴리가 얼마나 컸을지 감히 상상조차 할 수 없었다. 자연스레 동영상이 끝난 뒤의 시간을 상상하게 됐다. 그러자 인도를 달리는 자신의 발소리가 마치 그날 밤 혼자 자갈길을 밟아 집으로 갔을 트리나의 발소리처럼 느껴졌다. 혼자 걷기에는 멀고도 먼 길이었겠지. 그 애는 자기가 몇 시간 전과는 완전히 다른 사람이 되었다는 사실을 뼈저리게 깨달았을 것이다. 그 애의 과거가 달라졌다. 그 애의 미래도 달라졌다. 그리고 어둠 속을 혼자 걷는 동안 그 애한테는 무수한 계획을 생각할, 그 계획을 실현하기 위해 밟아야만 하는 단계 하나하나를 모두 합리화할 시간이 있었을 것이다. 그렇게 생각하자 제이컵은 이 세상 때문에, 트리나 때문에, 그리고 홀로 세상을 걸어가야 하는 모든 사람 때문에 가슴이 미어졌다. 더는 그들 중 하나가 되지 않을 거야. 외로움, 난 외로움을 쫓아버릴 거다. 이제 더는 쌍둥이가 아닌 외동아들이 되었지만, 상관없다. 쌍둥이 형과 함께할 수 있었을 일들을 전부 해낼 것이다. 제이컵, 그리고 아빠가 함께. 제이컵이 마음을 열면 둘은 함께할 수 있을 것이다.

광장에 도착한 순간 제이컵은 길을 잘못 든 게 아닌가 생각했다. 걸음을 멈추고 숨을 골랐다. 광장의 모습은 기억과는 완전히 달랐다.

수많은 빛.

다 어디서 온 것일까?

눈앞의 광장을 가득 메운 텐트며 공예품 부스, 간식거리 노점 사이 늘어진 기다란 줄에 빛나는 전구들이 잔뜩 달려 있었다. 불빛 아래 사람들은 마치 이제 막 발견한 세계의 첫 정착민들처럼 상자며 카트를 옮기느라 분주했다. 그날 오후 토비의 방문 앞에서 느낀, 이 세상엔 모든 가능성이 열려 있다는, 그가 내딛는 한 발짝이 여태까지와는 완전히 다른 삶으로 나아가는 발걸음이 될 수 있다는 감각이 한층 더 생생해졌다.

오른편에서 코르셋 달린 빅토리아시대 드레스를 입은 두

여자가 길을 건너고 있었다. 그들은 들고 있던 양산을 빙글 돌리더니 간판에 〈세무 조언 및 새우 판매〉라고 써넣고 있는 십 대 소년에게 손을 흔들었다. 맞은편 거리에서는 일을 하다 잠시 숨을 돌리는 모양인 한 남자가 낡은 아이스박스에 힘겹게 걸터앉아 있었다. 남자의 어깨에는 다람쥐로 보이는 무언가가 앉아 있었다. 이 사람들이 원래 알던 사람들인지, 낯선 사람들인지, 제이컵은 알 수 없었다. 그럼에도 그는 숨을 깊이 들이쉰 다음 모자를 푹 눌러쓰고 군중 사이로 바삐 걸음을 옮겼다.

트리나를 멈출 거야. 그 애의 말을 들어줄 거야. 할 수 있는 모든 방법으로 그 애를 돕겠다는 생각을 하면서 광장을 헤치고 걷자니 제이컵은 육체적으로 강해진 기분이 들었다. 광장 끝에 도착해 거리를 천천히 달렸더니 드디어 크레인 레인을 가리키는 화살표가 보였다.

오솔길 입구에 도달하자 눈앞의 깜깜한 어둠 때문에 방금 본 빛나는 광장이 한층 더 생경하게 느껴졌다. 몸을 숙이고 숨을 고르는 순간 자동차 소리가 들렸다. 제이컵이 서 있는 자리에서 30미터쯤 떨어진 숲가의 갓길에 서 있던 트럭이 헤드라이트를 켰다. 아빠가 자기보다 한 발 빨랐다고 생각하며 공황감이 치밀어 오르기 직전, 그는 이 트럭은 자기가 아는 또 다른 트럭이라는 사실을 알아보았다. 눈앞에 있는 것은 피트 신부님의 트럭이었다.

문득 피트 신부님이야말로 지금 일어나는 일들을 털어놓을 수 있는 단 한 사람이라는 생각이 들자 제이컵의 가슴이 두근거렸다. 이 일을 멈출 수 있는, 단 하나밖에 없는 다른 사람. 트리나의 삼촌이자, 목격자이자, 사제.

한 손을 들어 트럭의 헤드라이트 불빛으로부터 눈을 가린 다음 다른 한 손을 흔들었다. 그러나 제이컵이 트럭 쪽으로 달리기 시작하자마자 트럭이 자갈길을 달려가기 시작했다. "잠깐만요!" 하면서 양팔을 흔들어도 트럭은 멈추지 않고 교구를 벗어났다. 운전자가 누구인지는 보이지 않았다. 보이는 것이라고는 운전대 쪽, 그 사람이 들고 있는 휴대폰 화면의 작은 사각형 불빛뿐.

"가지 마세요!" 그러나 누군가의 귀에 들리기에는 목소리가 너무 작았다. 다시 상체를 숙여 두 손으로 무릎을 짚었다. 깊은 우물을 바라보듯 오솔길을 들여다보았다. 인기척은 없었다. 몸을 일으켜 산책로를 달리기 시작했다. 달리는 동시에 귀를 기울이려 애썼지만, 길 위의 모든 떡갈나무 뿌리며 풀무더기마다 발이 걸리는 것 같았다. 휴대폰을 꺼내 손전등 기능을 켰다. 나무로 이루어진 터널 아래 세상은 그가 아는 그 어떤 곳보다 깜깜한 것 같았다. 작은 불빛으로 바닥을 비추며 나무뿌리와 색 있는 돌멩이를 조심히 세며 걸었다.

오래지 않아 소리가 들렸다. 저 멀리 학교가 있었다. 200주년 기념제의 시작이었다. 합창단. 풋볼 팀. 주차장에서 차 문들이 열렸다가 닫히는 소리가 들렸다. 자녀들이 노래하고, 트로피를 받고, 그리고 어쩌면, 트리나가 결심을 고치지 않는다면, 죽는 모습을 보러 온 부모들이 체육관을 채우는 나지막한 움직임이 내는 소음들. 이 끔찍한 상황의 엄청난 무게가 그를 사로잡는 바람에 제이컵의 귀에 들리는 모든 소리가 왜곡되고 있었다. 속이 빈 통나무를 고작 몇 발짝 남겨둔 그곳에서, 순수한 대화와 잡담 소리는 제이컵의 머릿속에서 배열을 바꾸어 비명으로 변했다. 걸음을 멈추고 트리나를 찾았다.

"트리나."

작게 속삭이며 플래시 불빛으로 숲속을 훑었다.

"나 왔어. 나 여기 있어."

대답은 없었다. 몸을 숙여 책가방을 내려놓고 플래시로 통나무를 비췄다.

속이 빈 통나무 속에는 안에 무언가가 꽉 찬, 마치 뱀처럼 나이 들어 보이는 파란 더플백 하나가 놓여 있었다. 책가방의 지퍼를 내린 뒤 안에서 통나무 속에 들어 있는 것과 똑같이 생긴 또 하나의 파란 더플백을 꺼내며 걱정스런 눈길로 다시 한번 숲속을 들여다보았다. 이건 무슨 뜻일까? 똑같이 생긴 두 개의 가방, 완전히 다른 두 개의 가능성.

몸을 숙여 통나무 안에 들어 있던 가방을 움켜쥐는 순간 제이컵은 이 가방이 엄청나게 무겁다는 걸 알았다. 지퍼를 내리자 예상한 물건이 나타났다. 산탄총의 총신. 그것을 보는 순간 제이컵의 몸속 기차역에 있던 모든 열차들이 떠나가기 시작했다. 총에 손을 대지 않으려고 애쓰며 자기가 가져온 더플백을 통나무 속에 들어 있던 가방 안에 쑤셔 넣고 있는 그의 눈이 눈물로 흐려지기 시작했다. 더플백을 원래 있던 자리에 도로 집어넣으려던 순간 손에 들고 있던 휴대폰이 울렸다.

트리나의 메시지였다. 기억 속, 그 애가 보낸 마지막 메시지는 이랬다.

누군가는 책임을 져야지.

이번에 온 메시지에는 다만 이렇게만 적혀 있었다.

······너만 한 적임자가 어디 있겠어?

눈을 감고 생각을 하려 애썼다. 나보다 책임을 더 잘 질 수 있는 사람이 누가 있느냐고, 그런데 어떤 책임이지? 토비의 죽음, 아니면 토비의 삶? 둘 다 자신의 책임이라고 생각하고 싶지 않았다. 하지만 어쩌면 누구나 자신이 아무것도 하지 않았다는 사실을 책임져야 하는 건지도 모르겠다는 생각이 떨쳐지지 않았다. 그러니까 자신이 저지른 행동에 관한 책임이다. 토비가 그들을 아끼지 않는다는 걸 알면서도, 형의 삶에 들어왔다 사라지는 여자들을 보면서 아무 말도 하지 않았던 것. 트리나가 복수며 총 이야기를 하는 것을 듣고도, 키스에 정신을 빼앗겨 그 의미를 읽지 못했던 것. 남자들이 여자들을 놓고 역겨운 이야기를 해대는 걸 듣고도, 침묵 이상으로 강한 비난은 한 번도 하지 않았던 것. 하지만 그는 느낌이 아닌 **생각을** 바랐다. 점을 모두 이어서 이 단순한 방정식을 풀 수만 있다면, 남은 삶을 모두 걸기 전에 지금 이 순간에서 빠져나갈 방법을 생각해낼 수가 있다면 해결할 수 있을지도 모른다. 그러나 그럴 수 없었다. 지금 그에게 존재하는 것은 **느낌이** 었다. 자신이 마치 세상에 혼자인 것만 같았던 느낌, 어딜 가도 이방인 같고, 아무도 자신을 이해하지 못하는 것 같던 느낌. 그리고 생각이 아닌 느낌 때문에 아빠에게 전화하고 싶다는 강렬한 충동이 들었다. 아빠한테 다 말하고 싶었다. 여태 생각하고 행동했던 모든 것을 털어놓고 이해할 수 없는 이런 일들이 자신과 어떤 연관이 있는지 말하고 싶었다. 이 모든 일에 대한 책임을 지고 싶었다.

그때 멀리서 무언가 다가오는 소리가 들렸다.

잎이 바삭 부서지는 소리, 나뭇가지가 움직이는 소리, 사람의 움직임이라 생각하기에는 너무나 가볍고 조심스러운, 믿기지 않을 정도로 느린 소리였다. 뒤를 돌아보았지만 아무것도 보이지 않았다. 자리에서 일어나 눈앞의 길을 손전등으로 비추자 조금 전까지는 없던 거대한 새 한 마리가 서 있었다.

하얀 깃털로 뒤덮인 한 마리 키 큰 왜가리가 아무것도 모른 채 가벼운 저녁 산책을 즐기는 중이었다. 왜가리가 기다란 목을 앞뒤로 까딱거리며 그 어떤 판단도 담기지 않은 눈빛으로 그를 쳐다보았다. 그 조심스러운 발소리며 우아한 몸짓이 이곳과는 어울리지 않는 나머지 문득 삶이 품은 온갖 가능성이 제이컵을 압도하기 시작했다. 이 새는 원한다면 어디서나 하늘로 솟아올라 날아갈 수 있다. 여러 의미에서, 새는 원하는 모든 모습이 될 수 있었다. 그런 물리법칙을 떠올리자 몸이 얼어붙는 것만 같았다.

그는 눈물이 어려 거의 아무것도 보이지 않는 눈으로 길을 가로지르는 왜가리를 응시했다. 눈을 깜박이지 않으려고 애썼다. 이 작은 새가, 이 순간 이후 제이컵의 삶이 시작되기 직전, 무시무시한 가능성으로 가득한 이 길을 태연하게 걸어가는 모습을 끝까지 지켜보고 싶었다. 새의 뚜렷했던 윤곽이 흐리고 희게 변하더니 마침내는 휴대폰의 플래시 빛 속에서 새가 아니라 그저 반짝이는 하나의 관념처럼 보이게 되었다.

그 순간, 처음에는 하얀, 그다음에는 빨간 불빛이 그를 둘러쌌고, 새는 하나의 형태에서 다른 형태로 진화하기 시작했다. 새가 우아하게 날개를 펼치는 소리가 들렸다. 하늘을 날기로 마음먹은 새가 공기를 밀어내는 것이 느껴졌다. 그렇게 그는 빨간 왜가리가 한번 쪼그리고 앉았다 허공으로 솟아오르더니 그를 기다리고 있는 알 수 없는 미래를 향해 날아가는 모습을 바라보았다.

곧바로 다른 소리들이 들려왔다.

불빛 속, 남자들의 목소리.

하얀 불빛, 빨간 불빛, 파란 불빛.

34장

두 개의 세계가 부딪치는 순간 이런 일이 일어나지
That's What Happens, When Two Worlds Collide

더글러스가 병실로 들어가자 푸른 꽃이 그려진 얇은 가운 차림으로 병원 침대에 등을 기댄 채 앉아 있는 셰릴린이 보였다. 그레인저 박사가 옆에 서서 아내의 침샘을 확인하듯 목 뒤에 손가락을 짚어보고 있었다.

셰릴린이 고개를 돌리지 않고 눈만 움직여 그를 보더니 "아, 더글러스" 하면서 마치 포옹을 기다리듯 손을 뻗어 왔다.

더글러스는 병실 구석에 서서 아무 말도 하지 않았다. 그의 두 눈은 아내의 손에 붙박여 있었다. 두 손을 뒤덮은 진갈색 선이며 동그라미가 대체 무엇인지 알 수 없었다. 감염된 걸까? 남편의 심상치 않은 눈길을 알아차렸는지 셰릴린이 손을 무릎 위로 내려 얇은 가운 자락에 숨겼다.

"와줘서 다행이야."

아내는 그렇게 말했지만, 더글러스는 그녀를 차마 쳐다볼 수도 없었다. 바라보는 것만으로도 괴로워서 그레인저 박사를 쳐다보았다.

그레인저 박사는 머리가 희끗희끗하고 세련된 거북 등딱지 무늬 안경을 낀, 육십 대지만 아직 탄탄한 몸매의 잘생긴 남자였다. 동네를 돌아다니다가도 흔히 마주치는 그런 의사가 아니라 너무 지적인 나머지 오로지 병원이나 브런치 모임이라는 두 가지 장소에만 존재하는 것 같은 사람이었다.

"무슨 일입니까?" 더글러스가 물었다.

그레인저 박사가 셰릴린에게 자리에서 일어나 두 팔을 들어보게 시켰다.

"무슨 일이냐면, 어떤 환자가 여태 저한테 비밀을 숨겨왔던 거지요."

"사실입니까?" 더글러스가 물었다.

"더글러스." 셰릴린이 말했다.

"팔을 뻗은 채 아래로 떨어뜨리지 말고 그 자리에 가만히 있어보세요."

그레인저 박사는 양손을 셰릴린의 손에 올린 다음 부드럽게 아래로 밀었다. 한 팔이 아래로 떨어지고, 다른 팔도 곧 마찬가지로 떨어졌다.

"눈을 감아보세요." 박사는 그러면서 목에 걸고 있던 청진기를 풀었다. "팔에 감각이 느껴지면 말씀해주세요."

셰릴린은 눈을 감고 대답했다. "네."

박사가 청진기로 그녀의 오른팔 어깨부터 팔꿈치까지를 천천히 훑었다.

"느껴져요. 차갑네요."

"죄송합니다." 박사는 그렇게 대답한 뒤 청진기에 호호 입김을 쐬고 소매에 슥슥 문지른 뒤 그녀의 오른쪽 다리에 같은 일을 반복했다.

"아, 다리요. 느껴져요."

"좋습니다." 박사는 그렇게 말하더니 이번에는 청진기로 그녀의 왼 다리를 쓸었다. 셰릴린은 눈을 감고 가만히 서 있었다. 박사가 그녀의 왼팔 팔꿈치부터 손목까지 훑은 뒤 청진기를 목에 도로 걸었다.

셰릴린이 눈을 뜨더니 물었다.

"반대쪽도 하실 건가요?"

그녀가 그레인저 박사를, 그다음에는 더글러스의 얼굴을 쳐다보더니, 더글러스가 처음 보는 표정을 지었다. 숨김없는 솔직한 공포감을 표정으로 내보이는 아내는 너무나 연약해 보여서 더글러스는 마치 자기의 삶이 위협받는 것만 같은 감정을 느꼈다. 마치 걱정이 부족할 때를 위해 이 모습을 마음속 새까만 배터리 안에 저장하기라도 하는 듯 가슴이 죄어왔다.

"아무 느낌도 안 들어." 셰릴린은 그 자리에 마치 더글러스밖에 없다는 듯 이렇게 말했다. 눈에 눈물이 고이기 시작했다. "나한테 무슨 일이 일어나는 거야?"

더글러스는 아내에게 다가가고 싶은 충동과 싸웠다. 그렇지만, 지금은 느낌이 아니라 **생각**에 따라 움직여야 한다고 생각했다.

"병원까지는 어떻게 온 거야?" 그가 아내에게 물었다.

"이 증상이 언제부터 계속된 건지도 궁금하군요." 그레인저
박사가 말했다.

"아니, 내 말은, 여기까지 누구 차를 타고 온 거냐고."

더글러스의 말에 셰릴린이 턱이 가슴에 닿을 정도로 고개
를 푹 수그리더니 흐느끼기 시작했다. 그 울음만으로도 더글
러스는 들어야 할 대답을 다 들은 기분이었다.

그 순간 그는 지난 과거를 다시는 돌려받지 못할 것이라는
생각이 들었다. 그래서 그는 아내를 위로하는 대신 듀스가 아
직까지 앉아 있는 복도로 나갔다.

그는 한마디 말도 없이 온힘을 다해 듀스에게 달려들었다.

듀스의 멱살을 잡고 바닥에 넘어뜨린 다음 그의 몸을 타고
앉아 살면서 처음으로 다른 인간에게 주먹을 날렸다. 듀스가
고개를 한쪽으로 돌려 피하는 바람에 더글러스의 주먹이 애
꿎은 바닥에 꽂혔지만, 그래도 그는 포기하지 않았다. 또다시
주먹을 날리며 외쳤다.

"내 아내한테 무슨 짓을 한 거야?"

"그만해!" 듀스가 두 팔로 더글러스의 힘없는 주먹을 막았
다. 그다음에는 더글러스의 재킷을 붙들고 몸을 굴려 그의 가
슴을 무릎으로 누른 다음 팔을 붙잡으려 했다. 더글러스는 숱
이 얼마 남지 않은 머리가 헝클어져 온 얼굴이 뒤덮인 채로
듀스에게서 빠져나가려 안간힘을 썼다.

"내가 널 제압하게 만들지 마. 공평한 싸움이 아니라고."

"도대체 내 아내한테 무슨 짓을 한 거냐고."

더글러스가 다시 한번 물었고, 듀스는 결국 그의 두 손목을

붙들고 바닥에 내리눌렀다.

"난 셰릴린을 사랑해. 너도 알잖아. 그래서 시도라도 해보는 수밖에 없었어. 당연한 거 아냐?"

"이 미친 새끼!"

"진정해. 셰릴린은 날 사랑하지 않으니까. 이젠 나도 알아. 난 할 수 있는 일을 다 했어. 그러니까, 내가 얼마나 노력했는지 아무도 모를 거야. 그러니까, 축하한다고, 허버드. 이제 행복해? 내가 주야장천 말했던 대로, 넌 이 빌어먹을 세상에서 제일 운 좋은 남자야."

바로 그때 그레인저 박사가 병실을 나와 안경을 벗었다. 박사가 듀스를 더글러스에게서 떼어놓으려 했으나 듀스는 그의 손을 뿌리쳤다.

"난 다 끝났어. 알았어? 확인했다고. 난 여기까지야. 내가 옆에 있는데도 셰릴린이 원하는 건 너밖에 없었으니까. 난 이제 손 뗀다고."

"떠나주십시오, 듀스. 보안요원을 부르겠습니다." 그레인저 박사의 말이었다.

"제 발로 갈 겁니다." 듀스가 그렇게 대답하고 일어서려는 순간 더글러스가 또다시 그에게 덤벼들었다. 셔츠를 붙들고 잡아당기는 바람에 찢어진 가슴 주머니에서 파란 종이 두 장이 튀어나와 더글러스의 얼굴에 떨어졌다.

듀스는 일어서서 셔츠의 찢어진 자리에 손을 댔다. 더글러스는 종이를 구겨버린 뒤 일어서서 숨을 헉헉 몰아쉬었다.

"돌려줘, 지금 당장." 듀스가 그렇게 말했지만 더글러스는 무슨 소린지 알아들을 수가 없었다. 지금 그가 느끼는 감각은 손가락 관절에서 시작되어 순식간에 팔꿈치까지 타고 올라가는 아픔이 전부였다. 고개를 숙였다가 손바닥을 펼쳤다.

"농담 아니야. 우린 이제 끝이야, 너랑 나 말이야. 그거 당장 돌려줘."

더글러스는 손에 쥔 두 장의 결과지를 내려다보았다. 첫 번째 결과지에 쓰인 글씨가 또렷하게 눈에 들어왔다. 조너선 브루스 뉴먼. 머리색: 갈색. 눈동자 색: 푸른색. 가능한 신분: **시장**.

나머지 한 장을 뒤집어보았다.

조너선 브루스 뉴먼.

가능한 신분: **왕족**.

"이게 뭐야?"

"알 게 뭐야. 어차피 더는 상관없으니까. 지금은 그냥 사업 아이템일 뿐이야. 다 관두자고."

더글러스는 결과지를 빤히 쳐다보았다. "무슨 소리야, 브루스?" 하지만 듀스는 이미 복도를 저만치 걸어가고 있었다.

"나만큼 노력한 사람은 아무도 없다니까!" 그렇게 외치던 듀스는 복도에 있던 카트에 몸을 쾅 부딪쳤다. "아무도 없다고!"

자신이 받은 결과지와 똑같이 생긴 두 장의 종이들을 이리저리 살펴보아도 더글러스는 눈앞의 정보를 이해할 짬이 없었다. 듀스가 모퉁이를 돌아 사라지자마자 간호사 한 명이 황급히 복도를 걸어 다가왔던 것이다.

"그레인저 박사님, 응급실로 가보셔야겠어요. 총상 환자가 들어왔어요."

　"정말인가?" 그레인저 박사는 더글러스 쪽을 돌아보더니 마치 기쁜 소식이라도 들은 것처럼 눈썹을 치켜들었다. 그러더니 맵시 나는 안경을 다시 얼굴에 걸친 다음 우두둑 소리가 나게 손가락 관절을 꺾었다.

　"그럼 마술 한번 부려볼까."

　그레인저 박사가 턱짓으로 더글러스가 들고 있던 결과지를 가리켰다.

　"이러니저러니 해도, 내 결과는 마술사라고 나왔으니 말이야."

35장

한 남자의 행운은 어디까지일까?
How Lucky Can One Man Get?

행크의 발가락이 떨어져 나가지 않은 건 행운이었다.

그의 발에 붕대를 감아주려 응급실로 온, 미소 띤 얼굴의 간호사며 의사들이 공통으로 하는 말이었다. 새끼발가락이 없어도 목숨엔 지장이 없지만, 그래도 이왕이면 있는 게 나으니까. 그러니 병원 침대에 누워 있는 이 강인한 카우보이, 거칠기 짝이 없는 말보로 맨, 고독한 방랑자한테 아직 발가락이 붙어 있다는 건 행운이 아니냐고.

제이컵은 뭐가 재밌다는 건지 알 수 없었다.

숲에서 공황에 사로잡혀 파들파들 떨며 말 한마디 뱉을 수도, 경찰이 시키는 대로 휴대폰을 내려놓을 수도 없었을 때 적신 청바지는 아직도 젖어 있었다. 불빛 속에서 땀만 뻘뻘 흘려낸 터라 아드레날린의 지독한 악취가 여전히 셔츠와 겨드랑이에서 느껴졌다. 그 순간 자신의 모습은 전혀 영웅 같지 않았다는 걸 그도 알았다 또, 트리나는 애초부터 총을 들고 학교 건물로 들어가거나 형의 친구들에게 무슨 짓을 할 계획을 세운 적 없다는 사실도 알았다. 경찰은 가방 안에는 탄환이 들어 있지 않았다고, 애초부터 총알이 없었다고, 하지만 크레인 레인에 총기난사범이 있다는 익명의 신고를 받고 출동했다고 했다. 그다음에 트리나는 사물함을 여는 제이컵의 영상을 트위터에 업로드했다. 그러니까 트리나가 원한 건 경찰이 도착했을 때 제이컵이 총을 든 채 그곳에 있기를, 가능하면 그 숲속에서 죽어버리기를, 형이 치르지 못한 대가를 치르기를 바란 거였다. 트리나가 손글씨로 쓴 결과지는 희망을 담은 것이 아니라 그 애가 직접 전할 수는 없는 기묘한 형태의 고백 같은 것이었으리라. 또, 트리나가 원하던 것을 거의 얻을 뻔했다는 사실을 제이컵은 알았다. 그 애가 계산하지 못한 단 하나는 제이컵의 아빠라는 존재였다.

기억나는 것은 불빛 속, 마치 오솔길까지 자신을 따라왔다는 듯 빗속에서 들리던 아빠의 목소리뿐이었다. 너무 많은 사람들이 고함을 질러댔다. 어른이 그런 식으로 고함을 지르는 건 한 번도 들어본 적 없었던 것 같다. 손에 든 걸 바닥에 떨어뜨려. 뒤로 돌아. 손 들어. 서로 모순되는 명령들이 동시에 떨어져서 제이컵이 그대로 하려고 했다 한들 따를 수 없었을 것이다. 그러다가 마침내 그가 기억하는 한마디가 들려왔다. 간호사들이 아까부터 자꾸만 그 이야기를 해댔던 탓에 잊어버리고 싶어도 잊을 수 없었다.

"감히 내 아들한테 총 들이대지 마!"

그다음 들려온 총성에 제이컵은 바닥에 쓰러지면서 이제 이 삶을 떠나 다른 삶으로 넘어가는구나 하고 확신했다. 총성에 바닥에 무릎을 꿇은 것은 이쪽으로 총을 겨누고 있던 네 명의 경찰들도 마찬가지였다.

바닥에 쓰러지지 않은 단 한 사람은 아직도 총집에 손을 대고 있던 제이컵의 아빠였다.

"사고였어요." 아빠가 말했다.

"튼튼한 카우보이 부츠 덕에 발가락을 살릴 수 있었던 거예요." 간호사가 말했다. "아시겠지만 나이키 운동화는 총알 같은 건 못 막거든요."

지금 응급실에 누운 아빠 옆에 앉아 있는 제이컵은 오늘 밤 자신이 죽을 수도 있었을 수많은 가능성을 빠짐없이 알았다. 아빠가 나타나지 않았더라면, 아빠가 다른 옷을 입고 있었더라면, 어쩌면, 다른 사람을 말했더라면, 다른 사람처럼 보였더라면, 경찰 중 한 사람이 재채기라도 했더라면. 그런 무시무시한 가능성을 생각하자 공포가 밀려왔다. 그럼에도 간호사들이 그를 대하는 태도를 보니, 어쩌면 지금은 제이컵이 이 세상 모든 사람들은 낯선 사람의 선택으로 영원한 죽음을 간신히 피하고 있다는 사실을 깨닫기에 가장 적기인지도 모르겠다. 아무도 제이컵에게는 딱히 관심을 기울이지 않은 채로 모두 아빠한테 집중하고 있었다. 제이컵은 수갑이 채워져 오솔길 입구 자갈길에 서 있던 순찰차로 끌려갔을 때 생겨 점점 번져가는 손목의 멍을 문질렀다. 차창 너머로 내다보니 아빠가 활활 타오르는 석탄 위를 걷듯 폴짝폴짝 뛰며 따라오고 있었다.

결국 아빠와 제이컵 둘 다 경찰차에 탔고, 아빠는 병원까지 오는 내내 피를 줄줄 흘렸고, 제이컵은 아빠가 말할 기회를 주지 않았다. 그 대신 앞좌석과 뒷좌석 사이를 막은 철창에 고개를 기댄 채 고백해야 할 것 같은 모든 것들을 아빠에게 털어놓았다. 떠오르는 대로 쏟아냈다. 트리나를 처음 만난 순간부터. 그날 밤 머저리들이 토비에게 저질렀다고 트리나가 말한 일들, 그리고 제이컵이 토비와 학교 아이들뿐 아니라, 엄마에게도 느낀 분노에 대해서도 털어놓았다. 세상에 오로지 혼자인 것만 같았다는 말, 트리나가 그에게 키스했던 것, 그 애가 끔찍한 말들을 쏟아냈지만 막지 않았던 것, 그렇게 바보처럼 모든 게 엉망이 되게 내버려두었던 것까지.

제이컵이 두서없이 말을 쏟아내는 동안 아빠는 그저 그의 어깨를 쓸어주었을 뿐이다. 아빠는 마치 그의 오래된 상처를, 죄책감을 모두 짜내기라도 하는 것처럼 그의 어깨를 이리저리 치댔다. 그 낯설고 또 서툰 손길을 받으면서 제이컵은 어쩔 줄 몰라 어린아이처럼 말하고 어린아이처럼 울었다. 하지만 어쩌면 아빠는 그의 상처를 끄집어내기보다는 제이컵의 몸속으로 들어가서 그의 상처를 함께 나누고, 모든 기차들이 떠나버리는 순간 옆에 있어주려는 것 같기도 했다. 다시 한번 그 손길을 느끼고 싶었다.

담당 경찰관은 느긋하게 차를 몰면서 이렇게만 말했다.

"트리나 토드 이야기가 나오니 재밌구나. 지금 그 애는 차량절도 혐의로 전국에 지명수배 중이거든. 학교에 경찰 인력

들이 다 모여 있으니 큰 도움은 안 되겠지만, 그래도 다들 그 애를 주시할 거다."

더 많은 사람들이 트리나를 쫓고 있다는 뜻이구나.

제발 그들에게 아무 일 없기를.

왼발에는 여전히 부츠를 신고 오른발은 소포처럼 붕대로 칭칭 감은 채로 침대에 누워 있는 아빠를 올려다보았다. 카우보이모자를 가슴에 올려놓은 아빠는 분명 흡족한 표정이었다. 빨대로 종이 팩에 든 사과주스를 야금야금 빨아먹고 있는 아빠는 병원 안에 있는 사람들과 전부 아는 사이인 것만 같았다. 이상한 일이지만, 아빠를 찾아와 쾌유를 비는 사람들이 많다는 사실에 제이컵은 자부심이 차올랐다. 아빠는 존경받고 있구나. 당연히 그럴 만도 하다.

언젠가는 자신 역시 아빠에게 존경한다고 말해야 할 거라는 생각이 들었고, 꼭 그렇게 하기로 다짐했지만, 시간은 앞으로도 많았다. 경찰이 그를 문제 청소년들을 위한 교정 시설로 보내건 감옥에 집어넣건 이대로 영영 병실 안에 앉아 있게 내버려두건, 아까 아빠가 한 말은 분명 옳았다. 이제 이 들판에, 이 빗속에 있는 건 우리 둘뿐이고, 대화할 시간은 아주 많을 터였다.

그러나 지금 제이컵이 가장 대화하고 싶은 상대 역시 이 병원에 있다고 했다. 그는 일어서서 등을 쭉 폈다. 아빠가 그를 보더니 미소를 지으며 손가락으로 총 모양을 만들어 연기를 후 부는 시늉을 했다.

"내가 뭐라든, 파드너? 그 총, 아직 작동한다니까."

제이컵은 미소를 짓지 않고 복도를 걸어갔다. 모퉁이를 돌자 베이츠 보안관이 저쪽 벽에 기대서서 휴대폰을 조작하다가 그에게 물었다.

"어디 가는 거냐?"

"피트 신부님이 병원에 오셨다고 들었어요. 저희 학교 신부님이세요. 트리나의 삼촌이시고요. 그분께 드릴 말씀이 있어요."

그러자 베이츠 보안관은 복도 끝의 병실을 고갯짓으로 가리키더니 후 하고 숨을 크게 내뱉었다.

"꼬마야, 네가 네 아버지 아들이 아니었다면 오늘 밤 무슨 일이 있어났을지 잘 알지?"

그 말에 제이컵은 보안관을 쳐다보았다. 여태 들어본 그 어떤 말보다도 맞는 말 같았다.

"알아요. 죄송해요. 제가 운이 좋았던 것 같아요."

그러자 보안관이 말했다.

"여태 네 가족이 겪은 일을 생각하면, 운이 좋은 거랑은 반대지. 네 형 일. 네 어머니 일. 그건 그렇고 나도 네 어머니를 알았는데, 아직도 그립단다. 네가 무사한 건 네 아버지가 시장이어서가 아니야. 네 아버지에게 더 이상의 비극은 일어나선 안 된다는 걸 모르는 사람이 없어서다. 그분은 고통을 충분히 겪었다. 그래서 너도 일종의 혜택을 얻게 된 셈이다. 내 말 뜻 알겠지? 그걸 낭비하지 마라."

"무슨 말인지 알겠어요." 정말 그랬다. 앞으로 그에게 남은 할 일은 여러 면에서 보안관의 일과 비슷했다. 지금부터 아빠를 지키기 위해 할 수 있는 일들을 할 것이다.

베이츠 보안관은 다시 휴대폰으로 눈길을 주더니 입을 열었다.

"그런데, 이해가 **안** 되는 일 하나 묻고 싶구나. 그 트위터 글 말이다. 네가 쓴 게 아니라고? 그리고 네가 이 영상 속에서 들고 있는 그 가방도, 다른 가방이라고? 이 모든 게 그 애가 널 함정에 빠뜨리려고 너인 척하고 저지른 거냐?"

제이컵이 고개를 끄덕였다.

"다들 그런 짓을 해요. 가짜 계정. 또 다른 인격. 신분 사기. 온라인에서 다른 사람 흉내를 내는 거죠. 제가 좀 더 주의했어야 하는데."

보안관은 마치 한꺼번에 수백 개의 트위터 글을 확인하는 것 같았다. "도저히 감당이 안 되는 기분인걸. 꼭 천재 범죄자를 상대하는 기분이야."

"아니에요. 그 애가 한 행동은 전부 뻔해요. 그렇게 복잡한 것도 아니고요."

"글쎄다, 난 꼭 영화 속에 들어온 기분이구나. 그런데 내가 좋아하는 기분은 아니란다. 슬픈 기분이 드는걸."

제이컵은 복도를 걸어갔다. 지금 일어나는 일 같은 그런 영화 속에 들어왔다고 생각하니 그 역시 슬픈 기분이 들었다. 복도를 지나치는데 왼편에 있는 닫힌 문 안에서 누군가 노래하는 소리가 들렸다. 높고 쾌활한 남자의 목소리는 그가 모르는 노래를 부르고 있었다. 오른편의 다른 문을 지나치는데 누군가가 그의 이름을 불렀다.

고개를 돌리자 역사 선생님인 허버드 선생님이 검사대 위에 앉아 있었다. 간호사가 선생님의 손목을 얼음주머니로 감싸고 있었고, 이유는 알 수 없지만 선생님은 정장 차림이었다. 학교에서 보았던 모습과 마찬가지로 눈에는 멍이 들어 있었다. 그리고 이 장소에서 예상치 못하게 선생님을 만난 순수한 놀라움 때문인지 아닌지 모르겠지만, 그 순간 제이컵은 자신이 허버드 선생님을 좋아한다는 사실을 알았다. 그는 선생님에게 애정을 품고 있었다. 어쩌면 혈관과 신경 통로마다 아드레날린이 흐르고 있어서인지도 모르지만 상관없었다. 그가 아는 건, 허버드 선생님이 자신을 어떻게 생각하는지가 신경 쓰인다는 사실이었고, 그러자 자신이 저지른 일의 현실이 문득 그를 덮쳐왔다. 비록 총에는 손끝 하나 대지 않았지만 말이다. 마치 몸속에서 정서적인 연결이라는 끈이 뻗어 나와 제이컵이 아무것도 하지 않았기에 다칠 뻔했던 온 세상 사람들에게 묶이는 것만 같은 기분이었다. 눈에 보이지 않는 황홀한 지도였다. 왜 여태까지는 이 사실을 몰랐을까? 우리는 모두 말없이, 수많은 방식으로 서로 이어져 있다. 친구들. 가족들. 앞으로 만나게 될 사람들. 다시 불러야 할 사람들.

그리고 여기, 콧수염이 사라지고 없는 다정한 허버드 선생님도.

너무 부끄러워 차마 선생님을 쳐다볼 수가 없었다.

"무슨 일이 있었는지 들었다." 선생님이 말했다.

"정말 죄송해요."

"아니야." 허버드 선생님이 말했다. "미안한 건 **나야**. 오늘 수업이 끝난 뒤 네가 무슨 일이 있다고 나를 찾아왔지만 내가 듣지 않았지. 소식을 들은 뒤부터 쭉 그 순간이 머리를 떠나지 않더구나. 분명 너한테 큰 고민이 있는 것 같았는데, 난 무슨 일이냐고 물어보지도 않고 그냥 하던 일을 했다."

"괜찮아요."

"아니, 괜찮지 않아. 제이컵, 그 일은 나한테 전혀 괜찮지 않아. 이건 내가 되고 싶은 선생과는 정반대의 일이었어. 알겠니? 사실 오늘 내가 수업 시간에 한 일 전부가 그랬다. **내가** 미안하다고 말하고 싶구나."

"괜찮아요. 테스트 결과 중 대부분은 말도 안 되잖아요. 다들 자기가 얼마나 바보 같은 짓을 하고 있는지 모르는 거예요. 다들 그저, 자기가 아닌 사람이 되려고 애쓰는 거잖아요?"

"나한테 묻는 거냐, 아니면 알려주는 거냐? 다들 자기가 바보짓을 한다는 걸 모르느냐는 질문이냐, 아니면 다들 모르고 있다는 네 주장인 거냐?"

제이컵은 선생님을 쳐다보며 아무 말도 하지 않았다.

"둘 중 어느 쪽을 선택하건 넌 A학점이야. 앞으로 다신 우리를 이렇게 놀라게 하지 말거라."

"일이 그렇게까지 치달을 줄은 몰랐어요."

"아무도 모르지." 선생님이 말했다. "그래도 만약 경찰이든 누구든 네 신원 보증이 필요하다면 날 불러라. 넌 그저 우수한 학생인 게 아니라 좋은 아이야. 언뜻 봐도 알 수 있어. 어느 현명한 목수가 나한테 해준 말과 비슷해. 어떤 사람은 그리 수수께끼 같지도 않단다."

제이컵이 고개를 한쪽으로 갸웃했다. "예수님이 하신 말씀
이겠지요?"

"아니." 더글러스가 대답했다. "우습겠지만 팻 교장선생님
이 하신 말씀이다."

"괴상하네요."

"내 생각도 그렇다."

제이컵은 선생님께 고맙다고 말씀드린 다음 다시 복도를
걸었다. 또다시 금방이라도 눈물이 터질 거라고 미리 알려주
기라도 하듯 두 눈이 얼얼해져왔다. 어렵지 않을 거라고, 귀
찮지도 않을 거라고, 그저 어느 순간 줄줄 흘러내릴 거라고.
어쩌면, 어른이 된다는 건 이런 걸까?

옆 병실 문에 있는 작은 창으로 안을 들여다보니 제이컵이
방금 품은 의문을 확인해주기라도 하듯 한 여자가 테이블 앞
에 앉아 손에 고개를 묻고 엉엉 울고 있었다. 꽃 모양 타투 같
은 것이 팔을 온통 뒤덮고 있었다.

맨 끝 병실에 도착하자 가운을 입고 침대에 누운 피트 신
부님이 보였다. 머리에 큼직한 붕대를 두른 채로 눈을 감고
있었다. 그러나 잠든 것은 아니었다. 오히려 머리가 아픈 것
처럼 얼굴을 잔뜩 찡그리고 있었다. 몸을 앞뒤로 부드럽게 흔
들면서 입속말로 뭐라고 되뇌고 있는 것 같아서, 한참을 쳐다
본 뒤에야 신부님이 기도를 하고 있다는 사실을 알았다. 그러
고 보니 기도를 하는 사람을 제이컵은 처음 봤다. 매주 미사
에서 성가나 성경 구절을 외워서 읊는 게 전부인 학교 아이

471

들은 당연히 기도를 하는 법이 없었다. 심지어 아빠도 기도하지 않았다. 그런데 피트 선생님은 실제로 기도를 하고 있었다. 누군가와 대화를 나누고 있었다. 제이컵에게 그 모습은 노련한 기술처럼 보였다.

제이컵이 문을 똑똑 두드리자 피트 신부님이 눈을 뜨고 문 쪽으로 고개를 돌렸다.

"전 제이컵 리슈예요." 그가 말했다.

"네가 누군지야 알지. 매일 학교에서 보잖니. 네 형 장례식 미사도 내가 주관했고 말이다."

"맞아요. 왜 갑자기 자기소개를 한 건지 저도 모르겠어요."

"그 애가 어디 있는지 아니, 제이컵? 트리나가 어디로 갔는지 아니?"

제이컵은 고개를 저었다. "몰라요. 아마 경찰이 그 애를 찾고 있을 거예요."

"안다. 차량 도난 신고를 한 게 나거든. 그 애가 어딘가 안전하게 있다가 발견되기만을 바랄 뿐이다. 그 애한테 직접 듣기 전까지는 복도에서 사람들이 하는 이야기에 귀 기울이지 않으려고 애쓰고 있단다. 아무것도 추측하지 않으려고 말이다."

"좋게 끝나지 않을 거예요. 그 애가 어디서 발견되건, 트리나는 괜찮지 않을 거예요."

제이컵이 주머니에서 형의 휴대폰을 꺼냈다. 낯선 사람의 소지품처럼 차갑고 냉담하게 느껴지는 그 물건으로 그는 피트를 만나면 하려던 일을 했다. 침대로 다가간 뒤 비밀번호를 입력한 다음 피트 신부에게 건넸던 것이다.

"신부님께서 보셔야 할 것 같아요." 그 말과 함께 그는 화면에 동영상을 띄웠다.

자신이 이미 본 장면을 피트 신부님이 보는 장면을 굳이 옆에서 지켜보지는 않기로 했다. 그의 귀에 들리는 건 그날 밤 숲속에서 남학생들이 외쳐대던 지독한 말들뿐이었다. **이제야 말이 통하네, 9번!** 형의 등번호였다. 사랑했지만 제이컵과는 다른 선택을 했던 형. 그리고 동영상 속에서 형이 했던 선택들은 곧 남자들이 대대로 했고, 계속하고 있는 끔찍한 선택들로 씻겨 내려갔다. 동영상 속, 휴대폰이 바닥에 떨어지는 소리, 남학생들의 승리감 가득한 고함 소리는 곧 지독한 혼란으로 바뀌었다. 간신히 알아들을 수 있는 토비의 목소리는 제발 이러지 말라고 또렷하게, 간곡하게 비는 트리나의 목소리를 묻어버리는 다른 목소리들의 바다들 속 하나의 목소리에 지나지 않게 됐다. 트리나의 목소리 역시 오래지 않아 자갈 밟는 소리에 묻혀버렸고, 그러다 마침내 누군가가 경찰이 왔다고 고함을 질렀다. 그리고 형이 바닥에 떨어진 휴대폰을 주워 다시 주머니에 넣는 동안, 피트 신부님이 마치 그 장면 속에서 무슨 의미라도 찾겠다는 듯 화면을 빤히 바라보는 모습을 제이컵은 보았다. 아무 말 없이, 뒤에 내버려둔 사람에 대한 그 어떤 사과도 없이 자기 차로 걸어가는 토비의 발소리가 들렸다. 차 문이 닫히는 소리, 시동 걸리는 소리, 동영상 촬영이 무슨 이유로 멈춘 건지는 아무도 모른다. 배터리가 나갔나? 토비가 촬영 중이라는 사실을 모르고 화면을 닫아버렸나? 아니면 이 휴대폰이 방금 보여준 장면을 보여줌으로써 자신이 영영 동영상을 재생하리라는 것을 알았던 걸까?

피트 신부님이 테이블에 휴대폰을 내려놓았다.

"네 형 휴대폰이겠지? 네 것이 아니라."

"네." 제이컵이 대답했다.

피트 신부님은 가슴 앞에 성호를 긋더니 심호흡을 했다. 마치 완전히 새로운 호흡법을 발견한 것처럼 숨을 폐 속 깊이 들이쉬었다.

제이컵 뒤로 간호사가 들어오더니 마치 두 사람이 이 방 안에 존재하지 않기라도 한 것처럼 바삐 움직였다. 서랍을 열고 책상 위 노트에 적힌 메모를 확인했다.

피트 신부님이 물었다.

"그 애가 너한테 제 엄마 이야기를 한 적이 있었니?"

"아니요. 사실 그 애는 저한테 딱히 무슨 얘기를 한 적이 없었어요. 어떻게 생각하면 그 애는 그 누구보다도 저랑 얘기할 마음이 없었던 것 같아요."

"내 생각엔 나도 아주 후순위일 것 같구나."

"그럼, 그 애가 거기 있다고 생각하시는 거예요?" 제이컵이 물었다. "그 애 엄마랑 같이요?"

"그렇다면 난 지금 난쟁이를 찾으러 나체즈로 가야 할 텐데."

그때 간호사가 피트 신부님에게로 다가와 손가락에 조그만 클램프를 끼우며 입을 열었다.

"저 거기 어딘지 알아요. 작년에 크리스마스 조명 사러 남편이랑 거기 갔거든요."

"어딜 가셨단 말씀이십니까?" 피트 신부님이 물었다.

"나체즈요. 거기 술집이 하나 있거든요. 아마 이름이 〈바언더 더 힐〉이었던 것 같아요. 술집 주인이 난쟁이, 아니, 올바른 표현으로는 왜소증 환자였어요, 신부님. 아무튼 매일 술집 문 닫는 시간이 되면 그 주인은 손님들에게 영업이 끝났다는 걸 알리려고 스피커 위로 올라가서 〈하우스 오브 더 라이징 선〉을 불러요. 정말 볼만한 광경이에요. 전 어린애처럼 울었답니다."

피트 신부님은 지금 벌어지는 일이 꿈이 아니라는 걸 확인하려는 듯 제이컵의 얼굴을 보더니 간호사에게 물었다.

"이해가 안 됩니다. 지금 하시는 말씀이 다 진짜입니까?"

"지금 신부님은 99퍼센트 건강하세요. 머리에 혹이 하나 난 말만큼이나 말이죠." 간호사는 그렇게 말하면서 맥박측정장치를 다시 뺐다. "그리고 맞아요, 그 술집은 실제로 있답니다. 제가 그런 이야기를 어떻게 지어내겠어요? 지어내기에는 너무 엄청나잖아요."

간호사는 맥박측정장치를 돌돌 말아 다시 서랍에 넣었다.

"아마 오늘 퇴원하시게 될 거예요. 그럼 전 신부님 친구분께 아내분 소식 전하러 가보겠습니다."

간호사는 제이컵을 지나쳐 복도로 나갔고 제이컵은 피트 신부님의 얼굴을 바라보았다.

"트리나를 찾으시면요," 제이컵이 신부님에게로 다가가더니 주머니에서 잘못 분류된 피카츄 카드를 꺼내 그에게 건넸다. "그 애를 찾으시면, 이 카드 전해주세요. 전 제 형이 아니고, 절대 그렇게 될 일도 없고, 여태까지도 아니었다고 말이에요."

"그러마. 하지만 우선은 그 애를 다시 만나서 정말 다행이라는 말만 할 거야. 그 뒤에는 그저 그 애의 말에 귀를 기울일거다. 그래도 괜찮겠니? 때로 우리는 그저 귀를 기울일 필요가 있단다."

제이컵은 문간으로 걸어가다가 아무 말도 하지 않고 피트신부님을 돌아보았다.

"제이컵?"

"네, 신부님." 제이컵이 대답했다. "귀를 기울이는 중이에요."

36장

그대를 사랑하는 바보가 필요하다면
If You Need a Fool Who Loves You

그 무엇보다도 셰릴린을 아프게 한 건 더글러스가 이곳에 있다는 사실이었다. 분명 있을 것이다.

남편은 절대 날 병원에 내버려두고 혼자 떠나버릴 사람이 아니잖아? 이렇게 할 이야기가 많은데. 끔찍한 가능성은 생각조차 하고 싶지 않았다.

바로 앞에서 기다리고 있을 거야. 금방이라도 다시 돌아올 거야.

그런데 왜 안 오지?

셰릴린이 마지막으로 본 장면은 더글러스가 문밖으로 달려 나가 듀스를 덮치는 장면이었다. 그 모습은 우스꽝스러운 것과는 거리가 멀었다. 고개를 빼꼼 내밀고 바깥을 보니 더글러스는 제트스키를 타듯 듀스를 깔고 앉아 두 팔을 휘둘러댔다. 거기까지 보고 황급히 제자리로 돌아와 앉은 터라 싸움이 어떻게 끝났는지는 알 수 없었다. 자신이 싸우는 장면을 보고 있단 걸 더글러스에게 들킬까 봐 겁이 났다. 하지만 왜?

따지고 보면 요즘 셰릴린이 꿈꾸던 장면이 이런 거 아닌가? 젊은 남자들이 그녀의 관심을 구걸하고 눈길을 끌고 싶어 주위를 뛰어다니는 상상을 했던 거 아닌가? 비단 젊은 남자들뿐 아니라 나이 든 남자들, 수백에서 수천 명의 나이 든 남자들이 고귀한 신분의 그녀를 지켜주는 상상도 했었다. 국가. 군대. 모두가 그녀를 위해 싸우는 상상. 남자들뿐 아니라 여자들도 마찬가지였다. 의상가게 여자들은 그녀가 갈구하던 관심과 칭찬을 쏟아부었고 그때 모든 걸 기쁘게 받아들였다. 수많은 사람들이 그녀를 둘러싸는 상상. 그런 걸 원한 게 아니었나? 맞다, 그랬다.

그런데 왜 이제는 그런 걸 원치 않는 거지?

어쩌면 그건 셰릴린이 고귀한 여왕이 아니라, 천 대의 전함을 진수시키는 사람이 아니라, 그저 역사상 가장 불공평한 싸움을 일으켰을 뿐이라는 사실을 깨달은 탓이리라. 그러나 그녀는 더글러스가 듀스 뉴먼에게 형편없이 완패했다는 사실 때문에 느낀 것은 아니다. 애초에, 남편이 자신의 대단함을 증명해야 한다고 느끼게 만들었다는 게 문제였다. 어쩌자고 더글러스가 그 점을 잊게 만들었나? 아마도 요즈음 그녀가 무언의 압박을 준 탓이었으리라. 그래서 셰릴린은 다짐했다. 앞으로 듀스 뉴먼 앞에서 옷을 잘 차려입어야겠다는 생각은 하지 않겠다고, 그녀가 남편 아닌 다른 사람을 사랑할 가능성이 조금이라도 있다고 착각할 만한 여지를 주지 않겠다고 말이다. 듀스가 준 열쇠를 버릴 것이다. 열쇠를 간직한 건 과거의 일일 뿐, 누구에게나 과거는 있다. 지금부터는 오로지 현재에만 집중하겠다고 그녀는 마음을 다잡았다.

싸움을 더 보지 않았던 건 더글러스를 보고 싶지 않아서가 아니라, 예전의 자신을 더글러스에게 보여주고 싶지 않아서 였다. 열린 문을 통해 두 사람이 말싸움을 하는 소리, 의사와 간호사들이 싸움을 말리는 소리를 들으면서 그녀가 느낀 건 선명한 죄책감이 전부였다. 듀스와 파커 필드를 찾은 것도, 이상한 옷도 다 설명할 수 있다는 걸 알았다. 더글러스의 마 음에 영원한 상처를 남길 만큼 멀리 간 것도 아니란 걸 알았 다. 그럼에도 그는 상처를 받았을 것 같았다. 그에겐 상처받 을 자격이 있다.

그러나 병실을 나간 더글러스가 이토록 오래 돌아오지 않 을 줄은 예상치 못했다.

싸움은 끝났다. 거의 30분이나 지났다. 간호사가 남편이 손 목에 얼음찜질을 하고 올 거라고 알려주었지만, 그렇다 해도 이렇게 오래 걸릴 일은 아니었다. 문간으로 나가 복도를 둘러 보자 간호사는 1~2분 안에 끝날 거라고 알려주었지만, 셰릴 린은 간호사가 모른다고 생각했다.

사랑하는 사람을 필요로 할 때 시간은 다르게 흐른다는 사 실을.

그래서 셰릴린이 병실 안에서 혼자 남편을 기다리는 시간 들은 마치 실체를 띤 것처럼, 촉수처럼 늘어나 그녀의 기억 을 들쑤시며 남편 없이 보냈던 지난 순간들과 이어졌다. 과거로 뻗은 촉수들이 기억 속에서 짤막한 장면들을 꺼내 그녀의 눈에 보여주었다. 어느 날 남편의 퇴근이 늦어 걱정했던 때, 플로리다로 휴가를 갔을 때 아이스크림을 사러 간 남편이 너무 오래 돌아오지 않는 것 같아 걱정했던 때. 몇 년 전 남편이 찍어준 사진 속 비키니 입은 자신의 모습을 들여다보던 것처럼, 셰릴린은 이런 기억 속 사진들에 혼자 남은 자신의 모습을 바라보았다. 이 또한 자신의 모습이 맞기는 하지만, 그녀가 가장 좋아하는 모습은 아니었다. 그리고 고등학생 시절에서부터 병실 안에서 홀로 기다리고 있는 지금 이 순간에 이르기까지, 셰릴린 인생에서 더글러스와 함께 있지 않았던 순간들을 잇는 기억의 촉수는 마치 그녀에게 이런 말을 하는 듯했다.

봐, 셰릴린. 이것들이 네 인생의 괴로운 시간들이야.

셰릴린 역시 그렇게 느꼈다.

그래서 셰릴린은 침대에 앉아 양손에 얼굴을 묻고 감정을 온통 쏟아냈다.

마침내 돌아온 더글러스는 마치 낯선 사람처럼 병실 안으로 들어왔다. 이곳이 맞는지 확신이 없는 것처럼 머뭇거리며 문간에 섰다. 바깥에서 얼마나 오래 서성거리다 온 걸까? 지금 하려는 말을 얼마나 오랫동안 준비했을까? 드디어 문 안쪽으로 완전히 들어온 남편이 팔에 정장 재킷을 벗어 걸치고 있는 모습이 출장 중 세일즈맨을 연상시킨다고 그녀는 생각했다.

대체 왜 정장을 차려입은 거지?

손바닥만 한 베레모는 어디 가고?

더글러스가 분홍 셔츠를 입고 있다는 걸 알아차린 순간, 셰릴린은 꼭 남편이 그녀가 받을 자격이 없는 선물처럼 스스로를 포장한 것만 같다는 묘한 생각이 들었다. 남편을 보고 미소를 지었지만 그는 미소를 돌려주지 않았다.

"더글러스, 내가 다 설명할 수 있어." 그녀가 입을 열었다.

더글러스는 등 뒤의 문을 닫고 손잡이 가까이에 섰다. 단정하게 빗어 넘긴 머리였다. 눈에 든 멍은 여전했다. 손목엔 커다란 얼음주머니를 두르고 있었다.

남편 쪽으로 돌아앉은 셰릴린은 남편이 자신에게 다가오지 않는 모습에 당황했다. 그는 그저 셰릴린의 머리 너머 벽을 쳐다보고 있었다. 남편이 서 있는 자세도 이상했다. 꼭 최대한 등을 꼿꼿이 펴려는 듯 발뒤꿈치에 힘을 주고 서 있었는데, 남편이 많은 사람들 앞에서 말을 할 때 취하던 자세였다. 결혼식에서 건배를 제의할 때나 학교 기금마련행사에서 즉흥 연설을 할 때. 그날 아침 남편이 거울 속 자기 모습을 들여다볼 때도 그랬다. 표정은 심각했다.

더글러스가 지금 선생 모드라는 사실을 그녀는 알아차렸다.

"우선, 셰릴린." 그가 입을 뗐다. "당신이 아픈데 내가 그렇게 행동했다는 사실에 미안한 마음이라는 걸 알아줬으면 해. 하지만 그 이야기를 하기 전에 먼저 몇 가지 물어볼 게 있어."

셰릴린은 두 손을 양 허벅지 위에 내려놓았다. "그래."

더글러스는 지금까지 본 적 없는 엄숙한 표정이었다. 재킷 아래로 늘어뜨린 손은 떨리는 듯했다. 그는 여전히 벽만 쳐다보며 다시 입을 열었다.

"우선 내가 알고 싶은 건, 내 악몽이 현실이 된 것인가 하는 거야. 혹시 내가 여태 상상한 그 모든 끔찍한 일들에 대비해 마음의 준비를 해야 하는지가 궁금해."

"아, 더글러스. 아니야. 절대 아니야. 당신 악몽은 현실이 아니야. 혹시 내 악몽은 이제 현실이야?"

더글러스는 지금 대답할 사람은 자신이 아니라는 듯 발을 질질 끌면서 방 한편, 다른 자리로 걸음을 옮겼다.

"질문을 바꿔 다시 한번 물어볼게. 셰릴린 허버드, 내가 알고 싶은 건, 혹시 내 천적과 당신이 그렇고 그런 사이냐는 거야."

그 표현 때문에 셰릴린은 미소를 지었지만, 더글러스가 "난 웃음이 안 나와, 허버드 부인" 하자 그녀는 남편이 정말로 상처를 받았다는 사실을 알 수 있었다. 여기, 나만의 왕이 자신의 성에 적이 침입한 것인가 두려워하고 있다.

"아닙니다, 폐하." 어째서 입에서 '폐하'라는 말이 나온 건지 모르겠다. 어떤 혼란의 여지도 없도록 명확하게 말하고 싶었다. "난 아무와도 그렇고 그런 사이가 아니에요. 평생 그래 왔듯 남편만을 깊이 사랑하고 있습니다."

더글러스는 방금 들은 말을 자신이 확신하고자 하는 바를 확인해줄 수 있는 여러 가지 방식으로 분류하며 받아들이기라도 하듯 이리저리 서성거렸다.

"좋아. 잘됐어. 정말 잘됐어. 그러면, 그다음 질문은," 그가 말했다. "대체 그 손은 어떻게 된 거야?"

"아, 더글러스." 셰릴린은 두 팔을 활짝 벌렸다. "이리 와."

그러나 셰릴린이 남편을 끌어안기도 전에, 남편이 품에 안길 것인지 아닌지를 확인하기도 전에, 문이 열리더니 그레인저 박사가 휴대폰을 내려다보며 방 안으로 들어왔다. 더글러스는 마치 몸을 숨기려는 듯 구석으로 자리를 옮겼다. 남편이 팔에 걸치고 있던 재킷을 정돈하더니 심호흡을 몇 번 하는 소리가 들렸다.

그레인저 박사는 휴대폰 화면을 더 자세히 들여다보려는 듯 세련된 거북이등딱지 안경을 올리고 눈을 가늘게 떴다.

"그 친구, 아직 발가락이 붙어 있다니 운이 좋군."

그러더니 박사는 바퀴 달린 작은 의자에 앉아 바퀴를 굴려 셰릴린 쪽까지 왔다. 휴대폰을 가슴 주머니에 넣고 더글러스를 올려다보았다.

"더글러스, 자리에 앉아요."

"서 있겠습니다." 더글러스가 말했다.

"그럼 와서 아내 옆에 서 있어요." 그레인저 박사가 말했다.

셰릴린은 의사의 심각한 목소리가 마음에 걸려 더글러스를 바라보았다. 남편은 의사가 시킨 대로 옆에 다가와 서더니 한 손을 그녀의 어깨에 올렸다. 그리고 그 순간, 그녀의 전 세계가 다시 제자리에 찰칵하고 맞물리는 것만 같았다.

남편의 표정을 읽으려 애썼을 때보다, 맞닿은 살갗을 통해 남편이 하고 싶은 말들이 더 분명히 읽히는 것 같았다. 아주 힘들 때에도, 조금 고단할 때에도, 오랜 세월 그녀를 위로해 주었던 남편의 손바닥이 주는 무게. 아직 머릿속에 여러 생각이 가득하지만, 아직 정리해야 할 게 많지만, 그럼에도 모든 게 다 잘될 거라고 알려주는 암호를 새기듯 어깨를 쓰다듬는 남편의 엄지. 이제 의사가 어떤 소식을 전해주건 아직 끝내지 못한 두 사람의 대화만큼 중요한 게 아니라고, 그들, 두 사람의 마음이 하나이고 모두 다 괜찮다는 사실을 확인하는 것만큼 중요한 게 아니라고 말해주듯 전해지는 압력과 맥박. 이 소식 때문에 두 사람의 소중한 삶이 원치 않는 무언가로 변할 리는 없다고 말이다. 남편의 엄지에서 전해지는 이런 이야기들은 마치 세상의 다른 사람 그 누구에게도 들리지 않을 뿐 남편의 입에서 나오는 말만큼이나 분명했다.

그리고 남편의 손이 여전히 어깨에 닿은 채 둘 사이에 끝없는 대화가 이어지고 있는 지금 셰릴린은 의사를 바라보며 생각했다.

이야기해요. 전부 다 이야기해요. 더글러스가 옆에 있으니 감당할 수 있어요.

사랑에 빠진 사람에게는 얄팍한 속임수가 통하지 않는다는 걸 셰릴린은 알았다.

37장

······한 사람을 알지
······I Know One

더글러스가 아내에게 알리고 싶은 것은 하나뿐이었다.

그에게 중요한 것은 당신뿐이라는 것. 의사가 뭐라고 말하건, 아내가 그에게 말하지 않은 것이 무엇이건, 그에게 중요한 것은 오직 두 사람이 함께하는 미래뿐이라고.

간절히 이 말을 전하고 싶었지만, 입을 열기 전에 의사를 위해 옆으로 물러서주어야 했다. 의사가 전하려는 게 나쁜 소식일 것 같다는 생각이 들자 더글러스는 앞으로 성큼 다가가 셰릴린의 등에 한 손을 얹었다. 그 말을 지금 할 수만 있다면, 생각하면서 그는 엄지로 아내의 등을 위아래로 쓸었다.

그레인저 박사가 셰릴린의 두 눈을 작은 불빛으로 비추어보았다.

"그간 셰릴린 씨 몸에 **참 많은 일이 있었군요.**"

더글러스는 의사의 말이 전혀 마음에 들지 않았다. 그는 아내의 등을 쓰다듬던 손가락의 속도를 높이며 의사가 아내의 몸이 완벽하지는 않다는 의미로 무슨 말을 하건 반박할 준비를 마쳤다.

"무슨 뜻이에요?" 셰릴린이 묻는 소리가 들렸다.

"음, 확실한 좋은 소식부터 말씀드릴까요, 아니면 만에 하나 있을지도 모르는 나쁜 소식의 가능성을 말씀드릴까요?"

태어나서 들은 말 중 가장 터무니없는 소리처럼 들리는 그 말을 듣는 순간 더글러스는 또다시 선생 모드가 가동되었다는 느낌이 들었다. **확실한 좋은 소식이 있는데 나쁜 가능성을 먼저 듣고 싶은 사람이 세상에 누가 있겠어?** 의사의 질문은 적어도 더글러스한테는 질문 같지도 않았다.

"둘 다 알려주세요. 받아들일 수 있어요." 셰릴린이 말했다.

"알겠습니다. 기절한 건 좋지 않습니다. 손과 팔에 감각이 없는 것도 마찬가지고요. 특히 임신 중이라면 말입니다."

확실한 좋은 소식이 가져다주는 안도감에 나쁜 소식이 있을 수도 있다는 작은 가능성 따위를 비교하다니 그게 제정신인가, 하고 더글러스는 여전히 생각하는 중이었다.

"무슨 소리예요?" 셰릴린이 묻는 소리가 들렸다. "제가 임신했다는 말씀인가요?"

"제 말은 셰릴린, 당신 몸속에 무언가가 들어 있다는 것입니다. 그리고 소변검사 결과 그 무언가는 바로 아기고요."

더글러스는 결심이 섰다는 듯 셰릴린의 등에서 손을 뗐다. 가슴 앞에 팔짱을 낀 다음 코로 빠르게 숨을 들이쉬었다.

"좋은 소식부터 말씀해주십시오. 제가 원하는 건 좋은 소식입니다."

그 순간 셰릴린과, 그레인저 박사가 동시에 자신을 바라보는 눈길을 보고 그는 자신이 뭔가 이상한 소리를 했다는 사실을 깨달았다. 그리고 셰릴린이 손을 뻗어 그의 팔을 잡는 순간, 갑자기 온 세상이 선명해지는 기분이 들었다. 사랑에 빠진 남자에게 시간이 부려주는 마법이 일어난 듯, 방금 전의 순간이 되감기하듯 다시금 뇌리를 스쳤다.

"아기라고요? 방금 아기라고 하셨습니까?"

그의 팔을 잡은 셰릴린의 손에 힘이 들어가는 것이 느껴졌다. 어쩐지 아직까지는 아내의 눈을 바라볼 수가 없었다.

"어떻게 그런 일이 일어난 거죠? 그러니까 저희는, 이미 기회를 놓친 거라고 생각했거든요."

"사람의 몸이란 참 신기하지요." 그레인저 박사는 그렇게 말하더니 한 손을 뻗어 주먹을 쥐었다. "때로는 아무 이유 없이 이렇게……" 그러더니 꽃이 피어나듯 손가락을 활짝 펼쳤다. "깨어나기도 하거든요."

더글러스의 머릿속은 수많은 갈래로 바삐 움직였고 그중 미래를 가리키는 것은 몇 개 되지 않았다. 그래서 그는 두 사람이 어떻게 지금 이 시점에 도달했는지를 확인하려 과거를, 자신이 지나온 역사를 되새김질했다. 가장 먼저 떠오른 장면은 고작 이틀 전, 셰릴린으로부터 한 번 더 해달라는 말을 들었던 그날이다. 그런데 이날의 기억 속, 그날 밤 느꼈던 수치심은 간데없고 떠오르는 것은 아내의 발목이 그의 등을 끌어당기던 느낌, 행위가 끝나고 난 뒤 아내가 손가락으로 그의 어깨에 그림을 그리던 감촉이 전부였다. 그 그림을 생각하자 떠오른 것은 난데없게도 거실에 놓여 있는 소파였다. 몇 달 전 두 사람이 사랑을 나누었던 소파. 만약 아기가 생긴 것이 바로 그날이었다면, 그토록 오랜 세월 해왔던 노력이 수포로 돌아갔는데, 바로 그날, 마치 어떤 계획도 없이 시작된 즉흥 연주와 같이 성공한 거라면, 그건 무슨 뜻일까? 거실 소파 만세?

그 정도 의미면 충분한 걸까?

하지만 더글러스의 머릿속에 단 한 번도 등장하지 않았으며 애초에 고려해보지도 않은 한 가지 질문이 있다면, 이 아기가 자기 아이가 맞을까 하는 의문이었다. 더글러스는 그런 면에서 운 좋은 남자였다. 그가 여느 남자들과 다름없는 정신을 가지고 있었더라면, 그래서 그런 방향으로 생각을 더듬어 갔다면, 이런 의문을 느끼거나, 그 질문을 입 밖에 내거나, 심지어 암시하지도 않고 고작 생각하는 것만으로도 그는 다시는 예전의 삶을 되찾을 수 없었을 것이다. 그의 심장은 마치 그를 보호하려는 것처럼 그의 마음의 손을 잡고 올바른 방향으로 안내해준 것이다.

그리하여 더글러스는 아내와 거실 소파에서 함께 보낸 다른 시간들을 떠올렸다. 셰릴린이 곁에 앉아 왕이며 왕비가 나오는 책을 읽던 때, 아마 이곳이 아닌 다른 곳에 있기를 간절히 바라던 때. 요즘 그는 아내가 식탁에 앉아 두 손으로 머리를 감싸 쥔 채 엄지를 접어 손바닥을 문지르는 모습을 여러 번 보았다. 온 집 안에 널려 있는 아스피린 병을 열던 모습도 보았다. 아내가 동네에서 해오던 일들을 그만두었으며, 늘 기진맥진해 보이던 것도 떠올랐다. 이런 장면들이 그의 머릿속을 지나쳐갔다. 그런데 그때 나는 어디에 있었던 거지? 그가 그 자리에 있었기에 기억할 수 있는 장면들 속 아내는 왜 매번 혼자였을까? 왜 아내 곁에 있는 내 모습은 보이지 않을까?

그런 생각을 하자 좋은 소식만 존재하는 것은 아니라는 사실이 떠올랐기에 더글러스는 해야만 하는 것 같은 질문을 입밖에 냈다.

"그럼, 나쁜 소식의 가능성은 뭡니까? 그 밖엔 또 무슨 일이 있는 겁니까?"

"아기는 괜찮은 건가요?" 셰릴린이 물었다.

"아기는 무사할 겁니다. 지금은 검사 결과로만 판단할 수밖에 없어요. 아마 태아는 아직 고작 팥알만 한 크기일 겁니다. 그저 작은 DNA 덩어리인 셈이죠. 앞으로 아이의 상태를 볼 시간이 아주 많이 남았고, 셰릴린도 저를 여러 번 만나러 와야 할 테니 아기 걱정은 넣어두세요."

"조금 헷갈려서 여쭤봅니다만," 더글러스가 입을 열었다. "그럼 저희가 걱정해야 하는 건 뭡니까?"

그러자 그레인저 박사가 대답했다. "음, 신경학적으로 우려되는 부분이 있습니다. 임신 때문에 유발된 걸지도 모르지만 현기증이 마음에 걸리는군요. 또 기절, 두통 역시 염려됩니다. 마찬가지로 이 역시 임신의 영향일 수도 있지만 말입니다."

더글러스는 다시 셰릴린의 등에 손을 얹고 엄지로 그녀의 등을 어루만지기 시작했다.

그레인저 박사가 자리에서 일어서더니 주머니에 양손을 꽂았다. "사실 가장 걱정되는 건 감각이 없어졌다는 겁니다."

그러더니 그는 두 사람 뒤의 책상으로 가서 브로슈어 한 뭉치를 꺼냈다.

"몇 가지 검사를 요청할 겁니다. 전부 예방 차원의 검사라고 말씀드리고 싶지만, 사실 환자에게 앞으로의 일을 다 안다고 장담하는 의사가 있다면, 그 의사는……."

"사기꾼이라는 거지요?" 더글러스가 말했다.

그레인저 박사는 미소를 짓더니 브로슈어 뭉치를 내려놓았다. 각각 〈다발성경화증이란 무엇인가?〉, 〈신경장애란 무엇인가?〉, 〈얼얼한 감각을 무시하면 안 되는 경우〉 같은 제목들을 달고 있는 브로슈어였다.

"이렇게 설명하면 어떨까요, 허버드 씨." 의사가 입을 열었다. "어떤 경우든, 허버드 씨와 아내분은 이제 완전히 새로운 모험을 시작하는 거라고요."

그러더니 그는 셰릴린의 무릎을 토닥인 뒤 병실을 나섰고, 더글러스는 의사의 뒷모습을 바라보았다.

더글러스가 재킷을 침대 위 아내 옆에 내려놓았다. 침대를 반 바퀴 돌아 방금 전까지 그레인저 박사가 앉아 있던 스툴로 가서 앉는 내내 그는 한마디도 하지 않았다. 머리를 손으로 쓸어 정리한 뒤, 두 팔꿈치를 무릎 위에 놓았다. 그다음에는 너무나도 오랫동안 하지 않았던 일을 했다.

그는 아내를 바라보았다.

두 사람은 그렇게 오랫동안 가만히 앉아 서로를 바라보았다. 복도에 있는 누군가가 그 모습을 보았다면 두 사람이 얼어붙은 줄 알았을 것이다. 그러나 두 사람이 하고 있는 것은 얼어붙는 것과는 정반대의 일이었다. 그들은 서로에게 녹아들고 있었다. 서로를 살펴보고 있었다. 서로의 얼굴을 보며 상대방의 존재를 되새기고 있었다. 두 사람은 웃지도 찡그리지 않고 그저 가만히 서로를 바라보았을 뿐이다. 이제는 서로의 육체적인 실재를 넘어, 세상 그 누구보다 자신이 더 잘 알고 있는 한 사람이라는 눈에 보이지 않는 장소를 향해 시야를 넓혀도 된다는 생각이 드는 순간까지.

그리고 자신이 그녀 안에서 보고 싶은 것을 모두 다 보았다는 생각이 들 때마다, 확인하고 싶은 모든 걸 다 확인했다는 생각이 들 때마다, 그는 몸을 숙여 셰릴린의 무릎 위에 고개를 내려놓았다. 셰릴린은 따뜻한 손으로 그의 얼마 남지 않은 머리카락을 쓸어주었다. 그 순간이 다가오면 자신들이 무슨 말을 하게 될지 모르는 채, 오로지 그 순간이 찾아오리라는 사실만을 아는 채, 둘은 문을 두드리는 소리가 들려올 때까지 그렇게 가만히 앉아 있었다.

"허버드?" 남자 목소리였다.

더글러스는 셰릴린의 무릎에서 고개를 들고 문간을 살펴보았다. 이마에 커다란 반창고를 붙인 사제복 차림의 피트가 서 있었다. 그 옆에, 피트의 부축을 받고 서 있는 사람은 카우보이모자를 쓰고, 한 다리에는 카우보이 부츠를, 다른 다리에는 특수제작한 게 아닐까 싶은 크기의 깁스를 한 행크였다.

"그냥 궁금해서 말인데," 행크가 입을 열었다. "혹시, 우리 얘기 들어봤나?"

38장

우리도 모르는 사이에
In Spite of Ourselves

밤이라는 시간을 이해하지 못하는 이들이 너무나 많다.

그들은 마치 오늘 하루는 이대로 끝이라는 듯 커튼을 닫고 침대로 향한다. 밤 역시 낮만큼이나 수많은 가능성을 품고 있다는 사실을 모르니까.

예를 들면 피트 신부에게는 팁시의 제안을 받아들여 나체즈로 갈 수 있는 가능성이 있다. 나체즈의 경찰이 그곳에서 피트의 트럭을 찾아냈고, 트리나를 경찰서에 데리고 있었다.

"몇 시간 걸리지도 않아요." 팁시는 말했다. "전 얼마든지 괜찮습니다. 뿐만 아니라 솔직히 말씀드리면 내일이 좀 겁났거든요. 벌써 저더러 태워달라는 사람이 한둘이 아니에요. 그 사람들을 다 태워다 줄 수는 없는 노릇인걸요. 그러니까 저를 가장 필요로 하는 단 한 분한테 기쁨을 드리는 게 좋을 것 같습니다. 돌아와서는 신부님 개한테 먹이도 챙겨주겠습니다.

별거 아니에요. 심지어 개도 차에 태워다가 동네 구경 시켜줄 수도 있다고요."

그렇기에 루이지애나의 깜깜한 고속도로를 달리는 시원하고 편안한 차 안, 살짝 열린 창밖으로 보이지 않는 잔이라도 든 것처럼 손바닥을 내밀고 앉아 있는 피트 신부에게 오늘 밤은 끝이 아니다. 경이로운 이 순간을 기념할 불빛도, 술도 없다. 그러나 도움이 필요한 사람, 한 영혼에 담긴 가능성을 있는 대로 펼치기 위해서는 필요한 사랑을 한 번도 받지 못한 한 영혼을 구할 수 있을지도 모른다는 생각뿐. 그래서 피트는 다섯 시가 한참 넘은 시각인데도 텅 빈 손바닥을 바라보며 혼자 중얼거린다.

"당신께 또 하루 가까이."

제이컵 역시 오늘 밤이 오늘 하루의 끝이 아니라는 사실을 안다.

경찰은 제이컵과 아버지를 풀어주었지만 앞으로 또 곤혹스러운 상황이 펼쳐질 것이다. 아마도 평생 정해진 모습으로만 비춰지거나, 다른 사람에게 비교당하거나, 과거나 혈통에서 벗어나지 못하는 것처럼 보일 테니까. 그런 것들은 제이컵의 본모습을 보여줄 수 없다. 세상에는 한 사람을 있는 그대로 보여주는 과거나 혈통은 없으니까. 그래서 오랫동안 그가 고민했던, 다른 사람들이 자신을 어떻게 기억할까 하는 질문은 뒤로 물러나고 새로운 질문이 그 자리를 채웠다.

나는 나를 어떤 모습으로 기억하고 싶은가?

그리고 마찬가지로, 밤의 시야에 적응한 우리들에게 밤은 밤처럼 보이지 않게 된다.

팁시가 피트를 태우고 떠난 뒤, 행크와 허버드 부부는 집으로 갈 방법이 없다는 사실을 깨달았다. 그때 행크는 마치 아직도 대낮인 것처럼 굴었다. 휴대폰을 꺼내 소방서에 연락한 것이다. 행크는 모두에게 눈을 찡긋하며 아들의 어깨에 팔을 두르더니 말했다. "다들 집까지 타고 갈 차가 필요하지요? 이참에 시장의 특권을 이용해봅시다."

그렇게 그들이 소방차에 올라 사다리며 호스 사이에 자리를 잡은 그날 밤의 불빛은 대낮만큼이나 밝았다.

사리 차림에 어깨에는 더글러스의 외투를 걸친 셰릴린의 허리를 더글러스가 감싸 안고, 소방차는 마을 광장을 지나갔다. 이 광장 역시 역사상 처음으로 밤이라는 시간의 수혜를 받고 있었다. 디어필드에 사는 모든 사람의 움트는 꿈을 품은 작은 부스와 무대들은 전구의 불빛 속 언제나 그 자리에 있었던 것처럼 자리하고 있었다. 셰릴린은 공예품 상점을 운영하는 자신의 발치에 앉아 있는 아이를 그려보았고, 더글러스는 교장실에 생긴 자신의 새로운 책상 밑에서 노는 아이를 그려보았다. 더글러스는 만약 나쁜 소식이 사실이라면 셰릴린을 보살피고 있을 자신의 모습을 상상했고, 셰릴린은 만약 나쁜 소식이 사실이라면 더글러스를 보살피고 있을 자신의 모습을 상상했다. 두 사람 모두, 아니 세 사람 모두가 어머니를 돌보는 상상을 했다. 모두가 서로를 돌보는 모습이다. 모두가 함께라면 돌봄의 이유가 무엇인지, 함께라면 **구체적**

인 내용이 무엇인지는 상관없다. 소방차가 법원 건물을 도는 순간, 그들은 내일을 기다리는 마지막 한 사람의 장인을 보았다. 은행에서 일하는, 모두가 빌이라고 알고 있는 남자가 양동이를 거꾸로 엎어놓고 그 위에 올라서서 마리오네트 조종의 최종 연습을 하고 있는 중이었다.

손가락마다 보이지 않는 실을 매달아놓은 빌은 불이 환한 광장을 지나오는 작은 행렬을 보자 고개를 들고 손을 흔들었고, 모두들 그를 향해 마주 손을 흔들어주었다.

수많은 사람들이 자기 집에서 잠든 밤이지만, 컴퓨터 앞에 구부정한 등을 하고 앉아 있는 듀스 뉴먼 같은 사람에게도 밤은 낮과 똑같다. 그는 지난 몇 주 동안 쭉 하던 대로 사진들을 차례로 클릭해 데이터베이스에 집어넣고 있다. 디엔에이 부스의 커튼 앞에 서서, 그가 그들에게 준 미래를 알고자 기다리는 사람들의 얼굴. 깨진 창문 앞 시무룩한 얼굴들, 아주 오래된 부엌 식탁에 앉아 있는 늙고 낙심한 얼굴들. 듀스는 이 모든 사진들을 콜라주해 그가 최고의 사진이라고 꼽는 한 장의 사진으로 완성하는 중이다. 들판에서 양팔을 활짝 펼치고 서 있는 한 여인의 실루엣이다. 세상이 그녀에게 응당 주어야 할 것, 그러니까 온 세상 그 자체를 마침내 받아 든 사람의 모습. 이 일을 마친 듀스는 마침내 컴퓨터와 웹캠을 껐다. 그가 떠오르는 대로 재미삼아 입력한 뒤 무작위로 출력되게 만든 부스 안으로 들어가는 사람들을 오랫동안 기록해온 바로 그 장비들이었다. 프로젝트를 끝낸 오늘 밤은, 곧 그를 수천 개의 새로운 방향으로 쏘아 보낼 내일이 온다는 뜻이었다. 어쩌면 그는 디어필드를 떠나 더 넓은 세상으로 나갈지도 모른다. 실현되기까지 너무 오랜 시간이 걸렸지만 애초부터 그를 기다리던 미래였다. 미래에 대한 아이디어가 너무 많아서 잠도 오지 않았다. 이 작은 발명품으로 할 수 있는 일들이 너무 많았다. 이 프로젝트는 듀스의 인생을 송두리째 뒤바꿀 것이다. 그에게 불가능한 것은 단 하나뿐이었다. 셰릴린. 그럼에도 그는 셰릴린을 얻기 위해 도전해보았다. 그 사실이 위안이 되었다. 도전했고, 실패했으니, 이제 앞으로 나아갈 시간이다. 새로운 미션을 시작하면 된다. 그에게 필요한 것은 물과 빛이 전부였다.

만약 그가 한 일이 괴상망측하다고 생각하는 이가 있다면, 한 여자의 마음을 얻기 위한 방법 치고는 지나치게 복잡한 일이라고 생각한다면, 분명 단 한 번도 누군가를 사랑해본 적 없는 사람이리라는 걸 듀스는 알았다.

그리고 더글러스가 소방차에서 내리는 셰릴린을 부축하고 있는 디어필드의 어느 고요한 거리, 허버드 부부 역시 오늘밤은 그들의 하루의 끝이 아니라는 사실을 알았다.

두 사람은 평소와는 달리 함께 현관문으로 들어갔고, 각자 다른 길을 통해 부엌으로 갔지만, 그곳에서 다시 만났다.

셰릴린은 더글러스의 외투를 벗고 단정하게 접어 개수대 옆에 올려두었다. 그다음에는 커피잔 하나를 집어 들어 아무 말 없이 물을 튼 다음 뻣뻣한 스펀지로 설거지를 했다. 잔을 식기건조대에 올려두고 손을 닦은 그녀가 더글러스를 바라보며 입을 열었다. "이제, 음악 좀 들을까?"

더글러스는 셰릴린이 식료품 창고로 가서 문을 여는 모습을 지켜보았다. 자정이 넘었는데 둘 다 식사를 못한 참이었다. **이제, 음악 좀 들을까,** 그렇게 생각하던 더글러스는 휘파람을 부는 대신, 트롬본을 떠올리는 대신, 셰릴린에게로 다가가 그녀를 뒤에서 끌어안았다. 그녀를 안은 게 너무 오랜만이라는 기분이 들었다. 실은 전혀 오래지 않은 과거인데도 말이다. 셰릴린이 고개를 뒤로 젖혀 그의 어깨에 기댔고, 두 사람은 식료품 창고 앞에서 아무 말 없이, 그저 누구의 귀에도 들리지 않는 음악에 맞추어 천천히 몸을 움직이며 한참 이대로 서 있었다.

"생각나는 게 하나 있어." 더글러스가 한참 만에 입을 열더니 아내를 안았던 팔을 풀었다. 그는 찬장으로 가서 올리브유 병을 꺼내 조리대 위에 내려놓았다. "가지 어때?"

셰릴린은 미소를 지은 뒤 냉장고로 다가가 커다란 레몬 네 개, 가지 네 개를 꺼냈다. 그녀는 그것들을 도마에 올리고, 남편은 간이 식탁으로 다가갔다. 바닥, 남편의 발치에 놓인 트롬본 케이스가 보였다. 더글러스 역시 트롬본을 내려다보았고, 그 순간 셰릴린은 남편이 그것을 집어 들기를 간절히 바랐다.

"상상해봐. 조명을 끄겠습니다. 여기는 라디오 시티."

더글러스는 생각했다. 내가 가진 게 뭐가 있지?

나는 휘파람 부는 사람이야, 하고 그는 생각했다. 또, 선생이었다. 그리고 그의 아내는 여왕이었다.

그 모든 것이 거부할 수 없는 진실이었다.

그렇게 생각하면서도 그는 자신이 어릿광대가 된 기분을 전혀 느끼지 못했다. 그는 스스로를 믿을 필요가 있는 한 남자일 뿐이었다. 지금까지 한 모든 일, 모든 결정, 아무도 모르는 소소한 영광들로 인해 마침내 이 자리, 그가 연주하고 싶은 단 하나의 공연의 헤드라이너로 당당히 서게 된 것임을 스스로에게 주지시켜야 하는 남자였다. 그러니 아내가 음악을 원한다면 그는 그 음악을 그녀에게 들려줄 것이다.

케이스 뚜껑을 열고 반들거리는 트롬본을 꺼냈다. 슬라이드를 끼운 다음 벨을 닦아내고 준비 자세로 섰다.

"잠깐만, 모자는?" 아내가 물었다.

"베레모를 쓴다고 해서 딱히 기술이 생기는 건 아니더라고." 그는 심호흡을 할 준비를 했다. "하지만 말해야 할 게 있어, 아무리 연습해도 그렇게 잘하진 못할 것 같아."

셰릴린은 레몬 네 개를 피라미드 모양으로 썰어 그릇에 담았다.

"그럼, 나중에 휘파람 불어주면 되지."

"맞아." 그가 대답했다.

더글러스가 리드에 입술을 대고 불었다. 트롬본에서 나온 소리가 낮고도 거침없어서 셰릴린은 한 손을 가슴에 가져갔다. 하지만 더글러스는 연주를 계속했다. 슬라이드를 밀고 당기고 리듬을 타자 유리창이 흔들리고 바깥에서 이웃집 개가 짖기 시작했다. 그럼에도 더글러스는 멈추지 않았다. 오히려 〈76 트롬본〉에서 기억나는 모든 음을 연주하는 내내 제자리에서 행진하듯 음악에 맞추어 발을 굴렀다.

그래, 좋아, 이런 밤에는 행진곡이 딱이지.

연주가 끝났을 무렵 셰릴린은 가지와 마늘을 다 썰고 스토브의 불을 켰다.

"자, 이제 당신한테 부탁하고 싶은 게 있어."

그녀가 레몬이 든 그릇을 들고 식탁으로 가져오더니 자리에 앉았다.

"도와줘. 이거 내 손에 좀 발라줘."

"당연하지. 당신이 원하는 일이라면."

셰릴린은 다리를 꼰 채 두 팔을 식탁 위로 펼치더니 마치 남편의 대답을 못 들은 것처럼 오른손 위에 왼손을 겹쳤다.

"어서, 저녁 식사가 익어가고 있잖아."

더글러스는 식탁 위 새집들 사이에 트롬본을 내려놓고 아내 맞은편에 앉았다. 그릇에서 레몬 한 조각을 꺼내 아내의 손에 즙을 짰다. 그다음에는 엄지로 아내 손에 레몬즙을 발라주기 시작했다. 그 순간 그는 언젠가는 자신의 디엔에이믹스 테스트 결과를 아내에게 들려줄 수 있을지, 실은 아내의 결과도 알고 있다고 털어놓을 수 있을지, 그리고 듀스를 의심했다는 말을 할 수 있을지조차도 알 수 없었다. 그래서 그는 이 작은 푸른색 쪽지들을 보관할 방법에 대해 생각했다. 정장 재킷 주머니에 넣어놓은 두 개의 납작한 동전처럼 위쪽에 구멍을 뚫어놓았다가, 그 언젠가 우리가 또다시 함께 살아남았다는 증거로, 함께 이겨냈다는 증거로 아내에게 보여줄 수 있을지도 모르겠다.

마치 낮인 것만 같았던 그날 밤, 더글러스는 한참 동안 그대로 있었다. 두 사람 뒤에서 스토브 위의 팬이 지글지글 끓으며 집 안에 마늘 향기를 풍기기 시작했다. 저녁 식사가 익어가는 냄새가 환기구를 타고 에어컨으로 들어가 온 집 안에 퍼졌다. 문틈으로 빠져나가 벽을 타 올랐다. 커튼을 감싸고 침대 속에 깃들었다. 그렇게 그 향기는 앞으로 그들의 손에 닿을, 그리고 영영 손에 닿지 않을 모든 것들에 배어들었다.

답:

어느 날, 그러니까 과학이라든지 신이라든지, 당신이 믿는 무언가가 정해준 시간에 해가 뜨는 어느 날, 일찍 일어난 새들이 평소와 마찬가지로 먹이를 찾아 돌아다니는 어느 날, 당신의 인생이 송두리째 뒤바뀌게 되리란 사실을 당신은 어떻게 알 수 있을까?

어떻게 해야 알 수 있을까?

알 수 없다. 아무도 알 수 없다.

그럼, 당신은 어떻게 하면 될까?

답은 간단하다.

책을 덮는다.

고개를 든다.

그 자리에 서 있는 내가 보인다. 이곳에 서 있는, 당신을 사랑하는 우리 모두가 보인다.

당신은 우리를 **알아차린다.**

그리고 함께, 알 수 없는 하루를 향해, 우리는 발을 내딛는다.

감사의 말

가장 먼저 고맙다고 말하고 싶은 사람은 시간을 들여 이 책을 읽어준 당신입니다. 우리의 삶은 시간으로 이루어져 있는데 당신은 그 시간을 내게 좀 빌려준 거죠. 잊지 않겠습니다. 당신이 여태 읽은 모든 책이, 그리고 누가 썼건, 언제 읽건, 무엇에 관한 것이건, 당신이 앞으로 읽을 책들이 감사합니다. 중요한 건 그것입니다. 페이지에 실려 사람들 사이를 돌아다니는 것. 멈추지 마세요.

믿음과 친절로 저를 대해준 르네 저커보트, 샐리 킴에게 말로 표현할 수 없는 고마움을 전하고 싶습니다. 여러분이 없었다면 그저 제 컴퓨터 속 또 하나의 파일로 남아 있었을 이 소설을 믿어주어서 고맙습니다. 두 분 모두, 여러분이 생각하는 것보다 제게 큰 의미가 있습니다. 아이반 헬드와 G. P. 퍼트넘

504

즈 선즈도, 케이티 맥키, 알렉시스 웰비, 가브리엘라 몬젤리의 끊임없는 믿음과 에너지 역시 감사합니다.

기쁨의 수호자인 모든 도서관 사서들과 서점 주인들, 감사합니다.

이 책을 쓴 장소들 중 저희 집 식탁을 제외하고 감사하고 싶은 두 곳의 특별한 장소가 있습니다. 한 군데는 테네시의 선드레스 파인 아츠 아카데미입니다. 동물들에게 먹이를 줄 수 있게 해준 에린 스미스에게 고맙습니다. 또, 메리 앤 오고먼, 그리고 이 책의 상당 부분을 집필할 수 있었던 곳인 미시시피의 트위스티드 런 리트리트에도 감사합니다. 이곳의 고요함이 여러 번 저를 구해주었습니다. 머릿속으로 정말 즐거운 시간을 보냈습니다.

또, 한 번도 만난 적 없지만 저보다 저를 더 잘 아는 것 같은 존 프린에게도 감사합니다. 프린 씨, 하늘에서 제 말이 들리실지 모르겠지만, 프린 씨의 노래는 제 최고의 기억들 속 사운드트랙입니다. 당신이 쓴 가사들은 친구 같았어요. 당신의 노래 가사가 머릿속을 맴돌며 제 세계를 환하게 해주지 않는 날은 단 하루도 없어요. 저와 같은 감정을 느끼는 세상 모든 휘파람 부는 사람, 기타 치는 사람, 흥얼거리는 사람들을 대신해 말씀드립니다. 고맙습니다.

뉴욕대학교 창작워크숍, 그리고 미시시피 옥스퍼드 요크숍의 제 학생들과 동료들에게도 감사합니다. 파크뷰 태번의 모든 멋진 괴짜들한테도요. 여러분 덕분에 계속할 수 있었습니다. 이 책 전체를 처음으로 읽어준, 웃어야 할 부분에서 친절하게 웃어주고 필요한 질문을 모두 던졌던 션 에니스에게도 고맙습니다. 공감 기계로서의 예술을 믿는 모든 작가들에게 감사합니다. 자, 우리가 해냈어요.

무엇보다도, 부모님과 양부모님, 누이들과 조부모님께 감사합니다. 옆에서도, 멀리서도 언제나 제게 미소와 응원을 보내주셨죠. 제게 이토록 멋진 가족이 있다는 게 믿기지가 않습니다.

그리고 언제나, 영원히,

점점 커지는 제 심장이자,

제가 받은 최고의 파란 쪽지인

새라, 매그놀리아, 셔우드에게 고맙습니다.

옮긴이의 말

가능성이라는 말은 설레는 동시에 두렵다. 지금까지 살아온 삶에 큰 불만이 없는 사람이라도, 어딘가 내가 살 수 있는 최선의 삶이 존재한다는 것을 알게 되면 마음이 동하게 마련이다. 그러나 내 안에 무언가 특별한 능력이 언제든 꺼낼 수 있는 형태로 잠재되어 있음을 그저 어렴풋이 알고 있을 때와는 달리, 이 잠재력과 당장 마주하겠다는 선택은 아무래도 그만큼 단순하지는 않다. 당장 어울리는 옷으로 갈아입고 방금 알게 된 새로운 삶 속으로 기쁘게 출발하는 사람도 있겠지만, 어제까지는 안온하기만 하던 기존의 삶이 문득 칙칙하고 따분하게 느껴지는 사람도 있을 것이다.『빅 도어 프라이즈』속 작은 마을 디어필드에 별안간 나타난 신비로운 기계는 지금과는 다른 삶의 가능성이 DNA 속에 처음부터 새겨져 있었다고 장담한다. 누가 가져다 놓은 기계인지, 애초에 그런 약속이 말이 되는지, 회의하며 바라보던 사람들도 결과지를 받아 보자마자 의심을 거둔다. 기계가 알려준 가능성이 너무나도 매혹적이고, 또 혼란스럽고, 때로는 실망스럽기 때문이다.

이루지 못한 꿈을 소중하게 품고 지내던, '세상에서 가장 운 좋은 남자' 더글러스는 사랑하는 아내 셰릴린에게 아주 특별한 운명이 기다리고 있다는 사실을 안 순간 그의 운을 의심하게 된다. 쌍둥이 형의 죽음에 조용히 분노하는 소년 제이컵에게는 언제나 분노에 차 있는 소녀 트리나가 접근한다. 트리나의 삼촌이자 디어필드 사람들의 정신적 구심점이기도 한 피트 신부는 가슴에 남모를 상실감을 간직한 채로 자신이 믿는 선을 꿋꿋이 실천한다. 디엔에이믹스가 모든 사람들의 자신에 관한 확신을 흔들어놓는 가운데 마을 최대의 행사인 200주년 기념제는 차츰차츰 가까워온다.

『마이 선샤인 어웨이』에 이어, M. O. 월시의 새로운 책을 또 한번 여러분께 소개하게 되어서 즐겁다. 『마이 선샤인 어웨이』가 보여주는, 성장 중인 소년의 섬세한 내면적 독백을 기억하는 독자들에게는 조용하고 평범해 보이지만 누구보다 강한 개성을 지닌 디어필드 마을 사람들이 펼치는 밝고 떠들썩한 군상극 『빅 도어 프라이즈』는 사뭇 다른 느낌으로 다가올 것 같다. 긴 호흡의 장편소설인 전작과는 달리 숏폼 드라마를 연상시키는 에피소드 위주의 작품이지만, 누구보다 자신의 고향인 루이지애나주를 사랑하고 이곳 사람들을 애정 어린 모습으로 그려내고자 하는 작가 특유의 따뜻한 시선은 여전하다.

옮긴이의 말을 빌려 설명을 덧붙이자면, 제목인 '빅 도어 프라이즈'를 비롯해 책 속의 모든 소제목은 전설적인 포크 가수 존 프린John Prine의 노래 제목과 가사에서 따온 것이다. 저항적이고 유머러스한 곡들로 알려진 존 프린은 2020년 코로나바이러스 감염증으로 안타깝게 사망했다. 아마 『빅 도어 프라이즈』는 자신의 결혼식 때 존 프린의 곡을 사용했을 정도로 그를 아끼고 사랑한 M. O. 월시에게는 지금껏 그가 자신에게 준 영감을 또 다른 작품의 형태로 돌려줌으로써 경의를 표하는 한 방식이었을지도 모르겠다. 번역 작업을 하는 동안 존 프린의 곡을 즐겨 들었는데, 독자들 역시 독서에 음악을 곁들이면 저자의 마음을, 그리고 등장인물들과 배경의 분위기를 한껏 만끽할 수 있을 것 같다.

운명을 읽어주는 신비로운 기계가 등장하기에, 자칫 『빅 도어 프라이즈』의 등장인물들이 운명과 선택, 꿈과 현실 사이에서 갈팡질팡하고 있는 것으로 보일지도 모르겠다. '과학적으로 측정된' 새로운 삶이라는 엄청난 약속을 마주한 사람들은 스스로에 대한 과도한 환상과 자만심을 품기 쉽고, 현실에서 등 돌리기도 그만큼 쉬울 것이다. 그러나 인간적인 측면들을 결코 소홀히 다루지 않는 작가 M. O. 월시는 등장인물들이 내면의 가능성을 긍정하는 한편으로 지금의 사랑스러운 삶을 지켜내려 고군분투하는 과정을 그려낸다. 그 과정에서 인물들은 오래 묵은 상처를 치유하고, 서로를 용서하고, 사랑을 되찾는다. 그렇게 생각하면, 작가가 바라보는 삶은 복권이나 제비뽑기를 통해 운 좋게 얻은 큰 선물이라는 의미의 제목 '빅 도어 프라이즈'와 일맥상통하는 것 같다. 이 책이 독자들에게 유쾌하고 다정한 선물처럼 다가갈 수 있게 될 때까지 함께 노력해주신 작가정신의 황민지, 김미래 편집자께 감사드린다.

빅 도어 프라이즈

초판 1쇄 2023년 1월 17일

지은이 M. O. 월시
옮긴이 송섬별
펴낸이 박진숙 | **펴낸곳** 작가정신
편집 황민지 | **디자인** 나영선
마케팅 김미숙 | **홍보** 조윤선 | **디지털콘텐츠** 김영란 | **재무** 이수연
인쇄 및 제본 한영문화사

주소 (10881) 경기도 파주시 회동길 216 2층
대표전화 031-955-6230 | **팩스** 031-955-6294
이메일 editor@jakka.co.kr | **블로그** blog.naver.com/jakkapub
페이스북 facebook.com/jakkajungsin
인스타그램 instagram.com/jakkajungsin
출판 등록 제406-2012-000021호

ISBN 979-11-6026-302-2 03840